Karl Simrock

Die Edda die Ältere und die Jüngere

nebst den mythischen Erzählungen der Skalda

Karl Simrock

Die Edda die Ältere und die Jüngere
nebst den mythischen Erzählungen der Skalda

ISBN/EAN: 9783743376403

Hergestellt in Europa, USA, Kanada, Australien, Japan

Cover: Foto ©Andreas Hilbeck / pixelio.de

Manufactured and distributed by brebook publishing software (www.brebook.com)

Karl Simrock

Die Edda die Ältere und die Jüngere

Die Edda

die ältere und jüngere

nebst den

mythischen Erzählungen der Skalda

übersetzt und mit Erläuterungen begleitet

von

Karl Simrock.

Sechste verbesserte Auflage.

———◦◦}⚫{◦◦———

Stuttgart.

Verlag der J. G. Cotta'schen Buchhandlung.

1876.

Buchdruckerei der J. G. Cotta'schen Buchhandlung in Stuttgart.

Nachruf

an

Jacob Grimm.

Ich wagte niemals Dir ein Buch zu weihn,
Zu hocherhaben standst Du ob uns allen;
Doch durfte meine Edda Dir gefallen:
Die frohe Kunde kam mir an den Rhein.

Ach, eine trübe scholl uns hinterdrein;
Du gingst hinüber zu der Väter Hallen
An Wilhelms Hand in Glasirs Gold zu wallen;
Uns hegt ein seidner Faden noch den Hain.

Doch welche Wunder hast Du uns erschloßen!
Die deutsche Sprache sperrten sieben Siegel
Und sieben Riegel Recht und Poesie.

Nun haben wir Odhrärirs Trank genoßen,
Sahn uns in Urdas weißer Flut im Spiegel;
Dein Bild, o Meister, doch entsinkt uns nie.

Inhalt.

VI Inhalt.

Die Absicht, unsere Landsleute in das Heiligtum der Edda, dieser Altermutter deutscher Sage und Dichtung einzuführen, möchten wir verfehlen, wenn sie sich gleich an der Schwelle, wie leicht geschehen könnte, durch die dunkel tönenden und schwer auszudeutenden Worte der Seherin abschrecken ließen. Wollen sie unserm Rathe folgen, so lesen sie zuerst die übrigen zur Göttersage gehörigen Lieder der ältern Edda, und die Wöluspa nicht eher als bis sie sich durch jene und die ersten Abschnitte der jüngern Edda mit den Göttern Walhalls und ihren Schicksalen vertrauter gemacht haben. Es wird gut sein, jedes Lied erst für sich und dann noch einmal mit Zuziehung unserer Anmerkungen zu lesen. Mit der jüngern Edda überhaupt den Anfang zu machen, rathen wir nicht, da sie doch eigentlich nur die Götterlieder, freilich nicht bloß die uns erhaltenen, erläutern will. Am Besten wird sie wohl nebst den drei ersten Erzählungen der Skalda unmittelbar nach den Götterliedern, mit Ausnahme der Wöluspa gelesen.

I.

Die ältere Edda.

Göttersage.

1. Völuspá.

Der Seherin Ausspruch.

1 Allen Edeln gebiet ich Andacht,
   Hohen und Niedern von Heimdalls Geschlecht;
   Ich will Walvaters Wirken künden,
   Die ältesten Sagen, der ich mich entsinne.

2 Riesen acht ich die Urgebornen,
   Die mich vor Zeiten erzogen haben.
   Neun Welten kenn ich, neun Aeste weiß ich
   An dem starken Stamm [15] im Staub der Erde.

3 Einst war das Alter, da Ymir [4] lebte:
   Da war nicht Sand nicht See, nicht salzge Wellen,
   Nicht Erde fand sich noch Ueberhimmel,
   Gähnender Abgrund und Gras nirgend.

4 Bis Börs Söhne [8] die Bälle erhuben,
   Sie die das mächtige Midgard schufen.
   Die Sonne von Süden schien auf die Felsen
   Und dem Grund entgrünte grüner Lauch.

5 Die Sonne von Süden, des Mondes Gesellin,
   Hielt mit der rechten Hand die Himmelrosse.
   Sonne wuste nicht wo sie Sitz hätte,
   Mond wuste nicht was er Macht hätte,
   Die Sterne wusten nicht wo sie Stätte hatten.

6 Da [14] gingen die Berather zu den Richterstühlen,
   Hochheilge Götter hielten Rath.
   Der Nacht und dem Neumond gaben sie Namen,
   Hießen Morgen und Mitte des Tags,
   Unter und Abend, die Zeiten zu ordnen.

7 Die Asen einten sich auf dem Idafelde,
   Hof und Heiligtum hoch sich zu wölben. [14]
   (Uebten die Kräfte Alles versuchend,)
   Erbauten Essen und schmiedeten Erz,
   Schufen Zangen und schön Gezäh.

8 Sie warfen im Hofe heiter mit Würfeln
   Und darbten goldener Dinge noch nicht.
   Bis drei der Thursen- töchter kamen
   Reich an Macht, aus Riesenheim. [14]

9 Da gingen die Berather zu den Richterstühlen,
   Hochheilge Götter hielten Rath,
   Wer schaffen sollte der Zwerge Geschlecht
   Aus Brimirs Blut und blauen Gliedern.

10 Da ward Modsognir der mächtigste
   Dieser Zwerge und Durin nach ihm.
   Noch manche machten sie menschengleich
   Der Zwerge von Erde, wie Durin angab.

11 Nyi und Nidi, Nordri und Sudri,
   Austri und Westri, Althiofr, Dwalin,
   Nar und Nain, Nipingr, Dain,
   Bifur, Bafur, Bömbur, Nori;
   Ann und Anarr, Ai, Miödwitnir.

12 Weigr, Gandalfr, Windalfr, Thrain,
   Theckr und Thorin, Thror, Witr und Litr,
   Nar und Nyradr; nun sind diese Zwerge,
   Regin und Raswidr, richtig aufgezählt.

13 Fili, Kili, Fundin, Nali,
Hepti, Wili, Hannar und Swior,
Billingr, Bruni, Bildr, Buri,
Frar, Hornbori, Frägr und Loni,
Aurwangr, Jari, Eikinskialdi.

14 Zeit ists, die Zwerge von Dwalins Zunft
Den Leuten zu leiten bis Lofar hinauf,
Die aus Gestein und Klüften strebten
Von Aurwangs Tiefen zum Erdenfeld.

15 Da war Draupnir und Dolgthrasir,
Har, Haugspori, Hläwangr, Gloi,
Skirwir, Wirwir, Skafidr, Ai,
Alfr und Yngwi, Eikinskialdi.

16 Fialar und Frosti, Finnar und Ginnar,
Heri, Höggstari, Hliodolfr, Moin.
So lange Menschen leben auf Erden,
Wird zu Lofar hinauf ihr Geschlecht geleitet.

17 Gingen da[9] dreie aus dieser Versammlung,
Mächtige, milde Asen zumal,
Fanden am Ufer unmächtig
Ask und Embla und ohne Bestimmung.

18 Besaßen nicht Seele, und Sinn noch nicht,
Nicht Blut noch Bewegung, noch blühende Farbe.
Seele gab Odhin, Hönir gab Sinn,
Blut gab Lodur und blühende Farbe.

19 Eine Esche weiß ich, heißt Yggdrasil, [15. 16]
Den hohen Baum netzt weißer Nebel;
Davon kommt der Thau, der in die Thäler fällt.
Immergrün steht er über Urds Brunnen.

20 Davon[15] kommen Frauen, vielwißende,
Drei aus dem See dort unterm Wipfel.

Urd heißt die eine, die andre Werdandi:
Sie schnitten Stäbe; Skuld hieß die dritte.
Sie legten Loose, das Leben bestimmten sie
Den Geschlechtern der Menschen, das Schicksal verkündend.

21 Allein saß sie außen, da der Alte kam,
Der grübelnde Ase, und ihr ins Auge sah.
Warum fragt ihr mich? was erforscht ihr mich?
Alles weiß ich, Odhin, wo du dein Auge bargst:

22 In der vielbekannten Quelle Mimirs.
Meth trinkt Mimir allmorgentlich
Aus Walvaters Pfand! wißt ihr was das bedeutet? [15]

23 Ihr gab Heervater Halsband und Ringe
Für goldene Sprüche und spähenden Sinn.
Denn weit und breit sah sie über die Welten all.

24 Ich sah Walküren [36] weither kommen,
Bereit zu reiten zum Rath der Götter.
Skuld hielt den Schild, Skögul war die andre,
Gunn, Hilde, Göndul und Geirskögul.
Hier nun habt ihr Herians Mädchen,
Die als Walküren die Welt durchreiten.

25 Da wurde Mord in der Welt zuerst,
Da sie mit Geeren Gulweig (die Goldkraft) stießen,
In des Hohen Halle die helle brannten.
Dreimal verbrannt ist sie dreimal geboren,
Oft, unselten, doch ist sie am Leben.

26 Heid hieß man sie wohin sie kam,
Wohlredende Wala zähmte sie Wölfe.
Sudkunst konnte sie, Seelenheil raubte sie,
Uebler Leute Liebling allezeit.

27 Da [42] gingen die Berather zu den Richterstühlen,
Hochheilge Götter hielten Rath,

Ob die Asen sollten Untreue strafen,
Oder alle Götter Sühnopfer empfahn.

28 Gebrochen war der Burgwall den Asen,
   Schlachtkundge Wanen stampften das Feld.
   Odhin schleuderte über das Volk den Spieß:
   Da wurde Mord in der Welt zuerst.

29 Da gingen die Berather zu den Richterstühlen,
   Hochheilge Götter hielten Rath,
   Wer mit Frevel hätte die Luft erfüllt,
   Oder dem Riesenvolk Odhurs Braut gegeben?

30 Von Zorn bezwungen zögerte Thör nicht,
   Er säumt selten wo er Solches vernimmt:
   Da schwanden die Eide, Wort und Schwüre,
   Alle festen Verträge jüngst trefflich erdacht.

31 Ich weiß Heimdalls²⁷ Horn verborgen
   Unter dem himmelhohen heiligen Baum.
   Einen Strom seh ich stürzen mit starkem Fall
   Aus Walvaters Pfand: wißt ihr was das bedeutet? ¹⁵

32 Oestlich saß die Alte im Eisengebüsch
   Und fütterte dort Fenrirs Geschlecht.
   Von ihnen allen wird eins das schlimmste:
   Des Mondes Mörder übermenschlicher Gestalt. ¹²

33 Ihn mästet das Mark gefällter Männer,
   Der Seligen Saal besudelt das Blut.
   Der Sonne Schein dunkelt in kommenden Sommern,
   Alle Wetter wüthen: wißt ihr was das bedeutet?

34 Da saß am Hügel und schlug die Harfe
   Der Riesin Hüter, der heitre Egdir.
   Vor ihm sang im Vogelwalde
   Der hochrothe Hahn, geheißen Fialar.

35 Den Göttern gellend   sang Gullinkambi,
    Weckte die Helden   beim Heervater,
    Unter der Erde singt ein andrer,
    Der schwarzrothe Hahn   in den Sälen Hels.

36 Ich sah dem Baldur, [49]   dem blühenden Opfer,
    Odhins Sohne,   Unheil drohen.
    Gewachsen war   über die Wiesen hoch
    Der zarte, zierliche   Zweig der Mistel.

37 Von der Mistel kam,   so dauchte mich
    Häßlicher Harm,   da Hödur schoß.
    (Baldurs Bruder   war kaum geboren,
    Als einnächtig Odhins   Erbe zum Kampf ging. [30. 53]

    Die Hände nicht wusch er,   das Haar nicht kämmt' er,
    Eh er zum Bühle trug   Baldurs Tödter.)
    Doch Frigg beklagte   in Fensal dort
    Walhalls Verlust: wißt ihr was das bedeutet?

38 In Ketten lag   im Quellenwalde
    In Unholdgestalt   der arge Loki.
    Da sitzt auch Sigyn   unsanfter Geberde,
    Des Gatten waise: wißt ihr was das bedeutet? [50]

39 Gewoben weiß da   Wala Todesbande,
    Und fest geflochten   die Fessel aus Därmen.
    Biel weiß der Weise,   weit seh ich voraus
    Der Welt Untergang,   der Asen Fall. [51]
    Gräßlich heult Gram [72]   vor der Gnupahöhle,
    Die Fessel bricht   und Freki rennt.

40 Ein Strom wälzt ostwärts   durch Eiterthäler
    Schlamm und Schwerter,   der Slidur [4] heißt.

41 Nördlich stand   an den Nidabergen
    Ein Saal aus Gold   für Sindris Geschlecht.
    Ein andrer stand   auf Okolnir
    Des Riesen Biersaal,   Brimir genannt. [52]

42 Einen Saal seh ich, der Sonne fern
In Nastrand, [12] die Thüren sind nordwärts gekehrt.
Gifttropfen fallen durch die Fenster nieder;
Mit Schlangenrücken ist der Saal gedeckt.

43 Im starrenden Strome stehn da und waten
Meuchelmörder und Meineidige
(Und die Andrer Liebsten ins Ohr geraunt).
Da saugt Nidhöggr die entseelten Leiber,
Der Menschenwürger: wißt ihr was das bedeutet?

44 Viel weiß der Weise, sieht weit voraus
Der Welt Untergang, der Asen Fall.

45 Brüder befehden sich und fällen einander,
Geschwisterte sieht man die Sippe brechen.
Der Grund erdröhnt, üble Disen fliegen;
Der Eine schont des Andern nicht mehr.

46 Unerhörtes eräugnet sich, großer Ehbruch.
Beilalter, Schwertalter, wo Schilde krachen,
Windzeit, Wolfszeit eh die Welt zerstürzt.

47 Mimirs Söhne spielen, der Mittelstamm entzündet sich
Beim gellenden Ruf des Giallarhorns.
Ins erhobne Horn bläst Heimdall laut,
Othin murmelt mit Mimirs Haupt.

48 Yggdrasil zittert, die Esche, doch steht sie,
Es rauscht der alte Baum, da der Riese frei wird.
(Sie bangen alle in den Banden Hels
Bevor sie Surturs [4] Flamme verschlingt.)
Gräßlich heult Garm vor der Gnupahöhle,
Die Fessel bricht und Freki rennt.

49 Hrym [51] fährt von Osten und hebt den Schild,
Jörmungandr wälzt sich im Jötunmuthe.
Der Wurm schlägt die Flut, der Adler facht,
Leichen zerreißt er; los wird Naglfar.

50 Der Kiel fährt von Osten, da kommen Muspels Söhne
   Ueber die See gesegelt; sie steuert Loki.
   Des Unthiers Abkunft ist all mit dem Wolf;
   Auch Bileists [33] Bruder ist ihm verbündet.

51 Surtur [4. 51] fährt von Süden mit flammendem Schwert,
   Von seiner Klinge scheint die Sonne der Götter.
   Steinberge stürzen, Riesinnen straucheln,
   Zu Hel fahren Helden, der Himmel klafft.

52 Was ist mit den Asen? was ist mit den Alfen?
   All Jötunheim ächzt, die Asen versammeln sich.
   Die Zwerge stöhnen vor steinernen Thüren,
   Der Bergwege Weiser: wißt ihr was das bedeutet?

53 Da hebt sich Hlins [35] anderer Harm,
   Da Odin eilt zum Angriff des Wolfs.
   Belis Mörder [35] mißt sich mit Surtur;
   Schon fällt Friggs einzige Freude.

54 Nicht säumt Siegvaters erhabner Sohn
   Mit dem Leichenwolf, Widar, zu fechten:
   Er stößt dem Hwedrungssohn den Stahl ins Herz
   Durch gähnenden Rachen: so rächt er den Vater.

55 Da kommt geschritten Hlodyns schöner Erbe,
   Wider den Wurm wendet sich Odins Sohn.
   Muthig trifft ihn Midgards Segner.
   Doch fährt neun Fuß weit Fiörgyns Sohn
   Weg von der Natter, die nichts erschreckte.
   Alle Wesen müßen die Weltstatt räumen.

56 Schwarz wird die Sonne, die Erde sinkt ins Meer,
   Vom Himmel schwinden die heitern Sterne.
   Glutwirbel umwühlen den allnährenden Weltbaum,
   Die heiße Lohe beleckt den Himmel.

57 Da [33] seh ich auftauchen zum andernmale
   Aus dem Waßer die Erde und wieder grünen.

Die Fluten fallen, darüber fliegt der Aar,
Der auf dem Felsen nach Fischen weidet.

58 Die Asen einen sich auf dem Idafelde,
Ueber den Weltumspanner zu sprechen, den großen.
Uralter Sprüche sind sie da eingedenk,
Von Fimbultyr gefundner Runen.

59 Da werden sich wieder die wundersamen
Goldenen Bälle im Grase finden,
Die in Urzeiten die Asen hatten,
Der Fürst der Götter und Fiölnirs [20] Geschlecht.

60 Da werden unbesät die Aecker tragen,
Alles Böse beßert sich, Baldur lehrt wieder.
In Heervaters Himmel wohnen Hödur und Baldur,
Die walweisen Götter. Wißt ihr was das bedeutet?

61 Da kann Hönir selbst sein Looß sich liesen,
Und beider Brüder Söhne bebauen
Das weite Windheim. Wißt ihr was das bedeutet?

62 Einen Saal seh ich heller als die Sonne,
Mit Gold bedeckt auf Gimils Höhn: 3. 17. 52
Da werden bewährte Leute wohnen
Und ohne Ende der Ehren genießen.

63 Da reitet der Mächtige zum Rath der Götter,
Der Starke von Oben, der Alles steuert.
Den Streit entscheidet er, schlichtet Zwiste,
Und ordnet ewige Satzungen an.

64 Nun kommt der dunkle Drache geflogen,
Die Natter hernieder aus Nidafelsen.
Das Feld überfliegend trägt er auf den Flügeln
Nidhöggurs Leichen — und nieder senkt er sich.

2. Grimnismâl.

Das Lied von Grimnir.

König Hraudung hatte zwei Söhne: der eine hieß Agnar, der andere Geirröd. Agnar war zehn Winter, Geirröd acht Winter alt. Da ruderten Beide auf einem Boot mit ihren Angeln zum Kleinfischfang. Der Wind trieb sie in die See hinaus. Sie scheiterten in dunkler Nacht an einem Strand, stiegen hinauf und fanden einen Hüttenbewohner, bei dem sie überwinterten. Die Frau pflegte Agnars, der Mann Geirröds und lehrte ihn schlauen Rath. Im Frühjahr gab ihnen der Bauer ein Schiff und als er sie mit der Frau an den Strand begleitete, sprach er mit Geirröd allein. Sie hatten guten Wind und kamen zu dem Wohnsitz ihres Vaters. Geirröd, der vorn im Schiffe war, sprang ans Land, stieß das Schiff zurück und sprach: fahr nun hin in böser Geister Gewalt. Das Schiff trieb in die See, aber Geirröd ging hinauf in die Burg und ward da wohl empfangen. Sein Vater war eben gestorben, Geirröd ward also zum König eingesetzt und gewann große Macht.

Odhin und Frigg saßen auf Hlidskialf und überschauten die Welt. Da sprach Odhin: „Siehst du Agnar, deinen Pflegling, wie er in der Höhle mit einem Riesenweibe Kinder zeugt; aber Geirröd, mein Pflegling, ist König und beherrscht sein Land.“ Frigg sprach: „Er ist aber solch ein Neiding, daß er seine Gäste quält, weil er fürchtet es möchten zu viele kommen.“ Odhin sagte, das sei eine große Lüge; da wetteten die Beiden hierüber. Frigg sandte ihr Schmuckmädchen Fulla zu Geirröd und trug ihr auf, den König zu warnen, daß er sich vor einem Zauberer hüte, der in sein Land gekommen sei, und gab zum Wahrzeichen an, daß kein Hund so böse sei, der ihn angreifen möge. Es war aber eine große Unwahrheit, daß König Geirröd seine Gäste so ungern speise; doch ließ er Hand an den Mann legen, den die Hunde nicht angreifen wollten.

Er trug einen blauen Mantel und nannte sich Grimnir, sagte aber nicht mehr von sich, auch wenn man ihn fragte. Der König ließ ihn zur Rede peinigen und setzte ihn zwischen zwei Feuer und da saß er acht Nächte. König Geirröd hatte einen Sohn, der zehn Winter alt war und Agnar hieß nach des Königs Bruder. Agnar ging zu Grimnir, gab ihm ein volles Horn zu trinken, und sagte, der König thäte übel, daß er ihn schuldlos peinigen ließe. Grimnir trank es aus; da war das Feuer so weit gekommen, daß Grimnirs Mantel brannte. Er sprach:

1 Heiß bist du, Flamme,　zuviel ist der Glut:
　　Laß uns scheiden, Lohe!
　　Schon brennt der Zipfel,　zieh ich ihn gleich empor,
　　Feuer fängt der Mantel.

2 Acht Nächte fanden mich　zwischen Feuern hier,
　　Daß mir Niemand　Nahrung bot
　　Als Agnar allein;　allein soll auch herschen
　　Geirröds Sohn　über der Goten Land.

3 Heil dir, Agnar,　da Heil dir erwünscht
　　Der Helden Herscher.
　　Für einen Trunk　mag kein Andrer dir
　　Beßre Gabe bieten.

4 Heilig ist das Land,　das ich liegen sehe
　　Den Asen nah und Alfen.
　　Dort in Thrudheim [21]　soll Thôr wohnen
　　Bis die Götter vergehen.

5 Ydalir [31] heißt es,　wo Uller hat
　　Den Saal sich erbaut.
　　Alfheim [17] gaben dem Freyr　die Götter im Anfang
　　Der Zeiten als Zahngebinde.

6 Die dritte Halle hebt sich,　wo die heitern Götter
　　Den Saal mit Silber deckten.
　　Walaskialf [12, 30] heißt sie,　die sich erwählte
　　Der As in alter Zeit.

7 Söllwabeck ³⁵ heißt die vierte,   kühle Flut
   Ueberrauscht sie immer;
   Odhin und Saga   trinken alle Tage
   Da selig aus goldnen Schalen.

8 Gladsheim ¹⁴ heißt die fünfte,   wo golden schimmert
   Walhalls weite Halle:
   Da kiest sich Odhin   alle Tage
   Vom Schwert erschlagne Männer.

9 Leicht erkennen können,   die zu Odhin kommen,
   Den Saal, wenn sie ihn sehen:
   Aus Schäften ist das Dach gefügt   und mit Schilden bedeckt,
   Mit Brünnen die Bänke bestreut.

10 Leicht erkennen können,   die zu Odhin kommen
   Den Saal, wenn sie ihn sehen:
   Ein Wolf hängt   vor dem westlichen Thor,
   Ueber ihm dreut ein Aar.

11 Thrymheim ²¹ heißt die sechste,   wo Thiassi hauste,
   Jener mächtige Jote.
   Nun bewohnt Skadi,   die scheue Götterbraut,
   Des Vaters alte Veste.

12 Die siebente ist Breidablick: ²²   da hat Baldur sich
   Die Halle erhöht
   In jener Gegend,   wo der Greuel ich
   Die wenigsten lauschen weiß.

13 Himinbiörg ¹⁷⸴ ²⁷ ist die achte,   wo Heimdall soll
   Der Weihestatt walten.
   Der Wächter der Götter trinkt   in wonnigem Hause
   Da selig den süßen Meth.

14 Volkwang ²³ ist die neunte: da hat Freyja Gewalt
   Die Sitze zu ordnen im Saal.
   Der Walstatt Hälfte   wählt sie täglich;
   Odhin hat die andre Hälfte.

15 Glitnir [17. 32] ist die zehnte; auf goldnen Säulen ruht
Des Saales Silberdach.
Da thront Forseti den langen Tag
Und schlichtet allen Streit.

16 Noatun [21] ist die eilfte: da hat Niördr
Sich den Saal erbaut.
Ohne Mein und Makel der Männerfürst
Waltet hohen Hauses.

17 Mit Gesträuch begrünt sich und hohem Grase
Widars Land Widi.
Da steigt der Sohn auf den Sattel der Mähre
Den Vater zu rächen bereit.

18 Andhrimnir [36] läßt in Eldhrimnir
Sährimnir sieden,
Das beste Fleisch; doch erfahren Wenige,
Was die Einherier essen.

19 Geri und Freki [37] füttert der krieggewohnte
Herliche Heervater,
Da nur von Wein der waffenhehre
Odhin ewig lebt.

20 Hugin und Munin [38] müßen jeden Tag
Ueber die Erde fliegen.
Ich fürchte, daß Hugin nicht nach Hause kehrt;
Doch sorg ich mehr um Munin.

21 Thundr ertönt, wo Thiodwitnirs
Fisch in der Flut spielt;
Des Stromes Ungestüm dünkt zu stark
Durch Walglaumir zu waten.

22 Walgrind heißt das Gitter, das auf dem Grunde steht
Heilig vor heilgen Thüren.
Alt ist das Gitter; doch ahnen Wenige
Wie sein Schloß sich schließt.

23 Fünfhundert Thüren   und viermal zehn
   Wähn ich in Walhall. [40]
   Achthundert Einherier   ziehn aus je einer,
   Wenn es dem Wolf zu wehren gilt.

24 Fünfhundert Stockwerke   und viermal zehn
   Weiß ich in Bilskirnirs [21] Bau.
   Von allen Häusern,   die Dächer haben,
   Glaub ich meines Sohns das größte.

25 Heidrun [39] heißt die Ziege   vor Heervaters Saal,
   Die an Lärads Laube zehrt.
   Die Schale soll sie füllen   mit schäumendem Meth;
   Der Milch ermangelt sie nie.

26 Eikthyrnir [39] heißt der Hirsch   vor Heervaters Saal,
   Der an Lärads Laube zehrt.
   Von seinem Horngeweih   tropft es nach Hwergelmir:
   Davon stammen alle Ströme.

27 Sid und Wid,   Sökin und Eikin,   Swöll und Gunthro,
   Fiörm und Fimbulthul,
   Rin und Rennandi,   Gipul und Göpul,
   Gömul und Geirwimul.
   Um die Götterwelt wälzen sich   Thyn und Win,
   Thöll und Höll,   Grad und Gunthorin.

28 Wina heißt einer,   ein anderer Wegswinn,
   Ein dritter Diotnuma.
   Nyt und Nöt,   Nönn und Hrönn,
   Slid und Hrid, Sylgr und Ylgr,
   Wid und Wan,   Wönd und Strönd,
   Giöll und Leiptr: diese laufen den Menschen näher
   Und von hier zur Hel hinab [4. 39]

29 Körmt und Oermt   und beide Kerlaug
   Watet Thor täglich,
   Wenn er reitet   Gericht zu halten
   Bei der Esche Yggdrasils;

Denn die Asenbrücke steht all in Lohe,
Heilige Fluten flammen. 15

30 Glabr und Gyllir, Gler und Skeidbrimir,
Silfrintopp und Sinir,
Gisl und Falhofnir, Gulltopp und Lettfeti:
Diese Rosse reiten die Asen
Täglich, wenn sie reiten Gericht zu halten
Bei der Esche Yggdrasils.

31 Drei Wurzeln strecken sich nach dreien Seiten
Unter der Esche Yggdrasils:
Hel wohnt unter einer, unter der andern Hrimthursen,
Aber unter der dritten Menschen.

32 Ratatöskr 16 heißt das Eichhorn, das auf und ab rennt
An der Esche Yggdrasils:
Des Adlers Worte oben vernimmt es
Und bringt sie Nidhöggern nieder.

33 Der Hirsche 16 sind vier, die mit krummem Halse
An der Esche Ausschüßen weiden:
Dain und Dwalin,
Duneyr und Durathror.

34 Mehr Würme liegen unter den Wurzeln der Esche
Als Einer meint der unklugen Affen.
Goin und Moin, Grafwitnirs Söhne,
Grabakr und Grafwölludr,
Ofnir und Swafnir sollen ewig
Von der Wurzeln Zweigen zehren.

35 Die Esche Yggdrasils duldet Unbill
Mehr als Menschen wißen.
Der Hirsch weidet oben, hohl wird die Seite,
Unten nagt Nidhöggr.

36 Hrist und Mist sollen das Horn mir reichen,
Skeggöld und Stögul,

Hlöck und Herfiötr, Hildur und Thrudr,
Göll und Geirölul;
Randgrid und Rathgrid und Reginleif
Schenken den Einheriern Ael. 36

37 Arwakr und Alswidr [11] sollen immerdar
Schmachtend die Sonne führen.
Unter ihre Bugen bargen milde Mächte,
Die Asen, Eisenkühle.

38 Swalin heißt der Schild, der vor der Sonne steht,
Der glänzenden Gottheit.
Brandung und Berge verbrennten zumal,
Sänk er von seiner Stelle.

39 Sköll [12] heißt der Wolf, der der scheinenden Gottheit
Folgt in die schützende Flut;
Hati der andre, Hrodwitnirs Sohn,
Eilt der Himmelsbraut voraus.

40 Aus Ymirs [6. 8] Fleisch ward die Erde geschaffen,
Aus dem Schweiße die See,
Aus dem Gebein die Berge, die Bäume aus dem Haar,
Aus der Hirnschale der Himmel.

41 Aus den Augenbrauen schufen gütge Asen
Midgard den Menschensöhnen;
Aber aus seinem Hirn sind alle hartgemuthen
Wolken erschaffen worden.

42 Ullers [31] Gunst hat und aller Götter,
Wer zuerst die Lohe löscht,
Denn die Aussicht öffnet sich den Asensöhnen,
Wenn der Kessel vom Feuer kommt.

43 Iwalts Söhne [61] gingen in Urtagen
Skidbladnir zu schaffen,
Das beste der Schiffe, für den schimmernden Freyr,
Niörds nützen Sohn.

44 Die Esche Yggdrasils [16. 41] ist der Bäume erster,
   Skidbladnir der Schiffe,
   Odhin der Asen, aller Rosse Sleipnir,
   Bifröst der Brücken, Bragi der Skalden,
   Habrok der Habichte, der Hunde Garm.

45 Mein Antlitz sahen nun der Sieggötter Söhne,
   So wird mein Heil erwachen:
   Alle Asen werden Einzug halten
   Zu des Wüthrichs Saal,
   Zu des Wüthrichs Mal.

46 Ich heiße [20] Grimr und Gangleri,
   Herian und Hialmberi,
   Theckr und Thridi, Thudr und Udr,
   Helblindi und Har.

47 Sadr und Svipal und Sanngetal,
   Herteitr und Hnikar,
   Bileigr, Baleigr, Bölwerk, Fiölnir,
   Grimur und Glapswidr.

48 Sidhöttr, Sidskeggr, Siegvater, Hnikudr,
   Allvater, Walvater, Atridr und Farmatyr;
   Eines Namens genüge mir nie
   Seit ich unter die Völker fuhr.

49 Grimnir hießen sie mich bei Geirrödr,
   Bei Asmund Jalk;
   Kialar schien ich, da ich Schlitten zog;
   Thror dort im Thing;
   Widr den Widersachern;
   Oski und Omi, Jafnhar und Biflindi,
   Göndlir und Harbard bei den Göttern.

50 Swidur und Swidrir hieß ich bei Söckmimir,
   Als ich den alten Thursen trog,
   Und Midwitnirs, des wären Unholds, Sohn
   Im Einzelkampf umbrachte.

51 Toll bist du, Geirröd, hast zuviel getrunken,
   Der Meth ward dir Meister.
   Viel verlorst du, meiner Liebe darbend:
   Aller Einherier und Odhins Huld.

52 Viel sagt ich dir: du schlugst es in den Wind,
   Die Vertrauten trogen dich.
   Schon seh ich liegen meines Lieblings Schwert
   Vom Blut erblindet.

53 Die schwertmüde Hülle hebt nun Yggr auf,
   Da das Leben dich ließ:
   Abhold sind dir die Disen, nun magst du Odhin schauen:
   Komm heran, wenn du kannst.

54 Odhin heiß ich nun, Yggr hieß ich eben,
   Thundr hab ich geheißen.
   Wakr und Skilfingr, Wafudr und Hroptatyr,
   Gautr und Jalkr bei den Göttern,
   Ofnir und Swafnir: deren Ursprung weiß ich
   Aller aus mir allein.

König Geirröd saß und hatte das Schwert auf den Knieen halb aus der Scheide gezogen. Als er aber vernahm, daß Odhin gekommen sei, sprang er auf und wollte ihn aus den Feuern führen. Da glitt ihm das Schwert aus den Händen, der Griff nach unten gekehrt. Der König strauchelte und durch das Schwert, das ihm entgegenstand, fand er den Tod. Da verschwand Odhin und Agnar war da König lange Zeit.

— · —

3. Vafthrûdhnismâl.

Das Lied von Wafthrudnir.

Odhin.

1 Rath Du mir nun, Frigg, da mich zu fahren lüstet
  Zu Wafthrudnirs Wohnungen;
  Denn groß ist mein Vorwitz über der Vorwelt Lehren
  Mit dem allwißenden Joten zu streiten.

Frigg.

2 Daheim zu bleiben, Heervater, mahn ich dich
  In der Asen Gehegen,
  Da vom Stamm der Joten ich stärker keinen
  Als Wafthrudnirn weiß.

Odhin.

3 Viel erfuhr ich, viel versucht ich,
  Befrug der Wesen viel;
  Nun will ich wißen wie's in Wafthrudnirs
  Sälen beschaffen ist.

Frigg.

4 Heil denn fahre, heil denn kehre,
  Heil dir auf deinen Wegen!
  Dein Witz bewähre sich, da du, Weltenvater,
  Mit Riesen Rede tauscheft. —

5 Fuhr da Odhin zu erforschen die Weisheit
  Des allklugen Joten.
  Er kam zu der Halle, die Ims Vater hatte;
  Eintrat Yggr alsbald.

Odhin.

6 Heil dir, Wasthrudnir! In die Halle kam ich
   Dich selber zu sehen.
   Zuerst will ich wißen ob du weise bist
   Und ein allwißender Jote.

Wasthrudnir.

7 Wer ist der Mann, der in meinem Saal
   Das Wort an mich wendet?
   Aus kommst du nimmer aus unsern Hallen,
   Wenn du nicht weiser bist.

Odhin.

8 Gangradr heiß ich, die Wege ging ich
   Durstig zu deinem Saal.
   Bin weit gewandert, des Wirths, o Riese,
   Und deines Empfangs bedürftig.

Wasthrudnir.

9 Was hältst du und sprichst an der Hausflur, Gangradr?
   Nimm bir Sitz im Saale:
   So wird erkannt wer kundiger sei,
   Der Gast oder der graue Redner.

Gangradr.

10 Kehrt Armut ein beim Ueberfluß,
   Spreche sie gut oder schweige.
   Uebeln Ausgang nimmt Uebergeschwätzigkeit
   Bei mürrischem Manne.

Wasthrudnir.

11 Sage denn, so du von der Flur versuchen willst,
   Gangradr, dein Glück,
   Wie heißt der Hengst, der herzieht den Tag
   Ueber der Menschen Menge?

Gangradr.

12 Skinfaxi [10] heißt er, der den schimmernden Tag zieht
   Ueber der Menschen Menge.
   Für der Füllen bestes gilt es den Völkern,
   Stäts glänzt die Mähne der Mähre.

Wafthrudnir.

13 Sage denn, so du von der Flur versuchen willst,
Gangradr, dein Glück,
Den Namen des Rosses, das die Nacht bringt von Osten
Den waltenden Wesen?

Gangradr.

14 Hrimfaxi heißt es, das die Nacht herzieht
Den waltenden Wesen.
Mehlthau fällt ihm am Morgen vom Gebiß
Und füllt mit Thau die Thäler.

Wafthrudnir.

15 Sage denn, so du von der Flur versuchen willst,
Gangradr, dein Glück,
Wie heißt der Strom, der dem Stamm der Riesen
Den Grund theilt und den Göttern?

Gangradr.

16 Ifing heißt der Strom, der dem Stamm der Riesen
Den Grund theilt und den Göttern.
Durch alle Zeiten zieht er offen,
Nie wird Eis ihn engen.

Wafthrudnir.

17 Sage denn, so du von der Flur versuchen willst,
Gangradr, dein Glück,
Wie heißt das Feld, wo zum Kampf sich finden
Surtur und die selgen Götter?

Gangradr.

18 Wigrid [51] heißt das Feld, da zum Kampf sich finden
Surtur und die selgen Götter.
Hundert Rasten zählt es rechts und links:
Solcher Walplatz wartet ihrer.

Wafthrudnir.

19 Klug bist du, Gast: geh zu den Riesenbänken
Und laß uns sitzend sprechen.
Das Haupt stehe hier in der Halle zur Wette,
Wandrer, um weise Worte.

Gangradr.

20 Sage zum ersten, wenn Sinn dir ausreicht
Und du es weißt, Wasthrudnir,
Erd und Ueberhimmel, von wannen zuerst sie
Kamen? kluger Jote!

Wasthrudnir.

21 Aus Ymirs Fleisch 6. 8 ward die Erde geschaffen,
Aus dem Gebein die Berge,
Der Himmel aus der Hirnschale des eiskalten Hünen,
Aus seinem Schweiße die See.

Gangradr.

22 Sag mir zum andern, wenn der Sinn dir ausreicht
Und du es weißt, Wasthrudnir,
Von wannen der Mond kommt, der über die Menschen fährt,
Und so die Sonne?

Wasthrudnir.

23 Mundilföri 11 heißt des Mondes Vater
Und so der Sonne.
Sie halten täglich am Himmel die Runde
Und bezeichnen die Zeiten des Jahrs.

Gangradr.

24 Sag mir zum dritten, so du weise dünkst
Und du es weißt, Wasthrudnir,
Wer hat den Tag gezeugt, der über die Völker zieht,
Und die Nacht mit dem Neumond?

Wasthrudnir.

25 Dellingr 10 heißt des Tages Vater,
Die Nacht ist von Nörwi gezeugt.
Des Mondes Mindern und Schwinden schufen milde Wesen
Die Zeiten des Jahrs zu bezeichnen.

Gangradr.

26 Sag mir zum vierten, wenn das erforscht hast
Und du es weißt, Wasthrudnir,
Wannen der Winter kam und der warme Sommer
Zuerst den giltgen Göttern?

Wafthrudnir.

27 Windswalir[19] heißt des Winters Vater,
   Und Swasudr des Sommers.
   Durch alle Zeiten ziehn sie selbander
   Bis die Götter vergehen.

Gangradr.

28 Sag mir zum fünften, wenn das erforscht hast
   Und du es weißt, Wafthrudnir,
   Wer von den Asen der erste, oder von Ymirs Geschlecht
   Im Anfang aufwuchs?

Wafthrudnir.

29 Im Urbeginn der Zeiten vor der Erde Schöpfung
   Ward Bergelmir[7] geboren.
   Drudgelmir war dessen Vater,
   Oergelmir sein Ahn.

Gangradr.

30 Sag mir zum sechsten, wenn du sinnig dünkst
   Und du es weißt, Wafthrudnir,
   Woher Oergelmir kam den Kindern der Riesen
   Zuerst? allkluger Jote.

Wafthrudnir.

31 Aus den Eliwagar[5] fuhren Eitertropfen
   Und wuchsen bis ein Riese ward.
   Dann stoben Funken aus der südlichen Welt
   Und Lohe gab Leben dem Eis.

Gangradr.

32 Sag mir zum siebenten, wenn du sinnig dünkst
   Und du es weißt, Wafthrudnir,
   Wie zeugte Kinder der kühne Jötun,
   Da er der Gattin irre ging?

Wafthrudnir.

33 Unter des Reifriesen Arm wuchs, rühmt die Sage[5],
   Dem Thursen Sohn und Tochter.
   Fuß mit Fuß gewann dem furchtbaren Riesen
   Sechsgehäupteten Sohn.

Gangradr.

34 Sag mir zum achten, wenn man dich weise achtet,
Daß du es weißt, Wafthrudnir,
Wes gedenkt dir zuerst, was weißt du das älteste?
Du bist ein allkluger Jötun.

Wafthrudnir.

35 Im Urbeginn der Zeiten, vor der Erde Schöpfung
Ward Bergelmir [7] geboren.
Des gedenk ich zuerst, daß der allkluge Jötun
Im Boot geborgen ward.

Gangradr.

36 Sag mir zum neunten, wenn man dich weise nennt
Und du es weißt, Wafthrudnir,
Woher der Wind kommt, der über die Waßer fährt
Unsichtbar den Erdgebornen.

Wafthrudnir.

37 Hräswelg [18] heißt der an Himmels Ende sitzt
In Adlerskleid ein Jötun.
Mit seinen Fittichen facht er den Wind
Ueber alle Völker.

Gangradr.

38 Sag mir zum zehnten, wenn der Götter Zeugung
Du weißt, Wafthrudnir,
Wie kam Neördr aus Noatun
Unter die Asensöhne? [23]
Höfen und Heiligtümern hundert gebietet er
Und ist nicht asischen Ursprungs.

Wafthrudnir.

39 In Wanaheim schufen ihn weise Mächte
Und gaben ihn Göttern zum Geisel.
Am Ende der Zeiten soll er aber kehren
Zu den weisen Wanen.

Gangradr.

40 Sag mir zum eilften, wenn der Asen Geschicke
   Du weißt, Wafthrudnir,
   In Heervaters Halle was die Helden schaffen
   Bis die Götter vergehen?

Wafthrudnir.

41 Die Einherier [41] alle in Odhins Saal
   Streiten Tag für Tag;
   Sie kiesen den Wal und reiten vom Kampf heim
   Mit Asen Ael zu trinken,
   Und Sährimnirs satt
   Sitzen sie friedlich beisammen.

Gangradr.

42 Sag mir zum zwölften, wenn der Götter Zukunft
   Du alle weißt, Wafthrudnir,
   Von der Joten und aller Asen Geheimnissen
   Sag mir das Sicherste,
   Allkluger Jötun.

Wafthrudnir.

43 Von der Joten und aller Asen Geheimnissen
   Kann ich Sicheres sagen,
   Denn alle durchwandert hab ich die Welten,
   Neun Reiche bereist ich bis Nifelheim nieder;
   Da fahren die Helden zu Hel.

Gangradr.

44 Viel erfuhr ich, viel versucht ich,
   Befrug der Wesen viel.
   Wer lebt und leibt noch, wenn der lang besungne
   Schreckenswinter schwand?

Wafthrudnir.

45 Lif und Lifthrasir leben verborgen
   In Hoddmimirs Holz. [53]
   Morgenthau ist all ihr Mal:
   Von ihnen stammt ein neu Geschlecht.

Gangradr.

46 Viel erfuhr ich, viel versucht ich,
Befrug der Wesen viel.
Wie kommt eine Sonne au den klaren Himmel,
Wenn diese Fenrir fraß?

Wafthrudnir.

47 Eine Tochter entstammt der stralenden Göttin
Eh der Wolf sie würgt:
Glänzend fährt nach der Götter Fall
Die Maid auf den Wegen der Mutter. 53

Gangradr.

48 Viel erfuhr ich, viel versucht ich,
Befrug der Wesen viel.
Wie heißen die Mädchen, die das Meer der Zeit
Vorwißend überfahren?

Wafthrudnir.

49 Drei über der Völker Besten schweben
Mögthrasirs Mädchen,
Die einzigen Huldinnen der Erdenkinder,
Wenn auch bei Riesen auferzogen.

Gangradr.

50 Viel erfuhr ich, viel versucht ich,
Befrug der Wesen viel.
Wer waltet der Asen des Erbes der Götter,
Wenn Surturs Lohe losch?

Wafthrudnir.

51 Widar und Wali walten des Heiligtums,
Wenn Suturs Lohe losch. 53
Modi und Magni sollen Miölnir schwingen
Und zu Ende kämpfen den Krieg.

Gangradr.

52 Viel erfuhr ich, viel versucht ich,
Befrug der Wesen viel.
Was wird Odhins Ende werden,
Wenn die Götter vergehen?

Wafthrudnir.

53 Der Wolf erwürgt den Vater der Welten:
  Das wird Widar rächen.
  Die kalten Kiefern wird er klüften
  Im letzten Streit dem starken. [51]

Gangradr.

54 Viel erfuhr ich, viel versucht ich,
  Befrug der Wesen viel:
  Was sagte Odhin ins Ohr dem Sohn
  Eh er die Scheitern bestieg?

Wafthrudnir.

55 Nicht Einer weiß was in der Urzeit du
  Sagtest dem Sohn ins Ohr.
  Den Tod auf dem Munde meldet' ich Schicksalsworte
  Von der Asen Ausgang.
  Mit Odhin kämpft ich in klugen Reden:
  Du wirst immer der Weiseste sein.

4. Hrafnagaldr Ôdhins.

Odhins Rabenzauber.

1 Allvater waltet, Alſen verſtehn,
  Wanen wißen, Nornen weiſen,
  Iwidie nährt, Menſchen dulden,
  Thurſen erwarten, Walküren trachten.

2 Die Aſen ahnten übles Verhängniß,
  Verwirrt von widrigen Winken der Seherin.
  Urda ſollte Odhrärir bewachen,
  Wenn ſie wüſte ſo großem Schaden zu wehren.

3 Auf hub ſich Hugin[38] den Himmel zu ſuchen;
  Unheil fürchteten die Aſen, verweil er.
  Thrains Ausſpruch iſt ſchwerer Traum,
  Dunkler Traum iſt Dains Ausſpruch.

4 Den Zwergen ſchwindet die Stärke. Die Himmel
  Neigen ſich nieder zu Ginnungs Nähe.[5]
  Allswidr[11] läßt ſie oftmals ſinken,
  Oft die ſinkenden hebt er aber empor.

5 Nirgend haftet Sonne noch Erde,
  Es ſchwanken und ſtürzen die Ströme der Luft.
  In Mimirs klarer Quelle verſiecht
  Die Weisheit der Männer. Wißt ihr was das bedeutet?

6 Im Thale weilt die vorwißende Göttin
  Hinab von Yggdraſils Eſche geſunken,
  Alſengeſchlechtern Idun genannt,
  Die Jüngſte von Iwalts[61] ältern Kindern.

7 Schwer erträgt sie　dieß Niedersinken
Unter des Laubbaums　Stamm gebannt.
Nicht behagt es ihr　bei Nörwis [10] Tochter,
An heitere Wohnung　gewöhnt so lange.

8 Die Sieggötter sehen　die Sorge Nannas
Um die niedre Wohnung: sie geben ihr ein Wolfsfell.
Damit bekleidet　verkehrt sie den Sinn,
Freut sich der Auskunst,　erneut die Farbe.

9 Wählte Widrir [6]　den Wächter der Brücke,
Den Giallartöner, [27]　die Göttin zu fragen
Was sie wiße　von den Weltgeschicken.
Ihn geleiten　Loptr und Bragi. [16]

10 Weihlieder sangen,　auf Wölfen ritten
Die Herscher und Hüter　der Himmelswelt.
Odhin spähte　von Hlidskialfs Sitz
Und wandte weit　hinweg die Zeugen.

11 Der Weise fragte　die Wächterin des Tranks,
Ob von den Asen　und ihren Geschicken
Unten im Hause　der Hel sie wüßten
Anfang und Dauer　und endlichen Tod.

12 Sie mochte nicht reden,　nicht melden konnte sie's:
Wie begierig sie fragten,　sie gab keinen Laut.
Zähren schoßen　aus den Spiegeln des Haupts,
Mühsam verhehlt,　und netzten die Hände.

13 Wie schlafbetäubt　erschien den Göttern
Die Harmvolle, die des Worts sich enthielt.
Jemehr sie sich weigerte,　je mehr sie drängten;
Doch mit allem Forschen　erfragten sie nichts.

14 Da fuhr hinweg　der Bormann der Botschaft,
Der Hüter von Herians　gellendem Horn.
Den Sohn der Nal　nahm er zum Begleiter; [33]
Als Wächter der Schönen　blieb Odhins Skalde. [26]

15 Gen Wingolf kehrten Widrirs Gesandte,
    Beide von Forniots Freunden getragen.
    Eintraten sie itzt und grüßten die Asen,
    Yggrs Gefährten beim fröhlichen Mal.

16 Sie wünschten dem Odhin, dem seligsten Asen,
    Lang auf dem Hochsitz der Lande zu walten;
    Den Göttern, beim Gastmal vergnügt sich zu reihen,
    Bei Allvater ewiger Ehren genießend.

17 Nach Bölwerks[58] Gebot auf die Bänke vertheilt,
    Von Sährimnir speisend saßen die Götter.
    Skögul schenkte in Hnikars Schalen
    Den Meth und maß ihn aus Mimirs Horn.

18 Mancherlei fragten über dem Male
    Den Heimdal die Götter, die Göttinnen Loki,
    Ob Spruch und Spähung gespendet die Jungfrau —
    Bis Dunkel am Abend den Himmel deckte.

19 Uebel, sagten sie, sei es ergangen,
    Erfolglos die Werbung, und wenig erforscht.
    Nur mit List gewinnen ließe der Rath sich,
    Daß ihnen die Göttliche Auskunft gäbe.

20 Antwort gab Omi,[3] sie Alle hörten es:
    „Die Nacht ist zu nützen zu neuem Entschluß.
    Bis Morgen bedenke Wer es vermag
    Glücklichen Rath den Göttern zu finden."

21 Ueber die Wege von Walis Mutter
    Nieder sank die Nahrung Fenrirs.
    Vom Gastmal schieden die Götter entlaßend
    Hroptr und Frigg, als Hrimfaxi[10] auffuhr.

22 Da hebt sich von Osten aus den Eliwagar[5]
    Des reißkalten Riesen[10] dornige Ruthe,
    Mit der er in Schlaf die Völker schlägt,
    Die Midgard bewohnen, vor Mitternacht.

23 Die Kräfte ermatten, ermüden die Arme,
   Schwindelnd wankt der weiße Schwertgott. ²⁷
   Ohnmacht befällt fie in der eifigen Nachtluft,
   Die Sinne fchwanken der ganzen Verfammlung.

24 Da trieb aus dem Thore wieder der Tag
   Sein fchön mit Geftein gefchmücktes Roß;
   Weit über Mannheim glänzte die Mähne:
   Des Zwergs Ueberliſterin zog es im Wagen.

25 Am nördlichen Rand der nährenden Erde
   Unter der Urbaums äußerſte Wurzel
   Gingen zur Ruhe Gygien und Thurfen,
   Gefpenſter, Zwerge und Schwarzalfen.

26 Auf ſtanden die Herfcher und die Alfenbeſtralerin;
   Die Nacht fank nördlich gen Nifelheim.
   Ulfrunas Sohn ſtieg Argiöl ²⁷ hinan,
   Der Hornbläfer, zu den Himmelsbergen.

5. Vegtamskvidha.

Das Wegtamslied.

1 Die Asen eilten all zur Versammlung
Und die Asinnen all zum Gespräch:
Darüber beriethen die himmlischen Richter,
Warum den Baldur böse Träume schreckten?

2 (Ihm schien der schwere Schlaf ein Kerker,
Verschwunden des süßen Schlummers Labe.
Da fragten die Fürsten vorschauende Wesen,
Ob ihnen das wohl Unheil bedeute?

3 Die Gefragten sprachen: „Dem Tode verfallen ist
Ullers[31] Freund, so einzig lieblich."
Darob erschraken Swafnir und Frigg,
Und alle die Fürsten sie faßten den Schluß:

4 „Wir wollen besenden die Wesen alle,
Frieden erbitten, daß sie Baldurn nicht schaden"
Alles schwur Eide, ihn zu verschonen;
Frigg nahm die festen Schwür in Empfang.

5 Allvater achtete das ungenügend,
Verschwunden schienen ihm die Schutzgeister all.
Die Asen berief er Rath zu heischen;
Am Mahlstein gesprochen ward mancherlei.)

6 Auf stand Odhin, der Allerschaffer,
Und schwang den Sattel auf Sleipnirs[42] Rücken.
Nach Niselheim hernieder ritt er;
Da kam aus Hels Haus ein Hund ihm entgegen,

7 Blutbefleckt vorn an der Brust,
  Kiefer und Rachen klaffend zum Biß,
  So ging er entgegen mit gähnendem Schlund
  Dem Vater der Lieder und bellte laut.
  Fort ritt Odhin, die Erde dröhnte,
  Zu dem hohen Hause kam er der Hel.

8 Da ritt Odhin ans östliche Thor,
  Wo er der Wala wuste den Hügel.
  Das Wecklied begann er der Weisen zu singen,
  (Nach Norden schauend schlug er mit dem Stabe
  Sprach die Beschwörung Bescheid erheischend)
  Bis gezwungen sie aufstand Unheil verkündend.

Wala.

9 Welcher der Männer, mir unbewuster,
  Schafft die Beschwerde mir solchen Gangs?
  Schnee beschneite mich, Regen beschlug mich,
  Thau beträufte mich, todt war ich lange.

Odhin.

10 Ich heiße Wegtam, bin Waltams Sohn.
  Wie ich von der Oberwelt sprich von der Unterwelt.
  Wem sind die Bänke mit Baugen (Ringen) bestreut,
  Die glänzenden Betten mit Gold bedeckt?

Wala.

11 Hier steht dem Baldur der Becher eingeschenkt,
  Der schimmernde Trank, vom Schild bedeckt.
  Die Asen alle sind ohne Hoffnung.
  Genöthigt sprach ich, nun will ich schweigen.

Wegtam.

12 Schweig nicht, Wala, ich will dich fragen
  Bis Alles ich weiß. Noch wüst ich gerne:
  Welcher der Männer ermordet Baldurn,
  Wird Odhins Erben das Ende fügen?

Wala.

13 Hieher bringt Höðr [25] den hochberühmten,
   Er wird der Mörder werden Baldurs,
   Wird Odhins Erben das Ende fügen. [49]
   Genöthigt sprach ich, nun will ich schweigen.

Wegtam.

14 Schweig nicht, Wala, ich will dich fragen
   Bis Alles ich weiß. Noch wüßt ich gerne:
   Wer wird uns Rache gewinnen an Höður,
   Und zum Bühle bringen Baldurs Mörder?

Wala.

15 Rindur [30. 36] im Westen gewinnt den Sohn,
   Der einnächtig, Odhins Erbe, zum Kampf geht.
   Er wäscht die Hand nicht, das Haar nicht kämmt er
   Bis er zum Bühle brachte Baldurs Mörder.
   Genöthigt sprach ich, nun will ich schweigen.

Wegtam.

16 Schweig nicht, Wala, ich will dich fragen
   Bis Alles ich weiß. Noch wüßt ich gerne:
   Wie heißt das Weib, die nicht weinen will
   Und himmelan werfen des Hauptes Schleier?
   Sage das Eine noch, nicht eher schläfst du.

Wala.

17 Du bist nicht Wegtam wie erst ich wähnte,
   Odhin bist du der Allerschaffer.

Odhin.

18 Du bist keine Wala, kein wißendes Weib,
   Vielmehr bist du dreier Thursen Mutter.

Wala.

19 Heim reit nun, Odhin, und rühme dich:
   Kein Mann kommt mehr mich zu besuchen
   Bis los und ledig Loki der Bande wird
   Und der Götter Dämmerung verderbend einbricht.

6. Hávamál.

Des Hohen Lied.

1 Der Ausgänge halber bevor du eingehst
  Stelle dich sicher,
  Denn ungewiß ist, wo Widersacher
  Im Hause halten.

2 Heil dem Geber! der Gast ist gekommen:
  Wo soll er sitzen?
  Athemlos ist, der unterwegs
  Sein Geschäft besorgen soll.

3 Wärme wünscht der vom Wege kommt
  Mit erkaltetem Knie;
  Mit Kost und Kleidern erquicke den Wandrer,
  Der über Felsen fuhr.

4 Waßer bedarf, der Bewirthung sucht,
  Ein Handtuch und holde Nöthigung.
  Mit guter Begegnung erlangt man vom Gaste
  Wort und Wiedervergeltung.

5 Witz bedarf man auf weiter Reise;
  Daheim hat man Nachsicht.
  Zum Augengespött wird der Unwißende,
  Der bei Sinnigen sitzt.

6 Doch steife sich Niemand auf seinen Verstand,
  Acht hab er immer.
  Wer klug und wortkarg zum Wirthe kommt
  Schadet sich selten:

Denn festern Freund   als kluge Vorsicht
Mag der Mann nicht haben.

7 Vorsichtiger Mann,   der zum Male kommt,
Schweigt lauschend still.
Mit Ohren horcht er,   mit Augen späht er
Und forscht zuvor verständig.

8 Selig ist,   der sich erwirbt
Lob und guten Leumund.
Unser Eigentum   ist doch ungewiss
In des Andern Brust.

9 Selig ist,   wer selbst sich mag
Im Leben löblich rathen,
Denn übler Rath   wird oft dem Mann
Aus des Andern Brust.

10 Nicht beßre Bürde   bringt man auf Reisen
Als Wißen und Weisheit.
So frommt das Gold   in der Fremde nicht,
In der Noth ist nichts so nütze.

11 Nicht üblern Begleiter   giebt es auf Reisen
Als Betrunkenheit ist,
Und nicht so gut   als Mancher glaubt
Ist Ael den Erdensöhnen,
Denn um so minder   je mehr man trinkt
Hat man seiner Sinne Macht.

12 Der Vergeßenheit Reiher   überrauscht Gelage
Und stiehlt die Besinnung.
Des Vogels Gefieder   befing auch Mich
In Gunlöds Haus und Gehege.

13 Trunken ward ich   und übertrunken
In des schlauen Fialars Felsen.
Trunk mag taugen,   wenn man ungetrübt
Sich den Sinn bewahrt.

14 Schweigsam und vorsichtig sei des Fürsten Sohn
   Und kühn im Kampf.
   Heiter und wohlgemuth erweise sich Jeder
   Bis zum Todestag.

15 Der unwerthe Mann meint ewig zu leben,
   Wenn er vor Gefechten flieht.
   Das Alter gönnt ihm doch endlich nicht Frieden,
   Obwohl der Sper ihn spart.

16 Der Tölpel glotzt, wenn er zum Gastmal kommt,
   Murmelnd sitzt er und mault.
   Hat er sein Theil getrunken hernach,
   So sieht man welchen Sinns er ist.

17 Der weiß allein, der weit gereist ist,
   Und Vieles hat erfahren,
   Welches Witzes jeglicher waltet,
   Wofern ihn selbst der Sinn nicht fehlt.

18 Lange zum Becher nur, doch leer ihn mit Maß,
   Sprich gut oder schweig.
   Niemand wird es ein Laster nennen,
   Wenn du früh zur Ruhe fährst.

19 Der gierige Schlemmer, vergißt er der Tischzucht,
   Schlingt sich schwere Krankheit an;
   Oft wirkt Verspottung, wenn er zu Weisen kommt,
   Thörichtem Mann sein Magen.

20 Selbst Heerden wißen, wann zur Heimkehr Zeit ist
   Und gehn vom Grase willig;
   Der Unkluge kennt allein nicht
   Seines Magens Maß.

21 Der Armselige, Uebelgesinnte
   Hohnlacht über Alles
   Und weiß doch selbst nicht was er wißen sollte,
   Daß er nicht fehlerfrei ist.

22 Unweiser Mann durchwacht die Nächte
Und sorgt um alle Sachen;
Matt nur ist er, wenn der Morgen kommt,
Der Jammer währt wie er war.

23 Ein unkluger Mann meint sich Alle hold,
Die ihn lieblich anlachen.
Er versieht es sich nicht, wenn sie Schlimmes von ihm reden
So er zu Klügern kommt.

24 Ein unkluger Mann meint sich Alle hold,
Die ihm kein Widerwort geben;
Kommt er vor Gericht, so erkennt er bald,
Daß er wenig Anwälte hat.

25 Ein unkluger Mann meint Alles zu können,
Wenn er sich einmal zu wahren wuste.
Doch wenig weiß er was er antworten soll,
Wenn er mit Schwerem versucht wird.

26 Ein unkluger Mann, der zu Andern kommt,
Schweigt am Besten still.
Niemand bemerkt, daß er nichts versteht
So lang er zu sprechen scheut.
Nur freilich weiß wer wenig weiß
Auch das nicht, wann er schweigen soll.

27 Weise dünkt sich schon wer zu fragen weiß
Und zu sagen versteht;
Doch Unwißenheit mag kein Mensch verbergen,
Der mit Leuten leben muß.

28 Der schwatzt zuviel, der nimmer geschweigt
Eitel unnützer Worte.
Die zappelnde Zunge, die kein Zaum verhält,
Ergellt sich selten Gutes.

29 Mach nicht zum Spott der Augen den Mann,
   Der vertrauend Schutz will suchen.
   Klug dünkt sich leicht, der von Keinem befragt wird
   Und mit heiler Haut daheim sitzt.

30 Klug dünkt sich gern, wer Gast den Gast
   Verhöhnend, Heil in der Flucht sucht.
   Oft merkt zu spät, der beim Male Hohn sprach,
   Wie grämlichen Feind er ergrimmte.

31 Zu oft geschiehts, daß sonst nicht Verfeindete
   Sich als Tischgesellen schrauben.
   Dieses Aufziehn wird ewig währen:
   Der Gast grollt dem Gaste.

32 Bei Zeiten nehme den Imbiß zu sich,
   Der nicht zu gutem Freunde fährt.
   Sonst sitzt er und schnappt und will verschmachten
   Und hat zum Reden nicht Ruhe.

33 Ein Umweg ists zum untreuen Freunde,
   Wohnt er gleich am Wege;
   Zum trauten Freunde führt ein Richtsteig
   Wie weit der Weg sich wende.

34 Zu gehen schickt sich, nicht zu gasten stäts
   An derselben Statt.
   Der Liebe wird leid, der lange weilt
   In des Andern Haus.

35 Eigen Haus, ob eng, geht vor,
   Daheim bist du Herr,
   Zwei Ziegen nur und dazu ein Strohdach
   Ist beßer als Betteln.

36 Eigen Haus, ob eng, geht vor,
   Daheim bist du Herr.
   Das Herz blutet Jedem, der erbitten muß
   Sein Mal alle Mittag.

37 Von seinen Waffen weiche Niemand
  Einen Schritt im freien Feld:
  Niemand weiß unterwegs wie bald
  Er seines Spers bedarf.

38 Nie fand ich so milden und kostfreien Mann,
  Der nicht gerne Gab empfing,
  Mit seinem Gute so freigebig Keinen,
  Dem Lohn wär leid gewesen.

39 Des Vermögens, das der Mann erwarb,
  Soll er sich selbst nicht Abbruch thun:
  Oft spart man dem Leiden was man dem Lieben bestimmt;
  Viel fügt sich schlimmer als man denkt.

40 Freunde sollen mit Waffen und Gewändern sich erfreun,
  Den schönsten, die sie besitzen:
  Gab und Gegengabe begründet Freundschaft,
  Wenn sonst nichts entgegen steht.

41 Der Freund soll dem Freunde Freundschaft bewähren
  Und Gabe gelten mit Gabe.
  Hohn mit Hohn soll der Held erwiedern,
  Und Losheit mit Lüge.

42 Der Freund soll dem Freunde Freundschaft bewähren,
  Ihm selbst und seinen Freunden.
  Aber des Feindes Freunde soll Niemand
  Sich gewogen erweisen.

43 Weißt du den Freund, dem du wohl vertraust
  Und erhoffst du Holdes von ihm,
  So tausche Gesinnung und Geschenke mit ihm,
  Und suche manchmal sein Haus heim.

44 Weißt du den Mann, dem du wenig vertraust
  Und hoffst doch Holdes von ihm,
  Sei fromm in Worten und falsch im Denken
  Und zahle Losheit mit Lüge.

45 Weißt du dir Wen, dem du wenig vertraust,
  Weil dich sein Sinn verdächtig dünkt,
  Den magst du anlachen, und an dich halten:
  Die Vergeltung gleiche der Gabe.

46 Jung war ich einst, da ging ich einsam
  Verlaßne Wege wandern.
  Doch fühlt ich mich reich, wenn ich Andere fand:
  Der Mann ist des Mannes Lust.

47 Der milde, muthige Mann ist am glücklichsten,
  Den selten Sorge beschleicht;
  Doch der Verzagte zittert vor Allem
 . Und kargt verkümmernd mit Gaben.

48 Mein Gewand gab ich im Walde
  Moosmännern zweien.
  Bekleidet dauchten sie Kämpen sich gleich,
  Während Hohn den Nackten neckt.

49 Der Dornbusch dorrt, der im Dorfe steht,
  Ihm bleibt nicht Blatt noch Borke.
  So geht es dem Mann, den Niemand mag:
  Was soll er länger leben?

50 Heißer brennt als Feuer der Bösen
  Freundschaft fünf Tage lang;
  Doch sicher am sechsten ist sie erstickt
  Und alle Lieb erloschen.

51 Die Gabe muß nicht immer groß sein:
  Oft erwirbt man mit Wenigem Lob.
  Ein halbes Brot, eine Neig im Becher
  Gewann mir wohl den Gesellen.

52 Wie Körner im Sand klein an Verstand
  Ist kleiner Seelen Sinn.
  Ungleich ist der Menschen Einsicht,
  Zwei Hälften hat die Welt.

53 Der Mann muß mäßig weise sein,
   Doch nicht allzuweise.
   Das schönste Leben ist dem beschieden,
   Der recht weiß was er weiß.

54 Der Mann muß mäßig weise sein,
   Doch nicht allzuweise.
   Des Weisen Herz erheitert sich selten
   Wenn er zu weise wird.

55 Der Mann muß mäßig weise sein,
   Doch nicht allzuweise.
   Sein Schicksal kenne Keiner voraus,
   So bleibt der Sinn ihm sorgenfrei.

56 Brand entbrennt an Brand bis er zu Ende brennt,
   Flamme belebt sich an Flamme.
   Der Mann wird durch den Mann der Rede mächtig:
   Im Verborgnen bleibt er blöde.

57 Früh aufstehen soll wer den Andern sinnt
   Um Haupt und Habe zu bringen:
   Dem schlummernden Wolf glückt selten ein Fang,
   Noch schlafendem Mann ein Sieg.

58 Früh aufstehen soll wer wenig Arbeiter hat,
   Und schaun nach seinem Werke.
   Manches versäumt wer den Morgen verschläft:
   Dem Raschen gehört der Reichtum halb.

59 Dürrer Scheite und deckender Schindeln
   Weiß der Mann das Maß,
   Und all des Holzes, womit er ausreicht
   Während der Jahreswende.

60 Rein und gesättigt reit zur Versammlung
   Um schönes Kleid unbekümmert.
   Der Schuh und der Hosen schäme sich Niemand,
   Noch des Hengstes, hat er nicht guten.

61 Zu sagen und zu fragen verstehe Jeder,
   Der nicht dumm will dünken.
   Nur Einem vertrau er, nicht auch dem Andern;
   Wißens dreie, so weiß es die Welt.

62 Verlangend lechzt eh er lauben mag
   Der Aar auf der ewigen See.
   So geht es dem Mann in der Menge des Volks,
   Der keinen Anwalt antrifft.

63 Der Macht muß der Mann, wenn er klug ist,
   Sich mit Bedacht bedienen,
   Denn bald wird er finden, wenn er sich Feinde macht,
   Daß dem Starken ein Stärkrer lebt.

64 Umsichtig und verschwiegen sei ein Jeder
   Und im Zutraun zaghaft.
   Worte, die Andern anvertraut wurden,
   Büßt man oft bitter.

65 An manchen Ort kam ich allzufrüh;
   Allzuspät an andern.
   Bald war getrunken das Bier, bald zu frisch;
   Unlieber kommt immer zur Unzeit.

66 Hier und dort hätte mir Labung gewinkt,
   Wenn ich des bedurfte.
   Zwei Schinken noch hingen in des Freundes Halle,
   Wo ich Einen schon geschmaust.

          *   *   *

67 Feuer ist das Beste dem Erdgebornen,
   Und der Sonne Schein;
   Nur sei Gesundheit ihm nicht versagt
   Und lasterlos zu leben.

68 Ganz unglücklich ist Niemand, ist er gleich nicht gesund:
   Einer hat an Söhnen Segen,
   Einer an Freunden, Einer an vielem Gut,
   Einer an trefflichem Thun.

69 Leben ist beßer, auch Leben in Armut:
    Der Lebende kommt noch zur Kuh.
    Feuer sah ich des Reichen Reichtümer freßen,
    Und der Tod stand vor der Thür.

70. Der Hinkende reite, der Handlose hüte,
    Der Taube taugt noch zur Tapferkeit.
    Blind sein ist beßer als verbrannt werden:
    Der Todte nützt zu nichts mehr.

71 Ein Sohn ist beßer, ob spät geboren
    Nach des Vaters Hinfahrt.
    Bautasteine stehn am Wege selten,
    Wenn sie der Freund dem Freund nicht setzt.

72 Zweie gehören zusammen und doch schlägt die Zunge das Haupt.
    Unter jedem Gewand erwart ich eine Faust.

73 Der Nacht freut sich wer des Vorraths gewiß ist,
    Doch herb ist die Herbstnacht.
    Fünfmal wechselt oft das Wetter am Tag:
    Wie viel mehr im Monat!

74 Wer wenig weiß, der weiß auch nicht,
    Daß Einen oft der Reichtum äfft;
    Einer ist reich, ein Andrer arm:
    Den soll Niemand narren.

75 Das Vieh stirbt, die Freunde sterben
    Endlich stirbt man selbst;
    Doch nimmer mag ihm der Nachruhm sterben,
    Welcher sich guten gewann.

76 Das Vieh stirbt, die Freunde sterben,
    Endlich stirbt man selbst;
    Doch Eines weiß ich, das immer bleibt:
    Das Urtheil über den Todten.

77 Volle Speicher sah ich bei Fettlings Sproßen,
   Die heuer am Hungertuch nagen:
   Ueberfluß währt einen Augenblick,
   Dann flieht er, der falscheste Freund.

78 Der alberne Geck, gewinnt er etwa
   Gut oder Gunst der Frauen,
   Gleich schwillt ihm der Kamm, doch die Klugheit nicht;
   Nur im Hochmuth nimmt er zu.

79 Was wirst du finden, befragst du die Runen,
   Die hochheiligen,
   Welche Götter schufen, Hohepriester schrieben?
   Daß nichts besser sei als Schweigen.

          *   *   *

80 Den Tag lob Abends, die Fräu im Tode,
   Das Schwert, wenns versucht ist,
   Die Braut nach der Hochzeit, eh es bricht das Eis,
   Das Ael, wenns getrunken ist.

81 Im Sturm fäll den Baum, stich bei Fahrwind in See,
   Mit der Maid spiel im Dunkeln: manch Auge hat der Tag.
   Das Schiff ist zum Segeln, der Schild zum Decken gut,
   Die Klinge zum Hiebe, zum Küssen das Mädchen.

82 Trink Ael am Feuer, auf Eis lauf Schrittschuh,
   Kauf mager das Roß und rostig das Schwert.
   Zieh den Hengst daheim, den Hund im Vorwerk.

83 Mädchenreden vertraue kein Mann,
   Noch der Weiber Worten.
   Auf geschwungnem Rad geschaffen ward ihr Herz.
   Trug in der Brust verborgen.

84 Krachendem Bogen, knisternder Flamme,
   Schnappendem Wolf, geschwätziger Krähe,
   Grunzender Sache, wurzellosem Baum,
   Schwellender Meerflut, sprudelndem Keßel;

85 Fliegendem Pfeil, fallender See,
   Einnächtgem Eis, geringelter Natter,
   Bettrede der Braut, bruchigem Schwert,
   Kosendem Bären und Königskinde;

86 Siechem Kalb, gefälligem Knecht,
   Wahrsagendem Weib, auf der Walstatt Besiegtem,
   Heiterm Himmel, lachendem Herrn,
   Hinkendem Köter und Trauerkleidern;

87 Dem Mörder deines Bruders, wie breit wär die Straße,
   Halbverbranntem Haus, windschnellem Hengst,
   (Bricht ihm ein Bein, so ist er unbrauchbar):
   Dem Alten soll Niemand voreilig trauen.

88 Frühbesätem Feld trau nicht zu viel,
   Noch altklugem Kind.
   Wetter braucht die Saat und Witz das Kind:
   Das sind zwei zweiflige Dinge.

89 Die Liebe der Frau, die falschen Sinn hegt,
   Gleicht unbeschlagnem Roß auf schlüpfrigem Eis,
   Muthwillig, zweijährig, und übel gezähmt;
   Oder steuerlosem Schiff auf stürmender Flut,
   Der Gemsjagd des Lahmen auf glatter Bergwand.

90 Offen bekenn ich, der beide wohl kenne,
   Der Mann ist dem Weibe wandelbar;
   Wir reden am Schönsten, wenn wir am Schlechtesten denken:
   So wird die Klügste geködert.

91 Schmeichelnd soll reden und Geschenke bieten
   Wer des Mädchens Minne will,
   Den Liebreiz loben der leuchtenden Jungfrau:
   So fängt sie der Freier.

92 Der Liebe verwundern soll sich kein Weiser
   An dem andern Mann.
   Oft fesselt den Klugen was den Thoren nicht fängt,
   Liebreizender Leib.

93 Unklugheit wundre Keinen am Andern,
  Denn Viele befällt sie.
  Weise zu Tröpfen wandelt auf Erden
  Der Minne Macht.

*   *   *

94 Das Gemüth weiß allein, das dem Herzen innewohnt
  Und seine Neigung verschließt,
  Daß ärger Uebel den Edeln nicht quälen mag
  Als Liebesleid.

95 Selbst erfuhr ich das, als ich im Schiffe saß
  Und meiner Holden harrte.
  Herz und Seele war mir die süße Maid;
  Gleichwohl erwarb ich sie nicht.

96 Ich fand Billungs Maid auf ihrem Bette,
  Weiß wie die Sonne, schlafend.
  Aller Fürsten Freude fühlt ich nichtig,
  Sollt ich ihrer länger ledig leben.

97 „Am Abend sollst du, Odhin, kommen,
  Wenn du die Maid gewinnen willst.
  Nicht ziemt es sich, daß mehr als Zwei
  Von solcher Sünde wißen.“

98 Ich wandte mich weg Erwiederung hoffend,
  Ob noch der Neigung ungewiß;
  Jedennoch dacht ich, ich dürft erringen
  Ihre Gunst und Liebesglück.

99 So kehrt ich wieder: da war zum Kampf
  Strenge Schutzwehr auferweckt,
  Mit brennenden Lichtern, mit lodernden Scheitern
  Mir der Weg verwehrt zur Lust.

100 Am folgenden Morgen fand ich mich wieder ein,
  Da schlief im Saal das Gesind;
  Ein Hündlein sah ich statt der herlichen Maid
  An das Bett gebunden.

101 Manche schöne Maid, wers merken will,
    Ist dem Freier falsch gesinnt.
    Das erkannt ich klar, als ich das kluge Weib
    Verlocken wollte zu Lüsten.
    Jegliche Schmach that die Schlaue mir an
    Und wenig ward mir des Weibes.

102 Munter sei der Hausherr und heiter bei Gästen
    Nach geselliger Sitte,
    Besonnen und gesprächig: so schein er verständig,
    Und rathe stäts zum Rechten.

103 Der wenig zu sagen weiß wird ein Erztropf genannt,
    Es ist des Albernen Art.

———

104 Den alten Riesen besucht ich, nun bin ich zurück:
    Mit Schweigen erwarb ich da wenig.
    Manch Wort sprach ich zu meinem Gewinn
    In Suttungs Saal.

105 Gunnlöd schenkte mir auf goldnem Sessel
    Einen Trunk des theuern Meths.
    Uebel vergolten hab ich gleichwohl
    Ihrem heiligen Herzen,
    Ihrer glühenden Gunst.

106 Ratamund ließ ich den Weg mir räumen
    Und den Berg durchbohren;
    In der Mitte schritt ich zwischen Riesensteigen
    Und hielt mein Haupt der Gefahr hin.

107 Schlauer Verwandlungen Furcht erwarb ich,
    Wenig misslingt dem Listigen.
    Denn Odhrörir ist aufgestiegen
    Zur weitbewohnten Erde.

108 Zweifel heg ich ob ich heim wär gekehrt
    Aus der Riesen Reich,
    Wenn mir Gunnlöd nicht half, die herzige Maid,
    Die den Arm um mich schlang.

109 Die Eisriesen eilten des andern Tags
    Des hohen Rath zu hören
    In des Hohen Halle.
    Sie fragten nach Bölwerkr, ob er heimgefahren sei
    Oder ob er durch Suttung fiel.

110 Den Ringeid, sagt man, hat Odhin geschworen:
    Wer traut noch seiner Treue?
    Den Suttung beraubt' er mit Ränken des Meths
    Und ließ sich Gunnlöd grämen.

Loddfafnis-Lied.

111 Zeit ists zu reden vom Rednerstuhl.
    An dem Brunnen Urdas
    Saß ich und schwieg, saß ich und dachte
    Und merkte der Männer Reden.

112 Von Runen hört ich reden und vom Ritzen der Schrift
    Und vernahm auch nütze Lehren.
    Bei des Hohen Halle, in des Hohen Halle
    Hört ich sagen so:

113 Dieß rath ich, Loddfafnir, vernimm die Lehre,
    Wohl dir, wenn du sie merkst.
    Steh Nachts nicht auf, wenn die Noth nicht drängt,
    Du wärst denn zum Wächter geordnet.

114 Das rath ich, Loddfafnir, vernimm die Lehre,
    Wohl dir, wenn du sie merkst.
    In der Zauberfrau Schooß schlaf du nicht,
    So daß ihre Glieder dich gürten.

115 Sie bethört dich so, du entsinnst dich nicht mehr
    Des Gerichts und der Rede der Fürsten,
    Gedenkst nicht des Mals noch männlicher Freuden,
    Sorgenvoll suchst du dein Lager.

116 Das rath ich, Loddfafnir, vernimm die Lehre,
Wohl dir, wenn du sie merkst.
Des Andern Frau verführe du nicht
Zu heimlicher Zwiesprach.

117 Das rath ich, Loddfafnir, vernimm die Lehre,
Wohl dir, wenn du sie merkst.
Ueber Furten und Felsen so du zu fahren hast,
So sorge für reichliche Speise.

118 Dem übeln Mann eröffne nicht
Was dir Widriges widerfährt:
Von argem Mann erntest du nimmer doch
So guten Vertrauns Vergeltung.

119 Verderben stiften einem Degen sah ich
Uebeln Weibes Wort:
Die giftige Zunge gab ihm den Tod,
Nicht seine Schuld.

120 Gewannst du den Freund, dem du wohl vertraust,
So besuch ihn nicht selten,
Denn Strauchwerk grünt und hohes Gras
Auf dem Weg, den Niemand wandelt.

121 Das rath ich, Loddfafnir, vernimm die Lehre,
Wohl dir, wenn du sie merkst.
Guten Freund gewinne dir zu erfreuender Zwiesprach;
Heilspruch lerne so lange du lebst.

122 Altem Freunde sollst du der erste
Den Bund nicht brechen.
Das Herz frißt dir Sorge, magst du keinem mehr sagen
Deine Gedanken all.

123 Das rath ich, Loddfafnir, vernimm die Lehre,
Wohl dir, wenn du sie merkst.
Mit ungesalznem Narren sollst du
Nicht Worte wechseln.

124 Von albernem Mann   magst du niemals
Guten Lohn erlangen.
Nur der Wackere   mag dir erwerben
Guten Leumund durch sein Lob.

125 Das ist Seelentausch,   sagt Einer getreulich
Dem Andern Alles was er denkt.
Nichts ist übler   als unstät sein:
Der ist kein Freund,   der zu Gefallen spricht.

126 Das rath ich, Loddfafnir,   vernimm die Lehre,
Wohl dir, wenn du sie merkst.
Drei Worte nicht sollst du   mit dem Schlechtern wechseln:
Oft unterliegt der Gute,
Der mit dem Schlechten streitet.

127 Schuhe nicht sollst du   noch Schäfte machen
Für Andre als für dich:
Sitzt der Schuh nicht,   ist krumm der Schaft,
Wünscht man dir alles Uebel.

128 Das rath ich, Loddfafnir,   vernimm die Lehre,
Wohl dir, wenn du sie merkst.
Wo Noth du findest,   deren nimm dich an;
Doch gieb dem Feind nicht Frieden.

129 Das rath ich, Loddfafnir,   vernimm die Lehre,
Wohl dir, wenn du sie merkst.
Dich soll Andrer   Unglück nicht freuen;
Ihren Vortheil laß dir gefallen.

130 Das rath ich, Loddfafnir,   vernimm die Lehre,
Wohl dir, wenn du sie merkst.
Nicht aufschaun sollst du   im Schlachtgetöse:
Ebern ähnlich wurden   oft Erdenkinder;
So aber zwingt dich kein Zauber.

131 Willst du ein gutes Weib   zu deinem Willen bereden
    Und Freude bei ihr finden,
    So verheiß ihr Holdes   und halt es treulich:
    Des Guten wird die Maid nicht müde.

132 Sei vorsichtig,   doch seis nicht allzusehr,
    Am meisten seis beim Meth
    Und bei des Andern Weib;   auch wahre dich
    Zum dritten vor der Diebe List.

133 Mit Schimpf und Hohn   verspotte nicht
    Den Fremden noch den Fahrenden.
    Selten weiß   der zu Hause sitzt
    Wie edel ist, der einkehrt.

134 Laster und Tugenden   liegen den Menschen
    In der Brust beieinander.
    Kein Mensch ist so gut,   daß nichts ihm mangle,
    Noch so böse,   daß er zu nichts nützt.

135 Haarlosen Redner   verhöhne nicht:
    Oft ist gut was der Greis spricht.
    Aus welker Haut kommt   oft weißer Rath;
    Hängt ihm die Hülle gleich,
    Schrinden ihn auch Schrammen,
    Der unter Wichten wankt.

136 Das rath ich, Loddsafnir,   vernimm die Lehre,
    Wohl dir, wenn du sie merkst.
    Den Wandrer fahr nicht an,   noch weis ihm die Thür:
    Gieb dem Gehrenden gern.

137 Stark wär der Riegel,   der sich rücken sollte
    Allen aufzuthun.
    Gieb einen Scherf; dieß Geschlecht sonst wünscht
    Dir alles Unheil an.

138 Dieß rath ich, Loddsafnir,   vernimm die Lehre,
    Wohl dir, wenn du sie merkst:
    Wo Ael getrunken wird,   ruf die Erdkraft an:

Erde trinkt und wird nicht trunken.
Feuer hebt Krankheit, Eiche Verhärtung,
Aehre Vergiftung,
Der Hausgeist häuslichen Haber.
Mond mindert Tobsucht,
Hundbiß heilt Hundshaar,
Rune Vererbung;
Die Erde nehme Naß auf.

Odhins Runenlied.

139 (1) Ich weiß, daß ich hing am windigen Baum
Neun lange Nächte,
Vom Sper verwundet, dem Odhin geweiht,
Mir selber ich selbst,
Am Ast des Baums, dem man nicht ansehn kann
Aus welcher Wurzel er sproß.

140 (2) Sie boten mir nicht Brot noch Meth;
Da neigt' ich mich nieder
Auf Runen sinnend, lernte sie seufzend:
Endlich fiel ich zur Erde.

141 (3) Hauptlieder neun lernt ich von dem weisen Sohn
Bölthorns, des Vaters Bestlas,
Und trank einen Trunk des theuern Meths
Aus Odhrörir geschöpft.[57]

142 (4) Zu gedeihen begann ich und begann zu denken,
Wuchs und fühlte mich wohl.
Wort aus dem Wort verlieh mir das Wort,
Werk aus dem Werk verlieh mir das Werk.

143 (5) Runen wirst du finden und Rathstäbe,
Sehr starke Stäbe,
Sehr mächtige Stäbe.
Erzredner ersann sie, Götter schufen sie,
Sie ritze der hehrste der Herscher.

144 (6) Odhin den Asen, den Alfen Dain,
Dwalin den Zwergen,
Alswidr aber den Riesen; einige schnitt ich selbst.

145 (7) Weist du zu ritzen? weist du zu errathen?
Weist du zu finden? weist zu erforschen?
Weist du zu bitten? weist Opfer zu bieten?
Weist du wie man senden, weist wie man tilgen soll?

146 (8) Beßer nicht gebetet als zu viel geboten:
Die Gabe will stäts Vergeltung.
Beßer nichts gesendet als zu viel getilgt;
So ritz' es Thundr zur Richtschnur den Völkern.
Dahin entwich er, von wannen er ausging.

147 (9) Lieder kenn ich, die kann die Königin nicht
Und keines Menschen Kind.
Hülfe verheißt mir eins, denn helfen mag es
In Streiten und Zwisten und in allen Sorgen.

148 (10) Ein andres weiß ich, des Alle bedürfen,
Die heilkundig heißen.

149 (11) Ein drittes weiß ich, des ich bedarf
Meine Feinde zu feßeln.
Die Spitze stumpf ich dem Widersacher;
Mich verwunden nicht Waffen noch Listen.

150 (12) Ein viertes weiß ich, wenn der Feind mir schlägt
In Bande die Bogen der Glieder,
So bald ich es singe so bin ich ledig,
Von den Füßen fällt mir die Feßel,
Der Haft von den Händen.

151 (13) Ein fünftes kann ich: fliegt ein Pfeil gefährdend
Uebers Heer daher,
Wie hurtig er fliege, ich mag ihn hemmen,
Erschau ich ihn nur mit der Sehe.

152 (14) Ein sechstes kann ich, so Wer mich versehrt
        Mit harter Wurzel des Holzes:
          Den Andern allein, der mir es anthut,
          Verzehrt der Zauber, Ich bleibe frei.

153 (15) Ein siebentes weiß ich, wenn hoch der Saal steht
        Ueber den Leuten in Lohe,
          Wie breit sie schon brenne, Ich berge sie noch:
          Den Zauber weiß ich zu zaubern.

154 (16) Ein achtes weiß ich, das allen wäre
        Nützlich und nöthig:
          Wo unter Helden Hader entbrennt,
          Da mag ich schnell ihn schlichten.

155 (17) Ein neuntes weiß ich, wenn Noth mir ist
        Vor der Flut das Fahrzeug zu bergen,
          So wend ich den Wind von den Wogen ab
          Und beschwichtge rings die See.

156 (18) Ein zehntes kann ich, wenn Zaunreiterinnen
        Durch die Lüfte lenken,
          So wirk ich so, daß sie wirre zerstäuben
          Und als Gespenster schwinden.

157 (19) Ein eilftes kann ich, wenn ich zum Angriff soll
        Die treuen Freunde führen,
          In den Schild sing ichs, so ziehn sie siegreich
          Heil in den Kampf, heil aus dem Kampf,
          Bleiben heil wohin sie ziehn.

158 (20) Ein zwölftes kann ich, wo am Zweige hängt
        Vom Strang erstickt ein Todter,
          Wie ich ritze das Runenzeichen,
          So kommt der Mann und spricht mit mir.

159 (21) Ein dreizehntes kann ich, soll ich ein Degenkind
        In die Taufe tauchen,
          So mag er nicht fallen im Volksgefecht,
          Kein Schwert mag ihn versehren.

160 (22) Ein vierzehntes kann ich, soll ich dem Volke
Der Götter Namen nennen,
Asen und Alfen kenn ich allzumal;
Wenige sind so weise.

161 (23) Ein funfzehntes kann ich, das Volkrörir der Zwerg
Vor Dellings Schwelle sang:
Den Asen Stärke, den Alfen Gedeihn,
Hohe Weisheit dem Hroptatyr.

162 (24) Ein sechzehntes kann ich, will ich schöner Maid
In Lieb und Lust mich freuen,
Den Willen wandl ich der Weißarmigen,
Daß ganz ihr Sinn sich mir gesellt.

163 (25) Ein siebzehntes kann ich, daß schwerlich wieder
Die holde Maid mich meidet.
Dieser Lieder, magst du, Loddfafnir,
Lange ledig bleiben.
Doch wohl dir, weißt du sie,
Heil dir, behältst du sie,
Selig, singst du sie!

164 (26) Ein achtzehntes weiß ich, das ich aber nicht singe
Vor Maid noch Mannesweibe
Als allein vor ihr, die mich umarmt,
Oder sei es, meiner Schwester.
Beßer ist was Einer nur weiß;
So frommt das Lied mir lange.

165 (27) Des Hohen Lied ist gesungen
In des Hohen Halle,
Den Erdensöhnen noth, unnütz den Riesensöhnen.
Wohl ihm, der es kann, wohl ihm, der es kennt,
Lange lebt, der es erlernt,
Heil Allen, die es hören.

———————

7. Harbardhsliodh.

Das Harbardslied.

Thôr kam von der Oftfahrt her an einen Sand; jenseits stand der Fährmann mit dem Schiffe. Thôr rief:

1 Wer ist der Gesell der Gesellen, der überm Sunde steht?

Harbard antwortete:
2 Wer ist der Kerl der Kerle, der da kreischt überm Waßer?

Thôr.
3 Ueber den Sund fahr mich, so füttr ich dich morgen.
Einen Korb hab ich auf dem Rücken, beßre Kost giebt es nicht.
Eh ich ausfuhr aß ich in Ruh
Hering und Habermuß: davon hab ich noch genug.

Harbard.
4 Allzuvorlaut rühmst du dein Frühmal;
Du weist das Weitre nicht:
Traurig ist dein Hauswesen, todt wird deine Mutter sein.

Thôr.
5 Das hör ich nun hier, was das Herbste scheint
Jedem Mann, daß meine Mutter todt sei.

Harbard.
6 Du hältst dich nicht, als hättest du guter Höfe drei:
Barbeinig stehst du in Bettlersgewand,
Nicht einmal Hosen hast du an.

Thôr.
7 Steure nur her die Eiche, die Stätte zeig ich dir,
Doch Wem gehört das Schiff, das du hältst am Ufer?

Harbard.

8 Hildolf heißt er, der mich zu halten bat,
Der rathkluge Recke, der in Radsei-sund wohnt.
Er widerrieth mir, Strolche und Rossdiebe zu fahren:
Nur ehrliche Leute und die mir lange kund sein.
Sag deinen Namen, wenn du über den Sund willst.

Thôr.

9 Den sag ich dir frei, obgleich ich hier friedlos bin,
Und all mein Geschlecht. Ich bin Odhins Sohn,
Meilis Bruder und Magnis Vater,
Der Kräftiger der Götter; du kannst mit Thôr hier sprechen.
Ich habe zu fragen nun: wie heißest du?

Harbard.

10 Harbard heiß ich, ich hehle den Namen selten.

Thôr.

11 Was solltest du ihn hehlen, wenn du schuldlos bist?

Harbard.

12 Obschon ich nicht schuldlos bin, schütz ich mich doch leicht
Vor Einem wie Du bist; mein Ende wüßt ich denn nah.

Thôr.

13 Es dünkt mich beschwerlich zu dir hinüber
Durchs Wasser zu waten und mein Gewand zu netzen;
Sonst, Lotterbube, lohnt' ich wahrlich
Deinen Stachelreden, stünd ich überm Sund.

Harbard.

14 Hier will ich stehen und dich erwarten.
Du fandst wohl Keinen dir härtern seit Hrungnirs Tod. [59]

Thôr.

15 Des gedenkst du nun, daß ich mit Hrungnir stritt,
Dem starkherzgen Riesen, dem von Stein das Haupt war;
Doch ließ ich ihn stürzen, in Staub sinken.
Was thatest du derweil, Harbard?

Harbard.

16 Ich war bei Fiölwar fünf volle Winter
Auf einem Eiland, das Allgrün heißt.
Wir fochten und fällten die Feinde da,
Versuchten Manches und freiten Mädchen.

Thör.

17 Wie ward es da mit euern Weibern?

Harbard.

18 Wir hatten zierliche Weiber, wären sie zahmer gewesen;
Wir hatten hübsche Weiber, wären sie uns holder gewesen.
Aber Stricke wanden sie am Strand aus Sand,
Gruben den Grund
Aus tiefem Thal.
Ich allein war allen überlegen mit List,
Lag bei sieben Schwestern und genoß im Spiel ihre Gunst.
Was thatest du derweil, Thör?

Thör.

19 Ich tödtete Thiassi, 56 den übermüthigen Thursen,
Auf warf ich die Augen des Sohnes Oelwalts
An den heitern Himmel:
Die wurden meiner Werke größte Wahrzeichen,
Allen Menschen sichtbar seitdem.
Was thatest du derweil, Harbard?

Harbard.

20 Allerlei Liebeskünste übt' ich bei Nachtreiterinnen,
Die ich mit List ihren Männern entlockte.
Ein harter Riese, halt ich, ist Hlebard gewesen:
Er gab mir seine Wünschelruthe, damit raubt' ich ihm den Witz.

Thör.

21 Gute Gabe galtst du mit übelm Lohn.

Harbard.

22 Eine Eiche muß fallen, sonst fertigt man den Kahn nicht;
Jeder sorgt für sich.
Was thatest du derweil, Thör?

Thor.

23 Ich war im Often, überwand der Riesen
    Böswillge Bräute, da sie zum Berge gingen.
    Uebermächtig würden die Riesen, wenn sie alle lebten,
    Mit den Menschen wär es in Mitgard aus.
    Was thatest du derweil, Harbard?

Harbard.

24 Ich war in Walland, des Kampfs zu warten,
    Verfeindete Fürsten dem Frieden wehrend.
    Odhin hat die Fürsten, die da fallen im Kampf,
    Thor hat der Thräle (Knechte) Geschlecht.

Thor.

25 Unter die Asen theiltest du ungleich die Menschen,
    Hättest du der Wünsche Gewalt.

Harbard.

26 Thor hat Macht genug, aber nicht Muth.
    Aus feiger Furcht fuhrst du in den Handschuh, [45]
    Trautest nicht mehr Thor zu sein.
    Nicht wagtest du nur, so warst du in Noth,
    Zu niesen noch zu f — —, daß es Fialar hörte. [57]

Thor.

27 Harbard, Schändlicher! Zu Hel schick' ich dich,
    Möcht ich über den Sund setzen.

Harbard.

28 Was solltest du überm Sund, wo du nichts zu schaffen hast?
    Was thatest du weiter, Thor?

Thor.

29 Ich war im Often und wehrt' einem Fluß;
    Da griffen Swarangs Söhne mich an.
    Sie schlugen mich mit Steinen und schadeten mir nicht.
    Sie mußten bald zuerst mich bitten um Frieden.
    Was thatest du derweil, Harbard?

Harbard.

30 Ich war im Osten mit Einer zu losen,
   Spielte mit der schneeweißen und sprach lange mit ihr.
   Ich erfreute die goldschöne; der Scherz gefiel der Maid.

Thôr.

31 Da hattet ihr willige Weiber.

Harbard.

32 Da hätt ich bedurft, Thôr, deiner Hülfe,
   Die schleierweiße zu entwenden.

Thôr.

33 Die hätt ich dir gewährt, wär dazu Zeit gewesen.

Harbard.

34 Ich hätte dir auch vertraut; oder hättest du mich betrogen?

Thôr.

35 Bin ich denn so ein Fersenzwicker wie ein alter Schuh im Frühjahr?

Harbard.

36 Was thatest du weiter, Thôr?

Thôr.

37 Berserkerbräute bändigt' ich auf Hlesey:
   Das Aergste hatten sie getrieben, betrogen alles Volk.

Harbard.

38 Unrühmlich thatest du, Thôr, daß du Weiber tödtetest.

Thôr.

39 Wölfinnen waren 's, Weiber kaum.
   Sie zerschellten mein Schiff, das ich auf Pfähle gestellt,
   Trotzten mir mit Eisenkeulen und vertrieben Thialfi.
   Was thatest du derweil, Harbard?

Harbard.

40 Ich war beim Heere, das eben hieher
   Kriegsfahnen erhob den Sper zu färben.

Thôr.

41 Des gedenkst du nun,
   Wie du auszogst uns   zur Ueberlaſt.

Harbard.

42 Das büß ich dir gern   mit goldnen Handringen
   Nach Schiedsrichterſpruch,   der uns verſöhnen mag.

Thôr.

43 Woher haſt du nur   die Hohnreden all?
   Ich hörte niemals   ſo höhniſche.

Harbard.

44 Von den alten Leuten   lernt ich ſie,
   Die in den Wäldern wohnen.

Thôr.

45 Du giebſt den Gräbern   zu guten Namen,
   Wenn du ſie Wälder- Wohnungen nennſt.

Harbard.

46 So denk ich von der Art   Dingen nun.

Thôr.

47 Deine Wortklugheit   kommt dir noch übel,
   Wenn ich durchs Waßer wate.
   Lauter als ein Wolf   wirſt du aufſchrein,
   Wenn ich dich mit dem Hammer haue.

Harbard.

48 Sif[61] hat einen Buhlen,   du wirſt ihn bei ihr finden:
   Der erfahre deine Kraft,   das frommt dir mehr.

Thôr.

49 Du redeſt nach deines Mundes Rath,   nur recht mich zu kränken.
   Verworfner Wicht!   ich weiß, daß du lügſt.

Harbard.

50 Und ich ſage, ſo iſts!   Säumig betreibſt du die Fahrt.
   Schon wärſt du weit, Thôr,   wenn du verwandelt fuhrſt.

Thôr.

51 Harbard, Schändlicher! Du hast mich hier so lang verweilt.

Harbard.

52 Dem Asathôr, wähnt' ich, wehrte so leicht nicht
   Ein Viehhirt die Fahrt.

Thôr.

53 Einen Rath will ich dir rathen; rudre die Fähre hieher.
   Hab ein Ende der Hader! Hole den Vater Magnis.

Harbard.

54 Fahr nur weg vom Sund, verweigert bleibt dir die Fahrt.

Thôr.

55 Weise mir nur den Weg, willst du mich nicht
   Ueber den Sund setzen.

Harbard.

56 Geringes verlangst du, doch lang ist der Weg:
   Eine Stunde zum Stocke, zum Stein eine andre.
   Den linken Weg wähle bis du Werland erreichst.
   Da trifft Fiörgyn Thôr ihren Sohn:
   Die wird ihm der Verwandten Wege zeigen
   Zu Odhins Land.

Thôr.

57 Komm ich heute noch hin?

Harbard.

58 Du erreichst es mit Eil bei noch obenstehender Sonne,
   Wenn ich erst von dannen ging.

Thôr.

59 Kurz wird noch unser Gespräch, da du nur spöttisch sprichst.
   Die verweigerte Ueberfahrt lohn ich ein andermal.

Harbard.

60 Fahr immer zu in übler Geister Gewalt!

---

8. Hymiskvidha.

Die Sage von Hymir.

1 Einst nahmen die Walgötter die erwaideten Thiere
 Zu schlemmen gesonnen noch ungesättigt:
 Sie schüttelten Stäbe, besahen das Opferblut,
 Und fanden, Oegirn fehle der Braukeßel.

2 Saß der Felswohner froh wie ein Kind,
 Doch ähnlich eher der dunkeln Abkunft.
 Ihm in die Augen sah Odhins Sohn:
 „Gieb alsbald den Göttern Trank.“

3 Der Ungestüme schuf Angst dem Riesen;
 Doch rasch erdachte der Rach an den Göttern:
 Er ersuchte Sifs Gatten: „Schaff mir den Keßel,
 So brau ich alsbald das Bier euch darin.“

4 Den mochten nicht die mächtigen Götter
 Irgendwo finden, die Fürsten des Himmels,
 Bis Tyr dem Hlorridi getreulich sagte,
 Ihm allein, Auskunft und Rath:

5 „Im Osten wohnt der Eliwagar⁵
 Der hundweise Hymir an des Himmels Ende.
 Einen Keßel hat mein kraftreicher Vater,
 Ein räumig Gefäß, einer Raste tief.“

6 Meinst du, den Saftsieder sollten wir haben? —
 „Mit List gelingt es ihn zu erlangen.“
 Sie fuhren schleunig denselben Tag
 Von Asgard hin zu des Uebeln Haus.

7 Selbst stallt' er die Böcke, die stattlich gehörnten;
Sie eilten zur Halle, die Hymir bewohnte.
Der Sohn fand die Ahne, die er ungern sah;
Sie hatte der Häupter neunmal hundert.

8 Eine andre kam allgolden hervor,
Weißbrauig, und brachte das Bier dem Sohn.

9 „Verwandte der Riesen, ich will euch beide,
Ihr kühnen Männer, unter Kesseln bergen.
Manches Mal ist mein Geselle
Gästen gram und grimmes Muthes."

10 Der übel Gesinnte spät Abends kam,
Der hartmuthge Hymir, heim von der Jagd.
Er ging in den Saal, die Gletscher dröhnten;
Ihm war, als er kam, der Kinnwald gefroren.

11 „Heil dir, Hymir, sei hohes Muths:
Der Sohn ist gekommen in deinen Saal,
Den wir erwartet von langem Wege.
Ihm folgt hieher der Freund der Menschen,
Unser Widersacher, Weor genannt.

12 „Du siehst sie sitzen an des Saales Ende;
So bangen sie, daß die Säule sie birgt."
Die Säule zersprang von des Riesen Zehe,
Und entzweigebrochen sah man den Balken.

13 Acht Kessel fielen, und einer nur,
Ein hart gehämmerter, kam heil herab.
Vorgingen die Gäste; der graue Riese
Faßt' ins Auge den Feind sich scharf.

14 Wenig Gutes sagte der Geist ihm voraus,
Als der Troldenbetrüber in den Vorsaal trat.
Da sah man Stiere drei geschlachtet,
Die alsbald zu braten gebot der Riese.

15 Man ließ um den Kopf sie kürzen beide
   Und setzte sie zum Sieden ans Feuer.
   Sifs Gemahl, eh er schlafen ging,
   Zwei Ochsen Hymirs verzehrt' er allein.

16 Da schien dem grauen Gesellen Hrungnirs
   Florribis Malzeit so mäßig nicht:
   „Nun müßen wir drei uns morgen Abend
   Mit des Waidwerks Gewinn selber bewirthen."

17 Bereit war Weor ins Waßer zu rudern,
   Wenn der kühne Jötun den Köder gäbe.
   „Geh hin zur Heerde, wenn du das Herz hast,
   Zerschmettrer des Berggeschlechts, und suche den Köder.

18 „Ich weiß gewiß, dir wird nicht schwer
   Die Lockspeise vom Stier zu erlangen."
   Zum Walde wandte sich Weor alsbald:
   Da fand er stehen allschwarzen Stier.

19 Der Thursentödter, abbrach er dem Thiere
   Der beiden Hörner erhabnen Sitz.
   „Im Schaffen scheinst du schlimmer um Bieles,
   Lenker der Kiele, als in bequemer Ruh."

20 Da bat der Böcke Gebieter den Affengott,
   Ferner in die Flut das Seeroß zu führen.
   Aber der Jötun gab ihm zur Antwort,
   Ihn lüste wenig noch länger zu rudern.

21 Da hob am Hamen Hymir der starke
   Zwei Wallfische aus den Wellen allein.
   Am Steuer inzwischen Odhins Erzeugter
   Festigte listig ein Fischseil Weor.

22 An die Angel steckte der Irdischen Gönner
   Als Köder den Stierkopf zum Kampf mit dem Wurm.
   Gähnend haschte der gottverhaßte
   Erdumgürter [34. 48] nach solcher Atzung.

23 Tapfer zog   Thôr der gewaltige
   Den schimmernden Giftwurm   zum Schiffsrand auf.
   Das häßliche Haupt   mit dem Hammer traf er,
   Das felsenfeste,   dem Freunde des Wolfs.

24 Felsen krachten,   Klüfte heulten,
   Die alte Erde   fuhr ächzend zusammen:
   Da senkte sich   in die See der Fisch.

25 Nicht geheuer wars   auf der Heimkehr dem Riesen:
   Der starke Hymir   verstummte ganz;
   Wider den Wind nur   wandt' er das Ruder:

26 „Willst du die Hälfte   haben der Arbeit:
   Entweder die Wallfische   zur Wohnung tragen,
   Oder das Boot   fest binden am Ufer?"

27 Hlorridi ging   und ergriff am Steven,
   Ohn erst auszuschöpfen   das Schiff erfaßt' er
   Allein mit Rudern   und Schöpfgeräth;
   Trug auch die Fische   des Thursen heim
   In das keßelgleiche   Berggeklüft.

28 Aber der Jötun,   wie immer troßig
   Mit Thôr um die Stärke   stritt er aufs Neu:
   Der Macht ermangle   der Mann, wie er rudre,
   Könn er dort   den Kelch nicht zerbrechen.

29 Als der dem Hlorridi   zu Händen kam,
   Zerstückt' er den starrenden   Stein damit:
   Sitzend schleudert' er   durch Säulen den Kelch;
   In Hymirs Hand   doch kehrt' er heil.

30 Aber die freundliche   Frille lehrt' ihn
   Wohl wichtgen Rath;   sie wußt ihn allein:
   „Wirf ihn an Hymirs Haupt: härter ist das
   Dem kostmilden Jötun   als ein Kelch mag sein."

31 Der Böcke Gebieter   bog die Kniee
   Mit aller Asenkraft   angethan:
   Heil dem Hünen   blieb der Helmsiß;
   Doch brach alsbald   der Becher entzwei.

32 „Die liebste Lust verloren weiß ich,
Da mir der Kelch vor den Knieen liegt.
Oft sagt' ich ein Wort; nicht wieder sag ichs
Von heut an je; zu heiß ist der Trank!

33 „Noch mögt ihr versuchen ob ihr Macht habt,
Aus der Halle hinaus zu heben die Kufe."
Zwei Mal ihn zu rücken mühte sich Thr:
Des Keßels Wucht stand unbewegt.

34 Aber Modis Vater erfaßt' ihn am Rand,
Stieg vom Estrich in den untern Saal.
Aufs Haupt den Hafen hob sich Sifs Gemahl;
An den Knöcheln klirrten ihm die Keßelringe.

35 Sie fuhren lange eh lüstern ward
Odhins Sohn sich umzuschauen:
Da sah er aus Höhlen mit Hymir von Osten
Volk ihm folgen vielgehauptet.

36 Da harrt' er und hob den Hafen von den Schultern,
Schwang den mordlichen Miölnir entgegen
Und fällte sie all, die Felsungetüme,
Die ihn anliefen in Hymirs Geleit.

37 [Sie fuhren nicht lange, so lag am Boden
Von Hlorridis Böcken halbtodt der eine.
Scheu vor den Strängen schleppt' er den Fuß:
Das hatte der listige Loki verschuldet.

38 Doch hörtet ihr wohl (wer hat davon
Der Gottesgelehrten ganze Kunde?),
Welche Buß er empfing von dem Bergbewohner:
Den Schaden zu sühnen gab er der Söhne zwei.]

39 Kraftgerüstet kam er zum Göttermal
Und hatte den Hafen, den Hymir beseßen.
Daraus sollen trinken die seligen Götter
Ael in Oegirs Haus jede Leinernte.

9. Oegisdrecka.

Oegirs Trinkgelag.

Oegir, der mit anderm Namen Gymir hieß, bereitete den Afen ein Gaſtmal, nachdem er den großen Keßel erlangt hatte, wie eben gesagt iſt. Zu dieſem Gaſtmal kam Odhin und Frigg ſein Weib. Thor kam nicht, denn er war auf der Oſtfahrt. Sif war zugegen, Thors Weib, desgleichen Bragi und Jdun ſein Gemahl. Auch Tyr war da, der nur Eine Hand hatte, denn der Fenriswolf hatte ihm die andre abgebißen, als er ge- bunden wurde. Da war auch Niörd und Skadi ſein Weib, Freyr und Freyja, und Widar, Odhins Sohn. Auch Loki war da und Freys Diener Byggwir und Beyla. Da waren noch viele Afen und Alfen.

Oegir hatte zwei Diener, Funafengr und Eldir. Leuchtendes Gold diente ſtatt brennenden Lichtes. Das Ael trug ſich ſelber auf. Der Ort hatte ſehr heiligen Frieden. Alle Gäſte rühmten, wie gut Oegirs Leute ſie bedienten. Loki, der das nicht hören mochte, erſchlug den Funafengr. Da ſchüttelten die Afen ihre Schilde und rannten wider Loki und ver- folgten ihn in den Wald und fuhren dann zu dem Mal. Loki kam wieder und ſprach zu Eldir, den er vor dem Saale fand:

> 1 Sage mir, Eldir, eh du mit einem
>   Fuße vorwärts ſchreiteſt,
>   Was für Tiſchgeſpräche tauſchen hier iunen
>   Der Sieggötter Söhne?

Eldir ſprach:

> 2 Von Waffen reden und ruhmvollen Kämpfen
>   Der Sieggötter Söhne.
>   Afen und Alfen, die hier innen ſind,
>   Keiner weiß von dir ein gutes Wort.

Loki.

3 Ein will ich treten   in Oegis Hallen,
      Selber dieß Gelag zu sehn.
      Schimpf und Schande   schaff ich den Asen
      Und mische Gift in ihren Meth.

Eldir.

4 Wiße, wenn du eintrittst   in Oegis Halle,
      Selber dieß Gelag zu sehn,
      Und die guten Götter   übergießest mit Schmach,
      Gieb Acht, sie trocknen sie ab an dir.

Loki.

5 Wiße das, Eldir,   wenn mit einander wir
      In scharfen Worten streiten,
      Ueppiger werd ich   in Antworten sein,
      Was du auch zu reden weist.

Da ging Loki in die Halle. Jene aber, die darinnen waren, als sie ihn eingetreten sahen, schwiegen alle still.

Loki sprach:

6 Durstig komm ich   in diese Halle
      Loptr den langen Weg
      Die Asen zu bitten,   mir Einen Trunk
      Zu schenken ihres süßen Meths.

7 Warum schweigt ihr still,   verstockte Götter,
      Und erwiedert nicht ein Wort?
      Sitz und Stelle   sucht mir bei dem Mal,
      Oder heißt mich hinnen weichen.

Bragi. [26]

8 Sitz und Stelle   suchen dir bei dem Mal
      Die Asen nun und nimmer.
      Die Asen wißen wohl   wem sie sollen
      Antheil gönnen am Gelag.

Loki.

9 Gedenkt dir, Odhin, wie in Urzeiten wir
Das Blut mischten beide?
Du gelobtest, nimmer dich zu laben mit Trank,
Würd er uns beiden nicht gebracht.

Odhin.

10 Steh denn auf, Widar,[29] dem Vater des Wolfs
Sitz zu schaffen beim Mal,
Daß länger Loki uns nicht lästere
Hier in Oegis Halle.

Da stand Widar auf und schenkte dem Loki. Als er aber getrunken hatte, sprach er zu den Asen:

11 Heil euch, Asen, Heil euch Asinnen,
Euch hochheiligen Göttern all,
Außer dem Asen allein, der da sitzt
Auf Bragis Bank.

Bragi.

12 Schwert und Schecken aus meinem Schatze zahl ich
Und einen Baug (Ring) zur Buße,
Daß du den Asen nicht Aergerniß gebest:
Mache dir nicht gram die Götter.

Loki.

13 Roß und Ringe, nicht allzureich doch
Weiß ich dich, Bragi, der beiden!
Von Asen und Alfen, die hier inne sind,
Scheut Keiner so den Streit,
Flieht Geschoße Keiner feiger.

Bragi.

14 Ich weiß doch, wär ich draußen, wie ich drinne bin
Hier in Oegis Halle,
Dein Haupt hätt ich in meiner Hand schon;
Also lohnt' ich dir der Lüge.

Loki.

15 Sitzend bist du schnell, doch schwerlich leistest dus,
Bragi, Bänkehüter!
Zum Zweikampf vor, wenn du zornig bist:
Der Tapfre sieht nicht um und säumt.

Idun.

16 Ich bitte dich, Bragi, bei deiner Gebornen
Und aller Wünschessöhne Wohl,
Sprich zu Loki nicht mit lästernden Worten
Hier in Oegis Halle.

Loki.

17 Schweig, Idun! Von allen Frauen
Mein ich dich die Männertollste:
Du legtest die Arme, die leuchtenden, gleich
Um den Mörder eines Bruders.

Idun.

18 Zu Loki sprech ich nicht mit lästernden Worten
Hier in Oegis Halle;
Den Bragi sänft ich, den bierberauschten,
Daß er im Zorn den Zweikampf meide.

Gefion.

19 Ihr Asen beide, was ists, daß ihr euch
Mit scharfen Worten streitet?
Loptr träumt sich nicht, daß er betrogen ist,
Ihn hier die Himmlischen haßen.

Loki.

20 Schweig du, Gefion! sonst vergeß ichs nicht
Wie dich zur Lust verlockte
Jener weiße Knabe, der dir das Kleinod gab,
Als du den Schenkel um ihn schlangst.

Odhin.

21 Irr bist du, Loki, und aberwitzig,
Wenn du Gefion gram dir machst:
Aller Lebenden Looße weiß sie
Ebenwohl als ich.

Loki.

22 Schweig nur, Odhin, ungerecht zwischen
 Den Sterblichen theilst du den Streit:
 Oftmals gabst du, dem du nicht geben solltest,
 Dem schlechtern Manne den Sieg.

Odhin.

23 Weist du, daß ich gab, dem ich nicht geben sollte,
 Dem schlechtern Manne den Sieg,
 Unter der Erde acht Winter warst du
 Milchende Kuh und Mutter
 [Denn du gebarest da:
 Das dünkt mich eines Argen Art].

Loki.

24 Du schlichest, sagt man, in Samsö umher
 Von Haus zu Haus als Wala.
 Vermummter Zauberer trogst du das Menschenvolk:
 Das dünkt mich eines Argen Art.

Frigg.

25 Euer Geschicke solltet ihr nie
 Erwähnen vor der Welt,
 Was ihr Asen beide in Urzeiten triebet:
 Die frühsten Thaten bergt dem Volk.

Loki.

26 Schweig du, Frigg! Fiörgyns Tochter bist du
 Und den Männern allzumild,
 Die Wili und We als Widrirs Gemahlin
 Beide bargst in deinem Schooß.

Frigg.

27 Wiße, hätt ich hier in den Hallen Oegirs
 Einen Sohn wie Baldur schnell,
 Nicht kämst du hinaus von den Asensöhnen,
 Du hättest schon zu fechten gefunden.

Loki.

28 Und willst du, Frigg, daß ich ferner gedenke
Meiner Meinthaten,
So bin ich Schuld, daß du nicht mehr schauen wirst
Baldur reiten zum Rath der Götter.

Freyja.

29 Irr bist du, Loki, daß du selber anführst
Die schnöden Schandthaten.
Wohl weiß Frigg Alles was sich begiebt,
Ob sie schon es nicht sagt.

Loki.

30 Schweig du, Freyja, dich vollends kenn ich:
Keines Makels mangelst du;
Der Asen und Alfen, die hier inne sind,
Bist du Jedes Buhlerin.

Freyja.

31 Deine Zunge frevelt; doch fürcht ich, daß sie dir
Wenig Gutes gellt.
Abhold sind dir die Asen und die Asinnen,
Unfröhlich fährst du nach Haus.

Loki.

32 Schweig du, Freyja, Gift führst du mit dir,
Bist alles Unheils voll.
Vor den Göttern umarmtest du den eigenen Bruder:
So böser Wind entfuhr dir, Freyja!

Niördr.

33 Die Schöngeschmückten, das schadet nicht,
Wählen Männer wie sie mögen;
Des Verworfnen Weilen bei den Asen wundert 'nur,
Der Kinder konnte gebären.

Loki.

34 Schweig du, Niördr, von Osten gesendet
Als Geisel bist du den Göttern.
Hymirs Töchter nahmen dich da zum Nachtgeschirre
Und machten dir in den Mund.

Niördr.

35 Des Schadens tröstet mich, seit ich gesendet ward
　Fernher als Geisel den Göttern,
　Daß mir erwuchs der Sohn, wider den Niemand ist,
　Der für den Ersten der Asen gilt.

Loki.

36 Laß endlich, Niördr, den Uebermuth,
　Ich hab es länger nicht Hehl:
　Mit der eignen Schwester den Sohn erzeugtest du,
　Der eben so arg ist wie du.

Thr.

37 Freyr ist der beste von allen, die Bifröst
　Trägt zu der hohen Halle:
　Keine Maid betrübt er, keines Mannes Weib,
　Einen Jeden nimmt er aus Nöthen.

Loki.

38 Schweig du, Thr! du taugst zum Kampfe nicht
　Zu gleicher Zeit mit Zweien.
　Deine rechte Hand ist dir geraubt,
　Fenrir fraß sie, der Wolf.

Thr.

39 Der Hand muß ich darben; so darbst du Fenrirs.
　Eins ist schlimm wie das andre;
　Auch der Wolf ist freudenlos: gefesselt erwartet er
　Der Asen Untergang.

Loki.

40 Schweig du, Thr! deinem Weibe geschahs,
　Daß sie von mir ein Kind bekam.
　Nicht Pfenningsbuße empfingst du für die Schmach:
　Habe dir das, du Hanrei!

Freyr.

41 Gefesselt liegt Fenrir vor des Flußes Ursprung
　Bis die Götter vergehen.
　So soll auch dir geschehn, wenn du nicht schweigen wirst
　Endlich, Unheilschmied.

Loki.

42 Mit Gold erkauftest du Gymirs Tochter
Und gabst dem Stirnir dein Schwert.
Wenn aber Muspels Söhne durch Myrkwidr reiten,
Womit willst du streiten, Unselger?

Byggwir.

43 Wär ich so edeln Stamms als Yngwi-Freyr,
Und hätte so erhabnen Sitz,
Morscher als Mark malmt' ich dich, freche Krähe,
Und lähmte dir alle Gelenke.

Loki.

44 Was ist Winziges dort, das ich wedeln sehen
Nach Speise schnappend?
Dem Freyr in die Ohren bläst es immerdar,
Und müht sich mit Mägdearbeit.

Byggwir.

45 Byggwir bin ich, bieder rühmen mich
Die Asen all und Menschen.
Behende helf ich hier, daß Hropts Freunde trinken
Ael in Oegis Halle.

Loki.

46 Schweig du, Byggwir, übel verstehst du
Der Männer Mal zu ordnen.
Unterm Bettstroh verbargst du dich feige,
Wenn es zum Kampfe kam.

Heimdal.

47 Trunken bist du, Loki! vertrankst den Verstand:
Laß endlich ab, Loki,
Denn im Rausche reden die Leute viel
Und wißen nicht was.

Loki.

48 Schweig du, Heimdal! In der Schöpfung Beginn
Ward dir ein leidig Looß.
Mit feuchtem Rücken fängst du den Thau auf
Und wachst der Götter Wärter! [27]

Skadi.

49 Lustig bist du, Loki; doch lange magst du nicht
    Spielen mit losem Schweif,
    Da auf die scharfe Kante des kalten Wetters bald
    Mit Därmen dich die Götter binden. 50

Loki.

50 Wenn auf die scharfe Kante des reiskalten Wetters
    Sie mich mit Därmen binden bald,
    So war ich der erste und auch der eifrigste,
    Als es Thiassi zu tödten galt. 55

Skadi.

51 Warst du der erste und auch der eifrigste,
    Als es Thiassi zu tödten galt,
    So soll aus meinem Hof und Heiligtum
    Immer kalter Rath dir kommen.

Loki.

52 Gelinder sprachst du zu Laufeyjas Sohn,
    Als du mich auf dein Lager ludst.
    Dessen gedenk ich nun, da es genauer gilt
    Unsre Meinthaten zu melden.

Da trat Sif vor und schenkte dem Loki Meth in den Eiskelch und sprach:

53 Heil dir nun, Loki, den Eiskelch lang ich dir
    Firnen Methes voll,
    Daß du mich eine doch von den Asenkindern
    Ungelästert laßest.

Jener nahm den Kelch, trank und sprach:

54 Du einzig bliebst verschont, wärest du immer keusch
    Und dem Gatten ergeben gewesen.
    Einen weiß ich und weiß ihn gewiß,
    Der auch den Hlorridi zum Hanrei machte. 61
    [Und das war der listige Loki.]

Beyla.

55 Alle Felsen beben, von der Bergfahrt kehrt
Hlorridi heim.
Zum Schweigen bringt er den, der hier mit Schmach beläbt
Die Götter all und Gäste.

Loki.

56 Schweig du, Beyla! du bist Beyggwirs Weib
Und aller Unthat voll.
•   Kein ärger Ungeheuer ist unter den Asenkindern,
Ganz bist du mit Schmutz besudelt.

Da kam Thôr an und sprach:

57 Schweig, unreiner Wicht, sonst soll mein Hammer
Miölnir den Mund dir schließen.
Vom Halse hau ich dir die Schulterhügel,
Daß dich das Leben läßt.

Loki.

58 Der Erde Sohn ist eingetreten:
Nun kannst du knirschen, Thôr;
Doch wenig wagst du, wenn du den Wolf bestehen sollst,
Der den Siegvater schlingt.

Thôr.

59 Schweig, unreiner Wicht, sonst soll mein Hammer
Miölnir den Mund dir schließen.
Oder auf gen Osten werf ich dich,
Daß kein Mann dich mehr erschaut.

Loki.

60 Deine Ostfahrten würden unbesprochen
Allzeit besser bleiben
Seit im Däumling du, Kämpe, des Handschuhs lauertest
Und selbst nicht meintest Thôr zu sein.45

Thôr.

61 Schweig, unreiner Wicht, sonst soll mein Hammer
Miölnir den Mund dir schließen.
Mit Hrungnis Tödter39 trifft diese Hand dich
Und bricht dir alle Gebeine.

Loki.

62 Noch lange Jahre   zu leben denk ich
Trotz deiner Hammerhiebe.
Hart schienen dir   Skrymir Knoten; 45
Du mußtest der Mahlzeit darben
Ob du vor Heißhunger vergingst.

Thôr.

63 Schweig, unreiner Wicht,   sonst soll mein Hammer
Miölnir den Mund dir schließen.
Hrungnis Tödter   schick dich zu Hel hinab
Hinter der Todten Gitterthor.

Loki.

64 Ich sang vor Asen,   sang vor Asensöhnen
Was ich auf dem Herzen hatte.
Nun wend ich mich weg: dir weich ich allein,
Denn ich zweifle nicht, daß du zuschlägst.

65 Ein Mal gabst du, Oegir;   nicht mehr hinfort
Wirst du die Götter bewirthen.
All dein Eigentum,   das hier innen ist,
Frißt die Flamme
Und raschelt dir über den Rücken.

Darauf nahm Loki die Gestalt eines Lachses an und entsprang in
den Wasserfall Franangr. Da fingen ihn die Asen und banden ihn mit
den Gedärmen seines Sohnes Nari. Sein anderer Sohn Narfi aber ward
in einen Wolf verwandelt. Skadi nahm eine Giftschlange und hing sie
auf über Lokis Antlitz. Der Schlange entträufelte Gift. Sigyn, Lokis
Weib, setzte sich neben ihn und hielt eine Schale unter die Gifttropfen.
Wenn aber die Schale voll war, trug sie das Gift hinweg: unterdessen
träufelte das Gift in Lokis Angesicht, wobei er sich so stark wand, daß die
ganze Erde zitterte. Das wird nun Erdbeben genannt.

—————

10. Thrymskvidha oder Hamarsheimt.

Thryms-Sage oder des Hammers Heimholung.

1 Wild ward Wing-Thör als er erwachte
Und seinen Hammer vorhanden nicht sah.
Er schüttelte den Bart, er schlug das Haupt,
Allwärts suchte der Erde Sohn.

2 Und es war sein Wort, welches er sprach zuerst:
„Höre nun, Loki, und lausche der Rede:
Was noch auf Erden Niemand ahnt,
Noch hoch im Himmel: mein Hammer ist geraubt."

3 Sie gingen zum herlichen Hause der Freyja,
Und es war sein Wort, welches er sprach zuerst:
„Willst du mir, Freyja, dein Federhemd leihen,
Ob meinen Miölnir ich finden möge?"

Freyja.
4 Ich wollt es dir geben und wär es von Gold,
Du solltest es haben und wär es von Silber. —

5 Flog da Loki, das Federhemd rauschte,
Bis er hinter sich hatte der Asen Gehege
Und jetzt erreichte der Joten Reich.

6 Auf dem Hügel saß Thrym, der Thursenfürst,
Schmückte die Hunde mit goldnem Halsband
Und strälte den Mähren die Mähnen zurecht.

Thrym.
7 Wie stehts mit den Asen? wie stehts mit den Alfen?
Was reisest du einsam gen Riesenheim?

Loki.

Schlecht stehts mit den Asen, mit den Asen schlecht;
Hältst du Hlorridis Hammer verborgen?

Thrym.

8 Ich halte Hlorridis Hammer verborgen
Acht Rasten unter der Erde tief,
Und wieder erwerben fürwahr soll ihn Keiner,
Er brächte denn Freyja zur Braut mit daher.

9 Flog da Loki, das Federhemd rauschte,
Bis er hinter sich hatte der Riesen Gehege
Und endlich erreichte der Asen Reich.
Da traf er den Thor vor der Thüre der Halle,
Und es war sein Wort, welches er sprach zuerst:

10 Hast du den Auftrag vollbracht und die Arbeit?
Laß hier von der Höhe mich hören die Kunde.
Dem Sitzenden manchmal mangeln Gedanken,
Da leicht im Liegen die List sich ersinnt.

Loki.

11 Ich habe den Auftrag vollbracht und die Arbeit:
Thrym hat den Hammer, der Thursenfürst;
Und wieder erwerben fürwahr soll ihn Keiner,
Er brächte denn Freyja zur Braut ihm daher. —

12 Sie gingen Freyja, die schöne zu finden,
Und es war Thörs Wort, welches er sprach zuerst:
Lege, Freyja, dir an das bräutliche Linnen;
Wir beide wir reisen gen Riesenheim.

13 Wild ward Freyja, sie fauchte vor Wuth,
Die ganze Halle der Götter erbebte;
Der schimmernde Halsschmuck schoß ihr zur Erde:
„Mich mannstoll meinen möchtest du wohl,
Reisten wir beide gen Riesenheim."

14 Bald eilten die Asen   all zur Versammlung
    Und die Asinnen all zu der Sprache:
    Darüber beriethen die himmlischen Richter,
    Wie sie dem Hlorridi den Hammer lösten.

15 Da hub Heimdall an, der hellste der Asen,
    Der weise war den Wanen gleich:
    „Das bräutliche Linnen legen dem Thôr wir an,
    Ihn schmücke das schöne, schimmernde Halsband.

16 „Auch laß er erklingen Geklirr der Schlüßel
    Und weiblich Gewand umwalle seine Knie;
    Es blinke die Brust ihm von blitzenden Steinen,
    Und hoch umhülle der Schleier sein Haupt.“

17 Da sprach Thôr also, der gestrenge Gott:
    „Mich würden die Asen weibisch schelten,
    Legt' ich das bräutliche Linnen mir an.“

18 Anhub da Loki, Laufeyjas Sohn:
    „Schweig nur, Thôr, mit solchen Worten.
    Bald werden die Riesen Asgard bewohnen,
    Holst du den Hammer nicht wieder heim.“

19 Das bräutliche Linnen legten dem Thôr sie an,
    Dazu den schönen, schimmernden Halsschmuck.
    Auch ließ er erklingen Geklirr der Schlüßel,
    Und weiblich Gewand umwallte sein Knie;
    Es blinkte die Brust ihm von blitzenden Steinen,
    Und hoch umhüllte der Schleier sein Haupt.

20 Da sprach Loki, Laufeyjas Sohn:
    „Nun muß ich mit dir als deine Magd:
    Wir beide wir reisen gen Riesenheim.“

21 Bald wurden die Böcke vom Berge getrieben
    Und vor den gewölbten Wagen geschirrt.
    Felsen brachen, Funken stoben,
    Da Odhins Sohn reiste gen Riesenheim.

22 Anhob da Thrym, der Thursenfürst:
  „Auf steht, ihr Riesen, bestreut die Bänke,
  Und bringet Freyja zur Braut mir daher,
  Die Tochter Niörds aus Noatun.

23 „Heimkehren mit goldnen Hörnern die Kühe,
  Rabenschwarze Rinder, dem Riesen zur Lust.
  Viel schau ich der Schätze, des Schmuckes viel:
  Fehlte nur Freyja zur Frau mir noch.“

24 Früh fanden Gäste zur Feier sich ein,
  Man reichte reichlich den Riesen das Ael.
  Thór aß einen Ochsen, acht Lachse dazu,
  Alles süße Geschleck, den Frauen bestimmt,
  Und drei Kufen Meth trank Sifs Gemahl.

25 Anhob da Thrym, der Thursenfürst:
  „Wer sah je Bräute gieriger schlingen? —
  Nie sah ich Bräute so gierig schlingen,
  Nie mehr des Meths ein Mädchen trinken.“

26 Da saß zur Seite die schmucke Magd,
  Bereit dem Riesen Rede zu stehn:
  „Nichts genoß Freyja acht Nächte lang
  So sehr nach Riesenheim sehnte sie sich.“

27 Kußlüstern lüftete das Linnen der Riese;
  Doch weit wie der Saal schreckt' er zurück:
  „Wie furchtbar flammen der Freyja die Augen!
  Mich dünkt es brenne ihr Blick wie Glut.“

28 Da saß zur Seite die schmucke Magd,
  Bereit dem Riesen Rede zu stehn:
  „Acht Nächte nicht genoß sie des Schlafes
  So sehr nach Riesenheim sehnte sie sich.“

29 Ein trat die traurige Schwester Thryms,
  Die sich ein Brautgeschenk zu erbitten wagte.

„Reiche die rothen Ringe mir dar
Eh dich verlangt nach meiner Liebe,
Nach meiner Liebe und lautern Gunst."

30 Da hob Thrym an, der Thursenfürst:
„Bringt mir den Hammer, die Braut zu weihen,
Legt den Miölnir der Maid in den Schooß
Und gebt uns zusammen nach ehlicher Sitte."

31 Da lachte dem Hlorridi das Herz im Leibe,
Als der hartgeherzte den Hammer erkannte.
Thrym traf er zuerst, den Thursenfürsten,
Und zerschmetterte ganz der Riesen Geschlecht.

32 Er schlug auch die alte Schwester des Joten,
Die sich das Brautgeschenk zu erbitten gewagt.
Ihr schollen Schläge an der Schillinge Statt
Und Hammerhiebe erhielt sie für Ringe.
So holte Odhins Sohn seinen Hammer wieder.

11. Alvíssmâl.

Alwis.

1 Gedeckt sind die Bänke: so sei die Braut nun
   Mit mir zu reisen bereit.
   Für allzuhastig hält man mich wohl;
   Doch daheim wer raubt uns die Ruhe?

Thôr.

2 Wer bist du, Bursch? wie so bleich um die Nase?
   Hast du bei Leichen gelegen?
   Vom Thursen ahn ich etwas in dir:
   Bist solcher Braut nicht geboren.

Alwis.

3 Alwis heiß ich, unter der Erde
   Steht mein Haus im Gestein.
   Warnen will ich den Wagenlenker:
   Breche Niemand festen Bund.

Thôr.

4 Ich will ihn brechen: die Braut hat der Vater
   Allein zu gewähren Gewalt.
   Ich war nicht daheim, da sie dir verheißen ward;
   Kein anderer giebt sie der Götter.

Alwis.

5 Wer ist der Recke, der sich rühmt zu schalten
   Ueber die blühende Braut?
   Als Landstreicher lästert dich Niemand:
   Wer hat dich mit Ringen berathen?

Thór.

6 Wingthór heiß ich, der weitgewanderte,
Zidgranis Sohn.
Wider meinen Willen erwirbst du das Mädchen nicht
Noch das Jawort je.

Alwis.

7 So wünsch ich denn deine Bewilligung
Und das Jawort zu gewinnen.
Beßer zu haben als zu entbehren
Ist mir das mehlweiße Mädchen.

Thór.

8 Des Mädchens Minne mag ich dir,
Weiser Gast, nicht weigern,
Kannst du aus allen Welten mir kund thun
Was ich zu wißen wünsche.

Alwis.

9 Versuch es, Wingthór, da du gesonnen bist
An des Zwerges Wißen zu zweifeln.
Alle neun Himmel hab ich durchmeßen
Und weiß von allen Wesen.

Thór.

10 So sage mir, Alwis, da alle Wesen,
Kluger Zwerg, du erkennst,
Wie heißt die Erde, die allernährende,
In den Welten allen?

Alwis.

11 Erde den Menschen, den Asen Feld,
Die Wanen nennen sie Weg,
Allgrün die Joten, die Alfen Wachstum,
Lehm heißen sie höhere Mächte.

Thór.

12 Sage mir, Alwis, da alle Wesen,
Kluger Zwerg, du erkennst,
Wie heißt der Himmel, der hoch sich wölbt,
In den Welten allen?

Alwis.

13 Himmel den Menschen, den Himmlischen Dach,
   Windweber den Wanen,
   Riesen Ueberwelt, Elfen Glanzheim,
   Zwergen Träufelthor.

Thôr.

14 Sage mir, Alwis, da alle Wesen,
   Kluger Zwerg, du erkennst,
   Wie heißt der Mond, den die Menschen schaun,
   In den Welten allen?

Alwis.

15 Mond sagen Sterbliche, Scheibe Götter,
   Bei Hel sagt man rollendes Rad,
   Sputer bei Riesen, Schein bei Zwergen,
   Jahrzähler aber bei Alfen.

Thôr.

16 Sage mir, Alwis, da alle Wesen,
   Kluger Zwerg, du erkennst,
   Wie heißt die Sonne, die den Geschlechtern leuchtet,
   In den Welten allen?

Alwis.

17 Sonne sagen Menschen, Gestirn die Seligen,
   Zwerge Zwergs Ueberlisterin,
   Lichtauge Joten, Alfen Glanzkreiß,
   Allklar der Asen Freunde.

Thôr.

18 Sage mir, Alwis, da alle Wesen,
   Kluger Zwerg, du erkennst,
   Wie nennt man die Wolken, die nebelfeuchten,
   In den Welten allen?

Alwis.

19 Menschen sagen Wolken, Wäßerer Götter,
   Windschiff die Wanen,
   Riesen Regenbringer, Alfen Raschwetter,
   Bei Hel heißen sie Nebelhelm.

Thôr.

20 Sage mir, Alwis, da alle Wesen,
   Kluger Zwerg, du erkennst,
   Wie heißt der Wind, der weithin fährt,
   In den Welten allen?

Alwis.

21 Wind bei den Menschen, Wehn bei den Göttern,
   Wieherer höhern Wesen.
   Greiner bei Joten, bei Alfen Lärmer,
   Bei Hel heißt er Heuler.

Thôr.

22 Sage mir, Alwis, da alle Wesen,
   Kluger Zwerg, du erkennst,
   Wie heißt die Luftstille, die liegen soll
   Ueber allen Welten?

Alwis.

23 Den Menschen Luft, Lager den Göttern,
   Windflucht sagen die Wanen;
   Schwüle die Riesen, Alfen Morgenruhe,
   Zwerge heißen sie Heiterkeit.

Thôr.

24 Sage mir, Alwis, da alle Wesen,
   Kluger Zwerg, du erkennst,
   Wie heißt das Meer, das Männer berudern,
   In den Welten allen?

Alwis.

25 See sagen Menschen, Spiegler die Götter,
   Wanen nennen es Woge,
   Riesen Aalheim, Alfen Waßerschatz,
   Zwerge heißen es hohes Meer.

Thôr.

26 Sage mir, Alwis, da alle Wesen,
   Kluger Zwerg, du erkennst,
   Wie heißt das Feuer, das den Böllern brennt,
   In den Welten allen?

Alwis.

27 Den Menschen Feuer, Flamme den Göttern,
   Woger sagen Wanen,
   Riesen Raschler, Zwerge Zünder,
   Bei Hel heißt es Wüster.

Thôr.

28 Sage mir, Alwis, da alle Wesen,
   Kluger Zwerg, du erkennst,
   Wie heißt der Wald, der ewig wachsen soll,
   In den Welten allen?

Alwis.

29 Wald heißt er Menschen, Göttern Haar der Berge,
   Bei Hel Hügelmoos,
   Bei Riesen In die Glut bei Alfen Schönverzweigt,
   Wanen heißt er Heister.

Thôr.

30 Sage mir, Alwis, da alle Wesen,
   Kluger Zwerg, du erkennst,
   Wie heißt die Nacht, die Nörwis¹⁰ Tochter ist,
   In den Welten allen?

Alwis.

31 Nacht bei den Menschen, Nebel den Göttern,
   Hülle höhern Wesen,
   Riesen Ohnelicht, Alfen Schlummerlust,
   Traumgenuß nennen sie Zwerge.

Thôr.

32 Sage mir, Alwis, da alle Wesen,
   Kluger Zwerg, du erkennst,
   Wie heißt die Saat, die da gesät wird,
   In den Welten allen?

Alwis.

33 Bei Menschen Saat, Samen bei Göttern,
   Gewächs bei den Wanen,
   Bei Riesen Atzung, bei Alfen Stoff,
   Bei Hel heißt sie wallende See.

Thôr.

34 Sage mir, Alwis, da alle Wesen,
   Kluger Zwerg, du erkennst,
   Wie heißt das Ael, das Alle trinken,
   In den Welten allen?

Alwis.

35 Bei Menschen Ael, bei Asen Bier
   Wanen sagen Saft,
   Bei Hel heißt es Meth, bei Riesen helle Flut,
   Geschlürf bei Suttungs[57] Söhnen.

Thôr.

36 Aus Einer Brust alter Kunden
   Vernahm ich nie so viel.
   Mit schlauen Lüsten verlorst du die Wette,
   Der Tag verzaubert dich, Zwerg:
   Die Sonne scheint in den Saal.

12. Skírnisför.

Skirnirs Fahrt.

Freyr, der Sohn Niörds, hatte sich einst auf Hlidskialf gesetzt und über-
schaute die Welten alle. Da sah er nach Jötunheim und sah eine schöne
Jungfrau aus ihres Vaters Haus in ihre Frauenkammer gehen. Daraus
erwuchs ihm große Gemüthskrankheit. Skirnir hieß Freys Diener. Niördr
bat ihn, Freyr zum Reden zu bringen. Da sprach

Skadi. [23]

1 Steh nun auf, Skirnir, ob du unsern Sohn
Magst zu reden vermögen
Und das zu erkunden, wem der kluge wohl
So bitterböse sei.

Skirnir.

2 Uebler Antwort verseh ich mich von euerm Sohne,
Wenn ich die Red an ihn richte
Um das zu erkunden, wem der kluge wohl
So bitterböse sei.

3 Sage mir, Freyr, vollwaltender Gott,
Was ich zu wißen wünsche:
Was weilst du allein im weiten Saal,
Herr, den heilen Tag?

Freyr.

4 Wie soll ich sagen dir jungem Gesellen
Der Seele großen Gram?
Die Alfenbestralerin leuchtet alle Tage,
Doch nicht zu meiner Liebeslust.

Skirnir.

5 Dein Gram mag so groß nicht sein,
   Daß du ihn mir nicht sagen solltest.
   Theilten wir doch die Tage der Jugend:
   So mögen wir Zwei uns Zutraun schenken.

Freyr.

6 In Gymirs [37] Gärten sah ich gehen
   Mir liebe Maid.
   Ihre Arme leuchteten und Luft und Meer
· Schimmerten von dem Scheine.

7 Mehr lieb ich die Maid als ein Jüngling mag
   Im Lenz seines Lebens.
   Von Asen und Alfen will es nicht Einer,
   Daß wir beisammen seien.

Skirnir.

8 Gieb mir dein rasches Roß, das mich sicher
   Durch die flackernde Flamme führt;
   Gieb mir das Schwert, das von selbst sich schwingt
   Gegen der Reifriesen Brut.

Freyr.

9 Nimm denn mein rasches Roß, das dich sicher
   Durch die flackernde Flamme führt;
   Nimm mein Schwert, das von selbst sich schwingt
   In des Beherzten Hand.

Skirnir sprach zu dem Rosse:

10 Dunkel ists draußen: wohl dünkt es mich Zeit
    Ueber feuchte Berge zu fahren.
    Wir beide vollführens, fängt uns nicht beide
    Jener kraftreiche Riese.

Skirnir fuhr · gen Jötunheim zu Gymirs Wohnung. Da waren
wüthige Hunde an die Thüre des hölzernen Zaunes gebunden, der Gerdas
Saal umschloß. Er ritt dahin, wo der Viehhirt am Hügel saß und sprach
zu ihm:

11 Sage mir, Hirt, der am Hügel sitzt
  Und die Wege bewacht,
  Wie mag ich schauen die schöne Maid
  Vor Gymirs Grauhunden?

Der Hirt.

12 Bist du dem Tode nah oder todt bereits
  (Mann auf der Mähre Rücken?),
  Zu sprechen ungegönnt bleibt dir immerdar
  Mit Gymirs göttlicher Tochter.

Skirnir.

13 Kühnheit steht besser als Klagen ihm an,
  Der da fertig ist zur Fahrt.
  Bis auf Einen Tag ist mein Alter bestimmt
  Und meines Lebens Länge.

Gerda.

14 Welch Getöse ertönen hör ich
  Hier in unsern Hallen?
  Die Erde bebt davon und alle Wohnungen
  In Gymirsgard erzittern.

Die Magd.

15 Ein Mann ist hier außen von der Mähre gestiegen
  Und läßt sie im Grase grasen.

Gerda.

16 Bitt ihn einzutreten in unsern Saal
  Und den milden Meth zu trinken,
  Obwohl mir ahnt, daß hier außen sei
  Meines Bruders Mörder.

17 Wer ist es der Alfen oder Asensöhne,
  Oder weisen Wanen?
  Durch flackernde Flamme was fuhrst du allein
  Unsre Säle zu schauen?

Skirnir.

18 Bin nicht von den Alsen   noch den Asensöhnen,
    Noch den weisen Wanen;
    Durch flackernde Flamme   doch fuhr ich allein
    Eure Säle zu schauen.

19 Der Aepfel eilf   hab ich allgolden,
    Die will ich, Gerda, dir geben,
    Deine Liebe zu kaufen,   daß du Freyr bekenust,
    Daß dir kein liebrer lebe.

Gerda.

20 Der Aepfel eilf   nehm ich nicht an
    Um eines Mannes Minne,
    Noch mag ich und Freyr,   dieweil wir athmen beide,
    Je zusammen sein.

Skirnir.

21 Den Ring geb ich,   der in der Glut lag
    Mit Odhins jungem Erben.
    Acht entträufeln ihm   ebenschwere
    In jeder neunten Nacht.

Gerda.

22 Den Ring verlang ich nicht,   der in der Lohe lag
    Mit Odhins jungem Erben.
    In Gymisgard   bedarf ich Goldes nicht:
    Mir schont der Vater die Schätze.

Skirnir.

23 Siehst du, Mädchen, das Schwert,   das scharfe, zaubernde,
    Das ich halt in der Hand?
    Das Haupt hau ich   vom Hals dir ab,
    So du dich ihm weigern willst.

Gerda.

24 Zu keiner Zeit   werd ich Zwang erdulden
    'Um Mannesminne.
    Wohl aber wähn ich,   gewahrt dich Gymir,
    Daß ihr Kühnen zum Kampfe kommt.

Skirnir.

25 Siehst du, Mädchen, das Schwert, das scharfe, zaubernde,
   Das ich halt in der Hand?
   Seine Schneide erschlägt den alten Riesen,
   Fällt deinen Vater todt.

26 Mit der Zauberruthe zwingen werd ich dich,
   Maid, zu meinem Willen.
   Dahin wirst du kommen, wo Kinder der Menschen
   Dich nicht mehr sollen sehen.

27 Auf des Aaren Felsen in der Frühe sollst zu sitzen,
   Weg von der Welt gewandt zu Hel.
   Speise sei dir widriger als Wem auf Erden
   Der menschenleide Midgardswurm.

28 Ein scheußliches Wunder wirst du draußen,
   Daß Hrimnir dich angafft, dich Alles anstarrt.
   Weitkunder wirst du als der Wächter der Götter:
   Gaffe denn hervor am Gitter.

29 Einsamkeit und Abscheu, Zwang und Ungeduld
   Mehren dir Trübsinn und Thränen.
   Sitze nieder, so sag ich dir
   Des Leides schwellenden Strom,
   Den zweischneidigen Schmerz.

30 Riegel sollen dich ängsten all den Tag
   Hier im Gehege der Joten.
   Vor der Hrimthursen Hallen sollst du den heilen Tag
   Dich krümmen kostberaubt,
   Dich krümmen kostverzweifelt.
   Leid für Lust wird dir zum Lohn,
   Mit Thränen trägst du dein Unglück.

31 Mit dreiköpfigem Thursen theilst du das Leben
   Oder alterst unvermählt.

Sehnsucht scheucht dich
Von Morgen zu Morgen;
Wie die Distel dorrst du, die sich gedrängt hat
In des Ofens Oeffnung.

32 Zum Hügel ging ich, ins tiefe Holz,
Zauberruthen zu finden:
Zauberruthen fand ich.

33 Gram ist dir Odhin, gram ist dir der Asenfürst,
Freyr verflucht dich.
Flieh, üble Maid, bevor dich vernichtet
Der Götter Zauberzorn.

34 Hört es, Joten, hört es, Hrimthursen,
Suttungs Söhne, [37] ihr Asen selber!
Wie ich verbiete, wie ich banne
Mannes Gesellschaft der Maid,
Mannes Gemeinschaft.

35 Hrimgrimnir heißt der Riese, der dich haben soll
Hinterm Todtenthor,
Wo verworfene Knechte in knotige Wurzeln
Dir Geißenharn gießen.
Anderer Trank wird dir nicht eingeschenkt,
Maid, nach deinem Willen,
Maid nach meinem Willen!

36 Ein Thurs (Th) schneid ich dir und drei Stäbe:
Ohnmacht, Unmuth, Ungeduld.
So schneid ich es ab wie ich es einschnitt,
Wenn es Noth thut so zu thun.

Gerda.

37 Heil sei dir vielmehr, Held, und nimm den Eiskelch
Firnen Methes voll.
Ahnte mir doch nie, daß ich einen würde
Vom Stamm der Wanen wählen.

Skirnir.

38 Meiner Werbung Erfolg wüßt ich gesichert gern
     Eh ich mich hinnen hebe.
     Wann meinst du in Minne dem männlichen Sohn
     Des Niördr zu nahen?

Gerda.

39 Barri heißt, den wir beide wißen,
     Stiller Wege Wald:
     Nach neun Nächten will Niörds Sohne da
     Gerda Freude gönnen.

Da ritt Skirnir heim. Freyr stand draußen, grüßte ihn und fragte
nach der Zeitung:

40 Sage mir, Skirnir, eh du den Sattel abwirfst
     Oder vorrückst den Fuß,
     Was du ausgerichtet hast in Riesenheim
     Nach meiner Meinung und deiner.

Skirnir.

41 Barri heißt, den wir beide wißen,
     Stiller Wege Wald:
     Nach neun Nächten will Niörds Sohne da
     Gerda Freude gönnen.

Freyr.

42 Lang ist Eine Nacht, länger sind zweie:
     Wie mag ich dreie dauern?
     Oft daucht' ein Monat mich minder lang
     Als eine halbe Nacht des Harrens.

13. Grôgaldr.

Groas Erweckung.

1 Wache, Groa, erwache, gutes Weib,
   Ich wecke dich am Todtenthor.
   Gedenkt dir des nicht? Zu deinem Grab
   Hast du den Sohn beschieden.

2 „Was bekümmert nun mein einziges Kind?
   Welch Unheil ängstet dich,
   Daß du die Mutter anrufst, die in der Erde ruht,
   Menschliche Wohnungen längst verließ?"

3 Zu übelm Spiel beschiedst du mich, Arge:
   Die mein Vater umfing
   .Lud an den Ort mich, den kein Lebender kennt,
   Eine Frau hier zu finden.

4 „Lang ist die Wanderung, die Wege sind laug,
   Laug ist der Menschen Verlangen.
   Wenn es sich fügt, daß sich erfüllt dein Wunsch,
   So lacht dir günstiges Glück."

5 Heb ein Lied an, das heilsam ist,
   Kräftige, Mutter, dein Kind.
   Unterwegs fürcht ich den Untergang,
   Allzujung eracht ich mich.

6 „So heb ich zuerst an ein heilkräftig Lied,
   Das Rinda sang der Ran:
   Hinter die Schultern wirf was du beschwerlich wähnst,
   Dir selbst vertraue selber.

7 „Zum Andern sing ich dir, da du irren sollst
   Auf weiten Wegen wonnelos:
   Der Urd Riegel sollen dich allseits wahren,
   Wo du Schändliches siehst.

8 „Zum Dritten sing ich dieß, wenn wo verderblich
   Flutende Flüße brausen,
   Der reißende, rauschende rinne dem Abgrund zu,
   Vor dir versand er und schwinde.

9 „Dieß sing ich zum Vierten, so Feinde dir dräuend
   Am Galgenweg begegnen,
   Ihnen mangle der Muth, die Macht sei bei dir
   Bis sie zum Frieden sich fügen.

10 „Dieß sing ich zum Fünften, so Feßeln sich dir
   Um die Gelenke legen,
   Lösende Glut gießt dir mein Lied um die Glieder,
   Der Haft springt von der Hand,
   Von den Füßen die Feßel.

11 „Dieß sing ich zum Sechsten, stürmt die See
   Wilder als Menschen wißen,
   Sturm und Flut faß in den Schlauch,
   Daß sie frohe Fahrt gewähren.

12 „Dieß sing ich zum Siebenten, wenn dich schaurig umweht
   Der Frost auf Felsenhöhen,
   Kein Glied verletze dir der grimme Hauch,
   Noch soll er die Sehnen dir straff ziehn.

13 „Dieß sing ich zum Achten, überfällt dich
   Die Nacht auf neblichem Wege,
   Nichts desto minder mag bir nicht schaden
   Ein getauftes todtes Weib.

14 „Zum Neunten sing ich dir, wird bir Noth mit dem Joten,
   Dem schwertgeschmückten, zu reden,
   Wortes und Witzes sei im bewusten Herzen
   Fülle bir und Ueberfluß.

15 „Nun fahre getrost der Gefahr entgegen,
    Dich mag kein Hinderniß hemmen.
    Ich stand auf dem Stein an der Schwelle des Grabs
    Und ließ mein Lied dir erklingen.

16 „Nimm mit dir, Sohn, der Mutter Worte
    Und behalte sie im Herzen:
    Heils genug hast du immer
    Dieweil mein Wort dir gedenkt."

14. Fiölsvinnsmâl.

Das Lied von Fiölswidr.

1 Vor der Veste sah er den Fremdling nahn,
Den Riesensitz ersteigen.

Wächter (Fiölswidr).

Welch Ungethüm ists, das vor dem Eingang steht,
Die Waberlohe umwandelnd?

2 Wes verlangt dich hier, was erlauerst du?
Was willst du, Freundloser, wißen?
Auf feuchten Wegen hebe dich weg von hier,
Hier ist deines Bleibens nicht, Bettler!

Fremdling.

3 Welch Ungetüm ists, das vor dem Eingang steht,
Und weigert dem Wandrer Gastrecht?
Gönnst du nicht Gruß und Wort, so bist du gar nichts werth:
Hebe dich heim von hinnen.

Fiölswidr.

4 Fiölswidr heiß ich und habe klugen Sinn,
Bin meines Mals nicht milde.
Zu diesen Mauern magst du nicht eingehn:
Rechtloser, hebe dich hinnen.

Fremdling.

5 Von Augenweide wendet sich ungern
Wer Liebes sucht und Süßes.
Die Gürtung scheint zu glühen um goldne Säle:
Hier möcht ich Frieden finden.

Fiölswidr.

6 Welcher Eltern Kind bist du, Knabe, geboren;
    Welchem Stamm entstiegen?

Fremdling.

   Windkaldr heiß ich, Warkaldr hieß mein Vater,
   Des Vater war Fiölkaldr.

7 Sage mir, Fiölswidr, was ich dich fragen will
    Und zu wißen wünsche:
     Wer schaltet hier das Reich besitzend
     Mit Gut und milder Gabe?

Fiölswidr.

8 Menglaba heißt sie, die Mutter zeugte sie
    Mit Swafr, Thorins Sohne.
     Die schaltet hier das Reich besitzend
     Mit Gut und milder Gabe.

Windkaldr.

9 Sage mir, Fiölswidr, was ich dich fragen will
    Und zu wißen wünsche:
     Wie heißt das Gitter? nie sahn bei den Göttern
     So üble List die Leute.

Fiölswidr.

10 Thryngialla (Donnerschall) heißt es, das haben drei
     Söhne Solblindis gemacht.
      Die Feßel faßt jeden Fahrenden,
      Der es hinweg will heben.

Windkaldr.

11 Sage mir, Fiölswidr, was ich dich fragen will
     Und zu wißen wünsche:
      Wie heißt die Gürtung? nie sahn bei den Göttern
      So üble List die Leute.

Fiölswidr.

12 Gastropnir heißt sie, ich habe sie selber
    Aus des Lehmriesen Gliedern erbaut
    Und so stark gestützt, daß sie stehen wird
    So lange Leute leben.

Windkaldr.

13 Sage mir, Fiölswidr, was ich dich fragen will
    Und zu wißen wünsche:
    Wie heißen die Hunde? ich hatte so grimmige
    Lange nicht im Land gesehen.

Fiölswidr.

14 Gifr heißt einer und Geri der andre,
    Weil dus zu wißen wünschest.
    Eilf Wachten müßen sie wachen
    Bis die Götter vergehen.

Windkaldr.

15 Sage mir, Fiölswidr, was ich dich fragen will
    Und zu wißen wünsche:
    Ob Einer der Menschen eingehn möge
    Dieweil die schnaufenden schlafen.

Fiölswidr.

16 Abwechselnd zu schlafen war ihnen auferlegt
    Seit sie hier Wächter wurden:
    Einer schläft Tags, der Andre Nachts,
    Und so mag Niemand hinein.

Windkaldr.

17 Sage mir, Fiölswidr, was ich dich fragen will
    Und zu wißen wünsche:
    Giebt es keine Kost, sie kirre zu machen
    Und einzugehn weil sie eßen?

Fiölswidr.

18 Zwei Flügel siehst du an Windofnirs Seiten,
    Weil dus zu wißen wünschest.
    Das ist die Kost, sie kirre zu machen
    Und einzugehn weil sie eßen.

Windkaldr.

19 Sage mir, Fiölswidr, was ich dich fragen will
Und zu wißen wünsche:
Wie heißt der Baum, der die Zweige breitet
Ueber alle Lande?

Fiölswidr.

20 Mimameidr heißt er, Menschen wißen selten
Aus welcher Wurzel er wächst.
Niemand erfährt auch wie er zu fällen ist,
Da Schwert noch Feur ihm schadet.

Windkaldr.

21 Sage mir, Fiölswidr, was ich dich fragen will
Und zu wißen wünsche:
Welchen Nutzen bringt der weltkunde Baum,
Da Feur noch Schwert ihm schadet?

Fiölswidr.

22 Mit seinen Früchten soll man feuern,
Wenn Weiber nicht wollen gebären.
Aus ihnen geht dann was innen bliebe:
So wird er der Leute Lebensbaum.

Windkaldr.

23 Sage mir, Fiölswidr, was ich dich fragen will
Und zu wißen wünsche:
Wie heißt der Hahn auf dem hohen Baum,
Der ganz von Golde glänzt?

Fiölswidr.

24 Widofnir heißt er, der im Winde leuchtet
Auf Mimameidis Zweigen.
Beschwerden schafft er, und schwerlich raubt
Den Schwarzen Wer sich zur Speise.

Windkaldr.

25 Sage mir, Fiölswidr, was ich dich fragen will
Und zu wißen wünsche:
Ist keine Waffe, die Widofnir möchte
Zu Hels Behausung senden?

Fiölswidr.

26 Hävatein heißt der Zweig, Loptr hat ihn gebrochen
Vor dem Todtenthor.
In eisernem Schrein birgt ihn Sinmara
Unter neun schweren Schlößern.

Windkaldr.

27 Sage mir, Fiölswidr, was ich dich fragen will
Und zu wißen wünsche:
Mag lebend kehren, der nach ihm verlangt
Und will die Ruthe rauben?

Fiölswidr.

28 Lebend mag kehren, der nach ihm verlangt
Und will die Ruthe rauben,
Wenn das er schenkt was Wenige besitzen,
Der Dise des leuchtenden Lehms.

Windkaldr.

29 Sage mir, Fiölswidr, was ich dich fragen will
Und zu wißen wünsche:
Giebts einen Hort, den man haben mag,
Der die fahle Bettel freut?

Fiölswidr.

30 Die blinkende Sichel birg im Gewand,
Die in Widofnirs Schweife sitzt,
Gieb sie Sinmara'n, so wird sie gerne
Die blutige Ruthe dir borgen.

Windkaldr.

31 Sage mir, Fiölswidr, was ich dich fragen will
Und zu wißen wünsche:
Wie heißt der Saal, der umschlungen ist
Weise mit Waberlohe?

Fiölswidr.

32 Glut wird er genannt, der weisend sich dreht
Wie auf des Schwertes Spitze.
Von dem seligen Hause soll man immerdar
Nur von Hörensagen hören.

Windkaldr.

33 Sage mir, Fiölswidr, was ich dich fragen will
Und zu wißen wünsche:
Wer hat gebildet was vor der Brüstung ist
Unter den Asensöhnen?

Fiölswidr.

34 Uni und Iri, Bari und Ori,
Warr und Wegdrasil,
Dorri und Uri, Dellingr und Atwardr,
Lidskialfr, Loki.

Windkaldr.

35 Sage mir, Fiölswidr, was ich dich fragen will
Und zu wißen wünsche:
Wie heißt der Berg, wo ich die Braut,
Die wunderschöne, schaue?

Fiölswidr.

36 Hyfiaberg heißt er, Heilung und Trost
Nun lange der Lahmen und Siechen.
Gesund ward jede, wie verjährt war das Uebel,
Die den steilen erstieg.

Windkaldr.

37 Sage mir, Fiölswidr, was ich dich fragen will
Und zu wißen wünsche:
Wie heißen die Mädchen, die vor Menglabas Knieen
Einig beisammen sitzen?

Fiölswidr.

38 Hlif heißt Eine, die Andere Hlifthursa,
Die dritte Dietwarta,
Biört und Blid, Blidur und Frid,
Eir und Oerboda.

Windkaldr.

39 Sage mir, Fiölswidr, was ich dich fragen will
Und zu wißen wünsche:
Schirmen sie Alle, die ihnen opfern,
Wenn sie des bedürfen?

Fiölswidr.

40 Jeglichen Sommer, so ihnen geschlachtet
Wird an geweihtem Orte,
Welche Krankheit überkommt die Menschenkinder,
Jeden nehmen sie aus Nöthen.

Windkaldr.

41 Sage mir, Fiölswidr, was ich dich fragen will
Und zu wißen wünsche:
Mag ein Mann wohl in Mengladas
Sanften Armen schlafen?

Fiölswidr.

42 Kein Mann mag in Mengladas
Sanften Armen schlafen,
Swipdagr allein: die sonnenglänzende
Ist ihm verlobt seit Langem.

Windkaldr.

43 Auf reiß die Thüre, schaff weiten Raum,
Hier magst du Swipdagr schauen.
Doch frage zuvor ob noch erfreut
Menglaben meine Minne.

Fiölswidr.

44 Höre, Menglada! ein Mann ist gekommen:
Geh und beschaue den Gast.
Die Hunde freuen sich, das Haus erschloß sich selbst,
Ich denke, Swipdagr sei's.

Menglada.

45 Glänzende Raben am hohen Galgen
Hacken dir die Augen aus,
Wenn du das lügst, daß der Verlangte endlich
Zu meiner Halle heimkehrt.

46 Von wannen kommst du? wo warst du bisher?
Wie hieß man dich daheim?
Nenne genau Namen und Geschlecht,
Bin ich als Braut dir verbunden.

Swipdagr.

47 Swipdagr heiß ich,   Solbiart hieß mein Vater,
   Her führten mich windkalte Wege.
   Urdas Ausspruch ändert Niemand,
   Ob er unverdient auch träfe.

Menglada.

48 Willkommen seist du,   mein Wunsch erfüllt sich,
   Den Gruß begleite der Kuß.
   Unversehenes Schauen beseligt doppelt
   Wo rechte Liebe verlangt.

49 Lange saß ich auf liebem Berge
   Dich erharrend Tag um Tag;
   Nun geschieht was ich hoffte, da du heimgekehrt bist,
   Süßer Freund, in meinen Saal.

Swipdagr.

50 Sehnlich Verlangen hatt ich nach deiner Liebe
   Und du nach meiner Minne.
   Nun ist gewiß, wir beide werden
   Miteinander ewig leben.

15. Rigsmâl.

Das Lied von Rigr.

So wird gesagt in alten Sagen, daß Einer der Asen, der Heimdall hieß, auf seiner Fahrt zu einer Meeresküste kam. Da fand er ein Haus und nannte sich Rigr. Und nach dieser Sage wird dieß gesungen:

1 Einst, sagen sie, ging auf grünen Wegen
    Der kraftvolle, edle, vielkundige As,
    Der rüstige, rasche Rigr einher.

2 Weiter wandelnd des Weges inmitten
    Traf er ein Haus mit offener Thür.
    Er ging hinein, am Estrich glüht' es;
    Da saß ein Ehpaar, ein altes, am Feuer,
    Ai und Edda in übelm Gewand.

3 Zu rathen wußte Rigr den alten;
    Er saß zu beiden der Bank inmitten,
    Die Eheleute zur Linken und Rechten.

4 Da nahm Edda einen Laib aus der Asche,
    Schwer und klebricht, der Kleien voll.
    Mehr noch trug sie auf den Tisch alsbald:
    Schlemm in der Schüssel ward aufgesetzt,
    Und das beste Gericht war ein Kalb in der Brühe.

5 Auf stand darnach des Schlafes begierig,
    Rigr, der ihnen wohl rathen konnte,
    Legte zu beiden ins Bett sich mitten,
    Die Eheleute zur Linken und Rechten.

6 Da blieb er drauf drei Nächte lang,
  Dann ging er und wanderte des Wegs innmitten.
  Darnach vergingen der Monden neun.

7 Edda genas, genetzt ward das Kind,
  Weil schwarz von Haut geheißen Thräl.

8 Es begann zu wachsen und wohl zu gedeihn.
  Rauh an den Händen war dem Rangen das Fell,
  Die Gelenke knotig (von Knorpelgeschwulst),
  Die Finger feißt, fratzig das Antlitz,
  Der Rücken krumm, vorragend die Hacken.

9 In Kurzem lernt' er die Kräfte brauchen,
  Mit Bast binden und Bürden schnüren.
  Heim schleppt' er Reiser den heilen Tag.

10 Da kam in den Bau die Gängelbeinige,
  Schwären am Hohlfuß, die Arme sonnverbrannt,
  Gedrückt die Nase Thyr die Dirne.

11 Breit auf der Bank alsbald nahm sie Platz,
  Ihr zur Seite des Hauses Sohn.
  Redeten, raunten, ein Lager bereiteten,
  Da der Abend einbrach, der Enk und die Dirne.

12 Sie lebten knapp und zeugten Kinder,
  Geheißen, hört ich, Hreimr und Fiosnir;
  Klur und Kleggi, Kessir, Fulnir,
  Drumbr, Digraldi, Dröttr und Höswir,
  Lutr und Leggialdi. Sie legten Hecken an,
  Misteten Aecker, mästeten Schweine,
  Hüteten Geißen und gruben Torf.

13 Die Töchter hießen Trumba und Kumba,
  Oeckwinkalfa und Arinnefja;
  Ysja und Ambatt, Eikintiasna,
  Tötrughypia und Trönubenja.
  Von ihnen entsprang der Knechte Geschlecht.

———

14 Weiter ging Rigr	gerades Weges,
	Kam an ein Haus,	halboffen die Thür.
	Er ging hinein,	am Estrich glüht' es;
	Da saß ein Ehpaar	geschäftig am Werk.

15 Der Mann schälte	die Weberstange,
	Gestrält war der Bart,	die Stirne frei.
	Knapp lag das Kleid an,	die Kiste stand am Boden.

16 Das Weib daneben	bewand den Rocken
	Und führte den Faden	zu seinem Gespinst.
	Auf dem Haupt die Hauke,	am Hals ein Schmuck,
	Ein Tuch um den Nacken,	Nesteln an der Achsel:
	Afi und Amma	im eigenen Haus.

17 Rigr wuste	den Werthen zu rathen;
	Auf stand er vom Tische	des Schlafs begierig.
	Da legt' er zu beiden	ins Bette sich mitten,
	Die Eheleute	zur Linken und Rechten.

18 Da blieb er drauf	drei Nächte lang;
	(Dann ging er und wanderte	des Wegs inmitten.)
	Darnach vergingen	der Monden neun.
	Amma genas,	genetzt ward das Kind
	Und Karl geheißen;	das hüllte das Weib.
	Roth wars und frisch	mit funkelnden Augen.

19 Er begann zu wachsen	und wohl zu gedeihn:
	Da zähmt' er Stiere,	zimmerte Pflüge,
	Schlug Häuser auf,	erhöhte Scheuern,
	Führte den Pflug	und fertigte Wagen.

20 Da fuhr in den Hof	mit Schlüßeln behängt
	Im Ziegenkleid	die Verlobte Karls;
	Snör (Schnur) geheißen	saß sie im Linnen.
	Sie wohnten beisammen	und wechselten Ringe,
	Breiteten Betten	und bauten ein Haus.

21 Sie zeugten Kinder und zogen sie froh:
    Halr und Drengr, Höldr, Degn und Smidr,
    Breidrbondi, Bundinsleggi,
    Bui und Bobbi, Brattsleggr und Seggr.

22 Die Töchter nannten sie mit diesen Namen:
    Snot, Brudr, Swanni, Swarri, Spradi,
    Fliod, Sprund und Wif, Feima, Ristil.
    Von den Beiden entsprang der Bauern Geschlecht.

―――――――

23 Weiter ging Rigr gerades Weges;
    Kam er zum Saal mit südlichem Thor.
    Angelehnt wars, mit leuchtendem Ring.

24 Er trat hinein, bestreut war der Estrich.
    Die Eheleute saßen und sahen sich an,
    Vater und Mutter an den Fingern spielend.

25 Der Hausherr saß die Sehne zu winden,
    Den Bogen zu spannen, Pfeile zu schäften;
    Dieweil die Hausfrau die Hände besah,
    Die Falten ebnete, am Aermel zupfte.

26 Im Schleier saß sie ein Geschmeid an der Brust,
    Die Schleppe wallend am blauen Gewand;
    Die Braue glänzender, die Brust weißer,
    Lichter der Nacken als leuchtender Schnee.

27 Rigr wuste dem Paare zu rathen,
    Zu beiden saß er der Bank inmitten,
    Die Eheleute zur Linken und Rechten.

28 Da brachte die Mutter geblümtes Gebild
    Von schimmerndem Lein, den Tisch zu spreiten.
    Linde Semmel legte sie dann
    Von weißem Weizen gewandt auf das Linnen.

29 Setzte nun silberne Schüßeln auf
   Mit Speck und Wildbrät und gesottnen Vögeln;
   In kostbaren Kelchen und Kannen war Wein:
   Sie tranken und sprachen bis der Abend sank.

30 Rigr stand auf, das Bett war bereit.
   Da blieb er drauf drei Nächte lang:
   Dann ging er und wanderte des Weges inmitten.
   Darnach vergingen der Monden neun.

31 Die Mutter gebar und barg in Seide
   Ein Kind, das genetzt und genannt ward Jarl.
   Licht war die Locke und leuchtend die Wange,
   Die Augen scharf wie Schlangen blicken.

32 Daheim erwuchs in der Halle der Jarl:
   Den Schild lernt' er schütteln, Sehnen winden,
   Bogen spannen und Pfeile schäften,
   Spieße werfen, Lanzen schießen,
   Hunde hetzen, Hengste reiten,
   Schwerter schwingen, den Sund durchschwimmen.

33 Aus dem Walde kam der rasche Rigr gegangen,
   Rigr gegangen ihn Runen zu lehren,
   Nannte mit dem eignen Namen den Sohn,
   hieß ihn zu Erb und Eigen besitzen
   Erb und Eigen und Ahnenschlößer.

34 Da ritt er dannen auf dunkelm Pfade
   Durch feuchtes Gebirg bis vor die Halle.
   Da schwang er die Lanze, den Lindenschild,
   Spornte das Roß und zog das Schwert.
   Kampf ward erweckt, die Wiese geröthet,
   Der Feind gefällt, erfochten das Land.

35 Nun saß er und herschte in achtzehn Höfen,
   Vertheilte die Schätze, Alle beschenkend
   Mit Schmuck und Geschmeide und schlanken Pferden.
   Er spendete Ringe, hieb Spangen entzwei.

36 Da fuhren Edle   auf feuchten Wegen,
    Kamen zur Halle   vom Herfir bewohnt.
    Entgegen ging ihm   die Gürtelschlanke,
    Adliche, artliche,   Erna geheißen.

37 Sie freiten und führten   dem Fürsten sie heim,
    Des Jarls Verlobte   ging sie im Linnen.
    Sie wohnten beisammen   und waren sich hold,
    Führten fort den Stamm   froh bis ins Alter.

38 Bur war der älteste,   Barn der andere,
    Jod und Adal,   Arfi, Mögr,
    Nibr und Nidjungr;   Spielen geneigt
    Sonr und Swein,   sie schwammen und würfelten;
    Kundr hieß Einer,   Konur der jüngste.

39 Da wuchsen auf   des Edeln Söhne,
    Zähmten Hengste,   zierten Schilde,
    Schälten den Eschenschaft,   schliffen Pfeile.

40 Konur der junge   kannte Runen,
    Zeitrunen   und Zukunftrunen;
    Zumal vermocht er   Menschen zu bergen,
    Schwerter zu stumpfen,   die See zu stillen.

41 Vögel verstand er,   wußte Feuer zu löschen,
    Den Sinn zu beschwichtigen,   Sorgen zu heilen.
    Auch hatt er zumal   acht Männer Stärke.

42 Er stritt mit Rigr,   dem Jarl, in Runen,
    In allerlei Wißen   erwarb er den Sieg.
    Da ward ihm gewährt,   da war ihm gegönnt,
    Selbst Rigr zu heißen   und runenkundig.

43 Jung Konur   ritt durch Rohr und Wald,
    Warf das Geschoß   und stellte nach Vögeln.

44 Da sang vom einsamen Aft die Krähe:
„Was willst du, Fürstensohn, Vögel beizen?
Dir ziemte beßer —   —
Hengste reiten und Heere fällen!

45 „Dan hat und Danpr nicht schönere Hallen,
Erb und Eigen nicht reicher als Ihr.
Doch können sie wohl auf Kielen reiten,
Schwerter prüfen und Wunden hauen.

(Schluß scheint zu fehlen.)

———————

16. Hyndluliod.

Das Hyndlalied.

Freyja.

1 Wache, Maid der Maide, meine Freundin, erwache!
Hyndla, Schwester, Höhlenbewohnerin.
Nacht ists und Nebel; reiten wir nun
Walhall zu, geweihten Stätten.

2 Laden Heervatern in unsre Herzen:
Er gönnt und giebt das Gold den Werthen.
Er gab Hermodur Helm und Brünne,
Ließ den Siegmund das Schwert gewinnen.

3 Giebt Sieg den Söhnen, giebt Andern Sold,
Worte Manchem und Witz den Mannen,
Fahrwind den Schiffern, den Skalden Lieder,
Mannheit und Muth dem heitern Mann.

4 Dem Thor werd ich opfern, werd ihn erflehen,
Daß er günstig immerdar sich dir erweise,
Ob freilich kein Freund der Riesenfrauen.

5 Nun wähl aus dem Stall deiner Wölfe Einen,
Und laß ihn rennen mit dem Runenhalfter.

Hyndla.

Dein Eber ist träg Götterwege zu treten;
Ich will mein Roß, das rasche, nicht satteln.

6 Verschmitzt bist du, Freyja, daß du mich versuchst
Und also die Augen wendest zu uns.
Hast du den Mann doch dahin zum Gefährten,
Ottar den jungen, Innsteins Sohn.

Freyja.

7 Du faselst, Hyndla, träumt dir vielleicht?
Daß du sagst, mein Geselle sei mein Mann.
Meinem Eber glühn die goldnen Borsten,
Dem Hildiswin, den herlich schufen
Die beiden Zwerge Dain und Nabbi.

8 Laß uns im Sattel sitzen und plaudern
Und von den Geschlechtern der Fürsten sprechen,
Den Stämmen der Helden, die Göttern entsprangen.
Darüber wetteten um goldnes Erbe
Ottar der junge und Angantyr.

9 Wir helfen billig, daß dem jungen Helden
Sein Vatergut werde nach seinen Freunden:

10 Er hat mir aus Steinen ein Haus errichtet,
Gleich dem Glase nun glänzen die Mauern,
So oft tränkt' er sie mit Ochsenblut.
Immer den Asinnen war Ottar hold.

11 Die Reihen der Ahnen rechne nun her
Und die entsprungnen Geschlechter der Fürsten.
Welche sind Skiöldunge? welche sind Skilfinge?
Welche sind Oedlinge? welche sind Ynglinge?
Welche sind Wölfinge? welche sind Wölsunge?
Wer stammt von Freien? wer stammt von Herfen
Unter den Männern, die Midgard bewohnen?

Hyndla.

12 Ottar, du bist von Innstein gezeugt,
Alf dem Alten ist Innstein entstammt.
Alf von Ulfr, Ulfr von Säsar,
Aber Säsar von Swan dem Rothen.

13 Deines Vaters Mutter, die festlich geschmückte,
Hle-Dis, wähn ich, hieß sie, die Priesterin.
Ihr Vater war Frobi, Friant ihre Mutter.
Uebermenschlich schien all dieß Geschlecht.

14 Ali war der Männer mächtigster einst,
Halfdan der alte der hehrste der Skiöldungen.
Bekannt sind die Kämpfe, die die Kühnen fochten;
Ihre Thaten flogen zu des Himmels Gefilden.

15 Sein Schwäher Eymund half ihm, der höchste der Männer,
Den Sygtrygg schlug er mit kaltem Schwert.
Almweig ehlicht' er, die edle Frau;
Almweig gebar ihm achtzehn Söhne.

16 Daher die Skiöldunge, daher die Skilfinge,
Daher die Oedlinge, daher die Ynglinge,
Daher die Wölfinge, daher die Wölsunge,
Daher die Freien, daher die Hersen,
Die Blüte der Männer, die Midgard bewohnen.
Dieß all ist dein Geschlecht, Ottar du Blöder!

17 Hildigunna war der Hehren Mutter,
Swawas Tochter und des Seekönigs.
Dieß ist all dein Geschlecht, Ottar du Blöder!
Dieß wiß und bewahre: willst du noch mehr?

18 Dag hatte Thora, die Heldenmutter:
Dem Stamm entstiegen der Streiter beste:
Fradmar und Gyrdr und beide Freki,
Am, Jösur, Mar und Alf der Alte.
Dieß wiß und bewahre: willst du noch mehr?

19 Ketil ihr Freund, der Erbe Klypis,
War deiner Mutter Muttervater.
Frodi ward früher als Kari,
Aber der älteste Alf geboren.

20 Die nächste war Nanna, Nödis Tochter,
Ihr Sohn der Vetter deines Vaters.
Alt ist die Sippe, ich schreite weiter.
Ich kannte beide Brodd und Hörfi:
Dieß all ist dein Geschlecht, Ottar du Blöder!

21 Jsolf und Asolf,   Oelmods Söhne
    Und Skurhildens,   der Tochter Skeckils.
    Auf steigt dein Ursprung   zu vielen Ahnen.
    Dieß all ist dein Geschlecht,   Ottar du Blöder!

22 Gunnar, Balkr,   Grimr, Ardskafi,
    Jarnskiöldr, Thorir   und Ulf, der Gähnende. —
    (Herwardr, Hiörwardr,   Hrani, Augantyr)
    Bui und Brami,   Barri und Reisnir,
    Tindr und Tyrfinger,   zwei Haddinge:
    Dieß all ist dein Geschlecht,   Ottar du Blöder!

23 Zu Sorgen und Arbeit   hatte die Söhne
    Arngrim gezeugt   mit Eysura,
    Daß Schauer und Schrecken   von Berserkerschwärmen
    Ueber Land und Meer   gleich Flammen lohten:
    Dieß ist all dein Geschlecht,   Ottar du Blöder!

24 Jch kannte beide,   Brodd und Hörfi
    Dort am Hofe   Hrolfs des Alten.
    Die alle stammen   von Jörmunrek,
    Dem Eidam Sigurds —   ich sage dirs —
    Des volkgrimmen,   der Fafniru erschlug.

25 So war der König   dem Wölsung entstammt,
    Und Hiördisa   von Hraudungr,
    Eylimi aber   von den Oedlingen.
    Dieß all ist dein Geschlecht,   Ottar du Blöder!

26 Gunnar und Högni   waren Giukis Erben,
    Desgleichen Gudrun,   Gunnars Schwester.
    Nicht war Guttorm   von Giukis Stamm,
    Gleichwohl ein Bruder   war er der beiden.
    Dieß all ist dein Geschlecht,   Ottar du Blöder!

27 Harald Hildetann,   Hröreks Erzeugter,
    Des Ringverschleuderers,   war Audas Sohn.

Auda die überreiche war Jwars Tochter,
Aber Radbard Randwers Vater.
Dieß waren Helden den Göttern geweiht
Dieß all ist dein Geschlecht, Ottar du Blöder!

---

28 Eilfe wurden der Asen gezählt,
Als Baldur[49] beschritt die tödlichen Scheite.
Wali bewährte sich werth ihn zu rächen,[30]
Da er den Mörder des Bruders bemeisterte.
Dieß all ist dein Geschlecht, Ottar du Blöder!

29 Baldurn erzeugte Buris Erbe.
Freyr nahm Gerda, Gymirs Tochter,
Den Riesen anverwandt und der Aurboda.[37]
So war auch Thiassi verwandt mit ihr,
Der hochmüthige Thurse, dessen Tochter Skadi war.[56]

30 Vieles erwähnt ich, mehr noch weiß ich;
Wißt und bewahrt es: wollt ihr noch mehr?

31 Von Hwednas Söhnen war Hali der schlimmste nicht;
Hwednas Vater war Hiörwardr.
Heidr und Hrossthiof sind Hrimnirn entstammt.

32 Von Widolf kommen die Walen alle,
Alle Zaubrer sind Wilmeidis Erzeugte.
Die Sudkünstler stammen von Swarthöfdi,
Aber von Ymir alle die Riesen.

33 Vieles erwähnt ich, mehr noch weiß ich;
Wißt und bewahrt es: wollt ihr noch mehr?

34 Geboren ward Einer am Anfang der Tage,
Ein Wunder an Stärke, göttlichen Stamms.
Neune gebaren ihn, der Frieden verliehn hat,
Der Riesentöchter am Erdenrand.

35 Gialp gebar ihn,   Greip gebar ihn,
    Ihn gebar Eistla   und Angeyja,
    Ulfrun gebar ihn   und Eyrgiafa,
    Imdr und Atla,   und Jarnsaxa.

36 Dem Sohn mehrte   die Erde die Macht,
    Windkalte See   und Sonnenstralen.
    Vieles erwähnt ich,   mehr noch weiß ich;
    Wißt und bewahrt es: wollt ihr noch mehr?

37 Den Wolf zeugte Loki   mit Angurboda,[31]
    Den Sleipnir empfing er   von Swadilfari.[41]
    Ein Scheusal schien   das allerabscheulichste:
    Das war von Bileistis   Bruder erzeugt.

38 Ein gesottnes Herz   aß Loki im Holz,
    Da fand er halbverbrannt   das steinharte Frauenherz.
    Lopturs List kommt   von dem losen Weibe;
    Alle Ungethüme   sind ihm entstammt.

39 Meerwogen heben sich   zur Himmelswölbung
    Und laßen sich nieder,   wenn die Luft sich abkühlt.
    Dann kommt der Schnee   und stürmische Winde:
    Das ist das Ende   der ewigen Glöße.

40 Allen überhehr   ward Einer geboren;
    Dem Sohn mehrte   die Erde die Macht.
    Ihn rühmt man der Herscher   reichsten und gröften,
    Durch Sippe gesippt   den Völkern gesamt.

41 Einst kommt ein Andrer   mächtiger als Er;
    Doch noch ihn zu nennen   wag ich nicht.
    Wenige werden   weiter blicken
    Als bis Odhin   den Wolf angreift.

Freyja.

42 Reiche das Ael meinem Gast zur Erinnerung,
   Daß Bewußtsein ihm währe von deinen Worten
   Am dritten Morgen, und deiner Reden all,
   Wenn Er und Angantyr die Ahnen zählen.

Hyndla.

43 Nun scheide von hier, zu schlafen begehr ich:
   Wenig erlangst du noch Liebes von mir.
   Lauf in Liebesglut Nächte lang,
   Wie zwischen Böcken die Ziege rennt.

44 Du liefst bis zur Wuth nach Männern verlangend;
   Mancher schon schlüpfte dir unter die Schürze.
   Lauf in Liebesglut Nächte lang,
   Wie zwischen Böcken die Ziege rennt.

Freyja.

45 Die Waldbewohnerin umweb ich mit Feuer,
   So daß du schwerlich entrinnst der Stätte.
   (Lauf in Liebesglut Nächte lang,
   Wie zwischen Böcken die Ziege rennt.)

Hyndla.

46 Feuer seh ich glühen, die Erde flammen:
   Sein Leben muß ein Jeder lösen.
   So reiche das Ael Ottar deinem Liebling:
   Der Meth vergeb ihm, der giftgemischte.

Freyja.

47 Wenig verfangen soll dein Fluch
   Obgleich du, Riesenbraut, ihm Böses sinnst.
   Schlürfen soll er segnenden Trank:
   Ottar, dir erfleh ich aller Götter Hülfe.

II.

Die ältere Edda.

Heldensage.

17. Völundarkvidha.

Das Lied von Wölundur.

Nidudr hieß ein König in Schweden. Er hatte zwei Söhne und eine Tochter; die hieß Bödwild. Es waren drei Brüder, Söhne des Finnen-königs (?); der eine hieß Slagfidr, der andre Egil, der dritte Wölundur. Die schritten auf dem Eise und jagten das Wild. Sie kamen nach Ulf-dalir (Wolfsthal) und bauten sich da Häuser. Da ist ein Waßer, das heißt Ulfsiar (Wolfssee). Früh am Morgen fanden sie am Waßerstrand drei Frauen, die spannen Flachs; bei ihnen lagen ihre Schwanenhemden; es waren Walküren. Zweie von ihnen waren Töchter König Lödwers: Hladgud Swanhwit (Schwanweiß) und Herwör Alhwit (Allweiß); aber die dritte war Aelrun, die Tochter Kiars von Walland. Die Brüder führten sie mit sich heim. Egil nahm die Aelrun, Slagfidr die Swanhwit und Wölundur die Alhwit. Sie wohnten sieben Winter beisammen: da flogen die Weiber Kampf zu suchen, und kamen nicht wieder. Da schritt Egil aus die Aelrun zu suchen und Slagfidr suchte Swanhwit; aber Wölundur saß in Ulfdalir. Er war der kunstreichste Mann, von dem man in alten Sagen weiß. König Nidudr ließ ihn handgreifen so wie hier besungen ist.

> 1 Durch Myrkwidr flogen   Mädchen von Süden,
>   Alhwit die junge,   Urlog (Schicksal, Kampf) zu entscheiden.
>   Sie saßen am Strande   der See und ruhten;
>   Schönes Linnen spannen   die südlichen Frauen.

> 2 Ihrer Eine   hegte sich Egiln,
>   Die liebliche Maid,   am lichten Busen;
>   Die andre war Swanhwit,   die Schwanfedern trug
>   (Um Slagfidr   schlang sie die Hände);
>   Doch die dritte,   deren Schwester,
>   Umwand Wölundurs   weißen Hals.

3 So saßen sie   sieben Winter lang;
   Den ganzen achten   grämten sie sich
   Bis im Neunten   die Noth sie schied:
   Die Mädchen verlangte   nach Myrkwidr;
   Alhwit die junge   wollt Urlog treiben.

4 Hladgud und Herwör   stammten von Hlödwer;
   Verwandt war Aelrun, die Tochter Kiars.
   Die schritt geschwinde   den Saal entlang,
   Stand auf dem Estrich   und erhob die Stimme:
   „Sie freun sich nicht,   die aus dem Forste kommen.“

5 Von Waidwerk kamen   die wegmüden Schützen,
   Slagfidr und Egil,   fanden öde Säle,
   Gingen aus und ein   und sahen sich um.
   Da schritt Egil ostwärts   Aelrunen nach
   Und südwärts Slagfidr   Swanhwit zu finden.

6 Derweil im Wolfsthal   saß Wölundr,
   Schlug funkelnd Gold   um festes Gestein
   Und band die Ringe   mit Lindenbast.
   Also harrt' er   seines holden
   Weibes, wenn sie   ihm wieder käme.

7 Das hörte Nidudr,   der Niaren Drost,
   Daß Wölundr einsam   in Wolfsthal säße.
   Bei Nacht fuhren Männer   in genagelten Brünnen (Panzern);
   Ihre Schilde schienen   wider den geschnittnen Mond.

8 Stiegen vom Sattel   an des Saales Giebelwand,
   Gingen dann ein,   den ganzen Saal entlang.
   Sahen am Baste   schweben die Ringe,
   Siebenhundert zusammen,   die der Mann besaß.

9 Sie banden sie ab   und wieder an den Bast,
   Außer einem,   den ließen sie ab.
   Da kam vom Waidwerk   der wegmüde Schütze,
   Wölundr, den weiten   Weg daher.

10 Briet am Feuer der Bärin Fleisch:
Bald flammt' am Reisig die trockne Föhre,
Das winddürre Holz, vor Wölundur.

11 Ruht' auf der Bärenschur, die Ringe zählt' er,
Der Alfengesell: einen vermißt' er,
Dachte, den hätte Hlödwers Tochter:
Alhwit die holde war heimgekehrt.

12 Saß er so lange bis er entschlief:
Doch er erwachte wonneberaubt.
Merkt harte Bande sich um die Hände,
Fühlt um die Füße Fesseln gespannt.

13 „Wer sind die Leute, die in Bande legten
Den freien Mann? wer fesselte mich?"

14 Da rief Nidudr, der Niaren Trost:
Wo erwarbst du, Wölundur, Weiser der Alfen,
Unsere Schätze in Ulfdalir?

Wölundur.
15 Hier war kein Gold wie auf Granis Wege,
Fern ist dieß Land den Felsen des Rheins.
Mehr der Kleinode mochten wir haben,
Da wir heil daheim in der Heimat saßen.

König Nidudr gab seiner Tochter Bödwild den Goldring, den er vom Baste gezogen in Wölundurs Haus; aber er selber trug das Schwert, das Wölundur hatte. Da sprach die Königin:

16 Er wird die Zähne blecken vor Zorn, wenn er das Schwert erkennt
Und unsers Kindes Ring.
Wild glühn die Augen dem gleissenden Wurm.
So zerschneidet ihm der Sehnen Kraft
Und laßt ihn sitzen in Säwarstadr.

So wurde gethan, ihm die Sehnen in den Kniekehlen zerschnitten und er in einen Holm gesetzt, der vor dem Strande lag und Säwarstadr hieß. Da schmiedete er dem König allerhand Kleinode, und Niemand getraute sich, zu ihm zu gehen als der König allein. Wölundur sprach:

17 „Es scheint Niduburn ein Schwert am Gürtel,
   Das ich schärfte so geschickt ich mochte,
   Das ich härtete so hart ich kennte.
   Dieß lichte Waffen entwendet ist mirs:
   Säh ich Wölundurn zur Schmiede getragen!

18 „Bödwild trägt nun meiner Getrauten
   Rothen Ring: rächen will ich das!“
   Schlaflos saß er und schlug den Hammer;
   Trug schuf er Niduburn schnell genug.

19 Liefen zwei Knaben, lauschten an der Thüre,
   Die Söhne Niduburs, nach Säwarstadr;
   Kamen zur Kiste den Schlüßel erkundend;
   Offen war die üble, als sie hineinsahn.

20 Viel Kleinode sahn sie, die Knaben daucht es
   Rothes Gold und glänzend Geschmeid.
   „Kommt allein, ihr Zwei, kommt andern Tags,
   So soll euch das Gold gegeben werden.

21 „Sagt es den Mägden nicht noch dem Gesinde,
   Laßt es Niemand hören, daß ihr hier gewesen.“
   Zeitig riefen die Zweie sich an,
   Bruder den Bruder: „Komm die Brustringe schaun!“

22 Sie kamen zur Kiste die Schlüßel erkundend;
   Offen war die üble, da sie hineinsahn.
   Um die Köpfe kürzt' er die Knaben beide;
   Unterm Feßeltrog barg er die Füße.

23 Aber die Schädel unter dem Schopfe
   Schweift' er in Silber, sandte sie Niduburn.
   Aus den Augen macht' er Edelsteine,
   Sandte sie der falschen Frauen Niduburs.

24 Aus den Zähnen aber der Zweie
   Bildet' er Brustgeschmeid, sandt' es Bödwilden.
   Da begann den Ring zu rühmen Bödwild;
   Sie bracht ihn Wölundurn, da er zerbrochen war:
   „Keinem darf ichs sagen als dir allein.“

Wölundur.

25 Ich beßre dir so den Bruch am Goldring,
   Deinen Vater dünkt er schöner,
   Deine Mutter merklich beßer;
   Aber dich selber noch eben so gut. —

26 Er betrog sie mit Meth, der schlauere Mann;
   In den Seßel sank und entschlief die Maid.
   „Nun hab ich gerochen Harm und Schäden
   Alle bis auf Einen, den unheilvollen.

27 „Wohl mir,“ sprach Wölundur: „wär ich auf den Sehnen,
   Die mir Nidudurs Männer nahmen.“
   Lachend hob sich in die Luft Wölundur;
   Bödwild wandte sich weinend vom Holm
   Um des Friedels Fahrt sorgend und des Vaters Zorn.

28 Außen stand Nidudurs arges Weib,
   Ging hinein den ganzen Saal entlang;
   — Auf des Saales Sims saß er, und ruhte —
   „Wachst du, Nidudur, Niaren-Drost?“ —

Nidudur.

29 Immer wach ich, wonnelos lieg ich,
   Mich gemahnts an meiner Söhne Tod.
   Das Haupt friert mir von deinen falschen Räthen:
   Nun wollt ich wohl mit Wölundur rechten:

30 Bekenne mir, Wölundur, König der Alfen,
   Was ward aus meinen wonnigen Söhnen?

Wölundur.

31 Erst sollst du alle Eide mir leisten,
   Bei Schwertes Spitze und Schiffes Bord,
   Bei Schildes Rand und Rosses Bug,

32 Daß du Wölundurs Weib nicht tödtest,
   Noch meiner Braut zum Mörder werdest,
   Hätt ich ein Weib auch euch nah verwandt,
   Oder hätte hier im Haus ein Kind. —

33 „So geh zur Schmiede, die du mir schufest,
   Da liegen die Bälge mit Blut bespritzt.
   Die Häupter schnitt ich deinen Söhnen ab;
   Unterm Fesseltrog barg ich die Füße.

34 „Aber die Schädel unter dem Schopfe
   Schweift ich in Silber, schenkte sie Niduburn.
   Aus den Augen macht ich Edelsteine,
   Sandte sie der falschen Frauen Niduburs.

35 „Aus den Zähnen der Zweie dann
   Bildet' ich Brustgeschmeid und sandt es Bödwilden.
   Nun geht Bödwild mit Kindesbürde,
   Euer beider einzige Tochter.“

Nidudur.

36 Nie sagtest du ein Wort, das so mich betrübte,
   Nie wünscht' ich dich härter, Wölundur, zu strafen.
   Doch kein Mann ist so rasch, der vom Ross dich nähme,
   So geschickt kein Schütze, der dich niederschöße
   Wie du hoch dich hebst zu den Wolken.

37 Lachend hob sich in die Luft Wölundur;
   Traurig Nidudur schaut' ihm nach:

38 „Steh auf, Thankrad, meiner Thräle bester,
   Bitte Bödwild, die brauenschöne,
   Daß die ringbereifte mit dem Vater rede.

39 „Ist das wahr, Bödwild, was man mir sagte:
   Saßest du mit Wölundur zusammen im Holm?“

Bödwild.

40 Wahr ist das, Nidudur, was man dir sagte:
   Ich saß mit Wölundur zusammen im Holm,
   Hätte nie sein sollen! eine Angststunde lang.
   Ich verstand ihm nicht zu widerstehen,
   Ich vermocht ihm nicht zu widerstehen!

18. Helgakvidha Hjörvardhssonar.

Das Lied von Helgi dem Sohne Hiörwards.

I.

Hiörward hieß ein König, der hatte vier Frauen. Eine hieß Alfhild und der beiden Sohn Hedin; die andere hieß Säreid und der beiden Sohn Humlungr; die dritte hieß Sinriöd und der beiden Sohn Hymlingr. Hiörward hatte verheißen, die Frau zu ehlichen, die er die schönste wüßte. Da hörte er, daß König Swafnir eine allerschönste Tochter hätte, Sigurlinn geheißen. Jdmundr hieß sein Jarl. Atli, dessen Sohn, fuhr dem Könige Sigurlinn zu freien. Er blieb einen Winter lang bei König Swafnir. Franmar hieß da ein Jarl, der Pfleger Sigurlinns, und dessen Tochter Alof. Der Jarl rieth, daß die Maid verweigert würde: da fuhr Atli heim.

Atli Jarlssohn stand eines Tages an einem Walde: da saß ein Vogel oben in den Zweigen über ihm und hatte zugehört, da seine Mannen die Frauen die schönsten nannten, die Hiörward hatte. Der Vogel zwitscherte und Atli lauschte, was er sagte. Er sang:

1 Saheſt du Sigurlinn, Swafnirs Tochter,
  Die schönſte Maid in Munarheim?
  Und hier behagen doch Hiörwards Frauen
  Deinen Leuten in Glaſislundr.

Atli.

2 Willſt du mit Atli, Jdmundurs Sohn,
  Vielklnger Vogel, Ferneres reden?

Der Vogel.

Ja, wenn der Edling mir opfern wollte;
Doch wähl ich was ich will aus des Königs Wohnung.

Atli.

3 Wenn du Hiörward nicht liesest noch seine Kinder,
　　Noch des Fürsten schöne Frauen.
　　Kiese keine von des Königs Bräuten:
　　Laß uns wohl handeln, das ist Freundes Weise.

Der Vogel.

4 Einen Hof will ich haben und Heiligtümer,
　　Goldgehörnte Kühe aus des Königs Stall,
　　Wenn Sigurlinn ihm schläft im Arm
　　Und frei dem Fürsten folgt zu Haus.

Dieses geschah eh Atli heimfuhr; als er aber nach Hause kam und der König ihn nach den Zeitungen fragte, sprach er:

5 Wir hatten Arbeit und übeln Erfolg:
　　Unsre Rosse keuchten auf dem Kamm des Gebirgs,
　　Dann muste man durch Moore waten;
　　Doch ward uns Swafnirs Tochter geweigert,
　　Die spangengeschmückte, die wir schaffen wollten.

Der König bat, daß sie zum andern Mal hinführen und fuhr er selbst mit. Aber da sie auf den Berg kamen und hinblickten auf Swawaland, sahen sie großen Landbrand und Staub von Rossen. Da ritt der König vom Berge herab ins Land und nahm sein Nachtlager bei einem Flusse. Atli, der die Warte hatte, fuhr über den Fluß und fand da ein Haus. Darin saß ein großer Vogel als Hüter und war entschlafen. Atli schoß mit dem Spieß den Vogel todt. In dem Hause fand er Sigurlinn, die Königstochter und Alof die Jarlstochter. Die nahm er beide mit sich fort. Franmar Jarl hatte sich in Adlergestalt gekleidet und die Jungfrauen durch Zauberei vor dem Heere gehütet. Hrodmar hieß ein König, der Freier Sigurlinns: der hatte den Swawakönig erschlagen und das Land verheert und verwüstet. Da nahm König Hiörward Sigurlinn und Atli nahm Alof zur Ehe.

II.

Hiörward und Sigurlinn hatten einen Sohn, der groß und schön war. Er war aber stumm und kein Name wurde ihm beigelegt. Einst saß er am Hügel, da sah er neun Walküren reiten; darunter war eine die herlichste. Sie sang:

6 Spät wirst du, Helgi, die Schätze beherschen,
  Du reicher Schlachtbaum, und Rödulswöllir,
  (Früh sangs ein Adler), da du immer schweigst,
  Wie kühnen Kampfmuth du König bewährst.

Helgi.

7 Was giebst du mir noch zu dem Namen Helgi,
  Blühende Braut, den du mir botest?
  Erwäge den ganzen Gruß mir wohl:
  Ich nehme den Namen nicht ohne dich.

Sie sprach:

8 Schwerter weiß ich liegen in Sigarsholm
  Viere weniger als fünfmal zehn.
  Eins ist von allen darunter das beste,
  Der Schilde Verderben, beschlagen mit Gold.

9 Am Heft ist ein Ring, und Herz in der Klinge,
  Schrecken in der Spitze vor dem der es schwingt.
  Die Schneide birgt einen blutigen Wurm,
  Aber am Stichblatt wirft die Natter den Schweif.

Eilimi hieß ein König, seine Tochter war Swawa; sie war Walküre
und ritt Luft und Meer. Sie gab dem Helgi den Namen und schirmte
ihn oft seitdem in den Schlachten. Da sprach

III.

Helgi.

10 Du bist, Hiörward, kein heilwaltender König
   Führer des Volksheers, wieviel man dich rühmt:
   Lässest Feuer der Fürsten Besten verzehren,
   Die nie noch Böses verbrachen wider dich.

11 Aber Hrodmar wird der Ringe walten,
   Die unsre Freunde zuvor besaßen.
   Wenig fürchtet der Fürst um sein Leben:
   Hofft er der Todten Erbe zu beherschen?

Hiörward antwortete, er wolle dem Helgi Beistand nicht versagen, wenn er seinen Muttervater zu rächen gedächte. Da suchte Helgi das Schwert, das ihm Swawa angewiesen. Da fuhr er und Atli und fällten Hrodmar und vollbrachten manch Heldenwerk. Er schlug Hati den Riesen, als er auf einem Berge saß. Helgi und Atli lagen mit den Schiffen in Hatafiord. Atli hatte die Warte die erste Hälfte der Nacht. Da sprach Hrimgerd, Hatis Tochter:

12 Wie heißen die Helden   in Hatafiord?
   Mit Schilden ist gezeltet   auf euern Schiffen.
   Frevel gebahrt ihr,   scheint wenig zu fürchten.
   Nennet mir   des Königs Namen.

Atli sprach:
13 Helgi heißt er;   doch hoffe nimmer
   Den Fürsten zu gefährden.
   Eisenburgen   bergen die Flotte:
   Hexen haben uns nichts an.

Hrimgerd sprach:
14 Wie heißest du,   übermüthiger Held?
   Wie nennt man dich mit Namen?
   Viel vertraut dir der Fürst,   der dich vorn im schönen
   Schiffssteven stehen läßt.

Atli.
15 Atli heiß ich,   heiß will ich dir werden,
   Denn unhold bin ich Unholden.
   Am feuchten Steven stäts   hab ich gestanden
   Und Nachtmaren gemordet.

16 Wie heißest du, Hexe,   leichenhungrige?
   Nenne, Bettel, den Vater.
   Daß du neun Rasten   niedrer lägest
   Und ein Baum dir schöß aus dem Schooße!

Hrimgerd.
17 Hrimgerd heiß ich,   Hati war mein Vater,
   . Ich kannte nicht kühnern Joten.

Aus den Häusern hat er   viel Bräute geholt
Bis ihn Helgi tödtlich traf.

Atli.

18 Du standest, Hexe,   vor den Schiffen des Königs
Und stautest die Mündung des Stroms,
Des Fürsten Recken   der Ran zu liefern;
Doch kam dir der Stag in die Quere.

Hrimgerd.

19 Thöricht bist du, Atli,   du träumst, sag ich,
Wie du die Brauen wirfst   über die Wimpern.
Meine Mutter stand   vor des Königs Schiffen
Und ich ertränkte die Tapfern.

20 Wiehern wolltest du, Atli,   wärst du nicht entmannt:
Hrimgerd schwingt den Schweif.
Hintenhin fiel dir,   wähn ich, Atli, das Herz,
Wie laut du lachst und lärmest.

Atli.

21 Ein Hengst schein ich dir,   wenn dus versuchen willst,
So ich steig an den Strand aus der Flut.
Ganz erlahmst du,   wenn der Grimm mich faßt,
Und senkst den Schweif, Hrimgerd.

Hrimgerd.

22 Betritt nur das Land,   vertraust du der Kraft,
Daß in Warins-Wik wir ringen.
Rippenverrenkung,   Recke, begegnet dir,
Kommst du mir in die Krammen.

Atli.

23 Ich mag nicht von hier   bis die Männer erwachen
Und halten Hut dem König:
Zu gewarten hab ich hier   daß Hexen auftauchen
Unter unsern Schiffen.

24 Wache, Helgi, und büße Hrimgerden
Daß du Hati hast erschlagen.
Eine Nacht will sie bei dem Fürsten schlafen:
Das schafft ihr Schadens Buße.

Helgi.

25 Lobin labe dich, die Menschenleide,
Der Thurs, der in Tholley wohnt,
Der hundweise Riese, der Riffwohner ärgster:
Der mag dir zum Manne geziemen.

Hrimgerd.

26 Die möchtest du, Helgi, die das Meer besah
Nächten mit den Männern,
Die Maid auf dem Goldroß, der Macht nicht gebrach:
Hier stieg sie zum Strand aus der Flut,
Eurer beider Flotte zu festigen.
Sie allein ist Schuld, daß ich unfähig bin,
Des Königs Mannen zu morden.

Helgi.

27 Höre, Hrimgerd, ob den Harm ich dir büße;
Doch erst gieb Kunde dem König:
War sie es allein, die die Schiffe mir barg,
Oder fuhren Viele beisammen?

Hrimgerd.

28 Drei Reihen Mädchen; doch ritt voraus
Unterm Helm die Eine licht.
Die Mähren schüttelten sich, aus den Mähnen troff
Thau in tiefe Thäler,
Hagel in hohe Bäume:
Das macht die Felder fruchtbar.
Unlieb war mir Alles was ich sah.

Atli.

29 Blick ostwärts, Hrimgerd, ob dich Helgi hat
Getroffen mit Todesstäben.
Auf Land und Flut geborgen ist des Edlings Flotte
Und des Königs Mannen zumal.

30 Der Tag scheint, Hrimgerd: dich säumte hier
   Atli zum Untergange.
   Ein lächerlich Wahrzeichen wirst du dem Hafen
   Wie du da stehst ein Steinbild.

IV.

König Helgi war ein allgewaltiger Kriegsmann. Er kam zu König
Eilimi und bat um Swawa, dessen Tochter. Helgi und Swawa verlobten
sich und liebten sich wundersehr. Swawa war daheim bei ihrem Vater,
aber Helgi im Heerzug. Swawa war Walküre nach wie vor. Hedin war
daheim bei seinem Vater Hiörward, König in Noreg. Da fuhr Hedin
auf Julabend einsam heim aus dem Walde und fand ein Zauberweib. Sie
ritt einen Wolf und hatte Schlangen zu Zäumen und bot dem Hedin ihre
Folge. Nein, sprach er. Da sprach sie: Das sollst du mir entgelten bei
Bragis Becher. Abends wurden Gelübde verheißen und der Sühneber
vorgeführt, auf den die Männer die Hände legten und bei Bragis Becher
Gelübde thaten. Hedin vermaß sich eines Gelübdes auf Swawa, Eilimis
Tochter, seines Bruders Geliebte. Darnach gereute es ihn so sehr, daß er
fortging auf wilden Stegen südlich ins Land, wo er seinen Bruder Helgi
traf. Helgi sprach:

31 Heil dir, Hedin! was hast du zu sagen
   Neuer Mären aus Noreg?
   Was führte dich, Fürst, fort aus dem Lande,
   Daß du allein mich aufsuchst?

Hedin.

32 Ein allzugroßes Unheil betraf mich:
   Ich hab erkoren die Königstochter
   Bei Bragis Becher: Deine Braut!

Helgi.

33 Klage dich nicht an! noch kann sich erfüllen,
   Hedin, unser Aelgelübde.
   Mich hat ein Held zum Holmgang entboten:
   Da find ich den Feind in Frist dreier Nächte.
   Ich werde wohl nicht wiederkehren:
   So geschieht es in Güte, wenn das Schicksal will.

Hedin.

34 Du sagtest, Helgi, Hedin wäre
   Dir Gutes und großer Gaben werth.
   Dir scheint schicklicher das Schwert zu röthen
   Als deinen Feinden Frieden zu geben.

Jenes sprach Helgi, weil ihm sein Tod ahnte und auch, weil seine Folgegeister den Hedin aufgesucht hatten, als er das Weib den Wolf reiten sah. Alfur hieß ein König, Hrodmars Sohn, der den Helgi zum Kampf entboten hatte gen Sigarswöllr in dreier Nächte Frist. Da sprach Helgi:

35 Es ritt den Wolf, da rings es dunkelte,
   Eine Frau, die dem Bruder ihre Folge bot.
   Sie wußte wohl, es würde fallen
   Sigurlinns Sohn bei Sigarswöllr.

Da geschah eine große Schlacht und Helgi empfing die Todeswunde.

36 Helgi sandte den Sigar, zu reiten
   Hin nach Eilimis einziger Tochter:
   „Bitte sie, bald bei mir zu sein,
   Wenn sie den Fürsten will finden am Leben."

Sigar sprach:

37 Mich hat Helgi hergesendet,
   Selber zu sprechen, Swawa, mit dir.
   Dich zu schauen sehn er sich, sagte der König,
   Ehe den Athem der edle verhaucht.

Swawa.

38 Was ist mit Helgi, Hiörwards Sohne?
   Hart hat das Unheil mich heimgesucht.
   Wenn die See ihn schlang, das Schwert ihn fällte,
   So will ich des Werthen Rächerin werden.

Sigar.

39 Hier fiel in der Frühe bei Frekastein
   Der Edlinge edelster unter der Sonne.
   Des vollen Sieges freut sich Alfur:
   Nur dießmal dürft er des uns entbehren!

Helgi.

40 Heil dir Swawa! Theile dein Herz.
   Wir werden uns wieder auf der Welt nicht sehn.
   Zu voll fließen dem Fürsten die Wunden:
   Dem Herzen kam mir die Klinge zu nah.

41 Ich bitte dich, Swawa (Braut, weine nicht),
   Willst du vernehmen was ich dir sage,
   So breite meinem Bruder Hedin ein Bette
   Und schlinge die Arme um den jungen Helden.

Swawa.

42 Das hab ich verheißen zu Munarheim,
   Als Helgi der Braut die Ringe bot,
   Nie wollt ich froh nach des Königs Fall
   Einen andern Helden im Arme hegen.

Hedin.

43 Küsse mich, Swawa, ich kehre nicht wieder
   Rögsheim zu sehn noch Rödulsfjöll,
   Gerochen hab ich denn Hiörwards Sohn,
   Der Edlinge Edelsten unter der Sonne.

Von Helgi und Swawa wird gesagt, daß sie wiedergeboren wären.

19. Helgakvidha Hundingsbana fyrri.

Das erste Lied von Helgi dem Hundingstödter.

I.

1 In alten Zeiten, als Aare sangen,
  Heilige Waßer rannen von Himmelsbergen,
  Da hatte Helgi, den großherzigen,
  Borghild geboren in Bralundr.

2 Nacht in der Burg wars, Nornen kamen,
  Die dem Edeling das Alter bestimmten.
  Sie gaben dem König der Kühnste zu werden,
  Aller Fürsten Edelster zu dünken.

3 Sie schnürten scharf die Schicksalsfäden,
  Daß die Burgen brachen in Bralundr.
  Goldene Fäden fügten sie weit,
  Sie mitten festigend unterm Mondessaal.

4 Westlich und östlich die Enden bargen sie,
  In der Mitte lag des Königs Land.
  Einen Faden nordwärts warf Neris Schwester,
  Ewig zu halten hieß sie dieß Band.

5 Eins schuf Angst dem Uelfingensohn,
  Und ihr, der Frau, die Freude gebar:
  Rabe sprach zum Raben (auf ragendem Baum
  Saß er ohne Atzung): ich weiß Etwas.

6 „Es steht der Sohn Sigmunds in der Brünne,
  Einen Tag alt: unser Tag bricht an.
  Er schärft die Augen (so schauen Helden),
  Der Wölfe Freund: freuen wir uns!"

7 Dem Volke schien sein Fürst geboren,
  Sie wünschten sich Glück zu goldener Zeit.
  Der König selber ging aus dem Schlachtlärm
  Dem jungen Edling edeln Lauch zu bringen.

8 Er hieß ihn Helgi und gab ihm Hringstadr,
  Solfiöll, Snäfiöll und Sigarswöllr,
  Hringstadr, Hatun und Himinwangi,
  Gab ein blutig Schwert Sinfiötlis Bruder.

9 Da begann zu wachsen an Verwandter Brust
  Die ragende Rüster in des Ruhmes Licht.
  Er vergalt und gab das Gold den Werthen,
  Sparte das Schwert nicht, das blutbespritzte.

II.

10 Kurz ließ der König auf Kampf ihn warten:
  Fünfzehn Winter alt war der Fürst,
  Da hatt er den harten Hunding erschlagen,
  Der Land und Leute so lange berieth.

11 Da sprachen Sigmunds Sprößling an
  Um Gold und Schätze die Söhne Hundings.
  Zu vergelten hatten sie Güterraubs viel
  Dem jungen Fürsten und des Vaters Tod.

❦ Nicht gewährte der Fürst dafür die Buße,
  Weigerte jegliches Wergeld den Söhnen:
  Gewarten möchten sie mächtigen Wetters,
  Grauer Geere und des Grames Odhins.

13 Zur Schlachtstätte stapften die Fürsten,
  Die sie gelegt gen Logafiöll.
  Frodis Frieden zerbrach zwischen Feinden:
  Granis Grauhunde fuhren gierig durchs Land.

14 Saß der König, da erschlagen er hatte
  Alf und Eyolf, unter dem Aarstein,
  Dazu Hiörward und Haward, Hundings Söhne;
  Gefällt war des Geerriesen ganzes Geschlecht.

15 Da brach ein Licht aus Logafjöll,
Und aus dem Lichte kam Wetterleuchten.
Helmträgerinnen sah man auf Himinwangi:
Ihre Brünnen waren mit Blut bespritzt
Und Stralen standen still auf den Geeren.

16 Da frug in der Frühe der Männerfürst
Die südlichen Frauen vom Schlachtfeld her:
„Ob sie daheim bei den Helden wollten
Bleiben bei der Nacht?" die Bogen schnurrten.

17 Aber vom Hengste Högnis Tochter
Stillte der Schilde Lärm und sprach zu dem König:
„Wir haben wohl Anderes hier zu schaffen
Als Ringbrecher bei dir Bier zu trinken.

18 „Mein Vater hat Mich, seine Maid,
Verheißen Granmars grimmem Sohne.
Doch hab Ich, Helgi, den Hödbrodd genannt
Einen König so kühn wie ein Katzensohn.

19 „Nun wird er kommen nach wenigen Nächten,
Wofern du den Fürsten nicht forderst zum Kampf,
Oder mich, die Maid ihm raubst."

Helgi.
20 Fürchte nicht mehr den Mörder Jsungs:
Erst tobt Getöse, ich sei denn todt. —

21 Boten sandt alsbald der gebietende König,
Hülfe zu fordern über Flut und Land,
Um mehr als genug den Mannen zu bieten,
Und ihren Söhnen, des schimmernden Goldes:

22 „Heißet sie schnell zu den Schiffen gehn,
Daß sie aus Brandey uns Hülfe bringen."
Da harrte der König bis zur Samnung kamen
Helden vielhundert von Hedinsey.

23 Da sah man von Stränden und Stafnesnes
    Die Schiffe gesegelt, die goldgeschmückten.
    Helgi fragte den Hiörleif alsbald:
    „Hast du erkundet der Kühnen Zahl?"

24 Aber der Königssohn sagte dem andern:
    „Schwer," sprach er, „hält es, von der Schnabelspitze
    Die langen Schiffe, die Segler, zu zählen,
    Die da außen in Oerwasund fahren.

25 „Zwölfhundert zählst du Zuverläßiger:
    Doch harrt in Hatun noch halbmal mehr
    Der Scharen des Königs: der Schlacht gedenk ich nun."

26 Da warf der Steurer die Stevenzelte nieder,
    Der Männer Menge damit zu erwecken,
    Daß die Fürsten sähen den scheinenden Tag.
    An die Segelstangen schnürten die Helden
    Das knisternde Gewebe bei Warins Bucht.

27 Die Ruder ächzten, das Eisen klang,
    Schild scholl an Schild, die Seehelden ruderten.
    Unter den Eblingen eilend ging
    Des Fürsten Flotte den Landen fern.

28 So wars zu hören, da hart sich stießen
    Die kühlen Wellen und die langen Kiele
    Als ob Berg oder Brandung brechen wollten.

29 Helgi hieß das Hochsegel aufziehn,
    Als wider Wogen da Woge schlug
    Und die tobende Tochter Oegirs
    Die starren Rosse zu stürzen gedachte.

30 Aber Sigrun kam kühn aus den Wolken
    Und schützte sie selber und ihre Schiffe.
    Kräftig riß sich der Ran aus der Hand
    Des Königs Langschiff bei Gnipalundr.

31 Da saß er geborgen in der Bucht am Abend;
    Die schmucken Schiffe schoßen dahin.
    Aber Granmars Söhne von Svarinshügel
    Erspähten sein Volk mit feindlichem Sinn.

32 Da fragte Gudmund, der Gottgeborne:
    „Wie heißt der Herzog, der dem Heer gebeut,
    Dieß furchtbare Volk uns führt zu Land?"

33 Sinfiötli versetzte, und schlug am Rah
    Ein rothes Schild auf, des Rand war von Gold.
    Er war ein Sundwart, der sprechen konnte
    Und Worte wechseln mit werthen Männern:

34 „Sag das am Abend, wenn du Schweine fütterst
    Und eure Hunde zur Atzung lockst:
    Die Uelfinge seien von Osten gekommen,
    Des Kampf begierig vor Gnipalundr.

35 „Hier wird Höddbrodd den Helgi finden,
    Den fluchtträgen Fürsten, in der Flotte Mitten.
    Oftmals hat er Aare gesättigt,
    Weil du in der Mühle Mägde küßtest."

Gudmundr.

36 Nicht folgst du, Fürst, der Vorzeit Lehren,
    Da du die Edlinge mit Unrecht verrufst.
    Du hast im Walde mit Wölfen geschwelgt,
    Hast deinen Brüdern den Tod gebracht.
    Oft sogst du mit eisigem Athem Wunden,
    Bargst allverhaßt dich im Gebüsch.

Sinfiötli.

37 Du warst ein Zauberweib auf Warinsey,
    Ein luchslistiges! Du logst auf den Hausen.
    Keinen Mann, meintest du, möchtest du haben
    Von allen im Eisen außer Sinfiötli.

38 Du warſt die ſchädlichſte Walkürenhexe,
   Aber bei Allvater allvermögend.
   Man ſah die Einherier alle ſich raufen,
   Verwettertes Weib, von wegen dein.
   Neune hatten wir auf Neſiſaga
   Wölfe gezeugt: ich war ihr Vater.

Gudmundr.

39 Nicht warſt du der Vater der Fenriswölfe,
   Ob ärger als alle, das leuchtet ein,
   Denn längſt entmannten dich eh du Gnipalundr ſahſt
   Thurſentöchter bei Thorsnes dort.

40 Siggeirs Stieſſohn lagſt du hinter Stückfäßern,
   An Wolfsgeheul gewöhnt in den Wäldern draußen.
   Alles Unheil kam über dich,
   Als du den Brüdern die Bruſt durchbohrteſt,
   Dich landrüchig machteſt durch Laſterwerke.

Sinfiötli.

41 Du warſt Granis Braut bei Brawöllr,
   Goldgezügelt, gezähmt zum Lauf.
   Manche Strecke ritt ich dich müde
   Und hungrig unterm Sattel, Scheuſal, den Berg hinab.

42 Ein ſittenloſer Knecht erſchienſt du da,
   Als du Gullnirs Geiße melkteſt;
   Ein andermal dauchteſt du, Durſentochter,
   Ein lumpiges Bettelweib: willſt du länger zanken?

Gudmundr.

43 Nein, füttern wollt ich bei Frekaſtein
   Lieber die Raben mit deinem Luder,
   Und eure Hunde zur Atzung locken
   Und Schweine zum Troge: zanke der Teufel mit dir!

Helgi.

44 „Es ziemt' euch beßer beiden, Sinfiötli,
   Den Kampf zu fechten und Aare zu freuen,

Als euch zu eifern mit unnützen Worten
Wenn auch Ringbrecher den Haß nicht bergen.

45 „Auch Mich nicht gut dünken Granmars Söhne;
Doch ists Recken rühmlicher, reden sie Wahrheit.
Sie habens gezeigt bei Moinsheim:
Die Schwerter zu brauchen gebricht ihnen Muth nicht."

46 Sie ließen die Rosse gewaltig rennen,
Swipudr und Swegjudr, auf Solheim zu
Durch thauige Thäler und tiefe Wege;
Der Mist Roß schütterte, wo die Männer fuhren.

47 Sie trafen den Herscher an der Thüre der Burg,
Kündeten dem König den kommenden Feind.
Außen stand Höddbrodd helmbedeckt,
Sah den Schnellritt seines Geschlechts:
„Wie harmvoll habt ihr Helden ein Aussehn?" —

48 „Her schnauben zum Strande schnelle Kiele,
Ragende Masten und lange Rahen,
Schilde sattsam und geschabte Ruder,
Herliche Helden der hehren Uelfinge.

49 „Funfzehn Fähnlein fuhren ans Land;
Doch stehen im Sund noch siebentausend.
Hier liegen am Lande vor Gnipalundr
Blauschwarze Seethiere und goldgeschmückte.
Die meiste Menge seiner Mannen ist hier:
Nicht länger säumt nun Helgi die Schlacht."

Höddbrodd.
50 Laßt rasche Rosse zum Kampfthing rennen,
Aber Sporwitnir gen Sparinshaide,
Melnir und Mylnir gen Myrkwidr:
Sitze mir selten Wer säumig daheim,
Der Wundenflamme zu schwingen weiß.

51 Ladet Högni und Hrings Söhne,
   Atli und Ingwi und Alf den greisen;
   Die zu beginnen sind gierig den Kampf:
   Wir wollen den Wölsungen Widerstand thun. —

52 Ein Sturmwind schiens, da zusammen trafen
   Die funkelnden Schwerter bei Frekastein.
   Immer war Helgi, der Hundingstödter,
   Born im Volkskampf, wo Männer fochten.
   Schnell im Schlachtlärm, säumig zur Flucht,
   Ein hartmuthig Herz hatte der König.

53 Da kam wie vom Himmel die Helmbewehrte —
   Das Spersausen wuchs — und schützte den Fürsten.
   Laut rief Sigrun, des Luftritts kundig,
   Dem Heldenheer zu, aus des Herzens Grund:

54 „Heil sollst du, Held, der Herschaft walten,
   Ingwis Nachkomme, und das Leben genießen.
   Den fluchtträgen Fürsten hast du gefällt,
   Ihn, der den Schrecklichen sandt in den Tod.
   Nun mußt du beides nicht länger missen:
   Rothe Ringe und die reiche Maid.

55 „Heil sollst du dich, Fürst, erfreuen der beiden,
   Der Tochter Högnis und Hringstabirs,
   Des Siegs und der Lande; zum Schluß kommt der Streit.“

20. Helgakvidha Hundingsbana önnur.

Das andere Lied von Helgi dem Hundingstödter.

I.

König Sigmund, Wölsungs Sohn, hatte Borghilden von Bralundr
zur Frau. Sie nannten ihren Sohn Helgi und zwar nach Helgi, Hiörwards Sohne. Den Helgi erzog Hagal. Hunding hieß ein mächtiger
König; nach ihm ist Hundland genannt. Er war ein großer Kriegsmann
und hatte viel Söhne, die bei der Heerfahrt waren. Unfriede und Feindschaft war zwischen den Königen Hunding und Sigmund: sie erschlugen einander die Freunde. König Sigmund und seine Nachkommen hießen Wölsungen und Uelfinge (Wölfinge). Helgi fuhr aus und spähte insgeheim
an Hundings Hofe. Häming, Königs Hundings Sohn, war daheim. Als
aber Helgi fortzog, begegnete er einem Hirtenbuben und sprach:

> 1 Sag du dem Häming, daß es Helgi war,
>   Den in das Eisenhemd Männer hüllten,
>   Den ihr im Hause wolfsgrau hattet,
>   Als ihn für Hamal Hunding ansah.

Hamal hieß der Sohn Hagals. König Hunding sandte Männer zu
Hagal, den Helgi zu suchen, und Helgi, da er nicht anders entrinnen konnte,
zog die Kleider einer Magd an und ging in die Mühle. Sie suchten den
Helgi und fanden ihn nicht. Da sprach Blindr, der unheilvolle:

> 2 „Scharf sind die Augen der Schaffnerin Hagals,
>   Nicht gemeinen Mannes Kind steht an der Mühle:
>   Die Steine brechen, die Mühle zerspringt.
>   Ein hartes Looß hat der Held ergriffen,
>   Da hier ein König Gerste malen muß.
>   Beßer stünde so starker Hand wohl
>   Des Schwertes Griff als die Mandelstange."

Hagal antwortete und sprach:

3 Das muß nicht wundern wenn die Mühle dröhnt,
Da eine Königsmaid die Mandel rührt.
Höher schwebte sie sonst als Wolken,
Die gleich Wikingen wagte des Kampfs zu walten
Bevor sie Helgi geführt zur Haft.
Die Schwester ist sie Sigars und Högnis:
Drum hat scharfe Augen der Uelfinge Magd.

II.

Helgi entkam und fuhr auf Kriegsschiffen. Er fällte König Hunding
und hieß nun Helgi der Hundingstödter. Er lag mit seinem Heere in
Brunawagir, ließ am Strand das Vieh zusammen treiben und aß rohes
Fleisch mit den Helden. Högni hieß ein König; dessen Tochter war Sigrun.
Sie war Walküre und ritt Luft und Meer. Sie war die wiedergeborene
Swawa. Sigrun ritt zu Helgis Schiffen und sprach:

4 Wer läßt die Flotte fließen zum Strande?
Wo habt ihr Helden eure Heimat?
Worauf wartet ihr in Brunawagir?
Wohin gelüstet euch die Fahrt zu lenken?

Helgi.

5 Hamal läßt die Flotte fließen zum Strande;
In Hlesey haben wir unsre Heimat.
Fahrwind erwarten wir in Brunawagir;
Oestlich gelüstet uns die Fahrt zu lenken.

Sigrun.

6 Wo hast du, König, Kampf erweckt,
Wo die Vögel der Kriegsschwestern gefüttert?
Wie ist dir mit Blut die Brünne bespritzt!
Unter Helmen eßt ihr ungesottnes Fleisch.

Helgi.

7 Das übt' ich zujüngst, ein Uelfingensohn,
Westlich dem Meer, wenn dichs zu wißen lüstet,

Daß ich Bären jagte in Bragalund
Und mit Spießen sättigte der Aare Geschlecht.
Nun weist du, Maid, warum es geschieht:
Drum ist selten gekochte Kost hier am Meer.

Sigrun.

8 Du zielst auf Kampf; von Helgi bezwungen
Sank Hunding im Kampf auch, der König, aufs Feld.
Ein Kampf auch wars, da ihr Verwandte rächtet,
Und die Schneiden besprißtet der Schwerter mit Blut.

Helgi.

9 Wie magst du wißen, daß die es waren,
Vielkluge Frau, die ihre Freunde rächten?
Tapfer im Kampf sind der Krieger viel,
Der Feindschaft voll auch unsern Freunden.

Sigrun.

10 Ich war nicht fern, Führer des Schlachtkeils,
Da mancher Held durch Mich dir hinsauk.
Doch nenn ich dich schlau, Sigmunds Erbe,
Daß du in Kampfrunen kündest die Schlacht.

11 Ich sah dich fahren vorn auf dem Langschiff,
Da du standest auf dem blutgen Steven
Von urkalten Wellen umspielt.
Nun will sich hehlen der Held vor mir;
Aber Högnis Maid kennt ihren Mann.

III.

Granmar hieß ein mächtiger König, der zu Swarinshügel saß. Er
hatte viel Söhne: Einer hieß Höddbrodd, der andere Gudmund, der dritte
Starkad. Höddbrodd war in einer Königsversammlung und ließ sich
Sigrun, Högnis Tochter, verloben. Als sie das hörte, ritt sie fort mit
Walküren durch Luft und Meer und suchte Helgi. Helgi war da auf Logafiöll
und hatte mit Hundings Söhnen gekämpft: da fällte er Alf und Eyolf,
Hiörward und Herward, und war nun ganz kampfmüde und saß unterm
Aarstein. Da fand ihn Sigrun und fiel ihm um den Hals und küßte
ihn und sagte ihm ihr Gesuch, wie es im alten Wölsungenliede gemeldet ist.

12 Sigrun suchte den freudigen Sieger;
Helgis Hand zog sie ans Herz,
Grüßte und küßte den König unterm Helme.

13 Da ward der Fürst der Jungfrau gewogen,
Die längst schon hold war von ganzem Herzen
Dem Sohne Sigmunds eh er sie gesehn.

14 „Dem Hödbrodd ward ich vor dem Heere verlobt;
Doch einen Andern zur Ehe wollt ich.
Nun fürcht ich, Fürst, der Freunde Zorn:
Den alten Wunsch vereitelt ich dem Vater."

15 Nicht wider ihr Herz sprach Högnis Tochter:
Helgis Huld, sprach sie, müße sie haben.

Helgi.

16 Hege nicht Furcht vor Högnis Zorn
Noch dem Unwillen deiner Verwandten.
Du sollst, junge Maid, mit Mir nun leben:
Du bist edler Abkunft, das ist mir gewiß.

Helgi sammelte da ein großes Schiffsheer und fuhr gen Frekastein. Aber auf dem Meere traf sie ein männerverderbliches Unwetter. Blitze fuhren über sie hin und Wetterstralen schlugen in die Schiffe. Da sahen sie in der Luft neun Walküren reiten und erkannten Sigrun. Alsbald legte sich der Sturm und glücklich kamen sie ans Land. Granmars Söhne saßen auf einem Berge, da die Schiffe zu Lande segelten. Gudmund sprang aufs Pferd und ritt auf Kundschaft von dem Berge nach dem Meere. Da zogen die Wölsungen die Segel nieder. Aber Gudmund sprach wie zuvor geschrieben ist im Helgiliede:

Wie heißt der Herzog, der dem Heere gebeut,
Dieß furchtbare Volk zu Land uns führt?

Dieß sprach Gudmund, Granmars Sohn:

17 Wie heißt der Fürst, der die Flotte steuert,
Die goldne Kriegsfahne am Steven entfaltet?
Nicht deutet auf Frieden das Vorderschiff.
Waffenröthe umstralt die Wikinge.

Sinfiötli.

18 Hier mag Höbbrobbr, den Helgi schauen,
   Den fluchtträgen Fürsten, in der Flotte Mitten.
   Er hat das Besißtum deines Geschlechts,
   Das Erbe der Fische, sich unterworfen.

Gubmund.

19 Drum fechten wir länger nicht bei Frekastein
   Den Streit zu schlichten mit sanften Worten:
   Zeit ists, Höbbrobbr! Rache zu heischen,
   Ob länger ein leibes Looß uns fällt.

Sinflötli.

20 Eher magst du, Gubmund, Geißen lilten
   Und durch Spalten schlüpfen auf schroffen Bergen,
   Als Hirt die Hasel- gert in der Hand:
   Schwertentscheidung geziemt dir schlecht.

Helgi.

21 Es stünde beßer dir, Sinfiötli, an,
   Kampf zu fechten und Aare zu freuen,
   Als euch mit unnützen Worten zu eifern,
   Hehlen auch Helden den Haß nicht gern.

22 Auch Mich nicht gut dünken Granmars Söhne;
   Doch ists Recken rühmlicher, reden sie Wahrheit.
   Sie habens gezeigt bei Moinsheim,
   Daß ihnen Muth nicht gebricht, die Schwerter zu brauchen:
   Helden sind sie hurtig und schnell.

Gubmund ritt heim, die Kriegsbotschaft zu bringen. Da sammelten Granmars Söhne ein Heer, zu dem viel Könige stießen, darunter Högni, Sigruns Vater, und seine Söhne Bragi und Dag. Da geschah eine große Schlacht und fielen alle Söhne Granmars und alle ihre Häuptlinge; nur Dag, Högnis Sohn, erhielt Frieden und leistete den Wölsungen Eide. Sigrun ging auf die Walstätte und fand Höbbrobbr dem Tode nah. Sie sprach:

23 Nicht wirst du Sigrun vom Sewafiöll,
König Hödbroddr, im Arme hegen.
Vorbei ist das Leben: das Beil naht,
· Granmars Sohn, deinem grauen Haupt.

Hierauf fand sie den Helgi und freute sich sehr. Helgi sprach:

24 Nicht Alles, Gute, erging dir nach Wunsch;
Doch tragen die Nornen ein Theil der Schuld.
In der Frühe fielen bei Frekastein
Bragi und Högni: ich bin ihr Tödter!

25 Bei Styrkleif sank König Starkadr,
Und bei Hlebiörg Hrollaugs Söhne.
So grimmig gemuthen wie Gylfi sah ich nie:
Der Rumpf hieb noch um sich, da das Haupt gefallen war.

26 Zur Erde sanken allermeist
Deine lieben Freunde in Leichen verkehrt.
Du gewannst nicht beim Siege: es war dein Schicksal,
Durch Blut zu erlangen den Liebeswunsch.

Da weinte Sigrun; er aber sprach:

27 Weine nicht, Sigrun, du warst uns Hilde,
Nicht besiegen Fürsten ihr Schicksal.

Sie sprach:

28 Beleben möcht ich jetzt die Leichen sind;
Aber zugleich im Arm dir ruhn.

IV.

Helgi empfing Sigrun zur Ehe und zeugte Söhne mit ihr. Aber Helgi ward nicht alt. Dag, Högnis Sohn, opferte dem Odhin für Vaterrache. Da lieh Odhin ihm seinen Spieß. Dag fand den Helgi, seinen Schwager, bei Fiöturlundr (Fesselwald); er durchbohrte Helgi mit dem Spieße. Da fiel Helgi; aber Dag ritt gen Sewafiöll und brachte Sigrun die Zeitung:

29 Betrübt bin ich, Schwester, dir Trauer zu künden,
Die ich wider Willen zum Weinen brachte.
In der Frühe fiel bei Flöturlundr
Der Edlinge edelster unter der Sonne.
Viel Fürsten setzt' er den Fuß auf den Hals.

Sigrun.

30 So sollen dich alle Eide scheiden,
Die du dem Helgi hast geschworen
Bei der Leiptr leuchtender Flut
Und der urkalten Wasserklippe.

31 Das Schiff fahre nicht, das unter dir fährt,
Weht auch erwünschter Wind dahinter.
Das Roß renne nicht, das unter dir rennt,
Müßtest du auch fliehen vor deinen Feinden.

32 Das Schwert schneide nicht, das du schwingst,
Es schwirre denn dir selber ums Haupt.
Rache hätt ich da für Helgis Tod,
Wenn du ein Wolf wärst im Walde draußen
Des Beistands bar und bar der Freunde,
Der Nahrung ledig, du sprängst denn um Leichen.

Dag.

33 Irr bist du, Schwester, und aberwitzig,
Daß du dem Bruder Verwünschung erbittest.
Odhin allein hat an dem Unheil Schuld,
Der zwischen Verwandte Zwistrunen warf.

34 Dir bietet rothe Ringe der Bruder,
Ganz Wandilswe und Wigdalir;
Habe dir halb das Reich dem Harm zur Buße,
Spangengeschmückte, den Söhnen und dir.

Sigrun.

35 Nicht sitz ich mehr selig zu Sewafiöll
Früh noch spät, daß mich freute zu leben,

Es brech ein Glanz denn　aus dem Grabe des Fürsten,
Wigblär das Roß　renne mit ihm daher,
Das goldgezäumte,　den so gern ich umfinge.

36 So schuf Helgi　Schrecken und Angst
All seinen Feinden　und ihren Freunden,
Wie vor Wölfen　wüthig rennen
Geiße am Berghang　des Grauens voll.

37 So hob sich Helgi　über die Helden all
Wie die edle Esche　über die Dornen
Oder wie thaubeträuft　das Thierkalb springt:
Weit überholt es　anderes Wild
Und gegen den Himmel　glühn seine Hörner.

Ein Hügel ward über Helgi gemacht; aber als er nach Walhall kam, bot Othin ihm an, die Herschaft mit ihm zu theilen. Helgi sprach:

38 Nun mußt du, Hunding,　den Männern all
Das Fußbad bereiten,　das Feuer zünden;
Die Hunde binden,　der Hengste warten
Und die Schweine füttern　eh du schlafen gehst.

Sigruns Magd ging am Abend zum Hügel Helgis und sah, daß Helgi zum Hügel ritt mit großem Gefolge.

Die Magd sprach:

39 Ists Sinnentrug,　was ich zu schauen meine,
Ists der jüngste Tag?　Todte reiten.
Die raschen Rosse　reizt ihr mit Sporen:
Ist den Helden　Heimfahrt gegönnt?

Helgi sprach:

40 Nicht Sinnentrug ists,　was du zu schauen meinst,
Noch Weltverwüstung,　obwohl du uns siehst
Die raschen Rosse　mit Sporen reizen;
Sondern den Helden　ist Heimfahrt gegönnt.

Da ging die Magd heim und sprach zu Sigrun:

41 Geh schnell, Sigrun von Sewafiöll,
   Wenn dich den Volksfürsten zu finden lüstet.
   Der Hügel ist offen, Helgi gekommen.
   Die Kampfspuren bluten; der König bittet dich,
   Du wollest die weinenden Wunden ihm stillen.

Sigrun ging in den Hügel zu Helgi und sprach:

42 Nun bin ich so froh dich wieder zu finden,
   Wie die aasgierigen Habichte Odhins,
   Wenn sie Leichen wittern und warmes Blut,
   Oder thautriefend den Tag schimmern sehn.

43 Nun will ich küssen den entseelten König
   Eh du die blutige Brünne noch abwirfst.
   Das Haar ist dir, Helgi, in Angstschweiß gehüllt,
   Ganz mit Grabesthau übergoßen der König;
   Die Hände sind urkalt dem Eidam Högnis:
   Was bringt mir, Gebieter, die Buße dafür?

Helgi.

44 Du Sigrun bist Schuld von Sewafiöll,
   Daß Helgi trieft von thauendem Harm.
   Du vergießest, goldziere, grimme Zähren,
   Sonnige, südliche eh du schlafen gehst.
   Jede fiel blutig auf die Brust dem Helden,
   Grub sich eiskalt in die angstbeklommene.

45 Wohl sollen wir trinken köstlichen Trank,
   Verloren wir Lust und Lande gleich.
   Stimme Niemand ein Sterbelied an,
   Schaut er durchbohrt die Brust mir auch.
   Nun sind Bräute verborgen im Hügel,
   Königstochter, bei mir dem todten!

Sigrun bereitete ein Bett im Hügel und sprach:

46 Hier hab ich ein Bette dir, Helgi, bereitet,
   Ein sorgenloses, Sohn der Uelfinge.

Ich will dir im Arme, Erling, schlafen,
Wie ich dem lebenden Könige lag.

Helgi.

47 Nun darf uns nichts unmöglich dünken
Früh noch spät zu Sewafjöll,
Da du dem Entseelten im Arme schläfst
Im Hügel, holde Högnistochter,
Und bist lebendig, du Königsgeborne!

48 Zeit ists, zu reiten geröthete Wege,
Den Flugsteg das fahle Roß zu führen.
Westlich muß ich stehn vor Windhelms Brücke
Eh Salgofnir krähend das Siegervolk weckt.

Helgi ritt seines Weges mit dem Geleit und die Frauen fuhren nach
Hause. Den andern Abend ließ Sigrun die Magd Wache halten am Hügel.
Aber bei Sonnenuntergang, als Sigrun zum Hügel kam, sprach sie:

49 Gekommen wäre nun, gedächte zu kommen
Sigmunds Sohn aus den Sälen Odins.
Die Hoffnung ist hin auf des Helden Rückkehr,
Da auf Eschenzweigen die Aare sitzen
Und alles Volk zur Traumstätte fährt.

Die Magd.

50 Sei nicht so frevel allein zu fahren,
Skiöldungentochter, zu der Todten Hütten.
Stärker werden stäts in den Nächten
Der Helden Gespenster als am hellen Tage.

Sigrun lebte nicht lange mehr vor Harm und Leid. Es war Glauben
im Altertum, daß Helden wiedergeboren würden; aber das heißt nun
alter Weiber Wahn. Von Helgi und Sigrun wird gesagt, daß sie wiedergeboren wären: Er hieß da Helgi Haddingia-Held; aber Sie Kara, Halfdans
Tochter, so wie gesungen ist in den Kara-Liedern; und war sie Walküre.

21. Sinfiötlalok.

Sinfiötlis Ende.

Sigmund, Wölsungs Sohn, war König in Frankenland. Sinfiötli war der älteste seiner Söhne, der andere Helgi, der dritte Hamund. Borghild, Sigmunds Frau, hatte einen Bruder, der Borgar hieß. Aber Sinfiötli, ihr Stiefsohn, und Gunnar freiten beide um Ein Weib und deshalb erschlug ihn Sinfiötli. Und als er heimkam, da hieß ihn Borghild fortgehen; aber Sigmund bot ihr Geldbuße und das nahm sie an. Aber beim Leichenschmaus trug Borghild Bier umher; sie nahm Gift, ein großes Horn voll, und brachte es dem Sinfiötli. Und als er in das Horn sah, bemerkte er, daß Gift darin war, und sprach zu Sigmund: der Trank ist giftig. Sigmund nahm das Horn und trank es aus. Es wird gesagt, daß Sigmund so hart war, daß kein Gift ihm schaden mochte weder außen noch innen; aber alle seine Söhne mochten Gift nur auswendig auf der Haut leiden.

Borghild brachte dem Sinfiötli ein anderes Horn und hieß ihn trinken und da geschah wieder wie zuvor. Und zum drittenmal brachte sie ihm das Horn und dießmal mit Drohworten, wenn er nicht tränke. Er sprach aber wie zuvor zu Sigmund; da sagte der: laß es durch den Schnurrbart seihen, Sohn. Sinfiötli trank und war alsbald todt. Sigmund trug ihn weite Wege in seinen Armen und kam da zu einer langen schmalen Furt: da war ein kleines Schiff und ein Mann darin. Der bot dem Sigmund die Fahrt an über die Furt. Als aber Sigmund die Leiche in das Schiff trug, da war das Boot geladen. Der Mann sprach zu Sigmund, er solle vorangehen durch die Furt. Da stieß der Mann ab mit dem Schiffe und verschwand alsbald.

König Sigmund hatte sich lange in Dänemark aufgehalten, im Reiche Borghildens, und sie hernach geheirathet. Darauf fuhr Sigmund südwärts nach Frankenland in das Reich, das er da hatte. Da nahm er zur Ehe

Hiördis, König Eilimis Tochter: ihr beider Sohn war Sigurd. König Sigmund fiel im Kampf vor Hundings Söhnen, und Hiördis vermählte sich da dem Alf, König Hialpreks Sohne. Sigurd wuchs da auf in der Kindheit. Sigmund und alle seine Söhne waren weit über alle andere Männer an Stärke, Wuchs, Sinn und Thaten. Aber der allervorderste war Sigurd und ihn nennt man überall in alten Sagen allen Männern voran als den gewaltigsten der Heerkönige.

22. Sigurdharkvidha Fafnisbana fyrsta edha Grîpisspâ.

Das erste Lied von Sigurd dem Fafnirstödter

oder

Gripirs Weisagung.

Gripir hieß ein Sohn Eilimis, der Hiördis Bruder. Er beherschte die Lande und war aller Männer weisester; auch wußt er die Zukunft. Sigurd ritt allein und kam zur Halle Gripirs. Sigurd war leicht erkennbar. Vor dem Thor der Halle kam er mit einem Mann ins Gespräch, der sich Geitir nannte. Da verlangte Sigurd von ihm Bescheid und sprach:

1 Wie heißt, der hier die Halle bewohnt?
   Wie nennen die Leute den König des Landes?

Geitir sprach:
Gripir heißt der Herscher der Männer,
Der des festen Lands und der Leute waltet.

Sigurd.
2 Ist der hehre Fürst daheim im Land?
   Kann der König mit mir zu reden kommen?
   Der Unterredung bedarf ein Unbekannter:
   Bald begehr ich Gripirn zu finden.

Geitir.
3 Der gute König wird Geitirn fragen
   Wie der Mann genannt sei, der nach ihm fragt.

Sigurd.
Sigurd heiß ich, Sigmunds Erzeugter;
Hiördis heißt des Helden Mutter. —

4 Da ging Geitir Gripirn zu sagen:
„Ein Unbekannter ist angekommen;
Von Antlitz edel ist er zu schauen,
Der gern zusammen käme, König, mit dir."

5 Aus dem Gemach ging der mächtige Fürst
Und grüßte freundlich den fremden König:
„Nimm vorlieb hier, Sigurd; was kamst du nicht längst?
Du geh, Geitir, nimm den Groni ihm ab."

6 Sie begannen zu sprechen, und sagten sich Manches,
Da die rathklugen Recken sich fanden.
„Melde mir, magst dus, Mutterbruder,
Wie wird dem Sigurd das Leben sich wenden?"

Gripir.

7 Du wirst der mächtigste Mann auf Erden,
Der edelste aller Fürsten geachtet.
Im Schenken schnell und säumig zur Flucht,
Ein Wunder dem Anblick und weiser Rede.

Sigurd.

8 Laß, Fürst, erfahren genauer als ich frage,
Weiser, den Sigurd, wähnst dus zu schauen:
Was wird mir Gutes begegnen zuerst,
Wenn ich hinging von deinem Hofe?

Gripir.

9 Zuvörderst erfichst du dem Vater Rache
Und dem Eilimi Ahndung alles Leides.
Du wirst die harten Hundings Söhne,
Die schnellen, fällen und den Sieg gewinnen.

Sigurd.

10 Sag, edler König, mir Anverwandter,
Gieb volle Kunde, da wir freundlich reden.
Siehst du Sigurds Siege voraus,
Die zuhöchst sich heben unter des Himmels Rändern?

Gripir.

11 Du fällst allein den gefräßigen Wurm,
Der glänzend liegt auf Gnitahaide.
Beiden Brüdern bringst du den Tod,
Regin und Fafnirn: vor siehts Gripir.

Sigurd.

12 Schätze gewinn ich, wenn so mir gelingt
Zu kämpfen mit Männern wie du mir kund thust.
Im Geist erforsche ferner und sage mir,
Wie lenkt mein Lebens- lauf sich hernach?

Gripir.

13 Finden wirst du Fafnirs Lager,
Wirst heimführen den glänzenden Hort,
Mit Golde beladen Granis Rücken
Und zu Giuki reiten, kampfrüstiger Held.

Sigurd.

14 Noch sollst du dem Fürsten in freundlicher Rede,
Weitschauender König, Weiteres künden.
Gast war ich Giukis, nun geh ich von dannen:
Wie lenkt meines Lebens- lauf sich hernach?

Gripir.

15 Auf dem Felsen schläft die Fürstentochter
Hehr im Harnisch nach Helgis Tode:
Mit scharfem Schwerte wirst du schneiden,
Die Brünne trennen mit Fafnirs Tödter.

Sigurd.

16 Die Brünne brach, nun redet die Braut,
Die schöne, so vom Schlaf erweckt.
Was soll mit Sigurd die Sinnige reden,
Das zum Heile mir Helden werde?

Gripir.

17 Sie wird dich Reichen Runen lehren,
Alle, die Menschen wißen möchten,
Dazu in allen Zungen reden,
Und heilende Salben: so Heil dir, König!

Sigurd.

18 Nun laß es gesungen sein, gelernt die Stäbe,
   Von dannen zu reiten bin ich bereit;
   Im Geist erforsche ferner und sage mir,
   Wie lenkt mein Lebens- lauf sich hernach?

Gripir.

19 Du wirst zu Heimirs Behausung kommen,
   Wirst dem Volksfürsten ein froher Gast sein.
   Zu End ist, Sigurd, was ich voraus sah:
   Nicht fürder sollst du Gripirn fragen.

Sigurd.

20 Nun schafft mir Sorge das Wort, das du sagtest,
   Denn Ferneres siehst du, Fürst, voraus.
   Weist du unsägliches Unheil dem Sigurd,
   Darum du, Gripir, nicht gerne redest?

Gripir.

21 Mir lag der Lenz deines Lebens
   Hell vor Augen anzuschauen.
   Nicht mit Recht bin ich rathklug genannt,
   Noch vorwißend: was ich wußte, sprach ich.

Sigurd.

22 Auf Erden ahn ich den Andern nicht,
   Der so Vieles, Gripir, vorschaut als du.
   Nicht sollst du mir bergen was Böses ist,
   Wär es auch Meinthat, in meinem Geschick.

Gripir.

23 Nicht Laster liegen in deinem Looße,
   Halt das, herlicher Held, im Gedächtniß.
   Dieweil die Welt steht wird erhaben,
   Schlachtgebieter, bleiben dein Name.

Sigurd.

24 Trennen, seh ich, muß sich nun trauernd
   Von dem Seher Sigurd, da es so sich fügt.
   Weise den Weg (gewiß ist doch Alles)
   Mir, Mutterbruder, vermagst du es doch.

Gripir.

25 Nun will ich Sigurden Alles sagen,
Da mich drängt der Degen dazu.
Wiße gewiß, die Wahrheit ist es:
Dir ist ein Tag zum Tode bestimmt.

Sigurd.

26 Nicht reizen will ich dich, reicher König,
Deinen guten Rath nur, Gripir, erlangen.
Wißen will ich und sei es auch widrig,
Welch Schicksal weißt du Sigurds warten?

Gripir.

27 Eine Maid ist bei Heimir, herlich von Antlitz,
Mit Namen ist sie Brynhild genannt,
Die Tochter Budlis; aber der theure
Heimir erzieht die hartgesinnte.

Sigurd.

28 Was mag mir schaden, ob schön die Maid
Von Antlitz sei, die Heimir aufzieht?
Das sollst du mir, Gripir, von Grunde melden,
Denn alles Schicksal schaust du voraus.

Gripir.

29 Schier alle Freude führt dir dahin
Die schöne von Antlitz, die Heimir aufzieht.
Schlaf wirst du nicht schlafen, nicht schlichten und richten,
Die Männer meiden, du sähst denn die Maid.

Sigurd.

30 Was lindert das leidige Looß dem Sigurd?
Sage mir, Gripir, siehst dus voraus.
Mag ich die Maid um Mahlschatz kaufen,
Des Volksgebieters blühende Tochter?

Gripir.

31 Ihr werdet euch alle Eide leisten,
Hoch und heilig, doch wenige halten.
Warst du Giukis Gast eine Nacht,
So hat Heimirs Maid dein Herz vergeßen.

Sigurd.

32 Wie so denn, Gripir? Sage mir an.
Weist du Wankelmuth in meinem Wesen?
Werd ich mein Wort nicht bewähren der Maid?
Ich schien sie zu lieben aus lauterm Herzen.

Gripir.

33 Das wirst du, Fürst, durch fremde Tücke;
Der Räthe Grimhilds wirst du entgelten:
Die weißgeschleierte wird sie dir bieten,
Die eigene Tochter: so betriegt sie dich, König!

Sigurd.

34 Schließ ich Verschwägerung mit Giukis Geschlecht
Und gehe den Bund mit Gudrun ein,
Wohl gefreit hätte der Fürst,
Müßt ich mich nicht um Meineid ängstigen.

Gripir.

35 Grimhild wird dich gänzlich bethören:
Sie bringt dich dazu, um Brynhild zu werben
Zu Handen Gunnars, des Gotenkönigs.
Zu früh gelobst du die Fahrt des Fürsten Mutter.

Sigurd.

36 Meinthaten geschehen, das merk ich wohl:
Uebel wankt Sigurds Wille,
Wenn ich werben muß um die wonnige Maid
Einem Andern zu Handen, der ich hold bin selber.

Gripir.

37 Ihr werdet euch alle Eide leisten,
Gunnar und Högni, und du, Held, der dritte.
Unterwegs wechselt ihr Wuchs und Gestalt,
Du und Gunnar: Gripir lügt nicht!

Sigurd.

38 Warum thun wir das? Warum tauschen
Wir unterwegs Wuchs und Gestalt?
Schon fürcht ich, es folge noch andre Falschheit,
Gar grimme: sprich, Gripir, weiter.

Gripir.

39 Du hast nun Gunnars Gang und Gestalt;
   Hast eigne Rede und edeln Sinn.
   So verlobst du dich dem erlauchten
   Hutkind Heimirs: das verhütet Niemand!

Sigurd.

40 Das Schlimmste scheint mir, Sigurd gilt dann
   Dem Volk für falsch, fügt es sich so.
   Ungern möcht ich mit Arglist trügen
   Die Heldentochter, die ich die hehrste weiß.

Gripir.

41 Liegen wirst du, Lenker des Heers,
   Keusch bei der Maid wie bei der Mutter.
   Drum wird erhaben so lange die Welt steht,
   Volksgebieter, dein Name bleiben.

42 Zumal werden beide Bräute vermählt,
   Sigurds und Gunnars, in Giukis Sälen.
   Wieder wechseltet ihr Wuchs und Gestalt
   Daheim, nicht das Herz: das behielt Jedweder.

Sigurd.

43 Wird gute Gattin Gunnar erwerben,
   Der herliche Held? verhehl es nicht, Gripir,
   Wenn des Degens Braut bei mir drei Nächte,
   Die hochherzge, lag? Unerhört ist Solches.

44 Wie mag zur Freude noch frommen darnach
   Der Männer Verwandtschaft? Melde mir, Gripir.
   Wird Glück dem Gunnar darnach noch gönnen
   Solche Sippe, oder selber mir?

Gripir.

45 Dir gedenkt der Eide, must dennoch schweigen.
   Zwar Gudrunen siehst du in guter Ehe;
   Doch bös verbunden dünkt Brynhild sich,
   Die Schlaue sinnt sich Rache zu schaffen.

Sigurd.

46 Was wird zur Buße der Brynhild genügen,
   Da wir mit Tücke betrogen die Frau?

Eide geschworen hab ich der Edeln
Und nicht gehalten; auch hat sie nicht Frieden.

Gripir.

47 Die Grimme geht dem Gunnar sagen,
Ihm habest du übel die Eide gehalten,
Da dir der Herscher von ganzem Herzen doch,
Giukis Erbe, Vertrauen gönnte.

Sigurd.

48 Wie ergeht das, Gripir? Gieb mir Bescheid.
Werd ich schuldig sein in dieser Sache,
Oder verlügt mich das löbliche Weib,
Und sich auch selber? Sage mir, Gripir.

Gripir.

49 Aus Herzensharm wird die hehre Frau
Und aus Ueberschmerz euch Unheil fügen.
Du gabst der Guten nicht Grund dazu
Obwohl ihr die Königin mit Listen kränktet.

Sigurd.

50 Wird ihrem Reizen der rathkluge Gunnar,
Guthorm und Högni, dann Folge geben?
Werden Giukis Söhne in mir Gesipptem
Die Schwerter röthen? Rede, Gripir.

Gripir.

51 Der Gudrun vergeht vor Grimm das Herz,
Wenn Dir ihre Brüder Verderben rathen.
Ledig lebt aller Lust
Das weise Weib: das wirkte Grimhild.

52 Dir bleibt der Trost, Gebieter der Heerschar,
Die Fügung fiel auf des Fürsten Leben:
So edeln Mann wird die Erde nicht mehr
Noch die Sonne schauen, Sigurd, als dich.

Sigurd.

53 Heil uns beim Scheiden! Das Geschick bezwingt man nicht.
Mir ward der Wunsch hier, Gripir, gewährt.
Du hättest gerne mehr Glück verheißen
Meinem Lebenslauf, lag es an dir.

23. Sigurdharkvidha Fafnisbana önnur.

Das andere Lied von Sigurd dem Fafnirstödter.

I.

Sigurd ging zu Hialpreks Gestüte und wählte sich daraus einen Hengst, der seitdem Grani genannt ward. Da war zu Hialprek Regin gekommen, Hreidmars Sohn. Er war über alle Männer kunstreich, dabei ein Zwerg von Wuchs. Er war weise, grimm und zauberkundig. Regin übernahm Sigurds Erziehung und Unterricht und liebte ihn sehr. Er erzählte dem Sigurd von seinen Voreltern und den Abenteuern, wie Odhin, Hönir und Loki einst zu Andwaris Wasserfall kamen. In diesem Wasserfall war eine Menge Fische. Ein Zwerg, der Andwari hieß, war lange in dem Wasserfall in Hechtsgestalt und fing sich da Speise. „Otur hieß unser Bruder," sprach Regin, „der fuhr oft in den Wasserfall in Otters Gestalt. Da hatte er einst einen Lachs gefangen und saß am Flußrand und aß blinzelnd. Loki warf ihn mit einem Stein zu Tode. Da dauchten sich die Asen sehr glücklich gewesen zu sein und zogen dem Otter den Balg ab. Denselben Abend suchten sie Herberge bei Hreidmar und zeigten ihm ihre Waide. Da griffen wir sie mit Handen und legten ihnen Lebenslösung auf: sie sollten den Otterbalg mit Gold füllen und außen mit rothem Golde bedecken. Da schickten sie Loki aus, des Goldes zu schaffen. Er kam zu Ran und erhielt ihr Netz und warf das Netz vor den Hecht und er lief in das Netz. Da sprach

Loki.

1 Was für ein Fisch ists, der in der Flut rennt,
   Kann sich vor Witz nicht wahren?
   Aus Hels Hause löse dein Haupt nun
   Und schaffe mir glänzende Glut.

Der Hecht sprach:

2 Andwari heiß ich, Oin hieß mein Vater;
   Durch manchen Flußfall fuhr ich.
   Früh fügte mir eine feindliche Norne,
   Ich sollt im Waßer waten.

Loki.

3 Sage mir, Andwari, so du anders willst
   Bei Menschen länger leben,
   Welche Strafe wird Menschensöhnen,
   Die sich mit Lug verletzen?

Andwari.

4 Harte Strafe wird Menschensöhnen,
   Die in Wadgelmir waten.
   Wer mit Unwahrheit den Andern verlügt,
   Ueberlang schmerzen die Strafen.

Loki sah all das Gold, das Andwari besaß. Aber als dieser das Gold entrichtet hatte, hielt er einen Ring zurück. Loki nahm ihm auch den hinweg. Da ging der Zwerg in den Stein und sprach:

5 Nun soll das Gold, das Gustr hatte,
   Zweien Brüdern das Ende bringen
   Und der Edelinge acht verderben:
   Mein Gold soll Keinem zu Gute kommen.

Die Asen entrichteten dem Hreidmar den Schatz, füllten den Otterbalg und stellten ihn auf die Füße. Da sollten die Asen das Gold darum legen und den Otter hüllen. Aber als es gethan war, ging Hreidmar hinzu und sah ein Barthaar und hieß auch das hüllen. Da zog Odhin den Ring Andwara-Naut hervor und hüllte das Haar.

Loki sprach:

6 Ich gab dir das Gold, Entgeltung ward dir,
   Herliche, meines Hauptes.
   Deinem Sohne schafft es keinen Segen:
   Es bringt euch beiden den Tod.

Hreidmar.

7 Gaben gabst du, nicht Liebesgaben,
  Gabst nicht aus holdem Herzen.
  Eures Lebens wärt ihr ledig,
  Wußt ich diese Gefahr zuvor.

Loki.

8 Noch übler ist was zu ahnen mich dünkt,
  Der künftigen Kampf um ein Weib.
  Ungeboren noch acht ich die Edelinge,
  Die um den Hort sich haßen.

Hreidmar.

9 Das rothe Gold ist mir vergönnt,
  Denk ich, so lang ich lebe.
  Deine Drohungen fürcht' ich keinen Deut;
  Aber hebt euch heim von hinnen.

Fafnir und Regin verlangten von Hreidmar Verwandten-Buße wegen
ihres Bruders Otur. Er aber sagte Nein dazu. Da tödtete Fafnir seinen
Vater Hreidmar mit dem Schwerte, da er schlief. Hreidmar rief seinen
Töchtern:

10 Lyngheid und Lofnheid! mein Leben ist aus,
   Um Rache traur ich Betrübter.

Lyngheid.

Die Schwester mag selten, wenn der Vater erschlagen ist,
Der Brüder Verbrechen ahnden.

Hreidmar.

11 Erzieh ein Mädchen, wolfherzige Maid,
   Entspringt deinem Schooße nicht ein Sohn;
   Gieb der Maid einen Mann, es mahnt die Noth:
   So soll ihr Sohn uns Rache schaffen.

Da starb Hreidmar; aber Fafnir nahm das Gold all. Da verlangte
auch Regin sein Vatererbe. Aber Fafnir sagte Nein dazu. Da suchte
Regin Rath bei Lyngheid, seiner Schwester, wie er sein Vatererbe erlangen
solle. Sie sprach:

12 „Vom Bruder erbitte   brüderlich
   Das Erb und edlern Sinn.
   Nicht steht es dir zu, mit dem Schwerte
   Von Fafnir zu fordern das Gut."

Diese Dinge erzählte Regin dem Sigurd. Jenes Tages, da er zu
Regins Hause kam, ward er wohl empfangen. Regin sprach:

13 Nun ist Sigmunds Sohn gekommen,
   Der hurtige Held, zu unserm Haus;
   Muth hat er mehr als ich alter Mann:
   Bald kommt mir Kampf von dem kühnen Wolf.

14 Ich habe des heerkühnen Helden zu pflegen,
   Der uns ein Enkel Yngwis kam.
   Er wird der Männer Mächtigster werden.
   Laut umweist die Welt des Schicksals Gewebe.

Sigurd blieb nun beständig bei Regin und da sagte er dem Sigurd,
daß Fafnir auf der Gnitahaide läge in Wurmsgestalt. Er hatte den
Oegishelm, vor dem alles Lebende sich entsetzte. Regin schuf dem Sigurd
ein Schwert, Gram genannt: das war so scharf, daß er es in den Rhein
steckte und ließ eine Wollflocke den Strom hinab treiben: da zerschnitt das
Schwert die Flocke wie das Waßer. Mit diesem Schwert schlug Sigurd
Regins Amboß entzwei. Darnach reizte Regin den Sigurd, den Fafnir
zu tödten: er aber sprach:

15 Laut würden Hundings Söhne lachen,
   Die um sein Leben Eilimi brachten,
   Wenn mich, einen König, mehr verlangte
   Nach rothen Ringen als nach Vaterrache.

II.

König Hialprek gab dem Sigurd Schiffsvolk zur Vaterrache. Da traf
sie ein gewaltiges Unwetter, also daß sie vor einem Vorgebirge halten
mußten. Ein Mann stand am Berge und sprach:

16 Wer reitet dort auf Räwils Hengsten
   Ueber wilde Wogen und wallendes Meer?
   Von Schweiße schäumen die Segelpferde:
   Die Wellenroſſe werden den Wind nicht halten.

Regin antwortete:

17 Hier sind wir mit Sigurd auf Seebäumen:
　　Wir fanden Fahrwind in den Tod zu fahren.
　　Ueber die Schiffsschnäbel schlägt uns das Meer:
　　Die Flutrosse fallen; wer fragt danach?

Der Mann sprach:

18 Hnikar hieß man mich, wenn ich Hugin erfreute,
　　Junger Wölsung, auf der Walstatt.
　　Nun magst du mich nennen den Mann vom Berge,
　　Feng oder Fiölnir; Fahrt will ich schaffen.

　　Da legten sie aus Land; der Mann ging aufs Schiff und beschwichtigte das Wetter.

Sigurd sprach:

19 Künde mir, Hnikar, du kennst die Zeichen
　　Des Glücks bei Göttern und Menschen:
　　Vor dem Gefecht was ist der erfreulichste
　　Angang beim Schwerterschwingen?

Hnikar.

20 Manche sind gut, wenn Menschen sie wüßten,
　　Angänge beim Schwerterschwingen.
　　Gut dünkt mich zunächst des nachtschwarzen Raben
　　Geleit dem Lenker der Schlachten.

21 Gut auch ist der Angang, so du hinaus kommst
　　Und stehst bereit zur Reise,
　　Wenn Zwei vor dem Hofe zum Zweikampf fertig stehn,
　　Ruhmgierge Recken.

22 Der Angang auch ist gut, wenn bei der Esche
　　Du den Wolf hörst heulen:
　　Ueber Helmträger hast du Sieg zu hoffen,
　　Siehst du ihn vorwärts fahren.

23 Stehe keiner beim Kampf entgegen
　　Der spät scheinenden Schwester des Mondes.
　　Die sollen siegen, die sehen können
　　Wenn das Schwertspiel beginnt, der Schlachtkeil geordnet wird.

24 Da fürchte Gefahr, wenn der Fuß dir strauchelt,
   So du zum Kampfe kommst.
   Trugdisen stehn dir zu beiden Seiten
   Und wollen dich verwundet sehn.

25 Gekämmt und gewaschen sei der Kämpfer
   Und halte sein Mal am Morgen:
   Ungewiß ist wo der Abend ihn findet,
   Und übel, vor der Zeit fallen.

Sigurd hielt eine große Schlacht mit Lyngwi, Hundings Sohn, und dessen Brüdern. Da fiel Lyngwi und die Brüder. Nach dem Kampfe sprach Regin:

26 Nun ist der Blutaar mit beißendem Schwert
   In den Rücken geschnitten Sigmunds Mörder.
   Kein Größerer je hat den Grund geröthet
   Aller fürstlichen Erben, und die Raben erfreut.

Sigurd fuhr heim zu Hialprek. Da reizte Regin den Sigurd, daß er Fafnir tödte.

————— ————

24. Fafnismâl.

Sigurd und Regin fuhren aufwärts zur Gnitahaide und fanden da Fafnirs Weg, auf dem er zum Wasser kroch. Da machte Sigurd eine große Grube im Wege und stellte sich hinein. Als aber Fafnir von seinem Golde kroch, blies er Gift von sich und das fiel dem Sigurd von oben aufs Haupt. Als aber Fafnir über die Grube wegglitt, stach ihm Sigurd das Schwert ins Herz. Fafnir schüttelte sich und schlug mit Haut und Schweif. Da sprang Sigurd aus der Grube, wo denn Einer den Andern sah. Fafnir sprach:

1 Gesell und Gesell, welcher Gesell erzeugte dich,
   Was bist du mir ein Menschenkind?
   Der in Fafnir färbtest den funkelnden Stahl;
   Mir haftet im Herzen dein Schwert.

Aber Sigurd verhehlte seinen Namen, weil es im Altertum Glaube war, daß eines Sterbenden Wort viel vermöchte, wenn er seinen Feind mit Namen verwünschte. Er sprach:

2 Wunderthier heiß ich, ich wank umher,
   Ein Kind, das keine Mutter kennt.
   Auch miß ich den Vater, den Menschen sonst haben,
   Ich gehe einsam, allein.

Fafnir.

3 Missest du den Vater, den Menschen sonst haben,
   Welches Wunder erzeugte dich?

Sigurd.

4 Mein Geschlecht ist dir schwerlich kund
   Und ich selber auch nicht.
   Sigurd heiß ich, Sigmund hieß mein Vater;
   Meine Waffe verwundete dich.

Fafnir.

5 Wer reizte dich? Wie ließest du dich reizen
Mein Leben zu morden,
Klaräugiger Knabe? kühn war dein Vater:
Dem Ungebornen vererbt' er den Sinn.

Sigurd.

6 Mich reizte das Herz; die Hände vollbrachtens
Und mein scharfes Schwert.
Keiner ist kühn, wenn die Jahre kommen,
Der von Kindesbeinen blöd war.

Fafnir.

7 Wärst du erwachsen an der Verwandten Brust,
Man kennte dich kühn im Kampfe;
In Haft bist du hier, ein Heergefangner:
Stäts, sagt man, bebt der Gebundne.

Sigurd.

8 Welcher Vorwurf, Fafnir, als ob ich fern wär
Meinem Mutterlande?
Nicht war ich in Haft hier, auch als Heergefangner:
Du fühlst wohl, daß ich frei bin.

Fafnir.

9 Einen Vorwurf findest du in freundlichem Wort;
Aber Eins verkünd ich dir:
Das gellende Gold, der glutrothe Schatz,
Diese Ringe verderben dich.

Sigurd.

10 Goldes walten will ein Jeder
Stäts bis an den Einen Tag.
Denn Einmal muß jeder Mann doch
Fahren von hinnen zu Hel.

Fafnir.

11 Du nimmst für Nichts der Nornen Spruch,
Mein Wort für unweise Rede.
Doch ertrinkst du im Wasser, ob du beim Winde ruderst:
Alles sterbt ihn, der sterben soll.

12 Der Schreckenshelm   schützte mich lange,
    Da ich über Kleinoden kroch;
    Allein daucht ich mich   stärker als alle
    Und fand selten meinen Mann.

Sigurd. •

13 Keinen mag schützen   der Schreckenshelm,
    Wo Zornige kommen zu kämpfen.
    Wer mit Vielen ficht   befindet bald:
    Keiner ist allein der Kühnste.

Fafnir.

14 Gift blies ich,   da ich auf dem Golde lag,
    Dem Vielen, meines Vaters.

Sigurd.

15 Wohl warst du furchtbar,   du funkelnder Wurm;
    Ein hartes Herz erhieltest du.
    Der Muth schwillt mächtig   den Menschensöhnen,
    Die solchen Helm haben.

16 Laß dich fragen, Fafnir,   da du vorschauend bist
    Und wohl Manches weist:
    Welches sind die Nornen,   die nothlösend heißen
    Und Mütter mögen entbinden?

Fafnir.

17 Verschiedenen Geschlechts   scheinen die Nornen mir
    Und nicht Eines Ursprungs.
    Einige sind Asen,   andere Alfen,
    Die dritten Töchter Dwalins.

Sigurd.

18 Laß dich fragen, Fafnir,   da du vorschauend bist
    Und wohl Manches weist:
    Wie heißt der Holm,   wo Herzblut mischen
    Surtur einst und Asen?

Fafnir.

19 Oskopnir (unvermeidlich) heißt er,   wo alle Götter
    Dereinst mit Speren spielen.

Bifröst bricht eh beide sich scheiden
Und im Strome schwimmen die Rosse.

20 Nun rath ich dir, Sigurd, nimm an den Rath
Und reit heim von hinnen.
Das gellende Gold, der glutrothe Schatz,
Diese Ringe verderben dich.

Sigurd.

21 Rath ist mir gerathen; ich reite dennoch
Zu dem Hort auf der Haide.
Du Fafnir lieg in letzten Zügen
Bis du hin mußt zu Hel.

Fafnir.

22 Regin verrieth mich, er verräth auch dich,
Er bringt uns beiden den Tod.
Sein Leben muß nun Fafnir laßen,
Deine Macht bemeistert mich.

Regin war fortgegangen, während Sigurd Fafnirn tödtete; er kam zurück, als Sigurd das Blut vom Schwerte wischte. Regin sprach:

23 Heil dir nun, Sigurd, du hast Sieg erkämpft
Und den Fafnir gefällt.
Von allen Männern, die auf Erden wandeln,
Acht ich dich den Unverzagtesten.

Sigurd.

24 Ungewiß bleibt, wo alle vereint sind,
Der Sieggötter Söhne,
Welcher der unverzagteste ist:
Mancher ist kühn, der die Klinge nie
Barg in des Andern Brust.

Regin.

25 Stolz bist du, Sigurd, und siegesfreudig,
Da du Gram im Grase wischest.
Den Bruder hast du mir umgebracht;
Doch trag ich selbst der Schuld ein Theil.

Sigurd.

26 Du riethest dazu, daß ich reiten sollte
Ueber die heiligen Berge her.

Gut und Leben gegönnt wär dem glänzenden Wurm,
Triebeſt du mich nicht zur That.

Da ging Regin zu Fafnir und ſchnitt ihm das Herz aus mit dem
Schwerte, das Ridil heißt und trank dann das Blut aus der Wunde.

Regin.

27 Sitze nun, Sigurd; ich ſchlafe derweil,
Und halte Fafnirs Herz ans Feuer.
Ich will das Herz zu eßen haben
Auf den Bluttrunk, den ich trank.

Sigurd.

28 Fern entflohſt du, während in Fafnir ich
Röthete das ſcharfe Schwert.
Meine Stärke ſetzt ich wider den ſtarken Wurm,
So lange du auf der Haide lagſt.

Regin.

29 Lange ſiegen ließeſt du auf der Haide
Jenen alten Joten,
Wenn du das Schwert nicht ſchwangſt, das ich dir ſchuf,
Die wohlgewetzte Waffe.

Sigurd.

30 Muth in der Bruſt iſt beßer als Stahl,
Wo ſich Tapfere treffen.
Den Kühnen immer ſah ich erkämpfen
Mit ſtumpfem Schwerte den Sieg.

31 Der Kühne mag beßer als der Bange kann
Sich im Kriegesſpiel verſuchen.
Mehr gelingt dem Muntern als dem Mürriſchen
Was er hab in der Hand.

Sigurd nahm Fafnirs Herz und briet es am Spieß. Und als er
dachte, daß es gar wäre, und der Saft aus dem Herzen ſchäumte, da
ſtieß er daran mit ſeinem Finger und verſuchte ob es gar gebraten wäre.
Er verbrannte ſich und ſteckte den Finger in den Mund. Aber als Fafnirs
Herzblut ihm auf die Zunge kam, da verſtand er der Vögel Stimmen. Er
hörte, daß Adlerinnen auf den Zweigen zwitſcherten.

Die Eine sang:

32 Da sitzt Sigurd   blutbespritzt
   Und brät am Feuer   Fafnirs Herz.
   Klug däuchte mich   der Ringverderber,
   Wenn er das leuchtende   Lebensfleisch äße.

Die andere.

33 Da liegt nun Regin   und geht zu Rath
   Wie er triege den Mann,   der ihm vertraute;
   Sinnt in der Bosheit   auf falsche Beschuldigung:
   Der Unheilschmied brütet   dem Bruder Rache.

Die dritte.

34 Hauptes kürzer laß er   den haargrauen Schwätzer
   Fahren von hinnen zu Hel.
   So soll er den Schatz   besitzen allein,
   Wie viel des unter Fafnir lag.

Die vierte.

35 Er däuchte mich klug,   gedächt er zu nützen
   Den Anschlag, Schwestern,   den ihr wohl erkannt.
   Er berathe sich rasch   die Raben zu erfreuen,
   Denn den Wolf erwart ich,   gewahr ich sein Ohr.

Die fünfte.

36 So klug ist nicht   der Kampfesbaum,
   Wie ich den Heerweiser   hätte gewähnt,
   Läßt er den einen   Bruder ledig
   Und hat den andern   umgebracht.

Die sechste.

37 Sehr unklug scheint er mir,   schont er länger noch
   Den gemeingefährlichen Feind.
   Dort liegt Regin,   der ihn verrathen will;
   Er weiß sich davor nicht zu wahren.

Die siebente.

38 Um den Kopf kürz er   den eiskalten Joten
   Und beraub ihn der Ringe.
   So sind die Schätze,   die Fafnir besessen,
   Ihm allein zu eigen.

Sigurd.

39 So verräth mich das Loos nicht, daß Regin sollte
Mir zum Mörder werden:
Beide Brüder sollen alsbald
Fahren von hinnen zu Hel.

Sigurd hieb Regin das Haupt ab, und aß Fafnirs Herz und trank
beider Blut, Regins und Fafnirs. Da hörte Sigurd was die Adlerinnen
sangen:

40 Mit den rothen Ringen bereise dich, Sigurd;
Um Künftges sich kümmern ziemt Königen nicht.
Ein Weib weiß ich, ein wunderschönes,
Goldbegabt: wär sie dir gegönnt!

41 Zu Giuki gehen grüne Pfade:
Dem Wandernden weist das Schicksal den Weg.
Da hat eine Tochter der theure König:
Die magst du, Sigurd, um Mahlschatz kaufen.

42 Ein Hof ist auf dem hohen Hindarfiall
Ganz von Glut umgeben außen.
Ihn haben hehre Herscher geschaffen
Aus undunkler Erdenflamme.

43 Auf dem Steine schläft die Streiterfahrene,
Und lodernd umleckt sie der Linde Feind.
Mit dem Dorn stach Yggr (Odhin) sie einst in den Schleier,
Die Maid, die Männer morden wollte.

44 Schaun magst du, Mann, die Maid unterm Helme,
Die aus dem Gewühl trug Wingskornir das Roß.
Nicht vermag Sigrdrifas Schlaf zu brechen
Ein Fürstensohn eh die Nornen es fügen.

Sigurd ritt auf Fafnirs Spur nach dessen Hause und fand es offen
und die Thüren von Eisen und aufgeklemmt. Von Eisen war auch alles
Zimmerwerk am Hause und das Gold unten in die Erde gegraben. Da
fand Sigurd großmächtiges Gut und füllte damit zwei Kisten. Da nahm
er Oegis Helm und die Goldbrünne und das Schwert Hrotti und viele
Kostbarkeiten und belud Grani damit. Aber das Roß wollte nicht fortgehen bis Sigurd auf seinen Rücken stieg.

25. Sigrdrífumál.

Das Lied von Sigurdrifa.

Sigurd ritt hinauf nach Hindarfiall und wandte sich südwärts gen Frankenland. Auf dem Berge sah er ein großes Licht gleich als brennte ein Feuer, von dem es zum Himmel emporleuchtete. Aber wie er hinzukam, stand da eine Schildburg und oben heraus ein Banner. Sigurd ging in die Schildburg und sah, daß da ein Mann lag und schlief in voller Rüstung. Dem zog er zuerst den Helm vom Haupt: da sah er, daß es ein Weib war. Die Brünne war fest als wär sie ans Fleisch gewachsen. Da ritzte er mit Gram die Brünne durch vom Haupt herab und darnach auch an beiden Armen. Darauf zog er ihr die Brünne ab; aber sie erwachte, richtete sich empor, sah den Sigurd an und sprach:

1 Was zerschnitt mir die Brünne? Wie brach mir der Schlaf?
  Wer befreite mich der falben Bande?

Sigurd.

Sigmunds Sohn: eben zerschnitt
Das Wehrgewand dir Sigurds Waffe.

Sigurdrifa. •

2 Lange schlief ich, lange hielt mich der Schlummer,
  Lange lasten Menschenloose.
  So waltete Odhin, ich wuste nicht
  Die Schlummerrunen abzuschütteln.

Sigurd setzte sich nieder und frug nach ihrem Namen. Da nahm sie ein Horn voll Meths und gab ihm Minnetrank.

3 Heil dir Tag, Heil euch Tagessöhnen,
  Heil dir Nacht und nährende Erde:
  Mit unzorngen Augen schaut auf Uns
  Und gebt uns Sitzenden Sieg.

4 Heil euch Asen,   Heil euch Asinnen,
   Heil dir, fruchtbares Feld!
   Wort und Weisheit   gewährt uns edeln Zwein
   Und immer heilende Hände!

Sie nannte sich Sigrdrifa und war Walküre. Sie erzählte, wie zwei
Könige sich bekriegten: der Eine hieß Hialmgunnar, der war alt und der
größte Krieger, und Odhin hatte ihm Sieg verheißen:

   Der Andre hieß Agnar,   Adas Bruder:
   Dem wollte Niemand   Schutz gewähren.

Sigrdrifa fällte den Hialmgunnar in der Schlacht; aber Odhin stach
sie zur Strafe dafür mit einem Schlafdorn und sagte, von nun an solle
sie nie wieder Sieg erfechten im Kampfe, sondern sich vermählen. „Aber
ich sagte ihm, daß ich das Gelübbe thäte, mich keinem Manne zu vermählen, der sich fürchten könne." Sigurd antwortete und bat sie, ihn
Weisheit zu lehren, da sie die Mären aus allen Welten wiße.

               Sigurdrifa sprach:
5 Bier bring ich dir,   du Baum in der Schlacht,
   Mit Macht gemischt   und Mannesruhm,
   Voll der Lieder   und lindernder Sprüche,
   Guter Zauber voll   und Freudenrunen.

6 Siegrunen schneide,   wenn du Sieg willst haben;
   Grabe sie auf des Schwertes Griff;
   Auf die Seiten Einige,   Andere auf das·Stichblatt
   Und nenne zweimal Thr.   ·

7 Aelrunen kenne,   daß des Andern Frau
   Dich nicht trüge wenn du traust.
   Auf das Horn ritze sie   und den Rücken der Hand
   Und mal ein N (Noth) auf den Nagel.

8 Die Füllung segne   vor Gefahr dich zu schützen
   Und lege Lauch in den Trank.
   So weiß ich wohl   wird dir nimmerdar
   Der Meth mit Mein gemischt.

9 Bergrunen schneide,   wenn du bergen willst
   Und lösen die Frucht von Frauen,

In die hohle Hand   und hart um die Knöchel
Und heische der Disen Hülfe.

10 Brandungsrunen schneide,   wenn du bergen willst
Im Sund die Segelrosse;
Aufs Steven sollst du sie   und aufs Steuerblatt ritzen,
Dabei ins Ruder brennen:
Nicht so wild ist der Sturm,   nicht so schwarz die Welle,
Heil kommst du heim vom Meere.

11 Astrunen kenne,   wenn du Arzt willst sein
Und Wunden wißen zu heilen.
In die Rinde ritze sie   und das Reis am Baum,
Wo ostwärts die Aeste sich wenden.

12 Gerichtsrunen kenne,   wenn du der Rache willst
Deiner Schäden sicher sein.
Die winde du ein,   die wickle du ein
Und setze sie alle zusammen
Bei der Mahlstätte,   wo Männer sollen
Zu vollzähligem Gerichte ziehen.

13 Geistrunen schneide,   willst du klüger scheinen
Als ein anderer Mann.
Die ersann und sprach,   die schnitt zuerst
Odhin, der sie auserdacht
Aus der Flut, die geflossen war
Aus dem Hirn Heiddraupnirs;
Aus dem Horn Hoddraupnirs.

14 Auf dem Berge stand er   mit blankem Schwert,
Den Helm auf dem Haupte.
Da hub Mimirs[13] Haupt an   weise das erste Wort
Und sagte wahre Stäbe.

15 Auf dem Schilde stünden sie   vor dem scheinenden Gott,
Auf Arwakurs Ohr   und Alswidurs Huf,[14]
Auf dem Rad, das da rollt   unter Rögnirs (Dekuthörs) Wagen,
Auf Sleipnirs Zähnen,   auf des Schlittens Bändern.

16 Auf des Bären Tatze, auf Bragis Zunge,
   Auf den Klauen des Wolfs und den Krallen des Adlers,
   Auf blutigen Schwingen, auf der Brücke Kopf,
   Auf des Lösenden Hand und des Lindernden Spur.

17 Auf Gold und Glas, auf dem Glück der Menschen,
   In Wein und Würze, auf der Wala Sitz,
   Auf Gungnirs Spitze und Granis Brust,
   Auf dem Nagel der Norn und der Nachteule Schnabel.

18 Geschabt wurden alle, die geschnitten waren,
   Mit hehrem Meth geheiligt
   Und gesandt auf weite Wege.
   Die sind bei den Asen, die bei den Alfen,
   Die bei weisen Wanen,
   Einige unter Menschen.

19 Das sind Buchrunen, das sind Bergrunen,
   Dieß alle Aelrunen
   Und rühmliche Machtrunen,
   Wer sie unverwirrt und unverdorben
   Walten läßt zu seinem Wohl.
   Lerne sie und laß sie wirken
   Bis die Götter vergehn.

20 Wähle nun, da die Wahl dir geboten ist,
   Scharfer Waffenstamm:
   Sagen oder Schweigen ersinne dir selber;
   Alle Meinthat hat ihr Maß.

Sigurd.

21 Nicht werd ich weichen, wär gewiß mir der Tod,
   Ich bin nicht blöde geboren.
   Deinem treuen Rath vertrauen werd ich
   So lange mir Leben währt.

Sigurdrifa.

22 Das rath ich zuvörderst, gegen Freunde stäts
   Ledig zu leben aller Schuld.
   Sei zu Rache nicht rasch, wenn sie dir Unrecht thun
   Das sagt man, taugt im Tode.

23 Das rath ich zum Andern, keinen Eid zu schwören,
   Der sich als wahr nicht bewährt.
   Grimme Feßeln folgen dem Meineid,
   Unselig ist der Schwurbrecher.

24 Das rath ich zum dritten, daß du beim Dingmahl nicht
   Mit läppischen Leuten rechtest.
   Ein unkluger Mann kann oft doch sagen
   Schlimmere Dinge denn er weiß.

25 Schlimm bleiben sie stäts, denn schweigst du dazu,
   So dünkst du blöde geboren,
   Oder nicht mit Unrecht angeklagt.
   Viel liegt am Leumund,
   Drum gieb dir Müh um guten.
   Laß andern Tags sein Leben enden:
   So lohne den Leuten die Lüge.

26 Das rath ich zum vierten, wenn eine Vettel wo
   Am Wege wohnt, der Schanden voll,
   Beßer als bleiben dabei ist fortgehn,
   Uebernähme dich auch die Nacht.

27 Muntrer Augen braucht ein Menschensohn,
   Wo es kommt zu heißem Kampf.
   Am Wege sitzen böse Weiber oft,
   Die Schwert und Sinn betäuben.

28 Das rath ich dir fünftens, wo du schöne Frauen
   Sitzen siehst auf den Bänken,
   Laß Weiberschönheit dir den Schlaf nicht rauben,
   Noch hoffe sie heimlich zu küssen.

29 Das rath ich dir sechstens, wo Männer gesellig
   Worte wechseln hin und her,
   Trunken table nicht tapfre Männer:
   Manchem raubt der Wein den Witz.

30 Tobende Trunkenheit hat Betrübniß schon
   Manchem Manne gebracht,
   Einigen Unheil, Andern den Tod;
   Vielfältig ist das Leiden.

31 Das rath ich zum siebenten,   wo du zu schaffen hast
   Mit beherzten Helden,
   Mehr frommt fechten   als in Feuer aufgehn
   Mit Hof und Halle.

32 Das rath ich dir achtens,   Unrecht zu meiden
   Und List und lose Tücke;
   Keine Maid verführe,   noch des Andern Gemahl,
   Verleite sie nicht zur Lüsternheit.

33 Das rath ich dir neuntens,   nimm dich des Todten an
   Wo du im Feld ihn findest,
   Sei er siechtodt   oder seetodt,
   Oder am Stahl gestorben.

34 Ein Hügel hebe sich   dem Hingegangenen,
   Gewaschen seien Haupt und Hand.
   Zur Kiste komm er   gekämmt und trocken,
   Und bitte, daß er selig schlafe.

35 Das rath ich zum zehnten,   zögre zu trauen
   Gesipptem Freund des Feindes,
   Dessen Bruder du umbrachtest,
   Dessen Vater du fälltest:
   Dir steckt ein Wolf   im unmündigen Sohn,
   Hat gleich ihn Gold beschwichtigt.

36 Wähne Streit und Haß   nicht eingeschlafen,
   Noch halte Harm für vergeßen.
   Witz und Waffen   wiße zu brauchen,
   Der von Allen der Erste sein will.

37 Das rath ich dir eilftens,   betrachte das Uebel,
   Welchen Weg es nehmen will.
   Nicht lange wähn ich   des Königs Leben:
   Uebler Trug ist angelegt.

Sigurd sprach: Kein weiseres Weib ist zu finden als du, und das
schwör ich, daß ich dich haben will, denn du bist nach meinem Sinn. Sie
antwortete: Dich will ich und keinen Andern, hätt ich auch zu wählen unter
allen Männern. Und dieß befestigten sie unter sich mit Eiden.

———

26. Brot af Brynhildarkvidhu.

Bruchstück (?) eines Brynhildenliedes.

Högni.

1 Wie bist du, Gunnar, Giukis Erzeugter,
  Zur Rache bereit und mordlichem Rath?
  Was hat so Schweres Sigurd verbrochen,
  Daß du dem Kühnen willst kürzen das Leben?

Gunnar.

2 Mir hat Sigurd Eide geschworen,
  Eide geschworen und alle gebrochen.
  Treulos täuscht' er mich, als er in Treue mir
  Seine Schwüre bewähren sollte.

Högni.

3 Dich hat Brynhild Böses zu thun
  Im Zorn gereizt zu Rachsucht und Mord.
  Gudrunen gönnt sie so gute Ehe nicht,
  Sie selbst zu besitzen, sie missgönnt es dir. —

4 Sie brieten Wolfsfleisch, den Wurm zerschnitten sie,
  Gaben dem Guthorm Geierfleisch
  Ehe sie mochten, die Mordgierigen,
  An den hehren Helden die Hände legen.

5 Gesunken war Sigurd südlich am Rhein:
  Von hoher Heister schrie heiser ein Rabe:
  „In Euch wird Atli das Eisen röthen;
  Eure Eide überwinden euch, Mörder!"

6 Außen stand Gudrun, Giukis Tochter;
  Dieß war das erste Wort, das sie sprach:
  Wo säumt nun Sigurd, der Sieger der Männer,
  Daß meine Freunde zuvorderst reiten?

7 Allein wars Högni, der Antwort gab:
„Mit dem Schwert erschlagen den Sigurd haben wir;
Den Kopf hängt das Grauroß über den todten König."

8 Da sprach Brynhild, Budlis Tochter:
„Nun werdet ihr walten des Lands und der Waffen:
Die hätte der Hunische beherrscht allein,
Ließt ihr das Leben ihn länger behalten.

9 „Nicht frommt' es, herrschte der Fürst noch länger
Ueber Giukis Erb und der Goten Menge,
Wenn die Schar zu durchschneiden der Söhne fünf,
Der kampfkühnen, der König hier zeugte."

10 Da lachte Brynhild, die Burg rings erscholl;
Es ging ihr wieder aus ganzem Herzen:
„Lang mögt ihr walten des Lands und der Waffen,
Da ihr den kühnen König fälltet."

11 Da sprach Gudrun, Giukis Tochter:
„Du freust dich frech der freveln That;
Doch Geister ergreifen einst Gunnar den Mörder:
Züchtigung ziemt dem zorngrimmen Herzen."

12 Am tiefen Abend — getrunken war viel
Und mancher Scherzspruch gesprochen dabei —
Bald entschliefen die zu Bette kamen;
Gunnar allein von Allen wachte.

13 Die Füße bewegt' er, sprach viel mit sich selbst;
Der Weiser der Wehrschar erwog im Herzen:
Was sich geschwätzig wohl sagten die beiden,
Aar und Rabe auf ihrem Heimritt?

14 Brynhild erwachte, Budlis Erzeugte,
Der Skiöldungen Tochter, eh der Tag erschien:
„Nun mögt ihr mich mahnen, der Mord ist vollbracht!
Mein Leid zu sagen, oder abzulaßen.

15 „Grimmes sah ich, Gunnar, im Schlaf:
   Im Saal Alles todt, ich schlief im kalten Bett,
   Dieweil du, König, kummervoll rittest
   Die Fessel am Fuß in der Feinde Heer:
   So soll, Niflungen, nun eur Geschlecht
   Die Macht missen, denn meineidig seid ihr.

16 „So gänzlich, Gunnar, vergaßest dus,
   Wie das Blut in die Fußspur euch beiden rann!
   Nun hast du das Alles ihm übel gelohnt,
   Daß der Fürst der Vorderste stäts gefunden ward.

17 „Klar ward es erkannt, da geritten kam
   Zu Mir der Muthige, mich dir zu werben,
   Wie der Wehrscharweiser wandellos
   Die Eide hielt dem jungen Helden.

18 „Das Schwert legte, das goldgeschmückte,
   Der mächtige König mitten zwischen uns,
   Mit Feuer außen die Ecken belegt,
   Mit Eitertropfen innen bestrichen."

19 Sie schwiegen Alle still bei dem Wort.
   Keinem gefiel solcher Frauenbrauch,
   Wie sie mit Weinen von dem Werk nun sprach,
   Zu dem sie lachend die Helden lud.

Hier ist in dem Liede gesagt von dem Tode Sigurds. Und geht es
hier so zu als hätten sie ihn draußen getödtet; aber Einige erzählen so,
daß sie ihn erschlugen drinnen in seinem Bette, den schlafenden. Aber
deutsche Männer sagen, daß sie ihn erschlugen draußen im Walde. Und
so heißt es im alten Liede von Gudrun, daß Sigurd und Giukis Söhne
zum Thing geritten waren, als sie ihn erschlugen. Aber das sagen Alle
einstimmig, daß sie ihn treulos betrogen und ihn mordeten liegend und
wehrlos.

27. Sigurdharkvidha Fafnisbana thridhja.

Das dritte Lied von Sigurd dem Fafnirstödter.

1 Einst geschah's, daß Sigurd Giuki besuchen kam,
Der junge Wölsung, des Wurms Besieger.
Mit beiden Brüdern schloß er den Bund;
Eide schwuren sich die Unverzagten.

2 Eine Maid bot man ihm und Menge des Schatzes,
Die junge Gudrun, Giukis Tochter.
Traulich tranken der Tage manchen
Sigurd der junge und die Söhne Giukis

3 Bis sie um Brynhild zu bitten fuhren,
Da sich auch Sigurd gesellte zu ihnen,
Der junge Wölsung, den Weg zu zeigen;
Sein wäre sie, wenn es das Schicksal wollte.

4 Sigurd der südliche sein Schwert legt' er,
Die zierliche Waffe, mitten zwischen sie.
Er küßte nicht die Königin,
Der hunische Held hob in den Arm sie nicht;
Dem Erben Giukis gab er die junge.

5 An seinem Leibe lag kein Tadel,
Zu rügen war an dem Reinen nichts,
Kein Fehl zu finden noch vorzugeben.
Inmittels gingen grimme Nornen.

6 Einsam saß sie außen, wenn der Abend kam,
Irr vor Liebe ließ sie die Rede nicht:
„Sterben will ich oder Sigurd hegen,
Den alljungen Mann, in meinem Arm.

7 Die rasche Rede, nun reut sie mich wieder:
 Seine Gattin ist Gudrun, da ich Gunnars bin.
 Ueble Nornen schufen uns langes Unheil."

8 Oft ging sie, ganz von Grimm erfüllt,
 Ueber Eis und Gletscher, wenn der Abend kam,
. Daß Er und Gudrun zu Bette gingen
 Und Sigurd die Braut in die Decken barg,
 Der hunische König, und koste der Frau.

9 „Die Freud ist mir entfremdet, des Freunds entbehr ich,
 Nur Graun mag mich ergetzen und grimmer Sinn."

10 So mahnte sie den Muth zum Mord im Zorn:
 „Ganz und gar sollst du, Gunnar, entsagen
 Mir zumal und meinen Landen.
 Nicht froh hinfort, werd ich, Fürst, bei dir.

11 „Dahin will ich wieder wo ich war zuvor,
 Zu meinen Freunden und nächsten Vettern.
 Da will ich sitzen, verschlafen mein Leben,
 So du den Sigurd nicht sterben lässest
 Und vielen Fürsten furchtbar gebietest.

12 „Fort mit dem Vater fahre der Sohn:
 Unweise wär es den jungen Wolf ziehn.
 Welchem Manne wird die Mordbuße
 Zu sanfter Sühne bei des Sohnes Leben?"

13 Trübe ward Gunnar und trauervoll,
 Schwankendes Sinnes saß er den langen Tag:
 Immer noch wust er nicht für gewiß
 Was ihm am Meisten möchte geziemen,
 Was ihm zu thun das Tauglichste wäre:
 Er wuste, des Wölsungs wird er beraubt,
 Und konnte Sigurds Verlust nicht verschmerzen.

14 Gleich lange bedacht er dieses wie jenes.
 Das war selten geschehen vordem,
 Daß der Königswürde ein Weib entsagte.
 Da hieß er den Högni heischen zum Gespräch,
 Denn volles Vertrauen trug er zu dem.

Gunnar.

15 Mir ist Brynhild, Budlis Tochter,
Lieber als alle, die edelste Frau.
Das Leben lieber will ich laßen
Als der Schönen entsagen und ihren Schätzen.

16 Hilfst du uns, Högni, den Helden berauben?
Gut ist des Rheines Gold zu besitzen,
In Freude zu walten des vielen Gutes
Und ganz in Ruhe des Glücks zu genießen. —

17 Aber Högni gab ihm zur Antwort:
„Das zu vollbringen gebührt uns nicht:
Mit dem Schwert zu brechen geschworne Eide,
Geschworne Eide, besiegelte Treu!

18 „Wir wißen auf der Welt nicht so Glückliche wohnen
So lange wir Viere das Volk beherrschen
Und hier der hunische Heerführer lebt,
Noch irgend auf Erden so edle Sippe.
Wenn ferner wir fünf noch Fürsten zeugten,
Wir stürzten die Götter von den Herscherstühlen.

19 „Ich weiß von wannen die Wege laufen:
Brynhild quält dich: du kannst sie nicht stillen.“

Gunnar.

20 Wir wollen den Guthorm gewinnen zum Morde,
Den jüngern Bruder, der bar ist des Witzes:
Er hat nicht Antheil an Eiden und Schwüren,
Eiden und Schwüren, besiegelter Treu. —

21 Leicht aufzureizen war der Uebermüthige:
Da stand dem Sigurd der Stahl im Herzen.

22 Rasch hob sich der Recke zur Rache im Saal
Und warf den Geer nach dem Mordgierigen:
Nach Guthorm flog, dem Fürsten, kräftig
Das glänzende Eisen aus des Edlings Hand.

23 Entzweigespaltet sank sein Feind:
Haupt und Hände hinflogen weit,
Der Füße Theil fiel flach auf den Boden.

24 Gudrun lag, die Gute, schlafend
  An Sigurds Seite sorgenlos;
  Ihr Erwachen war der Wonne ledig:
  Sie floß in Freyrs Freundes Blut.

25 Da schlug sie so stark zusammen die Hände,
  Der Hartgeherzte erhob im Bette sich:
  „Gräme dich, Gudrun, so grimmig nicht,
  Blutjunge Braut: deine Brüder leben.

26 „Einen Erben hab ich, allzujungen
  Fern zu fliehn aus der Feinde Haus.
  Die Helden haben unheimlichen, schwarzen
  Neumondsrath nächtlich erdacht.

27 „Ihnen zeltet schwerlich nun, und zeugtest du sieben,
  Solch ein Schwester= sohn zum Thing.
  Wohl weiß ich wie es bewandt ist:
  Alle des Unheils Ursach ist Brynhild.

28 „Mich liebte die Maid vor den Männern all;
  Nichts hab ich gegen Gunnarn gethan.
  Ich schirmte die Sippe, geschworne Eide;
  Doch heiß ich der Friedel nun seiner Frau.“

29 Die Königin stöhnte, der König erstarb.
  Sie schlug so stark zusammen die Hände,
  Daß auf dem Brette die Becher erklangen,
  Und hell die Gänse im Hofe kreischten.

30 Da lachte Brynhild, Budlis Tochter,
  Aus ganzem Herzen heute noch einmal,
  Denn bis an ihr Bette durchbrach den Raum
  Der gellende Schrei der Giukistochter.

31 Anhub da Gunnar, der Habichte Fürst:
  „Schlag kein Gelächter auf, Schadenfrohe,
  Heiter in der Halle als brächt es dir Heil.
  Wie hast du verloren die lautere Farbe,
  Verderbenstifterin, die selbst wohl verdirbt!

32 „Du wäreſt würdig, Weib, daß wir hier
　　Dir vor den Augen den Atli erſchlügen,
　　Daß du ſähſt an dem Bruder blutige Wunden,
　　Quellende Wunden du könnteſt verbinden.“

33 Da ſprach Brynhild, Budlis Tochter:
　　„Wer reizt dich, Gunnar? gerochen haſt du dich.
　　Den Atli ängſtet deine Abgunſt nicht:
　　Er wird am längſten leben von euch beiden ,
　　Und immer mehr vermögen als du.

34 („Laß dir ſagen, Gunnar, du ſelber zwar weiſt es,
　　Wie raſch ihr euch, Recken, beriethet zur That.
　　Alljung ſaß ich und ohne Sorgen
　　Mit herrlicher Habe im Hauſe des Bruders.

35 „Nicht war mir Noth, daß ein Mann mich nähme,
　　Als ihr Söhne Giukis uns erſchient im Hof,
　　Auf Hengſten ihr drei Herſcher der Völker;
　　Wahrlich mir frommte wenig die Fahrt!

36 „Verheißen hatt ich mich dem hehren König,
　　Der mit Golde ſäß auf Granis Rücken.
　　Nicht war er euch an den Augen gleich,
　　Nicht von Antlitz in Einem Stücke,
　　Obwohl Volkskönige euch wähnet auch Ihr.

37 „Doch ſagte Atli mir das allein,
　　Er gebe die Hälfte der Habe mir nicht,
　　Der Macht noch des Goldes, vermählt denn wär ich.
　　Auch würde mir nichts des erworbenen Guts,
　　Das ſchon der Vater früh mir ſchenkte,
　　Des Goldes und Gutes, das er gab dem Kind.

38 „Da ſchwankte mein Sinn unentſchieden zuerſt,
　　Ob ich fechten ſollte und Männer fällen
　　In blanker Brünne um des Bruders Unglimpf.
　　Das hätte das Volk erfahren mit Schrecken,
　　Manchem Mann hätt es den Muth beſchwert.

39 „Da ging ich gern den Vergleich mit ihm ein.
　　Doch hätt ich lieber den Hort genommen,

Die rothen Spangen von Sigmunds Erben.
Nicht mocht ich eines andern Mannes Schätze:
Den Einen lieb' ich, nicht Andre mehr;
Die Maid war nicht wankel- müthigen Sinns.)

40 „Dieß Alles wird Atli dereinst befinden,
Hört er von meinem mordlichen Tod.
Denn wie soll ein edel geartetes Weib
Das Leben führen mit fremdem Manne?
Da wird mir bald gebüßt das Leid."

41 Auf stand Gunnar, der Giukunge Trost,
Und schlang die Hände um den Hals der Frau.
Sie gingen alle und einzeln ein jeder
Aufrichtigen Herzens ihr abzuwehren.

42 Doch sich vom Halse hielt sie Gunnarn,
Ließ sich Niemand verleiden den langen Gang.

43 Da hieß er den Högni heischen zum Gespräche:
„Es sollen zusammen in den Saal gehn die Männer,
Deine mit meinen — uns drängt die Noth —
Ob sie wehren mögen dem Mord der Frau
Eh es vom Sprechen zu Schlimmerm kommt;
Mag hernach geschehen was muß und kann."

44 Aber Högni gab ihm zur Antwort:
„Verleid ihr Niemand den langen Gang
Und werde sie nimmer wiedergeboren!
Sie kam schon krank vor die Kniee der Mutter;
Zu allem Bösen geboren ist sie uns,
Manchem Manne zu trübem Muthe!"

45 Unwillig wandt er sich weg vom Gespräche,
Wo die Schmuckreiche die Schätze vertheilte.
Da standen sie alle um ihre Habe,
Bedürftige Dirnen und Dienstweiber.

46 Der goldgepanzerten war nicht gut zu Muth,
Da sie sich durchstach mit des Stahles Schärfe.
Mit Einer Seite sank sie aufs Polster;
Die dolchdurchdrungene dacht auf Rath:

47 „Nun geht herzu, die Gold wollen
Und minderes Gut von Mir erlangen;
Ich gebe Jeder goldrothen Halsschmuck,
Schleif und Schleier und schimmernd Gewand."

48 Alle schwiegen sie und sannen auf Rath
Bis endlich zur Antwort sie einstimmig gaben:
„Wie dürftig wir seien, wir wollen doch leben,
Saalweiber bleiben und thun was gebührt."

49 Sinnend sprach die linnengeschmückte
Jung von Jahren jetzo das Wort:
„Nicht eine soll ungern und unbereit
Sterben müßen um meinetwillen.

50 „Doch brennt auf euern Gebeinen dereinst
Karge Zier, kommt ihr zu sterben
Und mich heimzusuchen, nicht herrliches Gut.

51 „Sitze nun, Gunnar, ich will dir sagen,
Ich lebensmüde, dein lichtes Gemahl.
Nicht liegt euch im Sunde das Schiff geborgen,
Ob Ich das Leben verloren habe.

52 „Schneller als du denkst versöhnt sich dir Gudrun.
Die kluge Königin hat bei dem König (Alf)
Trübe Gedanken an den todten Gemahl.

53 „Eine Maid wird geboren aus Mutterschooße:
Heller traun als der lichte Tag,
Als der Sonnenstral wird Swanhild sein.

54 „Einem Helden geben wirst du Gudrunen,
Die mit Geschoßen die Krieger schädigt.
Nicht nach Wunsch wird sie vermählt:
Atli soll sie zur Ehe nehmen,
Budlis Geborner, der Bruder mein.

55 „An Manches muß ich denken wie ihr mich beriethet:
Heillos habt ihr mich hintergangen.
Aller Lust war ich ledig solang ich lebte.

56 „Oddrunen willst du zu eigen haben;
Aber Atli giebt sie zur Ehe dir nicht:
Da werdet ihr heimlich zusammenhalten.
Sie wird dich lieben, wie ich dich würde,
Hätte das Schicksal uns Solches gegönnt.

57 „Dich wird Atli übel strafen:
In die wüste Wurmhöhle wirst du gelegt.

58 „Darnach unlange eräugnet es sich,
Daß Atli argen Ausgang nimmt,
Sein Glück verliert, das Leben einbüßt.
Ihn tödtet die grimme Gudrun im Bette
Mit scharfem Schwert, die schwerbetrübte.

59 „Schicklicher stiege eure Schwester Gudrun
Heut auf den Holzstoß mit dem Herrn und Gemahl,
Gäben ihr gute Geister den Rath
Oder besäße sie unsern Sinn.

60 „Schwer sprech ich schon; doch soll Gudrun
Durch unsre Abgunst nicht untergehn.
Von hohen Wellen gehoben treibt sie
Zu jenem jähen Jonakursstrand.

61 „Unentschieden sind die Söhne Jonakurs;
Swanhilden sendet sie selbst aus dem Lande,
Die dem Sigurd entsproß und Ihrem Schooß;
Da rauben ihr Bickis Räthe das Leben,
Denn Unheil hängt über Jörmunreks Haus.
So ist Sigurds Geschlecht vernichtet,
So größer und grimmer Gudruns Leid.

62 „Eine Bitte bitten will ich dich;
Ich laß es im Leben die letzte sein:
Eine breite Burg erbau auf dem Felde,
Daß darauf uns Allen Raum sei,
Die samt Sigurden zu sterben kamen.

63 „Die Burg umzieht   mit Zelten und Schilden,
      Erlesnem Geleit   und Leichengewand,
      Und brennt mir den Hunen-   Gebieter zur Seite.

64 „Dem Hunengebieter   brennt zur Seite
      Meine Knechte mit kostbaren   Ketten geschmückt:
      Zwei ihm zu Häupten   und zwei zu den Füßen,
      Dazu zwei Hunde   und der Habichte zwei.
      Also ist Alles   eben vertheilt.

65 „Bei uns blinke   das beißende Schwert,
      Das ringgezierte,   so zwischen gelegt
      Wie da wir beiden   ein Bette bestiegen
      Und man uns nannte   mit ehlichem Namen.

66 „So fällt dem Fürsten   auf die Ferse nicht
      Die Pforte des Saals,   die goldgeschmückte,
      Wenn auf dem Fuß ihm folgt   mein Leichengefolge.
      Unsere Fahrt   wird nicht ärmlich sein.

67 „Ihm folgen mit mir   der Mägde fünf,
      Dazu acht Knechte   edeln Geschlechts,
      Meine Milchbrüder   mit mir erwachsen,
      Die seinem Kinde   Bubli geschenkt.

68 „Manches sprach ich;   mehr noch sagt' ich,
      Gönnte zur Rede   der Gott mir Raum.
      Die Stimme versagt,   die Wunden schwellen;
      Die Wahrheit sagt ich,   so gewiß ich sterbe."

28. Helreidh Brynhildar.

Brynhildens Todesfahrt.

Nach Brynhildens Tode wurden zwei Scheiterhaufen gemacht, Einer für Sigurd, und der brannte zuerst; darnach ward Brynhild verbrannt, und lag sie auf einem Wagen, der mit Prachtgeweben umzettelt war. Es wird erzählt, daß Brynhild auf dem Wagen den Helweg fuhr und durch eine Höhle kam, wo ein Riesenweib wohnte. Das Riesenweib sprach:

1 Fort, zu fahren   erfrech dich nicht
  Durch meine stein-   gestützten Häuser.
  Beßer ziemte dir,   Borten zu wirken
  Als den Gatten   begehren der Andern.

2 Walländisch Weib,   was willst du suchen,
  Allgierig Haupt,   in meinem Hause?
  Du wuschest, Walküre,   so dichs zu wißen lüstet,
  Von den Händen dir manchesmal   Menschenblut.

Brynhild.

3 Was wirfst du mir vor,   Weib aus Stein?
  Hab ich im Kriegsheer   gekämpft denn auch,
  So bin ich die beßere   von uns beiden doch,
  Wenn unsern Adel   Einsichtge prüfen.

Riesin.

4 Du bist, Brynhild,   Budlis Tochter,
  In widrigster Stunde   zur Welt geboren:
  Durch dich ward ohne   Erben Giuki,
  Du hast sein hohes   Haus gestürzt.

Brynhild.

5 Vom Wagen kündigt   die Kluge dir
  Der Witzlosen,   wenn dichs zu wißen lüstet:
  Mich machten Giukis   Erben meiner
  Liebe verlustig,   der Eide ledig.

6 Der hochsinnige Fürst   ließ die Fluggewande
  Mir und acht Schwestern   unter die Eiche tragen;
  Zwölf Winter war ich,   wenn dichs zu wißen lüstet,
  Als ich dem jungen   Fürsten den Eid schwur.

7 Alle hießen mich   in Hlyndalir
  Hild unserm Helme,   wohin ich kam.

8 Da ließ ich den greisen   gotischen Fürsten
  Hialmgunnar hinab   gehn zur Hel,
  Gab Sieg dem blühenden   Bruder Adas:
  Darüber ward mir   Odhin ergrimmt.

9 Er umschloß mich mit Schilden   in Skatalundr,
  Mit rothen und weißen;   die Ränder schnürten mich.
  Meinen Schlaf zu brechen   gebot er dem,
  Der immer furchtlos   erfunden würde.

10 Um meinen Saal,   den südlich gelegnen,
   Ließ er hoch des Holzes   Verheerer entbrennen:
   Darüber reiten   sollte der Recke nur,
   Der das Gold mir brächte   im Bette Fafnirs.

11 Der rasche Ringspender   ritt auf Grani
   Hin, wo mein Hüter   das Land beherschte.
   Der beste dauchte mich   der Degen alle
   Der hunische Fürst   im Heldengefolge.

12 Wir lagen mit Lust   auf Einem Lager
   Als ob er mein Bruder   geboren wäre.
   Keiner von beiden   konnt um den andern
   In acht Nächten   die Arme fügen.

13 Doch gab mir Gudrun Schuld,   Giukis Tochter,
   Ich hätte dem Sigurd   geschlafen im Arm.
   Was ich nicht wollte   gewahrt' ich da:
   Daß ich überlistet ward   bei der Verlobung.

14 Zum Unheil werden   noch allzulange
   Männer und Weiber   zur Welt geboren.
   Aber wir beide   bleiben zusammen,
   Ich und Sigurd: versinke, Riesenbrut!

29. Gudhrûnarkvidha fyrsta.

Das erste Gudrunenlied.

Gudrun saß über dem todten Sigurd; sie weinte nicht wie andere Frauen, aber schier wäre sie vor Leid zersprungen. Auch traten Frauen und Männer hinzu sie zu trösten; aber das war nicht leicht. Es wird gesagt, Gudrun habe etwas gegessen von Fafnirs Herzen und seitdem der Vögel Stimmen verstanden. Auch dieß wird von Gudrun gesagt:

1 Einst ergings, daß Gudrun zu sterben begehrte,
  Da sie sorgend saß über Sigurden.
  Nicht schluchzte sie, noch schlug sie die Hände,
  Brach nicht in Klagen aus wie Brauch ist der Frauen.

2 Ihr nahten Helden, höfische Männer,
  Das lastende Leid ihr zu lindern bedacht.
  Doch Gudrun konnte vor Gram nicht weinen,
  Schier zersprungen wär sie vor Schmerz.

3 Herrliche Frauen der Helden saßen,
  Goldgeschmückte, Gudrun zur Seite.
  Eine Jede sagte von ihrem Jammer,
  Dem traurigsten, den sie ertragen hatte.

4 Da sprach Giaflög, Giukis Schwester:
  „Mich acht ich auf Erden die Unseligste.
  Der Männer verlor ich nicht minder als fünf,
  Der Töchter zwei und drei der Schwestern,
  Acht Brüder; ich allein lebe."

5 Doch Gudrun konnte vor Gram nicht weinen,
  So trug sie Trauer um den Tod des Gemahls,
  So füllte sie Grimm um des Fürsten Mord.

6 Da sprach Herborg, die Hunenkönigin:
„Ich habe von herberm Harm zu sagen:
Sieben Söhne sind im südlichen Land
Und mein Mann der achte mir erschlagen.

7 „Ueber Vater und Mutter und vier Brüder
Haben Wind und Wellen gespielt:
Die Brandung zerbrach die Borddielen.

8 „Selbst die Bestattung besorgen must ich,
Die Holzhürde selber zur Helfahrt schlichten.
Das Alles litt ich in Einem Halbjahr,
Und Niemand tröstete in der Trauer mich.

9 „Dann kam ich in Haft als Heergefangne
Noch vor dem Schluß desselben Halbjahrs.
Da besorgt ich den Schmuck und die Schuhe band ich
Alle Morgen der Gemahlin des Hersen.

10 „Sie drohte mir immer aus Eifersucht,
Wozu sie mit harten Hieben mich schlug.
Niemals fand ich so freundlichen Herrn,
Aber auch nirgend so neidische Herrin.“

11 Doch Gudrun konnte vor Gram nicht weinen,
So trug sie Trauer um den Tod des Gemahls,
So füllte sie Grimm um des Fürsten Mord.

12 Da sprach Gullrönd, Giukis Tochter:
„Wenig weist du, Pflegerin, ob weise sonst,
Das Herz einer jungen Frau zu erheitern.
Weshalb verhüllt ihr des Helden Leiche?“

13 Sie schwang den Schleier von Sigurd nieder,
Und wandte ihm die Wange zu des Weibes Schooß.
„Nun schau den Geliebten, füge den Mund zur Lippe
Und umhals ihn wie einst den heißen König.“

14 Auf sah Gudrun einmal nur,
Sah des Helden Haar erharscht vom Blute,
Die leuchtenden Augen erloschen dem Fürsten,
Vom Schwert durchbohrt die Brust des Königs.

15 Da sank aufs Kissen   zurück die Königin,
   Ihr Stirnband riß,   roth war die Wange,
   Ein Regenschauer   rann in den Schooß.

16 Da jammerte Gudrun,   Giukis Tochter,
   Die verhaltnen Thränen   tropften nieder,
   Und hell auf schrieen   im Hofe die Gänse,
   Die zieren Vögel,   die Zöglinge Gudruns.

17 Da sprach Gullrönd,   Giukis Tochter:
   „Euch vermählte   die mächtigste Liebe
   Von allen, die je   auf Erden lebten.
   Du fandest außen   noch innen Frieden,
   Schwester mein,   als bei Sigurd nur.“

18 Da sprach Gudrun,   Giukis Tochter:
   „So war mein Sigurd   bei den Söhnen Giukis,
   Wie hoch aus Halmen   sich hebt edel Lauch,
   Oder ein blitzender Stein   am Bande getragen,
   Ein köstlich Kleinod,   über Könige scheint.

19 „So daucht auch ich   den Degen des Königs
   Höher hier   als Herians Disen.
   Nun lieg ich verachtet   dem Laube gleich,
   Das im Forste fiel,   nach des Fürsten Tod.

20 „Nun miß ich beim Male,   miß ich im Bette
   Den süßen Gesellen: das schufen die Giukungen.
   Die Giukungen schufen   mir grimmes Leid,
   Schufen der Schwester   endlosen Schmerz.

21 „So habt ihr den Leuten   das Land verwüstet
   Wie ihr übel   die Eide hieltet.
   Nicht wirst du, Gunnar,   des Goldes genießen:
   Dir rauben die rothen   Ringe das Leben,
   Weil du Sigurden   Eide schwurst.

22 „Oft war im Volk   die Freude größer,
   Als mein Sigurd   den Grani sattelte,
   Und sie um Brynhild   zu bitten fuhren,
   Die unselige,   zu übelm Heil.“

23 Da sprach Brynhild, Budlis Tochter:
„Mann und Kinder misse die Bettel,
Welche dich, Gudrun, weinen lehrte,
In den Mund dir Worte am Morgen legte!"

24 Da sprach Gullrönd, Giukis Tochter:
„Geschweig der Worte, Weltverhaßte!
Immer den Edlingen warst du zum Unheil;
Wie sein schlimmes Schicksal scheut dich Jeder;
Sieben Königen kostest du das Leben,
Die der Freunde viel den Frauen erschlugst!"

25 Da sprach Brynhild, Budlis Tochter:
„An allem Unheil ist Atli Schuld,
Budlis Sohn, der Bruder mein.

26 „Als wir in der Halle des hunischen Volkes
Des Wurmbetts Feuer an dem Fürsten ersahn,
Des Besuches hab ich seitdem entgolten,
Dieses Anblicks muß immer mich reuen."

27 Sie stand an der Säule, den Schaft ergriff sie;
Es brannte Brynhilden, Budlis Tochter,
Glut in den Augen, Gift spie sie aus,
Als sie die Wunden sah an Sigurds Brust.

Darauf ging Gudrun in Wälder und Wüsten bis Dänemark, wo sie bei Thora, Hakons Tochter, sieben Halbjahre weilte. Brynhild wollte Sigurden nicht überleben. Sie ließ acht Knechte und fünf Mägde tödten. Darauf durchbohrte sie sich selbst mit dem Schwerte wie gesagt ist in dem kürzern Sigurdsliede.

30. Drap Niflunga.

Mord der Niflunge.

Gunnar und Högni nahmen da alles Gold, Fafnirs Erbe. Da entstand Feindschaft zwischen den Giukungen und Atli. Denn er beschuldigte die Giukungen, sie seien an Brynhilds Tode Schuld. Da verglichen sie sich dahin, daß sie ihm Gudrun zur Ehe gäben. Dieser aber gaben sie einen Vergeßenheitstrank zu trinken ehe sie einwilligte, daß sie dem Atli vermählt würde. Atlis Söhne waren Erp und Eitel; aber Gudruns Tochter von Sigurd war Swanhild. König Atli lud Gunnar und Högni zum Gastgebot, wozu er sich als Boten des Wingi oder Knefröd bediente. Gudrun ahnte Tücke und schickte in runischen Zeichen Warnungsworte, daß sie nicht kommen sollten und zum Wahrzeichen schickte sie dem Högni den Ring Andwaranaut, an den sie Wolfshaare knüpfte. Gunnar hatte Oddrun, Atlis Schwester, zur Gemahlin begehrt, aber nicht erhalten. Da vermählte er sich der Glömwera und Högni der Kostbera. Deren Söhne waren Solar, Snäwar und Giuki. Als aber die Giukungen zu Atli kamen, da bat Gudrun ihre Söhne, daß sie der Giukungen Leben erbäten; aber sie wollten das nicht. Dem Högni ward das Herz ausgeschnitten und Gunnar in den Schlangenthurm geworfen. Er schlug die Harfe und sang die Schlangen in den Schlaf; aber eine Natter durchbohrte ihn bis zur Leber.

31. Gudhrûnarkvidha önnur.

Das andere Gudrunenlied.

König Dietrich war bei Atli und hatte dort die meisten seiner Mannen verloren. Dietrich und Gudrun klagten einander ihr Leid. Sie sprach zu ihm und sang:

1 Die Maid der Maide erzog mich die Mutter
   Im leuchtenden Saal. Ich liebte die Brüder,
   Bis mich Giuki mit Gold bereiste,
   Mit Gold bereiste und Sigurden gab.

2 So war Sigurd bei den Söhnen Giukis
   Wie über Halme sich hebt edler Lauch,
   Wie hoch der Hirsch ragt über Hasen und Füchse
   Und glutrothes Gold scheint über graues Silber.

3 Bis mir nicht gönnen mochten die Brüder
   Den Helden zu haben, den hehrsten aller.
   Sie mochten nicht ruhen, nicht richten und schlichten
   Bis sie Sigurden erschlagen ließen.

4 Vom Thinge traurig traben hört ich Grani;
   Sigurden selber sah ich nicht.
   Alle Rosse waren roth von Blut
   Und in Schweiß geschlagen von den Schächern.

5 Gramvoll ging ich mit Grani reden,
   Befragte das Pferd mit der feuchten Wange;
   Da senkte Grani ins Gras das Haupt:
   Wohl wuste der Hengst, sein Herr sei todt.

6 Lange zaubert' ich, zweifelte lange
   Bevor ich den Volkshirten frug nach dem König.

7 Gunnar hing das Haupt; doch Högni sagte
  Mir meines Sigurd mordlichen Tod:
  Jenseits des Stroms (Rheins) erschlagen liegt er,
  Den Guthorm fällte, zum Fraß den Wölfen.

8 Sieh den Sigurd gegen Süden dort,
  Höre Krähen krächzen und Raben,
  Adler jauchzen der Atzung froh,
  Und Wölfe heulen um deinen Helden. —

9 „Wie hast du mir, Högni, des Harms soviel,
  Dem wonnewaisen Weibe gesagt?
  Daß Raben und Falken das Herz dir zerführten
  Weiter über Land als du Leute kennst!"

10 Högni antwortete mit einem Mal
   Des sanften Sinnes mit Schmerz beraubt:
   „Das gäbe dir, Gudrun, erst Grund zu weinen,
   Wenn Mir auch die Raben zerrißen das Herz!"

11 Vor ihrem Anblick einsam ging ich da,
   Die Brocken zu lesen von der Wölfe Leichenschmaus.
   Ich schluchzte nicht, noch schlug ich die Hände,
   Brach nicht in Klagen aus wie Brauch ist der Frauen,
   Da ich schmerzvoll saß über Sigurden.

12 Die Nacht dauchte mich Neumonddunkel,
   Da ich sorgend saß über Sigurds Leiche.
   Viel sanfter würden die Wölfe mir scheinen,
   Ließen sie mich das Leben missen,
   Oder brennte man mich wie Birkenholz.

13 Ich fuhr aus dem Forst; nach der fünften Nacht
   Naht ich den hohen Hallen Alfs.
   Sieben Halbjahre saß ich bei Thora,
   Hakons Maid in Dänemark.

14 In Gold stickte sie mich zu zerstreuen
   In deutschen Sälen dänische Wikinge.

15 Wir bildeten künstlich der Krieger Spiele,
   Die Helden der Herscher in Handgewirke;
   Rothe Ränder, Recken des Hunnenlands,
   Mit Helm und Harnisch der Herscher Geleit.

16 Vom Strande segelten Sigmunds Rosse
   Mit goldnem Schiffshaupt, geschnitztem Steuer.
   Wir wirkten und webten die Waffenthaten
   Sigmunds und Siggeirs südlich in Frone.

17 Da hörte Grimhild, die gotische Frau,
   Wie tief ihre Tochter betraure den Gemahl.
   Sie warf ihr Gewebe fort, winkte den Söhnen,
   Das zu erfahren frug sie und sprach:
   Wer Buße wolle der Schwester bieten,
   Den erschlagnen Gatten vergelten der Frau?

18 Gunnar erbot sich ihr Gold zu bieten,
   Ihren Harm zu sühnen, und so auch Högni.
   Da fragte sie ferner, wer fahren wolle
   Die Säumer zu satteln, die Wagen zu schirren,
   Den Hengst zu tummeln, den Habicht zu werfen,
   Den Bolzen zu schießen vom Eibenbogen?

19 Waldar den Dänen und Jarisleif,
   Eimod zum dritten und Jarisskar
   Führten sie vor mich, Fürsten gleich.
   Rothe Waffenröcke trugen des Langbärtgen Recken,
   Hohe Helme und helle Brünnen,
   Breite Schwerter, die braungelockten.

20 Ein Jeder verhieß mir herlichen Schmuck,
   Herlichen Schmuck mit schmeichelnden Reden,
   Ob sie mich möchten für manches Leid
   Auf Trost vertrösten; aber ich traute nicht.

21 Grimhild brachte den Becher mir dar,
   Den kalten, herben, daß ich Harms vergäße.
   Der Kelch war gekräftigt aus der Quelle Urds,
   Mit urkalter See und sühnendem Blut.

22 In das Horn hatten sie allerhand Stäbe
Röthlich geritzt; ich errieth sie nicht.
Den langen Lindwurm des Lands der Haddinge,
Ungeschnittne Aehre und Eingang von Thieren.

23 Im Gebräude beisammen war Bosheit viel,
Allerlei Wurzeln und Waldeckern,
Thau des Heerdes und Thiergeweide,
Gesottne Schweinsleber, die den Schmerz betäubt.

24 So vergeben vergaß ich da
Der Gespräche Sigurds all im Saal.
Könige kamen vor die Kniee mir drei
Ehe sie selber naht' und sagte:

25 „Ich gebe dir, Gudrun, das Gold empfange,
Dein volles Erbgut nach des Vaters Tod,
Blanke Ringe, die Burgen Flödwers
Und des todten Fürsten Fahrniß all.

26 Hunische Töchter, die Teppiche wirken
Und Goldgürtel, dich zu ergetzen.
Du allein sollst schalten über die Schätze Budlis
Mit Gold begabt als die Gattin Atlis.

Gudrun.

27 Keinem Manne mehr will ich vermählt sein,
Noch Brynhildens Bruder haben.
Mir geziemt nicht mit dem Erzeugten Budlis
Das Geschlecht zu mehren und zusammen zu leben.

Grimhild.

28 Nicht wolle den Harm den Helden vergelten,
Begannen wir Giukungen gleich den Zwist.
So sollst du laßen als lebten dir beide,
Sigurd und Sigmund, wenn du Söhne gewinnst.

Gudrun.

29 Nicht mag ich mich mehr ermuntern, Grimhild,
Und keinem Helden Hoffnung gewähren,
Seit ich schwelgen an Sigurds Herzblut
Den Raben sah, den raubgierigen.

Grimhild.

30 Ihn hab ich von Allen   den edelstgebornen
   Der Fürsten befunden   und in Vielem den besten.
   So freie den Fürsten: bis dich fesselt das Alter
   Wirst du verwaist sein,   wählst du nicht Ihn.

Gudrun.

31 Biete mir nicht   das bosheitvolle,
   So aufdringlich   mir dieses Geschlecht.
   Dem Gunnar giebt er   grimmen Tod,
   Schneidet dem Högni   das Herz aus dem Leibe.
   Nicht fänd ich dann Frieden   bevor ich das Leben
   Gekürzt dem freveln   Kriegsbrandschürer. —

32 Mit Grausen hörte   Grimhild das Wort,
   Denn ihren Kindern   kündet' es Verderben
   Und den Untergang   all ihrem Geschlecht.

Grimhild.

33 Noch leih ich dir Land   und Leute viel,
   Winbiörg, Walbiörg,   willst du sie haben.
   Nimm sie lebenslang   und laß den Zorn.

Gudrun.

34 Nun will ich ihn kiesen   unter den Königen;
   Doch wider Willen,   auf der Freunde Wunsch.
   Nie wird der Gatte   Glück mir bringen,
   Meine Söhne büßen   der Brüder Mord. —

35 Rasch auf die Rosse   saßen die Recken da,
   Die welschen Weiber   zu Wagen hoben sie.
   Sieben Tage   durchtrabten wir kaltes Land,
   Ueber See setzten   wir sieben andre,
   Durch dürre Steppen gings   die dritten sieben.

36 Da hoben die Wächter   der hohen Burg
   Das Gitter empor: durch die Pforte ritten wir.
   Atli weckte mich;   aber ich schien ihm
   Der Vorahnung voll   von der Freunde Tod.

Atli.

37 So haben auch neulich mich Nornen geweckt;
Vergönnte das Graunbild günstige Deutung!
Ich wähnte dich, Gudrun, Giukis Tochter,
Mir die Brust durchbohren mit blankem Dolch.

Gudrun.

38 Der Traum von Dolchen bedeutet Feuer,
Holde Heimlichkeit der Hausfrau Zorn.
Ich brenne dir bald ein böses Geschwür aus,
Ich heile und lindre, wie leid du mir seist.

Atli.

39 Reiser im Garten sah ich ausgerißen,
Die ich da wachsen laßen wollte.
Entrauft mit der Wurzel, geröthet im Blut
Und aufgetragen, daß ich sie äße.

40 Ich sah von der Hand mir Habichte fliegen
Ohne Ahnung, dem Untergang zu.
Ihre Herzen wähnt ich mit Honig zu eßen
Sorgenschwer, geschwollen von Blut.

41 Welfe wähnt' ich entwänden sich mir,
Ich hörte sie harmvoll heulen und wimmern.
Ihr Fleisch, fürcht ich, war faul geworden:
Mit Ekel aß ich von dem Aase da.

Gudrun.

42 Dir werden Schächer im Schlafgemach richten,
Den Lichtgelockten die Häupter lösen:
Sie werden erschlagen nach wenig Nächten,
Kurz vor Tag, und aufgetischt. —

43 Seitdem lieg ich den Schlummer meidend
Trotzig im Bette: thun will ich so.

32. Gudhrûnarkvidha thridhja.

Das dritte Gudrunenlied.

Herkia hieß eine Magd Atlis, die seine Geliebte gewesen war. Sie sagte dem Atli, sie habe Dietrich und Gudrun beide beisammen gesehen. Darüber ward Atli sehr verstört. Gudrun sprach:

1 Was ist dir, Atli, du Erbe Budlis?
   Was belädt dir das Herz? Du lachst nicht mehr.
   Vielen Fürsten gefiel' es beßer,
   Sprächst du mit den Leuten und sähst mich an.

Atli.

2 Mich grämt, Gudrun, Giukis Tochter,
   Was hier in der Halle mir Herkia sagte:
   Unter Einer Decke mit Dietrich schliefst du,
   Los in das Leintuch lägt ihr gehüllt.

Gudrun.

3 Ueber das Alles Eide leist ich dir
   Bei jenem geweihten weißen Stein,
   Daß ich mit Dietmars Sohne nicht zu schaffen hatte
   Was dem Herren gehört und dem Gatten.

4 Hab ich den Herzog umhalst etwa,
   Den Unbescholtnen einmal vielleicht,
   Auf Andres zielten unsre Gedanken,
   Da harmvoll Zwiegespräch wir Zweie hielten.

5 Zu dir kam Dietrich mit dreißig Mannen:
   Nicht Einer lebt ihm von allen dreißigen.
   Bring deine Brüder in Brünnen hieher,
   Mit deinem nächsten Neffen umgieb mich.

6 Bescheide der Sachsen, der südlichen, Fürsten,
Der zu weihen weiß den heiligen Keßel. —

7 In die Halle traten siebenhundert Helden
Eh die Hand die Königin in den Keßel tauchte.

Gudrun.

8 Nicht kommt mir Gunnar, nicht klag ichs dem Högni,
Nie soll ich mehr sehen die süßen Brüder.
Rächen würde Högni den Harm mit dem Schwert.
So muß ich selber von Schuld mich reinigen. —

9 Sie tauchte die weiße Hand in die Tiefe,
Griff aus dem Grunde die grünen Steine:
„Schaut nun, Fürsten, schuldlos bin ich,
Heil und heilig, wie der Hafen walle."

10 Da lachte dem Atli im Leibe das Herz
Als er heil sah die Hände Gudruns':
„So soll nun Herkia zum Hafen treten,
Welche der Gudrun wähnte zu schaden."

11 Nie sah Klägliches wer nicht gesehn hat
Wie da Herkias Hände verbrannten.
Sie führten die Maid zum faulenden Sumpf:
So ward Gudrun vergolten der Harm.

33. Oddrûnargrâtr.

Oddruns Klage.

Heidrek hieß ein König, seine Tochter hieß Borgny und Wilmund ihr Geliebter. Sie konnte nicht gebären bis Oddrun hinzu kam, Atlis Schwester. Die war Gunnars Geliebte gewesen, des Sohnes Giukis. Von dieser Sage ist hier die Rede.

1 Ich hörte sagen in alten Geschichten,
  Daß eine Maid kam gen Morgenland.
  Niemand wuste auf weiter Erde
  Der Tochter Heidreks Hülfe zu leisten.

2 Das hörte Oddrun, Atlis Schwester,
  In schweren Wehen winde die Jungfrau sich.
  Sie zog aus dem Stalle den scharfgezäumten
  Und schwang dem Schwarzgaul den Sattel auf.

3 Sie spornte den schnellen den ebnen Sandweg
  Bis sie die hohe Halle stehn sah.
  Von des Rosses Rücken riß sie den Sattel,
  Trat ein und schritt den Saal entlang.
  Dieß war das erste Wort, das sie sprach:

4 In diesen Gauen giebt es was Neues?
  Was hört man Gutes in Hunnenland?

Eine Magd sprach:
5 Borgny liegt hier überbürdet mit Schmerzen,
  Deine Freundin, Oddrun: eil ihr zur Hülfe.

Oddrun.
6 Welcher der Fürsten fügte den Schimpf dir?
  Warum ist so bitter Borgnys Qual?

Die Magd.

7 Wilmund heißt des Herschers Vertrauter:
  Er wand die Maid in warme Decken
  Fünf volle Winter ohne des Vaters Wißen. —

8 Sie sprachen, dünkt mich, dieß und nicht mehr.
  Mildreich saß sie der Maid vor die Kniee.
  Kräftig sang Oddrun, mächtig sang Oddrun
  Zauberlieder der Borgny zu.

9 Da konnte den Kiesweg Knab und Mädchen treten,
  Holde Sprößlinge des Högnitödters.
  Zu sprechen säumte nicht die sieche Maid;
  Dieß war das erste Wort, das sie sprach:

10 „So mögen milde Mächte dir helfen,
  Frigg und Freyja und viel der Götter,
  Wie du mich befreitest aus fährlicher Noth."

Oddrun.

11 Nicht hub ich mich her dir Hülfe zu bringen
  Weil du es werth wärst gewesen irgend.
  Ich gelobte, und leistete mein Gelübde jetzt,
  Beistand zu leisten allen Leidenden,
  Als die Edlinge das Erbe theilten.

Borgny.

12 Irr bist du, Oddrun, und ohne Besinnung,
  Daß du im Eifer also sprichst.
  Wir lebten doch lange im Lande zusammen
  Zärtlich, wie zweier Brüder Erzeugte.

Oddrun.

13 Wohl noch weiß ich, wie du des Abends sprachst,
  Als ich Gunnarn das Gastmal bereitete:
  So arge Unsitte, sprachst du eifernd,
  Werde nach mir keine Maid mehr üben. —

14 Da setzte sich nieder die sorgenmüde,
  Ihr Leid zu künden aus des Kummers Fülle:

Oddrun.

15 Ich wuchs empor in prächtiger Halle,
   Mich lobten Viele und Keinem mißfiel es;
   Doch freut ich der Jugend und des Vaterguts
   Mich der Winter fünf nur bei des Vaters Leben.

16 Da war es das letzte Wort, das er sprach
   Bevor er starb der stolze König:

17 Mit rothem Golde begaben hieß er mich
   Und südwärts senden dem Sohne Grimhilds.
   [Brynhilden hieß er den Helm zu tragen,
   Weil sie Wunschmagd zu werden bestimmt sei.]
   Es mög unterm Monde so edle Maid
   Nicht geben, wenn günstig der Gott mir bleibe.

18 Brynhild wirkte Borten am Rahmen;
   Sie hatte Land und Leute vor sich.
   Erde schlief noch und Ueberhimmel,
   Als die Burg ersah der Besieger Fafnirs.

19 Kampf war gekämpft mit welscher Klinge
   Und gebrochen die Burg, da Brynhild saß.
   Nicht lange währt' es, nur wunderkurz,
   So kannte sie alle die schlauen Künste.

20 Die Sachen suchte sie so schwer zu rächen,
   Daß wir Alle üble Arbeit gewannen.
   Das weiß man soweit als Menschen wohnen
   Wie sie bei Sigurd sich selber tödtete.

21 Aber schon günstig .dem Gunnar war ich,
   Dem Baugeverschenker, wie Brynhild gesollt.

22 Rothe Ringe boten die Recken gleich
   Meinem Bruder und Bußen viel.
   Für mich bot Gunnar der Güter funfzehn
   Und Granis Rückenlast, wenn er es gerne nähme.

23 Das weigerte Atli: er wolle nicht,
   Daß ihm Brautgabe gäben Giukis Söhne.
   Doch wir mochten nicht mehr die Minne bezwingen,
   Wenn ich des Ringbrechers Haupt nicht berührte.

24 Da murmelten Manche meiner Verwandten
   Sie hätten uns beide auf Buhlschaft betroffen.
   Aber Atli meinte, solch Unrecht würd ich
   Schwerlich begehen, mir Schande zu machen.
   Doch Solches sollte so sicher Niemand
   Von dem Andern läugnen, wo Liebe waltet.

25 Seine Späher sandte Atli,
   Im tiefen Tann mein Thun zu belauschen.
   Sie kamen, wohin sie nicht kommen sollten:
   Wo wir selbander lagen unter Einem Linnen.

26 Rothe Ringe den Recken boten wir,
   Daß sie dem Atli Alles verschwiegen.
   Aber Alles dem Atli sagten sie;
   Sie hatten Hast nach Haus zu kommen.

27 Aber der Gudrun gänzlich hehlten sies,
   Der es zu wißen doch doppelt geziemte.

28 Goldhufige Hengste hörte man traben,
   Da die Söhne Giukis in den Schloßhof ritten.
   Man hieb dem Högni das Herz aus dem Leibe
   Und senkte den Gunnar in den Schlangenthurm.

29 Nun war ich einst wie öfter geschah
   Zu Geirmund gegangen das Gastmal zu rüsten.
   Der hohe Herscher begann zu harfen:
   Hoffnung hegte der hochgeborne
   König, ich könnt ihm zu Hülfe kommen.

30 Da hört ich, und lauschte von Hlesey her,
   Wie harmvoll schollen die Saitenstränge.

31 Ich mahnte die Mägde mit mir zu eilen:
   Fristen wollt ich dem Fürsten das Leben.
   Wir führten das Fahrzeug dem Forst vorbei
   Bis wir Atlis Wohnungen alle gewahrten.

32 Da hinkte her die heillose
   Mutter Atlis: möchte sie sausen!
   Und grub sich ganz in Gunnars Herz,
   Daß ich den ruhmreichen nicht retten mochte.

33 Oft verwundert mich, Wurmbettgeschmückte!
   Wie ich nun länger noch leben möge,
   Die den Gewaltigen wähnte zu lieben,
   Den Schwertverschenker, mir selber gleich.

34 Du saßest und lauschtest, dieweil ich dir sagte
   Unermeßliches Leid, meines und ihres.
   Wir Alle leben nach eignem Geschick:
   Hier ist Oddruns Klage zu Ende.

34. Atlakvidha.

Die Sage von Atli.

Gudrun, Giukis Tochter, rächte den Tod ihrer Brüder, wie das weltberühmt ist. Sie tödtete zuerst Atlis Söhne, darauf tödtete sie den Atli selbst und verbrannte die Halle mit allem Gesinde. Davon ist diese Sage gedichtet:

1 Atli sandte einst zu Gunnar
   Einen klugen Boten, Knefröd genannt.
   Er kam zu Giukis Hof und Gunnars Halle,
   An der Bank des Heerdes zu süßem Gebräude.

2 Das Gesinde trank (noch schwiegen die Listigen)
   In der Halle den Wein in Furcht vor den Hunnen.
   Da kündete Knefröd mit kalter Stimme,
   Der südliche Gesandte; er saß auf der Hochbank:

3 „Sein Geschäft zu bestellen, sandte mich Atli
   Auf knirschendem Roß durch den unkunden Schwarzwald,
   Auf seine Bänke euch zu bitten, Gunnar:
   In häuslichen Hüllen suchet Atli heim.

4 „Da mögt ihr Schilde wählen und geschabte Eschen,
   Hellgoldne Helme und hunnische Schwerter,
   Schabracken goldsilbern, schlachtrothe Panzer,
   Geschoß krümmende, und knirschende Rosse.

5 Er giebt euch auch gerne die weite Gnitahaide,
   Gellenden Geer nebst goldnem Steven,
   Herrliche Schätze und Städte Danpis,
   Und das schöne Gesträuch, Schwarzwald genannt.“

6 Das Haupt wandte Gunnar, zu Högni sprach er:
  „Was räthst du uns, Rascher, auf solche Rede?"
  „Gold wust ich nie auf Gnitahaide,
  Daß wir nicht sollten so gutes besitzen.

7 „Sieben Säle haben wir der Schwerter voll,
  Golden glänzen die Griffe jedem.
  Mein Schwert ist das schärfste, der schnellste mein Hengst,
  Die Bank zieren Bogen und Brünnen von Gold,
  Hell glänzen Helm und Schild aus Kjars Halle gebracht.
  Ich achte meine für beßer als alle hunnischen.

8 „Was rieth uns die Schwester, die den Ring uns sandte,
  In Wolfskleid gewickelt? Sie warnt' uns, dünkt mich.
  Mit Wolfshaar umwunden gewahrt' ich den rothen Ring:
  Gefährlich ist die Fahrt, die wir fahren sollen." —

9 Nicht riethens die Neffen, noch die nächsten Verwandten,
  Nicht Rauner und Rather noch reiche Fürsten.
  Gunnar gebot da, so gebührt' es dem König,
  Munter beim Mal aus muthiger Seele:

10 „Steh nun auf, Fiornir, laß um die Sitze kreisen
  Der Helden Goldhörner durch die Hände der Knechte.

11 „Der Wolf wird des Erbes der Niflungen walten
  Mit grauen Granen, wenn Gunnar erliegt;
  Braunzottge Bären das Bauland zerwühlen
  Zur Ergetzung der Hunde, kehrt Gunnar nicht heim."

12 Den Landherrn geleiteten herliche Leute,
  Den Schlachtordner, seufzend aus den Sälen Giukis.
  Da sprach der junge Hüter des högnischen Erbes:
  „Fahrt nun froh und heil, wohin euch der Geist führt."

13 Ueber Felsen fliegen freudig ließen sie
  Die knirschenden Mähren durch den unkunden Schwarzwald.
  Die Hunnenmark hallte, wo die Hartmuthgen fuhren,
  Durch tiefgrüne Thäler trabten, baumhaßende.

14 Himmelhoch in Atlis Land   hoben die Warten sich.
  Sie sahn Verräther stehn   auf der steilen Felsburg,
  Den Saal des Südervolks   mit Sitzen umgeben,
  Gebundenen Rändern   und blanken Schilden,
  Lanzen betäubenden: da trank König Atli
  Den Wein im Waffensaal;   Wächter saßen draußen
  Gunnars Kriegern zu wehren,   wenn sie geritten kämen
  Mit hallenden Spießen,   dem Herscher Streit zu wecken.

15 Ihre Schwester sah   dem Saale sich nahen
  Die Brüder beide;   wohl war sie bei sich.
  „Verrathen bist du, Gunnar!   Reicher, wie wehrst du
  Hunnischer Hinterlist?   aus dem Hofe eile bald.

16 „Beßer die Brünne,   Bruder, trägst du
  Als in häuslichen Hüllen   Atli heimzusuchen.
  Säßest beßer im Sattel   den sonnenhellen Tag
  Und ließest bleiche Leichen   leide Nornen klagen,
  Hunnische Schildmägde   Harm erdulden,
  Senktest Atli selber   in den Schlangenthurm.
  Nun werdet den Wurmsaal   bewohnen ihr beiden." —

17 „Zu spät ists, Schwester, nun,   die Niflungen zu sammeln,
  Zu lang dem Geleite   in dieß Land ist der Weg
  Durch rauhes Rheingebirg   untadligen Recken."

18 Da fingen sie Gunnarn   und feßelten ihn
  Mit schweren Banden,   der Burgunden Schwäger.

19 Sieben schlug Högni   mit scharfer Waffe;
  Den achten warf er   in heiße Ofenglut:
  So soll sich der Wackre   wahren vor Feinden.

20 Högni wehrte   Gewalt von Gunnar.
  Sie fragten den Fürsten,   ob Freiheit und Leben
  Der Gotenkönig   mit Gold wolle kaufen.

21 „Mir soll Högnis Herz   in Händen liegen:
  Blutig aus der Brust   des besten Reiters
  Schneid es das Schwert aus   dem Königssohn."

22 Sie hieben das Herz da aus Hiallis Brust:
Blutig auf der Schüßel brachten sie's Gunnarn.

23 Da sagte Gunnar, der Goten Fürst:
„Hier hab ich Hiallis Herz des blöden,
Ungleich dem Herzen Högnis des kühnen.
Es schüttert sehr hier auf der Schüßel noch;
Da die Brust es barg bebt' es noch mehr."

24 Hell lachte Högni, da sie das Herz ihm schnitten.
Keiner Klage gedachte der kühne Helmschmied.
Blutig auf der Schüßel brachten sie's Gunnarn.

25 Froh sprach Gunnar, der fromme Niflung:
„Hier hab ich das Herz Högnis des kühnen,
Ungleich dem Herzen Hiallis des blöden.
Man sieht es nicht schüttern auf der Schüßel hier:
Da die Brust es barg bebt' es noch minder.

26 „Bleib, Atli, nun aller Augen so fern,
Wie du stäts den Schätzen sollst verbleiben.
Allein weiß Ich nun um den verborgnen
Hort der Hniflungen, da Högni todt ist.

27 „Zweifel hegt' ich zwar, da wir Zweie waren;
Nun Ich nur übrig bin, ängst ich mich nicht mehr.
Nur der Rhein soll schalten mit dem verderblichen Schatz:
Er kennt das asenverwandte Erbe der Hniflungen.
In der Woge gewälzt glühn die Walringe mehr
Denn hier in den Händen der Hunnensöhne." —

28 „Herbei nun mit dem Wagen! in Banden ist der Held."

29 Auf muthger Mähre fuhr der mächtige Atli,
Von Schwertern bewacht sein Schwager daher.
Mit Harm sah Gudrun der Helden Leid:
Den Thränen wehrend trat sie in die tosende Menge:

30 „So ergeh es dir, Atli, wie du Gunnarn hältst
Oft geschworne Eide, die ihr einst gelobt

Bei der südlichen Sonne, bei des Sieggotts Burg,
Bei des Ehbetts Frieden, bei Ullers Ring."
Doch führte zum Tode den Führer der Kampfschar,
Den Hüter des Hortes ein knirschender Hengst.

31 Den lebenden Fürsten legte der Wächter Schar
In den tiefen Kerker: da krochen wimmelnd
Scheusliche Schlangen. Es schlug Gunnar
Da einsam zürnend mit den Zehen die Harfe.
Hell schollen die Saiten: so soll das Erz
Ein gabmilder König den Gierigen wehren.

32 Heimlaufen ließ da Atli
Die knirschenden Rosse, kehrend vom Mord.
Es rauschte rings von der Rosse Drängen
Und der Krieger Waffenklang, da sie kamen von der Haide.

33 Da ging entgegen Gudrun dem Atli
Mit goldenem Kelch den König zu ehren:
„Heil König! Nun hast du in der Halle bei dir
Als Gudruns Gabe die Geere der Todten!"

34 Atlis Aelbecher ächzten gefüllt,
Da hier in der Halle die Hunnen sich scharten,
Rauhbärtge Recken gereiht je zwei.

35 Heiter schauend schritt sie ihnen Schalen zu reichen,
Die hehre Frau, den Fürsten, und Bißen vorzulegen;
Doch Atli erbleichte, da sie ihn anfuhr:

36 „Du hast deiner Söhne, Schwertervertheiler,
Blutige Herzen mit Honig gegeßen.
Ich meinte, Muthiger, Menschenbraten
Liebtest du zu eßen und zum Ehrensitz zu senden.

37 „Nicht ziehst du künftig an die Kniee dir
Erp noch Eitil, die Aelfrohen beiden;
Nie siehst du wieder vom hohen Sitze
Die Goldspender Geere schäften,
Mähnen schlichten und Mähren tummeln."

38 Da erscholl auf den Sitzen   lautes Schrein der Männer,
   Der Weiber ängstlicher Wehruf: sie weinten die Hunnensöhne.
   Gudrun ganz allein nicht: die grimme weinte nie!
   Nicht die bärkühnen Brüder   noch die süßen Gebornen,
   Die zarten, unmündgen,   die sie mit Atli gezeugt.

39 Da säte Gold aus   die Schwanenweiße,
   Mit rothen Ringen   bereifte sie die Knechte.
   Den Vorsatz zu vollführen   ließ sie fließen das Erz;
   Die Spenderin schonte   der Schatzhäuser nicht.

40 Unklug hatte Atli   sich übertrunken;
   Unbewehrt war er,   ungewarnt vor Gudrun.
   Oft schien beßer der Scherz,   wenn sanft die beiden
   Sich öfters umarmten   vor den Edelingen.

41 Mit dem Dolch gab sie Blut   den Decken zu trinken
   Mit mordlustger Hand;   sie löste die Hunde;
   Vor die Saalthür warf sie,   das Gesinde weckend,
   Die brennende Brandfackel   die Brüder zu rächen.

42 Alles Volk in der Veste   dem Feuer gab sie,
   Die Högnis Schlächter und Gunnars   aus dem Schwarzwald kehrten.
   Die alten Säle sanken,   die Schatzkammern rauchten,
   Der Budlungen Bau;   da brannten die Schildmägde
   Um die Jugend betrogen   jäh in heißer Glut.

43 Nicht ferner verfolg ichs;   keine Frau wird nun
   Die Brünne mehr tragen   und die Brüder rächen.
   Volkskönge drei   hat die edle Frau
   In den Tod gesandt   eh sie selber erlag.

Ausführlicher ist dieß in dem grönländischen Atlamal erzählt.

35. Atlamâl.

Das Lied von Atli.

1 Die Welt weiß die Unthat, wie weiland Männer
  Huben Rath zu halten, und den heimlichen Vorsatz
  Mit Schwüren bestärkten. Sie selber büßten es
  Und die Erben Giukis, die arg betrognen.

2 Die Fürsten erfaßte ihr feindlich Geschick.
  Uebel berieth sich Atli bei aller Klugheit:
  Die Stütze stürzt' er sich im Streit mit sich selbst.
  Er sandte schnelle Boden daß seine Schwäger kämen.

3 Die schlaue Hausfrau sann auf Mannesklugheit;
  Sie wuste die Worte, die heimlich gewechselten.
  In Noth war die Weise, die sie retten wollte:
  Die Gesandten sollten segeln, sie selbst daheim sein.

4 Da ritzte sie Runen: die verritzte Wingi
  Eh er sie abgab, der Unheilstifter.
  Die Schiffe steuerten die Gesandten Atlis.
  Durch den armreichen Sund, wo die Schnellen wohnten.

5 Bei festlicher Freude ward Feuer gezündet;
  Ob ihrer Ankunft nicht ahnten sie Trug.
  Die der Schwager geschickt, die Geschenke nahmen sie
  Und hingen sie arglos auf an der Säule.

6 Högnis Hausfrau hört' es, Kostbera.
  Da ging die kluge und grüßte die Boten.
  Auch Glaumwör, Gunnars Gattin freute sich;
  Sie gedachte der Pflicht und pflegte die Gäste.

7 Sie luden auch Högni, ob er dann lieber käme:
Offen war die Arglist, beachteten sie's.
Da verhieß es Gunnar, wenn Högni wolle;
Doch Högni bestritt was der Herscher dafür sprach.

8 Meth brachten die Maide, es mangelte nichts;
Die Füllhörner kreisten bis es völlig genug schien.
Gebettet ward den Boten aufs allerbeste.

9 Klug war Kostbera und kundig der Runen.
Sie besah die Lautstäbe bei des Lichtes Schein,
Und zwang die Zunge zu zwiefachem Anschlag:
Denn sie schienen umgeschnitzt und schwer zu errathen.

10 Zu Bette ging sie mit dem Gatten darauf.
Die Leutselge träumte; auch läugnet' es nicht
Die Weise dem Gemahl, als er Morgens erwachte.

11 „Von Haus willst du, Högni: hüte dich wohl.
Nicht Viele sind vollklug: fahr ein andermal.
Ich errieth die Runen, die dir ritzte die Schwester:
Nicht hat dich die lichte geladen zu Haus.

12 „Eins fiel mir auf: ich ahne noch nicht
Was der Weisen begegnete, so verworren zu schneiden.
Denn so war es angelegt, als lauschte darunter
Euch tückisch der Tod, trautet ihr der Ladung;
Doch Ein Stab fiel aus, oder Andre fälschten es.“

Högni.

13 Mißtrauisch seid ihr; mir mangelt die Kunde, ·
Und laß es bewenden bis wirs zu lohnen haben.
Mit glutrothem Golde begabt uns der König.
Säh ich auch Schreckliches, ich scheue vor nichts.

Kostbera.

14 Uebler Ausgang droht, wenn ihr dahin eilt,
Nicht freundlichen Empfang findet ihr dießmal.
Mir träumte heunt, Högni, ich hehl es nicht:
Die Fahrt gefährdet euch, wenn mich Furcht nicht trügt.

15 Lichte Lohe sah ich   dein Laken verzehren:
   Hoch hob sich die Flamme   meine Halle durchglühend.

Högni.

16 Hier liegt Leinwand,   die ihr längst nicht mehr achtet:
   Wie bald verbrennt sie!   Bettzeug schien dir das.

Kostbera.

17 Ein Bär brach hier ein,   der uns die Bänke verschob
   Mit kratzenden Krammen: wir kreischten laut auf.
   In den Rachen riß er uns;   wir rührten uns nicht mehr.
   Traun, das Getöse   tobte nicht schlecht.

Högni.

18 Ein Ungewitter   kommt über uns:
   Ein Weißbär schien dir   der Wintersturm.

Kostbera.

19 Einen Adler sah ich schweben   all den Saal uns entlang.
   Das büßen wir bald: mit Blut beträuft' er uns;
   Sein ängstendes Antlitz   schien mir Atlis Hülle.

Högni.

20 Wir schlachten bald: da muß Blut wohl fließen;
   Ochsen bedeutets oft,   wenn man von Adlern träumt.
   Treue trägt uns Atli   was dir auch träumen mag. —
   Sie ließen es beruhn;   alle Rede hat ein Ende.

21 Das Königspaar erwachte: da kam es auch so.
   Glaumwör gedachte   bedeutender Träume,
   Die Gunnarn hin und her   hinderten zu fahren.

Glaumwör.

22 Einen Galgen glaubt ich dir   Gunnar gebaut.
   Nattern nagten dich   und noch lebtest du.
   Die Welt ward mir wüst: was bedeutet das?

23 Aus der Brünne blinkte   ein blutig Eisen;
   Hart ist, solch Gesicht   dem Geliebten sagen.
   Der Geer ging dir   ganz durch den Leib
   Und Wölfe heulen   hört ich zu beiden Seiten.

Gunnar.

24 Lose Hunde laufen mit lautem Gebell:
   Kötergekläff verkündet der Lanzentraum.

Glaumwör.

25 Einen Strom sah ich schäumen den Saal hier entlang:
   Er stieg und schwoll und überschwemmte die Bänke.
   Euch Brüdern beiden zerbrach er die Füße;
   Nichts dämmte die Flut: das bedeutet was.

26 Weiber sah ich, verstorbne, im Saal hier nächten,
   Kampflich gekleidet, dich zu kiesen bedacht.
   Alsbald auf ihre Bänke entboten sie dich:
   Von dir schieden, besorg ich, die Schutzgöttinnen.

Gunnar.

27 Das sagst du zu spät, da es beschlossen ist:
   Wir entfliehn der Fahrt nicht, die wir zu fahren gelobten.
   Vieles läßt glauben, daß unser Leben kurz ist. —

28 Mit leuchtendem Lichte die reiselustigen
   Eilten zum Aufbruch; Andere ließens.
   Nur fünfe fuhren, und doppelt so viel nur
   Des Gesindes noch, denn schlecht wars bedacht.
   Snewar und Solar waren Högnis Söhne;
   Der fünfte fuhr Orkning in der Fürsten Zahl,
   Der schnelle Schildträger, der Schwager Högnis.

29 Ihnen folgten die Frauen bis die Furt sie schied.
   Stäts hemmten die Holden; man hörte sie nicht.

30 Da begann Glaumwör, Gunnars Gemahl,
   Zu Wingi gewandt wie ihr würdig schien:
   „Ich weiß nicht, wie ihr guten Willen uns lohnt:
   Hier warst du ein arger Gast, wenn Uebels dort geschieht.“

31 Da verschwur sich Wingi und schonte sich wenig:
   „Führe mich der Jote hin wofern ich euch log:
   Am Galgen will ich hängen, heuchelt' ich Frieden.“

32 Da hub Bera an aus biederm Herzen:
„Segelt denn selig und Sieg geleit euch!
Werd es wie ich wünsche und wehre dem nichts.“

33 Da hub Högni an Freunden Heil erwünschend:
„Seid weis und wohlgemuth, wie es ergehe!“
So sprechen Viele, doch unterschiedlich ists,
Denn Manchem liegt wenig an dem Geleiter.

34 Sie sahen sich noch nach bis sie sich entschwanden;
Da theilten sich die Schicksale, schieden sich die Wege.

35 Sie ruderten kräftig, der Kiel schier zerbarst,
Schwenkten sich stark zurück mit eifrigen Schlägen:
Die Rührpflöcke rißen, die Ruder zerbrachen.
Unbefestigt blieb das Fahrzeug, da sie zu Lande fuhren.

36 Unlange währt' es nun, laßt es mich kürzen,
So sahn sie die Burg stehn, die Budli besetzen.
Laut klirrten die Riegel, da Högni klopfte.

37 Ein Wort sprach da Wingi, würd es verschwiegen!
„Fahrt fern vom Hause; Gefahr bringt der Eintritt.
Leicht gingt ihr ins Garn, und gleich erschlägt man euch.
Ich trieb euch traulich, doch Trug stak darunter.
Oder bleibt auch hier, so bau ich euch den Galgen.“

38 Dawider sprach Högni, nicht zu weichen bedacht;
Ihn ängstete gar nichts, wo es galt sich versuchen:
Du sollst uns nicht schrecken, sieh, es geräth nicht:
Wagst du ein Wort noch, wird dir langes Uebel.“

39 Da hieben sie Wingi zu Hel ihn zu senden,
Gebrauchten der Aexte bis der Athem ihm schwand.

40 Atli mit dem Volk fuhr in die Panzer.
Gerüstet rannten sie der Ringmauer zu.
Gewechselt wurden viel Worte des Zorns:
„Lange gelobt wars, euch das Leben zu rauben.“ —

41 „Wenig gewahrt man noch   was ihr wider uns vorhabt.
　　Euch sehn wir unbereit;   wir aber schlugen
　　Und erlähmten Einen   von Euerm Geleit.“

42 Wuthgrimm wurden   die das Wort vernahmen.
　　Sie reckten die Finger,   faßten die Schnüre
　　Und schoßen scharf,   mit den Schilden sich deckend.

43 Nun ward es innen kund   was außen geschah.
　　Sie hörten der Knechte   Gespräch vor der Halle.

44 Der Geist trieb Gudrunen,   da sie das Graun vernahm:
　　Im Zorn zerrte sie   die Zierde der Halsketten,
　　Schleuderte das Silber,   daß die Ringe schlißen.

45 Aus ging sie, unsanft   die Angeln schlagend,
　　Furchtlos trat sie vor   und empfing die Gäste,
　　Liebkoste den Niflungen   (der letzte Gruß wars)
　　Mit Herzen und Halsen;   dann hub sie an und sprach noch:

46 „Ich sandt ein Sinnbild   euch zu schrecken damit;
　　Dem Schicksal widersteht man nicht: ihr solltet nun kommen.“
　　Noch vermitteln möchte sies   mit manchem klugen Wort;
　　Niemand rieth dazu,   nein, riefen Alle.

47 Da sah die Seliggeborne   den bittern Kampf begonnen.
　　Erkeckt zu kühner That   warf sie das Kleid hin,
　　Schwang das bloße Schwert   und schützte der Freunde Leben.
　　Behaglich war sie nicht im Kampf   wohin sie kam.

48 Giukis Tochter traf   tödlich zwei Männer.
　　Den Bruder Atlis schlug sie,   daß man ihn bahren mußte:
　　Bis ein Fuß ihm fehlte   focht sie mit ihm.
　　Den Andern hieb sie also,   daß er Aufstehns vergaß:
　　Den hatte sie zu Hel gesandt;   ihre Hände bebten nicht.

49 So ward die Wehr hier,   daß es weltkund ist;
　　Doch ging über Alles gar   was die Giukungen wirkten.
　　So lange sie lebten   ließen die Niflungen
　　Die Schwerter schwirren,   schwinden die Brünnen;
　　Helme zerhieben sie   nach Herzensgelüsten.

50 Sie stritten den Morgen   über Mittag hinaus,
   Von erster Frühe zu voller Tageshöh.
   Vom Blute floß das Feld,   erfüllt war der Kampf.
   Ihrer achtzehn fielen — die Feinde siegten —
   Beiden Söhne Beras   und ihrem Bruder Orkning.

51 Atli begann   grimmig das Wort:
   „Ueble Schau ist hier   und Euer die Schuld.
   Hier standen dreißig   streitbare Degen;
   Nur eilfe sind übrig: zu arg ist die Lücke!
   Fünf Brüder waren wir,   als Budli starb:
   Nun hat Hel die Hälfte,   verhauen liegen Zweie!

52 „Herliche Schwäger   hatt ich, ich läugn es nicht;
   Unweibliches Weib!   wenig genieß ichs.
   Wir stimmten selten   seit ich dich nahm.
   Ihr habt mich des Reichtums   beraubt und der Freunde,
   Meine Schwester erschlagen: am Schwersten härmt mich das!"

Gudrun.
53 Gedenkst du des, Atli!   Du thatest zuerst so.
   Du hast mir die Mutter   ermordet um Schätze:
   In der Höhle zu verhungern · war der Hehren Looß.
   Lächerlich läßt es dir   deines Leids zu gedenken:
   Durch Gnade der Götter   ergeht es dir übel.

Atli.
54 Nun mahn ich euch, Mannen,   mehrt den Harm
   Dem stolzen Weibe: das säh ich gern!
   Erkämpft aus Kräften,   daß Gudrun klagen müße.
   Das lüstet mich zu schaun,   daß ihr Looß sie schmerze.

55 Bemeistert euch Högnis,   daß ein Meßer ihn theile,
   Reißt ihm das Herz aus,   seid rasch zur That;
   Ten grimmen Gunnar,   an den Galgen hänget ihn,
   Knüpft scharf den Strang,   ladet Schlangen dazu.

Högni.
56 Thu nach Gefallen,   getrost erwart ichs:
   Doch hart bewähr ich mich,   der wohl Herberes litt.

Wir hielten euch Stand, da wir heil waren:
Nun sind wir so wund, du hast volle Gewalt. —

57 Da redete Beiti, der Burgwart Atlis:
„Laßt uns Hialli fangen und Högnis schonen.
Uns hilft das halbe Werk, und ihm gehört sich das:
Wie lang er leben mag, ein Lump doch bleibt er."

58 Der Hafenhüter erschrak und hielt nicht Stand;
Er krisch und klagte und kroch in alle Winkel:
Ihr Streit bekäm ihm schlecht, den er schuldlos büße;
Unselig sei der Tag, da er von der Schweinmast käme
Und der feißten Kost, der er lang sich erfreut.

59 Budlis Schergen zogen und schliffen das Meßer;
Der arme Schalk schrie eh er die Schärfe fühlte:
Nicht zu alt noch wär er die Aecker zu düngen;
Gern schaff er das Schmählichste, wenn er Schonung fände,
Und lache dazu, behielt' er das Leben nur.

60 Högni berieth sich, so rasch thät' es Keiner,
Für den Gimpel zu bitten, daß er entginge.
„Dieß Spiel besteh ich viel leichter selber:
Wer wollte weiter solch Gewinsel hören!"

61 Sie ergriffen den Guten; es gab keine Wahl mehr
Des raschen Recken Gericht zu verschieben.
Hell lachte Högni, es hörten die Männer
Wie kampflich er konnte die Qual erdulden.

62 Die Zither nahm Gunnar, mit den Zweigen der Füße
Konnt er sie schlagen, daß die Schönen klagten,
Die Helden sich härmten, die ihn hörten spielen.
Rath sagt' er den Reichen, daß entzwei rißen Balken.

63 Die Theuern waren todt bei Tagesanbruch;
Ihnen überlebte allein die Tugend.

64 Stolz war Atli, stieg über beide,
Sagte Harm der Hehren und höhnte sie noch:
„Morgen ists, Gudrun: du missest deine Holden.
Du selbst hast Schuld, daß es so erging."

Gudrun.

65 Nun freust du dich, Atli, ihren Fall zu berichten.
Doch übel gereut dich, wenn du Alles weißt.
Was sie dir vermachten, ich meld es dir jetzt:
Stäte Besorgniß; ich sterbe denn auch.

Atli.

66 Dem werd ich wehren, ich weiß andern Rath,
Noch halbmal hülfreichern; unser Heil verschmähn wir oft.
Mit Mägden tröst ich dich und manchem Kleinod,
Schneeweißem Silber wie du selbst es wählst.

Gudrun.

67 „Das wähne nimmer: ich sage Nein dazu.
Sühne verschmäht' ich eh Solches erging.
Galt ich für grimmig, nun bin ich es gar;
Den Harm verhehlt' ich dieweil Högni lebte.

68 „Uns zogen sie auf in Einem Hause,
Viel Spiele zusammen spielten wir im Walde.
Grimhild gab uns Gold und Halsschmuck.
Du magst mir nicht büßen meiner Brüder Mord:
Was du thust und läßest, leid ist mir Alles.

69 „Doch der Frauen Willen wandelt der Männer Gewalt.
Die Krone verdirbt, wenn die Zweige dorren;
Wenn der Bast gebricht geht der Baum zu Grunde:
Du allein magst, Atli, aller Dinge nun walten."

70 Aus argem Unverstand schenkt' ihr Atli Vertrauen;
Offen war die Arglist, hätt er geachtet drauf.
Schlau hehlte Gudrun des Herzens Meinung;
Leichtsinnig schien sie auf zwei Schultern zu tragen.

71 Ein Gelage ließ sie rüsten zum Leichenschmaus der Brüder
Atli wollte auch seine Todten ehren.

72 Sie ließen die Rede, das Gelage zu beschicken,
Daß Füll und Ueberfluß bei der Feier war.
Streng war die Stolze der Entstammten Budlis:
Gegen den Gatten sann sie grause Rache.

73 Auf den Block sie zu legen   lockte sie die Kleinen;
   Die wilden scheuten,   doch weinten sie nicht:
   „Auf der Mutter Schooß hier   was sollen wir beide?"

74 „Muß ich es melden?   Ermorden will ich euch;
   Mich lüstete längst   euch das Leben zu nehmen."

75 „Schlachte die Söhne denn,   es schützt uns niemand;
   Doch lange währt der Zorn nicht   läßest du ihn aus
   An der muntern Kindheit."   Die kampfgeübte Frau
   Vollbracht es alsbald,   lös'te beiden den Hals.

76 Oft frug Atli,   ob beim Spiel
   Die Söhne seien?   er sehe sie nicht.

Gudrun.

77 Ich eilte mich, Atli,   dir Antwort zu sagen.
   Die That verhehlt dir nicht   die Tochter Grimhilds.
   Nicht freut es dich, freilich,   wenn du alles erfährst;
   Auch mir schufst du scharfe Pein: du erschlugst mir die Brüder.

78 Selten schlief ich   seit sie gefallen sind.
   Ich dräute dir heftig;   gedenkst du daran?
   Morgen ists, sprachst du: mir gedenkt es wohl;
   Nun kam der Abend,   da künd ich dir Gleiches.

79 Du verlorst die Söhne,   wie dich nicht verlangte;
   Als Becherschalen   stehn ihre Schädel hier;
   Im Becher bracht ich dir   ihr Blut, das rothe.

80 An den Spieß gesteckt   schmorten ihre Herzen,
   Ich gab sie dir zu kosten   für Kälberherzen:
   Du aßest sie allein   und ließest nichts übrig,
   Hast gierig gegessen   mit guten Malmzähnen.

81 Du kennst deiner Knaben Schicksal,   kaum giebts ein schlimmeres.
   Mein Looß erfüllt ich   und lache nicht drob.

Atli.

82 Grimm warst du, Gudrun,   da du gegen dein Herz
   Der Gebornen Blut mir   in den Becher mischtest,

Deine Söhne erschlugst   wie dir am Schlimmsten anstand.
Mir fügst du Leid auf Leid,   läßest mir nicht Ruh.

Gudrun.

83 Wohl erledigt' ich lieber   des Lebens dich selber;
Schwer genug straft man nicht   solchen König.
Du vollbrachtest zuvor   beispiellose Unthat,
Die Welt weiß nicht   so wahnsinnen Graus.
Neuen Frevel fügtest du   zu dem vorigen heut,
Uebtest arge Schande   beim eignen Leichenmal.

Atli.

84 Auf Scheitern sollst du brennen,   erst gesteinigt werden.
So wird dir zu Theil   wonach du trachtetest stäts.

Gudrun.

85 Sieh selber morgen   solches zu meiden.
Mich leitet schönrer Tod   in ein andres Licht. —

86 In einer Burg wohnten sie,   warfen sich Wuthblicke,
Schleuderten Flüche;   ward keiner froh mehr.

87 Groll wuchs im Niflungen: auf Großthat sann er;
Er sagte Gudrunen,   grimm wär er Atlin.
Die Frau hatt im Sinn   was Högni erfuhr.
Sie rühmt' ihn selig,   wenn er Rache nähme.
Da ward Atli gefällt,   unlange währt' es:
Högnis Sohn erschlug ihn,   und Gudrun selbst.

88 Der Schnelle sprach   vom Schlaf erweckt,
Der Wunden bewußt;   doch wollt er nicht Hülfe:
„Wer schlug Budlis Sohn?   Sagt mir die Wahrheit.
Nicht leicht verletzt' er mich: mein Leben ist hin."

Gudrun.

89 Dir das zu hehlen ziemt   Grimhilds Erzeugter nicht:
Laß mich die Ursach sein,   daß dein Leben endet,
Und Högnis Sohn zumal,   daß Wunden dich ermatten.

Atli.

90 Zum Mord riß dich Wuth, zum widernatürlichen.
Falsch ists, den Freund täuschen, der fest vertraut.

91 Erbeten fuhr ich dich zu freien von Haus,
Die verwaiste Wittwe, die wildherzig hieß:
Keine Lüge war es, das ließest du schauen.
Wir holten dich ein mit großem Heergeleit.
Alles war auserwählt bei unsrer Fahrt.

92 Aller Pracht war genug durch preiswerthe Gäste,
Rinder in Vorrath, die uns reichlich nährten.
Fülle war und Ueberfluß, Viele genoßen es.

93 Zum Mahlschatz vermacht ich dir Menge des Schatzes,
Knechte zehnmal drei, und zierer Mägde sieben,
Ein schön Geschenk; des Silbers war viel mehr.

94 Das nahmst du Alles hin als wär es nichts
Nach dem Lande verlangend, das Budli mir ließ.
Fallstricke flochst du mir, ich empfing nichts Andres.
Die Schwieger ließest du oft sitzen in Thränen;
Heiter hielten wir niemals Haus.

Gudrun.

95 Nun lügst du, Atli! Doch laß ichs bewenden.
Selten war ich sanft; doch sätest du Zwist.
Unbändig strittet ihr jungen Brüder,
Daß zu Hel die Hälfte deines Hauses fuhr:
Zu Grunde ging Alles was Glück bringen sollte.

96 Wir drei Geschwister dauchten unbezwinglich;
Wir fuhren von Lande in Sigurds Gefolge,
Schweiften und steuerten, sein Schiff ein Jeder,
Auf unsichern Ausgang ins östliche Land.

97 Einen Fürsten fällten wir; uns fiel sein Land zu.
Die Hersen huldigten: wir waren die Herrn.
Nach Willkür riefen wir aus dem Wald Verbannte,
Gaben dem die Macht, der keinen Deut besaß.

98 Jener Hunnische starb, mein Stand ward geniedert;
   Herb war der Jungen Harm   verwittwet zu heißen:
   Doch härtere Qual wars, in Atlis Haus zu kommen
   Der Vermählten des Mannes,   den zu missen schwer war.

99 Nie kamst du vom Kampf,   daß uns Kunde ward,
   Du habest Streit gesucht   und Sieg dir erfochten.
   Stäts wolltest du weichen,   nicht Widerstand thun,
   Dich heimlich halten   was Hohn schuf dem Fürsten.

Atli.

100 Nun lügst du, Gudrun!   So linderst du nicht
    Unser herbes Geschick,   das hart ist beiden.
    Gönne nun, Gudrun,   durch deine Güte
    Uns die letzte Ehre   beim Leichenbegängniß.

Gudrun.

101 Einen Kiel will ich kaufen   und gemalte Kiste,
    Das Leintuch wächsen,   das den Leib verhülle,
    Auf alle Nothdurft achten   als ob wir uns liebten. —

102 Todt war nun Atli,   die Freunde trauerten.
    Da hielt die Hohe   alle Verheißung.
    Nun sann sich Gudrun   selber zu tödten;
    Doch gelängt war ihr Leben,   andrer Tod ihr verliehn.

103 Selig heißt seitdem   dem solch eine kühne
    Tochter gegönnt ist,   wie Giuki zeugte.
    In allen Landen   überleben wird
    Der Vermählten Feindschaft,   wo sie Menschen hören.

36. Gudhrûnarhvöt.

Gudruns Aufreizung.

Da ging Gudrun ans Meer, nachdem sie Atli getödtet hatte. Sie ging in die See, sich umzubringen, mochte aber nicht versinken. Da ward sie von den Fluten über den Sund getragen an das Land König Jonakurs. Der nahm sie zur Ehe. Ihre Söhne waren Sörli, Erp und Hambir. Dort wurde Swanhild, Sigurds Tochter, erzogen und Jörmunrek dem reichen zur Ehe gegeben. Bei dem war Biki: der gab den Rath, daß Randwer, des Königs Sohn, sie zur Ehe nähme. Das verrieth Biki dem Könige. Da ließ der König Randwern henken und Swanhilden von Pferden zertreten. Als Gudrun dieß hörte, sprach sie den Söhnen zu.

1 Nie hört ich Worte   so herzzerschneidend,
  Aus töblicher Tauer   emporgetragen,
  Als da die grimme   Gudrun die Söhne
  Zur Rache reizte   mit der Rede Schärfe:

2 „Was sitzt ihr säumig,   verschlaft das Leben?
  Wie freut euch fürder   noch frohes Gespräch,
  Da Jörmunrek   die blühend junge
  Von Pferden zerstampfen ließ,   eure Schwester,
  Auf offenem Wege   von weißen und schwarzen,
  Grauen, gangzahmen   gotischen Rossen.

3 „Sehr ungleich seht ihr   Gunnars Geschlechte,
  Nicht hohes Herzens   wie Högni war.
  Ihr würdet ihr, wähn ich,   nicht weigern die Rache,
  Hättet ihr Muth   wie meine Brüder
  Und hunnischer Herscher   herben Sinn.“

4 Da hub Hambir an   aus hohem Muth:
  „Läßiger warst du wohl   Högni zu loben,
  Als er Sigurden   vom Schlaf erweckte.

Deine Bettdecken waren, das blauweiße Stickwerk,
Roth von des Gatten Blut, ganz von dem Schwall bedeckt.

5 „Zu rasch warst du mit der Rache der Brüder,
Die Söhne zu schlachten mit grausamem Sinn.
Wir könnten die junge nun an Jörmunrek
Atlis Söhnen gesellt, die Schwester, rächen.

6 „Doch hole das Heergeräth der Hunnenkönige,
Weil zum Waffenspiel du uns erwecktest."

7 Wie gerne ging da Gudrun zum Rüstsaal,
Kor aus den Kisten königlichen Helmschmuck
Und breite Brünnen, brachte sie den Söhnen.
Die Muthigen luden den Mähren sich auf.

8 Da hub Hambir an aus hohem Muth:
„Dir kehren nicht mehr die Mutter zu schauen
Die Fechter, gefällt im Volk der Goten,
Bis uns du Allen das Erbmal rüstest,
Swanhilden gesamt und deinen Söhnen."

9 Ging da Gudrun, Giukis Tochter,
Bei Seite sitzen mit Leid beschwert.
Sie zählte der Freunde Unfälle sich auf
Hin und her, die Harmbeschwerte:

10 „Drei Häuser hatt ich, drei Herdgluten,
Drei Gatten ward ich ins Haus begleitet.
Sigurd allein war mir werther als alle;
Meine Brüder haben ihn umgebracht.

11 „So bittern Leides ward mir nicht Buße.
Noch mehr gedachten sie mich zu betrüben,
Als mich die Edlinge dem Atli gaben.

12 „Die kühnen Knaben kos't ich herbei:
Ich sollte nicht Sühne der Schmerzen gewinnen
Bis ich vom Halse hieb der Niflungen Haupt.

13 „Den Nornen gram ging ich an den Strand,
Der Falschen Verfolgung wollt ich entfliehn.
Mich hoben, nicht schlangen die hohen Wellen:
Zu längerm Leben stieg ich ans Land.

14 „Im neuen Ehebett   hofft ich Verbeßerung,
   Zum dritten Mal   vermählt einem König.
   Kinder gewann ich   zu Wächtern des Erbes,
   Zu Schützern des Erbes   die Söhne Jonakurs.

15 „Mägde saßen   um Swanhilden;
   Der Erzeugten liebt ich   zärtlicher keinen.
   So schien Swanhild   in meinen Sälen
   Wie ein Sonnenstral   die Sinne labte.

16 „Ich gab ihr Gold   und gutes Gewebe
   Eh sie gegiftet ward   ins Gotenreich.
   Da hab ich den härmsten Harm empfunden,
   Als die leuchtenden   Locken Swanhildens
   In den Staub stießen   stampfende Rosse.

17 „Das war mir das Schwerste,   als den Sigurd sie,
   Den siegberaubten,   mir erschlugen im Bett,
   Und das am Grimmsten,   da Gunnarn dort
   Das Leben fraßen   die falschen Schlangen;
   Aber am schärfsten   schnitt mir ins Herz,
   Da sie lebend zertheilten   den tadellosen.

18 „Viel Leides gedenkt mir,   viel langen Kummers.
   Säume nicht, Sigurd!   dein schimmernd Roß,
   Das laufgeschwinde,   lenk es hieher.
   Nun sitzt hier weder   Schnur noch Tochter,
   Der Gudrun gäbe   goldene Zierden.

19 „Gedenke, Sigurd,   was wir sprachen,
   Da wir beide   im Bette saßen:
   Daß du kommen wollest,   Kühner, zu mir
   Aus der Halle der Hel,   mich heimzuholen.

20 „Schlichtet nun, Jarle,   die Eichenscheite,
   Daß sie hoch sich heben   unter dem Himmel,
   Die leidvolle Brust mir   das Feuer verbrenne,
   Vor Hitze der Harm   im Herzen schmelze.

21 „Allen Männern   werde sanfter zu Muth,
   Allen Schönen   lindr es die Schmerzen,
   Wenn sie mein Harmlied   zu Ende hören.“

37. Hamdismâl.

Das Lied von Hambir.

1 Zeitig huben sich harmvolle Thaten,
Als Alfe trauerten um des Tages Anbruch.
Zur Morgenstunde erwachen den Menschen
Die Sorgen alle, die Herzen beschweren.

2 Nicht heute war es noch war es gestern,
Lange Zeit verlief seitdem,
Daß Gudrun trieb, die Tochter Giukis,
Die jungen Söhne Swanhilden zu rächen:

3 „Eure Schwester war es, Swanhild geheißen,
Die der stolze Jörmunrek von Gäulen zerstampfen ließ
Auf offnem Wege, weißen und schwarzen,
Grauen, ganzzahmen gotischen Rossen.

4 „Verlaßen lebt ihr, Lenker der Völler;
Ihr allein seid übrig von all meiner Sippe.
Ich auch bin einsam wie die Espe des Waldes:
Meine Freunde fielen wie der Föhre die Zweige,
Aller Lust bin ich ledig wie des Laubs ein Baum,
Wenn ihm ein Sommersturm die Zweige beschädigte.

5 „Sehr ungleich seht ihr Gunnars Geschlechte (wie S. 240).

6 Da hub Hambir an aus hohem Muth:
Da hast du träger traun Högnis That gelobt,
Als sie den Sigurd vom Schlaf erweckten:
Du saßest im Bette und die Schächer lachten.

7 Deine Bettdecken floßen, die blauweißen,
Das künstliche Stickwerk, von des Kühnen Blut.
Sigurd erstarb; du saßest bei dem Todten
Dem Lachen gram, so lohnte dir Gunnar.

8 Den Atli zu strafen   erschlugst du den Erp
  Und Eitil dazu;   aber am Meisten
  Schmerzt' es dich selber.   So sollte doch
  Ein Jeder gebrauchen   des durchbohrenden Schwertes
  Andern zu schaden,   sich selber nicht.

9 Sörli sprach da   aus weisem Sinn:
  Nicht will ich Worte   wechseln mit der Mutter;
  Doch Eins gebricht   an euern Reden:
  Was verlangst du, Gudrun,   das du vor Leid nicht sagst?

10 Du beklagst die Brüder   und die holden Kinder
   Und spornst zu Streit   die Spätgebornen.
   Du wirst dich, Gudrun,   um uns auch grämen,
   Wenn wir fern im Gefecht   von den Rossen fielen. —

11 Unwirsch ritten sie   aus dem Hofe.
   Die thauigen Thäler   durchtrabten die Jünglinge
   Auf hunnischen Mähren   den Mord zu rächen.

12 Sie fanden Erp   auf ihrem Wege,
   Der kühn auf dem Rücken   des Rosses spielte.
   „Was hilft es, dem Blöden   die Bahnen zu weisen?"
   Sie schalten den edeln   unehlich geboren.

13 Sie fragten den tapfern,   da sie ihn trafen:
   „Was würdest du fuchsiger   Zwerg uns frommen?"

14 Erp gab zur Antwort,   andrer Mutter Sohn:
   „So will ich Beistand   euch beiden leisten
   Wie eine Hand   der andern hilft,
   Wie Fuß dem Fuß   den Freunden helfen."

15 „Was frommt der Fuß   dem Fuße wohl?
   Mag eine Hand   der Andern helfen?"

16 Aus der Scheide rißen sie   die scharfe Klinge,
   Mit dem harten Eisen   Hel zu erfreun.
   Sie schwächten die Stärke   sich selbst um ein Drittel,
   Da ihr junger Bruder   zu Boden stürzte.

17 Sie schüttelten die Hüllen, die Schneide bargen sie,
Kleideten, die Kämpen, sich in kampflich Gewand.
Sie fuhren weiter unheimliche Wege,
Sahn der Schwester Stiefsohn versehrt am Baum,
Am windkalten Wolfsbaum westlich der Burg,
Als rief' er den Raben: da war übel rasten.

18 Laut in der Halle wars von lustigen Zechern:
Sie hörten der Hengste Huffschall nicht
Bis der sorgende Wächter das Horn erschallen ließ.

19 Sie eilten und sagten dem Jörmunrek,
Unter Helmen würden Helden erschaut:
„Gebt weislichen Rath, die Gewaltigen nahn:
Starken Männern zum Schaden zerstampft ward die Maid."

20 Jörmunrek schmunzelte und strich sich den Bart;
Nicht wollt er sein Streitgewand: er stritt mit dem Wein.
Das Schwarzhaupt schüttelt' er, sah nach dem weißen Schild
Und kehrte keck den Kelch in der Hand:

21 „Selig schien' ich mir, schaut' ich hier
Hamdir und Sörli in meiner Halle.
Ich bände sie beide mit Bogensehnen,
An den Galgen hängt' ich Giukis gute Kinder."

22 Da rief der Erhabene von hohen Stufen,
Der Waltende warnte seine Verwandten:
„Dürfen diese so Dreistes wagen,.
Zwei Männer allein zehn hundert Goten
Binden und bändigen in der hohen Burg?"

23 Hall ward im Hofe, die Humpen stürzten
Und Männer ins Blut aus Menschenbrüsten.

24 Da hub Hamdir an aus hohem Muth:
„Ersehnst du, Jörmunrek, unser Erscheinen,
Der Vollbrüder beide in deiner Burg?
Nun siehst du die Füße, siehst deine Hände,
Jörmunrek, liegen und lodern in Glut."

25 Dawider hob sich der hohe Berather,
Den die Brünne barg, wie ein Bär hob er sich:
„Schleudert Steine, wenn Geschoße nicht haften
Noch scharfe Schwerter, auf die Söhne Jonakurs.“

26 Da hob Hambir an aus hohem Muth:
Uebel thatest du, Bruder, den Mund zu öffnen:
Oft aus dem Munde kommt übler Rath.

Sörli.

27 Muth hast du, Hambir, hättest du auch Weisheit!
Viel mangelt dem Mann, dem Mutterwitz fehlt.

28 Nun läge das Haupt, wär Erp am Leben,
Unser tapfrer Bruder, den wir herwärts tödteten,
Den raschen Recken; üble Disen reizten mich:
Den wir heilig sollten halten, den haben wir gefällt.

29 Nicht ziemt' uns Beiden, nach der Wölfe Beispiel
Uns selbst grimm zu sein wie der Nornen Granhunde,
Die gefräßig sich fristen im öden Forst.

30 Schön stritten wir: wir sitzen auf Leichen,
Von uns gefällten, wie Adler auf Zweigen.
Hohen Ruhm erstritten wir, wir sterben heut oder morgen:
Den Abend sieht Niemand wider der Nornen Spruch.

31 Da sank Sörli an des Saales Ende,
Hinter dem Hause fand Hambir den Tod.

Dieß ist das alte Hambismal.

III.

Die jüngere Edda.

1. Gylfaginning.

Gylfis Verblendung.

1. König Gylfi beherrschte das Land, das nun Swithiod (Schweden) heißt. Von ihm wird gesagt, daß er einer fahrenden Frau zum Lohn der Ergetzung durch ihren Gesang ein Pflugland in seinem Reiche gab, so groß als vier Ochsen pflügen könnten Tag und Nacht. Aber diese Frau war vom Asengeschlecht; ihr Name war Gefion. Sie nahm aus Jötunheim vier Ochsen, die sie mit einem Jötunen erzeugt hatte, und spannte sie vor den Pflug. Da ging der Pflug so mächtig und tief, daß sich das Land löste, und die Ochsen es westwärts ins Meer zogen bis sie in einem Sunde still stehen blieben. Da setzte Gefion das Land dahin, gab ihm Namen und nannte es Selund (Seeland). Und da wo das Land weggenommen worden, entstand ein See, den man in Schweden nun Löger (Mälar) heißt. Und im Löger liegen die Buchten so wie die Vorgebirge in Seeland. So sagt Bragi der alte:

> Gefion nahm von Gylfi   fröhlich, dem goldreichen,
> Die rennenden Rinder   rauchten, den Zuwachs Dänemarks.
> Vier Häupter, acht Augen   hatten die Ochsen,
> Die das Erdstück schleppten   zu dem schönen Eiland.

2. König Gylfi war ein weiser Mann und zauberkundig. Er wunderte sich sehr, daß der Asen Volk so vielkundig sei, daß Alles nach ihrem Willen erginge. Er dachte nach, ob dieß von ihrer eigenen Kraft geschehen möge, oder ob da die Macht der Götter walte, welchen sie opferten. Er unternahm eine Reise nach Asgard, fuhr aber heimlich, indem er die Gestalt eines alten Mannes annahm und so sich hehlte. Aber die Weisheit der Asen, die in die Zukunft blicken, überwog und da sie um seine Fahrt wußten bevor er kam, empfingen sie ihn mit einem Blendwerk. Als er in die Burg kam, sah er eine hohe Halle, daß er kaum darüber wegsehen mochte. Das Dach war mit goldenen Schildern belegt wie mit Schindeln. So sagt Thiodolf von Hwin, daß Walhall mit Schilden gedeckt sei:

Das Dach deckten denkende Künstler,
  Steinschilde schimmerten über dem Saale Odhins.

Am Thor der Halle sah Gylfi einen Mann, der mit Messern spielte,
daß sieben zugleich in der Luft waren. Dieser fragte ihn nach seinem
Namen. Er nannte sich Gangleri, und sagte, er komme aus unwegsamer
Ferne und bitte um Nachtherberge; auch fragte er, wem die Halle gehöre.
Jener antwortete, sie gehöre ihrem Könige: „ich will dich zu ihm begleiten:
da magst du ihn selbst um seinen Namen fragen." Alsbald ging der
Mann ihm voraus in die Halle: er folgte ihm nach und dicht hinter seinen
Fersen schlug die Thüre zu. Da sah er viele Gemächer und eine Menge
Volks: einige spielten, einige zechten, andere übten sich in den Waffen.
Er sah sich um, und Vieles von dem was er sah, dauchte ihn unglaublich.
Da sprach er:

          Ehe du eingehst des Ausgangs halber
          Stelle dich sicher.
          Du weist nicht gewiß, ob Widersacher
          Nicht im Hause halten.

Er sah drei Hochsitze, einen über dem andern, und auf jedem saß ein
Mann. Er fragte, wie die Namen dieser Häuptlinge wären. Sein Führer
antwortete: der in dem untersten Hochsitz sitze, sei ein König und heiße
H a r (der Hohe); der im nächsten heiße J a f n h a r (der Ebenhohe), und
der im obersten heiße T h r i d i (der dritte). Da fragte Har den Ankömm-
ling, was er zu werben komme, und fügte hinzu, Essen und Trinken stehe
für ihn bereit wie für alle in Hars Halle. Er sagte aber, zuvor wolle er
fragen, ob es da wohl einen weisen Mann gebe. Har sagte, er komme
nicht heil heraus, wenn Er nicht weiser sei.

          „Steh Du, indem du fragst;
          Der Antwort sagt, soll sitzen."

3. Da hub Gangleri an zu sprechen: Wer ist der höchste und älteste
aller Götter? Har sagte: Allvater heißt er in unserer Sprache und im
alten Asgard hatte er zwölf Namen. Der erste ist Allvater, der andere
Herran oder Herian, der dritte Nikar oder Hnikar, der vierte ist Nikuz
oder Hnikudr, der fünfte Fiölnir, der sechste Oski, der siebente Omi, der
achte Bislidi oder Bislindi, der neunte Swidar, der zehnte Swidrir, der
eilfte Widrir, der zwölfte Jalg oder Jalkr. Da fragte Gangleri: Wo ist
dieser Gott, und was vermag er? oder was hat er Großes gethan? Har
sagte: Er lebt durch alle Zeitalter und beherrscht sein ganzes Reich und

waltet aller Dinge, großer und kleiner. Da sprach Jafnhar: Er schuf
Himmel und Erde und die Luft und Alles was darin ist. Da sprach
Thridi: Das ist das Wichtigste, daß er den Menschen schuf und gab ihm
den Geist, der leben soll und nie vergehen, wenn auch der Leib in der
Erde fault oder zu Asche verbrannt wird. Auch sollen alle Menschen leben,
die wohlgesittet sind, und mit ihm sein an dem Orte, der Gimil heißt oder
Wingolf. Aber böse Menschen fahren zu Hel und darnach gen Nifthel;
das ist unten in der neunten Welt. Da fragte Gangleri: Was that er
bevor Himmel und Erde geschaffen waren? Har antwortete: Da war er
bei den Hrimthursen (Frostriesen).

4. Gangleri fragte: Wie ward die Welt, wie entstand sie, und was
war zubor? Har antwortete: So heißt es in der Wöluspa:

> Einst war das Alter,   da Alles nicht war,
> Nicht Sand noch See   noch salzge Wellen,
> Nicht Erde fand sich   noch Ueberhimmel,
> Gähnender Abgrund   und Gras nirgend.

Da sprach Jafnhar: Manches Zeitalter vor der Erde Schöpfung war
Niflheim entstanden; in dessen Mitte liegt der Brunnen, Hwergelmir genannt. Daraus entspringen die Flüße mit Namen Swöl, Gunnthra,
Fiorm, Fimbul, Thul, Slidr und Hridr, Sylgr und Ylgr, Wid, Leiptr
und Giöll, welcher der nächste beim Höllenthor ist. Da sprach Thridi:
Vorher aber war im Süden eine Welt, Muspel geheißen: die ist hell und
heiß, so daß sie flammt und brennt und allen unzugänglich ist, die da
nicht heimisch sind und keine Wohnung da haben. Surtur ist er geheißen,
der an der Grenze des Landes sitzt und es beschützt: er hat ein flammendes
Schwert und am Ende der Welt wird er kommen und heeren und alle
Götter besiegen und die ganze Welt in Flammen verbrennen. So heißt
es in der Wöluspa:

> Surtur fährt von Süden   mit flammendem Schwert,
> Von seiner Klinge scheint   die Sonne der Götter.
> Steinberge stürzen,   Riesinnen straucheln,
> Zu Hel fahren Helden,   der Himmel klafft.

5. Gangleri fragte: Was begab sich, bevor die Geschlechter wurden
und Menschenvolk sich ausbreitete? Har antwortete: Als die Fluten, welche
Eliwagar heißen, soweit von ihrem Ursprunge kamen, daß der Giftstrom
in ihnen erstarrte wie der Sinter, der aus dem Feuer fällt, ward er in
Eis verwandelt. Und da dieß Eis stille stand und stockte, da fiel der Dunst

darüber, der von dem Gifte kam und gefror zu Eis, und so legte eine
Eislage sich über die andere bis in Ginnungagap. Da sprach Jafnhar:
Die Seite von Ginnungagap, welche nach Norden gerichtet ist, füllte sich
an mit einem schweren Haufen Eis und Schnee und darin herrschte Sturm
und Ungewitter; aber der südliche Theil von Ginnungagap war milde von
den Feuerfunken, die aus Muspelheim herüberflogen. Da sprach Thridi:
So wie die Kälte von Niflheim kam und alles Ungestüm, so war die Seite,
die nach Muspelheim sah, warm und licht, und Ginnungagap dort so lau
wie windlose Luft, und als die Glut auch dem Reif begegnete also daß
er schmolz und sich in Tropfen auflöste, da erhielten die Tropfen Leben
durch die Kraft dessen, der die Hitze sandte. Da entstand ein Menschen-
gebild, das Ymir genannt ward; aber die Hrimthursen (Frostriesen) nennen
ihn Oergelmir, und von ihm kommt das Geschlecht der Hrimthursen, wie
es in der kleinen Wöluspa heißt:

> Von Widolf stammen die Walen alle,
> Alle Zauberer sind Wilmeidis Erzeugte,
> Die Sublünstler stammen von Swarthöfdi,
> Aber von Ymir alle die Riesen.

und der Riese Wafthrudnir sagt auf die Frage:

> Woher Oergelmir kam den Kindern der Riesen
> Zuerst, der allwißende Jote?

als

> Aus den Eliwagar fuhren Eitertropfen
> Und wuchsen bis ein Riese ward.
> Unsre Geschlechter kamen alle daher:
> Drum sind sie unhold immer.

Da fragte Gangleri: Wie wurden die Geschlechter von ihm ausgebreitet?
oder wie geschahs, daß mehre geschaffen wurden? Oder hältst du ihn für
einen Gott, von dem du gesprochen hast? Da antwortete Har: Wir
halten ihn mit nichten für einen Gott: er war böse wie alle von seinem
Geschlecht, die wir Hrimthursen nennen. Es wird erzählt, als er schlief
fing er an zu schwitzen: da wuchs ihm unter seinem linken Arm Mann
und Weib und sein einer Fuß zeugte einen Sohn mit dem andern. Und
von diesen kommt das Geschlecht der Hrimthursen; den alten Hrimthurs
aber nennen wir Ymir.

6. Da fragte Gangleri: Wo wohnte Ymir? oder wovon lebte er?
Har antwortete: Als das Eis aufthaute und schmolz, entstand die Kuh,

die Audhumla hieß, und vier Milchströme rannen aus ihrem Euter; davon ernährte sich Ymir. Da fragte Gangleri: Wovon nährte die Kuh sich? Har antwortete: Sie beleckte die Eisblöcke, die salzig waren, und den ersten Tag, da sie die Steine beleckte, kam aus den Steinen am Abend Menschenhaar hervor, den andern Tag eines Mannes Haupt, den dritten Tag war es ein ganzer Mann, der hieß Buri. Er war schön von Angesicht, groß und stark und gewann einen Sohn, der Bör hieß. Der vermählte sich mit Bestla, der Tochter des Riesen Bölthorn; da gewannen sie drei Söhne: der eine hieß Odhin, der andere Wili, der dritte We. Und das ist mein Glaube, daß dieser Odhin und seine Brüder Himmel und Erde beherschen.

7. Da fragte Gangleri: Wie vertrugen sich diese mit Ymir, und welcher war der stärkere? Har antwortete: Börs Söhne tödteten den Riesen Ymir, und als er fiel, da lief so viel Blut aus seinen Wunden, daß sie darin das ganze Geschlecht der Hrimthursen ertränkten bis auf Einen, der mit den Seinen davon kam: den nennen die Riesen-Bergelmir. Er bestieg mit seinem Weib ein Boot (Wiege) und rettete sich so, und von ihm kommt das (neue) Hrimthursengeschlecht, wie hier gesagt ist:

> Im Anfang der Zeiten   vor der Erde Schöpfung
> Ward Bergelmir geboren.
> Des gedenk ich zuerst,   daß der altkluge Riese
> Im Boot geborgen ward.

8. Da fragte Gangleri: Was richteten die Söhne Börs aus, daß du sie für Götter hältst? Har antwortete: Davon ist nicht wenig zu sagen. Sie nahmen Ymir und warfen ihn mitten in Ginnungagap und bildeten aus ihm die Welt: aus seinem Blute Meer und Waßer; aus seinem Fleische die Erde; aus seinen Knochen die Berge, und die Steine aus seinen Zähnen, Kinnbacken und zerbrochenem Gebein. Da sprach Jafnhar: Aus dem Blute, das aus seinen Wunden gefloßen war, machten sie das Weltmeer, festigten die Erde darin und legten es im Kreiß um sie her, also daß es die Meisten unmöglich dünken mag, hinüber zu kommen. Da sprach Thridi: Sie nahmen auch seinen Hirnschädel und bildeten den Himmel daraus, und erhoben ihn über die Erde mit vier Ecken oder Hörnern, und unter jedes Horn setzten sie einen Zwerg; die heißen Austri, Westri, Nordri, Sudri. Dann nahmen sie die Feuerfunken, die von Muspelheim ausgeworfen umherflogen, und setzten sie an den Himmel, oben sowohl als unten, um, Himmel und Erde zu erhellen. Sie gaben auch allen Lichtern ihre Stelle, einigen am Himmel, andern lose unter dem Himmel und setzten einem

jeden seinen bestimmten Gang fest, wonach Tage und Jahre berechnet werden. So wird in alten Sagen erzählt und so heißt es in der Wöluspa:

> Die Sonne wußte nicht wo sie Sitz hätte,
> Der Mond wußte nicht was er Macht hätte,
> Die Sterne wusten nicht wo sie Stätte hätten.

Da sagte Gangleri: Das sind merkwürdige Dinge, die ich da höre; ein großes Gebäude ist das und sehr künstlich gebildet. Wie war die Erde beschaffen? Har antwortete: Sie ist außen kreisrund und rings umher liegt das tiefe Weltmeer. Und längs den Seeküsten jenseits gaben sie den Riesengeschlechtern Wohnplätze, und nach innen rund um die Erde machten sie eine Burg wider die Anfälle der Riesen, und zu dieser Burg verwendeten sie die Augenbrauen Ymir des Riesen und nanuten die Burg Midgard. Sie nahmen auch sein Gehirn und warfen es in die Luft und machten die Wolken daraus, wie hier gesagt ist:

> Aus Ymirs Fleisch ward die Erde geschaffen,
> Aus dem Schweiße die See,
> Aus dem Gebein die Berge, die Bäume aus dem Haar,
> Aus der Hirnschale der Himmel.
> Aus den Augenbrauen schufen gütge Asen
> Midgard den Menschensöhnen;
> Aber aus seinem Hirn sind alle hartgemuthen
> Wolken erschaffen worden.

9. Da sprach Gangleri: Großes dünken sie mich vollbracht zu haben, da sie Himmel und Erde geschaffen, die Sonne und das Gestirn geordnet, und Tag und Nacht geschieden hatten; aber woher kamen die Menschen, welche die Erde bewohnen? Har antwortete: Als Börs Söhne am Seestrande gingen, fanden sie zwei Bäume. Sie nahmen die Bäume und schufen Menschen daraus. Der Erste gab Geist und Leben, der andere Verstand und Bewegung, der dritte Antlitz, Sprache, Gehör und Gesicht. Sie gaben ihnen auch Kleider und Namen: den Mann nannten sie Ask und die Frau Embla, und von ihnen kommt das Menschengeschlecht, welchem Midgard zur Wohnung verliehen ward. Darnach bauten sie sich eine Burg mitten in der Welt und nannten sie Asgard. Da wohnten die Götter und ihr Geschlecht und manche Zeitung trug sich da zu, davon erzählt wird auf Erden und in den Lüften. In der Burg ist ein Ort, der Hlidskialf heißt, und wenn Odhin sich da auf den Hochsitz setzt, so übersieht er alle

Welten und aller Menschen Thun und weiß alle Dinge, die da geschehen. Seine Hausfrau heißt Frigg, Fiörgwins Tochter, und von ihrem Geschlecht ist der Stamm entsprungen, den wir das Asengeschlecht nennen, welches das alte Asgard bewohnte und die Reiche, die dazu gehören, und das ist das Geschlecht der Götter. Und darum mag er Allvater heißen, weil er der Vater ist aller Götter und Menschen und alles dessen, was er durch seine Kraft hervorgedacht hat. Jörd war seine Tochter und seine Frau und von ihr gewann er einen erstgebornen Sohn: das ist Asathör; ihm folgen Kraft und Stärke, daß er siegt über alles Lebendige.

10. Nörwi oder Narfi hieß ein Riese, der in Jötunheim wohnte; er hatte eine Tochter, die hieß Nacht und war schwarz und dunkel wie ihr Geschlecht. Sie ward einem Manne vermählt, der Naglfari hieß: der beiden Sohn war Aubr. Darnach ward sie Einem Namens Onar (Annar) vermählt; beider Tochter hieß Jörd. Ihr letzter Gemahl war Dellingr, der vom Asengeschlecht war. Ihr Sohn Tag war schön und licht nach seiner väterlichen Herkunft. Da nahm Allvater die Nacht und ihren Sohn Tag und gab ihnen zwei Rosse und zwei Wagen und setzte sie an den Himmel, daß sie damit alle zweimal zwölf Stunden um die Erde fahren sollten. Die Nacht fährt voran mit dem Rosse, das Hrimfari (reifmähnig) heißt, und jeden Morgen bethaut es die Erde mit dem Schaum seines Gebißes. Das Roß, womit Tag fährt, heißt Skinfari (lichtmähnig) und Luft und Erde erleuchtet seine Mähne.

11. Da fragte Gangleri: Wie leitet er den Lauf der Sonne und des Mondes? Har antwortete: Ein Mann hieß Mundilföri, er hatte zwei Kinder. Sie waren hold und schön: da nannte er den Sohn Mond (Mani) und die Tochter Sonne (Söl), und vermählte sie einem Manne Glenur genannt. Aber die Götter, die ihr Stolz erzürnte, nahmen die Geschwister und setzten sie an den Himmel, und hießen Sonne die Hengste führen, die den Sonnenwagen zogen, welchen die Götter, um die Welt zu erleuchten, aus den Feuerfunken geschaffen hatten, die von Muspelheim geflogen kamen. Die Hengste hießen Arwakr und Alswider, und unter ihren Bug setzten die Götter zwei Blasbälge um sie abzukühlen, und in einigen Liedern heißen sie Eisenkühle. Mani leitet den Gang des Mondes und herrscht über Neulicht und Vollicht. Er nahm zwei Kinder von der Erde, Bil und Hiuki genannt, da sie von dem Brunnen Byrgir kamen, und den Eimer auf den Achseln trugen; der heißt Sägr und die Eimerstange Simul. Widfinnr heißt ihr Vater; diese Kinder gehen hinter dem Monde her, wie man noch von der Erde aus sehen kann.

12. Da fragte Gangleri: Die Sonne fährt schnell, fast als wenn ihr bange wäre: sie könnte ihren Gang nicht mehr beschleunigen, wenn sie für ihr Leben fürchtete. Da antwortete Har: Das ist nicht zu verwundern, daß sie so schnell fährt, denn ihr Verfolger ist nah, und sie kann sich nicht anders fristen als indem sie ihre Fahrt beschleunigt. Da fragte Gangleri: Wer ist es, der sie so in Angst setzt? Har antwortete: Das sind zwei Wölfe; der eine, der sie verfolgt, heißt Slöll: sie fürchtet, daß er sie greifen möchte; der andere heißt Hati, Hrodwitnirs Sohn, der läuft vor ihr her und will den Mond packen, was auch geschehen wird. Da fragte Ganglerie: Von welcher Herkunst sind diese Wölfe? Har antwortete: Ein Riesenweib wohnt östlich von Midgard in dem Walde, der Jarnwidr (Eisenholz) heißt. In diesem Walde wohnen die Zauberweiber, die man Jarnwidiur nennt. Jenes alte Riesenweib gebiert viele Riesenkinder, alle in Wolfsgestalt und von ihr stammen die Wölfe. Es wird gesagt, der Mächtigste dieses Geschlechts werde der werden, welcher Managarm (Mondhund) heißt. Dieser wird mit dem Fleisch aller Menschen, die da sterben, gesättigt; er verschlingt den Mond und überspritzt den Himmel und die Luft mit seinem Blut; davon verfinstert sich der Sonne Schein und die Winde brausen und sausen hin und her. So heißt es in der Wöluspa:

> Oestlich sitzt die Alte   im Eisengebüsch
> Und füttert dort   Fenrirs Geschlecht.
> Von ihnen allen   wird eins das schlimmste:
> Des Mondes Mörder   übermenschlicher Gestalt.

> Ihn mästet das Mark   gefällter Männer,
> Der Seligen Saal   besudelt das Blut.
> Der Sonne Schein dunkelt   in kommenden Sommern,
> Alle Wetter wüthen: wißt ihr was das bedeutet?

13. Da fragte Gangleri: Wo geht der Weg vom Himmel zur Erde? Har antworte und lachte: Nun hast du unklug gefragt. Hast du nicht gehört, daß die Götter eine Brücke machten vom Himmel zur Erde, die Bifröst heißt? Die wirst du gewiß gesehen haben; aber vielleicht nennst du sie Regenbogen. Sie hat drei Farben und ist sehr stark und mit mehr Kunst und Verstand gemacht als andre Werke. Aber so stark sie auch ist, so wird sie doch zerbrechen, wenn Muspels Söhne kommen, darüber zu reiten; und müssen ihre Pferde dann über große Ströme schwimmen. Da sprach Gangleri: Nicht dünkt es mich, daß die Götter die Brücke so fest

gemacht haben, wenn sie zerbrechen mag; sie konnten sie doch so fest machen als sie wollten.   Da antwortete Har: Die Götter haben keinen Tadel verdient wegen dieses Werkes.   Bifröst ist eine gute Brücke; aber kein Ding in der Welt mag bestehen bleiben, wenn Muspels Söhne geritten kommen.

14. Da fragte Gangleri: Was that Allvater als Asgard gebaut war? Har antwortete: Zuvörderst setzte er Richter ein, die über das Schicksal der Leute entscheiden und die Einrichtungen in der Burg bewahren sollten. Das war an dem Orte, der Idafeld heißt, mitten in der Burg. Ihr erstes Geschäft war, einen Hof zu bauen, worin ihre Stühle standen, zwölfe an der Zahl und überdieß ein Hochsitz für Allvater. Es ist das beste und größte Gebäude der Welt, außen sowohl als innen von lauterm Gold. Diese Stätte nennt man Gladsheim. Sie bauten noch einen andern Saal, da war die Wohnung der Göttinnen. Dieß Haus war auch sehr schön und die Menschen nennen es Wingolf. Darnach legten sie Schmiedeöfen an, und machten sich dazu Hammer, Zange und Amboß und hernach damit alles andere Werkgeräthe. Demnächst verarbeiteten sie Erz, Gestein und Holz und eine so große Menge des Erzes, das Gold genannt wird, daß sie alles Hausgeräthe von Gold hatten. Und diese Zeit heißt das Goldalter: es verschwand aber bei der Ankunft gewisser Frauen, die aus Jötunheim kamen. Darnach setzten sich die Götter auf ihre Hochsitze und hielten Rath und Gericht, und gedachten wie die Zwerge belebt würden im Staub und in der Erde gleich Maden im Fleisch. Die Zwerge waren zuerst erschaffen worden und hatten Leben erhalten in Ymirs Fleisch und waren da Maden. Aber nun nach dem Ausspruch der Götter erhielten sie Menschenwitz und Menschengestalt und wohnten in der Erde und im Gestein. Modsognir hieß einer dieser Zwerge und ein anderer Durin, wie es in der Wöluspa heißt:

> Da gingen die Berather   zu den Richterstühlen,
> Hochheilge Götter   hielten Rath,
> Wer schaffen sollte   der Zwerge Geschlecht
> Aus des Meerriesen Blut   und blauen Gliedern.
>
> Da ward Modsognir   der mächtigste
> Dieser Zwerge,   und Durin nach ihm.
> Manche noch machten sie   menschengleich
> Der Zwerge von Erde   wie Durin angab.

Und dieses, heißt es, sind die Namen dieser Zwerge:

> Nyi und Nidi,   Nordri und Sudri,
> Austri und Westri,   Althiof, Dwalin,

> Nar und Nain,   Niping, Dain,
> Biwör, Bawör, Bömbör, Nori,
> Ori, Onar,   Oin, Modwitnir,
> Wigr und Gandalfr, Windalfr, Thorin,
> Fili, Kili,   Fundin, Wali,
> Thror, Throin,   Theckr, Litr, Witr,
> Nyr, Nyradr,   Reckr, Radswidr.

Und diese sind auch Zwerge und wohnen im Gestein wie jene in der Erde:

> Draupnir, Dolgthwari,   Hör, Hugstari,
> Hlediolfr, Gloin,   Dori, Ori,
> Dufr, Andwari,   Hepti, Fili,
> Har, Siar.

Aber folgende kamen von Swarins Hügel gen Oerwang auf Jörnwall, und von ihnen stammt Lofars Geschlecht. Dieß sind ihre Namen:

> Skirfir, Wirfir,   Skafidr, Ai,
> Alfr, Ingi,   Eikinskialdi,
> Falr, Frosti,   Fidr, Ginnar.

15. Da fragte Gangleri: Wo ist der Götter vornehmster und heiligster Aufenthalt? Har antwortete: Das ist bei der Esche Yggdrasils: da sollen die Götter täglich Gericht halten. Da fragte Gangleri: Was ist von diesem Ort zu berichten? Da antwortete Jafnhar: Diese Esche ist der größte und beste von allen Bäumen: seine Zweige breiten sich über die ganze Welt und reichen hinauf über den Himmel. Drei Wurzeln halten den Baum aufrecht, die sich weit ausdehnen: die eine zu den Asen, die andere zu den Hrim-thursen, wo vormals Ginnungagap war; die dritte steht über Niflheim, und unter dieser Wurzel ist Hwergelmir und Nidhöggr nagt von unten auf an ihr. Bei der andern Wurzel hingegen, welche sich zu dem Hrimthursen erstreckt, ist Mimirs Brunnen, worin Weisheit und Verstand verborgen sind. Der Eigner des Brunnens heißt Mimir, und ist voller Weisheit, weil er täglich von dem Brunnen aus dem Giallarhorn trinkt. Einst kam Allvater dahin und verlangte einen Trunk aus dem Brunnen, erhielt ihn aber nicht eher bis er sein Auge zum Pfand setzte. So heißt es in der Wöluspa:

> Alles weiß ich, Odhin, wo dein Auge blieb:
> In der vielbekannten Quelle Mimirs.
> Meth trinkt Mimir jeden Morgen
> Aus Walvaters Pfand: wißt ihr was das bedeutet?

Unter der dritten Wurzel der Esche, die zum Himmel geht, ist ein Brunnen, der sehr heilig ist, Urds Brunnen genannt: da haben die Götter ihre Gerichtsstätte; jeden Tag reiten die Asen dahin über Bifröst, welche auch Asenbrücke heißt. Die Pferde der Asen haben diese Namen. Sleipnir, das beste, hat Odhin: es hat acht Füße; das andre ist Gladr; das dritte Gyllir, das vierte Gler, das fünfte Skeidbrimir, das sechste Silfrintopp, das siebente Sinir, das achte Gils, das neunte Falhofnir, das zehnte Gulltopp, das eilfte Lettfeti. Baldurs Pferd ward mit ihm verbrannt. Thôr geht zu Fuß zum Gericht und watet über folgende Flüße:

> Körmt und Oermt   und beide Kerlög
> Watet Thôr täglich,
> Wenn er hinfährt   Gericht zu halten
> Bei der Esche Yggdrasils.
> Denn die Asenbrücke   stünd all in Lohe,
> Heilige Fluten flammten.

Da fragte Gangleri: Brennt denn Feuer auf Bifröst? Har antwortete: Das Rothe, das du im Regenbogen siehst, ist brennendes Feuer. Die Hrimthursen und Bergriesen würden den Himmel ersteigen, wenn ein Jeder über Bifröst gehen könnte, der da wollte. Viel schöne Plätze giebt es im Himmel, die alle unter dem Schutz der Götter stehen. So steht ein schönes Gebäude unter der Esche bei dem Brunnen: aus dem kommen die drei Mädchen, die Urd, Skuld und Werdandi heißen. Diese Mädchen, welche aller Menschen Lebenszeit bestimmen, nennen wir Nornen. Es giebt noch andere Nornen, nämlich solche, die sich bei jedes Kindes Geburt einfinden, ihm seine Lebensdauer anzusagen. Einige sind von Göttergeschlecht, andere von Alfengeschlecht, noch andere vom Geschlecht der Zwerge, wie hier gesagt wird:

> Gar verschiednen Geschlechts   scheinen mir die Nornen,
> Und nicht Eines Ursprungs.
> Einige sind Asen,   andere Alfen,
> Die dritten Töchter Dwalins.

Da sprach Gangleri: Wenn die Nornen über das Geschick der Menschen walten, so theilen sie ihnen schrecklich ungleich aus. Die Einen leben in Macht und Ueberfluß, die Andern haben wenig Glück noch Ruhm; die Einen leben lange, die Andern kurze Zeit. Har antwortete: Die guten Nornen und die von guter Herkunft sind, schaffen Glück, und gerathen einige Menschen in Unglück, so sind die bösen Nornen Schuld.

16. Da fragte Gangleri: Was ist weiter Merkwürdiges von der Esche
zu sagen? Har antwortete: Gar viel ist davon zu sagen. Ein Adler sitzt
in den Zweigen der Esche, der viel Dinge weiß, und zwischen seinen Augen
sitzt ein Habicht, Wedrfölnir genannt. Ein Eichhörnchen, das Ratatöskr
heißt, springt auf und nieder an der Esche und trägt Zankworte hin und
her zwischen dem Adler und Nidhöggr. Und vier Hirsche laufen umher an
den Zweigen der Esche, und beißen die Knospen ab. Sie heißen: Dain,
Dwalin, Dunneir, Durathror. Und so viel Schlangen sind in Hwergelmir
bei Nidhöggr, daß es keine Zunge zählen mag. So heißt es hier:

> Die Esche Yggdrasils   duldet Unbill
> Mehr als Menschen wißen:
> Der Hirsch weidet oben,   hohl wird die Seite,
> Unten nagt Nidhöggr.

Ferner heißt es:

> Mehr Würme liegen   unter der Esche Wurzel
> Als ein unkluger Affe meint:
> Goin und Moin,   Grafwitnirs Söhne,
> Grabakr und Grafwölludr;
> Ofnir und Swafnir   sollen ewig
> Von der Wurzel Zweigen zehren.

Auch wird erzählt, daß die Nornen, welche an Urds Brunnen wohnen,
täglich Wasser aus dem Brunnen nehmen und es zugleich mit dem Dünger,
der um den Brunnen liegt, auf die Esche sprengen, damit ihre Zweige
nicht dorren oder faulen. Dieß Wasser ist so heilig, daß Alles was in den
Brunnen kommt, so weiß wird wie die Haut, die inwendig in der Eier-
schale liegt. So heißt es:

> Begoßen wird die Esche,   die Yggdrasils heißt,
> Der geweihte Baum,   mit weißem Nebel.
> Davon kommt der Thau,   der in die Thäler fällt.
> Immergrün steht er   über Urds Brunnen.

Den Thau, der von ihr auf die Erde fällt, nennt man Honigthau:
davon ernähren sich die Bienen. Auch nähren sich zwei Vögel in Urds
Brunnen, die heißen Schwäne und von ihnen kommt das Vogelgeschlecht
dieses Namens.

17. Da sprach Gangleri: Große Dinge weist du vom Himmel zu

berichten; aber was für andere Hauptgebäude giebt es noch außerdem an
Urds Brunnen? Har antwortete: Da sind noch manche merkwürdige
Stätten. So ist eine Wohnung, die Alfheim heißt. Da haust das Volk,
das man Lichtalfen nennt: aber die Schwarzalfen (Döckalfar) wohnen unten
in der Erde, und sind jenen ungleich von Angesicht, und noch viel un-
gleicher in ihren Verrichtungen. Die Lichtalfen sind schöner als die Sonne
von Angesicht; aber die Schwarzalfen schwärzer als Pech. Da ist auch
eine Wohnung, die Breidablick heißt, und das ist die schönste von allen.
Ein anderes Gebäude heißt Glitnir: dessen Wände, Säulen und Balken
sind von rothem Golde und das Dach von Silber. Da ist auch ein Bau,
der Himinbiörg (Himmelsburg) heißt, der steht an des Himmels Ende, da
wo die Brücke Bifröst an den Himmel reicht; da ist ferner ein großer Saal,
der Walaskialf heißt: das ist Odhins Saal. Ihn schufen die Götter und
deckten ihn mit schierem Silber. In diesem Saal ist der Hochsitz, der
Hlidskialf heißt, und wenn Allvater auf diesem Hochsitz sitzt, so übersieht er
die ganze Welt. Am südlichen Ende des Himmels ist der Pallast, der Gimil
heißt und der schönste von allen ist und glänzender als die Sonne. Er
wird stehen bleiben, wenn sowohl Himmel als Erde vergehen, und alle
guten und rechtschaffenen Menschen aller Zeitalter werden ihn bewohnen.
So heißt es in der Wöluspa:

> Einen Saal sah ich lichter als die Sonne,
> Mit Gold gedeckt, auf Gimils Höhn.
> Da werden bewährte Leute wohnen,
> Und ohne Ende der Ehren genießen.

Da fragte Gangleri: Wer bewahrt diesen Pallast, wenn Surturs Lohe
Himmel und Erde verbrennt? Har antwortete: Es wird gesagt, daß es
einen Himmel südlich und oberhalb von diesem gebe, welcher Andlang heiße.
Und noch ein dritter Himmel sei über ihnen, welcher Widblain heiße, und
in diesen Himmeln glauben wir sei der Pallast belegen und nur von den
Lichtalfen glauben wir diesen Pallast jetzt bewohnt.

18. Da fragte Gangleri: Woher kommt der Wind, der so stark ist,
daß er das Weltmeer aufrührt und Feuer anfacht? Aber so stark er ist,
kann ihn doch Niemand sehen: wie ist das wunderlich beschaffen! Da
antwortete Har: Das kann ich dir wohl sagen. Am nördlichen Ende des
Himmels sitzt eine Riese, der Hräswelgr (Leichenschwelger) heißt. Er hat
Adlersgestalt und wenn er zu fliegen versucht, so entsteht der Wind unter
seinen Fittichen. Davon heißt es so:

> Hräswelg heißt, der an Himmels Ende sitzt,
> In Adlerskleid ein Jote.
> Mit seinen Fittichen facht er den Wind
> Ueber alle Völker.

19. Da fragte Gangleri: Wie kommt es, daß der Sommer heiß ist und der Winter kalt? Har antwortete: Nicht soll ein kluger Mann also fragen, denn hievon weiß ein Jeder Kunde zu geben. Wenn du aber allein so unwißend bist, daß du dieß nie gehört hast, so will ich dir lieber zulaßen, daß du einmal unweise fragst als daß du länger dessen unkundig bleibst was ein Jeder wißen sollte. Swasudr heißt der Vater des Sommers; der ist so wonnig, daß nach seinem Namen alles süß (swasligt) heißt was milde ist. Aber der Vater des Winters heißt bald Windleni (Windbringer), bald Windswalr (Windkühl), und dieß Geschlecht ist grimmig und kaltherzig und der Winter artet ihm nach.

20. Da fragte Gangleri: Welches sind die Asen, an welche die Menschen glauben sollen? Har antwortete: Es giebt zwölf göttliche Asen. Da sprach Jafnhar: Die Asinnen sind nicht minder heilig und ihre Macht nicht geringer. Da sprach Thridi: Odhin ist der vornehmste und älteste der Asen. Er waltet aller Dinge, und obwohl auch andere Götter Macht haben, so dienen ihm doch alle wie Kinder ihrem Vater. Seine Frau ist Frigg; sie weiß aller Menschen Geschick, obgleich sie es Keinem vorhersagt. So wird berichtet, daß Odhin selbst zu dem Asen sagte, der Loki heißt:

> Irr bist du, Loki, daß du selber anführst
> Die schnöden Schandthaten.
> Wohl weiß Frigg Alles was sich begiebt
> Ob sie schon es nicht sagt.

Odhin heißt Allvater, weil er aller Götter Vater ist, und Walvater, weil alle seine Wunschsöhne sind, die auf dem Walplatz fallen. Sie werden in Walhall und Wingolf aufgenommen und heißen da Einherier. Er heißt auch Hangagott oder Haptagott, Farmagott und nannte sich noch mit vieler Namen als er zu König Geirröd kam:

> Ich heiße Grimur und Gangleri,
> Herian, Hialmberi,
> Thekr, Thridi, Thudr, Udr,
> Helblindi und Har.

> Sadr, Swipal und Sanngetal,
> Herteitr und Hnikar,
> Bileigr und Baleigr, Bölwerkr, Fiölnir,
> Grimnir, Glapswidr, Fiölswidr.
>
> Sidhöttr, Sidskeggr, Siegvater, Hnikudr,
> Allvater, Atridr, Farmatyr,
> Oski, Omi, Jafnhar, Biflindi,
> Göndlir, Harbardr.
>
> Swidur, Swidrir, Jalkr, Kialar, Widur,
> Thror, Yggr, Thundr, Wakr, Skilfingr,
> Wasudr, Hroptatyr, Gautr, Weratyr.

Da sprach Gangleri: Erschrecklich viel Namen habt ihr ihm gegeben, und wohl glaube ich, daß der sehr klug sein müße, der weiß und angeben kann, welche Begebenheiten einen jeden dieser Namen veranlaßt haben. Da antwortete Har: Wohl gehört Klugheit dazu, das genau zu erörtern; aber doch ist davon in der Kürze zu sagen, daß dieß zu den meisten dieser Benennungen Veranlaßung gab, daß so vielerlei Sprachen in der Welt sind, denn alle Völker glaubten seinen Namen nach ihrer Zunge einrichten zu müßen um ihn damit anzurufen und anzubeten. Andere Veranlaßungen zu diesem Namen müßen in seinen Fahrten gesucht werden, die in alten Sagen berichtet werden, und du magst mit Nichten ein kluger Mann heißen, wenn du nicht von diesen merkwürdigen Begebenheiten zu erzählen weißt.

21. Da fragte Gangleri: Wie heißen die Namen der andern Asen? Und was haben sie Großes angerichtet? Har antwortete: Thôr ist der vornehmste von ihnen. Er heißt Asathor oder Ökuthor, und ist der stärkste aller Götter und Menschen. Ihm gehört das Reich, das Thrudwangr genannt wird, aber sein Pallast heißt Bilskirnir. Dieser Pallast hat fünfhundert und vierzig Gemächer und ist das gröste Gebäude, das je gemacht werden ist. So heißt es in Grimnismal:

> Fünfhundert Gemächer und viermal zehn
> Weiß ich in Bilskirnirs Bau.
> Von allen Häusern, die Dächer haben,
> Glaub ich meines Sohns das gröste.

Thôr hat zwei Böcke, sie heißen Tanngniostr und Tanngrisnir (Zahnknisterer und Zahnknirscher) und einen Wagen, worin er fährt. Die Böcke ziehen den Wagen: darum heißt er Ökuthor. Er hat auch drei Kleinode:

den Hammer Mjölnir, den Hrimthursen und Bergriesen kennen, wenn er
geschwungen wird; was nicht zu verwundern ist, denn er hat ihren Vätern
und Freunden manchen Kopf damit zerschlagen. Sein anderes Kleinod ist
der Kraftgürtel, Megingiardr genannt: wenn er den um sich spannt, so
wächst ihm die Asenkraft um die Hälfte. Noch ein drittes Ding hat er,
in dem großer Werth liegt, das sind seine Eisenhandschuhe: die kann er
nicht missen um den Schaft des Hammers zu fassen. Und Niemand ist so
klug, daß er alle seine Großthaten zu erzählen wüßte. Ich könnte so
manche Zeitung von ihm berichten, daß der Tag vergehen würde ehe Alles
gesagt wäre was ich weiß.

22. Da sprach Gangleri: Ich möchte auch von den andern Asen
Kunde hören. Har sprach: Odhins anderer Sohn ist Baldur. Von ihm
ist nur Gutes zu sagen: er ist der beste und wird von allen gelobt. Er
ist so schön von Antlitz und so glänzend, daß ein Schein von ihm ausgeht.
Ein Kraut ist so licht, daß es mit Baldurs Augenbrauen verglichen wird,
es ist das lichteste aller Kräuter: davon magst du auf die Schönheit seines
Haars sowohl als seines Leibes schließen. Er ist der weiseste, beredteste
und mildeste von allen Asen. Er hat die Eigenschaft, daß Niemand seine
Urtheile schelten kann. Er bewohnt im Himmel die Stätte, welche Breidablick heißt. Da wird nichts unreines geduldet, wie hier gesagt wird:

> Die siebente ist Breidablick, da hat Baldur sich
> Die Halle erhöht
> In jener Gegend, wo ich der Greuel
> Die wenigsten lauschen weiß.

23. Der dritte Ase ist Niördr genannt, er bewohnt im Himmel die
Stätte, welche Noatun heißt. Er beherscht den Gang des Windes und
stillt Meer und Feuer; ihn ruft man zur See und bei der Fischerei an.
Er ist so reich und vermögend, daß er allen, welche ihn darum anrufen,
Gut, liegendes sowohl als fahrendes, gewähren mag. Er ward in Wanaheim erzogen, und die Wanen gaben ihn den Göttern zum Geisel und
nahmen dafür von den Asen zum Geisel den Hönir: so verglichen sich durch
ihn die Götter mit den Wanen. Niörds Frau heißt Skadhi und ist die
Tochter des Riesen Thiassi. Skadi wollte wohnen, wo ihr Vater gewohnt
hatte, nämlich auf den Felsen in Thrymheim; aber Niördr wollte sich bei
der See aufhalten. Da verglichen sie sich dahin, daß sie neun Nächte in
Thrymheim und dann andere neun (drei) in Noatun sein wollten. Aber
da Niördr von den Bergen nach Noatun zurück kam, sang er:

Leid sind mir die Berge; nicht lange war ich dort,
Nur neun Nächte.
Der Wölfe Heulen dauchte mich widrig
Gegen der Schwäne Singen.

Aber Skadi sang:

Nicht schlafen konnt ich am Ufer der See
Vor der Vögel Lärm;
Da weckte mich vom Waßer kommend
Jeden Morgen die Möve.

Da zog Skadi nach den Bergen und wohnte in Thrymheim. Da jagt
sie oft auf Schrittschuhen mit ihrem Bogen nach Thieren. Sie heißt (nach
den Schrittschuhen) Öndurdis. Von ihr heißt es:

Thrymheim heißt die sechste, wo Thiassi hauste,
Jener mächtige Jote;
Nun bewohnt Skadi, die scheue Götterbraut,
Des Vaters alte Veste.

24. Niörd in Noatun zeugte seitdem zwei Kinder. Der Sohn hieß
Freyr und die Tochter Freyja. Sie waren schön von Antlitz und mächtig.
Freyr ist der trefflichste unter den Asen. Er herscht über Regen und
Sonnenschein und das Wachstum der Erde und ihn soll man anrufen
um Fruchtbarkeit und Frieden. Freyja ist die herlichste der Asinnen. Sie
hat die Wohnung im Himmel, die Folkwang heißt und wenn sie zum
Kampfe zieht, gehört die Hälfte der Gefallenen ihr und die Hälfte Odhin,
wie hier gesagt ist:

Folkwang ist die neunte: da hat Freyja Gewalt
Die Sitze zu ordnen im Saal.
Der Walstatt Hälfte hat sie täglich zu wählen;
Odhin hat die andre Hälfte.

Ihr Saal Sessrumnir ist groß und schön. Wenn sie ausfährt, sind
zwei Katzen vor ihren Wagen gespannt. Sie ist denen gewogen, welche sie
anrufen und von ihr hat der Ehrenname den Ursprung, daß man vor-
nehme Weiber Frauen nennt. Sie liebt den Minnesang und es ist gut,
sie in Liebessachen anzurufen.

25. Da sprach Gangleri: Groß scheint mir die Macht dieser Asen
und nicht zu verwundern ist es, daß so viel Gewalt euch beiwohnt, da ihr
so gute Kunde habt von den Göttern und wißt, wen von ihnen man in

jedem Falle anzurufen hat. Sind aber nicht noch mehr Götter? Har versetzte: Da ist noch ein Ase, der Tyr heißt. Er ist sehr kühn und muthig
und herrscht über den Sieg im Kriege: darum ist es gut, daß Kriegsmänner
ihn anrufen. Wer kühner ist als Andere und vor nichts sich scheut, von
dem sagt man sprichwörtlich, er sei tapfer wie Tyr. Er ist auch so weise,
daß man von Klugen sagt, sie seien weise wie Tyr. Ein Beweis seiner
Kühnheit ist dieß: Als die Asen den Fenriswolf überredeten, sich mit dem
Bande Gleipnir binden zu laßen, traute er ihnen nicht, daß sie ihn wieder
lösen würden, bis sie zum Unterpfande Tyrs Hand in seinen Mund legten.
Und als die Asen ihn nicht wieder lösen wollten, biß er ihm die Hand an
der Stelle ab, die nun Wolfsglied heißt. Seitdem ist Tyr einhändig, gilt
aber den Menschen nicht für einen Friedensstifter.

26. Ein anderer Ase heißt Bragi. Er ist berühmt durch Beredsam-
keit und Wortfertigkeit und sehr geschickt in der Skaldenkunst, die nach ihm
Bragur genannt wird, sowie auch diejenigen nach seinem Namen Bragur-
leute heißen, die redefertiger sind als andere Männer und Frauen. Seine
Frau heißt Idun: sie verwahrt in einem Gefäße die Aepfel, welche die
Götter genießen sollen wenn sie altern, denn sie werden alle jung davon,
und das mag währen bis zur Götterdämmerung. Da sprach Gangleri:
Mich dünkt die Götter haben der Treue und Sorgsamkeit Iduns große
Dinge anvertraut. Da sprach Har und lächelte: Beinahe wäre es einmals
schlimm damit ergangen: ich könnte dir davon wohl erzählen; aber du sollst
erst die Namen der andern Asen hören.

27. Heimdall heißt einer, der auch der weiße As genannt wird. Er
ist groß und hehr und von neun Mädchen, die Schwestern waren, geboren.
Er heißt auch Hallinskidi und Gullintanni, weil seine Zähne von Gold sind.
Sein Pferd heißt Gulltopp. Er wohnt auf Himinbiörg bei Bifröst. Er
ist der Wächter der Götter und wohnt dort an des Himmels Ende, um
die Brücke vor den Bergriesen zu bewahren. Er bedarf weniger Schlaf
als ein Vogel und sieht sowohl bei Nacht als bei Tag hundert Rasten
weit; er hört auch das Gras in der Erde und die Wolle auf den Schafen
wachsen, mithin auch Alles was einen stärkern Laut giebt. Er hat eine
Trompete, die Giallarhorn heißt und bläst er hinein, so wird es in allen
Welten gehört. Heimdalls Schwert heißt Haupt. Von ihm heißt es:

Himinbiörg ist die achte, wo Heimdall soll
Der Weihestatt walten.
Der Götterwächter schlürst in schöner Wohnung
Selig den süßen Meth.

Auch sagt er selbst in Heimdalls Gesang:

Ich bin neun Mütter Sohn und von neun Schwestern geboren.

28. Hödur heißt Einer der Asen. Er ist blind, aber sehr stark, und möchten die Götter wohl wünschen, daß sie seinen Namen nicht nennen dürften, denn nur allzulange wird seiner Hände Werk Göttern und Menschen im Gedächtniß bleiben.

29. Widar heißt einer, der auch der schweigende Ase genannt wird. Er hat einen dicken Schuh, und ist der stärkste nach Thor. Auf ihn vertrauen die Götter in allen Gefahren.

30. Ali oder Wali heißt Einer der Asen, Odhins Sohn und der Rinda. Er ist kühn in der Schlacht und ein guter Schütze.

31. Uller heißt ein Ase, Sohn der Sif und Thors Stiefsohn. Er ist ein so guter Bogenschütze und Schrittschuhläufer, daß Niemand sich mit ihm messen kann. Er ist schön von Angesicht und kriegerisch von Gestalt. Bei Zweikämpfen soll man ihn anrufen.

32. Forseti heißt der Sohn Baldurs und der Nanna, der Tochter Neps. Er hat im Himmel den Saal, der Glitnir heißt, und alle, die sich in Rechtsstreitigkeiten an ihn wenden, gehen verglichen nach Hause. Das ist der beste Richterstuhl für Götter und Menschen. Es heißt von ihm:

> Glitnir ist die zehnte: auf goldnen Säulen ruht
> Des Saales Silberdach.
> Da thront Forseti den langen Tag
> Und schlichtet allen Streit.

33. Noch zählt man Einen zu den Asen, den Einige den Verläserer der Götter, den Anstifter alles Betrugs, und die Schande der Götter und Menschen nennen. Sein Name ist Loki oder Loptr, und sein Vater der Riese Farbauti; seine Mutter heißt Laufey oder Nal; seine Brüder sind Bileistr und Helblindi. Loki ist schmuck und schön von Gestalt, aber bös von Gemüth und sehr unbeständig. Er übertrifft alle andern in Schlauheit und jeder Art von Betrug. Er brachte die Asen in manche Verlegenheit; doch half er ihnen oft auch durch seine Klugheit wieder heraus. Seine Frau heißt Sigyn, und deren Sohn Nari oder Narwi.

34. Loki hatte noch andere Kinder. Angurboda hieß ein Riesenweib in Jötunheim: mit der zeugte Loki drei Kinder: das erste war der Fenriswolf, das andere Jörmungandr, d. i. die Midgardschlange, das dritte war Hel. Als aber die Götter erfuhren, daß diese drei Geschwister in Jötunheim erzogen würden, und durch Weissagung erkannten, daß ihnen von

diesen Geschwistern Verrath und großes Unheil bevorstehe, indem sie Böses
von Mutter-, aber noch Schlimmeres von Vaterswegen von ihnen erwarten
zu müßen glaubten, schickte Allvater die Götter, daß sie diese Kinder nähmen
und zu ihm brächten. Als sie aber zu ihm kamen, warf er die Schlange
in die tiefe See, welche alle Länder umgiebt, wo die Schlange zu solcher
Größe erwuchs, daß sie mitten im Meer um alle Länder liegt und sich in
den Schwanz beißt. Die Hel aber warf er hinab nach Niflheim und gab
ihr Gewalt über neun Welten, daß sie denen Wohnungen anwiese, die zu
ihr gesendet würden: solchen nämlich, die vor Alter oder an Krankheiten
starben. Sie hat da eine große Wohnstätte; das Gehege umher ist außer-
ordentlich hoch und mit mächtigen Gittern verwahrt. Ihr Saal heißt
Elend, Hunger ihre Schüßel, Gier ihr Meßer, Träg (Ganglat) ihr Knecht,
Langsam (Ganglöt) ihre Magd, Einsturz ihre Schwelle, ihr Bette Küm-
merniß und ihr Vorhang dräuendes Unheil. Sie ist halb schwarz, halb
menschenfarbig, also kenntlich genug durch grimmiges, furchtbares Aussehen.

Den Wolf erzogen die Götter bei sich und Thr allein hatte den Muth
zu ihm zu gehen und ihm zu Eßen zu geben. Und als die Götter sahen,
wie sehr er jeden Tag wuchs, und alle Vorhersagungen meldeten, daß er
zu ihrem Verderben bestimmt sei, da faßten die Asen den Beschluß, eine
sehr starke Feßel zu machen, welche sie Läding (Leuthing) hießen. Die
brachten sie dem Wolf und baten ihn, seine Kraft an der Kette zu versuchen.
Der Wolf hielt das Band nicht für überstark und ließ sie damit machen was
sie wollten. Aber das erstemal, daß der Wolf sich streckte, brach das Band
und er war frei von Läding. Darauf machten die Asen eine andere noch
halbmal stärkere Feßel, die sie Droma nannten. Sie baten den Wolf,
auch diese Kette zu versuchen, und sagten, er würde seiner Kraft wegen
sehr berühmt werden, wenn ein so starkes Geschmeide ihn nicht halten
könnte. Der Wolf bedachte, daß dieses Band viel stärker sei, daß aber
auch seine Kraft gewachsen seit er das Band Läding gebrochen hatte; zugleich erwog er, daß er sich entschließen müße einige Gefahr zu bestehen,
wenn er berühmt werden wolle. Er ließ sich also das Band anlegen. Als
die Asen damit fertig waren, schüttelte sich der Wolf und reckte sich und
schlug das Band an den Boden, daß die Stücke weit davon flogen. So
brach er sich los von Droma. Das ward hernach sprichwörtlich, sich aus
Läding zu lösen, oder aus Droma zu befreien, wenn von einer schwierigen
Sache die Rede ist. Darnach fürchteten die Asen, daß sie den Wolf nicht
würden binden können. Da schickte Allvater den Jüngling Skirnir genannt,
der Freys Diener war, zu einigen Zwergen in Schwarzalfenheim, und ließ

das Band Gleipnir verfertigen. Dieß war aus sechserlei Dingen gemacht:
aus dem Schall des Katzentritts, dem Bart der Weiber, den Wurzeln der
Berge, den Sehnen der Bären, der Stimme der Fische und dem Speichel
der Vögel. Hast du auch diese Geschichte nie gehört, so magst du doch bald
befinden, daß sie wahr ist und wir dir nicht lügen, denn da du wohl bemerkt hast, daß die Frauen keinen Bart, die Berge keine Wurzeln haben
und der Katzentritt keinen Schall giebt, so magst du mir wohl glauben,
daß das Uebrige eben so wahr ist, was ich dir gesagt habe, wenn du auch
von einigen dieser Dinge keine Erfahrung hast. Da sprach Gangleri: An
den Dingen, die du zum Beispiel anführst, kann ich allerdings die Wahrheit erkennen; aber wie war das Band beschaffen? Har antwortete: Das
kann ich dir wohl sagen: das Band war schlicht und weich wie ein Seidenband und so stark und fest wie du sogleich hören sollst. Als das Band
den Asen gebracht wurde, dankten sie dem Boten für das wohl verrichtete
Geschäft und fuhren dann auf die Insel Lyngwi im See Amswartnir,
riefen den Wolf herbei, zeigten ihm das Seidenband und baten ihn es zu
zerreißen. Sie sagten, es wäre wohl etwas stärker als es nach seiner Dicke
das Aussehen habe. Sie gaben es Einer dem Andern und versuchten ihre
Stärke daran, allein es riß nicht. Doch sagten sie, der Wolf werde es
wohl zerreißen mögen. Der Wolf antwortete: Um dieses Band dünkt es
mich so als wenn ich wenig Ehre damit einlegen möchte, wenn ich auch
eine so schwache Fessel entzweireiße; falls es aber mit List und Betrug gemacht ist, obgleich es so schwach scheint, so kommt es nicht an meine Füße.
Da sagten die Asen, er möge leicht ein dünnes Seidenband zerreißen, da
er zuvor die schweren Eisenfesseln zerbrochen habe. Wenn du aber dieses
Band nicht zerreißen kannst, so haben die Götter sich nicht vor dir zu
fürchten und wir werden dich dann lösen. Der Wolf antwortete: Wenn
ihr mich so fest bindet, daß ich mich selbst nicht lösen kann, so spottet ihr
mein und es wird mir spät werden, Hülfe von euch zu erlangen: darum
bin ich nicht gesonnen mir dieß Band anlegen zu laßen. Eh ihr mich aber
der Feigheit zeiht, so lege Einer von euch seine Hand in meinen Mund
zum Unterpfand, daß es ohne Falsch hergeht. Da sah ein Ase den Andern an, die Gefahr deuchte sie doppelt groß und Keiner wollte seine Hand
herleihen bis Tyr zuletzt seine Rechte darbot und sie dem Wolfe in den
Mund legte. Und da der Wolf sich reckte, da erhärtete das Band und je
mehr er sich anstrengte, desto stärker ward es. Da lachten alle außer Tyr,
denn er verlor seine Hand. Als die Asen sahen, daß der Wolf völlig gebunden sei, nahmen sie den Strick am Ende der Kette, der Gelgia hieß,

und zogen ihn durch einen großen Felsen, Giöll genannt, und festigten
den Felsen tief im Grunde der Erde. Auch nahmen sie noch ein anderes
Felsenstück, Thwiti genannt, das sie noch tiefer in die Erde versenkten und
das ihnen als Widerhalt diente. Der Wolf riß den Rachen furchtbar auf,
schnappte nach ihnen und wollte sie beißen; aber sie steckten ihm ein Schwert
in den Gaumen, daß das Heft wider den Unterkiefer, und die Spitze gegen
den Oberkiefer stand: damit ist ihm das Maul gesperrt. Er heult entsetzlich,
und Geifer rinnt aus seinem Munde und wird zu dem Fluß, den man
Wan nennt. Also liegt er bis zur Götterdämmerung. Da sprach Gangleri:
Wahrlich, üble Kinder zeugte Loki, und dieß ganze Geschlecht ist furchtbar.
Aber warum tödteten die Asen den Wolf nicht, da sie doch Uebels von ihm
erwarteten? Har antwortete: die Asen halten ihre Heiligtümer und Frei-
stätten so sehr in Ehren, daß sie mit dem Blute des Wolfs sie nicht be-
flecken wollten, obgleich Weißagungen verkündeten, daß er Odhins Mörder
werden solle.

35.   Da fragte Gangleri: Welches sind die Asinnen? Har antwortete: Frigg ist die vornehmste: Ihr gehört der Pallast, der Fensal heißt,
und überaus schön ist.   Eine andere heißt Saga, die Söckwabeck bewohnt,
das auch eine große Halle ist. Die dritte ist Eir, die beste der Aerztinnen.
Die vierte Gefion: sie ist unvermählt und ihr gehören alle, die unvermählt
sterben. Fulla, die fünfte, ist auch Jungfrau, und trägt loses Haar und
ein Goldband ums Haupt. Sie trägt Friggs Schmuckkästchen, wartet ihrer
Fußbekleidung und nimmt Theil an ihrem heimlichen Rath. Freyja ist die
vornehmste nach Frigg; sie ist einem Manne vermählt, der Odhur heißt.
Deren Tochter heißt Hnoss: die ist so schön, daß nach ihrem Namen Alles
genannt wird, was schön und kostbar ist. Odhur zog fort auf ferne Wege,
und Freyja weint ihm nach und ihre Zähren sind rothes Gold. Freyja hat
viele Namen: die Ursache ist, daß sie sich oft andere Namen gab, als sie
Odhur zu suchen zu unbekannten Völkern fuhr. Sie heißt Mardöll, Hörn,
Gefn und Syr. Freyja besitzt den Halsschmuck, Brisinga Men genannt.
Sie heißt auch Wanadis (Wanengöttin). Die siebente heißt Siöfn; sie
sucht die Gemüther der Menschen, der Männer wie der Frauen, zur Zärt-
lichkeit zu wenden, und nach ihrem Namen ist die Liebe Siafni genannt.
Die achte, Lofn, ist den Anrufenden so mild und gütig, daß sie von Allvater oder Frigg Erlaubniß hat, Männer und Frauen zu verbinden, was
auch sonst für Hinderniß oder Schwierigkeit entgegenstehe. Daher ist nach
ihrem Namen der Urlaub genannt, so wie Alles was Menschen loben und
preisen. Die neunte ist Wara; sie hört die Eide und Verträge, welche

Männer und Frauen zusammen schließen und straft diejenigen, welche sie
brechen. Wara ist weise und erforscht Alles, so daß ihr nichts verborgen
bleibt; daher kommt die Redensart, daß man eines Dinges gewahr werde,
wenn man es in Erfahrung bringt. Die zehnte ist Syn, welche die Thüren
der Halle bewacht und denen verschließt, welche nicht eingehen sollen; ihr ist
auch der Schutz deren befohlen, die bei Gericht eine Sache in Abrede stellen,
daher die Redensart: Abwehr (Syn) ist vorgeschoben, wenn man die Schuld
läugnet. Die eilfte ist Hlin, die Solchen zum Schutz bestellt ist, welche
Frigg vor einer Gefahr behüten will. Daher das Sprichwort: Wer sich in
Nöthen retten will, lehnt sich an (hleinir). Die zwölfte ist Snotra; sie ist
weis und feinsinnig: nach ihr heißen alle snotr, sowohl Männer als Frauen,
die klug und feinsinnig sind. Die dreizehnte ist Gna, welche Frigg in ihren
Geschäften nach allen Welttheilen schickt. Sie hat ein Pferd, das durch Luft
und Flut rennt und Hofhwarfnir heißt. Einst geschah es, daß sie von
etlichen Wanen gesehen ward, da sie durch die Luft ritt. Da sprach einer:

> Was fliegt da, was fährt da,
> Was lenkt durch die Luft?

Sie antwortete:

> Ich fliege nicht, ich fahre nicht,
> Ich lenke durch die Luft
> Auf Hofhwarfnir, den Hamskerpir
> Zeugte mit Gardrofwa.

Nach Gnas Namen gebraucht man den Ausdruck gnäfa von allem Hoch-
fahrenden. Auch Sol und Bil zählen zu den Asinnen. Ihres Ursprungs
ist zuvor gedacht.

36. Noch andere sind, die in Walhall dienen, das Trinken bringen,
das Tischzeug und die Aelschalen verwahren sollen. In Grimnismal wird
ihrer so gedacht:

> Hrist und Mist sollen das Horn mir reichen;
> Skeggiöld und Skögul,
> Hlöck (Hlanka) und Herfiötr, Hildr und Thrudr,
> Göll und Geirahöd,
> Randgrid und Radgrid und Reginleif
> Schenken den Einheriern Ael.

Diese heißen Walküren. Odhin sendet sie zu jedem Kampf. Sie
wählen die Fallenden und walten des Sieges. Gudr und Rota und die
jüngste der Nornen, welche Skuld heißt, reiten beständig den Wal zu kiesen

und des Kampfs zu walten.   Auch Jörd, die Mutter Thors, und Rinda,
Walis Mutter, zählen zu den Asinnen.

37. Gymir hieß ein Mann, und seine Frau Oerboda; sie war Bergriesengeschlechts.   Deren Tochter ist Gerdr, die schönste aller Frauen.   Eines
Tages war Freyr auf Hlidskialf gegangen und sah über alle Welten.   Als
er nach Norden blickte, sah er in einem Gehege ein großes und schönes
Haus.   Zu diesem Hause ging ein Mädchen, und als sie die Hände erhob,
um die Thüre zu öffnen, da leuchteten von ihren Händen Luft und Waßer,
und alle Welten stralten von ihr wieder.   Und so rächte sich seine Vermeßen-
heit an ihm, sich an diese heilige Stätte zu setzen, daß er harmvoll hinweg-
ging.   Und als er heim kam, sprach er nicht, auch mochte er weder schlafen
noch trinken und Niemand wagte es, das Wort an ihn zu richten.   Da
ließ Niörd den Skirnir, Freys Diener, zu sich rufen und bat ihn, zu
Freyr zu gehen, mit ihm zu reden und zu fragen, warum er so zornig
sei, daß er mit Niemand reden wolle.   Skirnir sagte, er wolle gehen, aber
ungern, denn er versehe sich übler Antwort von ihm.   Und als er zu
Freyr kam, fragte er, warum Freyr so finster sei und mit Niemand rede.
Da antwortete Freyr und sagte, er habe ein schönes Weib gesehen und um
ihretwillen sei er so harmvoll, daß er nicht länger leben möge, wenn er
sie nicht haben solle: „Und nun sollst du fahren und für mich um sie bitten,
und sie mit dir heimführen ob ihr Vater wolle oder nicht, und will ich dir
das wohl lohnen."   Da antwortete Skirnir und sagte, er wolle die Botschaft werben, wenn ihm Freyr sein Schwert gebe.   Das war ein so gutes
Schwert, daß es von selbst focht.   Und Freyr ließ es ihm daran nicht
mangeln und gab ihm das Schwert.   Da fuhr Skirnir und warb um das
Mädchen für ihn und erhielt die Verheißung, nach neun (drei) Nächten
wolle sie an den Ort kommen, der Barri heiße und mit Freyr Hochzeit
halten.   Und als Skirnir dem Freyr sagte, was er ausgerichtet habe, da
sang er so:

> Lang ist Eine Nacht,   länger sind zwei,
> Wie mag ich dreie dauern?
> Oft daucht' ein Monat mich   minder lang
> Als eine halbe Nacht des Harrens.

Das ist die Ursache, warum Freyr kein Schwert hatte, als er mit
Beli stritt und ihn mit einem Hirschhorn erschlug.   Da sprach Gangleri:
Es ist sehr zu verwundern, daß ein solcher Häuptling, wie Freyr ist, sein
Schwert hingab ohne ein gleich gutes zu behalten.   Ein erschrecklicher
Schade war ihm das, als er mit jenem Beli kämpfte, und ich glaube

gewiß, daß ihn da seiner Gabe gereute. Da antwortete Har: Es lag wenig daran, als er dem Beli begegnete, denn Freyr hätte ihn mit der Hand tödten können; aber es kann geschehen, daß es den Freyr übler dünkt, sein Schwert zu missen, wenn Muspels Söhne zu streiten kommen.

38. Da sprach Gangleri: Du sagtest, daß alle die Männer, die im Kampf gefallen sind von Anbeginn der Welt, zu Odhin nach Walhall gekommen seien. Was hat er ihnen zum Unterhalt zu geben? Denn mich dünkt, das muß eine gewaltige Menge sein. Da antwortete Har: Es ist wahr, was du sagst: eine gewaltige Menge ist da, und noch viel mehr müssen ihrer werden; aber doch wird es scheinen, ihrer seien viel zu wenig, wenn der Wolf kommt. Und niemals ist die Volksmenge in Walhall so groß, daß ihr das Fleisch des Ebers nicht genügen möchte, der Sährimnir hieß. Jeglichen Tag wird er gesotten und ist am Abend wieder heil. Doch dünkt mich wahrscheinlich, daß dir Wenige auf die Frage, die du jetzt gefragt hast, richtig Bescheid sagen werden. Andhrimnir heißt der Koch und der Kessel Eldhrimnir, wie hier gesagt ist:

> Andhrimnir läßt in Eldhrimnir
> Sährimnir sieden,
> Das beste Fleisch; doch erfahren Wenige
> Wieviel der Einherier essen.

Da fragte Gangleri: Genießt Odhin von derselben Speise wie die Einherier? Har antwortete: Die Speise, die auf seinem Tische steht, giebt er seinen beiden Wölfen, welche Geri und Freki heißen, und keiner Kost bedarf er; Wein ist ihm Trank und Speise, wie es heißt:

> Geri und Freki füttert der kriegegewohnte
> Herliche Heervater,
> Da nur von Wein der waffenhehre
> Odhin ewig lebt.

Zwei Raben sitzen auf seinen Schultern und sagen ihm ins Ohr alle Zeitungen, die sie hören und sehen; sie heißen Hugin und Munin. Er sendet sie Morgens aus, alle Welten zu umfliegen, und Mittags kehren sie zurück und so wird er manche Zeitungen gewahr. Die Menschen nennen ihn darum Rabengott. Davon wird gesagt:

> Hugin und Munin müßen jeden Tag
> Ueber die Erde fliegen.
> Ich fürchte, daß Hugin nicht nach Hause kehrt;
> Doch sorg ich mehr um Munin.

39. Da fragte Gangleri: Was haben die Einherier zu trinken, daß ihnen so genügen mag als ihre Speise? Oder wird da Waßer getrunken? Da antwortete Har: Wunderlich fragst du nun, als ob Alvater Könige, Jarle und andere herrliche Männer zu sich entbieten würde und gäbe ihnen Waßer zu trinken. Ich weiß gewiß, daß Manche nach Walhall kommen, die meinen sollten, einen Trunk Waßers theuer erkauft zu haben, wenn ihnen da nichts Beßeres geboten würde, nachdem sie Wunden und tödliche Schmerzen erduldet haben. Aber viel Anderes kann ich dir davon berichten. Die Ziege, die Heidrun heißt, steht über Walhall und weidet an den Zweigen des vielberühmten Baumes, der Lärad genannt wird, und von ihrem Euter fließt so viel Meth, daß sie täglich ein Gefäß füllt, das so groß ist, daß alle Einherier davon vollauf zu trinken haben. Da sprach Gangleri: Das ist eine gewaltig treffliche Ziege und ein ausbündig guter Baum muß das sein, an dem sie weidet. Da versetzte Har: Noch merkwürdiger jedoch ist der Hirsch Eikthyrnir, der in Walhall steht und an den Zweigen desselben Baumes nagt; und von seinem Gehörn fallen so viel Tropfen herab, daß sie nach Hwergelmir fließen, und daraus folgende Ströme entspringen, Sid, Wid, Sekin, Ekin, Swöl, Gunnthro, Fiörm, Fimbulthul, Gipul, Göpul, Gömul, Geirwimul; diese umfließen der Asen Gebiet. Aber noch diese werden genannt: Thyn, Win, Thöll, Böll, Grad, Gunnthrain, Nyt, Naut, Nönn, Hrönn, Wina, Wegswin, Thiodnuma.

40. Da sprach Gangleri: Dieß sind wunderliche Dinge, die du mir da sagst. Ein furchtbar großes Haus muß Walhall sein und ein großes Gedränge mag da oft an den Thüren entstehen. Da versetzte Har: Warum fragst du nicht, wie viel Thüren an Walhall seien, und von welcher Größe? Wenn du das sagen hörst, wirst du gestehen, daß es wunderlich wäre, wenn nicht ein Jeder aus- und eingehen könnte wie er wollte. Auch das mag mit Wahrheit gesagt werden, daß es nicht schwerer ist, Platz darin zu finden als hineinzukommen. Hier magst du hören, wie es in Grimnismal heißt:

> Fünfhundert Thüren　und viermal zehn
> Weiß ich in Walhall.
> Achthundert Einherier　gehn aus je Einer,
> Wenn es dem Wolf zu wehren gilt.

41. Da sprach Gangleri: Eine gewaltige Menge ist in Walhall und ich muß wohl glauben, daß Odhin ein gewaltiger Häuptling ist, wenn er so großem Heere gebeut. Aber was ist der Einherier Kurzweil, wenn sie nicht zechen? Har antwortete: Jeden Morgen, wenn sie angekleidet sind,

wappnen sie sich und gehen in den Hof und kämpfen und fällen einander.
Das ist ihr Zeitvertreib. Und wenn es Zeit ist zum Mittagsmal, reiten
sie heim gen Walhall und setzen sich an den Trinktisch, wie hier gesagt ist:

> Die Einherier alle in Odhins Saal
> Streiten Tag für Tag;
> Sie kiesen den Wal, und reiten vom Kampf heim
> Mit Asen Ael zu trinken;
> Dann sitzen sie friedlich beisammen.

Aber wahr ist was du sagtest, Odhin ist ein großer Häuptling: dafür
giebt es Beweise genug. So heißt es hier mit der Asen eigenen Worten:

> Die Esche Yggdrasils ist der Bäume erster,
> Skidbladnir der Schiffe,
> Odhin der Asen, aller Rosse Sleipnir,
> Bifröst der Brücken, der Skalden Bragi,
> Habrok der Habichte, der Hunde Garm.

42. Da fragte Gangleri: Wem gehört das Roß Sleipnir? Oder
was ist von ihm zu sagen? Har antwortete: Nicht magst du von Sleipnir
Kunde haben, wenn du nicht weißt bei welcher Veranlaßung er erzeugt
wurde, und das wird dich wohl der Erzählung werth dünken. Es geschah
früh bei der ersten Niederlaßung der Götter, als sie Midgard erschaffen und
Walhall gebaut hatten, daß ein Baumeister kam, und sich erbot, eine Burg
zu bauen in drei Halbjahren, die den Göttern zum Schutz und Schirm
wäre wider Bergriesen und Hrimthursen, wenn sie gleich über Midgard
eindrängen. Aber er bedingte sich das zum Lohn, daß er Freyja haben
sollte und dazu Sonne und Mond. Da traten die Asen zusammen und
riethen Rath und gingen den Kauf ein mit dem Baumeister, daß er haben
sollte was er anspräche, wenn er in Einem Winter die Burg fertig brächte;
wenn aber am ersten Sommertag noch irgend ein Ding an der Burg un-
vollendet wäre, so sollte er des Lohnes entrathen; auch dürfte er von Niemanden bei dem Werke Hülfe empfangen. Als sie ihm diese Bedingung
sagten, da verlangte er von ihnen, daß sie ihm erlauben sollten, sich der
Hülfe seines Pferdes Swadilfari zu bedienen, und Loki rieth dazu, daß
ihm dieß zugesagt wurde. Da griff er am ersten Wintertag dazu, die Burg
zu bauen und führte in der Nacht die Steine mit dem Pferde herbei. Die
Asen dauchte es groß Wunder wie gewaltige Felsen das Pferd herbeizog;
und noch halbmal so viel Arbeit verrichtete das Pferd als der Baumeister.
Der Kauf aber war mit vielen Zeugen und starken Eiden bekräftigt worden,

denn ohne solchen Frieden hätten sich die Jötune bei den Asen nicht sicher geglaubt, wenn Thor heimkäme, der damals nach Osten gezogen war Unholde zu schlagen. Als der Winter zu Ende ging, ward der Bau der Burg sehr beschleunigt, und schon war sie so hoch und stark, daß ihr kein Angriff mehr schaden konnte. Und als noch drei Tage blieben bis zum Sommer, war es schon bis zum Burgthor gekommen. Da setzten sich die Götter auf ihre Richterstühle und hielten Rath und Einer fragte den Andern wer dazu gerathen hätte, Freyja nach Jötunheim zu vergeben und Luft und Himmel so zu verderben, daß Sonne und Mond hinweggenommen und den Jötunen gegeben werden sollten. Da kamen sie alle überein, daß der dazu gerathen haben werde, der zu allem Uebeln rathe: Loki, Laufeyjas Sohn, und sagten, er sollte eines übeln Todes sein, wenn er nicht Rath fände, den Baumeister um seinen Lohn zu bringen. Und als sie dem Loki zusetzten, ward er bange vor ihnen und schwur Eide, er wolle es so einrichten, daß der Baumeister um seinen Lohn käme, was es ihm auch kosten möchte. Und denselben Abend, als der Baumeister nach Steinen ausfuhr mit seinem Hengste Swadilfari, da lief eine Stute aus dem Walde dem Hengste entgegen und wieherte ihm zu. Und als der Hengst merkte, was Rosses das war, da ward er wild, zerriß die Stricke und lief der Mähre nach, und die Mähre voran zum Walde und der Baumeister dem Hengste nach, ihn zu fangen. Und diese Rosse liefen die ganze Nacht umher, und ward diese Nacht das Werk versäumt und am Tage darauf ward dann nicht gearbeitet, wie sonst geschehen war. Und als der Meister sah, daß das Werk nicht zu Ende kommen möge, da gerieth er in Riesenzorn. Die Asen aber, die nun für gewiß erkannten, daß es ein Bergriese war, der zu ihnen gekommen, achteten ihre Eide nicht mehr und riefen zu Thor, und im Augenblick kam er und hub auch gleich seinen Hammer Miölnir und bezahlte mit ihm den Baulohn, nicht mit Sonne und Mond; vielmehr verwehrte er ihm das Bauen auch in Jötunheim, denn mit dem ersten Streich zerschmetterte er ihm den Hirnschädel in kleine Stücke und sandte ihn hinab gen Niflhel. Loki selbst war als Stute dem Swadilfari begegnet und einige Zeit nachher gebar er ein Füllen, das war grau und hatte acht Füße und dieß ist der Pferde Bestes bei Göttern und Menschen. So heißt es in der Wöluspa:

> Da gingen die Berather   zu den Richterstühlen,
> Hochheilge Götter   hielten Rath
> Wer mit Frevel hätte   die Luft erfüllt
> Oder dem Riesenvolk   Odhurs Braut gegeben.

Da schwanden die Eide, Wort und Schwüre,
Alle festen Verträge jüngst trefflich erdacht.
Das schuf von Zorn bezwungen Thor;
Er säumt selten, wenn er Solches vernimmt.

43. Da fragte Gangleri: Was ist von Skidbladnir zu berichten, welches das beste der Schiffe sein soll? Giebt es weder ein ebenso gutes Schiff als dieses, noch ein ebenso großes? Har antwortete: Skidbladnir ist das beste Schiff und das künstlichste; aber Naglfari, das Muspel besitzt, ist das größte. Gewisse Zwerge, Iwaldis Söhne, schufen Skidbladnir und gaben das Schiff dem Freyr: es ist so groß, daß alle Asen mit ihrem Gewaffen und Heergeräthe an Bord sein können, und sobald die Segel aufgezogen sind, hat es Fahrwind, wohin es auch steuert. Und will man es nicht gebrauchen, die See damit zu befahren, so ist es aus so vielen Stücken und mit so großer Kunst gemacht, daß man es wie ein Tuch zusammenfalten und in seiner Tasche tragen kann.

44. Da sprach Gangleri: Ein gutes Schiff ist Skidbladnir und gar große Zauberei mag dazu gehört haben, es so kunstreich zu schaffen. Aber ist es dem Thor auf seinen Fahrten nie begegnet, daß er so Starkes und Mächtiges fand, das ihm an Kraft und Zauberkunst überlegen war? Har antwortete: Wenige, glaube ich, wißen davon zu sagen und große Gefahren hat er doch bestanden; aber wenn es sich je begab, daß etwas so stark oder mächtig war, daß es Thor nicht besiegen konnte, so ist es beßer nicht davon zu reden, denn es giebt viele Beispiele dafür und Gründe genug zu glauben, daß Thor der Mächtigste sei. Da sprach Gangleri: So scheint es ja als hätt ich euch nach einem Dinge gefragt, worauf Niemand antworten könne. Da sprach Jafnhar: Wir haben von Begebenheiten sagen hören, deren Wahrheit uns kaum glaublich dünkt; aber hier sitzt der in der Nähe, welcher getreuen Bericht davon geben mag, und du darfst glauben, daß er jetzt nicht zum erstenmal lügen wird, der nie zuvor gelogen hat. Da sprach Gangleri: Hier will ich stehen und hören ob ich von diesen Geschichten Bescheid erhalte, denn im andern Fall erkläre ich euch für überwunden, wenn ihr keine Antwort wißt auf meine Frage. Da sprach Thridi: Offenbar ist es nun, daß er diese Geschichten wißen will, obwohl uns bedünkt, es sei nicht gut davon zu sprechen. Du hast also zu schweigen. Der Anfang dieser Erzählung ist nun, daß Thor ausfuhr mit seinem Wagen und seinen Böcken und mit ihm der Ase, der Loki heißt. Da kamen sie am Abend zu einem Bauern und fanden da Herberge. Zur Nacht nahm Thor seine Böcke und schlachtete sie; darauf wurden sie abgezogen und in den Keßel

getragen. Und als sie gesotten waren, setzte sich Thor mit seinem Gefährten zum Nachtmal. Thor bat auch den Bauern, seine Frau und beide Kinder, mit ihm zu speisen. Des Bauern Sohn hieß Thialfi und die Tochter Röskwa. Da legte Thor die Bocksfelle neben den Heerd, und sagte, der Bauer und seine Hausleute möchten die Knochen auf die Felle werfen. Thialfi, des Bauern Sohn, hatte das Schenkelbein des einen Bocks, das schlug er mit seinem Meßer entzwei, um zum Mark zu kommen. Thor blieb die Nacht da, und am Morgen stand er auf vor Tag, kleidete sich, nahm den Hammer Miölnir und erhob ihn, die Bocksfelle zu weihen. Da standen die Böcke auf; aber dem Einen lahmte das Hinterbein. Thor befand es und sagte, der Bauer oder seine Hausgenoßen müßten unvorsichtig mit den Knochen des Bocks umgegangen sein, denn er sehe, das eine Schenkelbein wäre zerbrochen. Es braucht nicht weitläufig erzählt zu werden, da es ein Jeder begreifen kann wie der Bauer erschrecken mochte als er sah, daß da Thor die Brauen über die Augen sinken ließ, und wie wenig er auch von den Augen noch sah, so meinte er doch vor der Schärfe des Blicks zu Boden zu fallen. Thor faßte den Hammerschaft so hart mit den Fingern an, daß die Knöchel davon weiß wurden. Der Bauer gebehrdete sich, wie man denken mag, so, daß alle seine Hausgenoßen entsetzlich schrieen und Alles was sie hatten zum Ersatze boten. Als Thor ihren Schrecken sah, ließ er von seinem Zorn, beruhigte sich und nahm ihre Kinder Thialfi und Röskwa zum Vergleich an: die wurden nun Thors Dienstleute und folgten ihm seitdem überall.

45. Er ließ seine Böcke dort zurück und setzte seine Reise ostwärts nach Jötunheim fort bis an das Meer, fuhr dann über die tiefe See, und als er die Küste erreichte, stieg er ans Land und mit ihm Loki, Thialfi und Röskwa. Da sie eine Weile fortgegangen waren, kamen sie an einen großen Wald, durch den gingen sie den ganzen Tag bis es dunkel ward. Thialfi, aller Männer fußrüstigster, trug Thors Tasche; aber Speisevorrath war nicht leicht zu erlangen. Als es dunkel geworden war, suchten sie ein Nachtlager und fanden eine ziemlich geräumige Hütte. An einem Ende war der Eingang so breit wie die Hütte selbst: die wählten sie zum Nachtaufenthalt. Aber um Mitternacht entstand ein starkes Erdbeben, der Boden zitterte unter ihnen und die Hütte schwankte. Da stand Thor auf und rief seinen Gefährten; sie suchten weiter und fanden in der Mitte der Hütte zur rechten Hand einen Anbau: da gingen sie hinein. Thor setzte sich in die Thüre; die andern hielten sich innerhalb hinter ihm und waren sehr bange. Thor hielt den Hammerschaft in der Hand und gedachte sich zu wehren.

Da hörten sie groß Geräusch und Getöse. Und als der Tag anbrach, ging
Thor hinaus und sah da einen Mann nicht weit von ihm im Walde liegen,
der war nicht klein; er schlief und schnarchte gewaltig. Da glaubte Thor
zu verstehen, welchen Lärm er in der Nacht gehört hatte und umspannte
sich mit den Stärkegürteln. Da wuchs ihm die Asenstärke. Indem erwachte der Mann und stand hastig auf. Und da wird gesagt, daß Thor
dieß eine Male nicht gewagt habe, mit dem Hammer nach ihm zu schlagen.
Er fragte ihn aber nach seinem Namen und er nannte sich Skrymir. Und
nicht brauche ich, sagte er, dich um deinen Namen zu fragen: ich weiß, daß
du Asathor bist. Aber wohin hast du meinen Handschuh geschleppt? Da
streckte Skrymir den Arm aus und hob seinen Handschuh auf. Nun sah
Thor, daß er den in der Nacht zur Herberge gehabt, und der Anbau war
der Däumling des Handschuhs gewesen. Skrymir fragte, ob ihn Thor zum
Reisegefährten haben wolle, und Thor bejahte es. Da fing Skrymir an,
seinen Speisesack zu lösen und gab sich dran, sein Frühstück zu verzehren,
und Thor seinerseits that mit seinen Gefährten ein Gleiches. Skrymir schlug
vor, ihren Speisevorrath zusammenzulegen und Thor willigte ein. Da
knüpfte Skrymir all ihr Essen in einen Bündel und legte ihn auf seinen
Rücken. Er ging den Tag über voran und stieg große Schritte; am Abend
aber suchte er ihnen Nachtherberge unter einer mächtigen Eiche. Da sprach
Skrymir zu Thor, er wolle sich schlafen legen: nehmt ihr den Speisebündel
und bereitet euch ein Nachtmal. Darauf schlief Skrymir ein und schnarchte
mächtig und Thor nahm den Speisebündel und wollte ihn öffnen, und das
ist zu berichten, wie unglaublich es dünken möge, daß er keinen Knoten
losbrachte: auch nicht Einer der zusammengeknüpften Riemen ward loser.
Und als er sah, daß seine Arbeit nicht fruchtete, ward er zornig, faßte
seinen Hammer Miölnir in beide Hände, schritt mit Einem Fuß dahin vor,
wo Skrymir lag, und schlug ihn auf das Haupt. Und Skrymir erwachte
und frug, ob ihm ein Blatt von dem Baum auf den Kopf gefallen sei?
Auch fragte er, ob sie jetzt gegessen hätten und bereit wären, sich zur Ruhe
zu begeben? Thor antwortete, sie wollten eben schlafen gehen. Sie gingen
unter eine andere Eiche; wagten es aber, die Wahrheit zu sagen, nicht
zu schlafen. Aber um Mitternacht hörte Thor den Skrymir im Schlafe so
laut schnarchen, daß der Wald widerhallte. Da stand er auf und ging zu
ihm, schwang den Hammer hastig und heftig und schlug ihn mitten auf
den Wirbel, so daß er merkte, wie das Hammerende ihm tief ins Haupt
sank. In dem Augenblick erwachte Skrymir und fragte: Was ist mir?
Ist mir eine Eichel auf den Kopf gefallen? Oder was ist mit dir, Thor?

Thor trat eilends zurück und antwortete, er sei eben aufgewacht, und fügte hinzu, es sei Mitternacht und also noch Zeit zu schlafen. Da gedachte Thor, wenn er es zuwege brächte, ihm den dritten Schlag zu schlagen, so sollte er ihn niemals wiedersehen. Er legte sich und wartete bis Skrymir fest entschlafen wäre. Und kurz vor Tag hörte er, daß Skrymir entschlafen sein müße. Da stand er auf und ging zu ihm und schwang den Hammer mit aller Kraft und traf ihn auf die Schläfe, welche nach oben gekehrt war, und der Hammer drang ein bis auf den Schaft. Da richtete Skrymir sich auf, strich sich die Wange und sprach: Sitzen Vögel über mir auf dem Baume? Es kam mir vor, da ich erwachte, als fiele mir von den Aesten irgend ein Abfall auf den Kopf. Wachst du, Thor? Es wird Zeit sein, aufzustehen und sich anzukleiden, obwohl ihr nun nicht mehr weit habt zu der Burg, die Utgard heißt. Ich hörte, wie ihr untereinander sprachet, daß ich kein kleiner Mann sei von Wuchs; aber dort sollt ihr größere Männer sehen, wenn ihr nach Utgard kommt. Nun will ich euch heilsamen Rath geben: überhebt euch da nicht zu sehr, denn nicht werden Utgardlokis Hofmänner von solchen Burschen stolze Worte dulden; in anderm Fall wendet lieber um: der Entschluß wird euch beßer bekommen. Wollt ihr aber doch eure Reise fortsetzen, so haltet euch ostwärts; mein Weg geht nun nordwärts nach diesen Bergen, die ihr jetzt werdet sehen können. Da nahm Skrymir den Speisebündel und warf ihn auf den Rücken und wandte sich quer hinweg von ihnen in den Wald, und nicht ist gemeldet, daß die Asen gewünscht hätten ihn gesund wiederzusehen.

46. Thor fuhr nun weiter mit seinen Gefährten und ging fort bis Mittag: da sah er auf einem Felde eine Burg stehen, und muste den Nacken zurückbiegen, um über sie hinwegzusehen. Sie gingen hinzu, da war an dem Burgthor ein verschloßenes Gitter. Thor ging an das Gitter und konnt es nicht öffnen, und damit sie in die Burg gelangen mochten, schmiegten sie sich zwischen den Stäben hindurch und kamen so hinein. Da sahen sie eine große Halle und gingen hinzu. Die Thüre war offen, sie gingen hinein und sahen da viele Männer auf zwei Bänken, die meisten sehr groß. Darnach kamen sie vor den König Utgardloki und grüßten ihn. Er aber sah säumig nach ihnen, bleckte die Zähne und sprach lächelnd: Selten hört man von langer Reise Wahres berichten; aber verhält es sich anders denn ich denke: daß dieser kleine Bursch da Ökuthor sei? Du magst aber wohl mehr sein als du scheinst. Aber welche Fertigkeiten sind es, deren ihr Gesellen euch dünkt kundig zu sein? Niemand darf hier unter uns sein, der sich nicht durch irgend eine Kunst oder Geschicklichkeit vor

Andern auszeichnete. Da sprach Loki, welcher der hinterste war: Eine Kunst
versteh ich, die ich bereit bin zu zeigen: Keiner soll hier innen sein, der
seine Speise hurtiger aufeßen möge als ich. Da versetzte Utgardloki: Das
ist wohl eine Kunst, wenn du sie verstehst, und das wollen wir nun versuchen. Da rief er nach den Bänken hin, daß Einer, Logi geheißen, auf
den Estrich vortrete, sich gegen Loki zu versuchen. Da ward ein Trog genommen und auf den Boden der Halle gesetzt und mit Fleisch gefüllt: Loki
setzte sich an das eine Ende und Logi an das andere, und aß Jedweder
aufs Hurtigste bis sie sich in der Mitte des Trogs begegneten. Da hatte
Loki alles Fleisch von den Knochen abgegeßen, aber Logi hatte alles Fleisch
mitsamt den Knochen verzehrt und den Trog dazu. Alle bedaucht es nun,
daß Loki das Spiel verloren habe. Da fragte Utgardloki, auf welche Kunst
jener junge Mann sich verstände. Da sagte Thialfi, er wolle versuchen,
mit einem Jeden um die Wette zu laufen, den Utgardloki dazu ausersehe.
Utgardloki sagte, das sei eine gute Kunst; er müße aber sehr geübt zu sein
glauben in der Hurtigkeit, wenn er in dieser Kunst zu siegen hoffe, und
der Versuch sollte nun sogleich vor sich gehen. Da stand Utgardloki auf
und ging hinaus, und war eine gute Rennbahn auf ebenem Felde. Utgardloki rief nun einen jungen Burschen herbei, der sich Hugi nannte, und
gebot ihm, mit Thialfi um die Wette zu laufen. Da begannen sie den
ersten Lauf und war Hugi so weit voraus, daß er am Ende der Bahn sich
umwandte dem Loki entgegen. Da sagte Utgardloki: Du mußt dich beßer
ausstrecken, Thialfi, wenn du das Spiel gewinnen willst; aber doch ist es
wahr, daß noch Keiner hieher gekommen ist, der mich fußfertiger dauchte.
Sie begannen nun den zweiten Lauf, und als Hugi ans Ende der Bahn
kam und sich umwandte, war Thialfi noch einen guten Pfeilschuß zurück.
Da sagte Utgardloki: Das dünkt mich gut gelaufen; aber ich glaube nun
kaum mehr, daß er das Spiel gewinnen wird; das wird sich nun zeigen,
wenn sie den dritten Lauf rennen. Da nahmen sie nochmals ein Ziel und
als Hugi ans Ende der Bahn gekommen war und sich umkehrte, war
Thialfi noch nicht in die Mitte der Bahn gekommen. Da sagten Alle, sie
hätten sich in diesem Spiele nun genug versucht. Da fragte Utgardloki
den Thor, welche Kunst das sei, worin er sich vor ihnen hervorthun wolle,
nachdem die Leute von seinen Großthaten so viel Rühmens gemacht hätten.
Da antwortete Thor, am Liebsten wolle er sich im Trinken meßen mit
Wem es auch sei. Utgardloki sagte, das möge wohl geschehen. Er ging
in die Halle, rief seinen Schenken und befahl ihm, das Horn zu bringen,
woraus seine Hofleute zu trinken pflegten. Bald darauf kam der Mund-

schenk mit dem Horn und gab es dem Thor in die Hand. Da sprach Utgardloki: Aus diesem Horn scheint uns wohl getrunken, wenn es auf Einen
Trunk leer wird; Einige trinken es auf den zweiten aus, aber Keiner ist
ein so schlechter Trinker, der es nicht in dreien leerte. Thor sah sich das
Horn an: es schien ihm nicht zu groß, obwohl ziemlich lang; er war aber
auch sehr durstig. Er fing an zu trinken und schlang gewaltig und glaubte
nicht nöthig zu haben, öfter abzusetzen und ins Horn zu sehen. Als ihm
aber der Athem ausging, setzte er das Horn ab und sah zu, wie viel Trank
noch übrig sei. Da schien es ihm ein sehr kleiner Betrag, um den das
Horn jetzt leerer sei denn zuvor. Da sprach Utgardloki: Es ist wohl getrunken; aber doch nicht gar viel: ich hätte es nicht geglaubt, wenn mir
gesagt worden wäre, daß Asathor nicht beßer trinken könne. Ich weiß
aber, du wirst es beim zweiten Zug austrinken. Thor antwortete nichts,
sondern setzte das Horn an den Mund und dachte nun einen größern Trank
zu thun, und bemühte sich zu trinken so lang ihm der Athem vorhielt, sah
aber doch, daß das Ende des Horns nicht so hoch hinauf wollte als er gewünscht hätte, und als er das Horn vom Munde nahm, schien es ihm
als wenn nun noch weniger abgegangen wär als das erste Mal; doch konnte
man das Horn nun tragen ohne zu verschütten. Da sprach Utgardloki:
Wie nun, Thor? Willst du dich immer sparen, einen Trunk mehr zu thun
als dir gut ist? Nun scheint mir, wenn du mit dem dritten Trunk das
Horn leeren willst, so muß dieser Zug der größte sein. Du wirst aber hier
bei uns kein so großer Mann heißen können als wofür du bei den Asen
giltst, wenn du in andern Spielen nicht mehr leistest als du mir in diesem
zu vermögen scheinst. Da ward Thor zornig, setzte das Horn an den
Mund und trank aus allen Kräften und so lang er trinken mochte und als
er ins Horn sah, war doch nun mehr als zuvor ein Abgang bemerklich.
Da gab er das Horn zurück und wollte nicht mehr trinken. Da sprach
Utgardloki: Es ist nun offenbar, daß deine Macht nicht so groß ist als wir
dachten. Denn man sieht nun, daß du hierin nichts vermagst. Thor antwortete: Ich will mich noch in andern Spielen versuchen; aber wunderlich
würd es mich dünken, wenn ich daheim bei den Asen wäre und solche
Trünke würden für klein geachtet. Doch welches Spiel wollt ihr mir nun
anbieten? Da sprach Utgardloki: Junge Bursche pflegen hier, was wenig
zu bedeuten scheint, meine Katze dort von der Erde aufzuheben, und nicht
würd ich gedenken, solches dem Asathor anzumuthen, wenn ich nicht zuvor
gesehen hätte, daß du viel weniger vermagst als ich dachte. Alsbald lief
eine graue, ziemlich große Katze über den Estrich der Halle, Thor ging

hinzu, faßte sie mit der Hand mitten unterm Bauche und lupfte an ihr, und die Katze krümmte den Rücken, indem Thor an ihr hob, und als Thor sie so hoch emporzog als er immer vermochte, ließ die Katze mit dem einen Fuß von der Erde: weiter brachte es Thor nicht in diesem Spiel. Da sprach Utgardloki: Es ging mit diesem Spiel wie ich erwartete: die Katze ist ziemlich groß und Thor klein und kurz neben den großen Männern, die hier bei uns sind. Da sprach Thor: So klein ihr mich nennt, so komme nun her wer da wolle und ringe mit mir: nun bin ich zornig. Da antwortete Utgardloki, indem er nach den Bänken sah, und sprach: Mit Nichten seh ich den Mann hier innen, den es nicht ein Kinderspiel dünken würde mit dir zu ringen. Aber laßt sehen, fuhr er fort, die alte Frau ruft mir herbei, meine Amme Elli: mit der mag Thor ringen wenn er will. Sie hat schon Männer niedergeworfen, die mir nicht schwächer schienen als Thor ist. Alsbald kam eine alte Frau in die Halle: zu der sprach Utgardloki, sie solle sich mit Asathor meßen. Wir wollen den Bericht nicht längen; der Kampf lief so ab: je stärker sich Thor anstrengte, je fester stand sie. Nun fing die Frau an, ihm ein Bein zu stellen, Thor ward mit Einem Fuße los und ein harter Kampf folgte; aber nicht lange währte es, so war Thor auf ein Knie gefallen. Da ging Utgardloki hinzu und gebot ihnen, den Kampf einzustellen. Er fügte hinzu: Thor habe nun nicht nöthig, noch andere an seinem Hof zum Kampf zu fordern. Es war auch bald Nacht. Da wies Utgardloki den Thor und seine Gefährten zu den Sitzen, und brachten sie da die Nacht bei guter Aufnahme zu.

47. Am Morgen darauf, als es Tag wurde, stand Thor auf mit seinen Gefährten, sie kleideten sich und waren bereit, fortzuziehen. Da kam Utgardloki, und ließ ihnen einen Tisch vorsetzen; es fehlte nicht an guter Bewirthung, Speis und Trank. Und als sie gegeßen hatten, beeilten sie ihre Fahrt. Utgardloki begleitete sie hinaus bis vor die Burg und beim Abschied sprach er zu Thor und fragte, wie er mit seiner Reise zufrieden sei und ob er einen Mächtigern denn er selber sei getroffen habe. Thor antwortete, er könne nicht sagen, daß die Begegnung mit ihnen nicht sehr zu seiner Unehre gereicht habe, „aber wohl weiß ich, daß ihr mich für einen gar unbedeutenden Mann halten werdet, womit ich übel zufrieden bin.“ Da sprach Utgardloki: Nun will ich dir die Wahrheit sagen, da du wieder aus der Burg gekommen bist, in die du, so lang ich lebe und zu befehlen habe, nicht noch öfter kommen sollst. Und ich weiß auch wahrlich, daß du niemals hinein gekommen wärest, wenn ich vorher gewußt hätte, daß du so große Kraft besäßest, womit du uns beinahe in großes Unglück gebracht

hätteſt. Aber ich habe dir ein Blendwerk vorgemacht, denn das erſtemal,
als ich dich im Walde fand, war ich es, der mit euch zuſammen traf, und
als du den Speiſebündel löſen ſollteſt, da hatt ich ihn mit Eiſenbändern
zugeſchnürt, und du fandeſt nicht wo du ihn öffnen ſollteſt. Und darnach
ſchlugſt du mir mit dem Hammer drei Schläge und war der erſte der ge-
ringſte und war doch ſo ſtark, daß er mein Tod geworden wäre, wenn er
getroffen hätte. Aber du ſahſt bei meiner Halle einen Felsſtock und ſahſt
oben darin drei viereckte Thäler und eines war das tiefſte: das waren die
Spuren deiner Hammerſchläge. Den Felsſtock hielt ich vor deine Hiebe;
aber du ſahſt es nicht. So war es auch mit den Spielen, worin ihr euch
mit meinen Hofleuten maßet. Das erſte war das, worin ſich Loki verſuchte: er war ſehr hungrig und aß ſtark; aber der, welcher Logi hieß, war
das Wildfeuer und verbrannte das Fleiſch und den Trog zugleich. Und
als Thialfi mit dem um die Wette lief, der Hugi hieß, das war mein
Gedanke und nicht wars zu erwarten, daß Thialfi es mit deſſen Geſchwindig-
keit aufnehmen könne. Und als du aus dem Horne trankſt und es dir
langſam abzunehmen ſchien, da geſchah fürwahr ein Wunder, das ich nicht
für möglich gehalten hätte: das andere Ende des Hornes lag außen im
Meere, das ſahſt du nicht; wenn du aber jetzt zum Meere kommſt, ſo wirſt
du ſehen können, welche große Abnahme du hinein getrunken haſt: das nennt
man nun Ebbe. Ferner ſprach er: Das dauchte mich nicht weniger werth,
als du die Katze lupfteſt, und dir die Wahrheit zu ſagen, da erſchraken Alle,
die es ſahen, als du ihr einen Fuß von der Erde hobſt, denn die Katze
war nicht, was ſie dir ſchien: es war die Midgardſchlange, die um alle
Lande liegt, und kaum war ſie noch lang genug, daß Schweif und Haupt
die Erde berührten, denn ſo hoch ſtreckteſt du den Arm auf, daß nicht weit
zum Himmel war. Ein großes Wunder war es auch um den Ringkampf,
den du mit Elli rangſt, indem Keiner jemals ward noch werden wird, den
nicht, wenn er ſo alt wird, daß Elli ihn erreicht, das Alter zu Fall brächte.
Nun aber iſt das die Wahrheit, daß wir ſcheiden ſollen, und wird es uns
beiderſeits beſſer ſein, wenn ihr nicht öfter kommt mich zu beſuchen; ich
werde aber auch ein andermal meine Burg mit ſolchen und andern Täu-
ſchungen ſchirmen, daß ihr keine Gewalt über mich erlangt. Und als Thor
dieſe Rede hörte, griff er nach ſeinem Hammer und hob ihn in die Luft;
als er aber zuſchlagen wollte, ſah er Utgardloki nirgend mehr. Er wandte
ſich zurück nach der Burg und gedachte ſie zu brechen: da ſah er weite und
ſchöne Felder vor ſich, aber keine Burg. Da kehrte er um und zog ſeines
Weges bis er wieder nach Thrudwang kam. Und das iſt die Wahrheit,

daß er sich vorsetzte zu versuchen ob er mit der Midgardschlange nicht zusammentreffen möchte, was seitdem geschah. Nun glaube ich, daß dir Niemand Genaueres von dieser Fahrt Thors sagen könne.

48. Da sprach Gangleri: Ein gewaltiger Mann muß Utgardloki sein,
und viel mit Täuschung und Zauberei vermögen und seine Gewalt scheint
um so größer als er Hofleute hat, die große Macht besitzen. Aber hat dieß
Thor auch gerochen? Har antwortete: Es ist nicht unbekannt, selbst den
Ungelehrten, wie Thor für die Reise, die nun erzählt ward, Ersatz nahm.
Er weilte nicht lange daheim, sondern griff so hastig zu dieser Fahrt, daß
er weder Wagen noch Böcke noch Reisegesellschaft mitnahm. Er ging aus
über Midgard als ein junger Gesell, und kam eines Abends zu einem
Riesen, der Ymir hieß. Da blieb Thor und nahm Herberge. Aber als
es tagte, stand Ymir auf und machte sich fertig, auf die See zu rudern
zum Fischfang. Thor stand auch auf und war gleich bereit und bat, daß
Ymir ihn mit sich auf die See rudern ließe. Ymir sagte, er könne nur
wenig Hülfe von ihm haben, da er so klein und jung sei „und es wird
dich frieren, wenn ich so weit hinausfahre und so lange außen bleibe wie
ich gewohnt bin." Aber Thor sagte: er dürfe um deswillen nur immer
recht weit hinausfahren, da es noch ungewiß sei wer von ihnen beiden
zuerst auf die Rückkehr dringen werde; und zürnte Thor dem Riesen so,
daß wenig fehlte, er hätte ihn seinen Hammer fühlen laßen. Doch unter-
ließ er es, weil er seine Kraft anderwärts zu versuchen gedachte. Er fragte
Ymirn, was sie zum Köder nehmen wollten, und Ymir sagte, er solle sich
selber einen Köder verschaffen. Da ging Thor dahin, wo er eine Heerde
Ochsen sah, die Ymirn gehörte, und nahm den größten Ochsen, der Himin-
briotr (Himmelsbrecher) hieß, riß ihm das Haupt ab und nahm das mit
an die See. Ymir hatte das Boot unterdes ins Waßer geflößt. Thor
ging an Bord, setzte sich hinten ins Schiff, nahm zwei Ruder und ruderte
so, daß Ymir gedachte, von seinem Rudern habe er gute Fahrt. Ymir
ruderte vorn, so daß sie schnell fuhren. Da sagte Ymir, sie wären nun
an die Stelle gekommen, wo er gewohnt sei zu halten und Fische zu fangen.
Aber Thor sagte, er wolle noch viel weiter rudern: sie fuhren also noch
lustig weiter. Da sagte Ymir, sie wären nun so weit hinausgekommen,
daß es gefährlich wäre, in größerer Ferne zu halten wegen der Midgardschlange. Aber Thor sagte, er werde noch eine Weile rudern und so that
er, womit Ymir übel zufrieden war. Endlich zog Thor die Ruder ein,
und rüstete eine sehr starke Angelschnur zu, und der Hamen daran war
nicht kleiner oder schwächer. Thor steckte den Ochsenkopf an die Angel,

warf sie von Bord und die Angel fuhr zu Grunde. Da mag man nun
fürwahr sagen, daß Thor die Midgardschlange nicht minder zum Besten
hatte als Utgardloki seiner spottete, da er die Schlange mit seiner Hand
heben sollte. Die Midgardschlange schnappte nach dem Ochsenkopf und die
Angel haftete dem Wurm im Gaumen. Als die Schlange das merkte,
zuckte sie so stark, daß Thor mit beiden Fäusten auf den Schiffsrand geworfen ward. Da ward Thor zornig, fuhr in seine Asenstärke und sperrte
sich so mächtig, daß er mit beiden Füßen das Schiff durchstieß und sich
gegen den Grund des Meeres stemmte: also zog er die Schlange herauf
an Bord. Und das mag man sagen, daß Niemand einen schrecklichen Anblick gesehen hat, der nicht sah wie jetzt Thor die Augen wider die Schlange
schärfte und die Schlange von unten ihm entgegen stierte und Gift blies.
Da wird gesagt, daß der Riese Ymir die Farbe wechselte und vor Schrecken
erbleichte, als er die Schlange sah und wie die See im Boot aus- und
einströmte. Aber in dem Augenblick, da Thor den Hammer ergriff und in
der Luft erschwang, stürzte der Riese hinzu mit seinem Meßer und zerschnitt
Thors Angelschnur, und die Schlange versank in die See, und Thor warf
den Hammer nach ihr, und die Leute sagen er habe ihr im Meeresgrund
das Haupt abgeschlagen; doch mich dünkt, die Wahrheit ist, daß die Midgardschlange noch lebt und in der See liegt. Aber Thor schwang die Faust
und traf den Riesen so ans Ohr, daß er über Bord stürzte und seine Fuß-
sohlen sehen ließ. Da watete Thor ans Land.

49. Da fragte Gangleri: Haben sich noch andere Abenteuer mit den
Asen ereignet? Eine gewaltige Heldenthat hat Thor auf dieser Fahrt ver-
richtet. Har antwortete: Es mag noch von Abenteuern berichtet werden,
die den Asen bedeutender scheinen. Und das ist der Anfang dieser Sage,
daß Baldur der gute schwere Träume träumte, die seinem Leben Gefahr
dräuten. Und als er den Asen seine Träume sagte, pflogen sie Rath zusammen und beschloßen, dem Baldur Sicherheit vor allen Gefahren auszu-
wirken. Da nahm Frigg Eide von Feuer und Waßer, Eisen und allen
Erzen, Steinen und Erden, von Bäumen, Krankheiten und Giften, dazu
von allen vierfüßigen Thieren, Bögeln und Würmern, daß sie Baldurs
schonen wollten. Als das geschehen und allen bekannt war, da kurzweilten
die Asen mit Baldurn, daß er sich mitten in den Kreiß stellte und einige
nach ihm schoßen, andere nach ihm hieben und noch andere mit Steinen
warfen. Und was sie auch thaten, es schadete ihm nicht; das dauchte sie
Alle ein großer Vortheil. Aber als Loki, Laufeyjas Sohn, das sah, da
gefiel es ihm übel, daß den Baldur nichts verletzen sollte. Da ging er zu

Frigg nach Fensal in Gestalt eines alten Weibes. Da fragte Frigg die
Frau, ob sie wüßte was die Asen in ihrer Versammlung vornähmen. Die
Frau antwortete: sie schößen alle nach Baldur; ihm aber schadete nichts.
Da sprach Frigg: Weder Waffen noch Bäume mögen Baldurn schaden:
ich habe von allen Eide genommen. Da fragte das Weib: Haben alle
Dinge Eide geschworen, Baldurs zu schonen? Frigg antwortete: Oestlich
von Walhall wächst eine Staude, Mistiltein genannt, die schien mir zu
jung, sie in Eid zu nehmen. Darauf ging die Frau fort; Loki nahm den
Mistiltein, riß ihn aus und ging zur Versammlung. Hödur stand zu
äußerst im Kreiße der Männer, denn er war blind. Da sprach Loki zu
ihm, warum schießest du nicht nach Baldur? Er antwortete: Weil ich nicht
sehe wo Baldur steht; zum Andern hab ich auch keine Waffe. Da sprach
Loki: Thu doch wie andere Männer und biete Baldurn Ehre wie Alle thun.
Ich will dich dahin weisen wo er steht: so schieße nach ihm mit diesem
Reis. Hödur nahm den Mistelzweig und schoß nach Baldur nach Lokis
Anweisung. Der Schuß flog und durchbohrte ihn, daß er todt zur Erde
fiel, und das war das größte Unglück, das Menschen und Götter betraf.
Als Baldur gefallen war, standen die Asen alle wie sprachlos und gedachten
nicht einmal, ihn aufzuheben. Einer sah den Andern an; ihr Aller Ge-
danke war wider den gerichtet, der diese That vollbracht hätte; aber sie
durften es nicht rächen: es war an einer heiligen Freistätte. Als aber die
Asen die Sprache wieder erlangten, da war das erste, daß sie so heftig zu
weinen anfingen, daß keiner mit Worten dem Andern seinen Harm sagen
mochte. Und Odhin nahm sich den Schaden um so mehr zu Herzen als
Niemand so gut wußte als Er, zu wie großem Verlust und Verfall den
Asen Baldurs Ende gereichte. Als nun die Asen sich erholt hatten, da
sprach Frigg und fragte, wer unter den Asen ihre Gunst und Huld gewinnen und den Helweg reiten wolle um zu versuchen ob er da Baldurn
fände, und der Hel Lösegeld zu bieten, daß sie Baldurn heimfahren ließe
gen Asgard. Und er hieß Hermodhr der schnelle, Odhins Sohn, der diese
Fahrt übernahm. Da ward Sleipnir, Odhins Hengst, genommen und
vorgeführt, Hermodhr bestieg ihn und stob davon.

Da nahmen die Asen Baldurs Leiche und brachten sie zur See. Hring-
horn hieß Baldurs Schiff, es war aller Schiffe größtes. Das wollten die
Götter vom Strande stoßen und Baldurs Leiche darauf verbrennen; aber
das Schiff ging nicht von der Stelle. Da ward gen Jötunheim nach dem
Riesenweibe gesendet, die Hyrrockin hieß, und als sie kam, ritt sie einen
Wolf, der mit einer Schlange gezäumt war. Als sie vom Rosse gesprungen

war, rief Odhin vier Berserker herbei, es zu halten; aber sie vermochten es nicht anders als indem sie es niederwarfen. Da trat Hyrrockin an das Vordertheil des Schiffes und stieß es im ersten Ansaßen vor, daß Feuer aus den Walzen fuhr und alle Lande zitterten. Da ward Thor zornig und griff nach dem Hammer und würde ihr das Haupt zerschmettert haben, wenn ihr nicht alle Götter Frieden erbeten hätten. Da ward Baldurs Leiche hinaus auf das Schiff getragen und als sein Weib, Neps Tochter Nanna, das sah, da zersprang sie vor Jammer und starb. Da ward sie auf den Scheiterhaufen gebracht und Feuer darunter gezündet, und Thor trat hinzu und weihte den Scheiterhaufen mit Miölnir, und vor seinen Füßen lief der Zwerg, der Lit hieß, und Thor stieß mit dem Fuße nach ihm und warf ihn ins Feuer, daß er verbrannte. Und diesem Leichenbrande wohnten vielerlei Gäste bei: zuerst ist Odhin zu nennen, und mit ihm fuhr Frigg und die Walküren und Odhins Raben, und Freyr fuhr im Wagen und hatte den Eber vorgespannt, der Gullinbursti hieß oder Slidrugtanni. Heimdall ritt den Hengst Gulltopp genannt und Freyja fuhr mit ihren Katzen. Auch kam eine große Menge Hrimthursen und Bergriesen. Odhin legte den Ring, der Draupnir hieß, auf den Scheiterhaufen, der seitdem die Eigenschaft gewann, daß jede neunte Nacht acht gleich schöne Goldringe von ihm tropften. Baldurs Hengst ward mit allem Geschirr zum Scheiterhaufen geführt.

Von Hermodhr aber ist zu sagen, daß er neun Nächte tiefe dunkle Thäler ritt, so daß er nichts sah bis er zum Giöllflusse kam und über die Giöllbrücke ritt, die mit glänzendem Golde belegt ist. Modgudr heißt die Jungfrau, welche die Brücke bewacht: die fragte ihn nach Namen und Geschlecht und sagte, gestern seien fünf Haufen todter Männer über die Brücke geritten „und nicht donnert sie jetzt minder unter dir allein, und nicht hast du die Farbe todter Männer: warum reitest du den Helweg?" Er antwortete: Ich soll zu Hel reiten, Baldur zu suchen. Hast du vielleicht Baldurn auf dem Helwege gesehen? Da sagte sie: Baldur sei über die Giöllbrücke geritten; „aber nördlich geht der Weg hinab zu Hel." Da ritt Hermodhr dahin bis er an das Helgitter kam: da sprang er vom Pferde und gürtete ihm fester, stieg wieder auf und gab ihm die Sporen: da setzte der Hengst so mächtig über das Gitter, daß er es nirgend berührte. Da ritt Hermodhr auf die Halle zu, stieg vom Pferde und trat in die Halle. Da sah er seinen Bruder Baldur auf dem Ehrenplatze sitzen. Hermodhr blieb dort die Nacht über. Aber am Morgen verlangte Hermodhr von Hel, daß Baldur mit ihm heim reiten solle, und sagte, welche Trauer um ihn

bei den Asen sei. Aber Hel sagte, das solle sich nun erproben, ob Baldur
so allgemein geliebt werde als man sage. „Und wenn alle Dinge in der
Welt, lebendige sowohl als todte, ihn beweinen, so soll er zurück zu den
Asen fahren; aber bei Hel bleiben, wenn Eins widerspricht und nicht
weinen will." Da stand Hermodhr auf und Baldur geleitete ihn aus der
Halle, und nahm den Ring Draupnir und sandte ihn Odhin zum Andenken,
und Nanna sandte der Frigg einen Ueberwurf und noch andere Gaben,
und der Fulla einen Goldring. Da ritt Hermodhr seines Weges zurück
und kam nach Asgard und sagte alle Zeitungen, die er da gehört und gesehen hatte.

Darnach sandten die Asen Boten in alle Welt und geboten, Baldurn
aus Hels Gewalt zu weinen. Alle thaten das, Menschen und Thiere,
Erde, Steine, Bäume und alle Erze; wie du schon gesehen haben wirst,
daß diese Dinge weinen, wenn sie aus dem Frost in die Wärme kommen.
Als die Gesandten heimfuhren und ihre Gewerbe wohl vollbracht hatten,
fanden sie in einer Höhle ein Riesenweib sitzen, das Thöck (Töck, Dunkel)
genannt war. Die baten sie auch, den Baldur aus Hels Gewalt zu weinen.
Sie antwortete:

> Thöck muß weinen mit trocknen Augen
> Ueber Baldurs Ende.
> Nicht im Leben noch im Tod hatt ich Nutzen von ihm:
> Behalte Hel was sie hat.

Man meint, daß dieß Loki, Laufeyjas Sohn, gewesen sei, der den
Asen so viel Leid zugefügt hatte.

50. Da sprach Gangleri: Viel Arges wahrlich hatte Loki zu Wege gebracht, da er erst verursachte, daß Baldur erschlagen wurde, und dann
Schuld war, daß er nicht erlöst ward aus Hels Gewalt. Aber ward das
nicht irgendwie an ihm gerochen? Har antwortete: Es ward ihm so vergolten, daß er lange daran gedenken wird. Als die Götter so wider ihn
aufgebracht waren, wie man erwarten mag, lief er fort und barg sich in
einem Berge. Da machte er sich ein Haus mit vier Thüren, daß er nach
dem Hause nach allen Seiten sehen könnte. Oft am Tage verwandelte er
sich in Lachsgestalt und barg sich in dem Waßerfall, der Frananger hieß,
und bedachte bei sich, welches Kunststück die Asen wohl erfinden könnten,
ihn in dem Waßerfall zu fangen. Und einst als er daheim saß, nahm er
Flachsgarn und verflocht es zu Maschen, wie man seitdem Netze macht.
Dabei brannte Feuer vor ihm. Da sah er, daß die Asen nicht weit von

ihm waren, denn Obhin hatte von Hlidskialfs Höhe seinen Aufenthalt er-
späht. Da sprang er schnell auf und hinaus ins Wasser, nachdem er das
Netz ins Feuer geworfen. Und als die Asen zu dem Hause kamen, da
ging der zuerst hinein, der von Allen der Weiseste war und Kvasir hieß,
und als er im Feuer die Asche sah, wo das Netz gebrannt hatte, da merkte
er, daß dieß ein Mittel sein sollte, Fische zu fangen und sagte das den
Asen. Da fingen sie an und machten ein Netz jenem nach, das Loki gemacht hatte, wie sie in der Asche sahen. Und als das Netz fertig war,
gingen sie zu dem Flusse und warfen das Netz in den Wasserfall. Thor
hielt das eine Ende, das andere die übrigen Asen, und nun zogen sie das
Netz. Aber Loki schwamm voran und legte sich am Boden zwischen zwei
Steine, so daß das Netz über ihn hinweggezogen ward; doch merkten sie
wohl, daß etwas Lebendiges vorhanden sei. Da gingen sie abermals an
den Wasserfall und warfen das Netz aus, nachdem sie Etwas so schweres
daran gebunden hatten, daß nichts unten durchschlüpfen mochte. Loki fuhr
vor dem Netze her, und als er sah, daß es nicht weit von der See sei,
da sprang er über das ausgespannte Netz und lief zurück in den Sturz.
Nun sahen die Asen wo er geblieben war: da gingen sie wieder an den
Wasserfall und theilten sich in zwei Haufen nach den beiden Usern des
Flußes. Thor aber mitten im Flusse watend folgte ihnen bis an die See.
Loki hatte nun die Wahl, entweder mit Lebensgefahr nach der See zu
ziehen oder abermals über das Netz zu springen. Er that das Letzte und
sprang schnell über das ausgespannte Netz. Thor griff nach ihm und kriegte
ihn in der Mitte zu fassen; aber er glitt ihm in der Hand, so daß er ihn
erst am Schwanz wieder festhalten mochte. Darum ist der Lachs hinten
spitz. Nur war Loki friedlos gefangen. Sie brachten ihn in eine Höhle,
und nahmen drei lange Felsenstücke, stellten sie auf die schmale Kante und
schlugen ein Loch in jedes. Dann wurden Lokis Söhne, Wali und Nari
oder Narwi, gefangen. Den Wali verwandelten die Asen in Wolfsgestalt:
da zerriß er seinen Bruder Narwi. Da nahmen die Asen seine Därme
und banden den Loki damit über die drei Felsen: der eine stand ihm unter
den Schultern, der andere unter den Lenden, der dritte unter den Knie-
gelenken; die Bänder aber wurden zu Eisen. Da nahm Skadi einen Giftwurm und befestigte ihn über ihm, damit das Gift aus dem Wurm ihm
ins Antlitz träufelte. Und Sigyn, sein Weib, steht neben ihm und hält
ein Becken unter die Gifttropfen. Und wenn die Schale voll ist, da geht
sie und gießt das Gift aus; derweil aber tropft ihm das Gift ins Angesicht, wogegen er sich so heftig sträubt, daß die ganze Erde schüttert, und

das ifts was man Erdbeben nennt. Dort liegt er in Banden bis zur
Götterdämmerung.

51. Da sprach Gangleri: Was für Zeitungen sind zu sagen von der
Götterdämmerung? Ich hörte deſſen nie zuvor erwähnen. Har antwortete:
Davon sind viele und wichtige Zeitungen zu sagen. Zum Ersten, daß ein
Winter kommen wird, Fimbulwinter genannt. Da ſtöbert Schnee von
allen Seiten, da iſt der Froſt groß und sind die Winde scharf, und die
Sonne hat ihre Kraft verloren. Dieser Winter kommen dreie nacheinander
und kein Sommer dazwischen. Zuvor aber kommen drei andere Jahre, da
die Welt mit schweren Kriegen erfüllt sein wird. Da werden sich Brüder
aus Habgier ums Leben bringen und der Sohn des Vaters, der Vater
des Sohnes nicht schonen. So heißt es in der Wöluspa:

> Brüder befehden sich   und fällen einander,
> Geschwisterte sieht man   die Sippe brechen.
> Unerhörtes eräugnet sich,   großer Ehbruch.
> Beilalter, Schwertalter,   wo Schilde klaffen,
> Windzeit, Wolfszeit,   eh die Welt zerstürzt.
> Der Eine achtet   des Andern nicht mehr.

Da geschieht es, was die schrecklichſte Zeitung dünken wird: daß der
Wolf die Sonne verschlingt den Menschen zu großem Unheil. Der andere
Wolf wird den Mond packen und so auch großen Schaden thun und die
Sterne werden vom Himmel fallen. Da wird sich auch eräugnen, daß so
die Erde bebt und alle Berge, daß die Bäume entwurzelt werden, die
Berge zusammenſtürzen und alle Ketten und Bande brechen und reißen.
Da wird der Fenriswolf los und das Meer überflutet das Land, weil die
Midgardschlange wieder Jotenmuth annimmt und das Land sucht. Da
wird auch Naglfar flott, das Schiff, das so heißt und aus Nägeln der
Todten gemacht ist, weshalb wohl die Warnung am Ort ist, daß, wenn
ein Mensch ſtirbt, ihm die Nägel nicht unbeschnitten bleiben, womit der
Bau des Schiffes Naglfar beschleunigt würde, den doch Götter und Menschen
verspätet wünschen. Bei dieser Ueberschwemmung aber wird Naglfar flott.
Hrymr heißt der Riese, der Naglfar steuert. Der Fenriswolf fährt mit
klaffendem Rachen umher, daß sein Oberkiefer den Himmel, der Unterkiefer
die Erde berührt, und wäre Raum dazu, er würde ihn noch weiter auf-
sperren. Feuer glüht ihm aus Augen und Nasen. Die Midgardschlange
speit Gift aus, daß Luft und Meer entzündet werden; entsetzlich iſt ihr
Anblick, indem sie dem Wolf zur Seite kämpft. Von diesem Lärmen birst

der Himmel: da kommen Muspels Söhne hervorgeritten. Surtur fährt
an ihrer Spitze, vor ihm und hinter ihm glühendes Feuer. Sein Schwert
ist wunderscharf und glänzt heller als die Sonne. Indem sie über
die Brücke Bifröst reiten, zerbricht sie, wie vorhin gesagt ward. Da
ziehen Muspels Söhne nach der Ebne, die Wigrid heißt; dahin kommt
auch der Fenriswolf und die Midgardschlange, und auch Loki wird dort
sein und Hrymr und mit ihm alle Hrimthursen. Mit Loki ist Hels ganzes
Gefolge und Muspels Söhne haben ihre eigene glänzende Schlachtordnung.
Die Ebne Wigrid ist hundert Rasten breit nach allen Seiten.

Und wenn diese Dinge sich begeben, erhebt sich Heimdall und stößt aus
aller Kraft ins Giallarhorn und weckt alle Götter, die dann Rath halten.
Da reitet Odhin zu Mimirs Brunnen und holt Rath von Mimir für sich
und sein Gefolge. Die Esche Yggdrasil bebt und Alles erschrickt im Himmel
und auf Erden. Die Asen wappnen sich zum Kampf und alle Einherier
eilen zur Walstatt. Zuvorderst reitet Odhin mit dem Goldhelm, dem schönen
Harnisch und dem Spieß, der Gungnir heißt. So eilt er dem Fenriswolf
entgegen, und Thor schreitet an seiner Seite, mag ihm aber wenig helfen,
denn er hat vollauf zu thun, mit der Midgardschlange zu kämpfen. Freyr
streitet wider Surtur und kämpfen sie ein hartes Treffen bis Freyr erliegt,
und wird das sein Tod, daß er sein gutes Schwert misst, das er dem
Skirnir gab. Inzwischen ist auch Garm, der Hund, losgeworden, der vor
der Gnipahöhle gefeßelt lag: das giebt das größte Unheil, da er mit Tyr
kämpft und Einer den Andern zu Falle bringt. Dem Thor gelingt es,
die Midgardschlange zu tödten; aber kaum ist er neun Schritte davon-
gegangen, so fällt er todt zur Erde von dem Gifte, das der Wurm auf
ihn gespieen hat. Der Wolf verschlingt Odhin und wird das sein Tod.
Alsbald kehrt sich Widar gegen den Wolf und setzt ihm den Fuß in den
Unterkiefer. An diesem Fuße hat er den Schuh, zu dem man alle Zeiten
hindurch sammelt, die Lederstreifen nämlich, welche die Menschen von ihren
Schuhen schneiden, wo die Zehen und Fersen sitzen. Darum soll diese Streifen
ein Jeder wegwerfen, der darauf bedacht ist, den Asen zu Hülfe zu kommen.
Mit der Hand greift Widar dem Wolf nach dem Oberkiefer und reißt ihm
den Rachen entzwei und wird das des Wolfes Tod. Loki kämpft mit Heimdall
und erschlägt Einer den Andern. Darauf schleudert Surtur Feuer über
die Erde und verbrennt die ganze Welt. So heißt es in der Wöluspa:

> Ins erhobne Horn   bläst Heimdall laut;
> Odhin murmelt   mit Mimirs Haupt.

Yggdrasil zittert, die ragende Esche;
Es rauscht der alte Baum, da der Riese frei wird.

Was ist mit den Asen, was ist mit den Alfen?
All Jötunheim ächzt, die Asen versammeln sich.
Die Zwerge stöhnen vor steinernen Thüren,
Der Bergwege Weiser: wißt ihr was das bedeutet?

Hrym fährt von Osten, es hebt sich die Flut;
Jörmungandr wälzt sich im Jötunmuthe.
Der Wurm schlägt die Brandung, aufschreit der Adler,
Leichen zerreißt er; Nalfagr wird los.

Der Kiel fährt von Osten, Muspels Söhne kommen
Ueber die See gesegelt, und Logi steuert.
Des Unthiers Abkunft ist all mit dem Wolf;
Auch Bileists Bruder ist ihm verbunden.

Surtur fährt von Süden mit flammendem Schwert,
Von seiner Klinge scheint die Sonne der Götter.
Steinberge stürzen, Riesinnen straucheln,
Zu Hel fahren Helden, der Himmel klafft.

Nun hebt sich Hlins anderer Harm,
Da Odhin eilt zum Angriff des Wolfs.
Belis Mörder mißt sich mit Surtur:
Da fällt Friggs einzige Freude.

Nicht säumt Siegvaters erhabner Sohn,
Mit dem Leichenwolf Widar zu fechten:
Er stößt dem Hwedrungssohn den Stahl ins Herz
Durch gähnenden Rachen: so rächt er den Vater.

Da schreitet der schöne Sohn Hlodyns
Der Natter näher, der neidgeschwollnen.
Muthig trifft sie Midgards Weiher;
Doch fährt neun Fuß weit Fiörgins Sohn.
Alle Wesen müßen die Weltstatt räumen.

Schwarz wird die Sonne, die Erde sinkt ins Meer,
Vom Himmel fallen die heitern Sterne,
Glutwirbel umwühlen den allnährenden Weltbaum,
Die heiße Lohe beleckt den Himmel.

Auch heißt es so:

Widgrid heißt das Feld, wo sich finden zum Kampf
Surtur und die selgen Götter.
Hundert Rasten hat er rechts und links:
Solcher Walplatz wartet ihrer.

52. Da fragte Gangleri: Was geschieht hernach, wenn Himmel und
Erde verbrannt sind und alle Welten und die Götter alle todt sind und
alle Einherier und alles Menschenvolk? Ihr habt vorhin doch gesagt, daß
ein jeder Mensch in irgend einer Welt leben soll durch alle Zeiten. Har
antwortete: Es giebt viel gute und viel üble Aufenthalte; am besten ists
in Gimil zu sein. Sehr gut ist es auch für die, welche einen guten Trunk
lieben, in dem Saale, der Brimir heißt und gleichfalls im Himmel steht.
Ein guter Saal ist auch jener, der Sindri heißt und auf den Nidabergen
steht, ganz aus rothem Gold gebaut. Diese Säle sollen nur gute und
rechtschaffene Menschen bewohnen. In Nastrand (Leichenstrand) ist ein großer
aber übler Saal, dessen Thüren nach Norden sehen. Er ist mit Schlangenrücken gedeckt, und die Häupter der Schlangen sind alle in das Haus hinein-
gekehrt und speien Gift, daß Ströme davon durch den Saal rinnen, durch
welche Eidbrüchige und Meuchelmörder waten, wie es heißt:

Einen Saal seh ich, der Sonne fern,
In Nastrand; die Thüren sind nordwärts gekehrt.
Gifttropfen fallen durch die Fenster nieder;
Aus Schlangenrücken ist der Saal gewunden.
Im starrenden Strome stehn da und waten
Meuchelmörder und Meineidige.

Aber in Hwergelmir ist es am Schlimmsten:

Da saugt Nidhöggr der Entseelten Leichen.

53. Da sprach Gangleri: Leben denn dann noch Götter und giebt es
noch eine Erde oder einen Himmel? Har antwortete: Die Erde taucht aus
der See auf, grün und schön, und Korn wächst darauf ungesät. Widar und
Wali leben noch, weder die See noch Surturs Lohe hatte ihnen geschadet.

Sie wohnen auf dem Idafeld, wo zuvor Asgard war. Auch Thors Söhne, Modi und Magni, stellen sich ein und bringen den Miölnir mit. Darnach kommen Baldur und Hödur aus dem Reiche Hels: da sitzen sie alle beisammen und besprechen sich und gedenken ihrer Heimlichkeiten, und sprechen von Zeitungen, die vordem sich eräugnet, von der Midgardschlange und dem Fenriswolf. Da finden sie im Grase die Goldtafeln, welche die Asen besessen haben. Wie es heißt:

> Widar und Wali walten des Heiligthums,
> Wenn Surturs Lohe losch.
> Modi und Magni sollen Miölnir schwingen,
> Und zu Ende kämpfen den Krieg.

An einem Orte, Hoddmimirs-Holz genannt, verbargen sich während Surturs Lohe zwei Menschen, Lif und Lifthrasir genannt und nährten sich vom Morgenthau. Von diesen beiden stammt ein so großes Geschlecht, daß es die ganze Welt bewohnen wird. So heißt es hier:

> Lif und Lifthrasir leben verborgen
> In Hoddmimirs Holz;
> Morgenthau ist all ihr Mal.
> Von ihnen stammt ein neu Geschlecht.

Und das wird dich wunderbar denken, daß die Sonne eine Tochter geboren hat, nicht minder schön als sie selber: die wird nun die Bahn der Mutter wandeln. So heißt es hier:

> Eine Tochter entstammt der stralenden Göttin,
> Eh der Wolf sie würgt.
> Glänzend fährt nach der Götter Fall
> Die Maid auf den Wegen der Mutter.

Wenn du aber nun weiter fragen willst, so weiß ich nicht woher dir das kommt, denn nie hört ich Jemanden mehr von den Schicksalen der Welt berichten. Nimm also hiemit vorlieb.

54. Darauf hörte Gangleri ein großes Getöse rings um sich her. Und als er sich wandte, und recht um sich blickte, fand er sich alleine stehen auf einer weiten Ebene und sah weder Halle noch Burg mehr. Da ging er seines Weges fort und kam zurück in sein Reich, und erzählte die Zeitungen, die er gehört und gesehen hatte, und nach ihm erzählte Einer dem Andern diese Geschichten.

2. Bragarœdhur.

Bragis Gespräche.

55. Ein Mann heißt Oegir oder Hler; er bewohnte das Eiland, das nun Hlesey heißt und zwar sehr zauberkundig. Er unternahm eine Reise nach Asgard; und als die Asen von seiner Fahrt erfuhren, ward er wohl empfangen, jedoch mit allerlei Sinnverblendungen. Und am Abend, als das Trinken beginnen sollte, ließ Odhin Schwerter in die Halle tragen, die waren so glänzend, daß ein Schein davon ausging und es keiner andern Beleuchtung bedurfte, während man saß und trank. Da kamen die Asen zu ihrem Gelage und setzten sich auf ihre Hochsitze zwölf der Asen, die da zu Richtern bestellt waren. Dieß sind ihre Namen: Thôr, Niördr, Freyr, Tyr, Heimdall, Bragi, Widar, Wali, Uller, Hönir, Forseti, Loki. Desgleichen hießen die Asinnen: Frigg, Freyja, Gefion, Idun, Gerdr, Sigyn, Fulla, Nanna. Oegirn dauchte herlich Alles was er sah. Alle Wände waren mit schönen Schilden bedeckt, da war auch kräftiger Meth und des Trankes genug. Als Oegirs Nachbar saß Bragi und während sie tranken, tauschten sie Gespräche. Da sagte Bragi dem Oegir von manchen Geschichten, die sich vordem bei den Asen zugetragen.

56. Er begann seine Erzählung damit, daß drei Asen auszogen, Odhin, Loki und Hönir. Sie fuhren über Berge und öde Marken, wo es um ihre Kost übel bestellt war. Als sie aber in ein Thal herabkamen, sahen sie eine Heerde Ochsen; da nahmen sie der Ochsen Einen und wollten ihn sieden. Und als sie glaubten, daß er gesotten wäre, und den Sud aufdeckten, war er noch ungesotten. Und zum zweitenmal, als sie den Sud wieder aufdeckten, nachdem einige Zeit vergangen war, fanden sie ihn noch ungesotten. Da sprachen sie unter sich, wovon das kommen möge. Da hörten sie oben in der Eiche über sich sprechen, daß der, welcher dort sitze, Schuld sei, daß der Sud nicht zum Sieden komme. Als sie hinschauten, saß da ein Adler, der war nicht klein. Da sprach der Adler: Wollt ihr gestatten, daß ich mich von dem Ochsen sättige, so soll der Sud sieden.

Das sagten sie ihm zu: da ließ er sich vom Baume nieder, setzte sich zum Ende und nahm sogleich die zwei Lenden des Ochsen vorweg nebst beiden Bugen. Da ward Loki zornig, ergriff eine große Stange und stieß sie mit aller Macht dem Adler in den Leib. Der Adler ward scheu von dem Stoße und flog empor: da haftete die Stange in des Adlers Rumpf; aber Lokis Hände an dem andern Ende. Der Adler flog so nah am Boden, daß Loki mit den Füßen Gestein, Wurzeln und Bäume streifte; die Arme aber, meinte er, würden ihm aus den Achseln reißen. Er schrie und bat den Adler flehentlich um Frieden; der aber sagte, Loki solle nimmer loskommen, er schwöre ihm denn, Jdun mit ihren Aepfeln aus Asgard zu bringen. Das bewilligte Loki: da ward er los und kam zurück zu seinen Gefährten; und wird für diesmal von dieser Reise ein Mehreres nicht erzählt bis sie heimkamen. Zur verabredeten Zeit aber lockte Loki Jdun aus Asgard in einen Wald, indem er vorgab, er habe da Aepfel gefunden, die sie Kleinode dünken würden; auch rieth er ihr, ihre eigenen Aepfel mitzunehmen, um sie mit jenen vergleichen zu können. Da kam der Riese Thiassi in Adlershaut dahin, ergriff Jdun und flog mit ihr fort gen Thrymheim, wo sein Heimwesen war. Die Asen aber befanden sich übel bei Jduns Verschwinden, sie wurden schnell grauhaarig und alt. Da hielten sie Versammlung und fragte Einer den Andern, was man zuletzt von Jdun wiße. Da war das Letzte, das man von ihr gesehen hatte, daß sie mit Loki aus Asgard gegangen war. Da ward Loki ergriffen und zur Versammlung geführt, auch mit Tod oder Peinigung bedroht. Da erschrak er und versprach, er wolle nach Jdun in Jötunheim suchen, wenn Freyja ihm ihr Falkengewand leihen wolle. Als er das erhielt, flog er nordwärts gen Jötunheim und kam eines Tags zu des Riesen Thiassi Behausung. Er war eben auf die See gerudert und Jdun allein daheim. Da wandelte sie Loki in Nußgestalt, hielt sie in seinen Klauen und flog was er konnte. Als aber Thiassi heimkam, und Jdun vermißte, nahm er sein Adlerhemde und flog Loki nach mit Adlersschnelle. Als aber die Asen den Falken mit der Nuß fliegen sahen und den Adler hinter ihm drein, da gingen sie hinaus unter Asgard und nahmen eine Bürde Hobelspäne mit. Und als der Falke in die Burg flog und sich hinter der Burgmauer niederließ, warfen die Asen alsbald Feuer in die Späne. Der Adler vermochte sich nicht inne zu halten, als er den Falken aus dem Gesichte verlor: also schlug das Feuer ihm ins Gefieder, daß er nicht weiter fliegen konnte. Da waren die Asen bei der Hand und tödteten den Riesen Thiassi innerhalb des Gatters; allbekannt ist dieser Todtschlag.

Aber Skadi, des Riesen Thiassi Tochter, nahm Helm und Brünne und alles Hausgeräthe und fuhr gen Asgard, ihren Vater zu rächen. Da boten ihr die Asen Ersatz und Ueberbuße. Zum Ersten sollte sie sich Einen der Asen zum Gemahl wählen, aber ohne mehr als die Füße von denen zu sehen, unter welchen sie wähle. Da sah sie eines Mannes Füße vollkommen schön und rief: Diesen kies ich, Baldur ist ohne Fehl. Aber es war Niörd von Noatun. Das war auch eine ihrer Vergleichsbedingungen, daß die Asen es dahin bringen sollten, daß sie lachen müße; sie glaubte, das würden sie nicht zu Wege bringen. Da befestigte Loki eine Schnur an dem Bart einer Ziege, und mit dem andern Ende an seine Lenden, wodurch sie hin und her gezogen wurden und beide laut schrieen vor Schmerz. Da ließ sich Loki vor Skadi in die Kniee fallen. Sie lachte und somit war ihre Aussöhnung mit den Asen vollbracht. Noch wird gesagt, daß Odhin ihr zur Ueberbuße Thiassis Augen nahm, sie an den Himmel warf und zwei Sterne daraus bildete. Da sprach Oegir: Ein gewaltiger Mann dünkt mich Thiassi gewesen zu sein; aber welcher Abstammung war er? Bragi antwortete: Aelwaldi hieß sein Vater, und merkwürdig wird es dich bedünken, wenn ich dir von ihm erzähle. Er war sehr reich an Gold, und als er starb und seine Söhne das Erbe theilen sollten, da maßen sie bei der Theilung das Gold damit, daß ein Jeder seinen Mund davon voll nehmen sollte und Einer so oft als der Andere. Einer dieser Söhne war Thiassi, der andere Idi, der dritte Gangr. Davon hat die Redensart ihren Ursprung, daß wir das Gold dieser Jötune Mundmaß nennen, und in Runen und in der Skaldensprache umschreiben wir es so, daß wir es dieser Joten Sprache oder Rede nennen. Da sprach Oegir: Das dünkt mich in der Geheimsprache wohl angewandt.

57. Ferner sprach Oegir: Woher hat die Kunst ihren Ursprung, die ihr Skaldenkunst nennt? Bragi antwortete: Dieß war der Anfang davon, daß die Asen Unfrieden hatten mit dem Volk, das man Wanen nennt. Nun aber traten sie zusammen, Frieden zu schließen, und der kam auf diese Weise zu Stande, daß sie von beiden Seiten zu Einem Gefäße gingen und ihren Speichel hineinspuckten. Als sie nun schieden, wollten die Asen dieß Friedenszeichen nicht untergehen laßen. Sie nahmen es und schufen einen Mann daraus, der Kwasir heißt. Der ist so weise, daß ihn Niemand um ein Ding fragen mag, worauf er nicht Bescheid zu geben weiß. Er fuhr weit umher durch die Welt, die Menschen Weisheit zu lehren. Einst aber, da er zu den Zwergen Fialar und Galar kam, die ihn eingeladen hatten, riefen sie ihn beiseite zu einer Unterredung, und tödteten ihn.

Sein Blut ließen sie in zwei Gefäße und einen Kessel rinnen: der Kessel heißt Odhrörir; aber die Gefäße Son und Bodn. Sie mischten Honig in das Blut, woraus ein so kräftiger Meth entstand, daß ein Jeder, der davon trinkt, ein Dichter oder ein Weiser wird. Den Asen berichteten die Zwerge, Kwasir sei in der Fülle seiner Weisheit erstickt, denn Keiner war klug genug, seine Weisheit all zu erfragen.

Darnach luden diese Zwerge den Riesen, der Gilling heißt, mit seinem Weibe zu sich, und baten den Gilling die Zwerge, mit ihnen auf die See zu rudern. Als sie aber eine Strecke vom Land waren, ruderten die Zwerge nach den Klippen und stürzten das Schiff um. Gilling, der nicht schwimmen konnte, ertrank, worauf die Zwerge das Schiff wieder umkehrten und zu Lande ruderten. Sie sagten seinem Weibe von diesem Vorgang: da gehabte sie sich übel und weinte laut. Fialar fragte sie, ob es ihr Gemüth erleichtern möge, wenn sie nach der See hinaussähe, wo er umgekommen sei. Das wollte sie thun. Da sprach er mit seinem Bruder Galar, er solle hinaufsteigen über die Schwelle und wenn sie hinausginge, einen Mühlstein auf ihren Kopf fallen laßen, weil er ihr Gejammer nicht ertragen möge. Und also that er. Als der Riese Suttung, Gillings Brudersohn, dieß erfuhr, zog er hin, ergriff die Zwerge, führte sie auf die See und setzte sie da auf eine Meerklippe. Da baten sie Suttungen, ihr Leben zu schonen, und boten ihm zur Sühne und Vaterbuße den köstlichen Meth, und diese Sühne ward zwischen ihnen geschloßen. Suttung führte den Meth mit sich nach Hause und verbarg ihn auf dem sogenannten Hnitberge; seine Tochter Gunnlöd setzte er zur Hüterin. Davon heißt die Skaldenkunst Kwasirs Blut, oder der Zwerge Trank, auch Odhrörirs-, oder Bodens- und Sons-Naß, und der Zwerge Fährgeld (weil ihnen dieser Meth von der Klippe Erlösung und Heimkehr verschaffte), ferner Suttungs Meth und Hnitbergs Lauge.

58. Da sprach Oegir: Sonderbar dünkt mich der Gebrauch, die Dichtkunst mit diesen Namen zu nennen. Aber wie kamen die Asen an Suttungs Meth? Bragi antwortete: Davon wird erzählt, daß Odhin von Hause zog und an einen Ort kam, wo neun Knechte Heu mähten. Er fragte sie, ob sie ihre Sensen gewetzt haben wollten. Das bejahten sie. Da zog er einen Wetzstein aus dem Gürtel und wetzte. Die Sicheln schienen ihnen jetzt viel beßer zu schneiden: da feilschten sie um den Stein: er aber sprach, wer ihn kaufen wolle, solle geben was billig sei. Sie sagten Alle, das wollten sie; aber Jeder bat, den Stein ihm zu verkaufen. Da warf er ihn hoch in die Luft, und da ihn alle fangen wollten, entzweiten sie sich so, daß sie einander mit den Sicheln die Hälse zerschnitten.

Da suchte Odhin Nachtherberge bei dem Riesen, der Baugi hieß, dem Bruder Suttungs. Baugi beklagte seine übeln Umstände und sagte, neun seiner Knechte hätten sich umgebracht; nun wiße er nicht wo er Werkleute hernehmen solle. Da nannte sich Odhin bei ihm Bölwerkr, und erbot sich die Arbeit der neun Knechte Baugis zu übernehmen; zum Lohn verlangte er einen Trunk von Suttungs Meth. Baugi sprach, er habe über den Meth nicht zu gebieten, Suttung, sagte er, wolle ihn allein behalten; doch wolle er mit Bölwerkr dahinfahren und versuchen ob sie des Meths bekommen könnten. Bölwerkr verrichtete den Sommer über Neunmänner-arbeit für Baugi; im Winter aber begehrte er seinen Lohn. Da fuhren sie beide zu Suttung und Baugi erzählte seinem Bruder, wie er den Bölwerkr gedungen habe; aber Suttung verweigerte gerade heraus jeden Tropfen seines Meths. Da sagte Bölwerkr zu Baugi, sie wollten eine List versuchen, ob sie an den Meth kommen möchten, und Baugi wollte das geschehen laßen. Da zog Bölwerkr einen Bohrer hervor, der Rati hieß, und sprach, Baugi sollte den Berg durchbohren, wenn der Bohrer scharf genug sei. Baugi that das, sagte aber bald, der Berg sei durch-gebohrt. Aber Bölwerkr blies ins Bohrloch, da flogen die Splitter heraus, ihm entgegen. Daran erkannte er, daß Baugi mit Trug umgehe und bat ihn, ganz durchzubohren. Baugi bohrte weiter und als Bölwerkr zum andernmal hineinblies, flogen die Splitter einwärts. Da wandelte sich Bölwerkr in einen Wurm und schloff in das Bohrloch. Baugi stach mit dem Bohrer nach ihm, verfehlte ihn aber. Da fuhr Bölwerkr dahin, wo Gunnlöd war und lag bei ihr drei Nächte, und sie erlaubte ihm drei Trünke von dem Meth zu trinken. Und im ersten Trunk trank er den Odhrörir ganz aus, im andern leerte er den Bodn, im dritten den Son und hatte nun den Meth alle. Da wandelte er sich in Adlersgestalt und flog eilends davon. Als aber Suttung den Adler fliegen sah, nahm er sein Adlerhemd und flog ihm nach. Und als die Asen Odhin fliegen sahen, da setzten sie ihre Gefäße in den Hof. Und als Odhin Asgard erreichte, spie er den Meth in die Gefäße. Als aber Suttung ihm so nahe gekommen war, daß er ihn fast erreicht hätte, ließ er von hinten einen Theil des Methes fahren. Darnach verlangt Niemanden: habe sich das wer da wolle; wir nennen es der schlechten Dichter Theil. Aber Suttungs Meth gab Odhin den Asen, und denen, die da schaffen können. Darum nennen wir die Skaldenkunst Odhins Fang oder Fund, oder Odhins Trank und Gabe, und der Asen Getränk.

3. Aus der Skalda.

Thors und Hrungnirs Kampf.

Sk. c. 17.

59. Thor war nach Osten gezogen, Unholde zu tödten. Odhin ritt auf Sleipnir gen Jötunheim und kam zu dem Riesen, der Hrungnir hieß. Da fragte Hrungnir, welchen Mann er da sehe mit dem Goldhelm, der Luft und Waßer reite? Er sagte auch, er reite ein sehr gutes Roß. Da sagte Odhin, er wolle sein Haupt verwetten, daß kein so gutes Roß in Jötunheim sei. Hrungnir sagte, jenes Roß möge gut sein; aber sein eignes Roß, das Gullfaxi heiße, mache viel weitere Sprünge. Hrungnir ward zornig, sprang auf sein Roß und setzte Odhin nach und gedachte, ihm seine Pralerei zu lohnen. Odhin ritt so schnell, daß er eine gute Strecke voraus war; aber Hrungnir war in so großem Jotenzorn, daß er nicht merkte wie er schon innerhalb der Asenmauer sei. Als er nun an das Thor der Halle kam, luden ihn die Asen zum Trinkgelag. Er trat in die Halle und begehrte einen Trunk. Sie nahmen die beiden Schalen, aus welchen Thor zu trinken pflegte, und Hrungnir leerte sie beide. Und als er trunken wurde, ließ er das Großsprechen nicht; er sagte, er wolle Walhall nehmen und nach Jötunheim bringen, Asgard versenken und alle Götter tödten außer Freyja und Sif, die wolle er mit sich heim führen. Darauf als Freyja ihm einschenkte, drohte er, den Asen all ihr Ael auszutrinken. Als aber die Asen sein Großsprechen verdroß, nannten sie Thors Namen: alsbald kam Thor in die Halle und schwang den Hammer und fragte zornig, wer Schuld sei, daß hundweise Jötune da trinken dürften, oder dem Hrungnir erlaubt habe, in Walhall zu sein, und warum ihm Freyja einschenke wie bei den Gelagen der Asen? Da antwortete Hrungnir und sagte, indem er mit unfreundlichen Augen auf Thor blickte, Odhin habe ihn zum Trinkgelag gebeten und er sei in dessen Frieden. Da sagte Thor, der Einladung solle den Hrungnir gereuen ehe er hinauskomme. Hrungnir entgegnete, Asathor werde wenig Ehre davon haben, wenn er ihn unbewaffnet tödte; mehr Muth verrathe er, wenn er es wage an der

Ländergrenze bei Griottunagardr mit ihm zu kämpfen. Es war große
Unklugheit, sagte er, daß ich Schild und Schleifstein daheim ließ. Wenn
ich meine Waffen hier hätte, wollten wir gleich einen Holmgang versuchen;
da dieß aber nicht der Fall ist, so beschuldige ich dich eines Neidingswerks,
so du mich wehrlos tödten willst. Thor wollte sich der Annahme des Zwei-
kampfes keineswegs entziehen, da er dazu aufgefordert worden ward, was
ihm nie zuvor begegnet war.

Da fuhr Hrungnir seines Weges, und sputete sich aus aller Macht
bis er gen Jötunheim kam. Da machte seine Fahrt großes Aufsehen bei
den Jötunen, so wie auch, daß es zwischen ihm und Thor zur Verabredung
des Zweikampfs gekommen war. Die Jötune hielten es für überaus
wichtig, wer den Sieg erhielte, denn sie fürchteten das Schlimmste von
Thor, wenn Hrungnir bliebe, denn er war der Stärkste unter ihnen. Da
machten sie auf Griottunagardr einen Mann von Lehm, der neun Rasten
hoch war und dreie breit unter den Armen. Sie fanden aber kein Herz,
das so groß war als sich für ihn ziemte, bis sie das einer Stute nahmen,
welches sich ihm jedoch nicht haltbar erwies als Thor kam. Hrungnir selbst
hatte bekanntlich ein Herz von hartem Stein, scharfkantig und dreiseitig,
wie man seitdem das Runenzeichen zu schneiden pflegt, das man Hrungnirs Herz nennt. Auch sein Haupt war von Stein, von Stein auch sein
breiter, dicker Schild, und diesen Schild hielt er vor sich, als er auf Griottunagardr stand und Thors wartete. Seine Waffe war ein Schleifstein,
den er über die Achsel nahm, und nicht mild war er anzuschauen. Ihm
zur Seite stand der Lehmriese, der Möckurkalfi hieß. Er war aber sehr
furchtsam, und man sagt, daß er Wasser ließ als er Thor sah. Thor fuhr
zum Holmgang und mit ihm Thialfi. Da lief Thialfi voraus, dahin wo
Hrungnir stand und sprach zu ihm: Du stehst übel behütet, Jötun: zwar
hast du den Schild vor dir; aber Thor hat dich gesehen, er fährt nieder-
halb in die Erde und wird von unten an dich kommen. Darauf warf sich
Hrungnir den Schild unter die Füße und stand darauf; die Steinwaffe
aber faßte er mit beiden Händen. Darauf vernahm er Blitze, und hörte
starke Donnerschläge und sah nun Thor im Asenzorn, der gewaltig heran-
fuhr, den Hammer schwang und ihn aus der Ferne nach Hrungnir warf.
Hrungnir hob die Steinwaffe mit beiden Händen, und hielt sie entgegen:
da traf sie der Hammer im Fluge und der Schleifstein brach entzwei: der
eine Theil fiel zur Erde, und davon sind alle Wetzsteinfelsen gekommen;
der andere fuhr in Thors Haupt, so daß er vor sich auf die Erde stürzte.
Der Hammer Miölnir aber traf den Hrungnir mitten auf das Haupt, und

zerschmetterte ihm den Schädel zu kleinen Stücken. Er selbst fiel vorwärts
über Thor, so daß sein Fuß auf Thors Halse lag. Thialfi aber griff
Möckurkalfi an, der mit geringem Ruhme fiel. Darauf ging Thialfi zu
Thor und wollte Hrungnirs Fuß von ihm nehmen, hatte aber nicht die
Macht dazu. Da gingen die Asen alle hinzu, als sie von Thors Fall hörten,
und wollten den Fuß von ihm nehmen, brachten es aber auch nicht zu
Wege. Da kam Magni herbei, der Sohn Thors und Jarnsaxas, der erst
drei Winter alt war, der warf Hrungnirs Fuß von Thor und sprach:
Schmach und Schande, Vater! daß ich so spät kam. Ich glaube, ich hätte
diesen Riesen mit der Faust zur Hel gesandt, wär ich mit ihm zusammen-
getroffen. Da stand Thor auf und empfing seinen Sohn wohl und sagte,
er würde ein tüchtiger Mann werden; auch will ich dir, sagte er, das Roß
Gullfaxi geben, das Hrungnir besaß. Da hub Odhin an und sagte, Thor
habe übel gethan, daß er dieß gute Pferd dem Sohne einer Riesenfrau gegeben habe, und nicht seinem Vater. Da fuhr Thor heim gen Thrudwang
und der Schleifstein stak in seinem Haupte. Da kam die Wala hinzu, die
Groa hieß, die Frau Derwandils des Recken; die sang ihre Zauberlieder
über Thor bis der Schleifstein los ward. Als Thor dieß merkte und Hoffnung schöpfte, von dem Schleifstein erledigt zu werden, wollte er der Groa
die Heilung lohnen und sie froh machen. Da sagte er ihr die Zeitung,
daß er von Norden her über die Eliwagar gewatet sei und im Korb auf
seinem Rücken den Derwandil aus Jötunheim getragen habe. Und zum
Wahrzeichen gab er an, daß eine Zehe ihm aus dem Korb vorgestanden
und erfroren sei: die habe Thor abgebrochen, hinauf an den Himmel geworfen und den Stern daraus gemacht, der Derwandils Zehe heißt. Noch
sagte Thor, es werde nicht lange mehr anstehen bis Derwandil heimkomme.
Darüber ward Groa so erfreut, daß sie ihrer Zauberlieder vergaß, und so
ward der Schleifstein nicht loser und steckt noch in Thors Haupte. Darum
ist es auch eines Jeden Pflicht, solche Steine wegzuwerfen, denn damit
rührt sich der Stein in Thors Haupt.

Thors Fahrt nach Geirrödsgard.

Sk. c. 18.

60. Es verdient gar sehr erzählt zu werden, wie Thor nach Geirrödsgard fuhr, denn da hatte er weder den Hammer Miölnir, noch den Stärkegürtel, noch die Eisenhandschuhe bei sich, woran Loki Schuld war, der ihn

begleitete. Denn dem Loki war es einsmals begegnet, da er zu seiner
Kurzweil mit Friggs Falkenhemde ausflog, daß er aus Neugierde nach
Geirrödsgard flog, wo er eine große Halle sah. Da ließ er sich nieder
und sah ins Fenster. Aber Geirröd erblickte ihn und befahl den Vogel zu
greifen und ihm zu bringen. Der Ausgesandte gelangte mit Noth die
Hallenwand hinan, so hoch war sie. Loki ergötzte sich daran, wie Jener
ihm so mühsam nachstrebte und gedachte, es sei noch früh genug für ihn,
aufzufliegen, wenn der Mann das Beschwerlichste überstanden habe. Als
dieser nun nach ihm langte, da schlug er die Flügel und spreizte die Füße;
aber diese hingen fest. Da ward Loki ergriffen und dem Riesen Geirröd
gebracht. Als der ihm in die Augen sah, da ahnte ihm, daß es ein
Mann sein möge und gebot ihm Rede zu stehen; aber Loki schwieg. Da
schloß ihn Geirröd in eine Kiste und ließ ihn da drei Monate hungern.
Und als ihn Geirröd herausnahm und reden hieß, gestand Loki wer er sei
und löste sein Leben damit, daß er dem Geirröd schwur, den Thor nach
Geirrödsgard zu bringen ohne daß er den Hammer und den Stärkegürtel hätte.

Unterwegs nahm Thor Herberge bei einem Riesenweibe, daß Gridr
hieß. Sie war die Mutter Widars, des schweigsamen. Sie sagte dem
Thor die Wahrheit von Geirröd, er sei ein hundweiser und übel umgäng-
licher Jötun. Auch lieh sie ihm ihre eigenen Stärkegürtel und Eisenhandschuhe und ihren Stab, Gridarwölr genannt. Da fuhr Thor zu dem Flusse,
der Wimur hieß, aller Flüsse größtem. Da umspannte er sich mit den Stärkegürteln, und stemmte Grids Stab gegen die Strömung; Loki aber hielt sich
unten am Gurte. Als nun Thor mitten in den Fluß kam, da wuchs dieser
so stark an, daß er ihm bis an die Schulter stieg. Da sprach Thor:

> Wachse nicht, Wimur, nun ich waten muß
> Hin zu des Joten Hause.
> Wiße, wenn du wächsest, wächst mir die Asenkraft
> Ebenhoch dem Himmel.

Da sah Thor in eine Bergkluft hinauf, daß da Gialp, Geirröds
Tochter, quer über dem Strome stand und dessen Wachsen verursachte. Da
nahm Thor einen großen Stein aus dem Fluß auf und warf nach ihr,
indem er sprach: Bei der Quelle muß man den Strom stauen. Sein
Wurf pflegte sein Ziel nicht zu verfehlen. In demselben Augenblicke nahte
er sich dem Lande, ergriff einen Sperberbaumstrauch und stieg aus dem
Flusse: daher das Sprichwort, der Sperberbaum sei Thors Rettung.

Als nun Thor zu Geirröd kam, wurden die Reisegefährten zuerst in das Gästehaus gewiesen. Da war nur Ein Stuhl zum Sitzen, auf den setzte sich Thor. Nun ward er gewahr, daß der Stuhl unter ihm sich gegen die Decke hob. Da stieß er mit Grids Stabe gegen das Sparrwerk und drückte sich auf den Stuhl hinab. Alsbald entstand großes Gekrach und folgte lautes Geschrei. Unter dem Stuhle waren Geirröds Töchter Gialp und Greip gewesen und hatte er beiden den Rücken zerbrochen. Da sprach Thor:

Einsmals übt ich die Asenstärke
In des Joten Hause,
Da Gialp und Greip, Geirröds Töchter,
Mich zum Himmel hoben.

Da ließ Geirröd den Thor in die Halle zu den Spielen rufen. Da waren große Feuer der ganzen Länge der Halle nach. Und als Thor in der Halle dem Geirröd gegenüber stand, da faßte Geirröd mit der Zange einen glühenden Eisenkeil und warf ihn nach Thor. Aber Thor fing ihn mit den Eisenhandschuhen in der Luft auf. Geirröd sprang hinter eine Eisensäule sich zu wahren. Aber Thor warf den Keil, daß er durch die Säule fuhr, durch Geirröd, durch die Wand und draußen noch in die Erde.

Lokis Wette mit den Zwergen.
Sk. c. 35.

61. Loki, Laufeyjas Sohn, hatte der Sif hinterlistiger Weise alles Haar abgeschoren. Als Thor das gewahrte, ergriff er Loki und würde ihm alle Knochen zerschlagen haben, wenn er nicht geschworen hätte, von den Schwarzelfen zu erlangen, daß er der Sif Haare von Gold machte, die wie anderes Haar wachsen sollten. Darauf fuhr Loki zu den Zwergen, die Jwaldis Söhne heißen. Diese machten das Haar, und zugleich Skidbladnir und den Spieß Odhins, der Gungnir heißt. Da verwettete Loki sein Haupt mit dem Zwerge, der Brock heißt, daß dessen Bruder Sindri nicht drei eben so gute Kleinode machen könnte wie diese wären. Und als sie zu der Schmiede kamen, legte Sindri eine Schweinshaut in die Esse und gebot dem Brock zu blasen und nicht eher aufzuhören bis er aus der Esse nähme was er hineingelegt. Aber sobald Sindri aus der Schmiede gegangen war und Brock blies, setzte sich eine Fliege auf seine Hand und stach ihn. Dennoch hörte er nicht auf mit Blasen bis der Schmied das Werk aus der

Esse nahm. Da war es ein Eber mit goldenen Borsten. Darauf legte
er Gold ins Feuer und gebot ihm zu blasen und nicht eher mit Blasen
abzulaßen bis er zurückkäme. Er ging hinaus; aber die Fliege kam wieder,
setzte sich Jenem auf den Hals und stach nun noch einmal so stark; doch
fuhr er fort zu blasen bis der Schmied aus der Esse einen Goldring zog,
der Draupnir heißt. Darauf legte er Eisen in die Esse und hieß ihn blasen,
und sagte Alles sei vergebens, wenn er mit Blasen inne hielte. Da setzte
sich ihm eine Fliege zwischen die Augen und stach ihm in die Augenlieder,
und als das Blut ihm in die Augen troff, daß er nichts mehr sah, griff
er schnell mit der Hand zu, während der Blasbalg ruhte und jagte die
Fliege fort. Da kam der Schmied zurück und sagte, beinahe wäre das
nun völlig verdorben was in der Esse läge. Darauf zog er einen Hammer
aus der Esse. Alle diese Kleinode legte er darauf seinem Bruder Brock in
die Hände und hieß ihn damit gen Asgard fahren, die Wette zu lösen.
Als nun er und Loki ihre Kleinode brachten, setzten sich die Götter auf ihre
Richterstühle, und sollte das Urtheil gelten, das Odhin, Thor und Freyr
sprächen. Da gab Loki dem Odhin den Spieß Gungnir, dem Thor das
Haar für die Sif, und dem Freyr den Skidbladnir und nannte die Eigen-
schaften dieser Kleinode, daß der Spieß nie sein Ziel verfehle, das Haar
wachse, sobald es auf Sifs Haupt komme, und Skidbladnir immer Fahrwind habe, sobald die Segel aufgezogen würden, wohin man auch fahren
wollte; und zugleich könne man das Schiff nach Belieben zusammenfalten
wie ein Tuch und in der Tasche tragen. Darauf brachte Brock seine Kleinode hervor, und gab dem Odhin den Ring, und sagte, in jeder neunten
Nacht würden acht eben so kostbare Ringe von ihm niederträufeln. Dem
Freyr gab er den Eber und sagte, er renne durch Luft und Wasser Tag
und Nacht schneller als irgend ein Pferd und nie wäre es so finster in der
Nacht oder im Schwarzwald, daß es nicht hell genug würde, wohin er
auch führe, so leuchteten seine Borsten. Dem Thor gab er den Hammer
und sagte, er möge so stark damit schlagen, als er wolle, was ihm auch
vorkäme, ohne daß der Hammer Schaden nähme; und wohin er ihn auch
werfe, so solle er ihn doch nicht verlieren, und nie solle er so weit fliegen,
daß er nicht in seine Hand zurückkehre, und wenn es ihm beliebe, solle er
so klein werden, daß er ihn im Busen verbergen könne. Er habe nur den
Fehler, daß sein Stiel zu kurz gerathen sei. Da urtheilten die Götter,
der Hammer sei das Beste von allen Kleinoden und die beste Wehr wider
die Hrimthursen, und entschieden sie die Wette dahin, daß der Zwerg gewonnen habe. Da erbot sich Loki, sein Haupt zu lösen; aber der Zwerg

antwortete, darauf dürfe er nicht hoffen. So nimm mich denn, sagte Loki; aber als Jener ihn fassen wollte, war er schon weit fort, denn Loki hatte Schuhe, die ihn durch Luft und Wasser trugen. Da bat der Zwerg den Thor, ihn zu ergreifen, und dieser that es. Da wollte der Zwerg Lokis Haupt abhauen, aber Loki sagte, nur das Haupt sei sein, nicht der Hals. Da nahm der Zwerg einen Riemen und ein Messer und wollte Löcher in Lokis Lippen schneiden und ihm den Mund zusammen nähen; aber das Messer schnitt nicht. Da sagte er, besser wär es, wenn er seines Bruders Ahle hätte, und in dem Augenblick als er sie nannte, war sie bei ihm und durchbohrte Jenem die Lippen. Da nähte er ihm den Mund zusammen, und riß den Riemen am Ende der Nat ab. Der Riemen, womit er dem Loki den Mund zusammen nähte, hieß Wartari (Lippenreißer).

Die Niflungen und Giukungen.

Sk. c. 39—42.

62. Es wird erzählt, daß drei der Asen ausfuhren, die Welt kennen zu lernen: Odhin, Loki und Hönir. Sie kamen zu einem Fluß und gingen an ihm entlang bis zu einem Wasserfall, und bei dem Wasserfall war ein Otter, der hatte einen Lachs darin gefangen und aß blinzelnd. Da hob Loki einen Stein auf und warf nach dem Otter und traf ihn am Kopf. Da rühmte Loki seine Jagd, daß er mit Einem Wurf Otter und Lachs erjagt habe. Darauf nahmen sie den Lachs und den Otter mit sich. Sie kamen zu einem Gehöfte und traten hinein, und der Bauer, der es bewohnte, hieß Hreidmar, und war ein gewaltiger Mann und sehr zauberkundig. Da baten die Asen um die Nachtherberge, und sagten, sie hätten Mundvorrath bei sich und zeigten dem Bauern ihre Beute. Als aber Hreidmar den Otter sah, rief er seine Söhne Fafnir und Regin herbei, und sagte, ihr Bruder Otr wär erschlagen, und auch, wer es gethan hätte. Da ging der Vater mit den Söhnen auf die Asen los, griffen und banden sie, und sagten, der Otter wäre Hreidmars Sohn gewesen. Die Asen boten Lösegeld so viel als Hreidmar selbst verlangen würde, und ward das zwischen ihnen vertragen und mit Eiden bekräftigt. Da ward der Otter abgezogen und Hreidmar nahm den Balg und sagte, sie sollten den Balg mit rothem Golde füllen, und ebenso von außen hüllen, und damit sollten sie Frieden kaufen. Da sandte Odhin den Loki nach Schwarzalfenheim und kam zu dem Zwerge, der Andwari hieß und ein Fisch im Wasser war.

Loki griff ihn mit den Händen und heischte von ihm zum Lösegeld alles Gold, das er in seinem Felsen hatte. Und als sie in den Felsen kamen, trug der Zwerg alles Gold hervor, das er hatte, und war das ein gar großes Gut. Da verbarg der Zwerg unter seiner Hand einen kleinen Goldring: Loki sah es und gebot ihm, den Ring herzugeben. Der Zwerg bat, ihm den Ring nicht abzunehmen, weil er mit dem Ringe, wenn er ihn behielte, sein Gold wieder vermehren könne. Aber Loki sagte, er solle nicht einen Pfennig übrig behalten, nahm ihm den Ring und ging hinaus. Da sagte der Zwerg, der Ring solle Jedem, der ihn besäße, das Leben kosten. Loki versetzte, das sei ihm ganz recht und es solle gehalten werden nach seiner Voraussage; er werde es aber dem schon zu wißen thun, der ihn künftig besitzen solle. Da fuhr er zurück zu Hreidmars Hause und zeigte Odhin das Gold, und als er den Ring sah, schien er ihm schön; er nahm ihn vom Haufen und gab das übrige Gold dem Hreidmar. Da füllte er den Otterbalg so dicht er konnte und richtete ihn auf als er voll war. Da ging Odhin hinzu und sollte ihn mit dem Golde hüllen. Als er das gethan hatte, sprach er zu Hreidmar, er solle zusehen ob der Balg gehörig gehüllt sei. Hreidmar ging hin und sah genau zu, und fand ein einziges Barthaar und gebot auch das zu hüllen, denn sonst wär ihr Vertrag gebrochen. Da zog Odhin den Ring hervor, hüllte das Barthaar, und sagte, hiemit habe er sich nun der Otterbuße entledigt. Und als Odhin seinen Sper genommen hatte, und Loki seine Schuhe, daß sie sich nicht mehr fürchten durften, da sprach Loki, es sollte dabei bleiben, was Andwari gesagt hatte, daß der Ring und das Gold dem Besitzer das Leben kosten solle, und so geschah es seitdem. Darum heißt das Gold Otterbuße und der Asen Nothgeld.

Als Hreidmar das Gold zur Sohnesbuße empfangen hatte, verlangten Fafnir und Regin ihren Theil davon zur Brudersbuße; aber Hreidmar gönnte ihnen nicht einen Pfennig davon. Da kamen die Brüder überein, ihren Vater des Goldes wegen zu tödten. Als das geschehen war, verlangte Regin, daß Fafnir das Gold zur Hälfte mit ihm theilen sollte. Fafnir antwortete, es sei wenig Hoffnung, daß er das Gold mit seinem Bruder theilen werde, da er seinen Vater um das Gold erschlagen habe, und gebot ihm, sich fortzumachen, denn sonst würd es ihm ergehen, wie dem Hreidmar. Fafnir hatte das Schwert Hrotti und den Helm, den Hreidmar besessen hatte, genommen, und den auf sein Haupt gesetzt. Dieser Helm hieß Oegishelm und war allen Lebendigen ein Schrecken zu schauen. Regin hatte das Schwert, das Refil hieß: damit entfloh er; Fafnir fuhr auf die Gnitahaide, machte sich da ein Bette, nahm Schlangengestalt an und lag auf dem Golde.

Da fuhr Regin zu Hialprek, König in Thiobi, und ward deſſen Schmied; auch übernahm er die Pflege Sigurds, des Sohnes Sigmunds, des Sohnes Wölſungs. Seine Mutter war Hjordis, König Eilimis Tochter. Sigurd war der gewaltigſte aller Heerkönige nach Geſchlecht, Kraft und Sinn. Regin ſagte ihm davon, daß Fafnir dort auf dem Golde läge, und reizte ihn, ſich des Goldes zu bemächtigen. Da machte Regin ein Schwert, das Gram hieß, und ſo ſcharf war, daß als es Sigurd in fließendes Waßer hielt, es eine Wollflocke zerſchnitt, die der Strom gegen ſeine Schärfe trieb; demnächſt klobte Sigurd mit dem Schwerte Regins Amboß bis auf den Unterſatz entzwei. Darauf fuhr Sigurd mit Regin zur Gnitaheide. Da grub Sigurd eine Grube auf Fafnirs Wege und ſetzte ſich hinein. Als nun Fafnir zum Waßer kroch und über die Grube kam, da durchbohrte ihn Sigurd mit dem Schwerte und war das ſein Tod. Da ging Regin hinzu und ſagte, er hätte ſeinen Bruder getödtet, und verlangte das zur Sühne, daß er Fafnirs Herz nähme und am Feuer briete. Dann kniete Regin nieder, trank Fafnirs Blut und legte ſich ſchlafen. Als aber Sigurd das Herz briet und dachte es wäre gar, und mit dem Finger verſuchte, ob es weich genug wäre, und das Fett aus dem Herzen ihm an den Finger kam, verbrannte er ſich, und ſteckte den Finger in den Mund. Und als das Herzblut ihm auf die Zunge kam, verſtand er die Sprache der Vögel und wuſte was die Adlerinnen ſagten, die auf den Bäumen ſaßen. Da ſprach Eine:

> Dort ſitzt Sigurd   blutbeſpritzt
> Und brät am Feuer   Fafnirs Herz.
> Klug däuchte mich   der Ringverderber,
> Wenn er das leuchtende   Lebensfleiſch äße.

Eine andere ſagte:

> Da liegt nun Regin   und geht zu Rath
> Wie er triege den Mann,   der ihm vertraut;
> Sinnt in der Bosheit   auf falſche Beſchuldigung:
> Der Unheilſchmied brütet   dem Bruder Rache.

Da ging Sigurd zu Regin und erſchlug ihn, und dann zu ſeinem Roſſe, das Grani hieß, und ritt bis er zu Fafnirs Bette kam, nahm das Gold heraus und band es in zwei Bündeln auf Granis Rücken, ſtieg dann ſelber auf und ritt ſeines Weges. Darum heißt das Gold Fafnirs Bette oder Lager, oder Gnitaheides Staub und Granis Bürde. Da ritt Sigurd bis er ein Haus fand auf einem Berge. Darin ſchlief ein Weib mit Helm

und Brünne bekleidet. Er zog das Schwert und schnitt die Brünne von
ihr: da erwachte sie und nannte sich Hilde. Sie hieß Brynhild und war
Walküre. Sigurd ritt hinweg und kam zu dem Könige, der Giuki hieß;
sein Weib war Grimhild genannt. Seine Kinder waren Gunnar, Högni,
Gudrun und Gudny. Gutthorm war Giukis Stiefsohn. Sigurd weilte da
lange Zeit. Da freite er Gudrun, Giukis Tochter; und Gunnar und Högni
schwuren Brüderschaft mit Sigurd. Darauf fuhr Sigurd mit Giukis
Söhnen zu Atli, dem Sohne Budlis, um dessen Schwester Brynhild für
Gunnar zu bitten. Sie wohnte auf dem Hindaberge und war ihre Burg
mit Wafurlogi (waberndem Feuer) umgeben; auch hatte sie das Gelübde
gethan, keinen andern Mann zu freien als der es wagte, durch Wafurlogi
zu reiten. Da ritt Sigurd mit den Giukungen, die auch Niflungen hießen,
den Berg hinan und sollte nun Gunnar durch Wafurlogi reiten. Er hatte
das Roß, das Goti hieß; dieß Roß wagte aber nicht in das Feuer zu
rennen. Da tauschten Sigurd und Gunnar Gestalt und Namen, denn
Grani wollte unter keinem andern Manne gehen als unter Sigurd. Da
saß Sigurd auf Grani und ritt durch Wafurlogi. Denselben Abend hielt
er Hochzeit mit Brynhild, und als sie zu Bette gingen, zog er das Schwert
Gram aus der Scheide und legte es zwischen sie beide. Am Morgen aber,
da er aufstand und sich ankleidete, gab er Brynhilden zur Morgengabe den
Goldring, den Loki dem Andwari genommen hatte und empfing von ihr
einen andern Ring zum Andenken. Alsdann sprang Sigurd auf sein Roß
und ritt zu seinen Gesellen. Darauf tauschte er mit Gunnar abermals die
Gestalt und Gunnar fuhr mit Brynhild zu König Giuki. Sigurd hatte
zwei Kinder mit Gudrun, Sigmund und Swanhild.

Einsmals begab es sich, daß Brynhild und Gudrun zum Wasser gingen,
ihre Schleier zu waschen. Als sie nun zum Flusse kamen, watete Brynhild
tiefer vom Land in den Strom und sagte, sie wolle das Wasser an ihrem
Haupte nicht leiden, das aus Gudruns Haaren rinne, dieweil sie einen
hochgemuthern Mann habe. Da ging Gudrun ihr nach in den Fluß und
sagte, darum dürfe sie ihren Schleier wohl über ihr im Strom waschen,
dieweil sie einen Mann habe, dem weder Gunnar noch ein anderer in der
Welt an Kühnheit gleiche, denn er habe Fafnir und Regin erschlagen und
beider Erbe gewonnen. Da antwortete Brynhild: Mehr war das werth,
daß Gunnar durch Wafurlogi ritt, was Sigurd nicht wagte. Da lachte
Gudrun und sprach: Meinst du, Gunnar sei durch Wafurlogi geritten?
So meine ich, daß der mit dir zu Bette ging, der mir diesen Goldring
gab. Der Ring aber, den du an der Hand hast, und zur Morgengabe

empfingſt, heißt Antwara-Naut, und glaub ich nicht, daß ihn Gunnar auf
Gnitahaide geholt habe. Da ſchwieg Brynhild und ging heim. Darauf
reizte ſie Gunnar und Högni, Sigurd zu tödten; aber weil ſie dem Sigurd
Brüderſchaft geſchworen hatten, ſtifteten ſie ihren Bruder Gutthorm dazu
an. Der durchbohrte Sigurd im Schlafe mit dem Schwerte, und als
Sigurd die Wunde empfangen hatte, warf er ſein Schwert Gram nach
ihm und das ſchnitt ihn in der Mitte durch. Da fiel Sigurd und ſein
dreijähriger Sohn Sigmund, den ſie auch tödteten. Darauf durchſtieß ſich
Brynhild mit dem Schwert und ward mit Sigurd verbrannt. Aber Gunnar
und Högni nahmen da Fafnirs Erbe und Andwaranaut und beherrſchten
nun die Lande.

Kö̈nig Atli, Budlis Sohn, Brynhildens Bruder, nahm da Gudrun
zur Ehe, die Sigurd gehabt hatte, und gewannen ſie Kinder. König Atli
lud Gunnar und Högni zu ſich und dieſe fuhren zu ſeinem Gaſtgebot. Eh
ſie aber von Hauſe fuhren, verbargen ſie das Gold, Fafnirs Erbe, im
Rhein, und ward dieß Gold niemals ſeitdem gefunden. Aber König Atli
hatte ein Heer verſammelt, womit er Gunnar und Högni überfiel. Sie
wurden gefangen genommen und König Atli ließ dem Högni das Herz
lebendig ausſchneiden und war das ſein Tod. Gunnarn ließ er in den
Schlangenhof werfen; aber heimlich ward ihm eine Harfe gebracht, die er
mit den Zehen ſchlug, weil ihm die Hände gebunden waren, daß alle
Schlangen einſchliefen bis auf eine Natter, die gegen ihn lief und ihn in
die Bruſt biß, und dann den Kopf in die Wunde ſteckte und ſich an ſeine
Leber hing bis er todt war. Gunnar und Högni wurden Niflungen ge-
nannt oder Giukungen: darum heißt das Gold der Niflungen Hort oder
Erbe. Bald darauf tödtete Gudrun ihre beiden Söhne und ließ aus ihren
Schädeln mit Gold und Silber Trinkgeſchirre machen. Darauf ward der
Niflungen Leichenfeier begangen. Bei dieſem Gelage ließ Gudrun dem
König Atli in dieſe Trinkgeſchirre Meth ſchenken, der mit dem Blut der
Jünglinge gemiſcht war; ihre Herzen aber ließ ſie braten und gab ſie dem
Könige zu eſſen. Und als das geſchehen war, ſagte ſie es ihm ſelbſt mit
vielen unholden Worten. Es fehlte da nicht an kräftigem Meth, ſo daß
die meiſten Leute ſchliefen, die da ſaßen. In der Nacht aber ging ſie zu
dem König, als er entſchlafen war, und mit ihr Högnis Sohn. Sie töd-
teten ihn und alſo ließ er das Leben. Darauf warfen ſie Feuer in die
Halle und verbrannten alles Volk, das darinne war. Dann ging ſie an die
See und ſprang ins Meer, und wollte ſich ertränken. Aber ſie ward über
die Bucht getragen und kam an das Land, das König Jonakur beſaß.

Und als der sie sah, nahm er sie zu sich und vermählte sich mit ihr. Sie
hatten drei Söhne mit Namen Sörli, Hambir und Erp. Sie waren alle
rabenschwarz von Farbe des Haars, wie Gunnar und Högni und die andern Niflungen.

Bei ihnen ward Swanhild, Sigurds Tochter, erzogen, die aller Frauen
Schönste war. Das erfuhr der König Jörmunrek der reiche: da sandte er
seinen Sohn Randwer, sie ihm zu werben. Und als er zu Jonakur kam,
ward ihm Swanhild übergeben, daß er sie dem König Jörmunrek brächte.
Da sagte Bicki, es gezieme sich beßer, daß Randwer Swanhild nähme, denn
Er wäre jung und sie auch; Jörmunrek aber alt. Dieser Rath gefiel ihnen
wohl als jungen Leuten. Darauf verrieth Bicki dieß dem Könige: da ließ
Jörmunrek seinen Sohn greifen und zum Galgen führen. Da nahm
Randwer seinen Habicht, rupfte ihm die Federn aus, und bat, ihn seinem
Vater zu senden. Darauf ward er gehängt. Als aber König Jörmunrek
den Habicht sah, da kam ihm in den Sinn, wie der Habicht flug- und
federlos sei, so sei auch sein Reich ohne Bestand, denn er sei alt und sohn-
los. Da ließ König Jörmunrek, als er mit seinem Gefolge aus dem Wald
von der Jagd geritten kam, und die Königin Swanhild beim Haarwaschen
saß, über sie reiten und sie unter den Hufen der Roße zu Tode treten.
Als aber Gudrun dieß erfuhr, reizte sie ihre Söhne, den Tod Swanhildens
zu rächen. Und als sie sich reisefertig machten, gab sie ihnen Brünnen
und Helme von solcher Stärke, daß kein Eisen daran haften mochte. Auch
gab sie ihnen den Rath, wenn sie zu König Jörmunrek kämen, sollten sie
des Nachts, wenn er schliefe, zu ihm gehen, und sollten Sörli und Hambir
ihm Hände und Füße abhauen, aber Erp das Haupt. Als sie aber unterwegs waren, fragten sie den Erp, wie er ihnen beistehen wolle, wenn sie
König Jörmunrek träfen. Er antwortete, er wolle ihnen helfen wie die
Hand dem Fuße. Da sagten sie, die Füße hätten an den Händen keine
Stützen. Sie waren ihrer Mutter erzürnt, weil diese sie mit harten Worten
zu der Fahrt angetrieben hatte: darum gedachten sie zu thun was ihr am
übelsten gefiele und tödteten Erp, weil sie den am Meisten liebte. Bald
darauf strauchelte Sörli beim Gehen mit Einem Fuße und stützte sich mit
den Händen. Da sprach er: Nun half die Hand dem Fuße: beßer wäre
es, wenn Erp lebte. Als sie aber zu König Jörmunrek kamen des Nachts
da er schlief, und ihm Arme und Füße abhieben, da erwachte er und rief
seinen Leuten und hieß sie aufstehen. Da sprach Hambir: Nun müßte auch
der Kopf ab, wenn Erp lebte. Da standen die Hofmänner auf und griffen
sie an, konnten sie aber mit Waffen nicht bezwingen. Da rief Jörmunrek,

sie sollten sie mit Steinen zu Tode werfen. Das geschah: da fielen Sörli und Hamdir. Und nun war Giukis Geschlecht und ganze Nachkommenschaft todt.

Von Sigurd lebte noch eine Tochter, die Aslaug hieß und bei Heimir in Hlindalir erzogen worden war. Von ihr stammen mächtige Geschlechter. Es wird auch gesagt, Sigmund, Wölsungs Sohn, sei so stark gewesen, daß er Gift trank ohne daß es ihm schadete, und seine Söhne Sinfiötli und Sigurd waren so hart von Haut, daß kein Gift ihnen schadete, das von außen an sie kam.

Menja und Fenja.
Sk. c. 43.

63. Skiöld hieß ein Sohn Odhins, von dem die Skiöldunge stammen. Er hatte Sitz und Herschaft in den Landen, die nun Dänmark heißen; aber damals hießen sie Gotland. Skiöld hatte einen Sohn Fridleif genannt, der nach ihm die Lande beherschte. Fridleifs Sohn hieß Frodi, der nach seinem Vater das Königtum überkam. Das war in der Zeit, da Kaiser Augustus in der ganzen Welt Frieden stiftete und Christus geboren ward, und weil Frodi der mächtigste aller Könige in den Nordlanden war, ward ihm dieser Friede in der dänischen Zunge beigelegt und nannten ihn die Nordmänner Frodis Frieden. Niemand beschädigte da den andern, wenn er auch seines Vaters oder Bruders Mörder getroffen hätte, los oder gebunden. Da war auch kein Dieb oder Räuber, so daß ein Goldring lange Zeit unberührt auf Jalangershaide lag. König Frodi sandte Boten nach Swithiod zu dem Könige, der Fiölnir hieß, und ließ da zwei Mägde kaufen, die Fenja und Menja hießen und sehr groß und stark waren. In dieser Zeit gab es in Dänmark zwei so große Mühlsteine, daß Niemand stark genug war sie umzudrehen. Diese Mühlsteine hatten die Eigenschaft, daß sie malten was der Müller wollte. Die Mühle hieß Grotti, der Mann aber, der dem König Frodi die Mühle gab, ward Hengikiöptr genannt. König Frodi ließ die Mägde in die Mühle führen und gebot ihnen, ihm Gold, Frieden und Frodis Glück zu malen. Er verstattete ihnen nicht länger Ruhe als so lange der Kuckuck schwieg oder ein Lied gesungen werden mochte. Da sollen sie das Lied gesungen haben, das Grottengesang heißt, und ehe sie von dem Gesange ließen, malten sie dem König ein Heer, so daß in der Nacht ein Seekönig kam, Mysing genannt, welcher den Frodi tödtete und große Beute machte. Damit war Frodis Friede zu Ende. Mysing nahm die Mühle mit sich, und so auch Fenja und Menja und

befahl ihnen, Salz zu malen. Und um Mitternacht fragten sie Mysingr,
ob er Salz genug habe? und er gebot ihnen fortzumalen. Sie malten
noch eine kurze Frist, da sank das Schiff unter. Im Meer aber entstand
nun ein Schlund, da wo die See durch das Mühlsteinloch fällt. Auch ist
seitdem die See gesalzen.

38. Grottenlied.

1 Nun kamen wir her   zu des Königs Haus
   Vorwitzende Frauen,   Fenja und Menja.
   Bei Frodi werden,   Fridleifs Sohne,
   Die mächtigen Maide   als Mägde gehalten.

2 Man führte zur Mühle   die Frauen alsbald,
   Die Schrotsteine   sollten sie rühren.
   Er ließ ihnen länger   nicht Ruhe laßen
   Als solang er hörte   die Mägde singen.

3 Da ließen sie knattern   die knarrende Mühle:
   „Umschwingen wir Starken   den leichten Stein.“
   Nur mehr zu malen   bat er die Mägde.

4 Sie sangen und schwangen   den schnaubenden Stein
   Bis Frodis Volk   in Schlaf verfiel.
   Da sang Menja,   die malen sollte:

5 „Wir malen dem Frodi   Macht und Reichtum
   Und goldenes Gut   auf des Glückes Mühle.
   Er sitz ihm im Schooß   und schlaf' auf Daunen
   Nach Wunsch erwachend: das ist wohl gemalen.

6 „Nie soll hier Einer   dem Andern schaden,
   Hinterhalt legen,   Unheil ersinnen,
   Mit scharfem Schwerte   nicht Wunden schlagen,
   Und fänd er gebunden   des Bruders Mörder.“

7 Da war es das erste   Wort, das er sprach:
   Haltet nicht länger ein   als der Hauskuckuck schläft,
   Oder nur während   eine Weis ich singe.

8 „Nicht warst du, Frodi,   vorsichtig genug,
   Den Mannen holdselig,   als du Mägde kauftest:

Auf Stärke sahst du und schönes Antlitz;
Achtetest ihrer Abkunft nicht.

9 „Hart war Hrungnir und hart sein Vater,
Doch stärker als sie scheint mir Thiassi.
Idi und Oernir sind unsere Väter,
Der Bergriesen Brüder, die uns beide zeugten.

10 „Nicht wär Grotti gekommen aus grauem Felsen,
Nicht der schwere Schrotstein aus dem Schooß der Erde,
Nicht rührte den Mandel des Bergriesen Tochter,
Wäre das Wem der Menschen bewust.

11 „Wir waren Gespielen neun Winter lang,
Da unter der Erde man uns erzog:
Da übten wir Mägde schon manche Großthat,
Faßten Felsen sie fort zu rücken.

12 „Wir wälzten die Steine zu den Riesenwohnungen:
Die Erd im Grunde begann zu zittern.
Wir stießen und stürzten den Stein, daß er ächzte,
Die ragende Felswand ward Menschen erreichbar.

13 „Seitdem geschahs, daß in Schweden wir
Vorwißende Frauen die Heerschar führten,
Bären birschten, Schilde brachen,
Entgegen gingen grau geschientem Heer.
Wir stürzten Stammfürsten, stützten Andre:
Gutthorm dem guten gaben wir Beistand,
Feierten nicht früher bis Knui fiel.

14 „Solcherlei schufen wir Sommer und Winter
Bis wir als Kämpen wurden bekannt.
Mit scharfen Speren schlugen wir Wunden
In Fleisch und Gebein und färbten die Klingen.

15 „Nun sind wir gekommen zu des Königs Haus
Und werden unmenschlich als Mägde behandelt:
Grus frißt die Sohlen und Kälte die Glieder;
Wir malen dem Feinde: schlimm ists bei Frodi.

16 „Ruhet nun, Hände, raste nun, Stein,
   Genug von Mir gemalen ist nun.
   Doch haben die Hände hier nicht Ruhe
   Bis Frodi meint genug sei gemalen.

17 „So greifet nun, Helden, zu harten Geeren,
   Zu triefenden Waffen. Erwache, Frodi!
   Erwache, Frodi! willst du lauschen
   Unserm Singen und alten Sagen.

18 „Feuer seh ich brennen östlich der Burg,
   Kriegsbotschaft kommt, das verkündet die Glut.
   Ein Heer ist im Anzug, eindringt es hier,
   Und verbrennt alsbald die Burg dem Fürsten.

19 „Nicht magst du mehr halten den Stuhl in Hledra
   Mit rothen Spangen und spähem Gestein.
   Mächtiger malen wir Mägde noch.
   Noch weilst du, Walmaid, dem Walfeld fern.

20 „Tapfer malt meines Vaters Tochter,
   Denn vieler Fürsten Fall sieht sie nahn.
   Schwere Stücke springen von der Mühle,
   Eisen beschlagene: doch immer gemalen!

21 „Nur immer gemalen! Yrsas Sohn,
   Halfdans Enkel wird Frodi rächen.
   Er wird von ihr geheißen werden
   Sohn und Bruder; wir beide wißens!"

22 Die Mägde malten aus aller Macht:
   Die Jungen waren in Jotenzorn.
   Die Malstange brach, die Mühle riß,
   Der mächtige Mühlstein fuhr mitten entzwei.

 3 Die Bergriesen- bräute sprachen:
   „Nun finden wir, Frodi, wohl Feierabend:
   Genug gemalen haben wir Mägde."

Hrolf Kraki.

Sk. c. 44.

64. Ein König in Dänmark hieß Hrolf Kraki, und war der berühmteste aller Könige der Vorzeit, dazu der mildeste, kühnste und leutseligste. Ein Beweis seiner Leutseligkeit, die in alten Sagen sehr berühmt ist, war dieß. Ein armer Bursche, Wöggr genannt, kam einst in König Hrolfs Halle, als der König noch jung an Jahren und von zartem Wuchse war. Da ging Wöggr vor ihn stehen und sah ihn an. Da sprach der König: Was willst du damit sagen, junger Gesell, daß du mich so ansiehst? Wöggr antwortete: Als ich daheim war, hört ich sagen, König Hrolf in Hledra sei der gröste Mann in den Nordlanden; und nun sitzt hier auf dem Hochsitz eine kleine Krähe (Kraki), die nennen sie ihren König. Da versetzte der König: Du Gesell hast mir einen Namen gegeben, und ich werde Hrolf Kraki heißen; es ist aber Gebrauch, daß dem Namen eine Gabe folge. Weil ich nun sehe, daß du kein Geschenk hast, das du mir zu diesem Namen geben könntest, oder sich für mich schickte, so soll dem Andern geben der da hat. Da zog er einen Goldring von der Hand und gab ihm den. Da sprach Wöggr: Du giebst als der beste aller Könige; darum gelob ich dir, ich will des Mannes Mörder sein, der dein Mörder wird. Da sprach der König lachend: Ueber Wenig wird Wöggr froh.

Ein anderes Beispiel erzählt man von Hrolf Krakis Kühnheit. In Upsala herschte ein König, Adils genannt, der Yrsa, Hrolf Krakis Mutter, zur Frau hatte. Er war in Unfrieden mit dem König von Norwegen, der Ali hieß. Sie kämpften mit einander auf dem Eise des Sees, der Wänir heißt. Da sandte König Adils Boten zu Hrolf Kraki, seinem Stiefsohne, daß er ihm zu Hülfe käme, und versprach seinem ganzen Heere Sold so lange die Fahrt währte. Und der König selber sollte drei Kleinode erhalten, die er aus Schweden wählen würde. Aber Hrolf Kraki konnte ihm nicht zuziehen wegen des Kriegs, den er mit den Sachsen hatte. Doch sandte er ihm seine zwölf Berserker. Darunter waren Bödwar Biarki, Hialti der kühne, Hwitserkr der muthige, Wöttr, Widseti und die Brüder Swipdag und Beigudr. In diesem Kriege fiel König Ali und ein großer Theil seines Heers. Da nahm König Adils dem Todten den Helm Hildiswin und seinen Hengst Hrafn. Da verlangten die Berserker Hrolf Krakis jeglicher drei Pfund Gold zu Lohn und überdieß die Kleinode, die sie für Hrolf Kraki gewählt hatten und ihm nun zu bringen verlangten. Das war der Helm Hildigöltr, der Panzer Finsleif, an dem kein Schwert haftete, und

der Goldring, der Swiagris hieß und von Adils Vorfahren herkam. Aber
der König weigerte alle diese Kleinode und bezahlte auch nicht einmal den
Lohn. Da fuhren die Berserker heim und waren übel zufrieden. Sie berichteten dieß dem König Hrolf, der sich sogleich bereit machte, gen Upsala
zu fahren, und als er mit seinen Schiffen in den Fyrisfluß kam, ritt er
gen Upsala, und seine zwölf Berserker mit ihm, die da friedlos waren.
Yrsa, seine Mutter, empfing ihn und folgte ihm zur Herberge; aber nicht
zu des Königs Halle. Da wurden große Feuer für sie angezündet und
ward Ael zum Trinken gereicht. Da kamen König Adils Mannen herein
und trugen Scheite ins Feuer und machten es so groß, daß Hrolf und
den Seinen die Kleider brannten, und fragten, ob das wahr sei, daß Hrolf
Kraki und seine Berserker weder Feuer noch Eisen scheuten. Da sprang
Hrolf Kraki auf mit allen den Seinigen und rief:

          Laßt uns mehren die Glut in Adils Gemach.

Da nahm er seinen Schild und warf ihn ins Feuer, und lief über das
Feuer, während der Schild brannte und rief:

          Der fürchtet kein Feuer, der drüber fährt.

So thaten auch seine Mannen Einer nach dem Andern. Darauf nahmen
sie die, welche das Feuer geschürt hatten und warfen sie hinein. Da kam
Yrsa, gab Hrolf Kraki ein Hirschhorn mit Gold gefüllt und darin den Ring
Swiagris, und bat ihn, fortzureiten zu seinem Heere. Da sprangen sie
auf ihre Pferde und ritten fort über Fyrisfeld. Da sahen sie, daß König
Adils ihnen mit seinem Heere nachritt in voller Rüstung und wollte sie
tödten. Da nahm Hrolf Kraki mit seiner Rechten Gold aus dem Horn
und streute es auf den Weg. Als die Schweden das sahen, sprangen sie
von den Sätteln und nahm Jeder was er bekommen konnte. Aber König
Adils gebot ihnen, zu reiten und ritt selber aus aller Macht. Sein Pferd
hieß Slungnir, das schnellste aller Pferde. Als Hrolf Kraki sah, daß König
Adils ihn schier erritten hatte, nahm er den Ring Swiagris, warf ihn
ihm zu und bat ihn, den als eine Gabe zu nehmen. König Adils ritt
nach dem Ringe, hob ihn mit dem Sper auf und ließ ihn an den Griff
niedergleiten. Da wandte sich Hrolf Kraki und als er sah, wie sich jener
bückte, sprach er: Wie ein Schwein gebogen hab ich nun den, welcher der
reichste in Schweden war. Und also schieden sie. Darum heißt das Gold
Krakis Saat oder Samen von Fyrisfeld.

Högni und Hilde.

65. Ein König, Högni genannt, hatte eine Tochter, mit Namen Hilde. Diese machte zur Kriegsgefangenen ein König Namens Hedin, Hiarrandis Sohn, während König Högni zur Königsversammlung geritten war. Als er nun hörte, daß in seinem Reiche geheert worden und seine Tochter fortgeführt sei, ritt er mit seinem Gefolge, Hedin aufzusuchen und hörte, daß er nordwärts längs der Küste gesegelt sei. Als er aber nach Norweg kam, vernahm er, Hedin habe sich westlich gewendet. Da segelte ihm Högni nach bis zu den Orkneyen, und als er nach Ha-ey kam, lag Hedin mit seinem Heere davor. Da ging Hilde ihren Vater aufzusuchen und bot ihm in Hedins Namen ein Halsband zum Vergleich; wenn er aber das nicht wolle, so sei Hedin zur Schlacht bereit und hätte Högni von ihm keine Schonung zu hoffen. Högni antwortete seiner Tochter hart und als sie Hedin traf, sagte sie ihm, daß Högni keinen Vergleich wolle und bat ihn, sich zum Streit zu rüsten. Und also thaten sie beide, gingen aus an das Eiland und ordneten ihr Heer. Da rief Hedin seinen Schwäher Högni an und bot ihm Vergleich und viel Gold zur Buße. Högni antwortete: Zu spät bietest du mir das, wenn du dich vergleichen willst, denn nun habe ich mein Schwert Dainslif gezogen, das von den Zwergen geschmiedet ist und eines Mannes Tod werden muß so oft es entblößt wird, und dessen Hieb immer trifft und Wunden schlägt, die niemals heilen. Da sprach Hedin: Du rühmst dich des Schwertes, aber noch nicht des Sieges. Ich nenne jedes Schwert gut, das seinem Herrn getreu ist. Da begannen sie die Schlacht, die Hiadningawig (Kampf der Hedninge) genannt wird, und stritten den ganzen Tag und am Abend fuhren die Könige wieder zu den Schiffen. In der Nacht aber ging Hilde zum Walplatz und weckte durch Zauberkunst die Todten alle, und den andern Tag gingen die Könige zum Schlachtfelde und kämpften, und so auch alle, die Tags zuvor gefallen waren. Also währte der Streit fort einen Tag nach dem andern, und alle die da fielen und alle Schwerter, die auf dem Walplatze lagen, und alle Schilde, wurden zu Steinen. Aber sobald es tagte standen alle Todten wieder auf und kämpften und alle Waffen wurden wieder brauchbar. Und in den Liedern heißt es, die Hiadninge würden so fortfahren bis zur Götterdämmerung.

Anhang.

39. Sôlarliôth, das Sonnenlied.

1 Gut und Leben raubte lang   allen Lebenden
  Jener grimme Greis:
  Ueber die Wegscheide, die er bewachte,
  Konnte Keiner lebend kommen.

2 Einsam immer   saß er und aß,
  Lud nie den Mann zum Mal
  Bis müd und matt und unvermögend
  Jetzt ein Gast die Gaße gegangen kam.

3 Des Tranks bedürftig betheuerte sich der Fremdling
  Und heißen Hunger zu haben;
  Mit verzagtem Herzen zeigt' er Vertrauen
  Zu dem übel gearteten.

4 Trank und Speise spendet' er dem Müden
  Gern aus ganzem Herzen,
  Gedachte Gottes und gab dem Bedürftigen,
  Weil er sich verworfen wuste.

5 Aufstand Jener mit übelm Vorsatz;
  Nicht bedurfte der Wandrer der Wohlthat.
  Die Sünde schwoll: im Schlaf ermordet er,
  Wie weis er war, den Reuigen.

6 Den Gott im Himmel um Hülfe flehte der,
  Als er verwundet erwachte;
  Aber der Andere nahm seine Sünden auf sich,
  Der ihn schuldlos erschlug.

7 Heilige Engel schwebten   vom Himmel hernieder
   Und bargen seine Seele:
   Ein lauteres Leben   lebt sie ewig
   Bei Gott dem Allgütigen.

8 Besitz und Gesundheit   sind Keinem sicher
   Wie gut es ihm ergehe.
   Oft verderbt uns,   woran wir am Wenigsten dachten;
   Niemand setzt sich selbst sein Schicksal.

9 Nicht versahen sichs   Säwaldi und Unnar,
   Daß ihr Glück so bald zerbräche;
   Doch musten sie nackt,   da nichts ihnen blieb,
   Wie Wölfe fliehen zum Walde.

10 Zum Fall hat Viele   die Liebe geführt;
   Viel Schmerzen schufen die Frauen:
   Mein befleckte Manche,   die der mächtige Gott
   Doch so schön geschaffen.

11 Schwertbrüder waren   Swafudr und Swarthedin,
   Mochten nicht ohn einander sein.
   Eines Weibes wegen   wurden sie sich feind:
   Die stand ihnen zum Sturz bestimmt.

12 Alles vergaßen sie   über dem Glanz der Schönen,
   Scherz und schöne Tage,
   Sie schlugen alles   sich aus dem Sinn
   Bis auf der Lieben lichten Leib.

13 Da wurden ihnen düster   die dunkeln Nächte,
   Sie schliefen den süßen Schlaf nicht mehr.
   Aus diesem Harme   erwuchs der Haß
   Zwischen Bundesbrüdern.

14 Allzuoft wird   Unenthaltsamkeit
   Grimmig vergolten,
   Den Holmgang gingen sie   um das holde Weib
   Und lagen beid im Blute.

15 Uebermuthes soll sich Keiner vermeßen:
   Des ward ich wohl gewahr,
   Denn abgefallen sind allermeist
   Von Gott, die sich ihm ergaben.

16 Reich und mächtig waren Nabey und Webogi,
   Lustig zu leben allein bedacht;
   Von Feuer zu Feuer nun sieht man sie fahren,
   Die schnöden Geschwüre zu bähen.

17 Sie hofften nur auf sich und dauchten sich hoch
   Ueber alle Sterblichen;
   Aber den Lauf wies ihrem Looße
   Anders der Allmächtige.

18 Sie lebten nach Lust und Laune dahin
   Und sparten im Spiele das Gold nicht:
   Das büßen nun beide, da sie bettelnd wechseln
   Zwischen Frost und Feuer.

19 Dem Abgünstigen traue nicht allzuviel
   Wie süß er red und raune.
   Heuchl ihm Freundschaft: fremden Trug
   Laßen wir weislich uns warnen.

20 So erging es Sörli dem guten,
   Als er sich in Wigolfs Gewalt gab:
   Er traut' ihm treulich; doch Jener trog ihn,
   Der seinen Bruder erschlagen.

21 Er gewährt' ihnen Frieden als wär es von Herzen;
   Man verhieß ihm Gold dagegen.
   Sie schienen versöhnt beim süßen Meth;
   Noch kam der Falsch nicht zum Vorschein.

22 Aber darauf am andern Tag
   Als sie Rygiarthal erritten,
   Mit Schwertern erschlugen sie den Schuldlosen
   Und ließen sein Leben schwinden.

23 Die Hülle trugen sie   auf heimlichen Wegen
   Und bargen im Brunnen die Stücken.
   Sie wollten es hehlen; der Herr aber sahs,
   Der heilige, himmelhernieder.

24 Die Seele lud er,   der süße Gott,
   In seine Freuden zu fahren;
   Doch mag er wohl säumig   die Mordgesellen
   Ihres langen Leids erledigen.

25 Die Disen bitte,   die Bräute des Himmels,
   Dir holdes Herz zu hegen:
   Deinen Wünschen werden sie   in kommenden Wochen
   Alles zu Liebe lenken.

26 Das Werk des Unmuths,   das auf dir lastet,
   Büße nicht Böses häufend.
   Liebesthat versöhne   den Schwerverletzten:
   Das, sagt man, frommt der Seele.

27 Um Gnadengaben   flehe zu Gott,
   Dem mächtigen, der uns Menschen schuf;
   Uebels viel   besährt der Mann,
   Der seinen Vater versäumt.

28 Mit brünstigem Flehn   erbitte dir
   Wes du dich bedürftig dünkst.
   Wer nichts erbittet   dem bietet man nichts:
   Wer ersinnt des Schweigenden Schäden?

29 Spät komm ich gefahren,   frühe beschieden
   Vor des Fürsten Thüre.
   Da erhoff ich, was mir verheißen ist:
   Kost erlangt wer verlangt.

30 Die Sünden sind Schuld,   daß wir trauernd scheiden
   Aus dieser Welt des Wehs.
   Niemand fürchte sich,   der nichts verbrach:
   Ein reines Herz errettet.

31 Wolfsgestalt gewinnen alle,
Die wandelbaren Sinnes sind.
Das erfährt wohl Jeder, der fahren soll
Ueber feuriger Flammen Glut.

32 Freundlichen Rath und weise geflochtnen
Sagt' ich dir siebenfach:
Vernimm ihn wohl und vergiß ihn nie,
Er ist wohl werth zu wißen.

33 Erst will ich dir sagen wie selig ich war
In dieser Welt des Wehs.
Das ist das andre: daß alle Menschen
Wider Willen Leichen werden.

34 Wollust und Stolz betrügt die Sterblichen,
Daß sie nach Schätzen schielen.
Zu langem Leide wird das lichte Gold;
Manchen bethören Thaler.

35 Munter meist erschien ich den Menschen,
Denn wenig wust ich voraus:
Die zeitliche Welt hat wollustreich
Der Schöpfer geschaffen.

36 Mit Neigen saß ich und nickte lange;
Doch groß war die Lust zu leben.
Aber des Waltenden Willen entschied,
Zum Tode führen Wege viel.

37 Die Tage der Krankheit fühlt' ich unsanft
Mir um die Hüfte geheftet;
Zerreißen wollt ich sie; aber sie waren stärker:
Leichter geht sichs lose.

38 Allein wust ich, wie überall
Mir die Schmerzen schwollen.
Heim luden mich der Hölle Töchter
Graunvoll alle Abend.

39 Die Sonne sah ich, das schöne Tagsgestirn,
Sinken in die Welt des Schreiens,
Und der Hölle Gitter hört ich mir zur Linken
Schaurig erschallen.

40 Die Sonne sah ich blutroth scheinen,
Wie ich von der Welt mich wandte;
Doch heller schien sie mir und herlicher
Als ich sie noch je gesehen.

41 Die Sonne sah ich, sie war so schön
Als säh ich Gott den Schöpfer selbst.
Ich neigte der herlichen heut zum letzten Mal
In dieser Welt des Wehs.

42 Die Sonne sah ich, so war ihr Glanz
Daß sonst mir nichts bewußt mehr war.
Die Höllenflüße hallten zur Linken mir
Gemischt mit manches Menschen Blut.

43 Die Sonne sah ich bebenden Angesichts,
Der Schrecken voll und Schmerzen,
Denn mein Herz, das hart bedrängte,
Zerging in Angst und Ohnmacht.

44 Die Sonne sah ich noch selten verzagter;
Ich war der Welt schier halb entwandt;
Die Zunge stand mir starr im Munde,
So fühlt' ich sie von Frost erfaßt.

45 Die Sonne sollt ich nicht wiedersehn
Nach jenem trüben Tage;
Der blaue Himmel verbarg sich mir,
In Schmerzen entschwand die Besinnung.

46 Der Stern der Hoffnung (die Seele) in der Stunde der Neugeburt
Entflog der bangen Brust.
Er schwang sich hoch empor und setzte sich nirgends,
Daß er zur Ruhe kommen konnte.

47 Aber am ängstlichsten war mir die eine Nacht,
   Wo ich starr lag auf dem Stroh:
   Da verstand ich erst ganz das göttliche Wort:
   Vom Staube stammen die Sterblichen.

48 Das wiß und erwäge der waltende Gott,
   Der die Welt und den Himmel wirkte,
   Wie einsam wir beim Abschied bleiben,
   Zählten wir gleich der Freunde viel.

49 Seiner Thaten Frucht empfängt ein Jeder:
   Selig wer da wohl gewirkt!
   Ich schatzentblößter kam auf ein Bett
   Von schierem Sande zu liegen.

50 Der Haut zu pflegen vergißt man der Pflicht:
   Dieß dünkt das erste Bedürfniß;
   Doch mir verleidete sich die Lauge solchen Bads
   Ueber alle Maßen.

51 Auf der Nornen Stuhl saß ich neun Tage,
   Ward dann auf den Hengst gehoben.
   Schauerlich schien die Sonne der Riesin
   Aus Nacht und Nebel nieder.

52 Innen und außen wähnt ich alle sieben
   Unterwelten zu durchwandern;
   Auf und nieder sucht ich ängstlich den Weg,
   Der leidlicher zu wandern wäre.

53 Nun ist zu sagen, was ich zuerst ersah
   Als ich zu den Qualorten kam:
   Versengte Vögel, die Seelen waren,
   Flogen wie Fliegen umher.

54 Von Westen drangen die Drachen des Wahns
   Und bedeckten die glühenden Gaßen.
   Sie schlugen die Schwingen als sollte der Himmel
   Bersten und die Erde.

55 Den Sonnenhirsch sah ich   von Süden kommen
   Von Zwein am Zaum geleitet;
   Auf dem Felde standen   seine Füße,
   Die Hörner hob er zum Himmel.

56 Von Norden ritten   der Nüchternheit Söhne;
   Ihrer sieben sah ich.
   Volle Hörner hoben sie   des herlichen Meths
   Aus des guten Gottes Brunnen.

57 Der Wind schwieg,   die Waßer stockten:
   Da hört ich kläglichen Klang.
   Aus allen Kräften   eifrige Weiber
   Malten das Müll zum Mal.

58 Triefende Steine   sah ich die traurigen Weiber
   Uebel handhaben;
   Blutige Herzen   hingen von ihren Brüsten
   Zu langem Leibe nieder.

59 Viel Männer sah ich   matt von Wunden
   Auf den glühenden Gaßen.
   Ihr Angesicht   dauchte mich immerdar
   Roth von rauchendem Blut.

60 Viele sah ich   der Erde befohlen
   Ohne das letzte Geleit;
   Heidnische Sterne   umstanden ihr Haupt
   Von Todesstäben getroffen.

61 Manche sah ich da,   die der Mißgunst sich
   Um Anderer Glück ergeben,
   Blutge Runen   standen auf ihrer Brust
   Vermerkt des Meines halb.

62 Manchen sah ich da,   der weglos muste
   In der Oede traurig irren.
   Der Lohn wird dem,   der dieser Welt
   Eitelkeit sich äffen läßt.

63 Männer sah ich da: die manches Stück
  Von Anderer Gut sich angeeignet;
  In Scharen gingen sie zu Schatzliebs Burg
  Und schleppten Bürden von Blei.

64 Männer sah ich da, die Manchen hatten
  Entleibt dem Gut zu Liebe;
  Die Brust durchbohrten den Bösewichtern
  Grimme Giftdrachen.

65 Männer sah ich da, die es missen wollten,
  Die heiligen Tage zu halten.
  Ihre Hände waren an heiße Steine
  Nothfest genagelt.

66 Männer sah ich da, die mehr als billig
  Der Hochmuth höhnte.
  Ihr Gewand war wunderbar
  Uebergoßen mit Blut.

67 Männer sah ich da, die manch Wort hatten
  Auf andre Leute gelogen:
  Ihren Häuptern hackten die Höllenraben
  Eifrig die Augen aus.

68 Alle Schrecken mag Einer nicht wißen,
  Die die Höllenkinder quälen.
  Süße Sünden werden schwer gebüßt;
  Hochmuth kommt vor dem Fall.

69 Männer sah ich da, die manchen Schatz
  Gott zu Liebe gegeben:
  Himmlische Kerzen über ihren Häuptern
  Brannten lichterloh.

70 Männer sah ich da, die großmüthig
  Den Armen geholfen hatten:
  Heilige Bücher lasen die Himmlischen
  Ueber ihren Häuptern.

71 Männer sah ich da, die sich gemartert
   Hatten viel mit Fasten.
   Ihnen neigten die Engel Gottes:
   Das ist süße Seligkeit.

72 Männer sah ich da, die ihrer Mutter
   Das Mal zum Mund geführt.
   In Himmelsstralen standen ihnen
   Die Betten gebreitet.

73 Himmlische Mädchen wuschen ihnen
   Die Seele rein von Sünden,
   Die freiwillig mit keuschem Fasten
   Sich manchen Tag gemartert.

74 Himmlische Wagen sah ich zum Himmel fahren
   Empor die göttlichen Gaßen.
   Männer lenkten sie, die unter Mörderhand
   Ledig sanken aller Schuld.

75 Allmächtiger Vater, gleichmächtiger Sohn,
   Heiliger Geist des Himmels,
   Dich bitt ich, nimm die du erschaffen hast
   Uns aus dem Elend alle.

76 Beugwör und Listwör sitzen vor des Hirten Thor
   Auf dem Orgelstuhl,
   Flüßiges Eisen entfließt ihren Nasen;
   So weckten sie Haß und Wuth.

77 Frigg, Odins Frau, fährt auf der Erde Schiff
   Zu der Wollust Wonne,
   Ihre Segel senkt sie spät,
   Die an harten Tauen hangen.

78 Erbe, dein Vater allein verhalf dir
   Mit Solkatlis Söhnen
   Zu des Hirschen Horn, das aus dem Hügel nahm
   Der weise Wigdwalin.

79 Das sind die Runen, die da ritzten
    Njörds Töchter neun,
    Radwör die älteste, und Kreppwör die jüngste
    Mit ihrer Schwestern sieben.

80 Welche Gewaltthaten wirkten nicht
    Swafr und Swafrlogi!
    Blut weckten sie, Wunden sogen sie
    Tödliche, bitterböse.

81 Dieses Lied, das ich dich lehrte,
    Sollst du vor dem Volke singen:
    Das Sonnenlied wird selten wohl
    Den Leuten zu lügen scheinen.

82 Hier laß uns scheiden; am schönen Tag
    Finden wir uns wieder.
    Gebe Gott den Begrabnen Ruhe
    Und verleihe den Lebenden Frieden.

83 Tröstliche Lehre ward dir im Traum gesungen
    Und Wahrheit ward dir enthüllt.
    Von allen Lebenden war Niemand so gelehrt,
    Daß er das Sonnenlied singen hörte.

IV.

Erläuterungen.

Einleitung.

Daß die Götter des Nordens auch die unsern waren, daß beide Bruder-stämme, der deutsche und nordische, wie Sprache, Recht und Sitte, so auch den Glauben im Wesentlichen gemein hatten, daß Odhin Wuotan ist und Thôr Donar, daß Asen und Ansen, Alfen und Elben, Sigurd und Sieg-fried nur andere Formen derselben mythischen Namen sind, darüber bleibt uns längst kein Zweifel. Wie kommt es denn, daß wir gegen die nordische Mythologie noch immer so gleichgültig thun als ob sie uns von Haut und Haar nichts anginge?

Möglich, daß wir eben darum von den nordischen Göttern nichts wißen und wißen wollen, weil sie die unsrigen sind, denn freilich ist das nur all-zusehr deutscher Charakter, überall in der Welt, in Rom und Griechen-land, in England und Spanien, in Arabien, Indien und China jeden Winkel zu durchstöbern, sich in jede Sackgaße zu verrennen und dabei im eigenen Hause wie die Blinden umherzutappen.

Hätte der Einleiter vielleicht gar klüger gethan, die Einheit der nor-dischen und deutschen Götter den Lesern zu verschweigen? Griffen sie lieber auch nach dieser Waare, wenn sie als ausländische dargeboten würde? Es ist freilich nicht unerhört, daß ein deutscher Dichter sein Werk, um es zu empfehlen, für Uebersetzung aus dem Englischen oder Schwedischen ausgab. Und die Erscheinung, daß der mattherzige Ossian bei uns so viel Glück ge-macht hat, während die lebensvollen Gestalten des Nordens und alle Kraft und Tiefe der Edda verschmäht wurden, wie läßt sie sich anders erklären als aus der schon von Klopstock beklagten Undeutschheit der Deutschen? Sollten wir das mit den Juden des alten Bundes gemein haben, daß wir vor allen Götzen des Auslandes niedersinken und die heimischen Altäre un-bekränzt laßen? Wenn uns dann nur nicht der Fluch dieses unseligen Volkes trifft, in alle Welt zerstreut zu werden und des Vaterlandes ver-lustig zu gehen! Ein Looß, das neuerdings auch ein edles europäisches Volk betroffen hat wegen eines andern Erbfehlers, der uns leider gleichfalls an-haftet, der Uneinigkeit. Dann wär unser Schicksal beklagenswerther als selbst der Juden und Polen, denn jene erhält in der Verbannung ihre angeborne Zähigkeit, diese die Vaterlandsliebe; die Deutschen aber, die sich beider Tugenden weniger zu rühmen haben, würden ganz aus der Reihe der Völker gestrichen und selbst ihre letzte Spur verweht werden.

Doch so trüben Ahnungen dürfen wir uns nicht überlaßen. Das deutsche Reich hat zwar schon seit dem Untergange der Hohenstaufen nur noch ein Scheinleben fortgeführt, und die neuen Staatenbildungen, die auf seinen Trümmern erwuchsen, haben uns einander immer mehr entfremdet. Ein Gemeinschaftliches war uns geblieben: die Sprache und die Literatur. Diesen verdanken wir es, wenn sich neuerdings unser Volk wieder als ein deutsches zu empfinden begann und die zerstückten Glieder des Reichs allmählich wieder zusammenwuchsen. In ihnen sahen wir bis 1866 den einzigen Trost, die letzte Hoffnung unseres Volkes. Aber die Sprache wird mit Fremdwörtern überfüllt, die Literatur von Uebersetzungen aus allen Nachbarzungen bei Seite gedrängt: wär es zu verwundern, wenn der deutsche Sinn zuletzt den Einflüßen des Auslands erläge? Ihn und das vaterländische Bewußtsein zu nähren und zu stärken, ist darum unsere nächste Pflicht und dieß können wir nur durch Wiederbelebung unserer alten Sage und Dichtung. Dieß theuerste Vermächtniß unserer Väter müßen wir der hereinbrechenden Flut sittenloser Erzeugnisse des modernen Auslands als nationalen Hort entgegenstellen, um die Wiederkehr eines patriotischen Selbstgefühls in unser Volksbewußtsein anzubahnen. Der gewaltige Aufschwung, welchen die Erforschung unserer heimischen Altertümer in den letzten dreißig Jahren genommen hat, läßt hoffen, daß es damit noch nicht zu spät sei. Aber mit Erforschung unsrer Alterthümer ist es nicht schon gethan, sie wollen Neuerthümer werden, das Erbe der Väter will zum Nutzen der Enkel verwandt sein, die versunkenen, endlich erlösten Schätze unserer Vorzeit dürfen keiner zweiten Verwünschung anheimfallen: wir müßen sie ummünzen oder doch vom Rost befreit von Neuem in Umlauf setzen; den vaterländischen Göttern genügt es nicht, wenn ihre Bildsäulen in Museen aufgestellt werden, sie wollen in unsern Herzen ihre Auferstehung feiern.

Die Erkenntniß des deutschen Altertums nach allen Richtungen hin ist von zweien Brüdern wesentlich gefördert und mit Hülfe hochverdienter Mitstrebenden und Jünger zu der gegenwärtigen Blüte gebracht worden. Der Dank des Vaterlands wird ihnen nicht entgehen; ihr Name, der schon jetzt in unvergänglichem Ruhme strahlt, braucht hier nicht genannt zu werden.

In diesem Gefühle hab ich mich seit funfzig Jahren der Wiederbelebung unserer alten Dichtung und Sage gewidmet. Was ich auf diesem Felde zu leisten bemüht war, will ich hier nicht erwähnen. Hat es bei der Nation die Aufnahme nicht gefunden, die ich mir versprach, so liegt dieß vielleicht an ihren schweren Schicksalen, die eine höhere Hand zum Beßern lenkt. Doch auch so gereichen mir meine Erfolge zur Ermuthigung und ein viel mächtigerer Antrieb ist die Ueberzeugung, den rechten Weg eingeschlagen zu haben.

Eine Uebersetzung beider Edden besaßen wir bisher noch nicht. Von der ältern waren uns nur einzelne Lieder zugänglich gemacht, weniger unvollständig lag die jüngere vor. Selbst in Schweden und Dänemark giebt es kein Buch, das die ältere und jüngere Edda umfaßte, wie sie in dem gegenwärtigen zu gegenseitiger Erläuterung zusammengestellt sind. Durch Vereinigung beider bildet es gleichsam die nordische Bibel, und somit auch die unsrige, da der Glaube der Nordmänner im Wesentlichen mit dem deutschen übereinstimmt.

In Deutschland war der Eifer der christlichen Priester leider mit zu großem Erfolge bemüht, das Heidentum bis auf die letzten Spuren zu tilgen. Von der eigenthümlich deutschen Gestalt des germanischen Glaubens sind uns fast nur Andeutungen erhalten. Am meisten ist der Verlust unserer heidnischen Götter- und Heldengesänge zu beklagen, welche den lebendigsten Ausdruck der ursprünglich deutschen Weltanschauung enthalten haben müßen. Ein glücklicherer Stern hat im Norden über dem Glauben unserer Väter gewaltet. In Island, dem abgelegensten Winkel der Erde, blieb er gleich den Gluten des Hekla unter Schnee und Eis der Gletscher geborgen. Wollen die Deutschen nun die ihrem Geiste eingeborenen und noch einwohnenden Götter verehren, wollen sie den Geist ihrer ältesten Geschichte zu sich sprechen laßen, so müßen sie nach diesem äußersten Thule wandern, und die Früchte kosten, die unter dem starrsten aller Himmel gereift sind.

Als um das Ende des zehnten Jahrhunderts auch in Island das Christentum eingeführt wurde, blieb es durch seine Armut und Entlegenheit vor der Ueberhandnahme des ausländischen Geistes bewahrt. Nach dem fernen kalten Eilande lockte fremde Geistliche kein Anreiz. Seine Priester waren Eingeborene, zwar auch im Auslande in der neuen Glaubenslehre und der Kunst des Schreibens unterrichtet, doch der Liebe zu ihrem einsamen Vaterlande, seiner Sprache, seinen Sitten und Eigentümlichkeiten nicht entwöhnt. Während daher in Deutschland der Glaubenseifer der christlichen Priester und Mönche alle einheimische, mit dem Heidentum ver-

wachsene Bildung auszutilgen beflißen war, wurden Islands Geistliche die
Pfleger der volksthümlichen Sprache, Sitte und Ueberlieferung, ja durch
die im Ausland erlernte Schreibekunst erst die Gründer der altnordischen
Literatur. Die Runenschrift war von sehr eingeschränktem Gebrauch gewesen; nun aber empfingen sie das lateinische Alphabet, in das nur einzelne Runenzeichen zur Bezeichnung eigenthümlich nordischer Laute Aufnahme fanden. Bald wurden auch auf Island selbst Schulen gegründet,
die älteste zu Skalholt von Isleif dem ersten Bischof Islands. Eine andere stiftete der berühmte Sämund Sigfusson, wegen seiner Gelehrsamkeit
hinn fróði genannt (geb. 1056 † 1133) auf seinem Erbgute zu Oddi, wo
auch Snorri Sturlason (geb. 1178 † 1241) der Verfaßer der Heimskringla,
des großen nordischen Geschichtswerks, seine erste Bildung empfing.

Dem Sämund wird die Sammlung der Eddalieder zugeschrieben, den
Snorri hält man für den Verfaßer der jüngern Edda, letzteres wohl mit
Unrecht, ersteres wenigstens ohne Beweis; doch mag damit die frühe Entstehung dieser Sammlung richtig bezeichnet sein. Was hätte der Isländer,
sobald ihm die Schreibekunst überliefert war, aufzuzeichnen sich mehr beeilen sollen als diese herlichen Lieder, das Kostbarste, womit ihn die Heimat
ausgesteuert hatte? Nächst diesen brachte er nichts aus Norwegen herüber,
das durch die Schrift zu feßeln ihm so angelegen sein muste als seine
Göttersagen, und damit wird er schwerlich bis zu Snorris Zeit gewartet
haben. Doch wir wenden uns einer nähern Betrachtung beider Werke zu.

1. Eddalieder.

1. Eine Sammlung mythologischer und epischer Lieder mit prosaischen
Zwischenreden pflegt man die ältere Edda zu nennen, auch wohl die
poetische oder Sämundische, Alles im Gegensatz gegen die s. g. jüngere,
welche in Prosa abgefaßt ist und dem Snorri zugeschrieben wird. Von
allen diesen Bezeichnungen ist aber keine ganz ohne Bedenken. Aelter
heißt die Sammlung wohl insofern mit Recht als die meisten in ihr enthaltenen Lieder früher entstanden sein müßen als die Haupttheile der s. g.
prosaischen Edda, deren Text mit Belegstellen aus diesen Liedern verbrämt
ist. Da indes nur aus einigen, nicht aus allen Liedern Stellen angeführt
werden, während das Alter anderer zweifelhaft bleibt, so könnte die durch-
greifende Richtigkeit dieser Benennung wohl angefochten werden. Poetisch
mag sie im Gegensatz gegen die dem Snorri zugeschriebenen nur insoweit
heißen, als letztere von den wenigen eingewebten Belegstellen abgesehen in
Prosa verfaßt ist; aber auch jene besteht nicht aus lauter poetischen Stücken

vielmehr sind einige derselben als Sinfiötla-Lock und Dráp Niflunga gleichfalls in Prosa geschrieben, und den Liedern selbst fehlt es nicht an prosaischen Eingängen, Schlüßen und Zwischensätzen, welche sie erläutern und
vervollständigen sollen, während jene selbständigen Prosastücke zwischen die
Heldenlieder eingeschoben scheinen damit der Leser aus ihnen eine Uebersicht
der ganzen Sage gewinnen könne. Endlich kann das sogar in Frage gestellt werden ob dieser kostbaren Sammlung der Namen Edda gebühre.
Wir werden sehen, daß er in Bezug auf das jüngere Werk kaum zu be-
anstanden ist, und da dieß aus den Liedern schöpft und beide an den mythischen Ueberlieferungen des Nordens einen gemeinschaftlichen Gegenstand
haben, so war es natürlich, sie mit gleichem Namen zu bezeichnen. Die
erhaltenen Handschriften unserer Sammlung legen ihr aber diesen Namen
noch nicht bei. Der Bischof Brynjulf Swendsen zu Skalholt jedoch, welcher
im Jahr 1643 die älteste derselben, den sogenannten codex regius, auf-
fand, setzte der Abschrift, welche er davon besorgen ließ, mit eigener Hand
den Titel Edda Sœmundar hins fróda, Edda Sämund des Gelehrten,
vor und dieß ist das einzige Zeugniß dafür, daß diesem Buch der Name
Edda gebühre. Auf keinem festern Grunde beruht es zugleich, wenn es
dem Sämund zugeschrieben wird. Für den Verfaßer der Lieder soll er
damit nicht ausgegeben werden, nur die Rolle des Sammlers wird ihm
zugedacht: aber auch dafür wißen wir die Gründe nicht, welche den Bischof
Brynjulf zu solcher Annahme bestimmten. Die Lieder selbst sind mit wenigen
Ausnahmen so altertümlich, daß sie aus christlicher Zeit nicht herrühren
können; das Solarlied aber muß ihr angehören, da es christliche und heidnische Vorstellungen mischt, weshalb es als nicht eddisch von uns ausgeschloßen wird, obgleich es sich in allen Handschriften findet; jedoch liefern
wir es, seiner großen Schönheit wegen, in einem Anhange nach. Daß es
von Sämund gedichtet sei, hat Bergmann in seiner Untersuchung über Gylfaginning (La fascination de Gulfi, Strassbourg et Paris 1861) wahrscheinlich gemacht. Gleichen Ursprung schreibt man auch dem dritten
Gudrunenlied zu.

Es bleibt hienach zweifelhaft ob die Sammlung der Eddalieder von
Sämund angelegt sei; daß sie nicht von ihm gedichtet sind, ist ganz entschieden, wenn wir von jenen beiden absehen, deren später Charakter eine
solche Annahme eher möglich macht. Die echten alten Lieder werden überhaupt nicht auf Island gedichtet sein: den Isländern gebührt nur das
Verdienst der Erhaltung und Aufzeichnung; sie brachten sie schon aus dem
Mutterlande mit hinüber. Wann sie dort entstanden seien, läßt sich nicht

angeben; die ältesten glaubt man schon dem sechsten Jahrhundert zuschreiben zu müssen. Von den Heldenliedern ist es sogar wahrscheinlicher, daß sie nur Uebersetzungen Deutscher sind, da sie am Rhein, in Frankenland spielen.

Dem Inhalte nach beziehen sich nämlich die Eddalieder theils auf die Götter, theils auf die Helden, weshalb man einen mythologischen und epischen Theil zu unterscheiden pflegt. Auch wir legen diese Eintheilung zu Grunde, indem wir Götter- und Heldensage sondern. Doch giebt es auch hier Uebergänge: so könnte das Hyndlulied und das Rigsmal mit gleichem Fug zu der einen wie zu der andern Gattung gezählt werden. Wir haben sie als den Uebergang zur Heldensage bildend an den Schluß der Götterlieder verwiesen. Für die Heldensage bleiben uns dann nur solche Lieder übrig, welche der deutschen Heldensage entsprechen, indem sie sich wie die Nibelungen und die Gedichte des Heldenbuchs auf den Kreis von Siegfried und Ermenrich beziehen. Das Grottenlied, welches hieren eine Ausnahme machen würde, haben wir deshalb aus der Skalda oder jüngern Edda herüber zu nehmen Bedenken getragen. Zu den mythologischen Liedern ist hier auch das Spruchgedicht Hawamal gestellt, obgleich es seines ethischen Gehaltes wegen eigentlich einer dritten Reihe angehörte, in der es aber allein stehen würde. Indes enthält es so viel mythische Bezüge, daß seine Stellung unter den reinen Götterliedern gerechtfertigt ist. Sollen wir auch die Rücksichten angeben, die uns innerhalb der beiden Hauptabschnitte bei Anordnung der Lieder geleitet haben, so war bei den Heldenliedern der Fortschritt der Begebenheiten maßgebend, was freilich auf die vereinsamt an der Spitze stehende Wölundarkwida keine Anwendung findet; die Götterlieder, bei welchen diese Rücksicht nicht durchgriff, sind zugleich nach Kreisen, d. h. so geordnet, daß die beisammen stehen, welche sich auf dieselbe Gottheit beziehen. Der Wöluspa, die eine Uebersicht über den ganzen nordischen Glauben gewährt, folgen die zum Mythus Odhins gehörigen Lieder; das letzte, das zugleich Thors Wesen erläutert, bildet den Uebergang zu dessen Kreise. Diesem folgen dann drei auf Freyr bezügliche Lieder, so daß die Trilogie Odin, Thor und Freyr unserer Anordnung zu Grund liegt. Den Schluß machen jene beiden, welche den Uebergang zur Heldensage vorbereiten.

2. Edda.

2. Die sogenannte jüngere Edda führt diesen Namen nur in der isländischen Handschrift zu Upsala, welche der schwedische Reichskanzler De la Gardie dahin schenkte; doch scheint er ihr zu gehören, da schon im 14. Jahr-

339

hundert die Dichtkunst Eddulist und die Gesetze des Dichtens Eddu-
reglur genannt werden (Grimm G. D. Spr. 761), was sich auf das ihr
angehängte Skaldskaparmal beziehen muß. Edda bedeutet, wie aus Sn. 202
und dem Rigsmal hervorgeht, Eltermutter und es ist, wie Grimm am angeführten Orte sagt, ganz im Sinne des Altertums, daß die Großmutter
dem Kreiß ihrer Kinder und Enkel von der Vergangenheit Kunde giebt.

Dieß Werk findet sich sowohl in Handschriften als in den Ausgaben
mit einem andern verbunden, dem man den Namen Stalda beizulegen
pflegt. Die Grenze zwischen beiden ist aber nicht leicht zu bestimmen. Rask
rechnet in seiner Ausgabe nur die beiden Mythensammlungen Gylfaginning
und Bragaröbur zur Edda, alles Uebrige zur Skalda. Grimm zieht aber
auch das nun folgende Skaldskaparmal, mit dem bei Rask die Stalda beginnt, zur Edda, von welcher er also nur ben, nach Snorris Hattalykill
oder Hattatal d. i. Versweisenschlüßel oder Aufzählung der Versweisen ent-
worfenen, Bragarhœttir genannten Abschnitt und die noch ferner angehängten nach Priscianus und Donatus verfaßten drei Abhandlungen
Latinustafrosit (de alphabeto), Malskräðinnar grundvöllr (fundamentum
grammatices) und Malskruds Fräði, auch Figurar i röðinnu (figurae
orationis) genannt; ausscheidet. Eine nähere Betrachtung der hier in
Frage kommenden Theile wird dieß erläutern.[1]

a) Gylfaginning.

1. Der erste Abschnitt, welcher seinen Namen Gylfaginning (Gylfes
Verblendung) oder Hars lygi (des Hohen d. h. Odhins Lügen) spätern Ab-
schreibern zu verdanken scheint, schließt sich in seiner Einkleidung an das
dritte Lied der ältern Edda an, welches den Namen Wafthrudnismal führt.
Wie dort Odhin unter dem Namen Gangradr einen mächtigen und weisen
Riesen besucht, um sein Wißen auf die Probe zu stellen, und so ein Wettstreit beginnt, bei dem das Haupt des Unterliegenden zu Pfande steht, so
wird umgekehrt hier die Weisheit der Götter auf die Probe gestellt, und
auch sie würden, wenn sie die vorgelegten Fragen nicht zu lösen wüßten,
sich überwunden bekennen und der Willkür des Siegers unterwerfen müßen.
Gylfi, ein mythischer König von Schweden, begiebt sich nach Asgard, um

[1] Die sämmtlichen Stücke, welche Rasks Ausgabe der Edda und Stalda enthält, sind
der Reihe nach folgende: I. Edda. 1. Formali. 2. Gylfaginning. 3. Eptirmali. 4. Braga-
ræður. 5. Eptirmali. II. Stalda. 1. Skaldskaparmal. a) Kenningar. b) Okend heiti.
c) Fornöfn. 2. Bragarhättir. 3. Ritgiörðir hinn islenska malskräði. a) Latinu-Stafrosit.
b) Malskräðinnar grundvöllr. c) Figurar i röðinnu.

zu erfahren, woher dem Asenvolk seine Macht komme. Wie in Wasthrud-
nismal Odhin sich Gangradr nennt, nimmt er den Namen Gangleri an,
der gleich jenem den Wanderer bezeichnet. Die Götter machen ihm aber
ein Blendwerk oder Gaukelspiel vor und zeigen sich ihm nicht in ihrer
wahren Gestalt, sondern beantworten seine Fragen von einem dreifachen
Hochsitze aus unter den Namen Hars, Jafnhars und Thridis, d. i. des
Hohen, Gleichhohen und des Dritten. Die vorgelegten Fragen, auf welche
sie keine Antwort schuldig bleiben, geben Veranlaßung, die Hauptlehren des
nordischen Götterglaubens in Erzählungen darzulegen, welchen man den
Namen Dämisögur, Beispielreden, gegeben hat.

b) Bragaröbur.

2. Eine ähnliche Einkleidung hat der zweite Abschnitt, welcher den
Namen Bragaröbur, Bragis Gespräche, führt. Auch sie ist einem Liede
der ältern Edda abgeborgt. Nach Oegisdrecka, d. i. Oegirs Gastmal, be-
wirthete der Meergott Oegir die Asen und brauchte bei der Beleuchtung
seiner Halle Goldlicht statt des Feuerlichts, ein Mythus, der das Leuchten
des Meeres von den in ihm versunkenen Schätzen abzuleiten scheint. Dieß
kehrt sich nun in Bragaröbur wieder um, denn hier ist es Oegir, zwar
nur als ein zauberkundiger auf Hlesey wohnender Mann bezeichnet, welcher
die Asen besucht und von ihnen wie Gylfi mit Gaukelspiel empfangen wird;
statt des Goldlichts aber hat nun Odhin Schwertlicht, was seiner Eigenschaft als Siegsgott gemäß ist. Bei Tische sitzt Oegir neben Bragi, welcher
ihm die vorgelegten Fragen durch mythische Erzählungen beantwortet. Die
letzte derselben bezieht sich auf den Ursprung der Dichtkunst, worüber Bragi,
als der Skalde der Götter, schickliche Auskunft giebt.

c) Skáldskaparmál.

3. Hieran schließt sich nun Skaldskaparmal, welches die Skaldenkunst
zum Gegenstand hat, indem es die dichterischen Ausdrücke, namentlich
1. Kenningar, auf Mythen anspielende Umschreibungen, 2. Ukend heiti,
einfache Benennungen wie jene, welche Alwismal aufzählt, 3. Fornöfn,
in der Skaldenkunst gebräuchliche Namen der Männer, Frauen, Schwerter,
Schiffe u. s. w. lehrt und aufzählt, erstere auch nach ihren mythischen Be-
ziehungen deutet, wobei auf bekannte Skaldenlieder hingewiesen wird. Einige-
mal findet sich Veranlaßung, größere Stücke aus der Götter- und Heldensage einzuflechten. Auch dieß ist in Fragen Oegirs und Bragis Antworten

eingekleidet und bildet so eine Fortsetzung des vorhergehenden Abschnitts,
aber eine unpassende, da Cap. 33 von Oegir selbst erzählt wird, der
doch der Fragende sein soll. Doch mag Grimm wohl berechtigt erscheinen,
auch Skaldskaparmal zur Edda zu rechnen, besonders da Bragaröbur
sonst gar zu geringen Umfang erhalten würde. Entgegen steht indes,
daß Bragaröbur jetzt von Skaldskaparmal durch ein Eptirmali (Nach-
wort) geschieden ist, welchem Grimm selbst schon ein ziemlich hohes Alter
zugesteht.

Vielleicht erklärt sich aber diese Anordnung daraus, daß man die rein-
mythologischen Erzählungen von den folgenden Belehrungen über die Skaldenkunst und ihre hergebrachten Umschreibungen und Benennungen sondern
wollte, in welcher Absicht man den Eingang des Skaldskaparmals, welchen
die Bragaröbur jetzt bildeten, von dessen Haupttheile löste und als eine
selbständige Sammlung mythischer Erzählungen den in Gylfaginning enthaltenen gleichartigen Berichten anhing. In den Handschriften ließ man
aber auch noch den Haupttheil des alten Skaldskaparmals folgen, welcher
nun mit den nach Snorris Hattatskill bearbeiteten Bragarhättir u. s. w.
die Skalda bildete.

Wenn nun die Dichtkunst Eddulist und die Gesetze des Dichtens Eddu-
reglur benannt wurden, so scheint es allerdings, daß man das ganze, die
Skalda mit umfaßende Werk Edda genannt habe. Fragt man dagegen,
von welchem seiner Theile dieser Name auf die andern übertragen ward,
so wird man nicht auf die letzten rathen, da es der Großmutter wohl geziemt, ihre Kinder und Enkel von Göttergeschichten zu unterhalten, nicht
aber sie in den Kunstausdrücken der Dichtersprache einzuweihen.

Hienach glauben wir Skaldskaparmal als zur Edda nicht gehörig betrachten zu müßen, wenn wir auch zugeben, daß Bragis mythische Erzählungen, die wir Bragaröbur nennen, ursprünglich selbständig doch einmal
deßen Eingang gebildet haben, ein Zusammenhang, welchen wir nur dann
wieder herzustellen hätten, wenn es sich um eine Ausgabe jenes Lehrbuchs
der Skaldenkunst handelte. Mit diesem aber den Leser zu behelligen, der
in der Edda nur mythische Erzählungen sucht, bestimmen wir uns nicht.
Doch haben wir die dem Skaldskaparmal eingefügten Stücke aus der Götter-
und Heldensage, welche so gut als die Erzählungen der beiden ersten Abschnitte im Munde der Eltermutter klingen, ausgehoben und zu einem
dritten Abschnitte vereinigt, so daß wir nicht weniger, wohl aber mehr
liefern als man in einer Uebersetzung der Edda zu erwarten berechtigt ist.
Auch diese Stücke sind hier gleich den Dämisögur (Capitel, wörtlich Gleich-

nißreden) der eigentlichen Edda mit fortlaufenden Nummern versehen und
so die 58 Dämisögur der beiden ersten Abschnitte auf die Zahl 65 gebracht.
Wenn wir künftig eine derselben citieren, so geschieht es mit D (Dämisaga)
und der beigesetzten Zahl der Gleichnißrede. Daß Snorri weder unsere
beiden ersten Abschnitte, noch Skaldskaparmal verfaßt habe, geht daraus
hervor, daß hier wie dort die mythischen Anschauungen des Nordens im
Ganzen noch mit unschuldiger Gläubigkeit vorgetragen und dem Urtheile
des Verfaßers selten unterworfen werden, wie es Snorri in der Ynglingasaga, dem ersten Theil der Heimskringla, zu thun pflegt, oder wie es gar
in der Vorrede (formáli) und den beiden Schlußreden (eptirmáli) geschieht, die wir ihrer barbarischen Mönchsgelehrsamkeit wegen ausgeschloßen
haben. In dieser Ueberzeugung hat uns auch Bergmanns Ausführung
nicht wankend gemacht.

Wenn es in den isländischen Annalen, deren Abfaßung noch vor 1400
fallen soll, von Snorri heißt: Hann samsetti Eddu ok margar adrar
frœdibœkur ok islendskar sögur, so könnte dieß Zeugniß höchstens beweisen, daß er die verschiedenen Theile der Edda und Skalda zusammen-
gesetzt und zu Einem Buche verbunden habe; für seine Verfaßerschaft an
Einem dieser Theile kann es nicht geltend gemacht werden. Und selbst das
scheint uns nicht wahrscheinlich, daß das ganze Edda und Skalda umfaßende
Werk, wie es jetzt vorliegt, aus seiner Hand hervorgegangen wäre, namentlich halten wir die Vorrede mit den beiden Schlußworten für seiner eben
so unwürdig als die j. Edda selbst für ihn noch zu rein im altheidnischen
Geiste gehalten ist.

Der Zusammensetzer des Buchs, welches außer der Edda noch so vielerlei
unter dem gemeinschaftlichen Namen Skalda zusammengesetzte Abschnitte
enthält, hatte offenbar ein Handbuch für junge Skalden im Sinn, in
welchem sie Alles vereinigt finden sollten, was sie zu ihrem Berufe von
der alten Götter- und Heldensage, den Gesetzen der Dichtkunst und Bered-
samkeit zu wißen brauchten. Denn an den Höfen christlicher Könige, der
Bekehrer des Nordens, lebte das Heidentum noch sehr im Bewußtsein und
war das Christentum noch so wenig lebendig geworden, daß die Skalden-
poesie stäts auf die heidnische Götter- und Heldensage anspielte, sich christlicher Anschauungen aber gänzlich zu enthalten pflegte. Der Verfaßer von
Gylfaginning wollte nun eine Uebersicht der Götterlehre geben, um das
innere Verständniß der alten, in der Form einfachen Eddalieder zu vermitteln. Dem Verfaßer von Skaldskaparmal, zu welchem Bragarœdur den
Eingang bildete, lagen mehr die schwierigen und überkünstelten Skalden-

lieber am Herzen, zu deren Erklärung Mancherlei abzuhandeln war. In seinem Hattatykill nahm Snorri ohne Zweifel schon auf Bildung junger Skalden Bedacht und noch mehr hatten die Verfaßer der folgenden Abschnitte, sowie der Zusammenseher des Ganzen ihr Absehen auf die Unterweisung der Jugend gerichtet.

Unser Verfahren, aus Skaldskaparmal nur die eingeschobenen mythischen Erzählungen auszuheben, hat den Nachtheil, daß die unter den Kenningar sich findenden, in Fragen und Antworten gekleideten kurzen Charakteristiken der Götter und göttlichen Wesen, gleichfalls wegbleiben. Da diese doch Mancher vermissen möchte, weil sie für das Studium der Mythologie so wichtig sind als manche Dämisaga der jüngern Edda, so laße ich sie nachstehend folgen:

1. (C. 4.) „Wie ist Thor zu bezeichnen? So, daß er der Sohn Odhins und der Jörd genannt wird, Magnis und Modis Bruder, Sifs Gemahl, Ullers Stiefvater, Miölnirs und des Stärkegürtels sowie Bilskirnirs Besitzer, Asgards und Midgards Vorfechter, der Jötune und Zauberweiber Feind und Tödter, Hrungnirs, Geirröds und Thriwaldis Besieger, Thialfis und Röstwas Herr, des Midgardwurms Gegner, Wignis und Floras Pflegesohn.

2. (C. 5.) Wie ist Baldur zu bezeichnen? Als der Sohn Odhins und der Frigg, Nannas Gemahl, Forsetis Vater, Hringhorns und Draupnirs Besitzer, Hödurs Feind, der Hel Geselle, der beweinte Gott.

4. (C. 6.) Wie ist Njördr zu bezeichnen? So, daß er Wanengott, Wanensprößling oder schlechtweg der Wane heiße, Freys und Freyjas Vater, der spendende Gott.

5. (C. 7.) Wie ist Freyr zu bezeichnen? So, daß er Njörds Sohn, Freyjas Bruder genannt wird, oder gleichfalls Wanengott, Wanensprößling oder schlechtweg der Wane, Erntegott und Reichtumspender. Er wird auch Belis Feind, Skidbladnirs und des Ebers Gullinbursti, der auch Slidrugtanni heißt, Besitzer genannt.

6. (C. 8.) Wie ist Heimdal zu bezeichnen? Als der Neun Mütter Sohn und der Götter Wächter, oder der weise Ase, Lokis Gegner, der Wiedererkämpfer Brisingamens. Heimdals Haupt heißt das Schwert, denn es wird gesagt, er sei mit eines Mannes Haupt durchbohrt worden. Von ihm handelt das (verlorne) Heimdalslied, und das Schwert heißt seitdem Manns Miötudr (Meher, Schöpfer), denn das Schwert ist des Manns Miötudr (Durchbohrer). Heimdal ist Gultops (des Rosses) Besitzer, Wagaskers und Singasteins Heimsucher, weil er dort mit Loki um Brisingamen stritt; desgleichen heißt er Windhler. Ulf Uggis Sohn hat in der Husdrapa diese

Sage ausführlich dargestellt, wobei erwähnt wird, daß die Kämpfer die Gestalt von Meerkälbern annahmen. Er ist auch Odhins Sohn.

7. (C. 9.) Wie ist Tyr zu bezeichnen? Als der einhändige As, des Wolfs Fütterer, Kampfgott und Odhins Sohn.

7. (C. 9.) Wie ist Bragi zu bezeichnen? Als Idhuns Gemahl, der erste Liederschmied, der langbärtige Ase, und Odhins Sohn.

8. (C. 11.) Wie ist Widar zu bezeichnen? Ihn mag man den schweigsamen Asen heißen, des Eisenschuhs Besitzer, des Wolfs Fenrir Feind und Tödter, der Götter Rächer, der väterlichen Stätten Bewohner und Erben, Odhins Sohn, der Asen Bruder.

9. (C. 12.) Wie ist Wali zu bezeichnen? So, daß er Odhins Sohn und der Rinda heiße, Friggs Stiefsohn, der Asen Bruder, Baldurs Rächer, Hödurs Feind und Tödter, der väterlichen Stätten Bewohner und Erbe.

10. (C. 13.) Wie ist Hödur zu bezeichnen? Als der blinde Ase, Baldurs Tödter, Mistilteins Schießer, Odhins Sohn, der Geselle Hels, Walis Feind.

11. (C. 14.) Wie ist Uller zu bezeichnen? Als Sifs Sohn, Thörs Stiefsohn, Schrittschuh-Ase, Bogen-Ase, Jagd-Ase, Schild-Ase.

12. (C. 15.) Wie ist Hönir zu bezeichnen? So, daß er Odhins Gefährte, Sitz- und Redegeselle heiße, oder der schnelle Ase, der Langfuß, der Pfeil- (oder Ernte-) König.

13. (C. 16.) Wie ist Loki zu bezeichnen? Als Farbautis und Laufeyjas, die auch Nal heißt, Sohn, als Byleists und Helblindis Bruder, als Vater Wanargandrs (des Wolfs Fenrir) und Jörmungandrs (des Midgardswurms), so wie der Hel, Naris (oder Nörwis) und Alis; als Blutsfreund und Vaterbruder der Asen, Odhins Sitz- und Reisegefährte, als Geirröds Heimsucher und seiner Truhe Zierde, als der Dieb des Bocks, der Riesen, Brisingamens, und der Aepfel Iduns, als Sleipnirs Verwandter, Sigyns Gemahl, der Götter Feind, als Beschädiger des goldnen Haars der Sif, als Unheilschmied, der verschlagene Ase, der Götter Verleumder und Betrüger, als Anstifter des Mordes Baldurs, der gefesselte Ase, Heimdals und der Skadi Gegner.

14. (C. 19.) Wie ist Frigg zu bezeichnen? Als Fiorgyns Tochter, Odhins Gemahlin, Baldurs Mutter, Jörds Nebenbuhlerin, so wie der Rinda, der Gunlöd und Gerdas, Nannas Schwieger, der Asen und Asinnen Herscherin, Fullas, des Falkenhembdes und Fensals Herrin.

14. (C. 19.) Wie ist Freyja zu bezeichnen? Als Njörds Tochter, Freys Schwester, Odhs Gemahlin, der Hnossa Mutter, als des Walfalls (der auf dem Schlachtfeld Fallenden) und Sessrumnirs Eigentümerin so wie

der Katzen und Brisingamens, als Wanengöttin, Wanenjungfrau, die
thränenschöne Göttin. Die Asinnen können alle so bezeichnet werden, daß
man sie mit den Namen einer andern Göttin benenne und von Besitztum,
Werk und Erlebniß oder Geschlecht eine nähere Bezeichnung hernehme.

15. (C. 21.) Wie ist Sif zu bezeichnen? Als Thors Gemahlin, Ullers
Mutter, die haarschöne Göttin, Jarnsaxas Nebenbuhlerin, die Mutter
Thruds.

15. (C. 22.) Wie ist Idun zu bezeichnen? Als Bragis Gemahlin, der
Aepfel Hüterin (die das Heilmittel sind gegen der Asen Altern), als des
Riesen Thiassi Raub, der sie den Asen entführte.

17. (C. 23.) Wie ist der Himmel zu bezeichnen? Als Ymirs Hirnschädel,
und daher der Riesen Schädel und der Zwerge Arbeit oder Last, oder als
Westris, Austris, Sudris, Nordris Helm, als der Sonne, des Monds und
der Sterne Land, als der Luft, der Erde und der Sonne Helm oder Haus.

18. (C. 24.) Wie ist die Erde zu bezeichnen? Als Ymirs Fleisch, Thors
Mutter, Onars Tochter, Odhins Braut, Friggs und Rindas und Gunlöds
Nebenbuhlerin, Sifs Schwieger, als des Hofs der Winde und des Wetters
Grund und Boden, als der Thiere Meer, als der Nacht Tochter, Audrs
und des Tags Schwester.

19. (C. 25.) Wie ist das Meer zu bezeichnen? Als Ymirs Blut, der
Götter Heimsucher, Rans Gemahl, der Oegirstöchter Vater, deren Namen
diese sind: Himinglæwa, Duwa, Blodughadda, Hefring, Udr, Hrön, Bylgia,
Bara, Kolga; als die Erde Rans, der Oegirstöchter und der Schiffe (wobei alle Schiffsnamen, Kiele u. s. w. zu brauchen sind), so wie der Fische
und des Eises; als der Seekönige Weg und Straße, als der Eilande Ring,
als der Sands, des Seetangs und der Riffe Haus; als der Angelruthen,
der Seevögel und der Winde Haus.

20. (C. 26.) Wie ist die Sonne (Sól) zu bezeichnen? Als die Tochter
Mundilföris, als des Mondes (Manis) Schwester, Glenurs Gemahlin, als
Feuer des Himmels der Luft.

21. (C. 27.) Wie ist der Wind zu bezeichnen? Als Forniots Sohn,
Oegirs und des Feuers Bruder, der Bäume Brecher, Schade und Mörder,
als Hund oder Wolf der Bäume, Segel und Segelstangen.

22. (C. 28.) Wie ist das Feuer zu bezeichnen? Als des Windes und
Oegirs Bruder, des Holzes und der Häuser Mörder und Verderber, als
Halfs Mörder, als Sonne der Häuser.

23. (C. 29.) Wie ist der Winter zu bezeichnen? Als Windswalis Sohn,
der Würmer Mörder, der Vögel Krankheit, Zeit der Stürme.

24. (C. 30.) Wie ist der Sommer zu bezeichnen? Als Swasuds Sohn, der Schlangen Trost, der Vögel Freude, fruchtbare Zeit.

25. (C. 32—34.) Wie ist das Gold zu bezeichnen? Als Oegirs Feuer, Glasirs Laub, als Sifs Haar, Fullas Haarband, Freyjas Thränen, der Riesen Wort, Stimme und Rede, als Draupnirs Tropfen, Draupnirs und der Augen Freyjas Regen oder Schauer, als der Asen Buße für Otrs Mord, als Saat auf Fyriswall, Helgis Grabdecke, als der Hand und aller Flüße Feuer, als Stein und Klippe oder Glanz der Hand. Oegirs Feuer heißt es, weil Oegir, als er von Odhins Gastmal heimfahren wollte, Odhin und die Asen nach dreier Monden Frist zu sich einlud. Bei dieser Fahrt waren Odhin, Niördr, Freyr, Thyr, Bragi, Widar, Loki und die Asinnen Frigg, Freyja, Gefion, Skadi, Idun, Sif. Thor war nicht zugegen, weil er gen Osten gefahren war Riesen zu tödten. Und als die Götter saßen, ließ Oegir leuchtendes Gold auf den Estrich tragen, das wie Feuer die Halle durchstralte und erleuchtete, wie in Walhall Schwertfeuer gewesen war. Hier schmähte Loki alle Götter und erschlug Oegirs Diener Fimafeng; sein anderer Diener hieß Eldir. Ran hieß Oegirs Gemahlin, deren neun Töchter oben genannt sind. Bei diesem Gastmal trugen die Speisen und das Oel sich von selber auf, und alles geschah von selbst was zur Bedienung gehörte. Da bemerkten die Asen, daß Ran ein Netz habe, womit sie alle fing, die sich der See vertrauten. Darum heißt das Gold Oegirs Feuer. Glasirs Laub heißt es, weil in Asgard vor Walhall ein Hain steht, Glasir genannt, dessen Laub ganz aus rothem Golde besteht, wie diese Zeilen bezeugen:

> Glasir steht   mit goldnem Laub
> Vor Sigtyrs Saal.

Dieß ist das schönste Holz bei Göttern und Menschen."

3. Eddische Verskunst.

Von der nordischen Poetik wird der Leser schwerlich mehr zu wißen verlangen als nöthig ist, über die Form der mitgetheilten Eddalieder ins Klare zu kommen, und dazu gehören wenige Worte.

Zunächst wird die Abwesenheit des Endreims auffallen, welchen die eddische Dichtung so wenig kennt als die deutsche der ersten Periode, der aber in beiden durch den Stabreim (Alliteration) ersetzt wird. Wenn der Endreim auf dem Gleichklang der Auslaute beruht, die von dem Vocal der betonten Reimsilbe an übereinstimmen müßen, so fordert der Stabreim den

Gleichklang des Anlauts, d. h. der Reim besteht nur in der Ueberein-
stimmung der Anfangsbuchstaben betonter Silben, wobei die Vocale für
Gleichlaute gelten, mithin einer für den andern eintritt; es gilt sogar für
schöner, wenn verschiedene Vocale die Anlaute bilden. Z. B.:

Einst war das Alter, da Ymir lebte.

Die reimenden Anfangsbuchstaben heißen Stäbe, deren gewöhnlich dreie zu
Einem Reime gehören. Davon ist Einer der Hauptstab, die beiden andern
heißen Nebenstäbe. Letztere werden in der ersten Halbzeile verbunden, und
dem Hauptstab, der in der folgenden steht, vorausgeschickt, wie in dem
angeführten Beispiele oder in diesem:

Ich will Walvaters Wirken künden,

ist der Hauptstab kein einfacher Anlaut, sondern einer der beiden zusammengesetzten St oder Sp, so müßen es auch die Nebenstäbe sein. Z. B.:

Am starken Stamm im Staub der Erde.

Dasselbe gilt im Nordischen von St; wieweit dieß aber auf unser Sch Anwendung findet, ist zweifelhaft. Nach unserer Meinung nur soweit es
jenem sk entspricht; mithin fiele das aus sl sm sn sr sw entstandene Sch
als unorganisch nicht unter die Regel. Wenn also in Schatz der Hauptstab
stünde, so würden die Nebenstäbe nicht in Schwert oder Schlag gefunden
werden dürfen und Halbzeilen wie:

Mit Schwertschlägen den Schatz erwerben

wären unrichtig gereimt. Ich gesteh indes, daß ich die Regel vom zusammengesetzten Anlaut, die etwas Willkürliches hat, indem nicht einzusehen ist warum sie nur von diesen Consonantenverbindungen gelten soll,
zwar gern berücksichtigt habe, ihr aber nicht immer genügen konnte; die
Lieder werden dadurch eher gewonnen als verloren haben. Dem Uebersetzer
sind ohnedieß in diesen kurzen Zeilen die Hände schon zu sehr gebunden.
In eigenen Gedichten, die eine freiere Bewegung verstatten, wird ohne
Benachtheiligung des Sinnes auch dieß Gesetz in seiner Strenge gehand-
habt werden können. Ist der Hauptstab ein einzelner Laut, so dürfen die
Nebenstäbe aus zusammengesetzten Anlauten bestehen. Ein anderes Gesetz,
daß die zweite Hauptzeile mit dem Hauptstab beginnen müße, ist schon im
Norden nicht strenge durchgeführt, indem man drei Silben als sog. málfylling
(Redefüllung) voraustreten läßt; in Deutschland hat es nie gegolten, wie
folgende Zeilen aus Muspilli u. s. w. beweisen:

1. Sêlida âno sorgûn: dâr nist nêoman siuh.
    Dâr ni mak denne mâk helfan vora demo muspile.
    Denne daz preita wasal· allaz varprennit,
    Enti vuir enti luft iz allaz arfurpit:
    Wâr ist denne diu marha dâr man mit sînên mâgon picc?
    Ni weiz mit wiu puazê: sâr verit si za wîze.
2. Visc flôt aftar watare, verbrustun sind vetherûn.

Nicht immer entsprechen dem Hauptstab zwei Nebenstäbe; oft läßt man sich an Einem genügen, z. B.:

        Hohen und Niedern von Heimdals Geschlecht.

Vier Langzeilen oder acht Halbzeilen der beschriebenen Art bilden ein Gesetz (erendi, vísa). Z. B.:

        Ihn mästet das Mark gefällter Männer;
        Der Seligen Saal besudelt das Blut.
        Der Sonne Schein dunkelt im kommenden Sommer,
        Alle Wetter wüthen: wißt ihr was das bedeutet?

Diese einfache, volksthümliche Sangweise, in welcher die meisten Edda-lieder gedichtet sind, führt den Namen Fornyrdalag, der ihren frühern Ursprung bezeichnet. Es ist der altepische Vers der Nordmänner, aus Langzeilen von acht Hebungen gebildet, die sich auch in den deutschen stabreimenden Gedichten finden, welche Otfried zuerst in zwei Hälften zerlegte und statt der Stäbe durch Reime verband. Als eine Unterart des Fornyrdalags, das auch Starkadarlag heißt, wird aber auch das Liodhahâttr bezeichnet, in welchem z. B. Hawamal und Wasthrudismal gedichtet sind, wie es sich überhaupt für das Lehrhafte eignet. Hier ist die erste mit der zweiten, die vierte mit der fünften Halbzeile in der bekannten Weise gebunden, während die dritte so wie die sechste Zeile mit sich selber reimt, indem sie gewöhnlich zwei, zuweilen auch drei Reimstäbe zählt. Z. B.:

        Widar und Wali walten des Heiligtums,
        Wenn Surturs Lohe losch.
        Modi und Magni sollen Miölnir schwingen
        Und zu Ende kämpfen den Krieg.

Diese Strophe zerfällt also in zwei gleiche Hälften, jede von drei Zeilen, von welchen die beiden ersten nur Halbzeilen sind, die dritte aber eine Langzeile ohne Einschnitt, weshalb sie bald zwei bald drei Stäbe hat.

Mit geringer Veränderung läßt sich aber der Einschnitt herstellen uud diese Langzeile in zwei Halbzeilen zerlegen. Z. B.:

Wenn die Lohe   Surturs losch.

Oder:

Und den Krieg   zu Ende kämpfen.

Hieraus ergiebt sich, wie das Liodhahattr aus der zuerst beschriebenen Weise des Fornyrdalags entsprang und nur eine Variation desselben ist, weshalb es nicht selten zweifelhaft bleibt ob eine achtzeilige oder sechszeilige Strophe anzunehmen ist. Man findet auch neunzeilige, dem Liodhahattr angehörige Gesetze, die sich dann in drei gleiche Theile zerlegen. Ebenso wird das zuerst besprochene gewöhnlich achtzeilige Gesetz, auf welches wir den Namen des Fornyrdalags einschränken dürfen, oft durch vier weitere Strophen gemehrt, anderer Abweichungen nicht zu gedenken.

4. Poetischer Werth.

Ueber den poetischen Werth der Edda hat sich bei uns noch kein Urtheil festgestellt und konnte es kaum so lange noch keine Nachbildung vorlag. Nur die Thrymskwida, freilich eines der schönsten Lieder, hat in Chamissos doch nicht ganz genügender Uebertragung Anerkennung gefunden. Mir wird man kein Urtheil zutrauen, weil Uebersetzer gewöhnlich überschätzen. Doch würde ich, wenn man mich gleichwohl hören wollte, gerne zugeben, daß nicht Alles von gleicher Kraft ist, wie denn selbst manche der besten und ältesten Lieder durch spätere matte Zusätze geschwächt sein mögen. Ich gestehe gern, daß mir Gripisspa wenig und selbst das dritte Sigurdslied nur in seinen echten alten Theilen einen mächtigen Eindruck macht. Sogar in Wafthrudnismal und Grimnismal, wie eigenthümlich und großartig sie angelegt sind, finde ich im Einzelnen das mythologische Verdienst bedeutender als das poetische. Von ersterm dünkt mich Alwismal eine schwache Nachahmung, wie Grougaldr von Odhins Runenlied, einem ursprünglich selbständigen Theil des unschätzbaren Hawamals. Auch die drei Gudrunenlieder schlag ich nicht zu hoch an; im ersten, dessen Verdienst ich sonst anerkenne, erregt mir zwar nur der Schluß Bedenken; das dritte ist offenbar spät und unter fremdem Einflüßen entstanden, und selbst das zweite, dem großer Reiz beiwohnt, ermangelt doch der vollen Kraft der alten Lieder. So auch Oddrunargratr, das ein unechtes schon romantisches Motiv in die Sage bringt. Beßer sind die beiden Atlilieder, obwohl überkünstelt und der alten einfachen Größe fern, die in Gudrunarhwöt und

Hambismal überraschend wieder auftritt. Diese und die beßern alten Lieder
sind es allein, auf die ich Gewicht legen will. Ich rechne aber dahin von
den Götterliedern besonders Wöluspa, Wegtamskwida, Thrymskwida, Harbardsliod, Hymiskwida und Skirnisför; von den Heldenliedern vor allen
noch das Wölundurlied, die beiden von Helgi dem Hundingstödter, das
Bruchstück (?) eines Brynhildenliedes und Brynhildens Todesfahrt; das
andere Sigurdslied, Fasnismal und Sigurdrisumal nicht zu vergeßen,
deren epischer Gehalt vielleicht noch aus Deutschland überkommen, im Norden
aber stark mit Eddischen Zuthaten schon in alter Zeit versetzt ist. Wie
knapp und abgerißen die Weise dieser alten Lieder sei, so scheinen sie mir
doch in wildkühner Erhabenheit hoch über Allem zu schweben, was bis auf
Goethes Faust eine moderne Literatur darbietet. Griechische maßvolle Ruhe
darf man hier nicht suchen und eigentliche Schönheit, an die nur Thrymskwida rührt; aber dafür entschädigt der starke, unbeugsame Sinn des Nordens, deßen ungekünstelten Naturlaut wir in diesen Volksliedern vernehmen.
Von den Mythen der jüngern Edda hat schon Grimm geurtheilt, daß sie
uns reiner und ursprünglicher überliefert sind als selbst die griechischen.

Alles zusammengenommen ist die Edda ein unschätzbares Kleinod, das
wir uns längst wieder hätten aneignen sollen. Denn uns gehört sie so gut
wie den Dänen und Schweden, die sich gewöhnt haben, sie als ihr ausschließliches Eigentum zu betrachten. Aber die Göttersage war uns ursprünglich mit ihnen gemein und die landschaftliche Färbung und eigen-
tümliche Ausbildung, die sie im Norden empfing, hebt unsern Anspruch
nicht auf und wir sollten ihn um so eifriger geltend machen als sich von
ihrer reindeutschen Gestalt nur so wenige Bruchstücke erhalten haben. Noch
stärker ist unser Anspruch auf die eddische Heldensage, welche ihren deutschen
Ursprung nicht verläugnen kann und noch in ihrer nordischen Gestalt durch
die Hauptpersonen, die darin auftreten, und die Orte, wo sich die Begebenheiten zutragen, an Deutschland gebunden bleibt. „Die Sage kann,“ sagt
W. Grimm, „wenn sie verpflanzt wird, Namen und Gegend völlig ver-
ändern oder vertauschen; erkennt sie aber in der Fremde die Heimat noch
an, so liegt darin ein großer Beweis ihrer Abkunft. Der Grundstoff kam
aus Deutschland, das Wort im weitesten Sinne genommen, herüber, und
wahrscheinlich in Liedern, die in der Darstellungsweise den nordischen ähnlich waren.“ Neuerdings hat Jacob Grimm (Haupts Zeitschrift 1, 3) auch
aus der unnordischen, deutschen Ursprung verrathenden Gestalt der Namen
den Beweis geführt, daß „der Norden von unsern Vorfahren empfing was
er uns rettete.“ Daß der Baldursmythus deutsch ist, beweist die Mistel,

die ihren Namen vom Mist der Vögel hat, in deren Magen ihr Same reifen muß; der Norden kennt das Wort in diesem Sinne nicht. Ebenso ist Sifs Name niederrheinischen Ursprungs und noch bei uns im Gebrauch in Maria Sif: sie ist eine Regengöttin, von Sifen, Regnen benannt, vgl. Handb. §. 111. So bedeutet auch nach Handb. §. 115 Freyjas Halsband Brisingamen den Schatz der Brisinger oder Breisacher, also das Rheingold, nicht wie neuerdings Uhland wollte, den Bernstein der Preußischen Ostsee- küste. Die Ansicht, daß ein Theil der deutschen Heldenlieder, welche Karl der Große aufzeichnen ließ, unter den eddischen geborgen sei, wenn auch in nordischer Sprache, ist, soviel ich weiß, noch von Niemand ausgesprochen; sie ruht auf den vorausgeschickten Gründen.

Anmerkungen.

Ehe wir uns zu den Erläuterungen wenden, müssen wir uns nach dem gelehrtern Theile unserer Leser gegenüber wegen unserer Schreibung der nordischen Namen entschuldigen. Wir haben diese den Deutschen mundrecht zu machen, unserer Aussprache anzubequemen, ja ihnen durch die Form, in der wir sie überliefern, einen Theil ihres fremden Aussehens zu benehmen gesucht. Wir schreiben Wöluspa, nicht Böluspa, weil das isländische v unserm w entspricht; Joten nicht Jötune, weil wir nach Grimm Myth. 486 diese kürzere Form für erlaubt halten u. s. w.

Einen erschöpfenden Commentar der Edda zu liefern, kann die Absicht der nachstehenden Anmerkungen, welchen ein knapper Raum zugemessen war, nicht sein. Zum Glück bedarf es dessen nicht, da die Uebersetzung selbst schon angiebt wie der Verfaßer das Original verstanden hat. Wir gedachten Anfangs nichts weiter zur Erklärung zu thun, nachdem wir mittels dem Text eingefügter Zahlen auf diejenige Dämisaga der jüngern Edda verwiesen hatten, in welcher die Erklärung der betreffenden Stelle zu finden ist, denn die jüngere Edda ist als der älteste und zuverläßigste, obgleich nicht untrügliche Commentar der Eddalieder, besonders der Wöluspa, zu betrachten. Indes überzeugten wir uns bald, daß damit zwar viel, aber bei weitem nicht genug geleistet ist, und obgleich es schwer sein mag, die schmale Linie zwischen Zuviel und Zuwenig innezuhalten, so haben wir doch versuchen wollen, sie zu treffen, und bitten den Leser um Nachsicht, wenn wir bald nach der einen, bald nach der andern Seite hin abgewichen sind.

I. Göttersage.

1. Wöluspa.

Den Reigen der nordischen Götterlieder eröffnen drei kosmogonische und theogonische Gesänge, unter welchen die Wöluspa als der bedeutendste, berühmteste und wahrscheinlich auch älteste um so billiger voransteht als sie fast den gesammten nordischen Glauben umfaßt und in seinen Grundzügen übersichtlich zusammenstellt.

Bekannt sind die nordischen Walen oder Wölen, zauberhafte Wahr-
sagerinnen, wie jene höhlenbewohnende des Hyndluliedes, das auch die kleinere
Wöluspa heißt, oder wie die Veleda des Tacitus, die vom hohen Thurm
die Geschicke der Völker lenkte, bei denen sie fast abgöttischer Verehrung genoß. Man dachte die Wölen das Land durchziehend, von Haus zu Haus
an die Thüren klopfend (St. 26. Oegisdr. 24), wohl um den Menschen,
besonders neugebornen, zu weißagen, ihr Schicksal anzuzeigen, vielleicht
gar wie die Nornen, mit welchen sie sich berühren, selbst zu schaffen und
zu bestimmen. Kommt ihr Name von at velja (wählen), so scheinen sie
selbst den Walküren verwandt, mit denen sie Str. 24. 25. 26. zusammengestellt werden. Ueber die Form des Namens völva sagt Grimm Myth. 87:
„Entweder steht hier völu für völvu, oder es läßt sich die ältere Form
vala (gen. völu) behaupten; beiden würde ein ahd. Walawa oder Wala
entsprechen.“

Der Name Wöluspa ist nicht leicht wiederzugeben. Wörtlich heißt es
nur die Rede, das Gesicht der Wöle oder Wala, dem Sinne nach nicht
sowohl dieß als Offenbarung der Seherin, denn nicht die Zukunft
allein verkündet sie: auch in die Vergangenheit ist ihr der Blick geschärft, der
Schleier gelüftet von den geheimnißvollen Ursprüngen der Dinge. Sie hat
die ersten Geschicke der Welt von ihren Erziehern, den urgebornen Riesen
(Str. 2) erfahren und weiß in allen neun Himmeln oder Welten Bescheid.
Aber Vergangenheit und Zukunft berühren sich im Kreißlauf der Dinge:
nach dem Weltuntergange taucht die Erde zum andernmal aus dem Waßer
auf (Str. 57), dann werden die wundersamen goldenen Scheiben, mit denen
die Götter in der Zeit ihrer Unschuld spielten (Str. 4. 8), sich im Grase
wiederfinden (Str. 59), und das goldene Zeitalter zurückkehren, das durch
die Gier des Goldes verloren ging. Was zwischen diesen äußersten Enden
in der Mitte liegt, wird uns nicht verschwiegen: der Verlust der ersten Unschuld mit dem Beginn der Zeit, da die drei Thursentöchter aus Riesenheim kamen (Str. 8.), die Schöpfung der erzschürfenden Zwerge und der
Menschen (Str. 9—18) und der erste durch die Bereitung des Goldes her-
beigeführte Mord (Str. 25), der Treubruch der Asen (Str. 28—30) und
das herannahende Verderben durch die Erziehung der beiden Wölfe, die
als Fenrirs Geschlecht Sonne und Mond zu verschlingen bestimmt sind,
und die nun das Blut mästet, das im ungerechten widernatürlichen Kriege
vergoßen wird (Str. 32), Baldurs beunruhigende Träume und ihre Erfüllung (Str. 36. 37), die Vorkehrungen der Götter in Lokis und Fenrirs
Feßelung (Str. 38. 39), wobei sie aber die in Str. 32 gedachten Wölfe,

die heimlich im Eisenwald aufgezogen wurden, unschädlich zu machen ver-
säumen, weshalb der gefürchtete Ausgang nun doch eintreten muß; dann
schon die Vorzeichen des Weltuntergangs in der überhand nehmenden Ent-
sittlichung, die alle Bande gelöst hat und selbst den Brudermord nicht mehr
scheut, die höchste Stufe der Verwilderung Str. 45, endlich der Untergang
selbst und der letzte Kampf bis die Sonne schwarz wird, die Erde ins Meer
sinkt und Surturs Lohe den allnährenden Weltbaum verschlingt. All dieß
ist in dem geheimnißvollen Tone vorgetragen, der Propheten eignet, deren
Looß doch ist, von den blöden Kindern der Zeit unverstanden zu bleiben.
Das Mysteriöse ist noch durch Lücken und die zweifelhafte Folge der Strophen
gesteigert, da uns das Gedicht schwerlich ganz vorliegt und die Handschriften
wie die Ausgaben in der Anordnung abweichen. Manches möchte man
hinwegwünschen, um nach Tilgung des Eingeschobenen das unzweifelhaft
Echte in beßern Zusammenhang zu bringen. Aber wer wollte an ein so
ehrwürdiges Altertum die Hand legen, und wo wäre das Ende des Be-
liebens und der Willkür, wenn man einmal begänne, das Ueberlieferte
nach eigenem Gutdünken zu modeln? Will doch Jeder auf seine Weise helfen,
der Eine wegschaffen was dem Andern das Wichtigste scheint, der diese, der
jene Anordnung herstellen. Auch wir hätten die unsrige im Sinne, wollen
aber dem Leser nicht vorgreifen, der seinem Sinne folgen und die hier nach
den gangbarsten Ausgaben geordneten Strophen sich selber zurechtstellen mag.

Die nachstehenden, der Ordnung der Strophen folgenden, Bemerkungen
wollen nur Einzelnes erläutern; einen Commentar des Ganzen enthalten
meine „Geschichte der Welt und der Götter," welche den ersten Theil meines
Handbuchs der Deutschen Mythologie (Bonn bei Marcus, 4. Aufl.
1874) bildet.

I. Die Seherin beginnt damit, Stillschweigen aufzuerlegen, damit
Jedermann sie vernehmen könne. Die Worte, deren sie sich dabei bedient,
sind eine hieratische Formel wie das lat. favete linguis. Sie spricht als
Priesterin, denn nach Tac. Germ. stand es den Priestern zu, bei Volks-
versammlungen Stillschweigen zu gebieten. Müllenhoff Zeitschr. IX. 127.
Heimdal lernen wir weiterhin, im Rigsmal, als den Erzeuger der verschiedenen Stände kennen.

6. Under ist die Nachmittagsstunde. Vergl. „Unterzech" im Volksbuch
von Faust 1592 S. 216. Uebrigens ist in Str. 3—6 die Weltschöpfung
sehr unvollständig vorgetragen; doch holen die folgenden Lieder, mit denen
noch D. 10. 14. und Grimms Myth. 525 ff. zu vergleichen sind, das Feh-
lende nach.

7, 3. Die hier erwähnten Götterburgen beschreibt Grimnismal näher.

8. Daß hier, wie wir oben vorausgesetzt haben, von der goldenen Zeit gesprochen wird, sagt D. 14 ausdrücklich mit dem Zusatz, daß sie von dem Golde den Namen habe, welches die Götter verarbeiteten. Die Richtigkeit dieser Deutung bezweifelnd finden wir sie allein in der Unschuld der Götter. Unter den Thursentöchtern pflegt man die Nacht, Angurboda und Hel (D. 34) zu verstehen. Wir nehmen sie für die Nornen (Str. 20), da das Goldalter, das mit ihrem Erscheinen endet, eigentlich aller Zeit vorausliegt. Ihren Bezug auf die Riesen ergiebt Wafthr. 49.

9—16. In dem Verzeichniß der Zwerge herscht in den Handschriften Verwirrung. Auch D. 14 weicht in der Aufzählung ab; von Einigen wird es für eingeschoben gehalten. Manche dieser Namen erklären sich von selbst, wie Nordri, Sudri, Austri und Westri, welche auf die vier Himmelsgegenden zielen (vgl. D. 8); wie Modsognir (Kraftsauger), Althiofr, die diebische Natur der Zwerge bezeichnend; wie Biwor und Bawor, ablautend vom Beben benannt, und an den Zwerg Bibung der Heldensage erinnernd, wie auch Billing und Finnr mit Heldennamen stimmen; Alfr, der Elfe, Gandalfr und Windalfr; Har, der Hohe, sonst ein Beinamen Odhins; Slafidr und Frosti u. s. w. Von andern liegt die Deutung nahe; so scheinen Nyi und Nidi, vielleicht auch Nyr und Nyrathi auf Phasen des Mondes zu gehen (Wafthr. 25), Nar, Nain und Dain (mortuus) gespenstische Geister zu bezeichnen. Ai, der zweimal vorkommt und im Rigsmal mit Edda (Eltermutter) zusammengestellt wird, deutet auf das hohe Alter, das Zwerge erreichen. Bemerkenswerth sind die reimenden und ablautenden Formen, während die meisten nur nach dem Gesetz des Stabreims zusammenstehen. Uebrigens scheinen dreierlei Zwerge unterschieden:

1. Modsognirs Schar Str. 10—12. Für Lichtalfen kann ich sie nicht halten, da der Unterschied, welchen die j. Edda zwischen Lichtalfen und Schwarzalfen aufstellt, den Liedern unbekannt scheint. (Vgl. mein Handb. §. 124.)

2. Die welche Str. 13 nennt ohne ihre Eigenschaft anzugeben. Sie scheinen unter Durin zu stehen, wie jene unter Modsognir. Nach St. 14 wohnen sie im Gestein wie jene in der Erde. Dann

3. Die aus Dwalins Zunft und Lofars Geschlecht Str. 14—16.

17. 18. Vgl. Gr. Myth. 527. 537.

22. Gewöhnlich deutet man diese Stelle als eine Anspielung auf Odhins Einäugigkeit und läßt die Sonne Odhins Eines Auge sein, das andere aber deren bei Sonnenauf- oder Untergang im Wasser gespiegeltes Bild.

Dann würde der Mythus von der Verpfändung des Auges um einen Trunk aus der Quelle zu erlangen, in welcher Weisheit und Verstand verborgen sind, wie D. 15 gesagt ist, zunächst eine Naturerscheinung zu erklären dienen, aber Mimirs Weisheit schon voraussetzen, von der die Edda sonst nichts berichtet, wohl aber die Heimskringla I. 4, wonach die Asen bei dem Friedensschluß mit den Wanen, dessen auch D. 57 gedacht ist, den Mimir, ihren weisesten Mann zugleich mit Hönir, für den sie den Niörd empfingen, zu den Wanen als Geisel sandten, welche den Mimir erschlugen und sein Haupt den Asen zurückschickten. Odhin nahm das Haupt und salbte es mit Kräutern, so daß es nicht faulen konnte, und sang Zauberlieder darüber und bezauberte es so, daß es mit ihm redete und viel verborgene Dinge sagte. Hieraus erklärt sich 47, 4. Mimir ist seinem Namen nach das Gedächtniß; zugleich hat er aber einen Bezug auf das Wasser, den gleichfalls sein Name ausdrückt, da Wassergeister Minnen und Muomel hießen. Im Wasser lag allen Völkern Weisheit, und Wassergeister sind weißagend und wahrsagend. Nehmen wir das im Meer, dem Brunnen Mimirs, gespiegelte Bild der Sonne für den ältesten Sinn des Mythus von Odhins verpfändetem andern Auge, so lag die spätere Umdeutung des Mythus auf den Mond nahe, denn wenn die Sonne das Eine Auge des Himmelsgottes ist, wer würde dann nicht den Mond für das Andere nehmen? Nur so begreift sich, wie Mimir aus dem Pfande des Gottes trinken kann, denn unrichtig wird in Str. 22 Z. 3 Walvaters Pfand für Mimirs Brunnen erklärt, vielmehr ist es nach Str. 31, 4 Heimdals Horn. Nach einer allgemeinen Anschauung bildet die Mondsichel ein Horn und dieß muß Str. 22, 3 als Trinkhorn gedacht sein. Die j. Edda sagt ausdrücklich D. 15 Mimir, der Eigner des Brunnens, trinke täglich von dem Brunnen aus einem Horne. Sie nennt es das Giallarhorn, weil sie dabei an Heimdals Horn Wöl. 47, 3 denkt, das zugleich zum Blasen dient. Dabei gründet sie sich auf Wöl. 31. Der Strom, der hier mit starkem Fall aus Heimdals Horn stürzt, ist nichts als die Kunde von dem Anbruch des jüngsten Tages. Von dieser Kunde, die aus Mimirs Quelle geschöpft ist, heißt es, sie stürze aus Walvaters Pfand, weil der Mond, das andere Auge des Himmels, als Horn (Mondsichel) gedacht, im Brunnen verpfändet war. Dieß Trinkhorn und Heimdals tönendes Horn hat also die kühne Bildersprache des Nordens vertauscht, wozu sie um so mehr berechtigt war, als auch Heimdals Giallarhorn ursprünglich den Mond bedeutet hatte. Als Wächter der Götter gebührte ihm der Sichelmond zum Horn, da es in den Nächten vornämlich seines Hütens bedurfte.

25. 26. Schon in den Strophen 21 und 23 sprach die Seherin von sich in der dritten Person. Da sie aber Anfangs von sich in der ersten gesprochen hatte, so war es nicht nöthig in den folgenden Strophen die dritte Person herzustellen, namentlich nicht in den Strophen 21 und 39. Str. 26 kann ich aber nicht auf die Seherin beziehen, obgleich darin von einer Wala die Rede ist. Zunächst ist deutlich, daß noch immer von Gullweig (der Goldstufe oder der Goldkraft, dem flüßigen Gold) gesprochen wird, von der es in der vorhergehenden Strophe hieß, da sei zuerst der Mord in die Welt gekommen als man sie mit Gabeln oder Geeren gestoßen und gebrannt habe. Aber die Handschriften, welchen Rask folgt, verkehren die Ordnung dieser Strophen und Grimm (Myth. 374) nimmt sowohl Gullweig als Heid für Namen, die sich unsere Wala selber beilege. Dieser Meinung, welcher auch Sophus Bugge, einer der neuesten Herausgeber des Textes, anhängt, kann ich nicht beitreten, weil die Seherin sowohl von dem Golde als von dem Reichtum, die unter diesen beiden Namen personificiert sind, ungünstig spricht. Das goldene Zeitalter nahm ein Ende, wie treffend gesagt worden ist als das Gold erfunden ward, und die Schöpfung der Zwerge, die es aus der Erde gewinnen, fällt nicht mehr in die Unschuldszeit der Götter, die noch die Gier des Goldes nicht kannten. Als man die Goldstufe mit Gabeln stieß und in der Halle schmelzte, da zuerst kam der Mord in die Welt. Wenn das so ausgedrückt wird, als ob der Mord an der Goldstufe selbst vollbracht wäre, so mag dieß eben nur poetische Einkleidung sein. Daß die Seherin das Gold für verderblich ansieht, wie dieß auch in der Heldensage geschieht, und sich also unter Gullweig und Heidr nicht selber verstehen kann, beweist mir die ganze Str. 26 und ganz entschieden ihr Schluß:

Uebler Leute Liebling allezeit.

27. Wie die zweite Hälfte dieser Str. hier übersetzt ist, steht sie mit dem Vorhergehenden nach unserer Deutung der Str. 25 und 26 im besten Zusammenhang. Die Einführung der Sühnopfer, nachdem durch das Gold Untreue (afrädh) in die Welt gekommen, zeigt uns die Welt schon von dem sittlichen Verderben erfaßt, das in den nächsten drei Strophen die Götter sogar unter sich uneinig, ja wort- und eidbrüchig werden läßt.

28. Die erste Langzeile Str. 25 kehrt hier als Schlußzeile wieder: das Uebel, das durch das Gold in die Welt gekommen war, erscheint hier als ein Krieg unter den Göttern selbst, und zwar muß jener erste Wanenkrieg gemeint sein, der nach D. 23. 57 durch den Friedensschluß beendet ward, welcher den Njörd mit seinen Kindern als Geisel zu den

Asen brachte. Der Ausdruck schlachtkundige Wanen deutet an, daß es den friedliebenden Wanen an sich unnatürlich war, zum Schwerte zu greifen, mithin auch hier das unter den Göttern einreißende Verderben sich ankündigt.

29—30. Den Commentar dieser Strophen enthält D. 42. Nachdem der Burgwall der Götter gebrochen ist, schließen sie auf Lokis Rath einen Vertrag mit einem Riesen wegen Erbauung einer neuen Burg.

31. Die Erklärung dieser bisher unverstanden gebliebenen Strophe ist zu Strophe 22 gegeben, welcher sie unmittelbar folgen sollte. Unter dem heiligen Baum, in Mimirs Quelle, war nach der ersten Langzeile Heimdals Horn, das so mit Walvaters Pfand vertauscht wird, verborgen. Im Folgenden kehrt sich die Vertauschung um. Da wird Walvaters Pfand genannt, wo Heimdals Horn gemeint ist. Zwar sehen wir Heimdal erst Str. 47 ins erhobene Horn stoßen, aber was sich dann wirklich begiebt, das ahnt schon jetzt die Seherin nach dem (Sünden-) Fall der Götter, dessen Folge der Weltuntergang ist.

32. Vgl. D. 12, wo diese Stelle angeführt ist. Managarm (der Mond-hund) ist nach Gr. Myth. 668 ein anderer Name für Hati, der D. 12, womit Gr.-M. 39 stimmt, Hródwitnirs Sohn heißt. Fenrir steht hier wohl für Wolf überhaupt. Vgl. M. Handb. §. 43, wo ausgeführt ist, daß die j. Edda D. 12 diese Strophe unbefriedigend erläutert, indem sie jene im Eisen-walde heranwachsenden Wölfe mit dem Blute „aller Menschen, die da sterben," mästen läßt, indem vielmehr Fleisch und Blut der im wider-natürlichen Krieg, im Krieg des Bruders gegen den Bruder (Str. 45), Gefällten ihre Nahrung ist. Daß die Götter die Fesselung dieser beiden Wölfe versäumt haben, als sie Loki und Fenrir in Bande legten, ist oben angedeutet.

34. Egdir für Hräswelg (Leichenschwelger) D. 18 zu halten, sehe ich keinen Grund. Als Hüter der Riesin, bedeutet er den Sturm, der in den Wipfeln der Bäume braust. Meines Wißens wird er nur hier erwähnt, so wie auch die Hähne, die den Göttern und in den Sälen Hels die Stunde des letzten Kampfs ankrähen. Der hochrothe, goldkammige (Gullinkambi) führt den Namen Fialar, der auch im Zwergregister vorkommt. Vgl. D. 57. In deutschen Sagen sind der Hähne drei, der weiße, rothe und schwarze, obgleich zuweilen nur zwei von ihnen genannt werden; das Krähen des schwarzen ist von des übelsten Vorbedeutung. Vgl. Reinhold Köhler Germ. XI. 85.

37. Die eingeklammerte Stelle, die sich nicht in allen Handschriften

findet, und in der That ein späterer Einschub scheint, geht auf Wali, Baldurs Rächer, nach D. 30. 53. Vgl. Wegtamskw. 16. Hyndlul. 27. Wafthr. 51.

39. Ueber Garm s. zu Str. 32. Den Namen Freki, der hier mit dem Namen Garm vertauscht wird, führt sonst Einer von Odhins Wölfen D. 4. Wie aber hier Freki ein erborgter bildlicher Name ist, so kann es auch Garm sein, denn in der That scheint Fenrir gemeint. Von dem Höllenhunde wißen wir nicht, daß er gefeßelt sei. In Wegtamskw. 6. 7. geht er dem Odhin frei entgegen. Daß auch Managarm, der Mondhund, von dem der Name Garm erborgt ist, zu feßeln versäumt wurde, ist mehrfach bemerkt. Dagegen ist Fenrir D. 34 gefeßelt mit dem Bande Glitnir, das bis zur Götterdämmerung halten soll. Von seinem Brechen muß hier die Rede sein, da des Wolfes Loskommen, das Str. 53. 4 vorausgesetzt wird, sonst nicht gemeldet wäre. Doch hat schon D. 51 unsere Stelle irrthümlich auf den Höllenhund oder Mondhund statt auf Fenrir bezogen, da sie ausdrücklich sagt, Garm habe vor der Gnipahöhle gelegen und sei nun los geworden. Daß er mit Tyr kämpfe, sagt nur sie; die Wöluspa weiß nichts von einem solchen Kampfe, dessen Sinn sich auch nicht angeben ließe. Vgl. M. Handb. §. 46, 5. Uebrigens steht die letzte Langzeile von Strophe 39 hier nur als Vorahnung; den wirklichen Eintritt des Ereignisses bezeichnet die Wiederkehr dieser Zeilen am Schluß von Str. 48. Hier erst wird Fenrir frei, nachdem schon in der vorhergehenden Lokis Freiwerdung gemeldet war.

40—46. Weinhold hat (Zeitschr. VI. 311 das hohe Alter der Wöluspa angefochten und die Ansicht geltend zu machen gesucht, sie sei aus ältern Liedern durch spätere Bearbeiter zu einem Ganzen gestaltet und dabei unsere Str. eingerückt worden, welche durch Annahme von Höllenstrafen das Eindringen christlicher Vorstellungen verriethen. Indessen setzt er sie in der überlieferten Gestalt doch nicht später als in die erste Hälfte des 9. Jahrh. Dagegen hat Dietrich (Zeitschr. VII. 304 ff.) geltend gemacht, daß die angenommenen Strafleiden, das Waten schwerer Ströme, das Aussaugen der Leichen durch Nidhöggr u. s. w. nicht biblisch sind und von einer christlichen Hölle mit ihrer Feuersglut, mit Heulen und Zähnklappern u. s. w. hier keine Spur ist. Die Strafleiden sind aus dem wirklichen Leben des Nordens auf das Schattenleben übertragen, da dort noch bis auf den heutigen Tag das Durchwaten der vielen Flüße eine der gefährlichsten Mühen ist, und die unbegrabenen Leichen der Erschlagenen, die Wölfen und Raben zur Beute liegen, den Ueberlebenden ein tiefes Leid sein mußten. Diese

Züge, denen nordische Färbung nicht abzusprechen ist, sind überdieß mit
Lokis unterweltlichem Leiden gleichartig, indem der giftspeienden Schlange
über seinem Haupte die durch das Fenster niederfallenden Gifttropfen des
aus Schlangenrücken errichteten Saals entsprechen. Endlich kennt auch
das unbezweifelt echte Sigrdrifumal nachirdische Strafen, die um so mehr
anzunehmen sind als Str. 64 auch überweltliche Belohnungen, ihre Kehr-
seite, verheißt. Aus gleichen Gründen sind auch die Str. 45 geschilderten
Vorzeichen des jüngsten Tages, der Bruch der Sippe, die dem heidnischen
Germanen das heiligste war, durch den Brudermord u. s. w. von allem
Verdacht christlichen Ursprungs frei. Die äußern Zeugnisse für das Alter
des Liedes, nach welchem es schon in der ersten Hälfte des 8ten Jahrhunderts in der gegenwärtigen Gestalt vorhanden war, mag man in Dietrichs
Abhandlung nachlesen. Uebrigens läßt auch Er das Gedicht aus ältern
selbständigen mythologischen Liedern entstehen, die der mit dem 6ten Jahrhundert beginnenden Blütezeit des mythologischen Epos im Norden angehören sollen. Obgleich wir selbst nicht geneigt sind, unser Gedicht, das
wir als ein Ganzes auffaßen möchten, aus mosaikartig zusammengesetzten
Bruchstücken älterer Lieder entstehen zu laßen, so scheinen uns doch die
Str. 40—43 eingeschoben, da sie den Gang der Ereignisse sehr zur Unzeit
unterbrechen.

40. Eiter bedeutet hier Gift. Slidur wird D. 4 unter den Höllen-
flüßen aufgeführt.

41 ist D. 52 paraphrasiert, aber nicht erläutert. Der erste Saal, der
hier für Sindris Geschlecht sein soll, heißt dort selber Sindri. Den
Namen führt auch Einer der Zwerge, mit welchem Loki D. 61 wettete.
Die Bedeutung ist die des deutschen Sinters.

47. Mimirs Söhne sind die Wellen des Meers, die sich empören, wie
in der folgenden Zeile der Weltbaum sich entzündet: der Aufruhr der Elemente gehört zu den Vorzeichen des Weltuntergangs, welche in Str. 45
nur von der sittlichen Seite geschildert waren. Ueber das Giallarhorn und
Mimirs Haupt vgl. zu Str. 22. Der Name Mimirs Söhne zur Bezeichnung der Wellen scheint Nachbildung des früher geprägten Ausdrucks
Muspels Söhne Str. 50 für die Flammen. Vgl. Myth. 525. 568 und
D. 5. 54.

48. Der Riese, der hier frei wird, kann nur Loki sein, von deßen
mit Angurboda gezeugtem Sohne Fenrir in der nächsten Strophe ein
Gleiches gemeldet wird, wenn unsere zu Str. 39 gegebene Erklärung des
Namens Garm richtig ist. Schon dieser Zusammenhang beweist, daß die

mittlern Zeilen von Str. 48 ein ungehöriger Einschub sind, den wirklich nicht alle Handschriften haben. Ebenso waren vielleicht auch die mittlern Zeilen von Str. 39, die hernach als Str. 44 wiederkehren, nur eingeschoben um den Inhalt der letzten als ein noch fern liegendes Ereigniß, das dort nur vorgreifend erwähnt wird, während es hier wirklich eintritt, zu bezeichnen. Dort wie hier werden die beiden Gefeßelten zusammen erwähnt.

49. Hrym bezieht sich nach D. 51 auf die Hrymthursen, deren Schiff Naglfar er steuert. Für einen Feuerriesen kann er nicht gelten, da zwei verschiedene Schiffe nicht nöthig waren, die Mächte des Feuers herbeizuführen. Das Schiff Naglfar ist von Nägeln der Todten gezimmert, welche die Lieblosigkeit der Menschen unbestattet gelaßen hat. Solche Lieblosigkeit kann nur aus erkaltetem Herzen entspringen. Das ist der zweite Grund, warum Hrym kein Feuerriese sein kann. Vgl. Handb. § 44. Jörmungandr ist die Midgardsschlange.

50. Da Z. 4 Bileists Bruder Loki ist, so kann er Z. 2 nicht gemeint sein, sondern Loki der Feuerriese.

51. Surtur der schwarze ist ein Riese der Feuerwelt, nicht ein hehrer Lichtgott, unter dessen Herschaft dieß neue Weltreich stehen soll, wie Finn Magnusen meinte. Vgl. Gr. Myth. 784.

53. Hlin ist hier ein Beinamen Friggs, der Gemahlin Odhins, nach D. 33 aber selbst eine Göttin, die zu Friggs Gefolge gehört. Belis Mörder ist Freyr. Vgl. D. 37 und Skirnirs Fahrt. In der letzten Zeile ist Odhin gemeint.

54. Hvedrung kommt in der Skalda unter Odhins Namen vor; hier ist Loki gemeint.

55. Hlodyn und Fiörgyn sind Beinamen der Erde (Jörd), der Mutter Thors. Gr. M. 235. Midgards Weiher, Segner oder Heiliger (Véorr) heißt Thor, der sich zu dieser Weihe seines Hammers Miölnir bedient. Uhland Myth. des Thor 28. Diese Strophe paraphrasiert D. 51.

56. Vor dieser Strophe müßte von Thrs Kampfe mit dem Höllenhunde, wenn D. 51 nicht irrte (vgl. oben zu 39), die Rede sein. Sie berichtet aber auch noch von Heimdals Kampf gegen Loki, der hier gleichfalls unerwähnt bleibt.

57, 8. Die erste Strophe entspricht Str. 7 und 8, wie das wiedergewonnene Paradies dem unverlorenen. Daß der Aar nach Fischen weidet, scheint anzudeuten, daß in der verjüngten Welt ewiger Friede herscht, da der Vogel des Schlachtengottes keine Leichen mehr findet. In der fol-

genden ist die Wiederkehr des goldenen Zeitalters noch deutlicher ausgesprochen. Daß Z. 2 und 3 richtig übertragen sind, beweist die Paraphrase
in D. 53. Fimbultyr, der Str. 58 allein genannt wird, scheint der höchste
Gott; ob hier Odhin, der Erfinder der Runen gemeint sei, Gr. Myth. 785,
oder ein höherer, der das neue Weltreich beherrscht, und schon vordem ge-
heimnißvoll waltete, bleibt ungewiß. Doch spricht für diese Annahme
Str. 63 und Hyndlul. 41, wo ein unausgesprochener Gott, der kommen
werde, angekündigt wird.

61. Hönir war den Wanen als Geisel gegeben: nun aber soll er
zurückkehren dürfen. Da unter den beiden Brüdern nicht Odhin und Loki
verstanden sein werden, indem Lokis Söhne nicht wiederkehren, so könnten
Hönir und Odhin die Brüder sein, deren Söhne nun das weite Windheim bewohnen sollen. Darnach wäre vorausgesetzt, daß Hönir die Rückkehr wählen werde. Beßer versteht man Hödr und Baldur unter den
beiden Brüdern.

64. Die Echtheit dieser unverständlichen Strophe macht schon das sonst
nur im Solarlied vorkommende Wort Dreki (Drache) verdächtig.

2. Grimnismal.

Paulus Diaconus I, 8 erzählt die bekannte Sage von den Lango-
barden, die zuerst Winiler hießen, und ihrem Kampf mit den Wandalen:
„Nun traten die Wandaler vor Gwodan und flehten um Sieg über die
Winiler. Der Gott antwortete: „Denen will ich Sieg verleihen, die ich
bei Sonnenaufgang zuerst sehe." Gambara aber, eine schlaue, edle Frau
der Winiler, trat vor Frea, Gwodans Gemahlin, und flehte um Sieg für
ihr Volk. Da gab Frea den Rath, der Winiler Frauen sollen ihre Haare
auflösen und unter das Kinn in Bartes Weise ziehen, dann aber früh-
morgens mit ihren Männern sich dem Gwodan zu Gesicht stellen, vor das
Fenster gegen Morgen hin, aus dem er zu schauen pflegte. Sie stellten
sich also dahin, und als Gwodan ausschaute bei Sonnenaufgang, rief er:
„Was sind das für Langbärte?" Frea versetzte: „Wem du Namen gabst,
dem mußt du auch Sieg geben. Auf diese Weise verlieh Gwodan den Winilern den Sieg und seit der Zeit nannten sich die Winiler Langbärte
(Longobarden)." Grimm Myth. 124 hat auf die Aehnlichkeit dieser Sage
mit der in der Einleitung zu Grimnismal berichteten hingewiesen. „Denn
gerade wie Frea ihre Günstlinge, die Winiler, gegen Gwodans eigenen
Entschluß durchsetzt, bringt Frigg den von Odhin begünstigten Geirrödr in
Nachtheil," und bestimmt Odhin, fügen wir hinzu, sich dem Agnar zu-

zuwenden, der zwar ein jüngerer, Geirröds Sohn ist, in dem aber ihr
gleichnamiger Günstling wiedergeboren scheint. Entfernter ist die Aehnlichkeit, wenn Odhin dem Hialmgunnar nach Sigrdrifumal Sieg zugedacht
hat, Sigrdrifa (Brynhild) aber ihn dem Agnar verleiht, wobei jedoch das
Einstimmen des Namens Agnar in beiden Sagen auf einen bisher un-
beachtet gebliebenen Zusammenhang deutet. Vgl. Zeitschr. für Myth. II, 13.
Mein Handb. §. 108.

Auf Grimnismal stützt sich hauptsächlich Finn Magnusens astronomische
Deutung des nordischen Heidentums, welche Köppen 203 mit Recht als
eine nähere Entwickelung der auch bei uns verbreiteten natursymbolischen
Ansicht bezeichnet. Ihr sind die 12 Asen Monats- oder Zeitgötter und
demgemäß ihre zwölf Wohnungen die Zeichen eines altnordischen Thier-
kreises, von dem sich aber sonst wenig Spuren erhalten haben. Auffallend
bleibt es übrigens, daß die zwölf Götter, deren Wohnungen hier aufgezählt sind, mit den zwölf Asen, welche die j. Edda 20—33 aufzählt, nicht
übereinstimmen. Wir setzen das Verzeichniß derselben in der Ordnung her,
wie sie dort genannt werden. 1. Odhin, 2. Thor, 3. Baldur, 4. Niörbr,
5. Freyr, 6. Tyr, 7. Bragi, 8. Heimdal, 9. Höbur, 10. Widar, 11. Wali,
12. Uller, 13. Forseti, 14. Loki. Da nun 20 gesagt ist, es gebe 12 Asen,
so müßen wir von diesen 14 zweie ausscheiden, und da ist es wahrscheinlich, daß wir Loki und Freyr nicht hatten aufzählen sollen, Loki nicht,
weil von ihm nur anhangsweise die Rede ist, Freyr nicht, weil er nur bei
Gelegenheit, da von seinem Vater Niörbr die Rede war, genannt wurde.
Auch Bragaröbur D. 55 nennt andere Asen: 1. Thor, 2. Niörbr, 3. Freyr,
4. Tyr, 5. Heimdall, 6. Bragi, 7. Widar, 8. Wali, 9. Uller, 10. Hönir,
11. Forseti, 12. Loki. Baldur ist hier weggelaßen, weil die Erzählung
nach seinem Tode spielt. Jene zwölf entsprechen nun den in Grimnism.
genannten nicht, unter welche drei Asinnen, Saga, Skabi und Freyja Aufnahme gefunden haben. Dagegen fallen aus: Thor, Tyr, Bragi und
Höbur, also viere statt dreier, was sich daraus erklärt, daß die durch den
Ausfall des vierten entstehende Lücke durch Freyr, dessen Vater Niörbr doch
gleichfalls vorkommt, wieder ausgefüllt wird. Bragi könnte man durch
Saga, die ihm unter den Göttinnen gleichsam entspricht, ersetzt glauben.
Höbur wird man nicht gerade vermissen, aber Thor und Tyr hätte man
erwartet, wie auch unter den Göttinnen Frigg mit Fensal, ihrem Pallaste.
Thors Weglaßung ist um so auffallender, als er Str. 4 samt Thrubheim
seiner Wohnung, allerdings genannt, aber nicht mitgezählt wird. Aber
gerade, daß es nicht die höchsten Götter sind, welche Grimnismal mit den

zwölf Götterburgen ausstattet, könnte für Finn Magnusens Meinung, daß
es Monatsgottheiten seien, welche hier aufgezählt werden, zu streiten
scheinen.

In der j. Edda D. 17 werden von unsern 12 göttlichen Wohnungen
nur folgende genannt: 1. Alfheim, 2. Breidablick, 3. Glitnir, 4. Himin-
biorg, 5. Walaskialf, aber als Odhins Wohnung nicht Walis, der freilich
auch in unserm Gedicht nicht namentlich als dessen Eigner bezeichnet wird.
Die übrigen bleiben hier unerwähnt, während Gimil, Andlang und Widblain, deren ferner Erwähnung geschieht, in eine andere Reihe gehören.
Dagegen wird D. 14 auch Gladsheim genannt, das nach Grimnism. 8.
Odhins Wohnung sein soll, dort aber als die gemeinsame Wohnung sämmt-
licher Götter erscheint, gegenüber von Wingolf, das den Asinnen zuge-
wiesen wird. Man sieht hieraus, daß dem Verfaßer der jüngern Edda,
dem doch Grimnismal vorlag, die Beziehung der zwölf Himmelswohnungen
auf den Thierkreiß nicht bewust war.

In der Prosaeinleitung müßen die acht Nächte, welche Odhin zwischen
zwei Feuern sitzt, die acht Wintermonate des Nordens bedeuten. Sie vergleichen sich den neun Nächten, welche Odhin Runenlied Str. 1 am Welt-
baume hing, den neun Nächten, welche Niördhr D. 23 in Thrymheim zu-
brachte, den neun Nächten, nach welchen Gerdha D. 37 sich dem Freyr
zu vermählen verheißt (Skirnisf. 39. 41). So werden Thrymskw. 8 auch
die acht Rasten und Oegisdr. 23 die acht Winter auf ebensoviel Wintermonate bezogen u. s. w. Hiedurch fällt ein ganz neues Licht auf Geirröd:
er fließt mit jenem andern Geirröd D. 60 zusammen. Vgl. M. Handb.
§§. 91. 95.

5. Ydalir erwähnt die j. Edda D. 17 nicht, noch D. 31, wo von Uller
die Rede ist. Ebensowenig Skalda 14. Alfheim dagegen ist D. 17 aufgeführt, aber nicht auf Freyr, sondern auf die Lichtalfen bezogen.

Von dem altskandinavisch-finnischen Gebrauch des Zahngebindes handelt
Gr. Gesch. d. deutsch. Spr. 154. Die Sitte ist in Deutschland noch nicht
nachgewiesen; nur den Ammen, nicht den Kindern selbst, pflegt für den ersten
Zahn ein Geschenk gemacht zu werden.

6. Walaskialf bezieht D. 17 auf Odhin. Auch unsere Stelle nennt
Wali nicht. Der As, der sie schon in alter Zeit erwählt hat, darf eben
wieder Odhin sein, auf den Wala schon darum bezogen werden kann, weil
er auch Walvater heißt und Walhall selbst von den Erschlagenen benannt
ist. Auch D. 30, wo von Wali die Rede ist, legt ihm keine der himmlischen Wohnungen bei. Aber auf Odhin kämen dann zwei dieser Himmels-

burgen, da ihm Str. 8—10 auch Gladsheim zutheilen. Man wird also
doch bei Wali bleiben und annehmen müssen, D. 17 sei durch den verwandten Namen Hlidstialf, welcher Odhins Hochsitz bezeichnet, verleitet,
ihm auch Walustialf zuzuweisen.

7. Söctwabeck (Sturzbach) wird D. 35 allerdings erwähnt und auf
Saga bezogen, aber weiter wird hier nichts gemeldet.

8. Gladsheim kennt die jüngere Edda 14 als die gemeinschaftliche
Wohnung aller Götter gegenüber den Göttinnen, die Wingolf bewohnen.
Damit stimmen die Zeilen, wo es heißt: golden schimmert Walhalls weite
Halle. Als Odhins besondere Wohnung schildern sie dagegen die folgenden
Meldungen unseres Liedes.

10. Eine entsprechende Stelle in der j. Edda findet sich nicht. Grimm
hat an verschiedenen Orten den Adler verglichen, der im Gipfel des Pa-
lastes Karl des Großen aufgestellt war: Myth. 600. 1086. Gesch. d. deutsch.
Spr. 763. Uebrigens erklären sich alle in dieser und der vorgehenden
Strophe angeführten Symbole aus Odhins Eigenschaft als Kriegs- und
Siegsgott.

14. Dem Odhin gehören die Helden, die Knechte (Bauern) dem Thor,
s. Harbardsliod 24. Aber hier und D. 21 wird auch der Freyja ein Theil
der Erschlagenen zugetheilen. Es sind demnach drei Gottheiten, die sich in
die Todten theilen. Hängt es damit zusammen, wenn der Herodias oder
Pharaildis und Abundia, in welchen eine Erinnerung geblieben sein mag,
die tertia pars mundi zugeschrieben wird, Gr. Myth. 261. 263; oder wenn
Holda und Berchta die ungetauft sterbenden Kinder in ihr Heer aufnehmen,
Gr. M. 282; wenn endlich die Seelen der Abgeschiedenen die erste Nacht
bei Gertrud herbergen und erst die dritte an ihren Bestimmungsort gelangen sollen, Myth. 54? Die Namen Volkwangr und Sessrumnir, der
sitzgeräumige, scheinen diesen Bezug der Göttin auf die im Streit Erschlagenen zu bestätigen, wie auch gesagt wird, daß sie zum Kampfe ziehe,
D. 24. Freyja ist hienach eine nordische Bellona und Gruntvigs Deutung auf die Liebe, die so viel Opfer fordere als der Krieg, muß bean-
standet werden.

21. Thundr heißt nach der Schlußstrophe unseres Liedes und Hawam.
146 Odhin selbst. Hier bedeutet es einen donnernden Strom, der um
Walhall fließt, aber sonst nicht genannt wird als in dieser räthselhaften
Strophe. Unter den Flüßen, die Str. 27—9 genannt werden, kehrt sein
Name nicht wieder. Wiborg meint, der Fluß in der Haddingsage bei Saxo,
worin Pfeile von verschiedener Art schwammen, sei unser Thundr und

Thiodwitnirs Fisch nur eine Umschreibung von Pfeil oder Spieß. Dieser Ansicht ist beizustimmen, wenn gleich der Fluß in der Haddingssage auch Slidhr, der Höllenfluß in der Wöluspa 42 sein kann, Thundr aber gleich dem Gitter in der nächsten Strophe Walhall schützt. Die Unterwelt fällt mit der Götterwelt in einer ältern Ansicht zusammen und so kann Thundr mit Slidhr, Walgrind (Str. 22) mit dem Höllengitter Eins sein. Auch was wir von dem Höllenthore wißen, daß es den Eintretenden auf die Ferse fällt (Sigurdarkw. III, 66), wird D. 2 von dem Thor der Himmelshalle berichtet. Walglaumi (tödlicher Lärm) bezeichnet den Strom, der zuerst Thundr (Donner) hieß.

23. Vergl. Liebrecht, G. G. A. 1865. St. 12. S. 449 ff.

3. Wafthrudnismal.

Schon in der Einleitung ist ausgeführt, wie diesem Liede die Einkleidung von Gylfaginning, dem ersten Abschnitt der jüngern Edda, abgeborgt ist. Ebenso scheint es in der Herwararsage benutzt, wo Odhin unter dem Namen des blinden Gastes dem König Heidrek Räthselfragen aufgiebt und zuletzt auch die, welche hier den Schluß macht: was Odhin dem Baldur ins Ohr gesagt habe bevor er auf den Scheiterhaufen getragen ward. Sowohl hier als in der Gylfaginning und der Herwararsage wird das Haupt deßen zu Pfande gestellt, der eine Antwort schuldig bleibe. In unserm Wartburgskriege, wo gleichfalls Räthselfragen vorgelegt werden, ist es nicht anders und auch in deutschen Märchen, in jenem von der Turandot, und in der griechischen Mythe von Oedipus und der Sphinx, muß das Räthsel gelöst oder der Mangel an Scharfsinn mit dem Tode gebüßt werden. Dem Abt von St. Gallen geht es nur um die Abtswürde; aber Hans Bendix gleicht genau dem Odin, wie er in der Herwararsage dem König Heidrek entgegentritt. Daß hier nur Fragen über göttliche Geheimniße, nicht eigentliche Räthsel vorgelegt werden, begründet keinen wesentlichen Unterschied. Nur darin liegt einer, daß die uralte Sitte, das Haupt bei dem Wettstreit des Wißens oder des Scharfsinns zu Pfande zu stellen, hier nur als Einkleidung dient, während die so überlieferten Lehren über die göttlichen Dinge den eigentlichen Inhalt des Liedes ausmachen. Ebenso verhält es sich in Alwismal, das wir schon oben gleichfalls als eine Nachahmung unseres Liedes bezeichnet haben, nur daß dort keine Strafe angedroht, wohl aber wie bei der Turandot Lohn verheißen wird, wenn der Befragte seine Weisheit bewähre. Sonst bedarf es keiner Vorbemerkung, und werden wir uns auch sonst bei diesem nicht dunkeln Liede auf wenige

Erläuterungen beschränken können. Uebrigens scheint Vafthrudnir, wie Gr. G. d. d. Spr. 764 ausführt, ein älterer Odhin, wie auch bei den Griechen neue Götter den ältern Titanen gegenüber stehen. Nach Grimnism. 54 heißt Odhin nämlich selbst Vafudr, ein Name, der die webende, wabernde Luft (Alwism. 20) ausdrückt und in dieser Bedeutung mit Vafthrudnir zusammenfällt.

5. Yggr (Schrecken) ist nach D. 20 ein Beiname Odhins. In Grimnismal wird er Str. 53. 54. verzeichnet. Im, der Zweifel, dessen Vater Vafthr. sein soll, findet sich Skaldsk. c. 75 in dem Verzeichniß der Riesennamen.

7. Schon hier ist gesagt, was Str. 19 bestimmter ausgedrückt wird, daß für jede unbeantwortete Frage das Haupt zu Pfande steht. Zunächst ist nun Odhins Haupt gefährdet, da ihm in diesem Abschnitte noch Fragen vorgelegt werden, durch deren Beantwortung sich erweisen soll ob er würdig sei selber Fragen aufzuwerfen. Str. 19 wird dieß anerkannt, worauf beide die Rollen tauschen. Von da ab steht also des Riesen Haupt zu Pfande, der jetzt zu antworten hat, wie in der Einleitung Gangradr.

8. Dieser Name bedeutet wie Gangleri, der nach Grimnism. 46 gleichfalls einer von Odhins Namen ist, obgleich sich Gylfi in der jüngern Edda desselben bedient, wie Wegtam, den Odhin in der Wegtamskwida annimmt, den Wanderer, und der des blinden Gastes, den er sich in der Herwararsage beilegt, hat keinen andern Sinn. Als hülfloser Gast, als müder Wanderer hatte er nach germanischer Sitte auf wirthliche Aufnahme Anspruch und diesen macht er in unserer Strophe geltend.

10 erinnert an die sprichwörtlichen Lehren des Hawamals, die auch in demselben Maße vorgetragen werden. Vermuthlich ist es ein schon geprägtes altgesprochenes Wort, das der Dichter hier dem Gotte in den Mund legt. Zugleich bestätigt dieser Spruch von der Armut, daß Gangradr in Gestalt eines armen Mannes, wie bei König Heidrek in der eines blinden Gastes, in Vafthrudnirs Saal getreten ist.

11—14. Ueber Skinfaxi und Hrimfaxi vgl. D. 10.

15—16. Ifing und Ilfing wird weder D. 4. 39, Grimnism. 27. 28, noch, was zu verwundern ist, Skaldskap. c. 75 unter den Strömen genannt. Offenbar soll er nur die wesentliche Verschiedenheit der Götter und Riesen bezeichnen. Aehnlich ist es, wenn im Herbardslied ein Strom die Scheidewand zwischen Odhin und Thor bildet. Wie dort die Ueberfahrt verweigert wird, so drückt hier das Niegefrieren des Stromes die Unübersteiglichkeit der gesetzten Scheidewand aus.

17—18. Vgl. D. 51. Dagegen heißt in Fafnismal 15 der Holm, wo Surtur mit den Asen das Herzblut mischen soll, Oskopnir.

20—22. Vgl. D. 8, Grim.M. 40, Hyndluliod 32 und Gr. Myth. 526. 532 ff. „Wie die Edda den zerstückten ausgeweideten Leib des Riesen auf Erde und Himmel anwendet, so wird umgekehrt in andern (zum Theil deutschen) Ueberlieferungen die ganze Welt gebraucht, um den Leib des Menschen zu schaffen."

22. 23. Vgl. D. 11.

24. 25. Vgl. D. 10.

32. D. 5 lautet die zweite Hälfte der Str.

> Unsre Geschlechter kamen alle daher,
> Drum sind sie unhold immer.

39. Wie hier von Niördr, den die Asen von den Wanen zum Geisel empfangen, gesagt wird, er werde am Ende der Zeiten zu ihnen zurück- kehren, so hieß es Wöluspa 63, Hönir, den die Asen als Geisel zu den Wanen sandten, solle bei der neuen Weltordnung sein Looß sich selber kiesen, also zu den Asen zurückkehren dürfen.

49. Warum hier die Nornen, denn nur sie können gemeint sein, Mögthrasirs Töchter genannt werden, bleibt uns dunkel. Die Stelle be- stätigt übrigens die Beziehung von Wölusp. 8 auf die Nornen, die dort Thursentöchter aus Riesenheim heißen.

55. Wafthrudnir erklärt sich hier überwunden, da er auf diese Frage keine Antwort weiß. Daß er den Tod verwirkt hat, ist ihm wohl bewußt; ob er an ihm vollzogen ward, vermeidet der Dichter zu melden. Daß er mit Odhin gekämpft hat, erkennt der Besiegte an dem Inhalt der Frage, die ein Geheimniß betrifft, von dem kein Anderer Kunde haben kann. Sollen wir uns gleichwohl eine Vermuthung erlauben, so möchten wir aus der Stellung der Frage unmittelbar nach der über das Ende des höchsten der Götter schließen, daß das hier waltende Geheimniß auf die einstige Wiedergeburt der Welt und der Götter zu beziehen sei. AM. ist Lüning.

4. Hrafnagaldr Odhins.

Unser Lied gilt für das dunkelste und räthselhafteste der ganzen Edda. Erik Halson, ein gelehrter Isländer des 17ten Jahrh. beschäftigte sich zehn Jahre lang mit demselben ohne es verstehen zu lernen. Wir hoffen glück- licher gewesen zu sein obgleich wir uns gleichen Zeitaufwands nicht zu rühmen haben. Die Schwierigkeit liegt in der mythologisch gelehrten

Sprache, zu der wir aber den Schlüßel nicht mehr entbehren. Vermehrt schien sie dadurch, daß man das Gedicht nur zur Hälfte erhalten glaubte. Wie es sich damit verhält, werden wir bald sehen. Auch über seine Echtheit sind Zweifel angeregt. Dietrich (Zeitschrift VII, 314) erklärt es nach Dr. Schering zu Bessastadr in Island für ein Machwerk später Aftergelehrsamkeit und jedenfalls jünger als Snorris Edda. Auch Uhland (Mythus des Thor 128), der sich um seine Erklärung sehr verdient gemacht hat, weist ihm eine verhältnißmäßige späte Abfaßungszeit an, urtheilt aber sonst günstig von ihm, indem er das innere Verständniß der mythischen Symbolik noch durchaus darin herschend findet.

Für seinen spätern Ursprung bezieht man sich auf mancherlei Entlehnungen aus Liedern ältern Gepräges, als Wöluspa, Grimnismal und Wegtamskwida, welche zwar nicht geläugnet werden können, aber die Annahme, daß es jünger sei als Snorris Werk, nur wahrscheinlich machen. Was in letzterm seinem Inhalt entspricht ist der Mythus von Idun, den es aber, ohne Iduns Wesen und symbolische Bedeutung umzuwandeln, doch so wesentlich verschieden behandelt, daß an eine Entlehnung nicht gedacht werden kann. Eine kurze Vergleichung beider Darstellungen wird nähern Aufschluß gewähren. In D. 56 sehen wir Idun mit ihren verjüngenden Aepfeln von dem Riesen Thiaſſi, der die Gestalt eines Adlers angenommen hatte, entführt, worauf die Asen grauhaarig und alt werden. Sie nöthigen darum Loki, der an ihrer Entführung Antheil genommen hatte, sie wieder zurück zu bringen. Er thut dieß in Gestalt einer Nuß, oder nach anderer Lesart einer Schwalbe, wobei Thiaſſi ums Leben kommt. Hienach deutet Uhland Idun, in deren Namen er schon die Erneuung ausgedrückt findet, auf den wiederkehrenden Frühling, oder näher auf das frische Sommergrün in Gras und Laub, und ihre Entführung durch den Riesenadler auf die Entblätterung der Bäume und Entfärbung der Wiesen durch den rauhen Hauch der Herbst- und Winterwinde. Auch auf Iduns Erscheinung in unserm Liede findet dieß Anwendung, so wenig deſſen Inhalt sonst mit Snorris Bericht übereinstimmt. Idun (Urd) ist auch hier verschwunden, aber kein Riese hat sie entführt: sie ist von der Weltesche herabgesunken und weilt in Thälern bei Nörwis Tochter, der Nacht, wie es scheint in der Unterwelt, wodurch ihr Schicksal dem Gerdhas in dem zuletzt besprochenen Liede ähnlich wird. Das Herabsinken von der Weltesche zeigt uns Idun wieder als den grünen Blätterschmuck, in dem die Triebkraft der Natur sich verkündet. Das Verschwinden der schönen Göttin, die in der Pflanzenwelt waltet, ist auch hier der Herbst, und der allgemeinste Sinn des Liedes läßt sich dahin angeben, daß die Götter in dem Eintritt der Winterzeit ein Sinnbild des nahenden Weltuntergangs erblicken, da sie beim Abfallen des Laubes von trüben Ahnungen ergriffen werden, ein Gefühl, dessen auch wir uns nicht erwehren. In der Zeit des Laubfalls scheint uns die Natur zu altern und wir mit ihr, was D. 56 so ausdrückt, daß die Götter bei Iduns Entführung grau und alt werden. Wenn Idun in Gestalt einer Nuß zurückgebracht wird, so deutet dieß Uhland schön auf den Samenkern, aus dem die erstorbene Pflanzenwelt alljährlich wieder aufgrünt; die andere Lesart, wonach sie als Schwalbe zurückkehrt, hat einen verwandten Sinn, wenn gleich nach unserm Sprichwort Eine Schwalbe noch keinen Sommer macht. Da nach unserm Liede Idun von Iwalt stammt, den wir aus D. 61 als den Vater der kunstvollen Zwerge kennen, die Sifs Haar schmiedeten, so stellt sie die grüne Blätterwelt gleich den in Sifs Haaren verbildlichten goldenen Aehren als das wunderbare Erzeugniß der unterirdisch wirkenden Zwerge dar. Uhland 125.

Aus diesem allgemeinsten Sinn unseres Liedes werden wir auch über das Einzelne Aufschluß erlangen. Nun der Name Odhins Rabenzauber bleibt eine nicht mit Sicherheit zu lösende Rune. Aufklärung sollen wir darüber aus Str. 3 empfangen, deren Sinn aber selbst erst der Erwägung bedarf. Nach ihr macht sich Hugin, einer von Odhins Raben, auf, die Himmel zu suchen, da die Götter von seinem längern Verweilen Unheil besorgen. „Raben," sagt Uhland, „durch eine besondere Opferweihe dazu bereitet, ließ man vor dem Gebrauche des Magnets vom Schiffe auffliegen um die Nähe des Landes zu erforschen. Rabenzauber hieß nun wohl die Beschwörungsformel, wodurch diese Vögel zu solchen Diensten geweiht wurden und dann auch die Rabensendung überhaupt, womit sich der Name des Liedes erklärt. Von der Wiederkehr Hugins, des nach Rettung ausgesandten göttlichen Gedankens, schweigt dasselbe. Ein zweiter fehlender Theil mochte das Ergebniß des Rabenflugs und die endliche Erlösung Iduns darstellen."

Wir verhehlen den Zweifel nicht, ob diese Vermuthung sich mit den Worten, „den Himmel zu suchen," verträgt, die eher auf des Raben Rückkehr als auf seine Aussendung zu gehen scheinen. Auch hängt bei solcher Annahme die andere Hälfte der Strophe mit der ersten nicht zusammen. Eine Verbindung läßt sich nur herstellen, wenn man annimmt, daß Hugin zu den Zwergen Dain und Thrain gesandt war, um ihren Ausspruch zu erfragen, der aber so ausfiel, daß er schweren, dunkeln Träumen verglichen

wird. Diese erinnern nun an jene Baldurs in dem folgenden Liede, das
in seinem Grundgedanken mit dem unsern so innig verwandt ist, daß wir
es als dessen vermißte andere Hälfte betrachten. Ueberraschend wird dieß
dadurch bestätigt, daß unser Lied noch eine zweite Ueberschrift führt, welche
Forspiallsliodh lautet. Daß sie nur den ersten fünf Strophen gelten sollte,
hinter welchen Rask abtheilt, können wir nicht mit Uhland annehmen, weil
in der folgenden sechsten Strophe, wie wir sehen werden, Idun zwar zuerst
unter diesem Namen erwähnt wird, aber schon früher unter dem Urds eingeführt war, mit Str. 6 also kein neuer Abschnitt anhebt. Die zweite
Ueberschrift bezeichnet das Gedicht mithin als ein Vorspiel zu dem folgenden, auf das es auch verweist, da die Hindeutung auf den kommenden
Morgen und den über Nacht zu faßenden Rath Str. 20, nachdem Iduns
Besendung keinen Erfolg gehabt hat, nur die Befragung der Wala (Wöle)
meinen kann, die den Inhalt der Wegtamskwida bildet. Ein Vorspiel zur
Wegtamskwida ist unser Gedicht auch schon in einem weitern Sinne. Wenn
nämlich Wegtamskwida von dem Tode Baldurs, des besten der Asen, handelt, in ihm also die Götterdämmerung gleichsam schon eingeleitet ist, so
wird in unserm Liede der Eintritt der Winterzeit eben als ein Vorspiel des
nahenden Weltunterganges behandelt.

Daraus ergiebt sich nun, daß unser Lied, wenn auch als Bruchstück
gedichtet, doch vollständig erhalten ist, mithin bei der Erklärung des Namens Rabenzauber Odhins auf einen fehlenden zweiten Theil, der das Ergebniß des Rabenflugs bringen sollte, nicht verwiesen werden darf. Bei
seiner Deutung sind wir demnach lediglich auf die dritte Strophe angewiesen, welche diese Ueberschrift wohl veranlaßt haben kann. Freilich ist er
von einem einzelnen Zuge hergenommen, und läßt den Grundgedanken des
Liedes unausgesprochen. Wir wißen aber auch nicht, von Wem er herrührt, ob von dem Dichter selbst oder von einem spätern Abschreiber. Wir
haben gesehen, daß auch Gylfaginning von einem solchen, nicht von seinem
Verfaßer, den Namen erhielt. Von dem Dichter unseres Liedes möchten
wir glauben, daß er sein viel späteres und darum im Ausdruck gesuchteres
Werk nur als Vorspiel zur Wegtamskwida gedichtet und darum auch als
Forspiallsliodh bezeichnet habe. Wir wißen nicht, ob Pauli sich auf Handschriften bezieht, wenn er meldet, die Wegtamskwida selber habe einst den
Namen unseres Liedes getragen, was jedenfalls auf beider Verbindung
deutet.

Die Uebersetzung sucht dem Leser das Verständniß des Liedes durch
Weglaßung einiger seltnern Namen Odhins und eines Beinamens Iduns

zu erleichtern. Letzterer lautet Jorunn Str. 18 und ist vielleicht nur für
Jdun verschrieben. Einen andern Nanna Str. 8 führt sonst Baldurs
Gattin. Wenn Nanna nach Uhlands Deutung die Blüte bezeichnet, wie
Baldur das Licht, so war der Dichter nach der kühnen Sprache der nordischen Poesie, von der wir bald andere Beispiele besprechen müßen, durch
die Verwandtschaft der Begriffe von Laub und Blüte allerdings berechtigt,
diesen Namen für Jdun zu gebrauchen.

Str. 1. Das Gedicht beginnt räthselhaft genug mit Aufzählung der
verschiedenen Wesen des nordischen Glaubens, die uns bis auf die Jwi-
dien, die etwa den Dryaden der Alten entsprechen (Grimm vergleicht sie
unsern Moos- und Waldleuten), schon bekannt sind. Sie werden nach ihrem
Verhalten gegen die Schicksale der Welt und den Weltuntergang, das Thema
des Liedes, kurz aber treffend bezeichnet.

2. In der folgenden Str. sehen wir die Götter, von widrigen Vorzeichen erschreckt, wegen Odhrörirs in Besorgniß gerathen, welcher Urds
Bewachung anvertraut war. Urd ist der Name der ältesten Norne, Odhrörir das Gefäß, in welchem der göttliche Meth, der Asen Unsterblichkeits-
trank, aufbewahrt wird. Nichts hat das Verständniß des Liedes so er-
schwert, als diese Einführung Jduns unter dem Namen Urds, deren Beziehung zu Odhrörir nicht einleuchten noch mit dem folgenden stimmen
wollte. In einer spätern Str., der 11ten, wird nämlich eine Wärterin
des Tranks erwähnt, und der Zusammenhang zeigt, daß die schon vorher
genannte Jdun gemeint sei. Das schien nun ein Widerspruch mit unserer
Str., wo Urd Odhrörir bewacht. Der Widerspruch löst sich aber, wenn
wir annehmen, daß hier Jdun Urd, wie Str. 8 Nanna genannt werde.
Ihr, die auch die goldenen Aepfel verwahrt, deren Genuß die alternden
Götter verjüngt (D. 26), konnte auch die Hut Odhrörirs übergeben werden.
Wenn sie aber dabei Urd genannt wird, so ist dieß dem Geist der
nordischen Dichtersprache gemäß, die ein Verwandtes für das andere zu
nennen liebt, wovon in unserm Liede noch andere Beispiele begegnen. Das
erste kann es schon scheinen, wenn der Asen Trank statt ihrer Speise der
Hut Jduns übergeben sein soll; doch damit verhält es sich vielleicht, wie
wir gleich sehen werden, anders. Jduns Verwandtschaft mit Urd liegt
aber in Folgendem: D. 16 berichtet von Urds Brunnen, daß mit seinem
heiligen Waßer die Esche Yggdrasils besprengt wird, damit ihre Aeste nicht
dorren oder faulen. Dieses Waßer hat also auch verjüngende Kraft wie
Odhrörir, und indem Jdun diesen behütet, wie Urd jenen Brunnen, fällt
sie im Begriff mit ihr zusammen und der Dichter darf einen Namen für

ben anbern ſetzen. Ebenſo mögen aber auch beibe Verjüngungsquellen ein-
anber vertreten, und wir haben an Odhrörir nicht zu denken, ſondern nur
an Urds Brunnen, da dieſer unter der Welteſche liegt, wo wir Str. 6
Jdun wiederfinden. Indeſſen läßt ſich aus Odhins Runenlied 3 (Hava-
mal 141) ſchließen, daß Urds Brunnen den Namen Odhrörir (Geiſterreger)
allgemein geführt habe, und nicht bloß in unſerer Stelle der kühnen Sprache
des Dichters verbanke. Aus ſeiner Geiſt erregenden Kraft würde ſich bann
auch erklären, warum die Götter nach D. 15 an Urds Brunnen ihre Ver-
ſammlungen halten. Dann iſt aber Urd die eigentliche Heldin unſeres
Liedes, welcher nach Str. 6 der Name Jdun nur in der Sprache der Aſen
zu gehören ſcheint, wie ihr der Dichter weiterhin noch andere beilegt.

Dieſe heilige Quelle hat alſo ihre verjüngende Kraft entweber ſchon
verloren, oder die Aſen beſorgen, daß dieſes Ereigniß eintreten werde, wie
es Str. 6 geſchehen iſt.

3. Darum (thvi) war Hugin, Odhins Rabe, ausgeſandt, barüber
den Ausſpruch zweier Zwerge zu vernehmen, deren Name bedeutungsvoll
klingt. Dain iſt mortuus, Thrain nach Myth. 422 contumax oder ran-
cidus. Den Raben kann man nicht umhin, ſeinem Namen gemäß, auf
den göttlichen Gedanken zu deuten; die Zwerge, deren Ausſpruch ſchweren
dunkeln Träumen gleicht, ſcheinen ſelber nur Träume, aber unheilverkün-
dende, widerwärtige. Ihrer Einkleidung entblößt ſagt alſo die Strophe,
die Götter hätten durch Nachdenken über das ſtockende Wachstum an der
Welteſche nichts erreicht als von beunruhigenden Träumen gequält zu
werden.

4 und 5 zählen eine Reihe von Erſcheinungen auf, die nicht weniger
beunruhigend ſind als jenes ſtockende Wachstum, als deſſen Folgen ſie
zugleich betrachtet werden können. Daß den Zwergen die Kräfte ſchwinden,
ſagt eben nichts als was wir ſchon vermuthet haben, daß die Triebkraft
der Natur nachgelaßen hat. Zwar könnte darin der Grund angegeben ſein,
warum Jdun die nach Str. 6 zum Geſchlechte der Zwerge (D. 61) gehört,
die Quelle der Verjüngung nicht zu hüten, zu beſchützen, vermochte, vielmehr ſelbſt, wie wir aus eben dieſer Strophe erfahren, von der Welteſche
herabgeſunken iſt. Doch thun wir der Einheit des Gedankens willen am
Beſten, alles von der verlorenen Jungkraft des Brunnens abzuleiten. Die
übrigen Erſcheinungen, welche ſich zum Theil durch die beigeſchriebenen,
auf Stellen der j. Edda deutenden Zahlen, erläutern, ſind vom Herbſt hergenommen, mit Ausnahme der letzten, welche eben nur wieder die Rath-
loſigkeit der Götter ausbrücken ſoll.

6 führt Idun zuerst unter diesem Namen ein. Die vorwißende Göttin, nicht die vorwitzige, wie Uhland will, heißt Idun, weil das Abfallen des Blätterschmucks als ein Bedeutungsvolles aufgefaßt wird, über das sie späterhin selbst Auskunft geben soll. „Darin, daß sie von Yggdrasil herabsinkt," sagt Uhland, „fallen Bild und Gegenstand fast gänzlich zusammen."

7. Hier ist Nörwis Tochter die Nacht; vielleicht hätten wir aber übersetzen sollen: bei der Verwandten Nörwis, wenn Hel die Unterwelt gemeint ist, wie Str. 11 anzudeuten scheint. Wenn sie aber nun in der Unterwelt weilen soll, wie Gerda, so ist sie wohl mehr die Triebkraft der Natur, die den grünen Laubschmuck hervorgebracht hat, als dieser selbst: diese Kraft hat sich nun in die Wurzel zurückgezogen; der Weltbaum ist entblättert, der Winter eingetreten.

8. Das Wolfsfell, das ihr die Götter geben, wißen wir nicht anders als auf den Reif und Schnee des Winters zu deuten, von dem bedeckt Stauden und Bäume von Neuem zu blühen scheinen.

Die nächsten Strophen 9—14 sind deutlich. Ueberhaupt scheinen die Schwierigkeiten gehoben. Odhin besendet die versunkene Idun selbst, um sie zu fragen ob das Ihr Widerfahrene der Welt und den Göttern Unheil bedeute. Die Boten sind Heimdal, Loki und Bragi. Warum gerade sie gewählt worden, hat Uhland, auf den ich hier verweise, genügend erklärt. Heimdal, der in Str. 14 der Vormann der Botschaft heißt, ist es auch, der Str. 11 das Wort führt. Aber die Sendung hat keinen Erfolg, Idun weint und schweigt Str. 12. 13, die Boten kehren unverrichteter Dinge heim, nur Bragi, den wir aus D. 26 als Iduns Gatten kennen, bleibt als ihr Wächter zurück. Vermuthlich wollte der Dichter damit ihre Vermählung einleiten. Im Naturgefühl des Altertums, sagt Uhland, ist die schöne grünende Jahreszeit auch die Zeit des Gesanges, des menschlichen, wie des Vogelsanges: darum bleibt Bragi jetzt auch unten bei Idun in ihrer Verbannung, der verstummte Gesang bei der hingewelkten Sommergrüne.

15—20. Noch weniger machen uns die Strophen zu schaffen, welche die Rückkehr der beiden Boten und das Gastmal der Asen beschreiben, bei welchem sie von der Erfolglosigkeit ihrer Werbung Bericht abstatten. Da vertröstet Odhin auf den andern Morgen, und fordert auf, die Nacht nicht ungenutzt verstreichen zu laßen, sondern auf neuen Rath zu sinnen. Diese Stelle kann aber nicht beweisen, daß uns das Gedicht nur zur Hälfte erhalten sei. Den Rath, welchen die Nacht bringen soll, die Befragung der Wöla, führt Odhin in der Wegtamskwida am andern Morgen selber aus. Nur eine Einzelheit bleibt zu erläutern. Odhins Gesandte kehren von

Fornjots Söhnen getragen zurück. Fornjots Söhne sind nach den beiden Bruchstücken über den Anbau Norwegens: Hler, Loki und Kari, Personificationen der Elemente Waßer, Feuer und Luft. Gewöhnlich heißt es nun von den Göttern, wenn sie sich von einem Orte zum andern bewegen: „sie ritten Luft und Meer." Dafür steht hier, Fornjots Freunde hätten sie getragen. Ein neues Beispiel des mythologisch gelehrten Ausdrucks bietet die nächste Strophe.

21. Walis Mutter ist nach D. 30 Rinda, die winterliche Erde. Mit Fenrirs Nahrung scheint der Mond gemeint. Fenrir steht hier für den Höllenhund, wie umgekehrt Garm (Wöluspa 41) für Fenrir. Ein Wink, daß die nordische Dichtersprache schon früh Ein Aehnliches, im Begriff Verwandtes für das andere zu setzen liebte, mithin unser Gedicht, so starken Gebrauch es auch von solchen Vertauschungen macht, darum doch nicht für so jung gehalten werden muß. Wir sehen also hier die Schilderung der Nacht begonnen, welche die beiden nächsten Strophen prächtig ausmalen. Mit Str. 24 hebt dann die Beschreibung des Morgens an, auf welchen Odhin verwiesen hat und mit ihr muß unser Vorspiel zur Wegtamskwiba schließen.

22. Der reifkalte Riese ist Nörwi, der Vater der Nacht. Die dornige Ruthe, mit welcher er die Völker in Schlaf versenkt, erinnert an den Schlafdorn, womit Odhin die Walküre Brunhild ins Haupt traf. In der nächsten Strophe sehen wir selbst Heimdal, den Wächter der Götter, der weniger Schlaf bedarf als ein Vogel, von der Schlummerlust ergriffen. Uebrigens haben wir diese Strophen an die ihnen gebührende Stelle gerückt.

24. 25. In der hier folgenden Beschreibung des anbrechenden Tags wird die Sonne des Zwergs Ueberlisterin genannt, mit Anspielung auf die auch Alwismal zu Grunde liegende Mythe, daß Riesen und Zwerge, welche vom Sonnenstral getroffen zu Gestein erstarren, mit List bis zum Anbruch des Tages hingehalten und bezwungen werden. Dieser ihrer lichtscheuen Natur gemäß sehen wir beide vor dem Tage der Schlafstätte zufliehen.

26. Aus gleichem Grunde heißt hier die Sonne Alfenbestralerin, wie Skirnisför 4. Ulfruna ist eine der im Hyndluliod aufgezählten neun Mütter Heimdalls. Argiöll (die frühtönende) scheint ein Beiname der Himmelsbrücke, welche Heimdal bewacht.

5. Wegtamskwiba.

Mit Anbruch des Tages ist das Vorspiel zu Ende, das Str. 20 auf den Morgen verwiesen hatte. Die Nacht ist wirklich von Odhin zu neuen Entschlüßen genutzt worden, deren Ausführung den Gegenstand des Hauptliebes, unserer Wegtamskwiða, bildet. Daß dieß mit dem Morgen beginnt und nur den Raum des nächsten Tages zu füllen braucht, wird deutlicher, wenn man nach der ersten Strophe, wo die Asen sich bei der Gerichtsstätte versammelt haben, was in der Frühe zu geschehen pflegt, die eingeklammerten vier Strophen, die sich nur in spätern Handschriften finden und den Eindruck schwächen, hinwegdenkt. Offenbar sollen sie Vorhergegangenes nachholen, wobei sie aber arge Verwirrung anrichten, und sogar den Schein erregen als ob von einer doppelten Versammlung an der Gerichtsstätte die Rede wäre, obgleich der Verfaßer eigentlich nur die Veranlaßung zu der in der ersten Strophe erwähnten angeben will. Arge Verwirrung scheint es uns, wenn Str. 4 schon der Eide gedenkt, die alle Wesen schwören mußten, Baldurn nicht zu schaden, denn zu diesem Auskunftsmittel, das vollkommen beruhigen mußte, konnte nicht gegriffen werden ehe der Ausspruch der Wala ergeben hatte, daß Baldurs Leben bedroht sei. Zwar sollen dieß nach Str. 2 und 3 schon andere vorschauende Wesen angesprochen haben; aber damit würde der Grund zu Odhins Besuch bei der Wöla hinwegfallen und das ganze Gedicht müßig sein. Ja selbst mit der ersten Strophe, welche durch diese eingeschobenen doch erläutert werden soll, steht dieß im Widerspruch, denn die Asen brauchten sich nicht erst zu berathen, was Baldurs böse Träume bedeuten möchten, wenn sie schon wüßten, daß er dem Tode bestimmt sei. Nur bei der Annahme, daß sie von dem Verfaßer des Vorspielliedes eingeschoben sind, begreifen sich diese Strophen. Dieß hat jetzt auch der neueste Herausgeber des Textes angenommen.

Unser Lied ist auch nach den in der ersten Strophe erwähnten Träumen Baldurs (Baldrs draumar) benannt. Den andern Namen führt es nach jenem, welchen sich darin Odhin beilegt. Wegtam bezeichnet den wegkundigen Wanderer, wie Waltam (so nennt er seinen Vater) den schlachtgewohnten Krieger. Aehnliche Beinamen Odhins, die wir zum Theil schon kennen, sind Gangradr, Gangleri, Widförull und Saxos viator indefessus. Eine Erklärung bedarf in unserm Liede nur Str. 16, von der wir gestehen müßen, sie mit großer Freiheit übertragen zu haben. Wörtlich heißt die von Odhin gestellte Frage: „wie heißen die Mädchen, die nach Willkür weinen u. s. w.," was man auf die Meereswellen, die Wolken oder Walküren zu beziehen pflegt. Wie aber dann an dieser Frage Odhin erkannt werden könnte, sähen wir nicht ab: darum haben schon andere vor uns vermuthet, Odhin frage nach dem Namen des Weibes, die nach dem Schluße von D. 49 Baldurs Tod nicht beweinen wollte. Freilich liegt dieß Ereigniß weit hinter Baldurs hier erst geweißagtem Ende, aber auch die

Rache, die Wali (Str. 16 vgl. Wöluspa 37) an Hödur nehmen soll, liegt hinter demselben, und Thöks (l. Döks) Weigerung, Baldurn zu beweinen, gehört in den Plan eines Gedichts, das alle an seinen Tod sich knüpfenden Begebenheiten zusammenfaßen will. Und gerade an dieser Frage mochte Odhin erkannt werden, denn keinem Andern war dieser Blick in die ferne Zukunft zuzutrauen. Allerdings kann man einwenden, wenn Odhin so vorwißend sei, so habe er die Wöla nicht zu befragen gebraucht. Allein mit verständigen Reflexionen dieser Art würde man alle Poesie zerstören. Wirklich hat man, von Odhins Weisheit ausgehend, diesen Einwand gegen unser ganzes Gedicht gerichtet. „So nichtsbedeutend," sagt Wiborg 264, „konnte doch wohl der Asenkönig nicht geworden sein, daß eine todte Hexe mehr als Er wußte." Wir wollen uns aber mit so kühler Prosa jedenfalls ein Gedicht nicht zerstören laßen, das an zweien Stellen (Str. 10. 12) ans Erhabene streift, wenn wir auch selbst an seiner Originalität einen bescheidenen Zweifel nicht bergen. Trifft nämlich unsere Deutung der letzten Frage zu, so ist unser Lied, wo nicht eine Nachahmung von Wafthrudnismal doch in seinem Grundgedanken fast zu nahe mit ihm verwandt. Dort wird zwar Odhin an der Frage nach einer Begebenheit erkannt, die schon weit in der Vergangenheit liegt, ihm aber allein bewußt sein konnte, während ihn hier der Blick in die Zukunft verräth. Gemeinsam ist aber beiden Fragen die Beziehung auf Baldurs Tod und hierin erkennen wir eine Bestätigung unserer Vermuthung, die wir in den Text aufzunehmen nicht Bedenken getragen haben.

Zu Str. 16 vgl. Liebrecht G. G. A. 1865, 12., wonach hier von den Nornen die Rede wäre, die nach Willkür über die Geschicke verfügen mögen und die Enden ihrer Seile an den Himmel werfen. Auf Liebrechts Frage, was ich mir unter „himmelan werfen des Hauptes Schleier" gedacht habe, antworte ich: eine Gebärde der Klageweiber. Egilsons Deutung der Worte halsa skautum als ausgestreckte Hälse, kommt meiner Auffaßung nahe. Für Liebrechts Deutung auf die Nornen spricht, daß nicht von Einem Weibe, sondern von mehrern die Rede ist; entgegen steht ihr aber, daß an einer Frage nach den Nornen Odhin nicht erkannt werden konnte, wohl aber, wenn er auf ein in der fernsten Zukunft liegendes Ereigniß wie Thöks Weigerung um Baldur zu weinen, hingedeutet hätte.

6. Hawamal.

Hawamal ist eigentlich nur ein Spruchgedicht, in das aber zwei mythologische Episoden eingeflochten sind; beide auf Odhin bezüglich, nach

dem es auch „des Hohen Lied" genannt ist. Außerdem besteht es aus
drei verschiedenen ursprünglich selbständigen Theilen, von welchen der letzte,
Odhins Runenlied, den übrigen ungleichartig scheint, indem es nicht
eigentlich ethischen, wenn auch durch seinen Bezug auf den Runenzauber,
lehrhaften Inhalts ist. Der mittlere Theil, von den an Loddfafnir gerich-
teten Rathschlägen Loddfafnismal genannt, ist rein ethisch und nur an
seinem Ende auf zauberhafte Heilkunst bezüglich. Dieß hat wohl seine Verbindung mit Odhins Runenlied vermittelt, vor dessen Schluß jetzt sogar
Loddfafnir angeredet wird, wodurch der Schein entsteht als wenn es wie
Loddfafnismal an ihn gerichtet wäre. Die letzte Strophe des dreitheiligen
Ganzen geht wieder auf den ersten ursprünglichen Haupttheil zurück und
hat zu dem angehängten Runenliede wohl nie gehört.

Die diesem Haupttheil eingeflochtenen Episoden sind folgende:

1) die vom Begeisterungstrank bei Gunlödh Str. 12 und 13, eigentlich
nicht mehr als eine Anspielung auf die bekannte unter 3 näher besprochene,
D. 57 ausführlich erzählte Mythe.

2) Die von Billungs Tochter Str. 95—101.

3) Die von der Erwerbung des Begeisterungstranks Str. 104—110.

Durch Einflechtung dieser drei auf Odhin bezüglichen Episoden wollte
wohl der Dichter oder Sammler der in dem Haupttheile zusammengestellten
altüberlieferten, größtentheils allgemein germanischen sprichwörtlichen Lehren
und Klugheitsregeln den Schein hervorbringen als wenn Odhin, nach
welchem das Ganze des Hohen Lied benannt ist, der Sprechende wäre. Da
Odhin der Gott des Geistes, die Spruchweisheit des Volkes aber nur der
Ausdruck seines Geistes ist, so fehlt dieser Fiction die Berechtigung nicht.
Auch das angefügte Runenlied ist dem Gott in den Mund gelegt; bei Loddfafnismal ist dieß eigentlich nicht der Fall, der Sprechende ist Loddfafnir
selbst, aber seine Weisheit hat er in des Hohen Halle und an Urdas
Brunnen, vermuthlich doch wieder von Odhin selbst, vernommen und mit
Berufung darauf theilt er es jetzt vom Rednerstuhle den Zuhörern wörtlich
mit, wodurch der Ungleichartigkeit des Inhalts ungeachtet doch eine for-
melle Gleichartigkeit der drei Bestandtheile des Ganzen entsteht.

Die erste Strophe hat auf das Mythische noch den besondern Bezug,
daß diese Klugheitsregel in der Einleitung von Gylfaginning D. 2 dem
Gylfi in den Mund gelegt wird ehe er Odhins Halle betritt, was aber
wohl nur als eine Anspielung auf unser Lied zu betrachten ist. Diese
Strophe gehört schon zu den Gast- und Reiseregeln, die im Anfang bis
Str. 34 zusammengestellt sind und sich in Odhins Munde besonders wohl

geziemen, da er überall als der Vielgewandte gedacht ist und ihm besonders der Schutz der Gastfreiheit oblag. Eine strenge Anordnung war aber
bei der Mannigfaltigkeit des dem Dichter vorliegenden Stoffes nicht durch-
zuführen und so sehen wir schon mit Str. 32 den Uebergang zu den Regeln über das Verhalten gegen Freunde begonnen, das mit Str. 39 ent-
schiedener zum Gegenstand, und bis Str. 51 besonders in Bezug auf das
Schenken besprochen wird. Von da ab bis 66 sind die Strophen ziemlich
bunt durcheinander gewürfelt, obgleich die frühern Themata noch nicht
gänzlich verlaßen scheinen. Mit Str. 67 beginnt offenbar ein neues,
welches Dietrich (Zeitschrift III, 400) mit „Vergleichung der Güter
des Lebens" bezeichnet. Von Str. 80 nehmen die Sprüche mehr einen
Priamelartigen Charakter an. Von Str. 89 abwärts beziehen sie sich,
anfangs noch in diesem Charakter fortgehend, auf die Frauenliebe; Str. 94
bildet den Uebergang zu der Episode von Billungs Tochter, ebenso ist
Str. 102. 103 als Einleitung zu der zweiten von Gunnlödh anzusehen,
womit dieser erste Haupttheil abschließt.

12. 13. Da wir von den einzelnen Strophen nur die wenigen besprechen wollen, über die wir eine Bemerkung auf dem Herzen haben, so
kommen wir gleich zu den beiden Strophen, die wir oben als erste Episode von Gunnlödh bezeichneten. Diese schöne Stelle, welche die Uebersetzung fast schon hinlänglich erläutert hat, stimmt nicht ganz zu der Erzählung in D. 57. Nicht in Fialars, sondern in Suttungs Felsen hatte
Odhin den Meth getrunken, wie auch in unserer zweiten Episode über diesen
Mythus angenommen scheint. Fialar hieß D. 57 einer der Zwerge, welche
Kvasir tödteten und aus seinem mit Honig vermischten Blut den Meth der
Begeisterung gewannen. Der Verfaßer der Strophe, welche der Sammler
hier aufgenommen hat, scheint also von einer andern Gestalt dieser Göttersage auszugehen. Ferner, nicht als Reiher, als Adler entfliegt Odhin;
aber nach der bekannten kühnen Dichtersprache des Nordens steht Ein
großer Vogel anstatt des andern. „Als Odhin den ersehnten Trank schlürfte
und der schönen Riesin theilhaftig wurde, seßelten ihn Adlerschwingen."
Hierin findet Grimm Myth. 1086 den erhabensten Rausch der Unsterblich-
keit und zugleich Dichtkunst geschildert, und zürnt den nordischen Auslegern,
welche eine Beschreibung gemeiner Trunkenheit darin finden, vor deren
Folgen ein isländisches Gedicht unter dem Titel ominnis hegri warne.
Nicht zu läugnen ist gleichwohl, daß Str. 11, welche die Einleitung zu
unserer kleinen Episode bildet, vor Betrunkenheit warnt und selbst Str. 18
von dieser Absicht nicht frei ist. Vgl. M. Handb. §. 7 und §. 76.

52. Diese Strophe versteh ich so wenig als die Erklärung, welche Dietrich a. a. O. von ihr giebt. Die Uebersetzung wird also schwerlich das Richtige getroffen haben.

56. Mit der Rede vertraut, nicht in der Rede kund, was so viel sein soll als berühmt, wie Dietrich will, dessen Deutungen wir uns sonst hier wohl gerne angeschlossen haben.

95—101. Odhins Werbung um die Tochter Billungs ist uns sonst nicht berichtet: sie für jene Rinda zu halten, welche nach Saxo Gr. III, 44 Odhin zuletzt doch bezwang (dieselbe, welche wir aus D. 30 als Walis Mutter kennen) haben wir keinen zwingenden Grund, eher spricht der Schluß von Str. 101 dagegen, nach welcher er bei Billungs Maid nie zum Ziel gelangt scheint.

104—110. Der Str. 106 gedachte Bohrer heißt in der angezogenen D. Rati; vielleicht soll er auch hier so heißen, wenn nicht der Bericht der Sn. Edda auf einem Misverständniß dieser vieldeutigen Stelle beruht. Vgl. Dietrich a. a. O. 442.

111. Das Loddfafnismal, sagt Dietrich, war sicher ein selbständiges Spruchgedicht und nicht ursprünglich mit Hawamal verbunden, da es sich durch die neue Einkleidung, die Versetzung an den Urdarbrunnen, wie durch die besondere Form, die Einschließung eines Kehrverses, absondert und nur zusammenhanglos aneinander gereihte Regeln enthält, die zum großen Theil in Hawamal schon enthalten sind.

112. Die hier erwähnten Runen, die im eigentlichen Sinn als Zauberbuchstaben zu verstehen sind, können die Anfügung des Runenliebs, welches den dritten Haupttheil des Ganzen bildet, veranlaßt oder doch zu vermitteln geholfen haben.

139—164. Das mystische Runenlied zu erklären maßen wir uns nicht an, es sind Andere, die mehr dazu berufen schienen, dieser Aufgabe aus dem Wege gegangen. Das Wenige, was wir dennoch darüber mittheilen, geben wir als unsere eigenen Anschauungen, welche künftige Untersuchungen bestätigen oder beseitigen mögen.

Als Uebergang zu dem Runenlied haben wir schon die Schlußstrophe des vorhergehenden bezeichnet, wo zum Gebrauch der Heilkunde allerlei geheimnisvolle, zauberische Mittel empfohlen wurden. In der vorletzten Zeile wird auch ausdrücklich der Runen gedacht, von welchen bereits 112 die Rede war. Nach ihr hatte Loddfafnir in des Hohen Halle oder an Urdas Brunnen, dessen geisterregende Kraft wir bei Odhins Rabenzauber vermuthet haben, von Runen sagen hören und die Lehren vernommen, welche

Lobbfafnismal überliefert. Unser Lied ist also Str. 112 auch schon angekündigt, wie Str. 162 auf den beiden gemeinschaftlichen Eingang zurück
verweist. Als Erfinder der Runen, von deren zauberischem oder doch
prophetischem Gebrauch hier allein die Rede ist, wie der Nordländer denn
kaum noch einen andern Nutzen der Schriftzeichen kannte, wird in unserm
Liede Odhin geschildert. Seine Beschäftigung mit der Zauberei, die im
Norden im höchsten Ansehen stand, kennen wir schon aus dem Harbardsliede, sowie den Vorwurf, den ihm Loki Oegisbr. 24 daraus macht. Aber
es ist der alten sinnlichen Vorstellungen gemäß, daß selbst der Gott der
Weisheit und höchsten Macht seine Wunder zu verrichten äußerer Mittel
bedürfe: so schickt Odhin seine Raben aus, die ihm Alles ins Ohr flistern,
was sich in der Welt begiebt, so späht er von Hlidskialf hernieder, so trinkt
er aus Mimirs Brunnen, so besendet er Idun, so weckt er die Wala,
Baldurs Geschicke zu erkunden. Wenn Gr. Myth. 983 sagt, erst den ge-
sunkenen, verachteten Göttern habe man Zauberei zugeschrieben, und sich
dabei auf Snorri und Saxo Grammaticus bezieht, so lebten diese in einer
Zeit, wo die Zauberkunst selbst gesunken und durch christliche Priester als
teuflisch verschrieen war. Aber was dieser Zeit als teuflisch erschien, war
der heidnischen noch göttlich. Grimm selbst sagt gleich darauf: Unmittelbar
aus den heiligsten Geschäften, Gottesdienst und Dichtkunst, muß zugleich
aller Zauberei Ursprung geleitet werden. Opfern und Singen tritt über
in die Vorstellung von Zaubern: Priester und Dichter, Vertraute der Götter
und göttlicher Eingebung theilhaftig, grenzen an Weißager und Zauberer.
Erinnern wir uns nur aus dem Eingange der Hymiskwida, daß die Götter
selbst zum Zweck der Weißagung geritzte Runen-Stäbe schüttelten. Einer
so hochgehaltenen Kunst wird nun hier der erhabenste Ursprung beigelegt.
Aus Sigrdrifulied 9 kennen wir den geburtshülflichen Gebrauch der Runen: durch Zauberlieder, den hier beschriebenen Runenliedern gleich, half
Odbrun Heidreks Tochter Borgny (Odbrunargratr 8) entbinden. Hier aber
verhilft sich Odhin selbst durch Erfindung der Runen zur Geburt. Er ist
als eine Frucht des Weltbaums gedacht, an dem er neun Nächte lang,
neun Monate wie im Mutterleibe, hing. Auch von Mimameidr, womit
nur die Weltesche gemeint sein kann, wird Fiölsw. 20 gesagt, daß Niemand wiße, welcher Wurzel er entsprossen sei wie es hier Str. 139 von
dem windigen Baume heißt, von dem sich Odhin durch Runen löste, daß
er zur Erde fiel. Die Weltesche muß dieser Baum sein, darauf deutet auch
der in der folgenden Str. erwähnte Trunk aus Odhrörir, durch den er
zu gedeihen und zu wachsen begann, wenn nämlich auch hier wie Graf-

nag. 2 Urds Brunnen gemeint ist, der unter ihrer zweiten Wurzel lag. Es steht nicht entgegen, daß er zuvor neun Hauptlieder von Bölthorns weisem Sohne gelernt haben soll, denn nach D. 6 ist Odhin selbst Bölthorns Sohn oder Enkel, und die von ihm noch an der Weltesche erfundenen Runenlieder hatten seine Geburt, die Lösung von ihrem Zweige, befördert. Daß er vom Spieß durchbohrt, und sich selber geweiht war, erinnert zunächst daran, daß sich Altersschwache oder Todkranke mit dem Spere ritzen ließen, um zu Odhin zu kommen, der in seiner Himmelshalle nur solche aufnahm, welche Wunden vorzuzeigen hatten. Dann war Odhin als Hängatyr auch der Gott der Gehängten, Menschenopfer wurden ihm an Bäumen aufgehängt, nicht ohne vorher, wie wir aus der Wikarssage sehen, vom Sper durchbohrt zu werden. Als Frucht des Weltbaums, von dem er sich erst noch lösen soll, hängt er am Stiel, und dieser, oder was dem bei menschlicher Frucht entspricht, kann hier dem durchbohrenden Spieß verglichen sein.

In welchem Verhältniß zu den Runen standen aber die Str. 141 gemeinten, in den Str. 147—165 nach ihren zauberischen Wirkungen näher beschriebenen Runenlieder? Ohne Zweifel wird dieses Verhältniß durch die Liedstäbe vermittelt, etwa so, daß die den geschüttelten Zweigen oder Stäben eingeritzten Runen als Reimstäbe des Liedes dreimal wiederkehren mußten, wie Skirnisför 36 beweisen kann, wo die Zeile, welche das Einritzen des Thurs (Th) begleitet, zugleich diese Runen zu Liedstäben hat: **Thurs rist ek thér ok thrjá staf.** Doch mögen die eingeritzten Runen den Inhalt des Liedes noch näher vermittelt haben, da alle Runen Namen führten, z. B. die Rune M führt den Namen Madr, der Mann, und das Zeichen selbst ist aus der Gestalt eines Mannes mit zwei Armen entstanden (Gr. G. der deutschen Spr. 158) wie in den uns erhaltenen Gedichten über die Runen (Wilh. Grimm über deutsche Runen 218—252) jede Strophe mit dem Worte beginnt, das die Rune benennt. In dem einfachsten dieser Lieder über die Runenzeichen, dem nordischen, finden wir über jede Rune nur eine, unsern Fibelsprüchen verwandte, Langzeile mit drei Stäben, von welchen der dritte nach dem allgemeinen Gesetz als Hauptstab in der zweiten Hälfte der Zeile steht, zugleich aber von dem Namen der Rune, oder was gleichbedeutend ist, von der Rune selbst gebildet wird. In dem ältern angelsächsischen besteht die Strophe aus mehrern Langzeilen und nur die erste nimmt in den Stäben auf die Rune Bezug. In unsern ältesten Segenssprüchen, welche wir als Nachklänge der in unserm Liede gemeinten zauberischen Runenlieder zu denken haben, treffen wir gleichfalls

mehr als eine alliterierende Langzeile. Unter den uns erhaltenen ist keiner,
der mit dem Namen einer Rune begänne, wenn nicht etwa die angelsäch-
sische Rune ear (Wilh. Gr. 233) die Erde bedeutete, in welchem Falle der
Segensspruch Gr. Myth. 1186 mit ihr anheben könnte. Jedenfalls erklärt
sich der Name der Stäbe für die reimenden Anfangsbuchstaben der Lieder
nur aus dem angenommenen Verhältniß derselben zu den auf den Stäben
(Tac. c. 10.) eingeritzten Runenzeichen, so daß noch unsere Buchstaben
von dem alten Zusammenhang der Dichtkunst mit Weißagung und Gottesdienst, mit Opfer- und Zaubergebräuchen Zeugniß geben. Auf gottes-
dienstliche Verrichtungen geht auch wirklich Einzelnes in den Str. 145. 146,
die wir sonst unerläutert laßen. Vgl. übrigens v. Lilienkron und Müllenhoff Zur Runenlehre 1852, wo S. 19 ausgeführt wird, wie die einge-
ritzte Rune an sich todt war und erst durch das dazu gesungene Lied,
welchem dieselbe Rune zu Stäben diente, Leben und zauberkräftige Wirkung empfing. Darnach wären Str. 140 die Runenzeichen selbst gemeint,
Str. 141 aber unter dem Trunke Meth, aus Odhrärir geschöpft — einer
gewöhnlichen dichterischen Umschreibung gemäß — die Poesie: das zu dem
eingeritzten Stab gesungene mit demselben Stab als Liedstäben versehene
Runenlied. Der Sinn ist also, daß Odhin die Runenzeichen mit den dazu
gehörenden Versen oder Sprüchen erfand. In gleichem Sinn heißt es
Sigrdrifumal Str. 18, die Runen seien „mit hehrem Meth geheiligt und
gesandt auf weite Wege;" d. h. wiederum „mit dem Zeichen ist der Vers
verbunden und dadurch die Zauberkraft des Zeichens geweckt." Der Gewinn aber, welcher sich für die Erklärung eines der beiden Merseburger
Heilsprüche aus unserer Str. 150 vgl. mit Grogaldr 10 schöpfen läßt,
bleibt noch zweifelhaft. Der erste derselben nämlich, welchen man von den
darin erwähnten Göttinnen Idisi zu nennen pflegt, ist nach Andern ein
solches Runenlied wie das hier gemeinte, dessen Zauberkraft die Fesseln der
Gefangenen zu sprengen vermag, während wir den Spruch nur für einen
Segen halten, der über den ausziehenden Krieger gesprochen wird um ihn
vor längerer Gefangenschaft zu bewahren. Vielleicht läßt sich aber 157 zur
Erklärung von Tac. Germ. c. 3. verwenden, der bekannten Stelle über
die in den Schild (nord. bardhi) gesungenen Lieder (barditus), welche
Klopstock auf die undeutschen Barden bezog und in seinen Bardieten nach-
ahmen wollte. Den Gebrauch dieser Lieder zur Weißagung erkannte
Tacitus selbst, indem er berichtet, man habe aus ihrem stärkern oder schwä-
chern Erklingen den Ausgang der Schlacht, Sieg oder Niederlage, vorher
verkündigt. Ihre zauberhafte Wirkung, dem Glauben der Germanen

nach, ahnte er nicht, und doch läßt unsere Stelle vermuthen, daß es solche
Lieder, wie das hier gemeinte Runenlied waren, die sie in den Schild
sangen, um Heil in den Kampf, Heil aus dem Kampfe zu ziehen. Die
Sache würde ganz außer Zweifel sein, wenn die Urschrift nicht gerade hier
ein anderes Wort für Schild, das auch in Deutschland bekannte rand, ge-
brauchte. Die Lesart baritus ist nicht bloß handschriftlich unbeglaubigt,
sie giebt auch keinen Sinn, denn das friesische baria heißt nicht sowohl
clamare, laut rufen R. A. 855. 876, als gleich dem entsprechenden alt-
hochd. paron detegere, manifestare. Vgl. Richthofen 619. Grimm
Wörterb. I, 1121. So heißt es in einem angelsächs. Liede: Vordum and
bordum hovon herecombol: sie erhoben die Heerfahne mit Worten und
Borden (Schilden). Barditus ist abgeleitet wie fulliths; Müllenhoff Zeitschrift IX, 242. Daß bardhi für Schild mehr ein tropischer Ausdruck ist,
scheint mir nicht entgegenzustehen.

Str. 161. Delling ist nach D. 10 der Vater des Tages, Volkrörir
(vgl. Odhrörir), der die Völker aufregt, als etwa ein früher Morgentraum,
denn er fällt noch in die Nacht vor Dellings Schwelle, d. h. eh des Tages
Pforte sich erschließt. Die Nacht kräftigt alle Wesen: diese vom Volkrörirs-
liede auf Odhins Runenlied übertragene Wirkung ist hier auf die einzelnen
Wesenarten angewandt und als Stärke, Gedeihen und Weisheit unterschieden. Vgl. Lüning S. 294.

7. Harbardslied.

Die bisher betrachteten Lieder gehörten eigentlich alle dem Mythus von
Odhin an, zu dem im weitern Sinne auch der von Baldur gerechnet wird,
da von diesem Gotte nichts als sein Tod bekannt ist, den zu verhindern
sich Odhin vergebens bemüht. Dem Mythus von Odhin steht aber der
von Thor gegenüber, welchem die vier folgenden Lieder gelten. Beide
Kreise verbindet nun das gegenwärtige Gedicht, das keinen andern Gegenstand hat als das Wesen beider Götter durch den Gegensatz anschaulich zu
machen. Diesen Gegensatz spricht Uhland Mythus des Thor 21 in folgenden Worten aus: „Odhin das Haupt der Asen, der auch dem Namen
nach der Gott des lebendigen Geistes ist, durchforscht rastlos die Welt und
stärkt die Sache der Götter, indem er überall geistiges Leben weckt und
den irdischen Heldengeist zu höherm Berufe, zur künftigen Theilnahme an
dem großen Götterkampf in seine himmlische Halle heranzieht. Dagegen
ist Thor, Odhins kräftigster Sohn, vorzugsweise Beschirmer der Erde,
deren Anbau er begründet, deren Fruchtbarkeit und Freundlichkeit er zum

Besten ihrer Bewohner unermüdlich fördert und schützt, und darum mit den wilden Elementargewalten in beständigem Kampfe liegt." Wie dieser ihrer Natur zufolge beide Götter einander feindlich gegenüber treten können, indem Odhin, der Belebzer alles Geistes, insbesondere den kriegerischen Geist anregt, welcher den Thors Obhut vertrauten Anbau wieder vernichtet, dieß soll unser Lied veranschaulichen, dessen Thema Uhland demnach mit den Worten ausspricht: "der Segen des Landbaus, verdrängt durch zerstörende Kriegsgewalt." Dieser Gegensatz, sagt er S. 93, ist gleichwohl kein innerer Widerspruch der nordischen Glaubenslehre, keine Spaltung religiöser Ansichten, er zeigt nur den nothwendigen äußern Zusammenstoß der verschiedenen, je unter Obhut eines dieser Götter gestellten Richtungen und Zustände des irdischen Daseins.

Da Uhland unser Lied einer vollständigen und genügenden Erläuterung gewürdigt hat, auf die wir verweisen können wie jetzt auch auf den Aufsatz von Lilienkron (Zeitschr. X. 180 ff.), so beschränken wir uns auf wenige Bemerkungen, deren Zweck kein anderer sein kann, als den angedeuteten Grundgedanken noch stärker hervorzuheben. Wenn wir uns auch dabei zuweilen der Worte Uhlands bedienen, so geschieht es nicht ohne sie als sein Eigenthum anzudeuten.

Odhin bleibt, "damit der äußerliche Zwiespalt im Wesen beider Götter nicht in ihr Leben selbst eingreife," unter Namen und Gestalt des Fergen Harbard verhüllt. Diesen Namen kennen wir schon aus Grimnismal als einen der Beinamen Odhins, er möge nun den Heerschild bedeuten oder wie andere Namen Odhins seinen dichten Haar- und Bartwuchs bezeichnen. Alles was von Harbard ausgesagt wird, zeigt uns Odhin, "wie er überall in der nordischen Heldensage umgeht." Daß er, der stäts in menschlicher Verkleidung erscheint, dießmal die Gestalt eines Fährmanns angenommen hat, schließt sich daran, daß hier die Verschiedenheit im Wesen beider Asen durch einen Sund veranschaulicht wird, der ihre Gebiete trennt, wie in Wafthr.-Mal 16 der Fluß Ifing oder Ilfing die der Riesen und Götter. Der Fährmann steht aber im Dienste Hildolfs, dessen Name zunächst den furchtbaren dämonischen Kriegsmann bedeutet, hier wohl den Krieg selbst mit seinen Schrecken.

Thor bietet dem Fährmann, daß er ihn herüberhole, statt goldener Spangen wie Hagen dem Donaufergen, die Ueberbleibsel seines letzten ländlichen Mals, dessen Kärglichkeit zu seinem ärmlichen Aufzug stimmt, um dessentwillen Harbard spottet, er sehe nicht aus wie Einer, der drei gute Höfe besitze. Soll diese Armut bedeuten, daß der Landbau wohl seinen

Mann nähre, aber nicht reich mache, oder ist sie schon die Wirkung des
verheerenden Kriegs? Uhland erklärt sie daraus, daß Thor von Osten, b. h.
aus dem Winter komme, „denn um diese Zeit gehen die Wintervorräthe
zu Ende, die ihn bisher satt erhalten."

Die verweigerte Ueberfahrt veranlaßt einen Wortwechsel, „in dem Jeder
seine Thaten hervorhebt und die des Andern verkleinert." Unter denen
Thors wird seiner Kämpfe mit Hrungnir und Thiassi (D. 59. 56), des
Abenteuers mit Skrymir, wo er sich im Handschuh des Riesen verbarg
(D. 45), gedacht sowie zweier andern (Str. 29 und 37), von denen sich
sonst keine Meldungen finden. Der Zweck dieser Kämpfe mit den Riesen
wird Str. 23 dadurch angedeutet, daß es mit den Menschen in Midgard
zu Ende wäre, wenn die Riesen Ueberhand nähmen. Die Erde wohnlich
zu machen bezwingt Thor die dämonischen Naturgewalten, die sich ihrem
Anbau widersetzen. In diesem Sinne hat Uhland jene bekannten, in der
j. Edda ausführlich erzählten Thaten Thors, auf die hier nur angespielt
wird, gedeutet, und den nur hier erwähnten weist er den gleichen Inhalt
nach. Swarangs Söhne, des Aengstigers (29), „die nach Thor, dem Gotte
des Anbaus, mit Steinen werfen, bedeuten den Hagel, der aus schwer-
drohender Wetterwolke fährt; sie stürmen in Mehrzahl an, weil die Schloßen
wie von vielen Händen zugleich geworfen werden. Thor aber wehrt ihnen
siegreich den Uebergang in sein bebautes Gebiet, denn obgleich selbst Herr
des Donners kämpft er doch auch gegen die verheerende Macht des Ge-
witters, wie gegen jede jötunische Gewalt, schirmend an. Weiter hat Thor
(37 ff.) auf Hlesey Berserkbräute geschlagen, Wölfinnen mehr denn Weiber,
die alles Volk betrogen, die sein Schiff losgewunden, das er auf Stützen
gebracht hatte, die ihn mit dem Eisenknüppel bedroht und Thialfi vertrieben haben. Auf Hlesey, mag damit Meereiland überhaupt, oder die
Insel Läsö besonders gemeint sein, hat Thor sein Schiff an den Strand
gezogen und auf Pfähle gesetzt: er hat den Anbau nach dieser Insel gebracht. Darum ist auch Thialfi bei ihm, derselbe, der auch nach Gotland
das erste Feuer geführt. Aber Berserkbräute, wilde Riesenweiber, bekriegen
und beschädigen hier das Volk, wüthende Sturmfluten verheeren das ihnen
wieder allzusehr ausgesetzte, vergeblich angebaute Uferland, reißen das schon
befestigte Schiff wieder los und verjagen Thialfi, ihr gewaltiger Wogen-
schlag gleicht dem Schlage mit eisenbeschlagenen Keulen."

Diesen Kämpfen Thors stellt Harbard seine Kriegsthaten, Zauber- und
Liebesabenteuer entgegen. Von den Geschichten, deren er dabei gedenkt
(16. 20. 24), wißen wir keine weitere Auskunft. Am entschiedensten spricht

es sein Wesen aus, wenn er Kämpfen und Streiten nachzieht, die Fürsten
verfeindet und dem Frieden zu wehren sucht; wenn er sich rühmt, auch
jetzt wieder bei dem Heere gewesen zu sein, das hieher Kriegsfahnen erhob, um den Sper zu färben, oder wenn er dem Thor vorwirft, daß er
wohl Macht habe, aber nicht Muth, daß nur die Knechte, die das Feld
bestellen, sein Antheil wären, während zu Odhin die Fürsten kämen, die
im Kampfe fallen, wornach er auch auf Thors Frage, wie er zu den Hohnreden komme, antwortet, er lerne sie von den alten Leuten, die in den
Wäldern wohnen, womit er, wie wir aus Thors Entgegnung sehen, die
Erschlagenen meint, denen da Grabmäler errichtet sind. Löning bemerkt
mit Recht, daß eine schmähliche Uebertreibung darin liege, daß Harbard
auch die freien Bauern, weil sie nicht Kampfhelden sind, zu den Knechten
rechnet.

Zu Anfang des Gesprächs hatte er zu Thor gesagt, es stehe übel bei
ihm daheim, seine Mutter werde todt sein. Str. 48 entgegnet er auf eine
Drohung Thors, Sif, sein Gemahl, habe einen Buhler daheim: an dem
solle er seine Kraft erproben. Thor scheint das erst nicht zu glauben; da
ihm aber die Ueberfahrt verweigert bleibt, bittet er, ihm wenigstens den
Weg zu zeigen, womit er den Heimweg meinen muß, denn indem Harbard
ihm diesen bis Werland beschreibt, fügt er hinzu: dort werde Fiörgyn
u. s. w. ihren Sohn treffen. Diese Runen löst Uhland mit diesen Worten:
„Thors Mutter, die Erde, in Folge von Hildolfs Kriegszug verheert und
ungebaut, liegt leblos da, und seine Gattin Sif, die letzte Ernte, ward
der fremden Gewalt zur Beute. Doch ist Jörd nicht wirklich todt, denn
auf dem Wege zur Linken, den Harbard zuletzt dem Wanderer anzeigt,
in Werland, wird Fiörgyn, einer der Namen Jörds, ihren Sohn Thor
finden und ihn der Verwandten Wege zu Odhins Lande lehren; mit Mühe
wird er bei noch obenstehender Sonne dahin gelangen. Unter diesem müh-
samen Umweg, dessen Angabe Thor für Spott zu nehmen scheint, ist dem
ganzen Zusammenhange nach eine neue Aussaat und Feldbestellung, die
doch dem Jahre noch einen Ertrag abgewinnt, zu verstehen. Dem von
Osten kommenden Thor ist der Weg zur linken Hand ein südlicher, sommer-
licher: in Frühlingssaat und Sommerfrucht muß er seinen Ausweg suchen;
Werland, wo er seine Mutter Erde noch am Leben trifft, ist das von
Menschen bewohnte, dem Anbau günstige Land; die Bahnen der Verwandten
zu Odhins Landen beziehen sich dann auf das Emporstreben der Saat in
Licht und Luft, die Gebiete der Asen, im Gegensatze zu den finstern be-
eisten Pfaden, auf denen Thor sonst mit dem Saatkorbe wandeln muß;

mit Noth kommt er noch vor untergehender Sonne an das Ziel, kaum noch gelangt die neue Aussaat vor einbrechendem Winter zur Reife."

Uebrigens scheint dieses Lied, das mehrfach auf Erzählungen anspielt, die wir nur aus der j. Edda kennen, eins der jüngsten. Auffallen muß, daß Thor, der sonst Ströme watet, hier der Ueberfahrt harrt. Auf ältern Grund deutet aber doch wieder, daß Harbard sich Str. 52 für einen Viehhirten ausgiebt. Daß vor der Unterwelt Vieh geweidet wird, ist Handb. §. 125 nachgewiesen. Vgl. Skirnisf. 11. War Odhin vielleicht in dem ältern, dem unsern zu Grunde liegenden, Liede, wie wir ihn als Todtengott kennen lernen, zugleich als Todtenschiffer gedacht, und vergliche sich mit Thor Hagen bei Gelfrats Fergen, Dietrich bei Norprecht?

8. Hymiskwida.

Thors Fischfang mit Hymir erzählten auch Skaldenlieder, von welchen uns Bruchstücke erhalten sind, unter andern Ulfs Husdrapa, die bei der Darstellung, welche die j. Edda in D. 48 von diesem Abenteuer liefert, benutzt wurde. Von unserm Liede weicht sie unter Anderm darin ab, daß weder des Kelchs, noch des Kessels und des Gastmals erwähnt wird, durch welche letztere unser Lied mit dem folgenden in Verbindung steht. Ebensowenig ist der Begleitung Thrs noch der beiden Frauen in Hymirs Behausung gedacht, von welchen die ältere Str. 7 mit ihren neunhundert Häuptern an des Teufels Großmutter in deutschen Märchen erinnert, die jüngere etwa an des Ogers Frau in Klein Däumchen. Daß sie sich der Gäste annimmt, ist hier durch ein verwandtschaftliches Verhältniß eingeleitet, indem sie als Thrs Mutter erscheint. Die j. Edda weiß nichts davon, daß Thr eine solche Mutter habe, sie nennt ihn nur Odhins Sohn; da sie aber seiner Mutter geschweigt, so besteht auch kein Widerspruch. Diese jüngere Frau wird Str. 30 Hymis Frille d. i. Kebsweib genannt; sie räth zu seinem Schaden, und da sie als golden und weißbrauig Str. 8. geschildert wird, so ist sie wohl so wenig als Gerda, obgleich es von dieser doch gesagt wird, riesiger Abkunft. Ob aber der Riese die Verwandte der Asen geraubt hat, nachdem Odhin den Thr mit ihr erzeugt, oder ob er sie als Skirnir im Frühjahr befreit hat, während der neue Winter sie wieder in die Gewalt der Forstriesen brachte, errathen wir nicht. Als Thrs Wesen giebt D. 25 die Kühnheit an, indem sie als Beweis seiner Unerschrodenheit meldet, daß Er allein es gewagt habe, die Hand in Fenrirs Rachen zu stecken. Aehnlich überträgt ihm D. 34 die Fütterung Fenrirs, weil er allein den Muth gehabt habe, zu ihm zu gehen. Uhland nimmt ihn daher als die Personification des kühnen Entschlußes: „Auf Tyrs Rath unternimmt Thor die gefahrvolle Fahrt zu Hymir, er folgt der Eingebung des verwegensten Muthes. Der Besuch der Eismeere muste selbst dem unerschrockenen Sinne der nordischen Seefahrer für das Gewagteste gelten." Dem gemäß hat ihm die Verwandtschaft Tyrs im äußersten Riesenlande den Sinn, daß der Kühne im Lande der Schrecken und Fährlichkeiten heimisch sei, und die lichte Mutter, die dem ankommenden Sohne den Trank der Stärke bringt, erscheint ihm als „die edle strebsame Heldennatur, die den kühnen Muth gebar, ihn zum Hause der Gefahren hinzieht, in demselben vertraut macht und kräftigt."

Für Hymiskwiða mag diese Deutung gelten, obwohl Tyrs Sohnschaft zu jener lichten Erdgöttin, welche unter der Allgoldenen verborgen ist, gewiß aus uralter Ueberlieferung fließt. Daß seine Mutter eine Erdgöttin war, muß an anderer Stelle erwiesen werden; aber schon Handbuch §. 43 ist dargethan, daß er den Fenrir nicht fütterte, weil er der Kühnste ist unter den Göttern, sondern weil dieser lichte Himmelsgott im Norden zuletzt nur noch für den Gott des widernatürlichen Krieges galt, der Verwandte wider Verwandte führt, und die Leichen der darin Erschlagenen den Untergang großziehen, der in Fenrir vorgestellt ist. Wenn er den Arm dem Fenrir verpfändet haben sollte D. 84, wie Odhin dem Mimir das Auge, so ist dieser Arm das Schwert, wie er selber der Schwertgott. Als solcher ist er seiner Natur nach einarmig, da das Schwert nur Eine Klinge hat, ganz wie Odhin einäugig sein muß, weil er der Himmelsgott ist und der Himmel nur ein Auge hat, die Sonne; wie aber der Widerschein der Sonne im Waßer zu der Dichtung von Odhins verpfändetem Auge Veranlaßung gab, so ist das Schwert, das dem Fenrir den Rachen sperrte, zu der andern von Tyrs dem Wolf verpfändeten Arme benutzt worden.

Tyr spielt in der Hymiskwiða nur eine Nebenrolle; gleichwohl ist in seinem Verhältniß zu der Allgoldenen, in welcher wir die Erdgöttin erkannt haben, ein für das Verständniß seines Mythus zu wichtiger Zug gerettet, als daß wir ihn in so abstracte Gedanken sich verflüchtigen laßen möchten, wie diejenigen, welche Uhland auf das Zeugniß der j. Edda von Tyrs Kühnheit gründet.

Im Uebrigen erzählt das Lied den Hergang ganz verständlich und wir können dem Leser seine Deutung selbst überlaßen. Gelingt ihm dieß nicht, so mag er sich bei Uhland Raths erholen, deßen Erläuterungen uns nur darin nicht ganz genügen, daß die nordische Färbung der Erzählung, welche den Hymir zu einem Frostriesen gemacht hat, ihn übersehen läßt, daß es

auch hier wieder wie in andern von Thor erzählten Fahrten, z. B. der
nach Geirrödsgard D. 60 und der in D. 46. 47 berichteten zu Utgardaloki,
die Unterwelt ist, zu welcher er, ein deutscher Hercules, hinabsteigt. Darum
seh ich auch einen Nachklang unseres Götterliedes in der Heldensage von
Herzog Ernst, dessen Reiseziel gleichfalls die Unterwelt ist, aus der er
den Waisen, den Hauptedelstein der deutschen Kaiserkrone, heraufholte, und
der wie Thor von Tyr, dem Schwertgott, von Wetzel begleitet ward, dessen
Name auf die Schärfe des Schwertes zu deuten ist. Vgl. Handb. d. Myth.
260 §. 85.

Wir haben noch den Zusammenhang unseres Liedes mit dem folgenden,
und demgemäß auch mit der Einkleidung von Bragaröður zu erläutern.

Der Meergott Oegir, der auch mit hier identisch ist (vgl. die Anm.
zu Hrafnag. 17), hieß, wie das folgende Lied im Eingang ausdrücklich
sagt, mit anderm Namen Gymir. Unter diesem haben wir ihn in Skirnisför
als Gerdas Vater kennen gelernt. Obgleich nach D. 37 Bergriesengeschlechts
(vgl. Str. 2) steht er mit den Asen in gastfreundlichem Verkehr. Wir sahen
oben, daß in Bragaröður Oegir die Götter besucht und von ihnen bei
Schwertlicht bewirthet wird. Wir glaubten darin eine Umkehrung der Fabel
des folgenden Liedes zu erkennen, nach welcher Oegir die Asen bei Gost-
licht bewirthet hatte. Es wird sich aber wohl so verhalten, daß nach der
ältesten Sage Oegis Besuch bei den Göttern das frühere Ereigniß war,
und in unsern Liedern der Gegenbesuch der Asen bei dem Meergott, der
sie bei Goldlicht bewirthet, dargestellt ist. In Skaldskaparmal 33 (s. o.)
heißt es nämlich, ehe von der Bewirthung der Götter erzählt wird was
wir aus dem·folgenden Liede wißen, Oegir sei in Asgard zu Gaste gewesen, bei der Heimreise aber habe er Odhin und alle Asen über drei
Monate zu sich geladen. Von diesem Besuche Oegis bei den Göttern ist
demnach die Sage verloren bis auf den Nachklang, der sich davon in Bragaröður findet, und wir wißen nicht wie sich das gastfreundliche Verhältniß
niß zwischen den Asen und dem Meergotte zuerst entspann. Ob etwa
durch Freys Vermählung mit Gymis (Oegis) Tochter Gerdha?

Unser Lied und das folgende haben nun beide den Gegenbesuch der
Asen bei dem Meergotte zum Gegenstand. Das Lied von Hymir behandelt
ihn aber selbständig und ist der Ergänzung durch·das folgende nicht bedürftig, obgleich es das Gastmal Oegis nur einleitet, und mit Herbei-
schaffung des Braukeßels, in welchem Oegir den Göttern das Bier brauen
soll, abschließt. Es setzt aber damit das folgende Lied voraus und kann
jünger sein als dieses. Zwar scheint auch wieder das folgende unseres

voraus zu setzen, indem sich Thors spätes Erscheinen in Oegis Halle, wo
doch Sif, seine Gattin, sich gleich Anfangs eingefunden hatte, am Besten
dadurch erklärt, daß er den Braukeßel herbeizuschaffen ausgesandt war.
Davon ist aber in der Einleitung nichts gesagt, es heißt da nur, Thor
sei auf der Ostfahrt gewesen. Auch in dem Liede selbst wird auf den Braukeßel nicht erst gewartet, da die Bewirthung wirklich vor sich geht.

Mit Gymir (Oegir) ist Hymir, den die j. Edda Ymir nennt, nicht
zu verwechseln, obgleich die Vermuthung, daß sie ursprünglich Eins gewesen, nicht ganz abzuweisen ist. Gymir weiß Grimm nur als epulator
zu deuten, Hymir heißt ihm der schläfrige, träge, während ihn Uhland,
von derselben Wurzel ausgehend mit Dämmerer übersetzt und auf die
Lichtarmut des hochnordischen Winters bezieht. In ihm, der an des Himmels
Ende im Osten der Eliwagar, der urweltlichen Eisströme, wohnt, bei
dessen Nahn die Gletscher bröhnen, dessen Kinnwald gefroren ist, vor dessen
Blick die Säule birst, ist ein lebensvolles Bild der nordischen Frostriesen,
ja des Frostes selber aufgestellt; die neunhunderthäuptige Mutter und die
vielgehauptete Schar, die ihm die Gäste verfolgen hilft, sind entsprechende
Nebenfiguren. Wie leicht schloß sich hier die „geschnäbelte Diet" u. s. w.
der Herzog Ernstsage an!

Der Schluß setzt die Zeit, wo die Götter bei Oegir zu Gast sein
sollen, in die Leinernte, welche in den Spätsommer fällt, wo nach Uhlands
Deutung die dauerndste Meeresstille herrscht. Drei Monate vorher war
also Oegir bei den Asen zu Gaste. Diese Zeit hat er zu deuten nicht
unternommen. Sie würde in das Frühjahr fallen, wo die See am Un-
ruhigsten und die Schifffahrt am Gefährlichsten ist. Da er nun Oegir für
das schiffbare Meer nimmt und den Braukeßel, der aus des winterlichen
Hymirs Verschluße befreit werden muste, für die geöffnete See, so würde
dieß zu seiner Auslegung unserer Lieder stimmen.

Zu den einzelnen Strophen mögen wenige Bemerkungen ausreichen.
Str. 1 werden zweierlei Arten die Zukunft zu erforschen genannt:
die Götter warfen Zweige und besahen das Opferblut. Die letzte Art bedarf kaum einer Erklärung, die andere scheint auch unsern Vorfahren bekannt gewesen zu sein, denn ohne Zweifel ist es dieselbe, deren Tacitus in
der Germ. Cap. 10 gedenkt. Den in Stäbe zerschnittenen Zweigen waren
Zeichen (Runen) eingeritzt, und aus den Runen, welche den drei aufgehobenen
Stäben eingeritzt waren, konnte der Priester weißagen, weil die Namen
dieser Runen ihm drei Begriffe zuführten. Vgl. Handb. §. 75 und 138.

2. Der Felswohner ist nicht Hymir, wie Gr. Myth. 495 durch Ver-

sehen annimmt, sondern der Meergott Oegir (Hymir), der auch nach D. 37 Bergriesengeschlechts ist. Die Behaglichkeit, die in der Riesennatur liegt, drückt das „froh wie ein Kind" gut aus, während der Zusatz „doch ähnlich eher" 2c. schon auf die Tücke vorbereitet, womit er in der folgenden Str. auf Rache an den Göttern sinnt.

3. Dem Abenteurer, zu dem hier Oegir den Thor auffordert, glaubt er ihn nicht gewachsen. Oft kehrt in Sagen und Märchen der Zug wieder, daß Helden und Dümmlinge von Böswilligen in Gefahren geschickt werden, in welchen sie ihren Untergang finden sollen, die aber erst recht zu ihrer Verherlichung gereichen.

5. Hundweise heißt hundertfach weise, hund verstärkt auch in andern Zusammensetzungen die Bedeutung. Vater meint hier wohl nur Stiefvater.

11. Der Name Weor, welchen Thor in diesem Liede zu führen pflegt, wird Wöl. auf Midgard bezogen; wir haben ihn dort mit Weiher, d. i. Heiligender übersetzt, der von Uhland 28 und Grimm 171 angenommenen Deutung gemäß. Hier aber ist er so wenig als Hlorridi St. 5 (vgl. Gr. 152.) der Uebertragung fähig. Als Werkzeug jener Heiligung sehen wir in Thrymskwida und D. 44. 49. den Hammer Miölnir gebraucht.

31. Hüne für Riese ist in den nordischen Quellen nicht gebräuchlich. Wenn hier der Stabreim dazu verführte, so mag zur Beschönigung dienen, daß Grimm bei Hymir daran dachte, unser Hüne von einem jenem nordischen Namen entsprechenden alth. hiumi abzuleiten.

34. Von dem etwas erhöhten Golf (Vorsaal) steigt Thor in die Halle hinab, um sich den Keßel leichter aufs Haupt stellen zu können. Lüning.

37. 38. Was hier von einem der Böcke Thors erzählt wird, dem der Fuß lahmte, wofür Thor zur Sühne zwei Kinder des Riesen empfing, kehrt in anderm Zusammenhang D. 44 wieder. Der Beschädiger ist aber dort ein Bauer und seine beiden Kinder, die er zur Buße gab, sind Thialfi und dessen Schwester Röskwa, die seitdem in Thors Gefolge blieben. Dem Verfaßer des Liedes scheint es nach dem Anfang von Str. 38 nicht unbewußt, daß er hier ein auch sonst in anderer Anknüpfung bekanntes Ereigniß berühre. Selbst die Einführung Lokis, der hier nicht, wohl aber bei dem Abenteuer in D. 44 zugegen war, kann darauf deuten, daß ihm dieses im Sinne lag. Vgl. Uhland 33. Handb. §. 80.

9. Oegisdrecka.

Dieses Lied führt auch die Namen Lokasenna und Lokaglepsa, Lokis Zank und Lokis Zähnefletschen, ja vielleicht gehört die Ueberschrift Oegis-

dreffa, Oegirs Trinkgelag, nur zu der vorausgeschickten prosaischen Einleitung. Den Hauptgegenstand bilden allerdings Lokis Schmähreden gegen
die Götter und die Strafe, welche er dafür nach dem Schlußwort empfängt.
In welchem Verhältnisse es zu dem vorhergehenden Liede und zu Bragarödur, einem Abschnitt der jüngern Edda, steht, ist so eben entwickelt
worden.

Von der Einleitung des Liedes, mit der Skaldst. c. 33 zu vergleichen
ist, hat schon Uhland bemerkt, daß sie eine von dem Inhalt des Liedes
verschiedene Darstellung des Mythus zu benutzen scheine, indem die Erzählung, wie Fimafeng von Loki erschlagen und letzterer dann von den Asen
verfolgt wird, nicht zu dem Anfang des Liedes paßt, woselbst Loki, ohne
irgend einen Bezug auf jenen Vorgang, neu hinzu kommt. Statt Fima-
fengr lese ich mit Grimm G. D. Spr. 767 Funafengr (Feuerfänger), wie
Eldir, der Name des andern Dieners Oegis, den Zünder bedeutet. Beide
Namen scheinen auf das Goldlicht zu gehen, bei dem Oegir seine Gäste
bewirthet. Ueber die in der Einleitung benutzte abweichende Gestalt des
Mythus vermuthet nun Grimm a. a. O., daß Loki darum mit Oegis
Dienern in Streit gerathen, weil er der neue Gott des Feuers sei, der
Meergott Oegir aber, wie das Goldlicht und jene Namen verriethen, einst
auch Feuergott gewesen sei. Vgl. jedoch Handb. §. 122.

Eins deutet doch vielleicht dahin, daß noch in unserm Liede selbst Funa-
fengs Ermordung vorausgesetzt sei. Unter den Personen dieses kleinen
Dramas treten nämlich auch Beyggwir und sein Weib Beyla auf, welche
die Einleitung als Freyrs Dienstleute bezeichnet. Was diese sonst völlig
unbekannten Wesen, von Uhland ihrem von Biegen abgeleiteten Namen
gemäß als milde Sommerlüfte gedeutet, hier sollen, ist nicht leicht einzusehen. Beyggwir giebt Str. 45 an, er sei behülflich, daß die Gäste in Aegis
Halle Ael trinken könnten, und so sehen wir auch Beyla Str. 53, wenn
nicht, wie wir angenommen haben, Sif zu lesen ist, dem Loki schenken.
Die Vermuthung läge nun nahe, daß die Bewirthung der Gäste von diesen
beiden übernommen worden sei, nachdem Funafeng, auf den Oegir gezählt
hatte, von Loki erschlagen worden war. Die ersten Worte der Einleitung
sagen uns, daß Oegir mit anderm Namen Gymir hieß, Gymis Tochter
(Str. 42) war aber nach D. 37 Gerdha, Freys Gemahlin, und so konnte
dieser mit seinem Gefolge als zu Oegis Hause gehörig angesehen werden.

Die prosaische Schlußerzählung enthält Lokis auch sonst (D. 50), Wölusp. 38) bekannte Bestrafung, die aber mit seinen Schmähungen gegen die
Götter willkürlich in Verbindung gesetzt ist.

Ueber Werth und Charakter unseres Liedes sind sehr verschiedene Urtheile gefällt worden. Einige haben es für ein Spottlied voll lucianischen Witzes, wohl gar für das eines Christen auf die heidnischen Götter gehalten. Dagegen findet Köppen, der es für ein echt heidnisches Lied erklärt, seinen Grundton tief tragisch. Jene furchtbare Zerrißenheit, welche dem Untergang vorhergeht, habe sich der Götter bemeistert und diese werde unnachahmlich schön geschildert, so daß man nicht umhin könne, das Gedicht für eins der tiefsinnigsten und best ausgeführten zu erklären. Die Wahrheit liegt wohl auch dießmal in der Mitte. Von einem tieftragischen Grundtone des Liedes kann man wohl so wenig als von seinem großen Tiefsinn sprechen, eher noch von einer schon ziemlich leichtfertigen Reflexion über die Götter, die nicht mehr die beste Zeit verräth. Der Untergang der Asen, den auch dieß Lied behandelt, lag zwar schon früh in dem Gefühl der Nordbewohner, und die Ahnung, daß sie an ihrer eigenen Schuld zu Grunde gehen, spricht bereits die Wöluspa aus; unser Lied sucht aber die Schuld an den einzelnen Göttern nachzuweisen, wobei es viel klügelnden Scharfsinn aufbietet, und wo dieser nicht ausreicht, sogar zu absichtlichen Erdichtungen und Entstellungen greift, weshalb es der Mythologe nur mit Vorsicht benutzen sollte. Indem es dem Loki diese Anklagen der Götter in den Mund legt, und ihn so zum Feinde, zum bösen Gewißen der Götter macht, faßt es dessen Wesen schon in einem ziemlich modernen Sinne auf, von dem z. B. Thrymskwida noch nichts weiß.

Absichtliche Erdichtungen und Entstellungen finden wir in dem Vorwurf der Buhlerei, welchen Loki der Reihe nach fast gegen alle Göttinnen richtet. Was zunächst Idun (Str. 17) betrifft, so ist von ihr nicht bekannt, daß sie den Mörder ihres Bruders umarmt habe. Von Gerda freilich, mit der sie sich, wie wir bei Skirnisför angedeutet haben, zu berühren scheint, kann dieß gesagt werden, da Freyr ihren Bruder Beli erschlagen hatte. Da aber beide Wesen sonst in diesem Gedicht auseinander gehalten sind, indem Idun als Bragis Gattin erscheint, und Gerda Str. 42 als Freys Gemahlin, so war der Dichter zu solcher Identification nicht berechtigt, und es ist ein Nothbehelf, wenn er sich dieses sonst gebräuchlichen Mittels hier bedient. Gefion wird D. 36 als jungfräulich gedacht, was freilich mit D. 1 nicht zum Besten stimmt. Was ihr aber Str. 20 Schuld gegeben wird, scheint wieder auf einer absichtlichen Verwechselung, und zwar mit Freyja zu beruhen, die sich für das Kleinod Brisingamen den Zwergen Preis gab, vgl. Sn. 354—357 und Gr. Myth. 283. Nun führt zwar Freyja nach D. 35 auch den Namen Gefn, der dem Gefious verwandt sein mag; aber

diese barum mit Freyja zusammenzuwerfen, während sie boch wieber neben
ihr erscheint, heißt die Willkür übertreiben. Was der Frigg vorgeworfen
wird, daß sie außer Odhin auch seine Brüder Wili und We umarmt habe,
geht von der Identität der drei Brüder aus und ist mindestens Sophistik.
Was Ynglingasaga c. 3 Bestätigendes meldet, kann hier entlehnt sein.
Freyjas Unschuld wollen wir nach dem Obigen nicht in Schutz nehmen,
obgleich die Bezichtigung weit geht, und der Gattin Thrs Str. 40, die
völlig unbekannt ist, werden wir uns nicht zum Anwalt aufwerfen; der
Gunst Skadis, deren Gegner er Skaldst. 16 heißt, rühmt sich aber Loki
mit keinem andern Schein als daß dazu bei Iduns Befreiung (D. 56)
Gelegenheit gewesen wäre. Mit mehr Grund mag er sich Sifs (Str. 54)
rühmen, welcher er nach D. 61 das Haar abgeschoren hat, obgleich wir
auch hier nur Anlaß haben, den Scharfsinn des Dichters zu bewundern.
Die gegen Beyla geschleuderte Lästerung endlich mag gleichfalls nur für
diesen zeugen, wenn Uhland Recht hat, sie und Beyggwir für milde Sommerlüfte zu halten, von deren buhlerischem Spiel auch unsere Dichter reden.
Uebrigens macht die sechsmalige Wiederholung desselben Vorwurfs der Erfindungsgabe des Verfaßers keine große Ehre, und so deutet es auch auf
seine Armut, daß von Gefion (Str. 21) und von Frigg (Str. 29) fast das
Gleiche gerühmt wird. Zwar will Weinhold (Zeitschr. VII, 10) Lokis Buhlerei mit den Göttinnen daraus erklären, daß er einst als Ehegott gegolten,
was die jüngere Zeit, die den symbolischen Ausdruck einfacher Verhältnisse
nicht mehr verstand, grob entstellt habe; aber dieß paßt nur auf diejenigen
Göttinnen, deren Gunst Loki selber genoßen zu haben vorgiebt.

Diese allgemeinen Bemerkungen über unser Lied haben der Erläuterung
einzelner Strophen schon das Meiste vorweggenommen. Was übrig bleibt,
beschränkt sich auf Folgendes:

9. In den ältern Mythen erscheint Loki als Odhins Gefährte, wo
nicht Bruder, und die Dreiheit Odhin Hönir Loki gleicht der in Str. 26
erwähnten: Odhin (Widrir) Wili We. Die jüngste Form derselben Trias,
Har, Jafnhar und Thridi, kennen wir aus Gylfaginning; aber die Namen
finden sich unter denen Odhins schon in Grimnismal 46. 49.

11. Daß Loki dem Bragi so feindlich gesinnt ist, daß er ihn allein
in seinem Heilspruch ausnimmt, erklärt sich genügend daraus, daß ihm
Bragi Str. 8 Sitz und Stelle beim Mal verweigert hat, die Odhin ihm
auf sein Anrufen Str. 10 gewährt. Dafür bietet ihm Bragi Str. 12
Schwert, Roß und Ring zur Buße. Bragis auffallendes Hervortreten in
unserm Liede, demzufolge er auch in der sich anschließenden Einkleidung des

Abschnittes der jüngern Edda, der nach ihm Bragarödur genannt ist, dem
Oegir zur Seite sitzt, würde sich vielleicht aufklären, wenn wir die ältere
Sage von Oegis Bewirthung bei den Asen, wovon sich in jenem Abschnitt
nur ein Nachklang zeigt (s. o. die Erläuterungen zur Hymiskw.), noch
kennten. Grimm (Myth. 216) möchte irgend ein näheres Verhältniß zwischen
Bragi und Oegir annehmen. Nahe liegt die Vermuthung, daß dieß durch
die Identität Iduns und Gerdas, von der unser Dichter Str. 17 auszugehen scheint, begründet sein könne.

23. Der Vorwurf, den hier Loki von Odhin hinnehmen muß, scheint
Str. 33 von Niördr wiederholt zu werden. Weinhold (Zeitschrift VII, 11)
schließt daraus, daß Loki in der ältesten Zeit als Gottheit der Schöpfung
und Fruchtbarkeit galt.

24. Was hier von Odhins Zaubereien gesagt wird, vgl. man mit dem
was er im Harbardsliede selber von sich rühmt. Aehnliche Berichte mögen
den Saxo Gram. verleitet haben, ihn nur als betrügerischen Zauberkünstler
aufzufaßen.

32. Vor ihrer Aufnahme unter die Asen könnte Freyja dem Freyr
vermählt gewesen sein, wie Niördhr der Nerthus, welche Str. 36 unter
der Schwester Niördhrs zu meinen scheint, mit welcher er den Sohn erzeugt habe.

36. Ynglingasaga c. 4 meldet, als Niördr noch bei den Wanen war,
hab er seine Schwester zur Frau gehabt; aber bei den Asen sei es verboten
gewesen, so nah in die Verwandtschaft zu heiraten. Ob freilich Niörds
Schwester und erste Frau, denn bei den Asen nahm er Skadi, Thiassis
Tochter, jene Nerthus war, die wir allein aus Tacitus kennen, läßt sich
nur vermuthen.

38. Vgl. Liebrecht G. G. A. 1865. St. 12 S. 453.

43. Das bekannte Königsgeschlecht der Ynglinge, von dem die Ynglingasaga meldet, wird von Frey abgeleitet. Ob aber die Verbindung,
welche Freys Name mit dem des göttlichen Helden Ingo schon früh ein-
ging, nicht noch einen tiefern mythischen oder geschichtlichen Zusammenhang
habe, ist Gr. Myth. 192. 320 ff. in Betracht gezogen.

53. Diese Strophe der Beyla in den Mund zu legen, und demgemäß
auch ihren Namen in den einleitenden Worten mit dem Sif zu vertauschen,
verführte das ihr als der Gattin Beyggwis nach Str. 45 zugetraute Schenk-
amt und die Nachbarschaft der ihr wirklich gehörenden Str. 45. Aber auch
Widar schenkt Str. 10 dem Loki, und Beyggwir hat wohl nur an der
Stelle des erschlagenen Funafeng für Mal und Beleuchtung zu sorgen.

Eines Schenkamts bedarf es nicht: die Einleitung sagt, der Meth habe sich selber aufgetragen: geschenkt wird daher nur dem Loki und nur von den Gästen selbst, da ihm der Wirth, dem er den Diener erschlagen hat, keinen Trunk gönnt, und darum wohl auch Bragi, der mit Oegir nahe befreundet ist, Sitz und Stelle verweigert. Daß aber Sif hier spricht, geht aus Lokis Entgegnung hervor, der auch den Hlorridi zum Hahnrei gemacht zu haben versichert, was gar nicht hieher gehörte, wenn er mit Beyla spräche. Ueber-dieß würde Sif in der Einleitung nicht unter den Anwesenden aufgeführt sein, wenn ihr im Liede selbst keine Rolle zugetheilt wäre.

Der mythische Inhalt dieses Liedes findet sich in dem Märchen von Meister Pfriem wieder wie es W. Grimm K. H. M. III. 250 erzählt, vgl. Kellers altd. Erz. S. 97 ff. und Mein Märchen Der Müller im Himmel in Westermanns Monatsheften 1858. S. 388 und Meinen deutschen Märchen Nr. 3. Am nächsten verwandt ist Bürgers Frau Schnips.

10. Thrymskwida.

Von allen Eddaliedern kommt dieses der reinen Schönheit am Nächsten, auch hat keins so tief im Volke Wurzel geschlagen. Noch in den heutigen nordischen Mundarten, schwedisch, dänisch und norwegisch lebt ein später Nachklang davon in gereimten Volksliedern fort, „welche sich zu jenem eddischen verhalten wie das Volkslied von Hildebrand und Alebrant zu der alten Dichtung. Auch in Deutschland, wo es öfter als irgend ein anderes und zum Theil schon ziemlich befriedigend übertragen worden ist, hat es einige Berühmtheit erworben. An diesem Erfolge mag außer großen poe-tischen Vorzügen auch seine Leichtverständlichkeit Antheil haben, obgleich ein Punct in demselben, zum Nachtheil des Eindrucks, bisher unaufgehellt ge-blieben war, der nämlich, welche Bewandtniß es mit dem Brautgut habe, das die Riesin Str. 32 in Anspruch nimmt. Der Wortlaut des Originals ergiebt nicht sogleich für Wen und von Wem, noch mit welchem Rechte sie es fordert. Selbst Grimm schien darüber nicht ins Klare gekommen, als er Rechtsalterth. S. 429 fragte: Was für ein brûdfé ist es, das die Riesin Säm. Edda 74 fordert? und mit welchem Rechte verlangt sie es? Aus dem Zusammenhang schöpfen wir die Antwort darauf, daß es nicht nach dem Recht, sondern nach der Sitte und für Niemand anders als für die Riesin selbst gefordert wird. Man darf dabei weder an die Morgengabe noch an ein anderes Rechtsinstitut denken; aber noch jetzt ist es Gebrauch, daß jed-weder der Brautleute die Verwandten des andern beschenkt, um sich bei ihnen beliebt zu machen. Ein solches Geschenk heißt am Niederrhein ein

„Bruchſtück," was nach dem Volksdialekt eher Brauchſtück als Braut-
ſtück bedeuten kann. Hier iſt nichts Anderes gemeint, was ſchon daraus
hervorgeht, daß die Rieſin ihre Gunſt und Liebe für die erbetenen Ringe
verheißt, und ſtatt derſelben zuletzt Schläge und Hammerhiebe empfängt.
Handelte es ſich um einen Rechtsgebrauch, ſo würde demſelben wohl vor
der Hammerweihe, die Str. 32 eingeleitet wird, genügt worden ſein.

Daß mit dem Hammer die Braut geweiht und die Eheleute zuſammen-
gegeben werden ſollen iſt im Original durch Wiederholung des Wortes
„weihen" in der vorletzten Zeile noch deutlicher ausgedrückt als es die
Ueberſetzung vermochte. Auch zur Leichenweihe bedient ſich Thor D. 49
ſeines Hammers und D. 44 weiht er die Bocksfelle mit ihm und belebt die
darauf liegenden Gebeine ſeiner Böcke. Durch ſeinen Hammer, welcher
den Blitzſtral bedeutet, heiligt Thor auch die Erde und heißt darum Mid-
garðs Weor (Weiher), auch Weor ſchlechtweg, wie wir ſchon oben bemerkt
haben. Im altdeutſchen Recht, bemerkt Grimm, heiligt Hammerwurf den
Erwerb.

Wenn Thrym Thors entwendeten Hammer acht Raſten tief unter der
Erde verborgen hatte (Str. 8), ſo ſtellt dieß Grimm mit dem Volksglauben
zuſammen, daß der Donnerkeil tief in die Erde fahre und ſieben oder neun
Jahre brauche um wieder an die Oberfläche zu rücken: „er ſteigt gleichſam
jedes Jahr eine Meile aufwärts." Damit ſteht es nicht im Widerſpruch,
wenn Thrym Str. 30 den Hammer ſofort wieder herbeizuſchaffen weiß,
denn auch dem Thor kehrt der Hammer nach D. 61 ſobald er will in die
Hand zurück, und Thrymr ſelbſt, deſſen Name von thrums (tonitra) abgeleitet wird, iſt urſprünglich mit Thor identiſch und ein älterer Naturgott,
in deſſen Händen vor Ankunft der Aſen der Donner geweſen war. Grimm
Myth. 165. M. Handb. S. 57, §. 28.

Wegen der mythiſchen Bedeutung unſeres Liedes verweiſe ich auf Uhland 98 ff. und K. Weinhold, Zeitſchrift VII, 22.

11. Alwiſsmal.

Schon in der Einleitung haben wir dieß Lied als eine ſchwache Nachahmung von Wafthrudnismal bezeichnet. Die Aehnlichkeit tritt zuerſt in
dem Namen des Zwerges Alwis (des allkundigen) zu Tage, da Wafthrudnir
der allkluge (alswidhr) Rieſe hieß; noch mehr liegt ſie aber in dem Verhältniß der Einkleidung zu dem Inhalt, der in beiden Liedern in den
gleichen Rahmen gefaßt iſt, nur daß in Alwiſsmal die Einkleidung faſt
allein anzieht, während in Wafthrudnismal Inhalt und Rahmen gleich

großartig sind. War dort ein Wettgespräch Odhins mit dem Riesen, bei
dem das Haupt zur Wette stand, zur Form der Belehrung über die höchsten
mythologischen Dinge benutzt, so giebt hier ein Fragespiel Thors mit dem
Zwerg, bei dem es um eine Braut gilt, Veranlaßung, eine Reihe poetischer Synonyme vorzuführen, die für uns kaum mehr Werth haben als
die Heiti (S. Einl.) der Skalda, zu welchem dieß Lied als ein Uebergang
betrachtet werden darf. Beide Einkleidungen beruhen also auf dem uralten
mythischen Gebrauch der Räthselfragen, bei welchen das Haupt des Ver-
lierenden zu Pfande zu stehen pflegt, wonach in Vafthrudnismal der Riese
unterliegt; in Alwismal, wo von keiner Strafe die Rede ist, der Zwerg
eigentlich siegen und den verheißenen Lohn, die Braut, davontragen müßte.
Um diesen wird er aber durch eine List gebracht, die wir als einen Vorzug
des Rahmens unseres Liedes vor dem von Vafthrudnismal ansehen müßten,
wenn nicht auch dort der Sieg gewissermaßen durch eine List entschieden
würde, indem Odhin eine Frage vorlegt, die ihrer Natur nach Niemand
als er selbst beantworten konnte.

Betrachten wir nun zunächst den Rahmen unseres Liedes, so kann die
Tochter Thors nur jene Thrud sein, die wir aus Skaldskap. C. 4. 21 als
Thors mit Sif erzeugte Tochter kennen. Sif läßt sich ihrer von den unter-
irdischen Zwergen gewirkten goldenen Haare wegen mit gleicher Sicherheit
auf das Getreidefeld deuten als Thors Hammer auf den Donnerkeil, und
da wir im Harbardslied Thors Bezug auf die Feldbestellung kennen gelernt haben, so kann die Tochter solcher Eltern nicht weit vom Stamme
gefallen sein. Doch gehen wir auf ihre mythische Deutung nur darum ein,
weil ohne sie die Verlobung eines uns als so schön geschilderten Mädchens
an den bleichnasigen Zwerg immer befremdend bliebe. Nachdem Uhland
den Namen Thruds auf das nährende stärkende Erdmark, auf die im Korn
liegende Nährkraft bezogen und demgemäß auch Thors Gebiet Thrudheim oder
Thrudwang als das fruchtbare, nährkräftige Bauland erklärt hat, deutet er
den Mythus des Rahmens in folgender uns sehr glücklich scheinender Weise:

„Der Gott verweigert und entrafft seine Tochter dem Zwerge, dem sie
in seiner Abwesenheit verlobt worden. Daß diese Tochter jung, schönglän-
zend u. s. w. genannt wird, paßt ganz auf das neugewachsene und neues
Leben beginnende, goldfarbige, weißmehlige Saatkorn. Der Zwerg ist sehr
bestimmt als Unterirdischer, als lichtscheuer, unheimlicher Erdgeist gezeich-
net, er haust unter Erd und Stein, er ist Thursen ähnlich, bleich ist er
um die Nase als hätt er die Nacht bei Leichen zugebracht, die ja auch in
der dunkeln Erde liegen und zur Nachtzeit herauskommen (Strphn. 25). Ist

ihm Thors junge Tochter anverlobt, das ausgestreute Saatkorn scheint dem
finstern Erdgrunde verhaftet zu sein; aber Wingthor kommt heran und hebt
dieses Verlöbniß auf, die Saat wird mit dem rückkehrenden Sommer wieder
an das Licht gezogen."

Die List, deren sich Thor gegen den Zwerg bedient, ihn durch Fragen
aufzuhalten bis er vom Tageslicht überrascht zu Stein erstarrt, knüpft sich
an einen bekannten, in vielen Sagen benutzten Volksglauben, von dem
in unsern Eddaliedern noch ein Andermal ein ähnlicher Gebrauch gemacht
wird, nämlich in der Helgakwida Hiörwardssonar, wo Atli die Riesin Hrimgerd
im nächtlichen Wortstreite säumt bis die aufgehende Sonne sie in ein
Steinbild verwandelt. Anspielungen darauf finden sich in unserm Liede
selbst, Str. 17 und Hrafnag. 24.

Nach dieser Erwägung der Einkleidung unseres Liedes kommen wir
auf dessen eigentlichen Inhalt, der darauf ausgeht, nicht nur die Sprache
der Götter und Menschen, sondern überdieß noch anderer Wesen nordischen
Glaubens als Wanen, Alfen, Riesen, Zwerge u. s. w. zu vergleichen und
die in den verschiedenen Welten für die gangbarsten Vorstellungen üblichen
Ausdrücke nebeneinander zu stellen. Diese Ausdrücke sind aber nicht, wie
man wohl geglaubt hat, zum Theil aus fremden Sprachen hergenommen,
sondern neben die gewöhnlichen Namen der Dinge sehen wir deren Synonymen und dichterische Benennungen gestellt, die, aus der nordischen Sprache
selbst geschöpft, sich gewöhnlich nicht einmal auf abweichende Mundarten
derselben beziehen und nur nach Maßgabe der Alliteration auf die Bewohner der angenommenen Himmelswelten vertheilen, obgleich es nicht an
aller Berücksichtigung des Charakters dieser verschiedenen Wesen gebricht.
Dabei ist es Grimm auffallend, daß zwar Götter und Asen für gleichbedeutend genommen, dagegen Götter und höhere Wesen (Ginregin) geschieden werden (Myth. 308), wie auch Alfen, Zwerge und Bewohner der
Unterwelt gesondert stehen (Myth. 412). Allein dieß ist nicht ganz genau,
Str. 17 werden Götter und Asensöhne unterschieden und nur so lassen sich
neunerlei Classen redender Wesen herausbringen, nämlich: 1. Menschen.
2. Götter. 3. Asen. 4. Höhere Mächte, Ginregin und Uppregin. 5. Wanen.
6. Riesen. 7. Alfen. 8. Zwerge. 9. Bewohner der Unterwelt. Freilich ist
die Unterscheidung von Göttern und Asen sinnlos; es fragt sich aber, ob
beide von Ginregin mit beßerm Grunde gesondert stehen und ob die Unterscheidung von Zwergen und Alfen, die freilich öfter wiederkehrt, nicht gleichfalls nur ein Nothbehelf sei. Petersen hält Upregin für eine andere Bezeichnung der Zwerge, Ginregin für eine andere Bezeichnung der Wanen.

Ueberraschend bleibt immer, daß griechischer und deutscher Glaube darin übereinstimmen, einen Unterschied göttlicher und menschlicher Sprache anzunehmen, wovon bei keinem andern Volke ein Beispiel nachzuweisen ist.

Wenn es aber einem glaubensvollen Volke natürlich scheint, von mehrern der Sprache zu Gebote stehenden Namen der Dinge den ältesten und würdigsten den Göttern beizulegen, so hat die Annahme einer besondern Sprache für jede Classe mythischer Wesen schon etwas Gezwungenes, das wir nur der Willkür des Dichters, nicht mehr dem einfachen Volksglauben zuschreiben mögen. Was dazu verleiten konnte, ist die Annahme der neun Himmelswelten, in welchen der Zwerg Str. 9 wie Wafthrudnir Str. 43 bewandert zu sein vorgiebt. Bei der Durchführung im Einzelnen muste aber der Dichter zu Nothbehelfen wie die schon gerügten greifen; und doch konnte er schon des zu kurzen Maßes wegen nicht alle neun Welten zugleich berücksichtigen, und auch für diejenigen, welche darin Raum fanden, reichen theils die vorhandenen Synonymen nicht immer aus, theils konnte es bei der Vertheilung an dieselben nicht ohne Willkür zugehen. Aus gleichem Grunde muß auch der Uebersetzer bei diesem Liede noch mehr als bei allen andern die Nachsicht des Lesers in Anspruch nehmen. Die Schwierigkeit, die mannigfaltigen Ausdrücke für einen und denselben Gegenstand innerhalb der Schranken der Alliteration passend wiederzugeben, hat schon Köppen S. 61 anerkannt.

Es folgen noch einige Bemerkungen zu einzelnen Strophen:

3. heißt Thor der Wagenlenker wegen seines Bockgespanns. „Zwar haben auch andere Götter," bemerkt Gr. Myth. 151, „ihren Wagen, namentlich Odhin und Freyr; allein Thor ist im eigentlichen Sinn der fahrend gedachte: niemals kommt er gleich Odhin reitend vor, noch wird ihm ein Pferd beigelegt, er fährt entweder oder geht zu Fuß."

5. Alwis stellt sich als wiße er nicht mit Wem er spricht, ja er bezweifelt ausdrücklich, daß es Thor der Gott der Donnerkeile sei, und so sieht sich dieser in der folgenden Zeile genöthigt, sich zu nennen. Der Dichter, der nicht wie wir Neuere für Lesende schrieb, sondern eine dramatische Darstellung im Auge hatte, muste es hier wie in Wafthrudismal und Fiölswinnsmal herbeizuführen suchen, daß der Zuschauer die auftretenden Personen kennen lernte. Haben wir auch keine äußern Zeugnisse für die Aufführung unserer dialogisierten Lieder, so zeugt ihre innere Form, man betrachte z. B. Oegisdrecka, desto stärker dafür.

6. Die eigentliche Bedeutung des Namens Wingthor, den der Gott in diesem Liede ausschließlich, wie schon neben andern in dem vorigen,

führt, ist keineswegs ausgemacht; gewöhnlich wird es für Schwingthor, der beflügelte Donnerstral, genommen. Sidgrani ist ein Beiname Odhins in Bezug auf sein dichtes Barthaar.

17, 3. 3. Dwalins-leika haben wir hier und Hrafnag. 24. gleichmäßig übertragen und soeben wie oben zu jener Stelle erklärt. Wörtlich heißt es Dwalins Spiel, oder Gespiel, wie auch Idun Skaldsl. 22 der Asen Gespiel heißt, was auch andere Deutungen möglich macht, wegen deren wir auf Lex. myth. 321 verweisen.

19. Diese Str. hat Gr. Myth. 308 ausführlich besprochen.

12. Skirnisför.

Den ersten, kosmogonischen und theogonischen Liedern ließen wir früher Skirnisför folgen, und allerdings gab es Gründe für eine solche Stellung. Daß sein Inhalt in mehrern der folgenden Lieder schon als bekannt vorausgesetzt ward, will ich nicht geltend machen, da es seinerseits auch wieder auf folgende Lieder anspielt; aber in der Reihe der Begebenheiten, welche den Untergang der Götter herbeiführen, nimmt die hier erzählte eine der ersten Stellen ein. Auch steht Freyr, obgleich kein Sohn Odhins, und überhaupt nach unsern Quellen nicht vom Geschlecht der Asen, sondern nur durch Vertrag mit den Wanen, welchen er eigentlich angehört, in ihren Kreiß aufgenommen, nach abweichenden Genealogieen, über welche Gr. Myth. 197—200 Auskunft giebt, mit Odhin in Verbindung. Ja was wir hier von Freyr berichtet sehen, kann ursprünglich von Odhin selbst geglaubt worden sein, da Skaldsl. 19 Frigg als Gerdas Nebenbuhlerin bezeichnet wird, was sich nur erklärt, wenn wir Odhin an Freyrs Stelle für Gerdas Befreier und Gemahl nehmen. Gleichwohl haben wir jetzt den von Odhin sprechenden Liedern die von Thor folgen laßen, worauf dann in Skirnisför und seiner Sippe die auf Freyr bezüglichen sich anschließen.

Für den Mythus, der unserm Liede zu Grunde liegt, giebt es außer ihm und D. 37 keine Quelle. Beide ergänzen sich wechselseitig. Das wichtigste was hier fehlt und dort hinzugefügt wird, ist Freyrs Kampf mit Beli, von dem unser Lied ohne ihn zu nennen, doch eine Spur zeigt. Offenbar ist Gerdas Bruder, den Freyr Str. 18 getödtet haben soll, jener auch in Wölusp. 54 erwähnte Beli; nur das bleibt ungewiß ob das Lied oder die Erzählung Recht hat, wenn jenes den Kampf schon als geschehen voraussetzt, diese ihn erst nach der in Skirnisför erzählten Begebenheit sich ereignen läßt.

Die natürliche Deutung, welche von unserm Mythus Finn Magnusen

gab, nach welcher Freyr der Sonnengott, Gerda aber das Nordlicht sein
soll, verfiel in der nähern Ausdeutung der einzelnen Züge, die dafür geltend
gemacht wurden, auf Abgeschmacktheiten; was dafür angeführt werden kann,
wollen wir nicht verschweigen.

Für Freyrs Beziehung auf die Sonne, wie der Freyja auf den Mond,
giebt es in unsern Quellen kein Zeugniß, und wenn er Regen und Sonnenschein verleiht, so ist er damit noch nicht als Sonnengott bezeichnet. Indes
läßt sein Sinnbild, der goldborstige Eber, kaum eine andere Deutung zu,
und sein Verhältniß zu den Alfen, welches sich daraus ergiebt, daß er
Alfheim besitzt (vgl. Gr.-M. 5 mit der Anm.) scheint sie zu bestätigen, so
wie unsere Str. 4, wo die Alfenbestralerin die Sonne ist. Endlich mag
unser Mythus, wenn Freyr sich auf Hlidskialf setzt, wo nur Odhin sitzen
darf, dem griechischen von Phaeton zu vergleichen sein.

Bei Gerda, von deren weißen Armen Luft und Waßer widerstralen,
an den Nordschein zu denken, war man veranlaßt, da es ausdrücklich heißt,
Freyr habe sie gesehen als er nach Norden blickte.

Wenn man aber annimmt, es solle in unserm Liede ein Liebesbund
zwischen Sonne und Nordschein eingegangen werden, so würde eine solche
Dichtung nicht aller Wahrheit ermangeln, da beide an dem Lichte ein
Gemeinschaftliches haben. Auch ließen sich die ihrer Verbindung nach
Str. 7. 20 entgegenstehenden Hinderniße wohl darin nachweisen, daß es
der Ordnung der Natur widerstreitet, wenn Sonne und Nordschein zugleich am Himmel sichtbar wären. Aber die Unzulänglichkeit der ganzen
Anlegung ergiebt sich auch sofort daraus, daß diese Hinderniße ihrer Natur
nach nicht gehoben werden können, mithin die Verbindung der Liebenden
unmöglich und der Schluß des Gedichts unerklärt bliebe.

Ueberdieß geht weder Freyrs noch Gerdas Wesen in jener Deutung
vollständig auf. Freyr müßen wir, ohne seinen Bezug auf die Sonne
ganz aufzugeben, doch allgemeiner, als Gott der Fruchtbarkeit, auffaßen,
wenn wir die eilf Aepfel Str. 19 und den Ring Draupnir, von dem jede
neunte Nacht acht eben so schwere träufeln, Str. 21 (D. 49. 61) richtig
verstehen wollen. Was nun Gerda belangt, so erscheint sie uns zuerst nur
als eine Riesentochter. Ihr Vater ist Gymir, D. 37 vgl. Str. 12. 22.
24, ein Name, den nach Oegisdrecka auch der Meergott Oegir führt. Ihr
Bruder Beli kann der Brüllende heißen und auf den Sturmwind gedeutet
werden. Wenn ihn Freyr erlegt, so paßt dieß auf den milden Gott der
Fruchtbarkeit und Wärme, bei deßen Nahen die Winterstürme sich legen.
In dieser Verwandtschaft Gerdas, durch welche sie den ungebändigten Natur-

kräften angehört, die zu bekämpfen die Götter und ihr späterer Nieder-
schlag, die Helden, berufen sind, liegt das Hinderniß ihrer Verbindung
mit Freyr. Gerdas Schönheit widerspricht solcher Abkunft nicht; aber nur
gezwungen wird sie im Kreise ihrer Verwandten zurückgehalten. Dieser
Zwang ist Str. 9. 17 in der flackernden Flamme ausgedrückt, die ihren
Saal umschließt, so wie weiterhin in dem Zaun, der von wüthenden Hunden
bewacht wird. Jene Waberlohe, die in der Sigurdssage zweimal vorkommt, wie auch in dem nahe verwandten Fiölsvinnsm. 2. 5, bedeutet nach
Grimms Abhandlung über das Verbrennen der Leichen die Glut des Scheiterhaufens, der mit Dornen unterflochten ward, weshalb in dem Märchen
von Dornröschen eine undurchdringliche Dornhecke die Waberlohe vertritt.
Dieß und Str. 12 und 27 laßen vermuthen, daß es die Unterwelt ist, in
die sie gebannt erscheint, wodurch ihr Mythus mit dem von Idun, der in
dem folgenden Liede ausgeführt ist, in Beziehung tritt, zumal an diese
schon die goldenen Aepfel Str. 19 erinnern. Gerda erscheint hienach als
die im Winter unter Schnee und Eis befangene Erde, die wir aus D. 10
als eine Riesentochter kennen. (Andere nehmen Gerda wie Thors Tochter
Thrudr in Alvismal für das Saatkorn.) Im Winter in der Gewalt dä-
monischer Kräfte zurückgehalten, wird sie von der rückkehrenden Sonnenglut
befreit. Freyrs Diener Skirnir (von at skirna clarescere), der Heiterer,
erhält den Auftrag, sie aus jenem Bann zu erlösen, und dem belebenden
Einfluß des Lichts und der Sonnenwärme zurückzugeben. Ihre Verbindung mit Freyr geschieht dann in dem Haine Barri d. i. dem grünenden,
also im Frühjahr, wenn Freyr längst die brüllenden Sturmwinde bezwungen hat.

Was bedeutet es aber, wenn Freyr um in Gerdas Besitz zu gelangen,
sein Schwert hingiebt, das er beim letzten Kampfe vermissen wird? Hier
sehen wir uns doch genöthigt, Freyr als den Sonnengott zu faßen und
sein Schwert als den Sonnenstral. Er giebt es hin, um in Gerdas Besitz zu gelangen, d. h. die Sonnenglut senkt sich in die Erde um Gerdas
Erlösung aus der Haft der Frostriesen zu bewirken, die sie unter Eis und
Schnee zurückhalten und von wüthenden Hunden, schnaubenden Nordstürmen
bewachen laßen. Da dieß alljährlich geschieht, so kann der Mythus ursprünglich mit dem von dem letzten Weltkampf in keiner Verbindung gestanden haben: er bezog sich auf das gewöhnliche Sonnenjahr; auf das
große Weltenjahr ward er erst später umgedeutet und D. 37 nahm erst aus
Oegisdr. 42 dazu den Anlaß. In Skirnisför ist nirgend angedeutet, daß
sich Freyr durch die Hingabe des Schwerts für den letzten Kampf untüchtig

mache und Wöl. 54 weiß nichts davon, daß ihm das Schwert fehle. Ueber-
dieß wird das Schwert nicht an die Riesen hingegeben, sondern an Freyrs
Diener Skírnir und diesem nur leihweise, wie auch das Roß, zur Voll-
führung des Auftrags.   Da Skírnir Freyrs Diener bleibt (D. 34), so ist
es seinem Herrn unverloren. Vgl. d. Anm. zu Str. 16. Wie das Schwert
als Sonnenstral, so ist das Roß als Sonnenroß zu faßen. Nach Handb.
§. 66 haben diese Wunschdinge hier mythische Bedeutung, welche Weinhold
Riesen 15 nur den Aepfeln zugesteht, die doch nicht wesentlich sind.

Wir haben in Obigem schon so viele Einzelnheiten unseres Liedes berühren müßen, daß für die Erklärung der 42 Str. desselben fast nichts
mehr übrig bleibt.

Str. 3. Daß Freyr hier als vollwaltender Gott angeredet wird, erinnert daran, daß in den oben erwähnten Stammtafeln, welche Freyr mit
Odhin verbinden, ein Folkwalt unter seinen Ahnen aufgeführt wird. Da
nun auch Freyjas Götterhalle Gr.-M. 14 Volkwang heißt, was in der
Anm. dazu auf die Todten bezogen wird, so wird dieß Beiwort bei Freyr
einer ähnlichen Deutung unterliegen und darf auf alten Kriegsruhm dieses
friedlichen Gottes nicht gedeutet werden.

. 16. Die Strophe zeigt deutlich, daß es in der ältern Gestalt des Liedes
Freyr selbst war, der unter dem Namen Skírnir die Fahrt unternahm.
Gerda ahnt, daß ihres Bruders Mörder gekommen sei; dieß war aber nach
dem Obigen Freyr selbst. Mithin ist diese Strophe durch ein Versehen des
Ueberarbeiters aus dem ältern Liede stehen geblieben. Was hieraus für
die Sigurdsage gefolgert werden kann, werde ich unten geltend machen.
Einstweilen verweise ich auf mein Handb. §. 30.

19. Die Deutung der 11 Aepfel auf 11 Monatssonnen ist eine von
jenen gewaltsamen, die den entschiedenen Willen kund geben, in den Mythus
hineinzutragen, was man darin zu finden von vornherein mit sich einig
ist. Unsere Erklärung ist oben gegeben.

21. Ueber den Ring Draupnir giebt D. 49 hinlängliche Auskunft.
Ihn auf den Thau träufelnden Mond und deßen Phasen zu beziehen ist
nicht beßer als die eben verworfene Auslegung. Durch ihn berührt sich
Freyr mit Baldur.

25. Ueber die hier beginnenden Beschwörungen vgl. Handb. §. 29 und
Von Lilienkron und Müllenhoff Zur Runenkunde 22. 56, Homeyer über
das Germ. Looßen 1854. S. 14.

33. Der Asenfürst ist Thor, vgl. Gr. Myth. 215. Auf junge Abfaßung des Liedes schließt Weinhold (Riesen 15) aus Ring und Schwert,

welche er für ständige Theile des Mahlschatzes hält, die nach älterm Recht nicht der Braut als Geschenk, sondern dem Vater als Brautlauf hätten gegeben werden müßen. Allein das Schwert behält Skirnir für sich, und der Ring wird mit Recht der Braut gegeben; auf die Einwilligung des Vaters kommt es nicht an: ohne ihn zu fragen gelobt Gerda, sich nach neun (in der Schlußstrophe drei) Nächten im Haine Barri einzufinden. Fortgelebt hat unser Lied mehr als das nahverwandte von Fiölswinsmal in dem dänischen Swendalliede, das Gruntwick Gamle folke visar II. 239 mitgetheilt und Lüning wörtlich übersetzt hat. Vgl. Handb. d. Myth. §. 30.

13. Grôugaldr.

Wir haben dieß Lied schon in unserer Einleitung als Nachahmung von Odhins Lied über die Runen, das den letzten Theil von Hawamal bildet, bezeichnet. Selbst einer offenbaren Entlehnung hat sich der Verfaßer nicht enthalten können, wie die Vergleichung unserer zehnten Str. mit Hawam. 150 ergiebt. Auch die folgende halte man mit Hawam. 155 oder mit Str. 10 von Sigrdrifulied zusammen, aus deßen Str. 13 auch unsere Str. 14 entstanden sein kann, und man wird von der Selbständigkeit des Verfaßers, der sogar die Einkleidung aus Wegtamskwida erborgt zu haben scheint, keine große Meinung hegen. In Odhins Runenlied ist übrigens alles Ethische fern gehalten: von achtzehn Liedern, deren von Str. 147 bis 164 Erwähnung geschieht, wird nichts gesagt was nicht dahin zielte, die Macht des Runenzaubers zu erweisen; in Grôugaldr dagegen spielt das Sittliche Str. 6 und 7 mit hinein, was vielleicht eine Wirkung des mit dem Runenlied verbundenen Lodbsafnismals ist.

Aus Str. 13, wo schon von getauften Frauen die Rede ist, womit christliche gemeint sind, da es im Original heißt kristin daudh kona, können wir auf späte Entstehung dieser Nachahmung schließen. Wegen Str. 159 läßt sich von Odhins Runenlied nicht dasselbe sagen, denn die Taufe der Kinder war schon den heidnischen Nordländern bekannt.

Den Namen Groa anbelangend, so scheint ihn der Verfaßer willkürlich gewählt zu haben, da weder mit jener Groa, welche nach D. 59 Thors Stirnwunde zu heilen versuchte, noch mit der im ersten Buch des Saxo Grammaticus ein Zusammenhang obwalten kann.

Aus dem schon erwähnten Swendalliede läßt sich schließen, daß unser Gedicht ursprünglich mit dem in Skirnisför und Fiölswinnsmal behandelten Mythus in Verbindung stand eh es zu einer Nachbildung von

Odhins Runenlied wurde. Die arge Frau, die sein Vater umfing (Str. 3), ist die Stiefmutter des Helden, der Gerda oder Menglada zu befreien reitet, und von der todten Stiefmutter, die er aus dem Grabe weckt, nicht heilkräftige Sprüche sondern Roß und Schwert, das Erbe des Vaters, verlangt. Die Stiefmutter des Sonnengotts, die ihm das Schwert, den Sonnenstral, vorenthält, ist die kalte Winterzeit.

14. Fiölsvinnsmal.

Wenn wir den Ruf der Dunkelheit, in dem Hrafnag. stand, nicht bestätigt gefunden haben, so gebührt er diesem Liede eher, an dessen Erklärung sich selbst die Symboliker nicht recht getraut haben, obgleich zur Begründung ihrer Ansicht hier offenbar mehr als irgendwo zu gewinnen war. Das Ganze scheint ein einziges großes Räthsel, dem viele kleinere eingewebt sind, und wenn auch deren Lösung nicht gelingen will, so ist doch ihre mythologische, vielleicht kosmogonische Natur schon wegen der Str. 36—40 und der durchgehends allegorischen Namen nicht zu bezweifeln und wir können der Ansicht Köppens nicht beistimmen, daß dieß Lied mit Unrecht in die Reihe der mythologischen gestellt werde. Selbst Grimm erklärt Myth. 1102 Menglöd für Freyja, worauf auch ihr Name (monili laeta die schmuckfrohe) deutet, indem er auf Brisingamen, den Halsschmuck der Freyja, anzuspielen scheint.

Wenn wir aber die Dunkelheit unseres Liedes zugestehend uns nicht gerade anheischig machen die Aufhellung dieses Dunkels zu bewirken, so können wir doch nicht zugeben, daß es unverständlich sei. Dunkel sind und sollen alle Räthsel sein und bleiben bis ihre Lösung gefunden ist; aber unverständlich wird man sie nicht nennen dürfen, wenn weiter nichts zu ihrem Verständnisse gebricht als die Auflösung. So ist auch unser Lied als Räthsel verständlich, obgleich sein volles Verständniß erst gewonnen werden kann, wenn das lösende Wort sich findet. Unsere Pflicht als Erklärer kann nur die sein, das Räthsel selbst verständlich zu machen, und dieß wollen wir in Nachstehendem versuchen, da die Uebersetzung vielleicht Manches nicht klar genug herausstellte.

Swipdagr, Solbiarts, des sonnenglänzenden, Sohn kommt unter dem angenommenen Namen Windkaldr zu einer Burg, die von seiner Verlobten Menglada beherscht wird. Daß beide für einander bestimmt sind, drückt sich auch darin aus, daß wie Swipdagr Solbiarts, des sonnenglänzenden, Sohn heißt, sie selbst auch die sonnenglänzende genannt wird. In der That hat sie seine Ankunft mit Sehnsucht erwartet, und als der Wächter, der ihn vergeblich zurückgewiesen und erst nach langem Gespräch als den erwarteten Bräutigam seiner Herrin erkannt hat, ihn bei dieser anmeldet, wird er von der Geliebten, nachdem auch ihre Zweifel beseitigt sind, mit offenen Armen empfangen. Wir sehen also im Wesentlichen dasselbe Thema wiederkehren, das auch in Skirnisför behandelt wird: die Befreiung der Erdgöttin, als welche hier Freyja (Menglada) wie dort Gerda erscheint. Zwar ist nirgends ausdrücklich gesagt, daß sie sich in der Haft der Frostriesen befinde, aber ihr Sitz wird ein Riesensitz genannt und der vorgegebene Name Windkaldr, sowie die wildkalten Wege, welche ihn nach Str. 47 herbeiführen, deuten an, daß es der Winter war, der ihrer Verbindung mit Swipdagr, ihrem Verlobten (Str. 42) entgegenstand. Dagegen ist auch hier die Unterwelt und fast auf gleiche Weise wie dort, durch die Waberlohe Str. 1. 5. 31, das Gitter Str. 9, und die Hunde Str. 13, gekennzeichnet. Was dem gleichwohl entgegen zu stehen scheint, wird nicht verschwiegen werden. Swipdagrs Wiedervereinigung mit Menglada scheint demnach der eigentliche Inhalt, eingekleidet in das Gespräch zwischen dem Gast und dem Wächter, in welchem wir über die Burg und ihre Umgebung räthselhafte Auskunft erhalten. Bei einer nähern Inhaltsangabe wird sich manche Erläuterung einflechten laßen.

In den ersten Strophen sehen wir einen Fremdling einer hochgelegenen Burg nahen, die gleich jener Brynhilds oder Gerdas mit Waberlohe umschlagen ist. Ein Wächter, der sich Fiölswidr (vielwißend) nennt, weist erst den Wanderer zurück und fragt ihn, als er nicht weichen will, nach seinem Namen: dieser nennt darauf (Str. 6) diesen so wie den seines Vaters und Großvaters; aber nicht die wirklichen, wie wir nachher erfahren, sondern erfundene, die sein Wesen verhüllen und doch vielleicht andeuten sollen. Der Name Windkaldr (windkalt), den er sich selber beilegt, erinnert an Windswalr, wie nach D. 19 der Vater des Winters heißt. Warkaldr, der Name des Vaters, bedeutet Frühlingskalt, der des Großvaters Fiölkaldr erklärt sich selbst. Der Fremdling legt nun eine Reihe Fragen über die Burg und ihre Besitzerin vor, welche Fiölswidr beantwortet. Als den Namen jener lernen wir nun Str. 8 Menglada, die Tochter Swafrs, des Sohnes Thorins, kennen. Den ersten Namen haben wir schon erklärt. Die Deutung des andern hat große Bedenken. Thorin (audax) heißt Einer der Zwerge in der Wöluspa; Swafr wird vibrans übertragen, mag aber mit at svafa einschläfern, und Odhins Namen Swafnir zusammenhängen. Der Name des Gitters, dem die nächste Frage Str. 9 gilt, bedeutet Donnerschall; Solblindi, dessen drei Söhne es gemacht haben sollen, kann nur sonnen-

blind heißen. Den Namen Helblindi führt Odhin und ein Bruder Lokis,
wenn nicht beide zuſammenfallen. Solblindi wird hier nur genannt; ſeine
drei Söhne laßen an Odhin und ſeine Brüder denken. Solblindi für einen
Zwerg zu halten iſt man weil von einem Kunſtwerk die Rede ſei, nicht
genöthigt, da nach Wöluſpa 7 die Aſen ſelbſt bei der Weltſchöpfung Eſſen
erbauten und Erz ſchmiedeten. Die Gürtung, die Fiölſwidr (Odhins Beiname, Grimnism. 47) nach Str. 12 ſelbſt aus des Lehmrieſen Gliedern
erbaut hat, und die ewig ſtehen wird, heißt Gaſtropnir, was keinen paſſenden
Sinn giebt, wenn es hospites conclamans bedeuten ſoll, da vielmehr ſeine
Beſtimmung iſt, die Gäſte abzuhalten. Der Lehmrieſe, deſſen Glieder die
Gürtung bilden, heißt D. 59 Möckurkalfi und bedeutet den Erdgrund ſelbſt,
was der Annahme, daß Menglada ſich in der Unterwelt befinde, günſtig iſt.
Von den Namen der Str. 15 genannten Hunde ſtimmt einer, Geri, buch-
ſtäblich, der andere Gifr (frech) dem Wortſinne nach mit denen von Odhins
Wölfen Geri und Freki D. überein. Die eilf Wachten, die ſie abwechſelnd
Tag und Nacht wachen müßen, ſcheinen eilf Monate; da aber dann die
Burg einen Monat lang unbewacht wäre, ſo könnte es als eine beliebte
Zahl (vgl. die eilf Aepfel in Skirnisför) ſtatt 12 ſtehen. Oder wäre der
zwölfte Monat der, in welchem der Bräutigam eintrifft? Die folgenden
Strophen bis 30, die ein größeres Räthſelgeflecht bilden, faßen wir zu-
ſammen. Jene Hunde können nämlich nur kirre gemacht werden, wenn
man ihnen die Flügel Widofnis vorwirft, eines Hahns, der, wie es ſcheint,
gleichfalls zur Bewachung der Burg auf Mimameidr ſitzt. Für Widofnir
iſt vielleicht Windofnir (Windweber) zu leſen, wie nach dem vorigen Liede
Str. 13 der Himmel in der Sprache der Wanen heißen ſoll. Da nun
Mimameidr durch ſeinen Bezug auf die Fortpflanzung des menſchlichen
Geſchlechts mit der Eſche Yggdraſils zuſammenzufallen ſcheint, ſo ſind die in
Wöluſp. 34. 5 gedachten Hähne zu vergleichen, von welchen der mit dem
Goldkamm, der Fialar heißt, gleichfalls auf die Welteſche zu beziehen iſt.
Die Anwendung hat aber ihre Schwierigkeiten, da Widofnir ſchwarz (Str.
24) ſein und doch nach 23 von Golde glänzen ſoll, während Fialar hochroth
beſchrieben wird. Noch ſeltſamer iſt, was von der Ruthe Hävatein Str. 26
geſagt wird, die man haben muß, um Widofnir zu tödten. Dieſe Ruthe
kann nämlich nur von Sinmara erlangt werden, und auch von dieſer
nach Str. 30 nur, wenn man ihr die Sichel (Schwanzfeder) bringt, die
aus Widofnis Schwingen gerupft iſt. Da man aber die Schwanzfeder zu
erlangen des Hahns ſchon ſo Meiſter ſein müſte, daß man ihn allenfalls
auch gleich tödten könnte, ſo erinnert der hier angerathene Umweg ſtark an

den Rath, den man Kindern giebt, den Vögeln Salz auf den Schwanz zu streuen, damit sie sich fangen ließen. Doch kommt in deutschen Märchen vor, daß eine Feder aus dem Schwanze des Vogels Greif gerupft werden soll, oder ein Haar aus dem Haupte des Teufels, des Ogers oder Menschenfreßers, welcher dem Hymir unserer Hymiskwida entspricht. Vgl. M. Handb. §. 83 und §. 85. Durch die Frau des Menschenfreßers u. s. w., die der „Allgoldenen" der Hymiskwida ähnlich sich des Gastes annimmt, wird ihm dann Haar oder Feder ausgezogen während er schläft. Bei Saxo Grammaticus in der Erzählung von Utgarthilocus, welche der eddischen D. 46 bis 47 zur Seite steht, sind es drei hörnernen Sperschäften gleichende, übelriechende Barthaare. Der Schauplatz ist in allen diesen Erzählungen die Unterwelt, was unserer obigen Annahme zu Statten kommt. Die Ruthe Häwatein (treffender Zweig) gleicht dem Mistiltein, den Loki (Loptr) nach D. 49 gleichfalls gebrochen hat, „östlich von Walhall" heißt es dort, während hier 26 ausdrücklich gesagt wird, „vor dem Todtenthor." Von Sinmara, welche die hochberühmte oder die sehnenstarke heißen kann, wißen wir nichts als was hier gemeldet wird. Doch gestattet der Zusammenhang, sie für die Hel zu halten. Die schwersten Riegel scheinen hiemit gehoben; aber die folgenden Strophen 31—36 beschreiben den mit Waberlohe umschlungenen Saal so, daß man an die Sonne denken möchte, was allerdings der Deutung auf die Unterwelt entgegenstünde. Wenn es aber von diesem Saale heißt, er drehe sich wie auf des Schwertes Spitze, so dreht sich auch die Erde um ihre Axe; den Schall, der davon entsteht, hat Niemand mit Ohren gehört, wie viel auch davon gesprochen werde. Die dabei erwähnte Waberlohe haben wir bei Skirnisför als die Glut des Scheiterhaufens begriffen, durch welche man hindurch muß um in die Unterwelt zu gelangen. Zieht man aber dieser Strophen wegen die Deutung auf die Sonne vor, so kann Swipdagr der Frühlingsgott sein, der sie aus der Haft der winterlichen Mächte zu befreien kommt: immer bliebe die Verwandtschaft mit Skirnisför deutlich und selbst die Beziehung Swipdagrs auf Freyr nicht ausgeschloßen.

Unter den Str. 36 genannten zwölf Asensöhnen begegnen nur zwei bekannte Namen, Loki und Dellingr (D. 33. 10). Von letzterm wißen wir, daß er Asengeschlechts ist; Loki zählt auch sonst wohl zu den Asen, welcher nach den ältesten Mythen als Odhins Bruder sogar angehört. Unter den übrigen kann Lidskialf auf Odhin, aber auch auf Freyr (D. 37) gedeutet werden: Wegdrasil scheint ein Beiname Odhins wie Wegtamr; über die andern wagen wir keine Vermuthung als daß wohl die zwölf höchsten

Götter unter zum Theil unerhörten Namen verborgen ſind, zumal hier Loki wieder wie gewöhnlich der letzte iſt. Daß Aſenſöhne dieſe kunſtvolle Einrichtung getroffen haben, während die Burg doch als Rieſenſitz bezeichnet wird, erklärt ſich wohl daraus, daß ſie ſich im Winter in der Gewalt rieſiger Mächte wie Schnee und Eis befindet, obgleich ſie von Göttern geſchaffen ward.

Die folgenden Str. 37—39 hat Grimm. Myth. 1101 erläutert. Darnach iſt Menglada, obgleich höchſte Göttin, der andere dienen, zugleich als weiſe, heil- und zauberkundige Frau gedacht, die wie Brynhild, Veleda und Jettha auf dem Berge wohnt und dem Volke, durch ihre Prieſter heilſamen Rath ertheilt. Von den göttlichen verehrten Frauen, die vor ihren Knieen ſitzen, ſind zwei auch ſonſt bekannt: Eir wird D. 35 unter den Aſinnen als die beſte der Aerztinnen aufgeführt, und eine Oerboda erſcheint D. 37 als Gymirs Frau, der doch als Oegir mit Ran vermählt iſt. Gleich ihr ſcheint Hliſthurſa Rieſengeſchlechts, obgleich ihr Name nur eine Variation von Hlif (die ſchützende, ſchonende) ſein mag, ſo daß ſich wie in Thiotwarta (Volkswärterin) der Begriff der ſchonenden, heilenden Pflege vervielfältigt. Auch Bild und Blidur (die ſanfte) ſind nur Variationen des gleichen Namens und Biört die glänzende erinnert an die in Deutſchland berühmte Bertha, ſo daß wir wohl nur holdſelige, mildthätige Weſen vor uns haben, wie ſie ſich in Freyjas Geleit geziemen.

Auf die nächſte, Mengladas Treue betreffende Frage empfängt der Gaſt erwünſchte Auskunft, worauf er ſich durch Nennung ſeines wahren Namens zu erkennen zu geben nicht länger anſteht. Den Ausgang haben wir bereits berichtet, und nur der Name Swipdagr, Beſchleuniger des Tags, von at svipa, beeilen, blieb uns noch zu erklären. Als Beſchleuniger des Tages iſt Swipdagr der Frühling, wo die Tage früher anbrechen. Der Name Windkalt, den er ſich Str. 6 beilegte, geht alſo auf die rauhen Merzwinde, womit ſtimmt, daß ſein vorgeblicher Vater Warkaldr, d. h. Frühlingskalt heißen ſoll. Sein wirklicher Vater Solbiart, der ſonnenglänzende, darf aber wohl Freyr den Sonnengott zum Sohne haben. Dieſem iſt die Erde verlobt, die im Winter erſtorben ſcheint, in der That aber nur, als mit Schnee bedeckt, in der Unterwelt weilt. Es iſt Menglada, die ſchmuckfrohe, weil das Sommergrün, das ihr die rückkehrende Sonne wiedergibt, den Schmuck der Erde (iardar men) bildet. Freyja, die Göttin der Schönheit und des Frühlings trägt ſonſt Briſingamen, das keine andere Deutung als auf das Sommergrün, den Schmuck der Erde, zuläßt. Darum erklärt Grimm Menglada für Freyja. Aber ſie kann auch Idun, ſie kann Gerda heißen: im

Wesentlichen fällt Fiölswinnsmal mit Skirnisför zusammen, zumal wir dort nachgewiesen haben, daß es in der alten Gestalt dieses Liedes Freyr selbst war, der unter dem Namen Skirnir die Fahrt unternahm. Von dieser einfachen und ursprünglichen Gestalt des Mythus ging der Dichter von Fiölswinnsmal aus, um ihn seinerseits auch wieder mit poetischer Freiheit zu behandeln. Er bietet seine ganze Kunst auf, unsern Scharfsinn mit einem Räthselgeflecht auf die Probe zu stellen, dessen Auflösung zu sein scheint, daß eben Niemand zu Menglada gelangen kann als ihr ersehnter Bräutigam, was uns lebhaft an das rheinische Sprichwort erinnert: wenn der rechte Joseph kommt, so sagt Maria Ja.

Zwischen der Deutung Mengladens auf die Erde und der auf die Sonne, der vom Sonnengott oder dem Frühlingsgott befreit wird, scheint die Wahl gestattet; wenn aber nach Germ. X. 433 ff. Swipdagr der Mond sein soll, der um die Sonne freit, so ist schwer einzusehen, welche natürliche Grundlage ein solcher Mythus haben sollte.

Ueber die Verwandtschaft dieses Liedes mit dem dänischen Swendalliede vgl. den Schluß unserer Bemerkungen zu Skirnisför.

15. Rigsmal.

Die Verschiedenheit der Stände von göttlichem Ursprung herzuleiten, ist die Absicht dieses nicht ganz auf uns gekommenen, für die älteste noch halbgöttliche Heldensage höchst wichtigen Gedichts. Auch sein poetisches Verdienst ist nicht gering, obgleich es seiner Erfindung Eintrag thun könnte, daß die von göttlicher Anordnung abzuleitenden Stände in den drei Paaren, welchen der Gott zu Nachkommenschaft verhilft, schon vorgebildet sind, so daß es seiner Vermittlung gar nicht erst zu bedürfen scheint. Er schafft aber hier nicht die Menschen, die Wöl. 1 seine Kinder heißen, sondern die Ordnungen der Gesellschaft, die früher bloß natürliche Verhältnisse nun zu politischen Ständen werden. Wir finden zugleich in diesen Paaren die drei Stände der Unfreien, Freien und Edeln, die sich bei allen deutschen Stämmen (Tac. Germ. c. 25) nachweisen laßen (im Angels. eorlas, ceorlas, thraclas) so gut aufgefaßt und geschildert, daß wir uns über jenes Bedenken wohl hinwegsetzen dürfen.

Rigr, welchen der prosaische Eingang des Liedes für den Asen Heimdal erklärt, haftet tief in den Ursagen deutscher Völker. Der Name ist aus Jring verkürzt und verdichtet (Myth. 335). Jring kennen wir aus dem Nibelungenliede, wo er im Kampf mit Hagen erliegt. Indem die Wilkinasage, die aus deutschen Liedern schöpft, diesen Kampf berichtet, läßt

sie ihn an einer Steinmauer niedersinken, die zur Erinnerung an den
Helden noch bis heute Jrungs veggr heißen soll. Die Vergleichung einer
Erzählung Widukinds von Corvei, die den Krieg der Franken mit Thüringen
und Sachsen gleichfalls nach Liedern mehr der Sage gemäß als geschicht-
lich darstellt, ergiebt, daß die Will. veggr (Mauer) mit veg (Weg) ver-
wechselt hat, denn nach ihm bahnte sich Jring Weg mit dem Schwerte und
bewährte solche Tapferkeit, daß noch zu Widukinds Zeit die Milchstraße
nach ihm benannt wurde. Die Jringsstraße wird auch sonst noch erwähnt, nicht immer in Bezug auf die himmlische: auch auf Erde hießen
große Königsstraßen in England und Schweden bald nach Erik (= Rigr =
Jring), bald nach Jrmin und Jring. Der thüringische Jring erscheint aber
im Nibelungenliede sowohl als bei Widukind mit Jrminfried verbunden,
wie sich Jring und Jrmin in den Namen himmlischer und irdischer Straßen
vertreten. Das Ergebniß der ganzen in Gr. Myth. 329—336 geführten
Untersuchung ist nun, daß der im Eingang unseres Liedes für Jring er-
klärte Heimdal, der Hüter Bifröst des Regenbogens, als des Weges, auf
welchem die Götter zum Himmel niedersteigen, Veranlaßung gab, die Milchstraße und jene irdischen Königsstraßen gleichfalls nach Rik, Erik, Jring
oder Jrmin zu benennen. Auch in unserm Liede wandelt Rigr grœnar
brautir, in welchen grünen irdischen Wegen die weißen leuchtenden des
Himmels abgespiegelt sind. Die hiemit zusammenhängende Untersuchung
über Jrmin (Myth. 328) leitet darauf, daß in ihm die Sachsen einen
kriegerisch dargestellten Odhin verehrt hätten. Vgl. jedoch M. Handb.
§. 86. 89. Wie aber Odhin sonst als der Wanderer erscheint und an der
Spitze der Geschlechter steht, so finden wir in unserm Liede beide Rollen auf
seinen Sohn Heimdal übertragen, und die auf Jrmin und Jring bezogenen
Straßen auf Erden und am Himmel sind nach den höchsten und weisesten
der Asen benannt, die als Götter Vater und Sohn waren und noch zu
Helden herabgesunken stäts mit einander verbunden auftreten.

Noch ein anderes Streiflicht wirft das Lied auf unsere ältere Völker-
geschichte. An seinem leider verstümmelten Schluß (Str. 45) werden Dan
und Danpr wie es scheint als Nachkommen Jarls erwähnt. Der herlichen
Schätze und Städte Danprs wird auch Atlakvida 5 gedacht. Nach Snorris
Ynglingasaga war nun Danpr der Sohn Rigs, der zuerst in dänischer
Sprache König hieß. Erst Danprs Sohn war Dan der Prächtige (hinn
mikillati), von dem Dänemark den Namen empfing. Der Enkel Trotts,
der Schwester Dans, heißt hier Dag. Auch Saxo leitete Dänemarks Namen
von Dan ab, aber erst ein späterer Dag ist ihm der Sohn Rigs. In der

Gesch. d. deutschen Spr., wo Grimm bekanntlich Daci und Dani für gleichbedeutend nimmt, indem sich aus Daci Dacini ableiten und diese in Dani
kürzen, erklärt er nun die Namen Dagr, Danpr und Danr für Neben-
formen desselben Namens, in welchem das alte Dag nachklinge. Die Wurzel
dieses Völkernamens ist ihm Dags = dies, welches lateinische Wort selbst
aus dacies, wie Dani aus Dacini gekürzt erscheine. Demgemäß sind ihm
die Dänen die hellen, lichten. Nun hieß nach D. 10 Dags Vater Dellingr,
welches für Döglingr stehen muß, besser aber auf die Nachkommen Dags
als auf einen seinen Vorfahren passen würde. Doch will Grimm das dafür
in Heimdallr jenem Dellingr für Döglingr vergleichen, so daß in dem lich-
testen der Asen (hvita as) D. 27 als dem Stammvater des Dänenvolks schon
dessen heller Ursprung ausgedrückt wäre.

Den drei Paaren, welchen durch Rigrs zweideutige Vermittlung die
drei Stände entspringen, legt unser Lied Namen bei, welche zugleich Alters-
stufen bezeichnen. So hießen die Voreltern der Unfreien Ai und Edda,
Urgroßvater und Urgroßmutter, die der freien Bauern Afi und Amma, Großvater und Großmutter, erst die der Edeln Vater und Mutter. Wenn damit
nicht ausgedrückt werden soll, daß der Stamm der Knechte zuerst, die der
Freien später und der der Edeln zujüngst entsprungen sei (Gr. R. A. 228),
so müßen diese Namen der Sitte entliehen sein. Auch die nächsten Paare
führen bezeichnende Namen, bei den Knechten Thräll und Thyr (Knecht
und Magd), die noch ein spätes Sprichwort zusammenkommen läßt, bei
den Bauern Karl und Snör, bei den Edeln Jarl und Erna. Karl
und Jarl bezeichnen den Stand, Snör und Erna mehr sittliche Eigen-
schaften, die der raschen Thätigkeit und heitern Lebendigkeit. Es würde zu
weit führen, auch die Namen der weitern Sprößlinge zu deuten; wir verweisen deshalb auf Gr. R. A. 266. 283. 304, Rochholz A. Kinderl. 157
und Leo Rect. 155. Es versteht sich von selbst, daß auch sie charakteristisch
gewählt sind und bei den Knechten zum Theil Plumpheit und Missgestalt,
bei den Bauern nützliche Beschäftigung, bei den Edeln vornehmes Wesen
ausdrücken. In Konur, dessen Name mit König verwandt ist (Gr. R.
A. 230), sollte wohl dargelegt werden, wie aus dem Stande der Edeln das
Königtum sich hervorbildet. Aus konr üngr wird konüngr, der erste König;
v. Lilienkorn Zeitschr. X. 194. Daß gerade der Jüngste des Geschlechts
hiezu ersehen ist, mag uns den König als die Blüte des Adels, den letzten
höchsten Trieb der Volksentwickelung darstellen sollen. A. M. ist Liebrecht
G. G. A. 1865. 12, der hier eine Hinweisung auf das einst weitverbreitete
Jüngstenrecht erkennt. Vgl. auch Heidelb. Jahrb. 1864, S. 210. Schade,

daß das Gedicht kurz vor seinem Schluße abbricht. Auch innerhalb finden sich einige schwer auszufüllende Lücken. Wie viel wir aber auch verloren haben, das Erhaltene bleibt auch als Bruchstück unschätzbar.

16. Hyndlulied.

Wie das vorhergehende steht auch dieses Gedicht in der Mitte zwischen Götter- und Heldensage. Die Einkleidung ist jener ausschließlich entliehen, aber auch der Inhalt reicht zuletzt zu ihr hinauf. Was von diesem der Heldensage angehört, beschränkt sich nicht wie die heroischen Lieder unsres zweiten Abschnitts auf die auch in Deutschland bekannte Sage von den Niflungen und Giukungen, sondern begreift fast alle nordischen Königsgeschlechter, indem es die größten Heldennamen, die bis zum Ende des achten Jahrhunderts, seine vermuthliche Abfaßungszeit, im Norden berühmt waren, übersichtlich zusammenstellt.

Wenn ein politisches Lied, so beliebt die Gattung jetzt bei uns geworden ist, Goethen ein Pfui entlockte, so muß ein genealogisches wie das gegenwärtige noch auf viel stärkere Abneigung gefaßt sein, zumal das Interesse, das der Nordländer für die Geschlechtsreihen seiner Könige mitbrachte, uns in unendlich geringerm Maße beiwohnt. Der Dichter scheint aber wohl empfunden zu haben, wie sehr sein Stoff, welche Vorliebe ihm auch entgegen kam, poetischer Behandlung widerstrebte, denn er hat alle Mittel angewandt, welche die Kunst darbot, ihn zu würzen und genießbar zu machen. Dazu bediente er sich der Einkleidung und des Kehrverses, die wir beide abgesondert betrachten wollen.

Wie in der Wegtamskwiða Oðhin sich nach den Geschicken Baldurs bei der Seherin erkundigt, die er aus dem Grabe weckt, so sucht hier Freyja die höhlenbewohnende Riesin Hyndla auf, die sie schmeichlerisch Schwester und Freundin nennt, um von ihr über die Vorfahren eines Schützlings Belehrung zu empfangen. Wir wißen aus D. 35, daß Freyja einst einem Manne vermählt war, der Oður hieß, und dem sie, als er sie verließ, goldene Thränen nachweinte. Es erhellt nicht, ob dieser Oður derselbe war, der hier als Ottar der junge, Innsteins Sohn, auftritt. Hyndla freilich nennt ihn Freyjas Mann, sie selbst aber nur ihren Schützling, der ihr ein Haus aus Steinen errichtet und oft mit Opferblut getränkt habe. In seinem Geleit kommt sie nun zu der weisen Wala, damit er selbst aus ihrem Munde die Auskunft vernehme, deren er zur Entscheidung eines Rechtsstreits mit Angantyr über sein väterliches Erbe bedarf. Bei ihrem nächtlichen Besuch rückt aber Freyja nicht gleich mit ihrem Anliegen heraus, sondern fordert zunächst zu einem Ritt nach Walhall auf, da sie denn unterwegs wohl im Gespräch ihren Zweck zu erreichen gedenkt. Aber Hyndla weigert sich, ihr nach Walhall zu folgen; auch bedürfe dessen Freyja nicht, da sie ja ihren Mann, den jungen Ottar, zum Begleiter habe. Freyja zürnt, daß Hyndla sie eines solchen Verhältnisses zu ihrem Begleiter verdächtigt, steht aber von der Reise nach Walhall ab und kommt zu ihrem eigentlichen Zweck, indem sie über die Geschlechtsreihen der Voreltern Ottars Auskunft verlangt. Diese gewährt auch Hyndla in den Str. 12—41, welche den genealogischen Inhalt des Gedichts bilden. Als aber Freyja ihr nun auch zumuthet, ihrem Begleiter das Ael der Erinnerung zu reichen, damit er sich nach dreien Tagen vor Gericht aller empfangenen Belehrungen noch entsinne, kehrt sie die rauhe Seite wieder hervor, schilt die Göttin in ehrenrührigen Ausdrücken wegen ihres Umgangs mit Männern und verweigert ihre neue Bitte unter dem Vorgeben, daß sie von Schlaflust befallen sei. Freyja nöthigt sie jedoch, ihr zu willfahren, indem sie die Höhle der Riesin mit Flammen umgiebt, worauf sie zwar den begehrten Trank, aber mit der Drohung empfängt, daß er ihrem Liebling den Tod bringen werde. Doch diesen Fluch weiß Freyja in Segnung zu verkehren.

Dieß die Einkleidung, welche wir zu dem Zweck, für den trocknen Inhalt zu entschädigen, vortrefflich erfunden meinen. Aber auch diesen selbst war der Dichter durch mehrfache Kehrreime zu unterbrechen und zu würzen bedacht, unter welchen der am häufigsten angewandte: Dieß all ist dein Geschlecht, Ottar, du Blöder! auch die größte Wirkung thut.

Rechnen wir hinzu, daß die Stammtafeln der nordischen Götter und Helden dem Skandinavier des achten und neunten Jahrhunderts näher am Herzen liegen musten als uns, so mögen wir dem Gedichte wohl eine bedeutende Wirkung in jener Zeit zutrauen. Ettmüllers Urtheil, daß es wenig dichterischen Werth habe, ist aber jedenfalls ungerecht.

Wir werden bei Besprechung des Einzelnen eine ausführliche Erläuterung des so eingekleideten und mundrecht gemachten genealogischen Inhalts vermeiden, weil wir aller Kunst des Dichters ungeachtet doch nicht erwarten, daß der Leser Interesse genug für ihn genommen habe, um noch weitere Aufschlüße darüber zu wünschen. Auch sonst beschränken wir uns möglichst auf die wenigen Strophen, die zur Rechtfertigung unserer Auffaßung einer nähern Erörterung bedürfen.

1. Magd der Mägde ist eine im Norden beliebte Steigerung des Ausdrucks, wie sie uns schon im Eingang des Harbardsliedes begegnet ist.

Ebenso rök rökra, welches wir mit Nacht und Nebel übertragen haben, obgleich es wörtlich die Finsterniß der Finsternisse bedeutet. Hyndla heißt die Wala (Weißagerin) unseres Liedes, nach welcher es wohl auch den Namen der „kleinen Wöluspa" führt, wenn dieser Name nicht darauf geht, daß auch hier wie in jenem Gedichte die künftigen Weltgeschicke (Str. 41) verkündet werden. Sie gehört wohl zu den weisen Frauen, die in unserer Mythologie und ältesten Geschichten so bedeutend auftreten. Als Höhlenbewohnerin scheint sie übermenschlicher Natur, etwa riesiger Abkunft. Durch die Gabe der Weißagung ist sie selbst Göttinnen überlegen, wie die Wala der Wegtamskwida dem Gotte; aber auch Zauberkünste sind ihr vertraut, wie der Erinnerungstrank zeigt, den sie am Schluße darreicht.

Der Name Hyndla (canicula, junge Wölfin oder Hündin) muß nicht darauf gedeutet werden, daß sie auf Wölfen reite, wie es von Andern ihres Gleichen wohl berichtet wird. Vgl. jedoch Handb. §. 129.

2. Welcher Hermodr hier neben Sigmund, dem Vater Sigurds, genannt sei, bleibt ungewiß, schwerlich jener, den wir aus D. 49 als Odhins Sohn und Friggs Boten zur Unterwelt kennen, eher jener des Beowulfliedes, Kemble 64. Wie Sigmund das Schwert aus dem Kinderstamm zog, welches Odhin hineingestoßen hatte, ist aus der Wölsungasaga bekannt.

5. Da diese Strophe Hyndla zu sprechen scheint, so kann auch sie nicht dafür zeugen, daß sie auf Wölfen zu reiten pflegte. Den Wolf räth sie vielmehr im Zorn der Freyja an, da ihr Eber träge sei, Götterwege zu treten. Den Eber mit den Goldborsten (Str. 7) pflegt sonst Freyjas Bruder Freyr zu reiten (D. 61); da er Ihr hier beigelegt wird, so bleibt er wenigstens in der Verwandtschaft. Sich selbst legt Hyndla ein Roß bei nach der letzten Langzeile, welcher ich ein „nicht" eingeschaltet habe, weil ich die ganze Strophe nur als eine heftige Weigerung verstehen kann, sich auf den vorgeschlagenen Ritt nach Walhall einzulaßen. Daß er wirklich nicht vorgenommen wird, ergiebt der Schluß, wo die Scene noch wie Anfangs vor Hyndlas Höhle spielt, welche Freyja mit Flammen umgeben will. Es steht nicht entgegen, daß Freyja Str. 8 sagt: „Laß uns im Sattel sitzen und plaudern," denn dieß kann auf sie selbst und ihren Gefährten gehen. Wozu aber Hyndla ihr Roß besteigen sollte, da sie doch den Vorplatz ihrer Höhle nicht verläßt, wüsten wir nicht.

6. 7. Die Schwierigkeiten dieser Strophen laßen sich kaum anders lösen als es die Uebersetzung gethan hat. Die erste giebt für die in der vorhergehenden ausgesprochene Weigerung, an dem Ritte zur heiligen

Walhall Theil zu nehmen, den Grund an, daß Freyja keiner andern Be-
gleitung bedürfe, da Ottar bei ihr sei. I valsinni heißt wörtlich „bei der
Todesreise;" aber so drückt sich Hyndla mit gutem Recht aus, denn nach
Walhall fahren und sterben war den Nordländern gleichbedeutend. Daß
Hyndla den Ottar für Freyjas Mann ausgiebt, spielt vielleicht auf die
Odurs-Sage D. 35 an, ist aber hier zunächst als Schmähung Freyjas ge-
meint, die zu der ganzen schnöden Abfertigung der Göttin in den beiden
Strophen 5 und 6 stimmt und durch die ehrenrührigen Reden, in welche
Hyndla am Schluß gegen sie ausbricht, noch erläutert wird. Nachdem
Freyja Str. 7 diesen Vorwurf zurückgewiesen hat, entgegnet sie auch den
unfreundlichen Worten Str. 5 über ihren Eber. Die Erwähnung seiner
glühenden Goldborsten, welche nach D. 61 die Nacht erleuchten, soll dem
Zweifel entgegentreten ob er zu dem vorgeschlagenen nächtlichen Ritte nach
Walhall geschickt sei. Die Zwerge, welche diesen Eber geschaffen haben,
sind nach dieser D. Brock und Sindri; vielleicht folgt aber das Gedicht
einer andern Ueberlieferung, nach der ihn die daselbst ungenannt bleibenden
Söhne Iwaldis, welchen andere Kleinode beigelegt werden, gebildet hatten.

11. Unter den hier genannten berühmten nordischen Königsgeschlech-
tern sind die Uelfinge wohl nicht die Wölfinge der deutschen Heldensage,
sondern die Wölsungen, welchen die Helgilieder mit Anspielung auf Sigmunds und Sinfiötlis wölfische Verwandlung diesen Namen beilegen. Vielleicht stehen sie aber durch Irrtum hier, da in der entsprechenden Str. 16
die Ynglinge an ihre Stelle getreten sind. Die in der folgenden Zeile genannten Freien heißen im Urtext Höldar, worüber Myth. 316 Auskunft
giebt. In Rigsmal 21 wird Höldr unter den Nachkommen Karls, des
freien Bauern, genannt. Statt der Jarle, deren Erwähnung man nach
den Freien erwartet, stehen hier die Hersen, die den Jarlen untergeordnet,
doch wohl nicht als von ihnen wesentlich verschieden gedacht sind. Vgl.
Rigsmal 36. 37.

12. Der Stammbaum Ottars, welchen Ettmüller zu Beowulf p. 16
nach unsern Str. 12—15 giebt, bedarf insofern der Berichtigung als Hledis
Ottars Großmutter, nicht Mutter ist.

14. Nach Skaldsl. 64 opferte Halfdan der Alte zu Mittwinter den
Göttern, damit ihm vergönnt werde, dreihundert Winter in seinem
Königtum zu leben. Da erhielt er zum Bescheide, daß er zwar nicht länger
leben werde als ein langes Menschenalter, aber dreihundert Winter lang
aus seinem Geschlecht nur königliche Männer und Frauen hervorgehen
würden. Es war ein großer Heermann und fuhr nach Osten weit umher.

Da erschlug er im Zweikampf einen König mit Namen Sigtrygg und freite
Alwig, die Kluge, König Eymunds Tochter von Holmgard. Sie hatten
achtzehn Söhne, von welchen neun zugleich geboren wurden. Sie hießen
Thengil, Räsir, Gram, Gylfi, Hilmir, Jöfur, Tiggi, Skuli und Harri.
Diese neun Brüder wurden so berühmt in Heerfahrten, daß hernach ihre
Namen in allen Liedern zur Bezeichnung fürstlicher Würden gebraucht
wurden. Sie hatten keine Kinder und fielen Alle in Schlachten. Hernach
hatten Halfdan und Alwig noch neun andere Söhne: Hildir, von dem die
Hildinge stammen; Nesir, von dem die Niflinge stammen (?); Audi, von
dem die Audlinge stammen; Yngwi, von dem die Ynglinge stammen; Dag,
von dem die Döglinge stammen; Bragi, von dem die Bragninge stammen;
Budli, von dem die Budlinge, Atli und Brynhild stammen; Losdi, ein
großer Heerkönig, von dem die Lösdunge stammen und Eylimi, Sigurd des
Fafnirtödters mütterlicher Großvater; Sigar, von dem die Siklinge stammen, zu welchen Siggeir zählt, Wölsungs Schwager, und Sigars Geschlecht, der den Hagbard hängen ließ. Von den Hildingen stammte Harald Rothbart, der mütterliche Großvater Halfdan des Schwarzen. Aus
dem Geschlecht der Niflinge entsprang Giuki, von den Audlingen Kiar,
von den Uelfingen Eirik der Weise. Auch dieß sind berühmte Königsgeschlechter: von Yngwi kamen die Ynglinge, von Skiöld die Skiöldunge in
Dänemark, von Wölsung die Wölsungen in Frankland. Skelfir hieß ein
Heerkönig, von dessen Geschlecht die Skilfinge sind, die im Osten herschen.
Die Namen aller dieser Geschlechter dienen in den Liedern zur Bezeichnung
königlicher Würde. Nicht ganz stimmt dieser Bericht mit unserm Liede,
das z. B. den Eilimi Str. 25 von den Oedlingen stammen läßt, während
ihn die Skalda zu den Lösdungen zählt; dagegen scheint der Verfaßer von
Fundin Noregr bald aus unserm Liede, bald aus der Skalda geschöpft zu
haben. Des ersten Angaben sind wohl die einfachsten und altertümlichsten.

19. Der Str. 12 genannte Alf, so wie der Str. 18 sind nach Lü-
nings richtiger Bemerkung andere.

22. Wenn man die drei ersten Zeilen streicht und die eingeklammerten
beibehält, so stimmen die genannten zwölf Namen mit dem Verzeichniß
der Söhne Arngrims in der Herwarasage, nur müßte statt Thrfingr Sä-
mingr gelesen werden.

24. In dieser Strophe betreten unsere Leser plötzlich bekannten Boden,
da hier Namen genannt werden, die der deutschen Heldensage in ihrer nordischen Faßung angehören und im zweiten Kreiß unserer Eddalieder, den
wir Heldensage überschrieben haben, öfter wiederkehren.

27. Aus dieser Strophe hat Dietrich (Zeitschrift VII, 317) das Alter unseres Liedes bestimmt, da hier nach den Wölsungen Str. 25 zwar schon die Reihe der schwedischen Könige bis zu Iwars zweitem Schwiegersohn Rabbert und seinem Sohne Randwer fortgeführt wird, aber weder Randwers Sohn Sigurd Ring, der Sieger der Bramallaschlacht, noch dessen gefeierter Sohn Ragnar Lodbrok genannt sind. Im neunten Jahrhundert wären diese Namen, die den ganzen Norden erfüllten, nicht zu unterdrücken gewesen. Dagegen soll nach K. Maurer (Zachers Ztschr. II. 443) das Gedicht vor dem 9. Jahrh. nicht entstanden sein, weil die Orkneyingasaga den Torf-Einarr Jarl für den Ersten ausgiebt, der Torf gegraben und gebrannt habe.

34. Daß in diesem genealogischen Gedichte bei Heimdal so lange verweilt wird, soll ihn vermuthlich wieder an die Spitze aller edeln Geschlechter stellen, wie es in dem vorhergehenden geschieht, wo außerdem auch die der Knechte und freien Bauern von ihm entspringen.

88. Bei Uebertragung dieser dunkeln Strophe bin ich Grimms Erklärung Myth. XXXVIII. gefolgt.

40. 41. Die erste Strophe zielt wohl wieder auf Heimdal, obschon die zweite Zeile an Thor erinnert; die andere vergleiche man mit ihrer wahrscheinlichen Quelle (Wölusp. 65). Der Name des Gottes wird auch dort nicht genannt; unsere Stelle giebt aber als Grund des Verschweigens die Ehrfurcht an. Dieser ungenannte Gott wird sonst in unsern Liedern unter Miötudr (Messer, Schöpfer Gr. Myth. 20) gemeint. Aber auch Fimbultyr (Wölusp. 60) mag ihn bezeichnen. A. M. ist Gr. Myth. 795.

II. Heldensage.

Bei Erläuterung der hieher gehörigen Lieder können wir uns kürzer fassen, theils weil sie an sich weniger Schwierigkeiten bieten, theils weil der Leser nun schon mehr Vorkenntnisse mitbringt, und wir durch überflüßige Bemerkungen seinen Unwillen nicht verdienen möchten. Unsere hauptsächliche Aufgabe wird daher sein, das Verständniß der Lieder im Allgemeinen zu fördern, und über ihren Werth und ihr Verhältniß zur Sage, zur nordischen und deutschen, ein Urtheil festzustellen. Die nordischen Götterlieder konnten wir mit entsprechenden deutschen nicht vergleichen, da diese uns gänzlich verloren sind. Den Heldenliedern entsprechen gleichzeitige deutsche zwar ebenfalls nicht, obgleich uns über ihren Inhalt mancherlei Zeugnisse erhalten sind. Spätere deutsche Lieder, die denselben

Gegenstand behandeln, sind uns dagegen in den Nibelungen in großer Ausführlichkeit überliefert, und wir werden ihren Inhalt ihres Orts zu vergleichen haben. Nur über die innere Form der eddischen Heldenlieder, denn die äußere haben wir schon in der Einleitung besprochen, stehe hier eine allgemeine Betrachtung, die wir nicht treffender als mit W. Grimms Worten D. Heldens. S. 365 geben könnten: „Die Eigentümlichkeit der eddischen Lieder beruht darin, daß zunächst die Absicht nicht dahin geht, den Inhalt der Sage darzustellen, den sie vielmehr als bekannt voraussetzen, sondern daß sie einen einzelnen Punkt, wie er gerade der poetischen Stimmung dieser Zeit zusagt, herausheben und auf ihn den vollen Glanz der Dichtung fallen laßen. Nur was zu seinem Verständniß dient, wird aus der übrigen Sage angeführt, oder daran wird erinnert. Eine Beziehung auf das zunächst Vorangegangene folgt vielleicht erst einer Andeutung der Zukunft, das Entfernte wird durch kühne Uebergänge in die Nähe gerückt, und zu ruhiger Entfaltung und gleichförmigem epischen Fortschreiten gelangt diese Poesie nicht. Wo sie etwa den Anfang dazu macht, wird sie durch die Neigung zu lebhafter dramatischer Darstellung gestört, die überall durchbricht und dieser Betrachtungsweise völlig angemeßen scheint. Die schönsten Lieder gehen bald in Gespräche über, oder sind ganz darin abgefaßt; die erzählenden Strophen wahren nur den Zusammenhang. Auch im Einzelnen verläugnet sich nicht der Geist des Ganzen: oft wird ein bedeutender Zug allein herausgenommen, alles Uebrige im Dunkel zurückgelaßen. So wird z. B. Sigurds Mord einmal nur mit wenigen Worten erzählt: „leicht wars Gutthorm anzureizen: das Schwert stand in Sigurds Herzen." Wie unzulänglich für epische Entwickelung und doch wie poetisch anschaulich! Das Erhabene der eddischen Lieder beruht auf diesem in der Höhe genommenen Standpunkt, wo das Auge über die Ebenen wegschauend nur auf hervorragenden Gipfeln verweilt. Der Ausdruck edel und einfach, aber scharf und genau bezeichnend, ist nur durch reiche und kühne Zusammensetzungen geschmückt; da wo es schwer und tiefsinnig wird, blitzt der Gedanke uns doch entgegen." An einer andern Stelle S. 9 sagt er: „Auch die Form der Eddalieder verdient Berücksichtigung, denn auf ähnliche Weise mochten die deutschen Vorbilder abgefaßt sein. Kürzere Gesänge, die zwar häufig den Gang andeuten und voraussetzen, aber doch nur bei einzelnen, besonders hervorgehobenen Punkten verweilen. Sie laßen sich meist in einer gewissen chronologischen Folge zu einem Ganzen ordnen. Ueberall ein genauer, höchst angemeßener Ausdruck, zwar ohne die Breite und sinnliche Ausführlichkeit der Nibelungennoth, man kann

zugeben auch ohne die Anmuth derselben, aber in jener strengen, groß-
artigen Weise, wo kein Wort unbedeutend, keins überflüßig, keins lockend
oder ableitend, aber eben deshalb jedes seines Eindrucks gewiß ist. Die
manchmal regelmäßig durchgeführte dialogische Form scheint dieser Poesie
zuzusagen."

17. Wölundarkwida.

Diese schöne Dichtung, die das nordische Heldenbuch eröffnet, steht in
demselben, wie schon Mone bemerkt hat, ganz abgesondert als ein Bruchstück, dessen Zusammenhang mit den andern Liedern nur die Wiltinasage
anzeigt. Zur Erläuterung dieses Zusammenhangs kann ich aber auf mein
Heldenbuch verweisen, wo das Lied von Wieland den ersten der acht Theile
des Amelungenliedes bildet. Auch hab ich in den Anmerkungen zu letzterm
die weit verbreitete Sage, die selbst zu den romanischen Völkern gedrungen
ist (bei den Nordfranzosen hieß unser Wieland Galland) näher besprochen.
Ueber Wölundars Bruder Egil, der in der deutschen Sage als Eigel der
Schütze bekannt, und als solcher fast ebenso berühmt war, wie Wieland
als Schmied, daher ihm die Tellssage ursprünglich beigelegt ward, hab ich
mich in der Vorrede zum deutschen Orendelliede (Stuttgart, 1845), wo er
als König Eigel von Trier mit der Sage vom heiligen Rock in Verbindung gebracht ist, ausführlich ausgelaßen, den Zusammenhang Tells mit
Orendel aber erst Handb. §. 82 eingesehen. Hier will ich als ein neues
Zeugniß für die Verbreitung seiner Sage am Niederrhein nur den gerade
in Bonn vorkommenden Eigennamen Schützeichel (Eigel der Schütze) nach-
tragen. Dem dritten Bruder Slagfidr legt weder die nordische Sage, noch
die deutsche wie sie die Wiltinasage erhalten hat, eine eigene Kunst bei,
obgleich das verbreitete und vielfach gestaltete Märchen von den drei oder
sieben kunstreichen Brüdern ohne Zweifel zu Grunde liegt, wonach ihm die
Arzneikunst zuzuschreiben wäre. Vgl. auch Vorrede zu den Quellen des
Shakespeare, II. Aufl., S. IX.

Durch die eigenthümlich deutsche Pest, die uns noch zu Grunde
richten wird, die Ausländerei unserer sogenannten gebildeten Stände, nach
deren Geschmack sich auch die Dichter richten mußten, wäre diese in Deutschland entsprungene, einst sehr beliebte und allbekannte Mythe bei uns fast
gänzlich untergegangen, wenn die beiden Niederschreibungen im Norden
sie uns nicht erhalten hätten. Von diesen muß die erste schon sehr früh
erfolgt sein, da unser Eddalied allen Anzeichen nach eins der ältesten ist.
Daß es im Norden gedichtet sei, bezweifle ich sehr; wahrscheinlich liegt ein

deutsches Lied zu Grunde, das die skandinavischen Völker sich angeeignet und localisiert haben. Bei der andern Aufzeichnung, die manches Jahrhundert später erfolgt sein muß, ist der deutsche Ursprung gewiß, da die Wilkinasage sich ausdrücklich auf deutsche Lieder und die Aussage deutscher Männer, namentlich aus Soest, Bremen und Münster, beruft. Beide Niederschreibungen ergänzen sich wechselseitig und namentlich verdanken wir unserm Liede, das sonst die Sage viel dürftiger darstellt, die in der Wilkinasage vergeßene Erzählung von den drei Schwanenjungfrauen, auf welche noch im vierzehnten Jahrhundert das Gedicht von Friedrich von Schwaben anspielt, aus welchem sich unser Lied insoweit ergänzt als dieses die Wegnahme der von den Mädchen abgelegten Gewänder, wodurch sie in die Gewalt der Brüder gerathen, nicht ausdrücklich meldet.

Ein anderer Umstand, den unser Lied im Dunkel läßt, wird durch keine Vergleichung aufgeklärt, nämlich welche Bewandtniß es mit dem Ringe habe, den König Nidudr in Wölundurs Hause vom Baste zog und seiner Tochter schenkte. Warum nahm Nidudr von den siebenhunderten, die am Baste aufgezogen waren, nur den einen? Str. 18 heißt es zwar, nun trage Bödwild die rothen Ringe der Frau des Wölundur; aber dieß scheint eines der vielen Verderbnisse, denen dieß alte Lied nicht entgehen konnte; daß es nur Ein Ring war, auf den Nidudr hohen Werth legte, sehen wir auch daraus, daß Bödwild, als sie ihn zerbrochen hatte, nach Str. 24, womit die Wilkinas. c. 25 übereinstimmt, es nicht wagte ihrem Vater davon zu sagen, was bei einem gewöhnlichen Goldringe, dem nicht irgend eine wunderbare Eigenschaft beigewohnt hätte, ganz undenkbar wäre. Aber hier verlaßen uns die Quellen und ich war in Wieland dem Schmied auf die eigene Erfindungsgabe angewiesen. Nur das ist noch angedeutet (Str. 41. 18), daß diesen Ring einst Wölundurs Gemahl Alhwitr besessen hatte.

Was diesen Namen betrifft, so heißt er in der Urschrift Alwitur (Allwißend), welches ich nach Analogie des Namens Swanhwit (schwanweiß) in Alhwitr (allweiß) gebeßert habe. Außerdem habe ich Str. 4, die in der Urschrift die 15te ist, an diese ihr gebührende Stelle gerückt, und in Str. 2 die eingeklammerten Zeilen nach Vermuthung eingeschoben. Doch könnte auch die vorausgehende Zeile entstellt sein und die gleiche Nachricht enthalten haben. Grimm Lieder d. ä. E. S. 4. 5 und Mone Untersuchungen zur deutschen Heldens. S. 102.

Str. 4 fragt der Niarenkönig Nidudr den Wölundur, nachdem er ihn aus Ulfdalir (Wolfsthal) entführt und in sein Reich geschleppt hat, wie er

in Besitz der Goldschätze des Niarenlands gekommen sei, aus denen er so
viele Kleinode geschmiedet habe. Mit dieser Frage gedenkt er die Gewalt-
that der Entführung Wölundurs zu beschönigen. Aber dieser antwortet:
„Hier war kein Gold zu erwerben, also kann ich es Euch nicht entwendet
haben. Dieß Land ist fern von den Felsen des Rheins, aus dessen Goldwäschen alles Gold stammt. In unserer rheinischen Heimat, der ihr mich
gewaltsam entrißen habt, mochten wir des Goldes leicht noch mehr erwerben." Wölundurs (Wielands) rheinische Heimat, für die wir hier ein
Eddisches Zeugniß haben, bezeugt auch Galfred von Moumouth in den
Worten:

> Pocula, quae sculpsit Guilandus in urbe Sigeni.

Das Sigener Land, noch jetzt durch Bergbau berühmt, war schon im frühen
Mittelalter wegen kunstreicher Erzarbeiten weithin bekannt. Ueber die
rheinischen Goldwäschen, der thatsächlichen Grundlagen des mythischen
Nibelungenhorts, vgl. Atlakw. 15 und Mein Handb. d. d. Myth. §. 115.

18. Das Lied von Helgi dem Sohne Hiörwards.

Bei Rask heißt dieß Lied Helgaquida Hatingaskatha, weil die Bemerkung am Schluß des zweiten Liedes von Helgi dem Hundingstödter
daß dieser als Helgi Haddingjaskathi wiedergeboren sei, in die Ueberschriften
der Lieder Verwirrung gebracht hatte. Jener Haddingische Helgi war eine
zweite Wiedergeburt des Helden unseres Liedes, der zuerst als Helgi der
Hundingstödter wiedergeboren ward, mithin kann der Beinamen Haddingjaskathi dem ersten Helgi nicht zukommen. Die Kara-Lieder, welche jene
zweite Wiedergeburt behandelten, sind verloren gegangen.

Von Helgi, dem Sohne Hiörwards, weiß die Wölsungasage nichts;
nur den Inhalt der beiden Lieder von Helgi dem Hundingstödter hat
sie aufgenommen. Der Inhalt unseres Liedes berichtet auch keine andere
Quelle, er scheint eine nordische Zuthat, welche die Aneignung der beiden
andern Helgilieder, deren deutscher Ursprung wahrscheinlich ist, vermitteln
sollte. Die Verbindung kann nicht loser sein: sie beruht nur darauf, daß
dieser Helgi, der Sohn Hiörwards, als Sigmunds Sohn Helgi wiedergeboren sein soll, wie denn noch eine neue Wiedergeburt in jenen verlorenen Karaliedern angenommen ward, die wohl auch hinzugedichtet wurden, als die Lieder von Helgi dem Hundingstödter den wohlverdienten
allgemeinen Anklang fanden. Bei unserm Liede mögen echte Sagen benutzt
worden sein, es hat eine durchaus alterthümlich nordische Färbung, auch
soll sein poetisches Verdienst nicht herabgesetzt werden; wir zweifeln nur ob

es sich gegen die andern Helgilieder, denen es doch jedenfalls an Kraft nach-
steht, völlig selbständig verhalte. Einige Namen scheinen aus diesen entliehen, wie Sigarsholm, Sigarswöllr, Warinsey und Frekastein, während
andere wie Glasislundr ursprünglich der Göttersage angehören. Frekastein
ist vielleicht wie der Aarstein im folgenden Liede nur epischer Ausdruck für
Schlachtfeld überhaupt, da Freki einer der Wölfe Othins heißt. Jedenfalls wird ein selbständiger wirklicher Schauplatz nicht in ihm nachzuweisen
sein; man vgl. jedoch Joseph Haupt Untersuchungen zur deutschen Sage
S. 87 ff. Das Verhältniß der Walküre Swawa zu Helgi scheint dem
Sigruns zu Helgi in den beiden andern Liedern nachgebildet: die behauptete
Wiedergeburt Helgis soll die Nachahmung beschönigen. Der Wortwechsel
Atlis mit Hrimgerden, welchen Helgi fortführt, gleicht dem Sinfiötlis mit
Gudmund. in den beiden andern Liedern; während der Schluß dieser Epi-
sode, Hrimgerdens Verwandlung in Stein beim Anbruch des Tages, der
Göttersage entliehen ist, vgl. Alwißmal. Dennoch bleibt unserm Liede viel
Eigentümliches. So in dem ersten der vier Theile, in welche wir es der
Uebersicht wegen zerlegt haben, der Vogel, der sich Altar und goldgehörnte
Kühe bedingt, wenn er dem König den Besitz Sigurlinns verschaffe. Wir
erfahren nicht, welcher Gott sich so Hiörwards Verehrung erkauft. Ein
dunkler böser Geist muß es nicht nothwendig sein, wenn auch jetzt in deutschen
Märchen, wie Grimm erinnert, der Teufel als Vogel erscheint, um sich
für Gewährung des Wunsches das Kind im Mutterleibe zu bedingen.
Etwas Aehnliches fürchtet aber allerdings Atli, indem er Str. 3 Hiörwards
Frauen und Kinder vorsichtig von der Wahl ausnimmt. Zwischen diesem
Vogel und dem andern, in den sich am Schluß desselben Abschnitts Sigurlinns Pfleger verwandelt hatte, ist allerdings Zusammenhang. Es war
Franmar Jarl, der sich schon früher wie jetzt in Adlergestalt gekleidet und
das Opfer bedingt hatte. Riesen pflegen Adlergestalt anzunehmen, weil
sie Sturmwinde bedeuten. Nicht bloß Hräswelg, ein Riese nach Wasthrudn. 37,
sitzt an des Himmels Ende, und sacht den Wind über alle Völker, auch
D. 56 sitzt der Riese Thiassi in Adlersgestalt auf der Eiche, und wehrt
dem Feuer, das die drei Asen entzündet haben, durch das Fachen seiner
Flügel, und der Sud kann nicht zum Sieden kommen. Wenn sie aber
gestatten wollen, daß er sich von dem Ochsen sättige, den sie zu sieden gedenken, so will er den Sud sieden laßen. Ohne Zweifel ist es auch hier
ein Opfer, das sich der Riese bedingt. Die auffallendste Eigentümlichkeit
unseres Liedes enthält aber der vierte Abschnitt in dem Verhältniß Hedins
zu Helgi, der Str. 33 seinen Tod vermuthet, weil seine Folgegeister Hedin

aufgesucht hatten. Daß es den Tod bedeutet, wenn die Schutzgeister Abschied nehmen, sehen wir auch aus Atlimal 26; daß sie aber auch einen Andern aufsuchen können nachdem sie den Einen verlaßen haben, gewahren wir nur in unserm Liede. Die Fylgien, auch Hamingien genannt, sind unsern Schutzengeln ähnlich. Im Kuhländchen kommen sie nach Meiners noch unter ihrem alten Namen vor.

19. 20. Die beiden Lieder von Helgi dem Hundingstödter.

Mit diesen Liedern berühren wir zuerst die deutsche Siegfriedssage, deren älteste Gestalt uns im Norden erhalten ist. Als eine nordische Zuthat können wir die Lieder von Helgi dem Hundingstödter nicht durchaus betrachten, denn obgleich uns von Helgi keine Spur auf deutschem Boden begegnet, so ist doch Sinfiötli, den wir in seine Sage verflochten sehen, als Sintarfizilo in Deutschland nachgewiesen (Zeitschrift I, 2 ff.) und auch das Beowulfslied kennt ihn als Fitela. „Es ist eine jetzt schon unbedenkliche Annahme," sagt J. Grimm a. a. O., „daß in früher Zeit manche Sagen aus Deutschland übergeführt wurden, die, unter uns ganz verschollen, dort erhalten blieben. Die längere Dauer, und was damit genau zusammenhängt, die größere Fülle der nordischen Ueberlieferung steht dem Verschwinden wie der Armut unserer heimatlichen entgegen; es macht Freude, und bewährt den engen Bund beider Stämme, nachzuweisen, daß der Norden von unsern Vorfahren empfing was er uns rettete." Doch sucht Uhland VIII, 127 nachzuweisen, daß der Hauptinhalt der Helgilieder der Wölsungensage ursprünglich nicht angehört habe. Aehnlich sagt Grimm a. a. O.: „Wenn gleich Saxo II, 25 ff. Helgi als Hundingstödter, vielleicht aus unsern Liedern, kennt, so gehen doch dieselben auf Helgis Kampf mit Hunding wenig ein, und der Name Hodbroddstödter, den ihm Saxo daneben giebt, scheint ihm nach den Liedern gemäßer. Angelsachsen und Dänen kannten aber doch Helgi und Fitela, und die Lenorensage, die uns bei Helgi zuerst begegnet, ist Deutschland nicht fremd. Ungewiss bleibt also nur ob die deutsche Siegfriedssage in Bezug auf Helgi aus diesen Liedern ergänzt werden kann.

Das Ansehen, das die beiden Lieder im Norden genoßen, spiegelt sich darin, daß man ihre Helden, Helgi und Sigrun, noch zweimal geboren werden ließ, einmal früher und einmal später, um ihnen andere, jenen nachgebildete Lieder an die Seite zu stellen, damit ein Abglanz ihres Ruhms auf dieses Seitenstück zurückstrale, was mit dem Liede, das wir soeben betrachtet haben, wirklich geglückt ist. Einer andern Nachahmung eines unserer Lieder werden wir in Gudruns Aufreizung begegnen. Dieser Ruhm war

kein unverdienter: mit Beschränkung auf die echten Helgilieder möchten wir
C. F. Köppens Urtheile über ihren Werth beitreten: „An epischer, wahr-
haft homerischer Kraft und Fülle stehen diese Lieder allen andern Dich-
tungen der Edda voran. Andererseits aber weht in ihnen, namentlich in
der Liebe zwischen Helgi und Sigrun, eine so unendliche Milde und Tiefe
des innigsten Gemüthslebens, daß man nicht weiß, von welcher Seite man
diese hohen Gesänge am lautesten preisen soll.“

Die Wölsungasaga hat den Inhalt unseres ersten Liedes aufgenommen,
das zweite aber scheint sie nicht zu kennen. Auch von jenem giebt sie nur
einen Auszug, während sie von Sinfiötli und seinem Vater Sigmund sehr
ausführlich erzählt, nicht ohne Anführung einer Liederstelle, woraus wir
schließen müssen, daß auch über diese Theile der Siegfriedssage Lieder vorhanden wären, deren Verlust zu beklagen ist.

Aus der Vielgestaltigkeit des Volksgesangs erklärt es sich, daß wir von
der Helgisage zwei verschiedene und doch in einigen Theilen zusammen-
fallende Lieder besitzen. Sie erklären und ergänzen sich wechselseitig und
der Leser wird gut thun, sie zu vergleichen. Am besten liest man nach
dem ersten Abschnitte des ersten Liedes den ersten Abschnitt des zweiten.
Was dann im zweiten Abschnitte des zweiten folgt, hat im ersten Liede
keine Parallele, ja diese erste Begegnung Sigruns und Helgis scheint beiden
Liedern zu widersprechen, denn nach St. 13 des zweiten sollte man nicht
glauben, daß sie sich schon früher gesehen hätten ehe Sigrun Helgis Hülfe
gegen Hödbroddr in Anspruch nahm (1. Lied Str. 16 bis 20 vgl. mit 2.
Lied Str. 12—16). Wenn sich hier das zweite Lied auf das alte Wölsungen-
lied wie später auf das Helgilied beruft, so könnte damit nur unser erstes
Helgilied (Str. 18 und 32) gemeint sein; Andere halten es für eine beiden
Liedern gemeinschaftliche Quelle. Auch der Meinung Mones a. a. O. S. 108,
daß das zweite Lied älter sei als das erste, würde mir jene Berufung entgegen zu stehen scheinen, wenn sich mehr darin aussprächen als die Meinung
des Sammlers, welche die Lücken der Lieder durch seine Zwischenreden verband. Von Helgis Kampf mit Hunding ist in beiden Liedern nichts übrig
als die Meldung, daß letzterer fiel (1, 10 und 2, 8); aber auch von der
Schlacht bei Logafiöll, welche Helgi gegen Hundings Söhne gewann, erfahren wir 1, 13. 14 nur den Erfolg: den Fall der Hundingssöhne, deren
Aufzählung Str. 14 durch den Aarstein seltsamlich unterbrochen wird, unter
welchem Helgi ausruht. Unter dem Aarstein sitzen ist auch eine den Angelsachsen geläufige epische Formel, wie Grimm Andr. XXVII schon bemerkt
hat; nur dürfte sie mehr dem kampfmilden als dem kampflustigen Helden

gelten. Das andere Lied wiederholt dieß offenbar aus dem ersten in der Einleitung zum dritten Abschnitt. Hierauf folgt nun in beiden die schon besprochene Bitte Sigruns um Hülfe gegen Höddbrodd. Der dabei 1, 20 von Helgi genannte Mörder Jsungs muß dem Zusammenhange nach Höd‑brobbr sein; über Jsung erhalten wir aber keine Auskunft, doch scheint 1, 54 Z. 4 unter dem „Schrecklichen" derselbe Jsung gemeint. Im ersten Liede läßt nun Helgi Str. 21 seine Mannen entbieten, Str. 22 versammeln sie sich, die Schiffe kommen Str. 23 gesegelt, Hiörleif, der ein Königssohn heißt (in der Wölsungasage ein Steuermann), stattet Str. 24 und 25 über den Erfolg seiner Sendung und die gewonnenen Streitkräfte Bericht ab; bei Tagesanbruch Str. 26 fährt die Flotte ab, doch ein Ungewitter erhebt sich Str. 29, das Sigrun Str. 30 zu stillen und die Flotte am Abend bei Unawagir zu bergen weiß. Aehnliches hatte Swawa nach dem vorigen Liede Str. 26. 27 gegen Hrimgerden, wie hier Sigrun gegen Ran, voll‑bracht. Von allem diesem ist in dem andern Liede nur in dem prosaischen Zwischensatz nach Str. 16 die Rede, ohne Berufung auf das erste Lied, das in der That nur von Sigrun, nicht neun Walküren, wie hier gesagt ist, meldet. Eine neue Spur, daß das erste der drei Helgilieder, das von Swawa, unsern Liedern nachgebildet ist: nach Str. 27 in jenem waren es drei Reihen oder genauer dreimal neun Mädchen, welchen Swawa vorauf ritt. Was jetzt in beiden Liedern folgt, Sinfiötlis Wortstreit mit Gud‑mund, ist im ersten weit beßer ausgeführt als im zweiten, das sich aus‑drücklich dabei auf jenes beruft, und dann doch seine schwächere Recension, wenn es nicht‑etwa dort vergeßene Strophen sind, nachbringt. Jedenfalls dürfte Str. 20 dem Prachtstück erhabenen Heldenzanks, das wir im ersten finden, aus dem zweiten beigefügt zu werden verdienen. Was Gudmund dem Sinfiötli vorwirft, daß er seine Brüder ermordet, und im Walde, selbst ein Wolf, mit Wölfen geschwelgt habe, ist in seiner Sage (Wöl. S. Cap. 12. 13) wirklich begründet, nicht aber so viel wir wißen die übrigen Vorwürfe, noch die, welche Sinfiötli ihnen entgegensetzt. Nachdem Helgi den Zank beigelegt hat, reiten Granmars Söhne gen Solheim, ihrem Bru‑der Höddbrodd den erspähten Feind und die bevorstehende Schlacht anzu‑kündigen Str. 46 bis 49, worauf dieser sich gleichfalls rüstet und Häupt‑linge und Helfer, worunter Högni, Sigruns Vater, entbietet, Str. 50. 51. Nun bringt Str. 52 eine kurze Schilderung der Schlacht bei Frekastein, in welcher Sigrun den Helgi (Str. 53) vor sausenden Speren in Schutz nimmt und ihm in den Schlußstrophen des Liedes zum Siege und ihrer Erwerbung Glück wünscht. Alles dieß wird in dem andern Liede in knapper

Proja erwähnt, und hinzugefügt, daß alle Söhne Granmars und deren
Häuptlinge gefallen seien und nur Dag, Högnis Sohn, als Sigruns Bruder, Frieden erhalten und den Wölsungen Eide geleistet habe. Was in
demselben dritten Abschnitte noch folgt, sind weitere Ausführungen, die
wir entbehren möchten, wenn nicht die zarte Schonung, womit Helgi der
Sigrun den Fall ihrer Verwandten berichtet, wohlthuend wäre. Merkwürdig ist aber in der Schlußstrophe (27) die Anspielung auf die Sage
von Hilde D. 65, welche um so mehr am Platze ist, als diese Hilde wie
Sigrun eine Tochter Högnis war. Bekanntlich liegt diese in ihrer weitern
Fortbildung unserm deutschen Gudrunliede zu Grunde, das aber davon
nichts mehr weiß, daß Hilde, wie hier angedeutet ist, die in der Schlacht
gefallenen Kämpfer in der Nacht wiedererweckt.

Der vierte Abschnitt des zweiten Liedes steht wieder in diesem allein
und bildet den Hauptvorzug dieses im dritten Abschnitt so sehr gegen das
erste zurückstehenden Liedes. Vortrefflich ist Sigruns Verwünschung ihres
Bruders Dag, der ihrem Gatten die Treue gebrochen hat; rührend schön
und von spätern Liedern, die hier ihr Vorbild suchten, unerreicht ihr sehn-
süchtiges Lob ihres Helden, den wirklich ihr Wunsch Str. 34 herniederzieht,
wo dann die älteste nachweisbare Behandlung der Lenorensage den Schluß
dieses und die Krone beider Lieder bildet.

Zu S. 175, Str. 39—50. Von Helgi leitet Uhland VIII, 172 ff.
den Namen Hellequin für den wilden Jäger ab, wonach auch die Sage
von Richard Ohnefurcht und Thedel von Walmoden hier ihren Ursprung
nahm. Bei Thedel läßt sich ein Zusammenhang mit Dietrich von Bern
und seinem schwarzen Rosse nachweisen.

Zu S. 158, Str. 3, 4. Der Faden, den Neris Schwester nordwärts
wirft, bedeutet Helgis frühen Tod. Von dem Zusammenhang dieser von
den Nornen ausgeworfenen Fäden mit den Seidenfäden, welche Gerichte
und Rosengärten, Waldheiligtümer, hegten, sowie mit den Ketten, welche
sich noch jetzt in Tirol um die Kirchen gezogen finden, wie schon den
Tempel von Upsala eine goldene Kette umgab, endlich mit dem heiligen
Wald der Semnonen, den man nur gefesselt betreten durfte, und der wohl
auch durch einen Seidenfaden gehegt war, wie das Volk selbst davon den
Namen hatte, ein andermal. Vgl. Handb. 493 §. 135 und Liebrecht G.
G. A. 1865. 12. S. 454, Philologus XIX, 582.

Zu S. 159, Str. 7. Zu vgl. ist zunächst S. 228:

> So war mein Sigurd bei Giukis Söhnen,
> Wie hoch aus Halmen edler Lauch sich heb'.

Aber hier hat der Text geirlaukr, welches die Copp. mit allium capitatum übersetzt. An unserer Stelle scheint dagegen Sieglauch Allium victoriale gemeint oder Aller Manns Harnisch, welches die Kriegsleute um den Hals trugen, weil es sieghaft machte. Vgl. Perger Deutsche Pflanzensagen S. 85. Nach Uhland VIII, 125 wäre darunter nichts anders als das Schwert verstanden, an das allerdings die Gestalt der Pflanze erinnert. Aber darum konnte auch das Geschenk des Lauchs Sieg verheißen.

21. Sinfiötli's Ende.

Kein Lied, sondern ein prosaischer Zwischenbericht vielleicht des Sammlers unseres nordischen Heldenbuchs, welcher das, was in den Helgiliedern von Sinfiötli erwähnt war, durch die Erzählung von seinem Tode ergänzen, das Verwandtschaftsverhältniß von Sinfiötli und Helgi zu Sigurd erläutern und den Uebergang zu den nun folgenden eigentlichen Liedern vermitteln soll. Der Inhalt ist in der Wölsungasage, die hier nachgelesen zu werden gar sehr verdient, ausführlicher, wahrscheinlich aus alten verlorenen Liedern, erzählt.

22. Gripir's Weißagung.

Dieß Lied, dessen poetischen Werth wir sehr gering anschlagen, wurde wohl nur gedichtet, um den folgenden als eine Art Inhaltsanzeige zu dienen und Sigurds Schicksale übersichtlich zusammenzustellen. Ob es der Sammler verfaßt habe, müssen wir dahin gestellt sein laßen. Der Verfaßer der Wölsungasaga hat es gekannt, da er den Besuch Sigurds bei Gripir erwähnt, weiter aber wußte er, da es nichts Neues enthält, nichts damit anzufangen, wenn nicht etwa die Str. 19 und 27 ff., die von Sigurds Aufenthalt bei Heimir handeln, Veranlaßung gegeben haben, dieß in der Sage schwerlich tief begründete, scheinbar widersprechende Ereigniß einzurücken und auszuführen. Vgl. Grimms Heldens. 850. Brynhildens Todesfahrt weiß zwar auch von einem Pfleger Brynhilds, aber dieser Pfleger ist Agnar nicht Heimir. Auch Gripir ist sonst in der Sage unbekannt, und wenn sein Name nicht auf Grippigenland (Agrippinenland) anspielt wie Hialprek, deßen Sohn Alfs sich Sigurds Mutter Hiördis in zweiter Ehe vermählte, auf Chilperich gedeutet wird, so ist wohl auch er von dem Dichter willkürlich erfunden. Vgl. jedoch J. Haupt Untersuchungen zur deutschen Sage S. 54 ff. Seltsam läßt Str. 13 auf Fafnirs Tod den Besuch bei Giuki folgen und erst dann Str. 15 Brynhilds Erweckung, während doch Str. 31 der Sache gemäß angiebt, Sigurd habe Brynhilden vergeßen nachdem er eine Nacht

Ginlis Gast gewesen sei; vgl. die Anm. zu Fafnism. Die Erwähnung Helgis Str. 15 scheint müßig, wenn damit der Held der Helgilieder gemeint sein soll. Man hat daher an Hialmgunnar gedacht, der in Sigurdrifas Lied erwähnt wird. Vgl. Brynhildens Todesfahrt mit der Anm.

Die Einkleidung der Schicksale Sigurds in eine Weißagung ist ein Behelf, von dem auch in andern unserer Heldenlieder Gebrauch gemacht wird z. B. in dem dritten von Sigurd, wo Brynhild die künftigen Schicksale Gudruns und ihrer Brüder voraussagt, was wohl auch nur den Zweck hat, dem Leser oder Hörer die Uebersicht der Sage zu erleichtern.

23. Das andere Lied von Sigurd dem Fafnirstödter.

Auch dieses Lied haben wir in zwei Abschnitte zerlegt, von welchen der erste fast nur Regins Erzählungen über den Ursprung des Horts enthält, auf dem Regins Bruder Fafnir lag, den zu tödten er ihn reizen will. Aber Sigurd will erst seinen Vater Sigmund und Muttervater Eilimi an Hundings Söhnen rächen. Die Ausführung dieses Vorhabens bildet den Gegenstand des zweiten Abschnitts. Der Ursprung des Horts ist auch D. 62 erzählt, welche überhaupt mit diesen und den folgenden Liedern zu vergleichen ist. Unser ganzes Lied kann als eine Einleitung zu Fafnismal betrachtet werden; Regin, nachdem es benannt sein sollte, tritt auch im zweiten Abschnitte stark hervor. Aber Sigurds Kampf mit Hundings Söhnen ist vielleicht erst durch den zweiten Abschnitt in die Sage gekommen. Daß ihn Gripisspa kennt, entscheidet nichts; aber im zweiten Helgiliede schienen alle Hundingssöhne gefallen und Lyngwi, den unser Lied einen Sohn Hundings nennt, erscheint Wölsungas. Cap. 19 nicht als solcher; seine Feindschaft gegen Sigmund und dessen Schwäher Eilimi entsteht daraus, daß Hiördis ihn verschmähte. D. 62 gedenkt überhaupt des Kampfes gegen Lyngwi nicht. In den ersten Abschnitt sind einige Strophen (3 und 4) im Geiste der Götterlieder eingefügt, die gleichsam ad vocem „waten" eine ethische Lehre bei überweltlicher Strafe einschärfen sollen. Eben so ist im zweiten Abschnitt die epische Erzählung durch die Belehrung über die Vorzeichen, welche wir „Angänge" nannten (vgl. Grimm Mythol. 1075), unterbrochen. Sie wird dem Odhin unter dem Namen Hnikar in den Mund gelegt, der eigens deßhalb herbei bemüht scheint, obgleich er auch sonst wohl, wie wir aus der Wölsungasage wißen, in die Schicksale der Wölsungen, die von ihm abstammen, eingreift, namentlich aber in die Sigurds, dem er C. 22 das Roß Grani schenkt, das wie er selber heißt, denn es ist ursprünglich das Sonnenroß wie er selber der Sonnengott; nähere Aus-

kunst giebt Mein Handb. S. 208. §. 74. Als Apollo Granus wurde Odhin
verehrt: dieser Apollo ist kein imberbis, denn Granus bezeichnet ihn als
den Bärtigen, wie das Roß Grani von seinen Mähnen benannt ist: das
Haar wie die Mähnen bedeuten die Sonnenstralen.

24. Fasnismal.

Auch hier tritt das Ethische bedeutend hervor, die Str. 30 und 31
erinnern ganz an Hawamal; in den Strophen 16—19 ist sogar ein rein
mythologisches, den Götterliedern nachgebildetes Gespräch eingelegt. Die
Einschiebung hatte aber an unrechter Stelle stattgefunden, zwischen 11 und
12, welche offenbar zusammengehören. Da so Str. 12 unverständlich geworden war, so haben wir sie nebst den beiden andern, die von ihr ab-
hängen, wieder mit Str. 11, aus der sie sich allein erklärt, zusammen-
gerückt, und dem eingeschobenen mythologischen Gespräch einen passenden
Platz angewiesen. Auffallend ist wieder, daß Str. 41 den Besuch bei Giuki
vor Brynhilds Erweckung erwähnt, wie wir in Gripisspa Str. 13 und 15
denselben Anachronismus, wenn es nicht mehr, vielleicht gar das Ursprüngliche ist, bemerkt haben. Auf die Wichtigkeit der folgenden drei Strophen
werden wir ein anderes Mal aufmerksam machen.

Zu S. 200: „Finger in den Mund." Nach den Academy III. angeführten Stellen aus Philostratus achten auch die Araber auf den Gesang
der Vögel als auf Orakelsprüche, lernen ihn aber erst verstehen, indem sie
des Drachen Herz oder Eingeweide verzehren. Von den Bewohnern der
indischen Stadt Paroka wird dasselbe in Bezug auf alle Thiere, nicht bloß
der Vögel, berichtet.

25. Sigrdrifumal.

Die Einwirkung der Götterlieder auf die Heldensage, die wir schon bei
den frühern Liedern bemerkt haben, tritt hier noch stärker hervor. Wie dem
Hawamal das Loddfafnismal und Odhins Lied von den Runen angehängt
sind, so wird hier Brynhilden (Sigrdrifen) ein jenem odhinischen ähnliches
mythisches Runenlied und dann ein dem Loddfafnismal nachgebildetes ethisches
Lied in den Mund gelegt. Wahrscheinlich waren sie vorhanden und allgemein bekannt ehe sie hier eingefügt wurden. In Brynhilds Munde paßt
der Sittenspruch Str. 22 wenig. Bei Aufnahme des Spruchgedichts in
unser Lied hat man nicht bedacht, daß er Brynhildens Charakter wider-
spreche. Rechnen wir diese Nachklänge der Göttersage ab, so ist das, was
dem gegenwärtigen Liede für die Heldensage übrig bleibt, von geringem

Belang. Das Wichtigste ist noch was die Prosa erzählt, obgleich sie selt-
samer Weise Sigurs Ritt durch Wafurlogi nur andeutet, nicht ausdrücklich
(wie das vorige Lied Str. 42. 3) meldet. Auch D. 62 erwähnt desselben
gerade hier nicht, wo er doch unbezweifelt hingehört, wohl aber später als
Sigurd mit Gunnar um Brynhild wirbt. Da aber, könnt es scheinen,
hab es des Zaubersfeuers nicht mehr bedurft, da der Zauber bereits gebrochen und dem Ausspruche Odhins (Brynhildens Todesfahrt 9. 10) genügt
war. Die Beziehung des Zauberfeuers auf Odhins Spruch hat eine Verwirrung in unsere Lieder gebracht, die ich früher durch die Vergleichung
der nordischen Sage mit der deutschen schlichten zu können glaubte. Allein
ich sehe jetzt, daß das doppelte Reiten durch die Flamme, wie es die nordische Sage meldet, das Ursprüngliche sein muß, indem nur bei dieser Annahme der Zusammenhang der Heldensage mit der in Skirnisför enthaltenen
Göttersage klar wird, wobei ich an das erinnere, was oben über die doppelte
Gestalt dieses Liedes ausgeführt ist. In der ältern war es Freyr selbst,
der durch Wafurlogi ritt, in der jüngern that es Skirnir für ihn. Beide
Formen des Mythus sehen wir in der Heldensage verbunden, indem Sigurd
das erstemal für sich selbst, das andremal für den Freund und Herrn durch
die Flammen reitet. Vgl. Handb. §. 30. In der nordischen Gestalt der
Heldensage ist also nur eins verwirrend, daß Odhin das Zauberfeuer um
Brynhildens Burg geschlagen haben soll, denn es müßte seinem Ausspruch
gemäß nach dem ersten Ritt Sigurds erloschen sein. Gleichwohl war diese
Annahme nothwendig, wenn die Göttersage in Heldensage umgestaltet werden
sollte. Ursprünglich war Sigrdrifa Odhins Gemahlin, wie wir an dem
Schutze sehen, den sie dem Agnar gegen Hialmgunnar gewährt haben
soll. Vgl. Helreidh. 8. Auch Friggs Günstling war Agnar gewesen
(Grimnismal Einleitung), sie hatte ihm das Reich durch eine List ver-
schafft, die jener gleicht, durch welche sie dem Winilern gegen Odhins
Willen den Sieg zuwandte. Nach Grimnismal ließ sich das Odhin gefallen; es muß aber eine Gestalt die Sage gegeben haben, in welcher der
höchste der Götter sich als weniger gutmüthigen Gatten erwies. Diese Gestalt klingt in der Heldensage nach. Näher ist dieß Zeitschr. für Myth. II.
7 ff. ausgeführt.

Bei der Annahme, daß das Spruchgedicht Str. 22—36 früher vorhanden war ehe es hier eingefügt wurde, versteht es sich von selbst, daß
dieß von Str. 37 nicht gelten kann, welche eine Anspielung auf Sigurds
frühen Tod enthält, die wahrscheinlich bei jener Einverleibung hinzugedichtet
wurde.

26. Bruchstück eines Brynhildenliedes.

Wir haben diesem Liede die Ueberschrift gegeben, welche es in der Urschrift führt, obgleich wir keineswegs überzeugt sind, daß es ein Bruchstück
ist. Nach der von uns angenommenen Anordnung der Strophen und den
Lesarten, von welchen wir bei der Uebersetzung ausgegangen sind, die zum
Theil allerdings auf Conjectur beruhen, scheint wenig oder nichts mehr
zu fehlen. In der ersten Strophe liest der Text: „Wie bist du, Brynhild,
Budlis Tochter;" dann müßte man aber entweder zwischen dieser und der
folgenden Strophe, oder zwischen der zweiten und dritten, eine Lücke annehmen je nachdem man die zweite Strophe Brynhilden oder Gunnarn in
den Mund legte. Ist aber die erste Strophe, wie es uns scheint, von
Högni an Gunnar gerichtet, so ist alles in Ordnung, und diese Einleitung
wenigstens nicht mehr lückenhaft. Zwischen der dritten und vierten mag
allerdings noch etwas vermißt werden, da der Einwürfe Högnis ohnerachtet
Gunnars in der ersten Strophe schon angekündigtes Vorhaben ausgeführt
wird. Allein bei dem Plane des Liedes, welchen erst der Schluß deutlich
macht, fehlt nichts Wesentliches. Es soll das tragische Geschick der Giukungen dargestellt werden, welche sich zu Sigurds Ermordung durch dessen
Treubruch berechtigt und gegen Brynhild verpflichtet geglaubt hatten, jetzt
aber, da sie seine Unschuld erkennen, vor ihrem eigenen Bewußtsein selber
als meineidige Mörder erscheinen. Wie es Brynhild war, die ihnen Sigurds
Treulosigkeit vorgespiegelt hatte um sie zum Morde zu reizen, so ist es auch
wieder Brynhild, die sie, da der Mord vollbracht ist, wie es Str. 14 heißt,
wie ihr böses Gewissen meineidig schilt und Sigurds Treue auf das Nach-
drücklichste schildert. In Bezug auf Brynhilden tritt also zwischen ihrem
Benehmen vor Sigurds Ermordung und nach derselben der Widerspruch
hervor, welchen die Schlußstrophe, die früher als 15te an der unrechten
Stelle stand (obgleich das S. Bugge nicht zugestehen will, der doch sonst
unserer Anordnung und Auslegung folgt), ausdrücklich bespricht. Aber erst
die Nacht nach Sigurds Ermordung, wo Gunnars Gemüth von schreckhaften
Bildern ergriffen wird, sollte den Wendepunkt bilden; darin liegt eine große
Feinheit: vor dieser Nacht durfte Brynhild noch in dem alten Tone sprechen,
damit am folgenden Morgen die Wahrheit desto greller hervorträte. Diesem
Plane gemäß bringen die ersten Strophen nur kurz in Erinnerung, daß
Gunnar von Brynhildens Vorspiegelungen verblendet die Ermordung Sigurds, den er für meineidig hielt, gegen Högnis Einspruch betrieben und
wie wir aus der vierten Strophe ersehen, durchgesetzt hat. Die fünfte

Strophe, die sonst die eilfte bildete, aber beßer hier ihren Platz findet, knüpft an die Thatsache des vollbrachten Mordes schon die Ahnung der Rache. Aber schlimmer als die künftige Rache durch Atli ist das Gericht des eigenen Gewißens, und daß dieß Gunnarn verdammen werde, spricht Gudrun in der eilften Strophe ahnungsvoll aus. Was der Rabe Str. 5 angekündigt hatte, kann erst später ganz in Erfüllung gehen, obwohl schon in diesem Liede Gunnar davon beunruhigt wird. Aber Gudruns Prophezeiung Str. 11, daß Gunnarn böse Geister ergreifen würden, erfüllt sich sogleich hier, zunächst schon in den beiden folgenden Strophen, wo die Reue ihn zu ängstigen beginnt; noch weit mehr aber wird sie, wie uns der Dichter zu ermeßen überläßt, über ihn Gewalt haben, wenn er das Grauenvolle seiner That erkannt hat, die er jetzt noch, der letzten Worte des Raben ungeachtet, für berechtigt halten muß. Ihn darüber zu enttäuschen, ihm die Worte des Raben in ihrer ganzen unheilschweren Bedeutung auszulegen, dienen Brynhildens Worte in den Str. 15 bis 18, die ihn erkennen laßen, daß er gegen Sigurd treulos und um so schlechter gehandelt hat als dieser ihm unverbrüchliche Treue zu bewahren mit rührender Sorgfalt befließen war. So schließt sich Str. 19 vortrefflich an, die Brynhilds ganzes Benehmen gegen die Giukunge zusammenfaßend eine beßere Stelle nicht finden konnte. Erst muste doch Brynhilds Rede zu Ende sein ehe von deren Wirkung auf die Giukungen berichtet werden konnte.

Nach dieser Ausführung und bei solcher Anordnung der Strophen halten wir dieses s. g. Bruchstück nicht nur für ein Ganzes, sondern für eins der besten und ergreifendsten unseres nordischen Heldenbuchs.

Die Schlußbemerkung, die vielleicht von dem Sammler herrührt, macht auf die abweichenden Berichte über den Ort, wo Sigurd erschlagen ward, aufmerksam. Mit dem Berichte der deutschen Männer, welchem das gegenwärtige Lied folgt, stimmt von den nordischen noch das zweite Gudrunenlied, hier mit Recht als altes Lied von Gudrun bezeichnet, weil es älter ist als das erste, während das folgende Lied, das dritte von Sigurd, Hambismal und die damit zusammenhängende Aufreizung Gudruns ihn im Bette neben Gudrun erschlagen laßen. Welche Angabe die richtige ist, läßt sich hieraus nicht entscheiden, da sowohl ältere als jüngere Lieder verschiedenen Berichten folgen. Darin werden wir aber dem Sammler beistimmen müßen, daß Sigurds Ermordung im Walde deutscher Sage gemäß ist, und diese mag hier das Ursprüngliche bewahrt haben.

Die Lücke, welche sich zwischen diesem und dem vorhergehenden Liede in der Sage bemerklich macht, und durch die folgenden Lieder von Bryn-

hild und Gudrun nur zum Theil ausgefüllt wird, läßt den Verlust einer
beträchtlichen Anzahl alter Lieder beklagen, indem Sigurds Verlobung mit
Gudrun, Werbung um Brynhild für Gunnar, der Zank der Königinnen
und Sigurds Tod übergangen sind. Bruchstücke dahin gehöriger Lieder
hat die Wölsungasage erhalten und wir glauben sie hier einrücken zu müssen.
Die beiden ersten finden sich Cap. 36 und zeigen, da sie sich auf die Werbung Gunnars um Brynhild beziehen, deutlich die oben besprochene Verwirrung in der nordischen Heldensage, welche noch einen zweiten Ritt durch
das von Odhin um Brynhilds Burg geschlagene Feuer annehmen müste,
das mit ihrer Erweckung durch Sigurd erloschen scheinen könnte.

> Das Feuer brauste, die Erde bebte,
> Die hohe Lohe   wallte zum Himmel.
> Wenige wagten da das Heldenwerk,
> Ins Feuer zu sprengen, noch drüber zu steigen.

> Sigurd schlug mit dem Schwert den Grani,
> Das Feuer erlosch vor dem fürstlichen Helden.
> Die Lohe legte sich vor dem Lobgierigen;
> Die Rüstung blinkte, die Regin besessen.

Die dritte, welche das 38te Cap. bewahrt hat, folgt auf den Zank der
Königinnen und die Entdeckung des Betrugs:

> Von dem Gespräche ging da Sigurd
> Des Königs Freund von Kummer gebeugt.
> Vor Schmerzen sprang dem Schlachtbegierigen
> Der Halsberg entzwei und die Harnischringe.

Glücklicherweise sind die hier ausgefallenen Theile der Sage in den
Nibelungen sehr gut und nach eigentümlicher Ueberlieferung ausgeführt.

27. Das dritte Lied von Sigurd.

Das günstige Urtheil, das wir von dem vorhergehenden Liede gefällt
haben, scheint uns das gegenwärtige nur in seinen echten Theilen zu verdienen. Wir halten es für eine ziemlich junge Ueberarbeitung und Erwei-
terung eines ältern Liedes, das dem Verfaßer des ersten Gudrunenliedes,
oder doch des prosaischen Schlußsatzes zu demselben, noch vorgelegen zu
haben scheint. Darin ist nämlich die Angabe der Str. 67 unseres Liedes
über die Zahl der mit Brynhilden verbrannten Knechte und Mägde mit

Berufung auf das „kürzere Sigurdslied" wiederholt. Wenn damit nicht unser Lied gemeint sein sollte, das in seiner gegenwärtigen Gestalt eins der längsten Lieder des nordischen Heldenbuchs ist, so müßte das gemeinte verloren gegangen sein. Der Theil unseres Liedes, in welchem sich diese Angabe findet, ist aber gerade der beste und wird aus dem alten kürzern Liede beibehalten sein. Durch die Ueberarbeitung, bei welcher ältere Lieder benutzt scheinen, hat das Lied an Einheit verloren, da die Einleitung bis Str. 40 mit dem Hauptgegenstand, Brynhildens Selbstmord, im Mißverhältniß steht. Die fünf ersten Strophen können die Absicht nicht verbergen, die in der Erläuterung zu dem vorhergehenden Liede bemerkte Lücke in der Sage, namentlich in Bezug auf Sigurds Verlobung mit Gudrun und die Werbung um Brynhild für Gunnar, auszufüllen. Die Str. 6—8 haben zwar viel Schönes, aber die nun folgende Aufreizung gegen Sigurd entbehrt kräftiger Motive, und die welche Gunnarn nach der schleppenden Erwägung Str. 13 endlich zu bestimmen scheinen, der Verlust Brynhilds und ihrer Schätze (Str. 14 und 15), sind so wenig die rechten als die gemeinen, von welchen er sich Str. 16 Högnis Mitwirkung verspricht. Bei der kurzen Darstellung von Sigurds Ermordung Str. 21—27 scheint der Dichter ältern guten, aber unter sich uneinigen Liedern zu folgen. Nach Str. 24 wird Sigurd wie in Hamdismal an Gudruns Seite schlafend ermordet, während Str. 27 mit dem zweiten Gudrunenlied anzunehmen scheint, er sei auf dem Wege zum Thing erschlagen worden. Ganz verwerflich und der Sage widersprechend ist aber die Art, wie Brynhild Str. 34—40 ihren Entschluß, Gunnarn die Hand zu reichen, zu erklären sucht, denn hienach geschah es weil sie weder ihr Vatererbe missen, noch mit ihrem Bruder Atli darum kriegen wollte. Daß sie lieber Sigurds Schätze (!) genommen und sich dem vermählt hätte, dem sie nach Str. 36 früher verlobt war, ist eine lächerlich schwache Beschönigung. Nach der echten Sage mußte ihr keine andere Wahl geblieben sein als den zu freien, der die Bedingungen erfüllt hatte, an die ihr Besitz geknüpft war. Daß sie durch die Vorspiegelung als ob Gunnar diese Bedingungen erfüllt habe, bestimmt worden war diesem die Hand zu reichen, darin bestand das wider sie begangene Unrecht, über welches sie sich Str. 55 beschwert. Alle Berechtigung zu dieser Beschwerde fällt weg, wenn sie durch solche Erwägungen, wie die hier ausgeführten, vermocht wurde, dem Manne die Hand zu reichen, den sie nicht liebte. Vergebens sucht sie nach solchen Eingeständnissen den Schein des Wankelmuths am Schluß der Str. 39 von sich abzuwälzen. Dem Ueberarbeiter war aber das Verständniß der Sage abhanden gekommen. Ihm blieb für

Brynhild kein anderes Motiv übrig, Sigurds Tod zu suchen als Eifersucht (Str. 8) und Herrschsucht (Str. 11): daß sie ihn für ihre preisgegebene Ehre im Kampf mit unerloschener Liebe forderte und zu fordern genöthigt war; daß sie mit der eisernen Strenge ihrer Sinnesart nichts anerkennt als ihre Verlobung mit Sigurd, zu welcher die Vermählung, obgleich mit zwischengelegtem Schwerte (Str. 65) hinzugetreten war; daß sie sich als sein Gemahl betrachtet, und als seine Gattin mit ihm verbrannt sein will: das Alles finden wir hier nicht ausgedrückt, und was sie nach Str. 40 zum Selbstmord bestimmte: daß ein edelgeartetes Weib mit fremdem, ungeliebten Manne nicht leben solle, das hätte sie bedenken müssen ehe sie sich aus den angegebenen Beweggründen Gunnarn vermählte. Vortrefflich sind dagegen die nun folgenden Theile des Liedes, Högnis starke Aeußerung gegen Brynhild Str. 44, ihre Selbstopferung und die Austheilung der Schätze unter die Diener, die ihr Leichengefolge bilden sollen Str. 45—50. Dieß und der Schluß des Liedes von Str. 62 an mag wie gesagt aus dem alten kürzern Liede übrig sein. Zweifelhaft bleibt die Echtheit der Weißagung Str. 51—61, wenigstens ist die Erwähnung Oddruns St. 56, die schwerlich alter Sage angehört, bedenklich; die Ankündigung von Gudruns dritter Vermählung giebt uns weniger Anstoß, da wir die beiden Lieder, die diesen Theil der Sage behandeln, für älter halten als man anzunehmen pflegt. So dürfen wir dem Urtheile W. Grimms beipflichten, daß Brynhilds letzte Rede, die Anordnung ihrer und Sigurds Leichenfeierlichkeit, und die Prophezeiung, womit sie endigt, einen vollkommen tragischen Eindruck hinterlaßen.

28. Brynhildens Todesfahrt.

Schönheit und Echtheit dieses Liedes möchten wir nicht in Zweifel ziehen. Die Aehnlichkeit mit Baldurs Bestattung D. 49 ist nicht so in die Augen fallend, daß es seinem Ansehen schaden könnte, wenn auch die Göttersage hier auf ein Heldenlied eingewirkt hätte; der Widerspruch aber mit dem vorigen Liede, wonach nur Ein Scheiterhaufen gemacht und Brynhild an Sigurds Seite verbrannt wurde, ist unbedeutend und trifft nur die Einleitung. Zuletzt fragte es sich auch noch ob selbst die echten Theile des vorhergehenden das Alter des gegenwärtigen Liedes erreichen. Die acht Nächte, welche Brynhild nach Str. 12 neben Sigurd gelegen hat, stimmen allerdings weder mit Gripisspa 43, noch mit Wölsungas. c. 26, welche nur drei Nächte annehmen; aber was ist mit so jungen Zeugnissen gegen das eingeständlich ältere Lied auszurichten? Das Einzige, was Verdacht erregen könnte, ist die Erwähnung des Pflegers Str. 11, den man, vielleicht nicht

mit Grund, auf Heimir zu beziehen gewohnt ist. Aber darüber werden
wir uns unten erklären.

Ein großer Vorzug unseres Liedes ist, daß es wichtige, sonst verdun-
kelte und entstellte Theile der Sage allein bewahrt hat. Dahin rechnen
wir zuerst den in Str. 10 ausgesprochenen, in Sigurdrifas Lied fehlenden
oder doch nur in der Einleitung angedeuteten Satz, daß Odhin um die
Schildburg, in welcher Brynhild schlief, ein Feuer geschlagen hatte, durch
welches nur Sigurd reiten konnte, als er das Gold in Fafnirs Bette
brachte. Deutlich geht dieß, wie die Vergleichung mit Fafnismal 42—44
nicht zweifeln läßt, auf Sigurds Ritt durch das Feuer vor Brynhilds Erweckung. Noch werthvoller würde aber dieß Zeugniß sein, wenn es nicht
durch Str. 12 wieder verdunkelt würde, in welcher offenbar von einem
viel spätern Ereigniß, nämlich Sigurds Beilager mit Brynhild in Gunnars Gestalt die Rede ist. Der Dichter, da er die Sage als bekannt voraussetzen konnte, glaubte wohl Verwirrung nicht fürchten zu müßen indem er
zwei so entlegene Begebenheiten in aufeinander folgenden Strophen berührte. Oder weiß die Sage, welcher der Dichter folgt, nur von einem
einmaligen Ritt Sigurds? Auf die zweite Begebenheit kam es ihm wesentlich
an, da auf der Reinheit des Beilagers mit Sigurd Brynhilds Vertheidi-
gung gegen die Beschuldigungen des Riesenweibes, das ihr den Eingang
zur Unterwelt wehren will, mit beruhte. Faßen wir diese Beschuldigungen
näher ins Auge, so wird uns der Zusammenhang des Gedichts deutlich
werden. Der ersten Beschuldigung (Str. 1), sie begehre den Gatten einer
Andern, womit die Aeußerung Str. 4 zusammenhängt, daß sie Giukis
Haus gestürzt, ihn seiner Erben beraubt habe, setzt Brynhild in der folgenden Str. nur kurz entgegen, Giukis Söhne hätten sie ihrer Liebe beraubt und der Eide, die ihr Sigurd geschworen, verlustig gemacht, was
auf den Vergeßenheitstrank geht, den Grimhild, der Giukungen Mutter,
dem Sigurd gemischt hatte. Die Beschuldigung selbst sucht sie in einer
längern Darstellung ihrer Schicksale zwar nicht zu läugnen, aber doch zu
entkräften. Erst am Schluß derselben kommt sie Str. 12 auf die Begebenheit zu sprechen, welche ihre Rechtfertigung enthält.

Eine zweite Anklage, daß sie als Walküre Menschenblut vergoßen habe,
fertigt sie Str. 3 mit wenigen Worten ab. Daß sie nicht freiwillig, sondern gezwungen den Walkürenstand ergriffen habe, setzt sie ihr keineswegs,
wie ich früher annahm, entgegen. Doch erfahren wir in Bezug hierauf
Etwas ganz Neues, das den bisherigen Erklärern der Edda entgangen ist,
da schon frühe Str. 5, wie eine sehr abweichende, wahrscheinlich durch Con-

jectur entstandene, Lesart in der Nornagestsage C. 8 beweist, sich dem Verständniß entzog. Der Grund liegt wieder darin, daß der Dichter in seiner
Zeit die Sage als bekannt voraussetzen durste: er sagt darum nicht, wie
der hochherzige (hugfullr) König genannt war, welcher Brynhilden und
ihren acht Schwestern die Kleider unter die Eiche tragen ließ, worauf die
zwölfjährige Brynhild dem jungen Fürsten (ungom gram) den Eid schwören
muste. Aber die Vergleichung der folgenden Strophe lehrt, daß beidemal
der junge Bruder Atas gemeint ist, der, wie wir aus Sigurdrisasliod
wißen, Agnar hieß. Unsere Kenntniß der Sage erweitert sich hiedurch
um ein wichtiges Stück. Wie Wölundur und seine Brüder die drei Schwestern (Str. 2. 8) in ihre Gewalt brachten, indem sie ihre Schwanenhemden
wegnahmen, so ließ König Agnar Brynhilden und ihren Schwestern die
Fluggewande unter die Eiche tragen, wodurch die zwölfjährige Brynhild
gezwungen wurde, ihm den Eid zu leisten und als Walküre für ihn Kriegsdienste zu thun. Die acht Gespielinnen Brynhildens müßen so wenig ihre
leiblichen Schwestern gewesen sein als die drei Schwanenmädchen des Wö-
lundurliedes alle Schwestern waren, obgleich sie so genannt werden. Uebrigens scheint hier ein Unterschied zu beachten: im Wölundurliede sollten die
Mädchen, die früher das Kriegsgewerbe getrieben, als die Brüder sie gefangen nahmen, aufhören Walküren zu sein und Hausfrauen werden. Hier
verhält es sich anders: auch die acht Schwestern waren schon früher Walküren gewesen, da sie Flug- oder Schwanenhemden besessen hatten; aber
sie sollten nun dem Agnar Kriegsdienste leisten, zu seinen Gunsten die
Geschicke der Schlacht zu entscheiden geloben. Durch diesen Zwang, den
ihr Agnar anthut, zieht sich Brynhild Odhins Zorn zu, der sie mit dem
Schlafdorn sticht und in den Schlummer senkt, aus dem sie nur Sigurd
erwecken konnte. So wird ihre Verlobung mit Sigurd herbeigeführt, die
durch den Verrath der Söhne Giukis rückgängig wurde, da diese sie eidbrüchig, ihrer Liebe verlustig machten. Wenn Str. 7 sagt, man habe sie
seitdem in Hlindalir Hild unterm Helme, d. h. da Hilde eine nordische
Kriegsgöttin ist, Walküre geheißen, so liegt auf Hlindalir der Ton: es
wird das Reich König Agnars sein, der vermuthlich auch Str. 11 unter
ihrem Hüter oder Pfleger gemeint war. Später bezog man freilich Hlindalir auf Heimir, wie es D. 62 geschieht, wozu gerade unser Lied Veranlaßung gegeben haben mag, denn als sich die schon bei Gripisspa als pro-
blematisch bezeichnete Sage von Sigurds Zusammentreffen mit Brynhild
bei Heimir bildete, der wie in Wölsungas. c. 32 ihr Pfleger heißt, mochte
man ihm durch Verwechselung mit Agnar Hlindalir zutheilen. Alle Versuche,

diesen Heimir und Sigurds zweite Verlobung mit Brynhild als ursprünglich
zu halten, scheinen mir verfehlt: sie können sich nur auf Interpolationen berufen, die mit der Aslaugsage gleiche politische Zwecke gehabt haben mögen.

In Agnars Dienst also fällte sie Hialmgunnarn in der Schlacht,
welchem Odhin, wie es in Sigurdrifaslied heißt, Sieg verheißen hatte.
Darüber ward Odhin zornig und stach sie mit dem Schlafdorn. Sie sollte,
gebot er, nicht länger Walküre sein, sondern einem Manne vermählt werden.
Sie aber gelobte, sich keinem zu vermählen, der sich fürchten könne. Dem
gemäß ward bestimmt, daß nur der ihren Schlaf solle brechen können, der
wie unsere Str. 9 sagt, immer furchlos erfunden würde. Darauf umschloß sie Odhin mit Schilden und umgab ihre Burg mit Feuer, offenbar, weil hierin die Bürgschaft lag, daß sie von keinem erweckt würde,
bei dem die von ihr selbst gestellte Bedingung nicht zuträfe. Die Burg ist
der Scheiterhaufen, wie wir aus Sig. Kw. III, 62 ersehen; diese Bedeutung des Worts lebt in Deutschland noch heute fort. Auch ein Saal
wird die Burg genannt (Helr. 10), oder ein Gezelt (Sig. Kw. III, 63)
oder eine Schildburg (Sigrdrifum. Einl.), weil aus zusammengefügten
Schilden gleichsam ein Zelt gebildet wurde, wie es auch hier in der Einleitung heißt, Brynhilds Leichenwagen sei mit Prachtgeweben umzeltet gewesen. „Mit Schilden ist gezeltet auf euern Schiffen" heißt es im ersten
der drei Helgilieder Str. 12, als Atli in der ersten Hälfte der Nacht die
Warte hatte, und Helgi noch schlief, den er erst Str. 24 aufweckt, und
Str. 26 des andern wirft der Steurer die Schiffszelte nieder um die Helden
zu erwecken, worauf es in der folgenden Str. heißt: Schild scholl an Schild.
Wir sehen daraus, daß es Sitte war, die Schilde in der Nacht so zu-
sammenzufügen, daß sie eine Burg um die Schlafenden bildeten. So soll
auch nach dem dritten Sigurdsliede Str. 63 die Burg, worin Brynhild
mit Sigurd verbrannt sein will, mit Zelten und Schilden umzogen
werden. Eine solche Schildburg umschloß also nach unserer Str. 9 auch
die schlafende Brynhild, und zwar so dicht, daß die Ränder sie berührten;
ihr Saal aber ward, eben diese Schildburg, mit wallendem Feuer (Wafurlogi) umgeben. Wenn die Einleitung zu Sigurdrifaslied angiebt, aus der
Schildburg habe oben heraus ein Banner gestanden, so sehen wir ein
Gleiches bei Skeaf im Eingang des Beowulf beobachtet. Auch Er liegt
auf dem Todesbette. Als zuletzt Beowulf bestattet wird, finden wir auch
seinen Scheiterhaufen Burg genannt und mit Schilden und andern Waffen
umgeben. Vergl. über Burg Handbuch der Mythologie §. 148 und Meine
Uebersetzung des Beowulf S. 202.

Nach der Einleitung, welche die Nornagestsage unserm Liede giebt, fiele dessen Zeitpunkt vor die Verbrennung. Als Brynhild nach dem Scheiterhaufen gefahren wurde, kam sie auf diesem Helwege an einigen Felsklippen vorbei, in welchen ein Riesenweib wohnte. Dieses hielt einen langen Baumast in der Hand und sprach: „Mit diesem will ich deinen Scheiterhaufen vermehren, Brynhild! Und besser wärst du lebendig verbrannt für deine Unthaten ehe du Sigurd den Fafnirstödter, den berühmten Helden, ermorden ließest."

29. Das erste Gudrunenlied.

„Das erste Lied von Gudrun," sagt Wilh. Grimm, „beschreibt die Unglückliche, die auf keinen Trost der umgebenden Frauen hörend, unbeweglich da sitzt bis bei dem Anblick der Leiche ihr Schmerz sich in Thränen löst. Das ganze Lied, für die Geschichte überflüssig, verweilt bloß bei einem rührenden Augenblicke, auch weiß weder die Wölsungasage noch die Snorraedda etwas davon." Darauf führt er aus, wie neue in keinem andern Liede berührte Verwandtschaftsverhältnisse darin berichtet werden, worin nur angenommene, der Sage nicht zugehörige Erweiterungen zu sehen seien. Schon diese lassen auf eine verhältnißmäßig späte Entstehung des Liedes schließen, die aus seiner elegischen Weichheit nicht mit Sicherheit zu folgern ist, da Gudrun überhaupt weiblicher und milder erscheint als Brynhild. Allerdings ist das zweite Gudrunenlied, das oben am Schluß des s. g. Bruchstücks von Brynhild das alte Lied von Gudrun hieß, kräftiger gehalten; dieß liegt aber auch mit an der Situation, da Gudrun, wie der Schluß zeigt, hier schon auf Rache für ihre Brüder sinnt. Was uns gegen das vorliegende Lied einnimmt, ist das ungünstige Licht, in welches Brynhild Str. 21 gestellt wird, namentlich aber Str. 25 und 26, zu welchen gerade die schlechteste, jedenfalls der Ueberarbeitung angehörige Stelle des dritten Sigurdsliedes (Str. 37—39) Veranlaßung gegeben hat. Wie dort Brynhild von sich selber angiebt, daß sie auf Atlis Andringen, der ihr, wenn sie unvermählt bliebe, das Vatererbe vorenthalten wollte, Gunnarn die Hand gereicht habe, so wird hier dem Atli die Schuld an allem Unheil beigelegt, und der Tag verwünscht, wo sie des „Wurmbetts Feuer" an dem Fürsten ersahen. Man darf bei diesem Ausdruck, der allerdings zunächst an Sigurd gemahnt, doch dem Zusammenhange nach nur an Gunnar denken. Wie nach D. 62 das Gold Oturs Buße, der Asen Nothgeld und fernerhin Fafnirs Bette u. s. w. hieß, so ist auch des Wurmbetts Feuer nur eine allgemeine dichterische Benennung des Goldes geworden,

die weiter nichts mehr mit Gudrun zu schaffen hat. Vgl. Oddruns Klage
Str. 33. Also des Goldes Willen nahm Brynhild den Gunnar; diese Ansicht kann nur die bezeichnete Quelle haben, obgleich dort Brynhild nur
um ihr Vatergut nicht zu verlieren, einwilligte, hier aber gar durch den
Reichtum des Freiers bestimmt wird. Setzt aber unsere Stelle jene andere des dritten Sigurdsliedes voraus, so ist unser Lied erst nach der Ueberarbeitung, welches jene erlitt, entstanden und gehört mithin einer ziemlich
jungen Zeit an. Damit stimmt nun auch alles Uebrige, jene Erweiterungen der Sage, die auffallende Weichheit des Tons und der Umstand, daß
nicht dieses, sondern das andere Gudrunenlied als das alte bezeichnet wird.

Noch sonst berührt sich unser Lied mit dem dritten von Sigurd, denn
wenn es dort Str. 29 heißt, Gudrun habe bei Sigurds Tode die Hände
so stark zusammengeschlagen, daß die Gänse auf dem Hofe geschrieen hätten,
so sagt hier zwar die erste Strophe, sie habe nicht geschluchzt noch die
Hände geschlagen, wie der Frauen Brauch sei, was aus Str. 11 des andern Gudrunenlieds genommen sein mag; aber hernach jammert sie doch
Str. 16 beim Anblick der Leiche so sehr, daß die Gänse im Hof hell auf-
schrieen. Aus dem andern Gudrunenlied hat unseres noch einmal geschöpft:
Str. 18 scheint eine Paraphrase der dortigen zweiten, welcher wiederum
Str. 36 des dritten Helgiliedes zum Vorbild gedient haben wird.

Was die prosaische Einleitung erwähnt, Gudrun habe etwas von Fafnirs Herzen gegessen und seitdem der Vögel Stimmen verstanden, wird
sonst nirgend gemeldet; vergl. unten. Im Uebrigen giebt sie nur die beiden
ersten Strophen wieder; der Schlußsatz ist hingegen theils aus dem dritten
Sigurdsliede, theils aus Str. 13 des alten Gudrunenliedes genommen.

30. Mord der Niflunge.

Auch dieser prosaische Zwischenbericht könnte wie der erste von Sinfiötli
dem Sammler unserer Heldenlieder gehören. Nur daß es der Ring Andwaranaut war, welchen Gudrun ihren Brüdern zur Warnung schickte, daß
Högni von Kostbera noch einen dritten Sohn, Namens Giuki, hatte, und
daß Gudrun ihre Söhne aufgefordert, der Giukungen Leben zu erbitten,
was diese verweigert hätten, kann aus den Liedern, wie sie uns vorliegen,
nicht geschöpft sein. Sonst scheinen alle folgenden Lieder mit Ausnahme
des dritten von Gudrun und der beiden letzten von ihrer dritten Vermählung, die doch schon das dritte Sigurdslied kennt, benutzt. Den prosaischen Eingang des folgenden Liedes zog ich früher zu unserm Zwischenbericht und schloß dann weiter, daß dem Verfaßer desselben auch das dritte

Gudrunenlied bekannt gewesen sei, indem er aus ihm (Str. 5) die Nachricht über Dietrichs Aufenthalt bei Atli und den Verlust seiner Mannen entliehen habe. Dann müßte aber auch die weitere Meldung jenes Eingangs, daß Dietrich und Gudrun einander ihr Leid geklagt hätten, aus dem dritten Gudrunliede entnommen sein, und die Klage der Gudrun im zweiten „alten“ Gudrunliede schwebte in der Luft, sie wär an Niemand gerichtet, man begriffe nicht, was ihr die Zunge löste, während doch der Dichter des ersten Gudrunenliedes sich so viel Mühe giebt, die Klage der vor Leid Verstummenden einzuleiten. Ich nehme daher jetzt mit Müllenhoff Zeitschr. X. 172 an, daß in jenen einleitenden Worten auch das zweite, alte Gudrunenlied in derselben Weise wie das dritte die Anwesenheit Dietrichs an Etzels Hofe voraussetzte. „Wem sonst sollte die arme freundberaubte Gudrun klagen, als ihm dem gleichfalls elenden freundlosen Manne?“ Vgl. Hildebrandslied Z. 23.

31. Das andere Gudrunenlied.

Rask nimmt dieses mit dem dritten Liede zusammen und giebt ihnen die gemeinschaftliche Ueberschrift Godrunar-Harmr, welcher er das vorige Stück, „Mord der Niflunge“ mit dem prosaischen Eingange unseres Liedes verbunden folgen läßt. Der Name scheint den Schlußworten des dritten Gudrunenliedes entliehen zu sein, wie auch Oddrunargratr sich am Ende selbst seinen Namen giebt, indem es ganz nach der Sitte deutscher Heldenlieder, die noch in den Nibelungen gewahrt ist, mit den Worten schließt: Hier ist Oddruns Klage zu Ende. Allein der Harm Gudruns, welcher ihr im dritten Liede durch Herkias Bestrafung gebüßt wird, ist ein ganz anderer als der, welchen sie in dem gegenwärtigen klagt: aus den Schlußworten jenes: „So ward der Gudrun vergolten der Harm,“ kann mithin für dieses keine Ueberschrift hergeleitet werden. Auch scheinen mir diese beiden Lieder, die so vereinigt werden sollen, wenig gemein zu haben. Von dem zweiten haben wir gesehen, daß es das alte Gudrunenlied genannt wurde; in der Nornagests. c. 2 scheint es unter Gudruns alter Weise verstanden und die Vergleichung mit dem ersten hat nichts ergeben, was der Meinung widerspräche, daß es älter sei als dieses. Gegen die Composition unseres Liedes finden wir wenig einzuwenden: es faßt Gudruns Schicksale, mit Ausschluß ihrer dritten Vermählung, geschickt zusammen, und obgleich der Zeitpunkt vor ihrer Rache an Atli genommen ist, wird diese doch zuletzt als Vorsatz angekündigt, und bei Auslegung der Träume Atlis geschildert. Der Eindruck, den dieser Schluß hervorbringt, ist stark genug, und wir müßen die Kunst des Dichters, der dieß vermochte ohne daß vorher die Ermordung ihrer Brüder gemeldet wurde, bewundern. Denn daß diese erfolgt ist, wird verschwiegen und nur als Prophezeiung Gudruns vor ihrer Vermählung mit Atli Str. 31 dieß Motiv ihrer Rache beigebracht. Vielleicht ist zur Erklärung dieser Sehergabe Gudruns die Nachricht ersonnen, welche der Eingang des ersten Liedes bringt, Gudrun habe von Fafnirs Herzen gegeßen.

Mit dem s. g. Bruchstück eines Brynhildenliedes hat das unsere Einiges gemein. Daß in Beiden Sigurd draußen erschlagen wird, hat der Schlußsatz jenes schon selber bemerkt. Aber auch Granis ledige Heimkehr Str. 4, seine Trauer um den Herrn Str. 5, Gudruns Frage, die Högni beantwortet Str. 6 bis 8, fanden sich, wenn auch weniger ausgeführt, schon dort.

Was sich nun zunächst begiebt, findet sich in keinem andern Liede wieder; der Wölsungasage c. 41 hat es für diese Vorgänge als alleinige Quelle gedient, die sie fast wörtlich ausschreibt. Sie erklärt uns auch die Str. 13 nicht, wo in Einem Athem Alf neben Thora, Hakons Tochter in Dänemark, genannt wird, während der Schlußsatz unseres ersten Liedes nur letzterer gedenkt. Zwar setzt sie an Alfs Stelle deßen Vater Hialprek, und da sie selber diesen zum König von Dänemark macht (c. 21), so fällt ihr kein Widerspruch auf; das Verhältniß Alfs zu Thora läßt sie unerörtert. In der That schienen unsere Lieder darin einig, Hialprek in Dänemark herschen zu laßen — in Helreid Str. 11 heißt sogar Sigurd selbst ein Dänenfürst — obwohl es damit nicht zum Besten stimmt, daß das Reich Borghildens, der ersten Gemahlin Sigmunds, in Dänemark lag. Das Ursprüngliche bewahrt wohl die Meldung der Nornagestsage c. 3, wonach Hialprek in Frankenland Hof hält, zumal da die Deutung auf Chilperich so nahe liegt. Man könnte noch zweifeln, ob unser Lied wirklich Alfs Hallen nach Dänemark setzte, da die Erwähnung dieses Landes sich vielleicht allein auf Hakon bezieht. Wenn nämlich Alf, welchem sich Hiördis, Sigurds Mutter, nach Sigmunds Tode vermählte, in zweiter Ehe Thora, die Tochter Hakons von Dänemark, gefreit hätte, denn anders läßt es sich doch kaum deuten daß beide zusammen genannt werden, so brauchte man den Schauplatz dieser und der folgenden Strophen nicht nach Dänemark zu legen, zumal auch die dänischen Schwäne Str. 14, welche Thora in Gold stickte, sich einfach genug aus deren dortiger Heimat erklären ließen. Allein nach Str. 13 braucht Gudrun fünf Nächte um vom Rhein zu Alfs Hallen zu gelangen, was auf Dänemark beßer paßt als

auf Frankenland. Die drei Wochen, welche nach Str. 34 erforderlich sind,
um von Alfs Hallen zu Atlis Burg zu gelangen, geben keine Auskunft,
da wir nicht wißen wo der Dichter sich diese dachte. Ebenso wenig kann
Str. 16 entscheiden, wo Sigmunds, Sigars und Siggeirs Waffenthaten
in Stickwerk dargestellt werden, denn diese konnten in Dänemark so bekannt sein als in Frankenland. Endlich kann auch Str. 19 nicht den Aus-
schlag geben, wo neben slawisch klingenden Namen wie Jarisleif (Jaros-
law) Walbar der Däne genannt wird, denn wie ich diese Str. verstehe, gehört er zum Gefolge Grimhilds. Allerdings mag man in der vielfachen
Einmischung Dänemarks eine Vorliebe des Dichters für dieses Land, wie
in der des Haddingelands Str. 22 für den Norden überhaupt sehen; aber
die nordische Heimat der Dichter oder Ueberdichter unserer Lieder hat doch
sonst nicht vermocht, die Spuren ihres deutschen Ursprungs aus den geo-
graphischen Angaben zu tilgen.

Da wir einmal bei diesen verweilen, so bemerken wir, daß die hunischen Helden Str. 15 noch in dem alten Sinne des Worts genommen
scheinen, nach welchem Sigurds Voreltern hunische d. i. deutsche Könige
waren, und er selbst mehrmals der hunische heißt. Die hunischen Töchter
Str. 26 dagegen könnten schon hunnische sein sollen, denn in derselben
Strophe wird Atli Gudrunen zum Gemahl vorgeschlagen. Winbiörg und
Walbiörg Str. 33 scheinen erdichtete Namen.

Siggeir Str. 16 ist nach der Wölsungens. der Gemahl Signes, der
Tochter Wölsungs, mit welcher ihr Bruder Sigmund den Sinfiötli zeugte,
der deshalb im ersten Liede von Helgi dem Hundingstödter Str. 40 Siggeirs Stiefsohn heißt. Neben ihm ist im Text Sigar genannt, deßen Sage
verdunkelt ist; mit Sigar zusammengesetzte Ortsnamen in den Helgiliedern
spielen noch darauf an. Wir sind aber hier der Wölsungasage gefolgt, die
aus unsern Liedern schöpft, und neben Siggeir keinen andern als Sigmund nennt. Es ist also die Schlacht gemeint, in welcher König Wals
fiel und Sigmund mit seinen Brüdern gefangen wird. Siggeir hatte seinen
Schwäher nebst allen Söhnen in sein Haus geladen, wo das nachgeholt werden
sollte, was ihnen bei Sigmunds Hochzeit (durch Siggeirs schnelle Heimreise)
gefehlt hatte. König Wals war mit dreien Schiffen ausgefahren, ward aber
gleich bei der Ankunft von Siggeirs Heer überfallen und erlag nach helden-
müthiger Wehr der Uebermacht. Von dieser Schlacht wird hier die Rede sein.

Der Name Hlödwers Str. 25 begegnet auch in der Wölundarkwida;
in der Nornagests. c. 9 führt ihn ein König von Sachsenland; vergl. K.
Maurer in Bachers Ztschr. II, 467.

Mitten zwischen den beiden Hälften der Str. 35 nehmen die Erklärer eine Lücke an, oder laßen Gudrun die Vermählung mit Atli und die Ermordung ihrer Brüder als dem Dietrich schon bekannt übergehen; die Wölsungasaga c. 41 schiebt wenigstens erstere hier ein. Nothwendig scheint uns keins von beiden. Gudrun kommt schlafend in Atlis Burg an; Atli, der sie erweckt, erfährt sogleich, welche Träume sie beängstigt haben. Dieß veranlaßt ihn, auch seine Träume mit dem Wunsch zu erzählen, daß sie eine günstige Deutung zulaßen möchten. Den ersten, welcher seine Ermordung von Gudruns Hand unverhüllt ausspricht, weiß sie ohne ihre Abneigung zu verbergen doch beruhigend auszulegen; die andern, deren Sinn nicht so zu Tage liegt, deutet sie auf die Ermordung seiner und ihrer Kinder, ohne deren Mörder zu bezeichnen. Seit diesem Gespräch mit Atli, deßen sich Gudrun nach dem Fall ihrer Brüder erinnert, müßen bis zu dem Tage, wo ihr dieß Lied in den Mund gelegt wird, Jahre verstrichen sein, denn es geschieht unmittelbar nach ihrer Ankunft in Atlis Burg; nun aber, da sie sich im Trotze des Rachegefühls vornimmt (Str. 42) Atlis Träume in Erfüllung zu bringen, hat sie schon lichtgelockte Söhne mit ihm erzeugt, sonst wäre dieser Vorsatz (So will ich thun) undenkbar. Zwischen den Fall ihrer Brüder und die Ausführung der Rache fällt also dieses Lied wie vielleicht auch das folgende.

32. Das dritte Gudrunenlied.

Nach der deutschen Sage ist Erka oder Helche, die geschichtliche Kerka des Priscus, Etzels erste Gemahlin, nach deren Tode er sich Kriemhilden, der Wittwe Siegfrieds, also der eddischen Gudrun vermählt. In unserm Liede finden wir aber Gudrun neben Herkia, die jedoch zur Magd Atlis herabgesunken ist. Gleichwohl wird auch sie aus der deutschen Sage eingedrungen sein, zumal neben ihr Dietrich erscheint wie schon im vorigen Liede. Zwar wißen die deutschen Lieder von der hier erzählten Begebenheit so wenig als von einem zärtlichen Verhältniß Dietrichs zu Kriemhilden, auch ist das Gottesurtheil des Keßelfangs, obgleich in Deutschland früher heimisch, doch dem Norden nicht fremd geblieben, da es nach R. A. 922 in der Graugans erwähnt wird; aber eine deutliche Beziehung auf unsere Heldensage ist es, wenn von Dietrich Str. 5 gesagt wird, er sei mit dreißig Mannen zu Atli gekommen, und nicht einer lebe ihm mehr von allen dreißigen. Denn nach den deutschen Liedern kam Dietrich mit etwa so viel Mannen (das Gedicht von der Flucht nennt drei und vierzig) zu Atli, und verlor sie, wie wir in den Nibelungen sehen, während eines dreißig-

jährigen Aufenthalts an seinem Hofe in den Kämpfen, die er für ihn
bestand, so daß sogar die Zahl dreißig aus unserer Sage genommen und
durch Verwechselung auf die Begleiter Dietrichs angewandt sein kann. Die
j. Edda und die Wölsungas. kennen den Inhalt dieses Liedes nicht, P. E.
Müller schreibt es dem Sämund selber zu; ich sehe aber keinen genügenden
Grund, es als unecht zu verwerfen. Der Einfluß der deutschen Sage reicht
dazu nicht hin, denn diesen können auch die echtesten eddischen Lieder nicht
verläugnen, und wenn Dietrich sonst der Edda unbekannt geblieben ist, so
gehört doch auch das Wölundurlied, und gewissermaßen selbst das Hamdismal zur gotischen Sage. Und was man gegen unser Lied einwendet, daß
es mit der Sage im Widerspruch stehe, indem sich die Begebenheit nach
dem Tode Gunnars und Högnis zutrage, wo aber gar kein Platz mehr
dafür sei, da noch an demselben Tage Gudrun an Atli Rache nehme,
das beruht nur auf Atlakwiđa, während Atlamal übereinstimmend mit D. 62
und Wöls. S. c. 38 zwischen Högnis und Gunnars Fall und der Ermordung Atlis eine Zwischenzeit annehmen. Müllenhoff a. a. O. 173. Das
zweite Gudrunenlied fällt gleichfalls, wie wir gesehen haben, zwischen den
Tod Gunnars und Högnis und die Rache, welche Gudrun dafür an Atli
nimmt, und obgleich unser drittes mit dem Trotze dieses zweiten nicht
stimmt und daher von Rask nicht mit ihm zu einem Ganzen hätte verbunden werden sollen, so hebt sich doch durch beider Vergleichung der wider
unser Lied erhobene Einwand.

Endlich darf uns auch der Keßelsang gegen dieses Lied nicht einnehmen,
er spricht nicht einmal für seinen spätern Ursprung, da Gottesurtheile,
wenn sie auch das Christentum eine Zeitlang dulden mußte, und sogar
durch kirchliche Gebräuche geheiligt hat, heidnischen Ursprungs und sogar
vom höchsten Altertum sind. Daß der Gebrauch des Keßelsangs dem
Norden bekannt war, haben wir schon erwähnt: doch dürfen wir nicht verschweigen, daß Str. 6 eine Andeutung enthält, als ob er aus Sachsen
herübergekommen sei; vgl. auch K. Maurer in Zachers Ztschr. II, 443.
Die Straße, welche Herkia trifft, ist aber eine altgermanische, die schon
dem Tacitus bekannt war.

33. Oddruns Klage.

Dieß Lied wird mit Recht als ein Auswuchs der Sage betrachtet, da
es ein fremdes, schon romantisches Motiv hinein zu bringen sucht, das
gleichwohl unwirksam bleibt und also müßig da steht. Atlis Rache an
Gudruns Brüdern ist durch Brynhilds Tod, welchen er den Giukungen

Schuld gab, hinreichend begründet; des Vorwurfs, daß Gunnar Oddrun
verführt habe, bedurfte es nicht. Auch für den Ritt der Giukungen zu
Atli reicht der Beweggrund aus, welchen die echte Sage berichtet, daß sie
auf ihres Schwagers Einladung die Schwester zu besuchen kamen: um
Oddruns Willen, wie das Lied anzunehmen scheint, brauchten sie nicht
dahin zu fahren. Der Verfasser des Mords der Niflunge, der doch
Oddrúns Klage zu kennen scheint, hat auch dieses Motiv ihrer Fahrt nicht
herausgelesen, da er nach den beiden Atliliedern berichtet, Gunnar habe
sich schon vor derselben mit Glömwör, wie Högni mit Kostbera, vermählt.
Auffallend ist aber, daß das dritte Sigurdslied in dem letzten Theile Str. 56
das Verhältniß Gunnars zu Oddrun kennt. W. Grimm vermuthet daher,
daß diese Str. 56 unecht, und erst durch unser Lied in Brynhilds Weißagungen gekommen sei. Mit der Unechtheit jener Str. erklären wir uns
einverstanden, aber aus unserm Liede scheint sie nicht entlehnt, da nach ihm
das Verhältniß Gunnars zu Oddrun älter sein soll als seine Verbindung
mit Brynhild, während jene Str. 56, die im Munde der sterbenden Brynhild liegt, es als ein Zukünftiges ankündigt, das erst nach ihrem Tode eintreten soll, wie es auch Dráp Niflunga auffaßt. Wahrscheinlich fand also
der Dichter unseres Liedes die unechte Strophe schon vor, auf die er Str. 21
in den Worten „wie Brynhild sollte," anzuspielen scheint, und auf die er
dann fortbaute und einen kleinen Roman gründete, der seine Erfindungsgabe sehr in Anspruch nahm, und doch nicht ganz befriedigend ersonnen
ist. Manche Einwendung fällt zwar durch die neue Anordnung des Textes,
in der wir S. Bugge gefolgt sind, zu Boden; andere Bedenken aber bleiben
unerledigt. Nach Brynhilds Tode blieb Oddrun wie es scheint an Giukis
Hofe und verließ ihn auch dann nicht, als Gunnars Werbung keinen Erfolg hatte; vielmehr ging sie jetzt heimliche Buhlschaft mit ihm ein, bei der
sie von Atlis Spähern überrascht wurde. Diese hinterbringen dem Atli
Alles, verhehlen es aber der Gudrun, die also schon mit ihm vermählt
war. Hier fragen wir uns nun, warum warb Gunnar nicht um Oddrun,
als Atli um Gudrun anhielt? Damals konnte er ja seine Einwilligung in
Gudruns Vermählung mit Atli davon abhängig machen, daß dieser in
seine Verbindung mit Oddrun willigte. Und warum forderte Atli, statt
Oddrun durch seine Späher belauschen zu laßen, nicht lieber ihre Heimkehr, da nach dem Tode ihrer Schwester Brynhild zu ihrem Aufenthalt an
Giukis Hof kein Grund mehr war? Auf diese Fragen giebt der Dichter
keine Antwort. Ohne Atlis Einladung zu erwähnen läßt er sogleich die
Giukungen an Atlis Hof reiten, wo dieser die bekannte grausame Rache an

ihnen übt, nicht wegen Brynhilds Tod, sondern, wie man in solchem Zusammenhang (mit W. Grimm) voraussetzen muß, wegen des unerlaubten Umgangs mit Oddrun. Wie diese jetzt Str. 29 zu Geirmund kommt, wo sie Gunnars Harfenspiel vernimmt, erfahren wir nicht. Sie war, heißt es nur, dahin gegangen wie öfter geschah, das Gastmal zu rüsten, wie wir sie Str. 13 auch dem Gunnar das Gastmal zieren sahen; fast scheint es, als ob sie daraus ein Geschäft gemacht hätte. Dieß sind die Mängel in der Erfindung des Gedichts, welche wir zu rügen gedachten; daß Gunnars Betragen der Haltung widerspricht, in der ihn die Edda sonst erscheinen läßt, daß er durch das Verhältniß zu Oddrun herabgewürdigt ist, dieser Bemerkung W. Grimms stimmen wir gleichfalls bei.

Was die Einkleidung angeht, durch welche Oddrun zu ihrer Klage veranlaßt wird, so sind die darin angenommenen Verhältnisse sonst der Sage gänzlich unbekannt, indem sie weder von Borgny, noch von Heidrek und Vilmund weiß. Daß dieser Högni Mörder gewesen sei, womit doch schwerlich ein anderer als Giukis Sohn gemeint sein wird, ist gleichfalls eine ganz willkürliche Annahme des Dichters, bei der er allerdings freie Hand hatte, da die Sage nicht meldet, wem das Geschäft übertragen ward, ihm das Herz auszuschneiden, obgleich Atlimal 67 vermuthen läßt, es sei Beiti gewesen.

Eigenthümlich ist die Darstellung von Sigurds Eintritt in Brynhilds Burg, welche sich Str. 18 und 19 findet. Es ist aber für die Geschichte der Sage wenig daraus zu gewinnen, da der Dichter sich so unbestimmt ausdrückt, daß man nicht weiß ob er von Sigurds erstem oder zweitem Besuche dieser Burg reden wolle. Dem Zusammenhang nach sollte man glauben es könnte nur von dem zweiten die Rede sein, als er für Gunnar um Brynhild warb. Sollte hier unter Burg wieder der Scheiterhaufen zu verstehen sein wie Sig. Kw. III. 62. 63? Daß die ursprüngliche Bedeutung der um Brynhild geschlungenen Wafurlogi die Glut des Scheiterhaufens war, ist oben ausgeführt; aber wäre auch hier bei dem Worte Burg noch an diese früheste Bedeutung gedacht, so blieben doch die Worte: „Kampf ward gekämpft mit welscher Klinge" unerklärt.

Uebrigens gemahnen sowohl Anfang als Ende des Gedichts an deutsche Lieder, die gern in solcher Weise beginnen und schließen. Glücklicherweise spricht sonst nichts in demselben für deutschen Ursprung, da uns gerade dieses Lied auf unsere Rechnung zu nehmen am Wenigsten gelüstet.

34. Atlakviða.

Dieß und das folgende Lied, nach einer norwegischen Provinz grön-
ländische genannt (wenn nicht S. Bugge (Edda S. 433) Recht hat, sie auf
das amerikanische Grönland zu beziehen; vgl. auch K. Maurer in Zachers
Ztschr. II, 442), behandeln ein großes, für sich bestehendes Stück der Sage,
das ungefähr dem zweiten Theil der Nibelungen entspricht. Ganz unberührt ist es zwar auch in den bisher betrachteten Liedern nicht geblieben,
da schon das zweite Gudrunenlied, doch mehr in der Weise der Prophezeiung als eigentlicher Darstellung, diesen Gegenstand behandelt hatte und
selbst das dritte Sigurdslied in der Weißagung der Brynhild darauf zu
sprechen gekommen war. Die Vergleichung mit dem Nibelungenliede ergibt
aber, daß letzteres von der auch in diesen Eddaliedern noch bewahrten ursprünglichen Gestalt der Sage darin wesentlich abgewichen ist, daß Kriem-
hild Siegfrieds Ermordung an ihren Brüdern rächt, während Gudrun umgekehrt für den Mord ihrer Brüder Blutrache an ihrem Gemahl nimmt
und die eigenen Kinder, weil sie zugleich die seinen sind, nicht verschont.
Diese Vertauschung des Princips freier Liebe gegen die Blutrache pflegt
man dem Eindringen des christlichen Geistes zuzuschreiben. Vgl. jedoch
Müllenhoff Zeitschr. X, 176 ff. Von diesem hätten sich also die Atlilieder
noch frei erhalten, obgleich sie später sein werden als die bisher betrachteten,
wie die verkünstelte, mit mythologischer Gelehrsamkeit prunkende Sprache,
die Ueberfüllung des Maßes, die absichtlichere, ausführlichere Darstellung
und die hervortretende Persönlichkeit des Dichters verräth. Bei Atlakviða
besonders kommt noch hinzu, daß es schon mit der weitern Fortbildung der
Sage in Deutschland Bekanntschaft zeigt. Während Hunland bisher Sigurds Heimat bedeutete, und nur einmal, Str. 26 des zweiten Gudrunenlieds, hunisch auf Atli bezogen scheint, vielleicht auch Str. 26 des ersten,
heißen hier, mit Ausnahme von Str. 12, wo der alte Sprachgebrauch beibehalten ist, Atlis Unterthanen Hunnen und sein Land Hunnenmark; in
Hunnenland soll jetzt Myrkwidr (der Schwarzwald) und die Gnitahaide
liegen, deren Bestimmung die frühern Lieder nicht zuließen. Sogar wird
Str. 16 und 42 von hunnischen Schildmägden gesprochen, als ob sie in
Brynhilds Heimat dutzendweise zu finden wären. Nach den frühern Liedern
war Welschland Budlis Erbe. Die Giukungen werden hier schon Niflungen, einmal sogar Burgunden genannt und selbst der Niflungenhort
kommt als hodd Niflunga Str. 26 wörtlich vor. Der Hort ist wie in den
Nibelungen in den Rhein versenkt, und nach Högnis Tod weiß Gunnar
allein, wo er verborgen liegt (Str. 26. 27). Um ihn ist es Atli zu thun,

nicht um Rache für Brynhilds Tod, und gleich in der zweiten Strophe scheinen sich die Giukungen dieses Grundes für Atlis Zorn bewust (vgl. Grimm Heldens. 12). Diesem ersten der beiden grönländischen Lieder scheint also der Sammler zu folgen (wenn von ihm Drap Niflunga herrührt), indem er die Feindschaft zwischen den Giukungen und Atli, welche doch dahin verglichen ward, daß dieser Gudrun zur Ehe nahm, daraus entspringen läßt, daß Gunnar und Högni alles Gold, Fafnirs Erbe, in Besitz genommen hätten. Auch hierin hat man eine Annäherung an die deutsche Sage gesehen, wenigstens wie sie die Wilkinas. vorträgt; in den Nibelungen ist es nicht Goldgier, was Etzel zur Einladung seiner Schwäger bestimmt. Die Verbrennung des Hauses Str. 42 stimmt aber mit der deutschen Sage auch nach der Darstellung in den Nibelungen.

Ob das Lied ganz auf uns gekommen ist, kann man zweifeln. Zwar daß Gunnar gegen Högnis Rath und seine eigene Ueberzeugung von der Gefährlichkeit der Reise und der lauschenden Hinterlist (Str. 11), so wie gegen den Rath der Freunde und Vertrauten mitten in der Str. 9 sich dem Entschluße gleichwohl zu fahren zuwendet, wird seinem verwegenen Muthe beizumeßen sein. Aber in Str. 20 oder vor derselben scheint eine Lücke, denn wenn es in der ersten Zeile heißt, Högni habe von Gunnar Gewalt abgewehrt, so ist das an sich, da dieser schon gefangen ist, unverständlich, wenn es sich nicht darauf bezieht, daß Högni nach Str. 24 sein Herz hergiebt, um Gunnars Leben zu erhalten. Dann vermißt man aber Auskunft darüber, ob er, der Str. 19 noch muthig und mit Erfolg kämpfte, seitdem gleichfalls gefangen ward oder sich freiwillig ergab. Die Frage an Gunnar, ob er Freiheit und Leben mit Gold erkaufen wolle, wird die Zumuthung enthalten, den Ort anzugeben, wo der Hort verborgen liege.

Die nächste Strophe kann man Gunnarn nicht wohl zutheilen, denn wenn auch die ersten Zeilen seine Weigerung enthielten, so lange Högni lebe den Hort zu verrathen, so ziemt doch der Befehl, ihm das Herz blutig aus der Brust zu schneiden, beßer in Atlis Munde, was auf eine Lücke deutet. Endlich ist Str. 28, die nur aus zwei Zeilen besteht, offenbar unvollständig, denn diese Worte Atlis, der den gefangenen Gunnar in den Thurm bringen heißt, wobei Atli selber mitreitet (vgl. St. 29. 32), dem Gunnar in den Mund zu legen, wie Ettmüller will, geht nicht wohl an, daß dieser nicht wißen kann, welches Schicksal seiner zunächst harrt.

Die prosaische Schlußzeile verweist auf die weitläufigere Ausführung in dem grönländischen Atlamal. Von ihm ist uns allein bezeugt, daß es diesen Beinamen führt, den man gewöhnlich auch der Atlakwida beilegt

35. Atlamal. Gunnars Harfenschlag.

Aelter als das vorhergehende Lied, mit dem es den Gegenstand gemein hat, scheint Atlamal eigentlich nur, weil es für die weitere Entwickelung der deutschen Sage weniger Zeugnisse enthält. Denn obgleich die
Giukungen auch hier schon Niflungen heißen und sogar ein Sohn Högnis mit
dem Namen Niflung eingeführt wird, so stimmt doch das Geographische noch
mit den frühern Liedern: Sigurd heißt hunisch (Str. 98), nicht Atlis Land,
das von den Giukungen durch das Meer getrennt ist. In Oddruns Klage
schien es sogar am Meer zu liegen, und im zweiten Gudrunenliede bedarf
es nach Str. 33 um dahin zu gelangen einer siebentägigen Seefahrt, während die Giukungen Str. 18 Säumer satteln und Hengste tummeln, da
sie ihre Schwester bei Thoras Tochter besuchen. Ferner scheint Atli seine
Schwäger nicht allein des Hortes wegen geladen zu haben, da er Str. 52
sagt, ihn härme der Schwester Tod am Schwersten. Doch dieser Versiche-
rung ist nicht zuviel zu trauen, da er die Giukungen in derselben Strophe
beschuldigt, ihn um das Gut betrogen zu haben und Gudrun oder Högni,
dem die Wölfungas. die nächste Strophe zutheilt, ihm vorwirft, er habe
ihre Mutter um Schätze ermordet und in der Höhle verhungern laßen, was
bekanntlich mit der Swenischen Chronik stimmt, Grimm 305. Wenn bei
der nun folgenden grausamen Hinrichtung Högnis und Gunnars Gefangen-
nehmung des Horts nicht gedacht wird, so beweist das nichts gegen Atlis
Goldgier, denn der Dichter konnte aus der Sage als bekannt voraussetzen,
daß sich Gunnar geweigert hatte den Hort anzuzeigen so lange Högni lebe.
Die verschiedene Behandlung der Brüder hätte keinen Sinn, wenn nicht
Gunnar durch den Anblick von Högnis Herzen bestimmt werden sollte, sich
Leben und Freiheit zu erkaufen, indem er Atlis Verlangen willfahrte. Endlich wird Atli zwar wie in den Nibelungen und in der Willinas. als feige
geschildert Str. 99; aber das kann schon der ältern Sage angehören. Auch
daß nach Str. 35 das Fahrzeug absichtlich unbefestigt bleibt, damit die
Heimkehr unmöglich werde, ist ein alter in den Nibelungen ähnlich wieder-
kehrender Zug, der hier nicht befremdet. Wenn aber der Inhalt des Liedes
es älter erscheinen läßt als das vorhergehende, so scheint es der Form nach
jünger, denn die Kennzeichen späterer Abfaßung, die wir bei der allgemeinen Betrachtung der Atlilieder als Abweichungen von dem schlichten Geist
der alten volksmäßigen Gedichte bezeichnet haben, finden sich vornämlich in
diesem und die Uebertreibung, daß bei Gunnars Harfenspiel die Balken
reißen Str. 62, ist eine der stärksten. Als eine Ueberarbeitung des vorigen

läßt es sich aber nicht betrachten, da es, wie wir gesehen haben, andere
Voraussetzungen hat, und in wesentlichen Stücken von ihm abweicht. Zwar
daß der Bote hier Wingi, dort Knefröd heißt, ist nicht so wichtig, und
die Einführung Glaumwörs und Kostberas könnte man dem Ueberarbeiter
zuschreiben; aber Högnis Sohn Niflung, der am Schluß plötzlich hervor-
tritt, um an Atlis Ermordung Theil zu nehmen, scheint aus der Sage
aufgenommen zu sein, die der Dichter hier wohl nicht einmal ganz auszuführen für nöthig hielt. Wie er aber dieß aus der Sage oder aus ältern
Liedern schöpfte, so wird er deren auch bei den vielen neuen Namen und
Ereignissen, welche er einflicht, benutzt haben. Die stärkste Abweichung von
der Fabel des vorigen Liedes ist aber, daß der Brand des Hauses ganz
fehlt, und Atlis Tod Gudrun versöhnt.

Lücken sehen wir uns in diesem Liede anzunehmen nicht genöthigt;
aber der Ton, aus welchem Gudrun Str. 69 zu Ali spricht, um ihre Mord-
gedanken zu verbergen, ist von dem leidenschaftlichen der beiden vorhergehenden so verschieden, daß wohl einige Zeit verflossen sein muste ehe sie
ihn anstimmen durfte, wenn die Arglist nicht zu offenbar werden sollte.
Wir haben daher hier einen neuen Abschnitt angenommen und können auch
der Ansicht nicht beitreten, daß Gudrun den Atli mit dem Blut und Fleisch
seiner Söhne an demselben Tage bewirthet haben müße an welchem ihre
Brüder erschlagen waren, denn wenn auch in den Str. 64 und 78 Morgen
und Abend entgegengesetzt werden, so sagt doch Gudrun, sie habe seitdem
selten geschlafen, was allerdings heißen kann gar nicht, sich aber dann von
selber verstünde, wenn keine Nacht dazwischen gelegen hätte.

Wenn W. Grimm bei unserm Liede Str. 10 bemerkt, es fehle nicht
an Sprüngen und Lücken in der Geschichte, so mag er dabei außer dem
eben Besprochenen noch Folgendes im Sinne haben. Str. 7, die ohnedieß
an Unklarheit leidet, weil man nicht sieht, worin die offenbare Arglist bestehen soll, widerräth Högni die Fahrt, gegen Gunnars Ansicht, während
er später ungeachtet der Warnungen Kostberas, die auf Auslegung der von
Gudrun gesandten Runen und Deutung der eigenen Träume gegründet
sind, der Treue Atlis vertraut ohne daß man sähe, wodurch diese Sinnes-
änderung bewirkt sei. So fällt es auch auf, daß nach Str. 50 Kostberas
Söhne Sävar und Solar und ihr Bruder Orkning, wenn wir richtig
übersetzt haben, den Kampf überleben, hernach aber spurlos verschwinden.
Endlich ist das unerwartete Auftreten Niflungs, wenn der Sohn Högnis
Str. 87 diesen Eigennamen führt, und es nicht vielmehr ein Geschlechts-
namen ist, befremdend, da er Str. 28 mit den andern Söhnen Högnis

hätte erwähnt sein sollen. Aber vermuthlich berichtete die Sage, die der
Dichter nur andeutet, daß er diesen Sohn todwund gezeugt habe, wie nach
der Wilkinaf. und den faröischen Liedern den Asbrian, nach der Hwenschen
Chronik den Ranke.

An dieses Lied schließt sich Gunnars Harfenschlag an, ein Gedicht, das wir seiner wahrscheinlichen Unechtheit wegen nicht in den Text
aufgenommen haben. Daß ein Gedicht dieses Inhalts in alter Zeit vorhanden gewesen sei, bezeugt zwar Nornagestf. c. 2; das nachstehende, welches
Gudmund Magnussen 1780 in Island entdeckte, scheint aber sowohl der
Sprache als dem Inhalte nach neuern Ursprungs und hat vermuthlich den
1785 verstorbenen Gelehrten Gunnar Pälsson, zum Verfasser, vgl. Germ.
XIII, 784. Da aber die Untersuchung über seine Echtheit noch nicht ab-
geschloßen ist, so theilen wir es, um den Vorwurf der Unvollständigkeit
von unserer Uebersetzung abzuwenden, hier nachträglich mit:

1 Einst wars, daß Gunnar den Tod erwartete,
   Giukis Sohn, in Grabaks Saal.
   Die Füße waren frei dem fürstlichen Erben,
   Die Hände mit hartem Haft gebunden.

2 Die Harfe gab man dem streitkühnen Helden,
   Da zeigt' er die Kunst mit den Zweigen der Füße.
   Herlich trat er die Harfenstränge:
   Wie der König konnte keiner spielen.

3 Solchen Gesang sang da Gunnar;
   Die Harfe spricht mit menschlicher Stimme,
   Nicht süßer sänge sie, wär sie ein Schwan;
   Der Wurmsaal schallt von der Saiten Gold.

4 Die Schwester sah ich unselig vermählt
   Ihm, der den Bund den Niflungen brach.
   Her lud Atli Högni und Gunnar,
   Seine Schwäger beide, sie zu ermorden.

5 Statt voller Kelche ward ihnen Kampf,
   Mordlich Gefecht statt fröhlichen Mals.
   So lange Leute nun leben, heißt es:
   So falsch an Freunden that Keiner zuvor.

6 Wie ahndest du, Atli, also den Zorn?
Brynhild stach sich selber todt,
Sie die Sigurden erschlagen ließ.
Was willst du Gudrunen drum weinen laßen?

7 Der Rabe schrie heiser vom hohen Baum,
Uns gefährde das Leben des Schwagers Fall.
Auch sagte mir Brynhild, Budlis Tochter,
Und werde Atli überlisten.

8 Glaumwör wust es wohl zuvor,
Da wir zuletzt beisammen lagen.
Widrige Träume schreckten mein Weib:
„Fahre nicht, Gunnar! falsch ist dir Atli.

9 „Deinen Sper geröthet sah ich von Blut,
Den Erben Giukis den Galgen erbaut.
Ich dachte, die Disen lüden dich:
Drum traut nicht, Brüder, man will euch betrügen."

10 Auch hub Kostbera an, Högnis Vermählte,
Von verritzten Runen, abrathenden Träumen.
Doch kühn war das Herz in der Helden Brust,
Sie bangten beide nicht vor dem bittern Tod.

11 „Uns ist von den Nornen das Alter bestimmt,
Uns Erben Giukis, nach Odhins Willen.
Wider das Schicksal mag Niemand sich setzen,
Noch von Heil verlaßen dem Herzen vertraun.

12 „Mich lächert, Atli, daß du laßen must
Die rothen Ringe, die Reidmar besaß.
Ich weiß allein nun wo sie verborgen sind,
Seit ihr dem Högni nach dem Herzen schnittet.

13 „Mich lächert, Atli, daß dem lachenden Högni
Dein hunnisch Heer nach dem Herzen schnitt.
Nicht ächzte der Niflung als das Meßer eindrang,
Verzog nicht die Braue bei dem bittern Tod.

14 „Mich lächert, Atli, daß du laßen mustest
So Manchen der Mannen, der muthigsten gar,

Durch unsre Schwerter, eh dus vollbrachtest.
Unsre hehre Schwester erschlug dir den Bruder.

15 „Kein furchtsam Wort bringt Gunnar vor,
Giukis Sohn, in Grafwitnirs Höhle.
Nicht wird er harmvoll Heervatern nahn,
Längst ist der Fürst der Leiden gewöhnt.

16 „Eher soll Goin ans Herz mir graben
Und Nidhöggr die Nieren saugen,
Linn und Langback die Leber zehren
Ehe der Gleichmuth Gunnarn verläßt.

17 „Doch wird es Gudrun grimmig rächen,
Daß uns Atli also betrogen hat.
Sie wird dir Herscher die Herzen bringen
Deiner Söhne gesotten zum Abendschmaus.

18 „Aber mit Meth vermischt ihr Blut
Sollst du aus der Schädel Schalen trinken.
Am härtesten härmt dir aber das Herz,
Wenn dich Gudrun feige und grausam schilt.

19 „Kurz währt dein Leben nach der Könige Tod,
Böses bringt dir der Verrath an den Brüdern:
Wohl scheinst du es werth, daß wir durch die Schwester,
Die nothgezwungene, den Treubruch zahlen.

20 „Dich wird Gudrun mit dem Geer durchbohren,
Zur Seite soll ihr Niflung stehen.
Hohe Lohe wird deine Halle umspielen,
Und dann in Nastrand dich Nidhöggr saugen.

21 „Grabak schläft schon und Grafwitnir,
Goin und Moin und Grafwölludr,
Ofnir und Swafnir, die giftgeschwollenen,
Nabr und Nidhöggr und die Nattern alle,
Hring und Höggwarbr, vom Harfenschalle.

22 „Alleine wacht noch Atlis Mutter:
Die wendet das Herz mir bis an die Wurzel,
Saugt mir die Leber, frißt mir die Lunge,
Läßt nicht länger den König leben.

23 „Verhalle, Harfe, von hinnen muß ich,
    Das weite Walhall bewohnen fürderhin;
    Mit den Göttern trinken den theuern Meth,
    Von Sährimnir speisen in Odhins Saal.

24 „Gunnars Harfenschlag ist ausgesungen,
    Mein Lied erlabt' euch zum letzten Mal.
    Kein Fürst wird hinfort mit der Füße Zweigen
    Die hellen Saiten der Harfe schlagen."

---

36. 37. Gudruns Aufreizung und Hamdismal.

Wir betrachten diese beiden Lieder zusammen nicht nur wegen ihres gemeinschaftlichen Gegenstandes, Gudruns dritte Vermählung, sondern weil sie, wie wir sehen werden, in einer so nahen innern Verbindung stehen, daß das zweite ohne das erste nicht vollständig und dieses zum Theil aus jenem genommen ist.

Die vorletzte Strophe in Atlamal spielt auf diese Lieder vorbereitend an. Brynhilds Weißagung im dritten Sigurdsliede (Str. 53. 60. 61) kennt ihren Inhalt, den auch D. 62 und die Wölsungasaga c. 48—51, wiewohl abweichend und mit Benutzung anderer Quellen, erzählen. In der Slasda 145 und 340 endlich sind Strophen einer Behandlung desselben Gegenstandes in einem Liede Bragi des Alten, also aus dem Ende des achten Jahrhunderts erhalten, und die Skaldensprache hat sich aus dieser Sage mit Ausdrücken bereichert.

Daß sie auch in Deutschland in den ältesten Zeiten bekannt war und von da erst (wie die deutschen Formen den Namen z. B. Erps, der nordisch Jarpr, Jonakurs, der nordisch Onar heißen würde, beweisen) in den Norden gebracht wurde, obwohl jetzt unsere Lieder wohl noch von Jörmunrek und Bicki (Ermenrich und Sibich), aber nicht mehr von Swanhilden und ihren Brüdern wißen, geht aus den Zeugnissen des Jornandes (6tes Jahrh.), der quedlinburgischen Annalen (10tes Jahrh.) und der urspergischen Chronik (reicht bis 1126) unwidersprechlich hervor. Endlich kennt auch Saxo Grammaticus in der zweiten Hälfte des 12. Jahrh. diese Sage, wahrscheinlich aus deutschen Quellen, obgleich mit dem Namen Gudrun.

Indem die Edda Sigurds Wittwe zur Mutter Swanhildens macht, verbindet sie die Siegfriedssage mit der gotischen von Ermenrich, während in den deutschen Liedern diese Verbindung dadurch zu Stande gebracht wird,

daß Dietrich bei Etzel (Atli) die Mörder Siegfrieds bezwingt. Ursprünglich denkt man sich jeden Sagenkreiß selbständig für sich bestehend. Der
eigentümlich nordischen Weise, den gotischen mit dem fränkisch-burgundischen
zu verbinden, hat man bisher so wenig als unsern Liedern, in welchen sie
vollbracht ist, ein hohes Alter zugetraut, bis J. Grimm durch die Bemerkung, daß Bragi des Alten Gedicht doch die einfachen Lieder schon vor-
aussetze, einer andern Ansicht Bahn brach. Die Meinung hingegen, daß
schon in Str. 5 des zweiten Sigurdsliedes diese Verbindung vorausgesetzt
sei, wird aufgegeben werden müßen. In den acht Edelingen, welche nach
dieser Strophe durch Andwaris über das Gold ausgesprochenen Fluch ins
Verderben gerathen sollen, können die drei Brüder Swanhildens nicht mit-
begriffen sein, da ihr Tod mit dem Hort in keiner Verbindung steht und die
Zahl sich viel einfacher erfüllen läßt, wenn man Hreidmar und seine Söhne
Regin und Fafnir zu Sigurd, Guttorm, Gunnar, Högni und Atli zählt.

Wie alt aber auch unsere Lieder seien, so sind sie doch schwerlich in
der Gestalt, in welcher sie uns vorliegen, ursprünglich verfaßt. Eine nähere
Betrachtung von Hamdismal ergiebt, daß Str. 5 den Inhalt der dritten
Strophe der Aufreizung voraussetzt, da Hamdirs Worte: Da hast du wohl
träger Högnis That gelobt u. s. w. ohne dieselbe nicht verstanden werden
können. Nun findet sich aber nicht bloß diese Str. 5 in dem andern Liede
wieder, sondern beide haben noch andere, ja fast die ganze Einleitung ge-
meinschaftlich und nur von Str. 9 des ersten, Str. 11 des andern an geht
jedwedes dieser beiden Lieder seinen eigenen selbständigen Gang. Diese
Erscheinung erklärt sich am besten durch die Annahme, daß Hamdismal mit
der fehlenden Strophe, die jetzt die dritte des andern Liedes bildet, ursprünglich allein vorhanden war, und ein späterer Dichter Gudruns Aufreizung hinzudichtete. Was dieses Lied Neues enthält, ist die Gudruns
ganzes Schicksal umfaßende Klage, welche von Str. 9 an das Lied aus-
füllt. Die Einleitung, Str. 1—8, entnahm er aus Hamdismal, so zwar,
daß Str. 3, welche in diesem unentbehrlich ist, im strengsten Sinne des
Worts entnommen ward, indem sie sich nun nicht mehr darin befindet.
Auf den Namen Gudruns Aufreizung hat dieses Lied, das sich selbst 21, 3
Gudruns Harmlied nennt, kein ausschließliches Recht, er kommt dem
andern Liede ebenso gut zu, ja mit beßerm Rechte als der gegenwärtige,
der insofern nicht befriedigt als man nicht sieht, warum es gerade nach
diesem der drei Brüder Swanhildens benannt ist. Daß man ihn dem ersten
Liede gab, erklärt sich wohl, da Gudrun die Hauptperson in dem Liede ist,
und der Name, Gudruns Klage, den es eigentlich führen sollte, eine Ver-

wechselung mit dem ersten Gudrunenliede, dessen Inhalt ebenfalls Klage ist, besorgen ließ. Großes Verdienst können wir diesem Liede nicht beimessen, da der Verfaßer außer Hambismal auch zu Str. 15 das dritte Sigurdslied (Str. 52), wenn es sich nicht umgekehrt verhält, und zu Str. 18 das zweite Lied von Helgi dem Hundingstödter, namentlich Str. 34, wo Sigrun den todten Helgi ersehnt, benutzt zu haben scheint.

Das bisher Vorgetragene genügt noch nicht zur Erklärung der übereinstimmenden und doch abweichenden Eingänge beider Lieder und der Lücken in dem von Hambismal. Dazu wird es folgender Annahme bedürfen. Das ursprüngliche Lied bestand aus dem Eingange, d. h. aus den acht ersten Strophen unseres jetzigen ersten Liedes und den Str. 11—32 von Hambismal. Zwischen diese Bestandtheile schob ein Späterer Gudruns Klage, d. h. die Str. 9—21 des ersten Liedes ein, welche er denjenigen sang oder sprach, die nach dem Eingange lieber von Gudrun als ihren Söhnen hören wollten. Sollte er nun fortfahren und auch die Schicksale der Söhne vortragen, so war der alte Eingang fast schon wieder vergeßen, aus welchem also einige Strophen wiederholt werden musten um das eben Gehörte wieder in Erinnerung zu bringen. Als man niederschrieb was bisher dem Gedächtnisse anvertraut gewesen, schienen die ersten zwanzig Strophen ein Lied für sich zu bilden, welchem man, um es ganz selbständig zu machen, zum Ueberfluße noch die 21ste anhing. Sollten aber nun auch die folgenden selbständig werden und ein Ganzes ausmachen, so muste man einige neue Strophen hinzudichten, da das nicht ganz genügte, was man bisher an dieser Stelle zu wiederholen pflegte. So kamen die ersten anderthalb Strophen von Hambismal hinzu, womit in den alten Eingang eingelenkt wurde. Str. 4 hatte vielleicht schon in den Eingang des alten Liedes gehört, war aber ausgelaßen worden, als deßen ersten acht Strophen Gudruns Klage angehängt wurde, die eine weitere Ausführung der in dieser vierten Strophe enthaltenen Klage Gudruns bildete. Die Str. 7—10 hatte man vermuthlich schon vor der schriftlichen Abfaßung als Variationen des alten Eingangs, den man nach dem Vortrag von Gudruns Klage wieder in Erinnerung bringen wollte, zu singen gepflegt. So erklärt es sich allein, warum jetzt in dem Eingang von Hambismal vor Str. 5 der Inhalt von Str. 3 des ersten Liedes fehlt, und vor Str. 11 vermißt wird was deßen Str. 7 berichtet.

Schwieriger ist es zu sagen, warum beide Eingänge des Erp geschweigen, den erst Str. 12 des Hambismal einführt. Er scheint den beiden andern Brüdern, die Gudrun allein hatte reizen wollen Swanhildens Tod zu rächen, unterwegs zufällig begegnet zu sein. Daß ihn Gudrun schonen wollte, erklärt sich vielleicht daraus, daß er, der Str. 14 sundrmœdri, andrer Mutter Sohn, heißt, Gudruns leiblicher mit Jonakur erzeugter Sohn war, während seine Brüder, die sich selbst Str. 25 als sammœdrar, von derselben Mutter geborne, bezeichnen, etwa Jonakurs Kinder erster Ehe waren. Damit stimmt, daß Gudrun ihn nach D. 62 am meisten liebte, und dadurch die Eifersucht der andern Söhne, die sie mit harten Worten zur Rache angetrieben hatte, erregte. Auch sehen wir nun, warum sie ihn Str. 12 unehlich geboren schelten, da sie die zweite Ehe ihres Vaters nicht als rechtmäßig anerkennen mochten. Stammte er aus dessen zweiter Ehe, so war er auch jünger als die beiden andern, vielleicht nicht einmal erwachsen, da er Str. 13 Zwerg gescholten wird, und dieß mochte Gudrun zum Vorwand nehmen, ihn nicht gleichfalls zur Rache Svanhildens anzureizen, obgleich diese seine leibliche Schwester war. Daß er endlich Str. 13 fuchsig gescholten wird, hängt nach Grimms Deutung (Zeitschr. III. 155) mit seinem Namen Erp zusammen, der wie das nordische iarpr rothbraun bedeutet. Die abweichende Farbe seines Haares soll wahrscheinlich wieder anzeigen, daß er anderer Abstammung ist als Sörli und Hambir. So lange das sundrmœdri Str. 14 nicht beseitigt werden kann, darf man Str. 14 des ersten Liedes nicht entgegensetzen, da dieß von einem spätern Dichter herrührt, der seine Quelle, das Hambismal, entstellt und wahrscheinlich auch nicht verstanden hat.

Unsere Stelle ist aber auch sonst verderbt überliefert und wir haben sie nach eigener Vermuthung herzustellen versucht. Wörtlich übersetzt würden Str. 12 und 13 lauten:

12 Da sprach Erp   ernsten Sinnes

oder auf ernster Reise; wenn man mit den Handschriften, welchen Munch folgt, liest: einu sinni, so kann es heißen: auf einsamem Wege, denn er scheint schon vorausgeritten,

Der kühn auf dem Rücken   des Rosses scherzte:

„Was frommt es, dem Blöden   die Bahnen zu weisen?“

Sie schalten den Edeln   unehlich geboren.

13 Sie fanden am Wege   den Witzbegabten:

„Was würde der fuchsige Zwerg uns frommen?“

Die Handschriften legen also dem Erp, eh seine Begegnung gemeldet wird, eine Rede in den Mund, die offenbar seinen Brüdern gehört.

Ebenso fehlt in Str. 14 die Zeile:

Wie eine Hand   der andern hilft,

welche doch die Strophe füllt und durch die folgende Strophe gefordert wird.

Endlich ist Str. 23 nach Grimms Vermuthung übertragen, welche in der ersten Zeile statt Hrödrglödh liest Hröptr gladhr, und so den Odhin schon hier einführt, der Str. 26 unzweifelhaft auftritt, wenn er gleich nicht genannt wird, was auch nicht nöthig war, wenn er schon Str. 27 unter dem Namen Hroptr auftrat. Daß es Odhin war, welcher den Rath giebt, Steine gegen Jonakurs Söhne zu schleudern, sagt Saxo ausdrücklich, und nach Wölsungas. c. 51 ist es ein gar alter Mann mit Einem Auge, wie Odhin öfter geschildert wird. Daß Odhin hier gegen Sigurds Geschlecht feindlich erscheine, dem er sich bisher geneigt und hilfreich erwiesen hat (vgl. das andere Sigurdslied II.), kann am wenigsten behauptet werden, wenn man mit uns annimmt, daß von Jonakurs Söhnen nur Erp von Gudrun stammt, den diese seine Halbbrüder, gegen welche Odhins Rath gerichtet ist, unterwegs erschlagen haben. Daß sie den Tod Swanhildens zu rächen kamen, die eigentlich allein von Sigurds Geschlecht ist, während ihre Mutter Gudrun ihm nur vermählt war, verschlägt nichts, da Jörmunrek (Ermenrich) nach der gotischen Sage so gut von Odhin abstammt wie Sigurd nach der fränkischen.

Hamd. 21. Der weiße Schild war als Friedenszeichen in Jörmunreks Burg aufgehängt.

———————

Die jüngere Edda, die ein Commentar der ältern Lieder ist, selber wieder zu commentieren, fühlen wir uns nicht berufen; nach den Streiflichtern, die bei Erläuterung der Götter- und Helgensage auf sie gefallen sind, indem wir sie stäts mit der jüngern Edda verglichen haben, scheint uns vollends kein Bedürfniß dazu vorhanden. Wenn der Leser sich die Stellen, wo in unsern Erläuterungen auf die Dämisagen der jüngern Edda verwiesen wird, an den Rand derselben vermerken wollte (der Verweisungen, die schon bei den Liedern selbst durch beigesetzte Zahlen geschehen sind, zu geschweigen), so würde er finden, daß die Erklärung der jüngern Edda eine gethane Arbeit ist, die von uns ohne Selbstwiederholung nicht noch einmal unternommen werden könnte. Ueberdieß kann ich auf mein öfter erwähntes Handbuch verweisen.

———————

Register zu beiden Edden.

Simrod, die Edda.

www.ingramcontent.com/pod-product-compliance
Lightning Source LLC
Chambersburg PA
CBHW032014110726
47901CB00004B/1089